Natriumchloride

Jussi Adler-Olsen

Natriumchloride

Vertaald door Kor de Vries

2022 Prometheus Amsterdam

Opgedragen aan Ellie, ons prachtige, wijze kleinkind

Oorspronkelijke titel *Natrium Chlorid*

Omslagontwerp Robbie Smits
Foto auteur Robin Skjoldborg
Opmaak binnenwerk ZetSpiegel, Best
www.uitgeverijprometheus.nl
ISBN 978 90 446 4447 0

Proloog

1982

Na de noodoproep verstreken er slechts vijf minuten voor de ambulance het grasveld opdraaide in de richting van de chaos die op je netvlies werd gebrand.

Rond het dampende gat lagen zes levenloze lichamen en een scherpe stank van verbrand vlees vermengde zich met de ozongeur die na de blikseminslagen nog steeds in de lucht hing.

'Allemaal achteruitgaan!' riep een van de ambulancebroeders naar het groepje studenten dat was toegesneld uit de universiteit aan de andere kant van de weg en bij de aanblik als aan de grond genageld stond.

Zijn collega trok hem aan zijn mouw. 'We kunnen hier niets doen, Martin, maar kijk daar eens!'

Hij wees naar een oudere man wiens knieën langzaam in het doorweekte gras wegzakten.

'Waarom stonden ze zo dicht bij elkaar en waarom is de bliksem niet in de bomen ingeslagen?' jammerde de man toen ze dichterbij kwamen. Hoewel de regen met bakken uit de hemel kwam en de jas van de man als een natte doek aan hem vastplakte, sloeg hij geen acht op iets anders dan op wat er zojuist was gebeurd.

Martin draaide zich om naar de universiteitsgebouwen, waar meerdere sirenes en blauwe zwaailichten aankondigden dat er verscheidene ambulances en politievoertuigen onderweg waren.

'We geven hem iets kalmerends voor het nog tot een hersenbloeding komt,' zei hij tegen zijn collega.

Martin knikte en kneep zijn ogen samen. Door de stortregen heen werd hij twee vrouwen gewaar die op hun hurken bij een aangroeiende waterplas aan de windsingel zaten.

'Kom, snel!' riepen ze en Martin greep zijn tas en begon te rennen.

'Volgens mij ademt ze,' steunde de ene vrouw, terwijl ze haar hand om de nek van het zevende slachtoffer hield.

Afgezien van de zeer zwartgeblakerde kleding van de bewusteloze vrouw leek ze niet direct zo heftig verbrand als de andere slachtoffers.

'Ik denk dat ze hier door de blikseminslag naartoe is geslingerd,' zei de vrouw met trillende stem. 'Kun je haar redden?'

Terwijl Martin het tengere lichaam wegtrok bij de waterplas die steeds dieper werd, nam het geschreeuw achter hem toe. Nu hadden zijn toegesnelde collega's geconstateerd dat ze niets konden uitrichten. De bliksem had alle zes mensen gedood die in de regen dicht op elkaar hadden gestaan.

Martin legde de vrouw in de stabiele zijligging en voelde haar pols, die langzaam en zwak was, maar stabiel leek te zijn. Op het moment dat hij opstond en naar zijn collega's wenkte dat ze met een brancard moesten komen sidderde haar lichaam. Een paar korte, diepe inademingen deden haar borstkas spannen en in een plotselinge beweging kwam ze omhoog op haar ellebogen en keek ze om zich heen.

'Waar ben ik?' vroeg ze met rood dooraderde ogen.

'Je bent in Fælledparken in Kopenhagen,' antwoordde Martin. 'De bliksem is in jullie ingeslagen.'

'De bliksem?'

Hij knikte.

'Maar de anderen dan?' Ze keek in de richting van het hectische tafereel.

'Kende jij hen?' vroeg hij.

Ze knikte. 'Ja, we waren met zijn allen. Zijn ze dood?'

Martin aarzelde even, maar bevestigde het vervolgens.

'Allemaal?'

Toen knikte hij nogmaals en bestudeerde haar gezicht. Hij verwachtte dat het shock en verdriet zou vertonen, maar sluwe rimpels vertelden iets anders.

'Goed zo,' zei ze volslagen rustig. Ondanks duidelijke pijn verscheen er een duivelse glimlach op haar gezicht.

'Weet je wat?' zei ze zonder op antwoord te wachten. 'Als ik dit weet te overleven, overleef ik met Gods hulp alles.'

I

Dinsdag 26/01/1988

MAJA

Tien dagen na Nieuwjaar sloeg de ijswinter onverwacht hard toe in het land, met een snijdende wind en ongebruikelijk strenge vorst. Toen Maja de ijsspiegel zich een weg zag banen over de binnenplaats van haar huizenblok zuchtte ze diep. Het was het derde jaar op rij dat ze naar winterbanden moest wisselen, maar omdat het dit keer vlak na kerst was, had ze in elk geval geen geld om dit door haar gebruikelijke monteur te laten doen. Gelukkig maakte een garage in de buurtkrant reclame met opvallende advertenties dat ze een supersnelle, efficiënte en spotgoedkope bandenservice hadden, en omdat de garage daarbij ook nog eens dicht bij de crèche van haar zoontje in Sydhavnen lag, koos ze die.

Zo was de werkelijkheid van een alleenstaande moeder meestal. Elke öre telde.

In de gecombineerde autospuiterij en garage Ove Wilder Auto's was de masculiene eigenaar en voorman een vertrouwenwekkend archetype van het soort mannen dat was opgegroeid met hun pezige armen diep in een automotor gestoken, dus Maja haalde opgelucht adem. Het zou wel loslopen.

'We controleren ook even of alles is als het moet zijn,' zei hij en hij knikte tegen een paar monteurs die de carrosserie beschenen van een auto die op een brug stond.

'Het duurt wel een paar uur, voor hij klaar is. We hebben het een beetje druk, zoals je ziet.'

Drie kwartier later werd ze al gebeld op haar werk.

Dat is lekker snel, dacht ze blij toen ze de stem van de voorman hoorde, maar toen verdween haar glimlach.

'Ik ben bang dat het ons vandaag niet lukt,' zei hij. 'We hebben wel gezien dat de achterste zomerbanden nogal scheef gesleten waren, dus kregen we het vermoeden dat er iets aan de hand was met de wielophanging. Dat bleek verkeerd te zijn, want het is je achterbrug, achteras noemen anderen het, die op afbreken staat en dat is wel even wat anders.'

Maja klemde de telefoonhoorn vast. 'De achteras?! Maar die kan dan toch wel worden gelast?'

Hij klonk ernstig. 'Dat moeten we bekijken, maar daar moet je helaas niet van uitgaan, want hij is behoorlijk vergaan en moet vrijwel zeker worden vervangen.'

Maja haalde diep adem. Ze durfde niet te denken wat dat zou kosten.

'Ik kom langs als ik mijn zoontje uit de crèche heb gehaald,' zei ze en ze zag hoe haar hand op tafel begon te trillen. Hoe moest ze dat betalen? Hoe zou ze de auto kunnen missen als...?

'Je komt langs, zeg je. Nou, dat is goed. We gaan om vijf uur dicht,' antwoordde hij droogjes.

Kinderen in skipakken zijn tijdrovend, dus met het hart in haar keel stormde Maja er uiteindelijk vandoor met Max in de wandelwagen en het was al sluitingstijd geweest. Daarom haalde ze opgelucht adem over de geopende poort aan het eind van de straat en bij de aanblik van haar auto, die met sneeuw tot aan de wieldoppen half buiten de autowerkplaats stond.

Dus ze haalde het nog. 'Mijn auto!' zei Max. Hij was dol op die auto.

Toen ze het hek passeerden, zag ze de onderbenen van een man achter haar auto uit steken.

Eigenaardig! Waarom ligt hij zo op het asfalt in de sneeuw en de kou? wist ze nog te denken voordat de eerste knal de ruiten van het gebouw liet exploderen in een stortregen van glas, en een volgende explosie een seconde later detoneerde in een drukgolf die de kinderwagen met Max uit haar greep trok en haar een aantal meter naar achteren slingerde.

Het was een en al rook en vuur, toen ze overeind wist te krabbelen en zag dat de autowerkplaats voor haar totaal was ingestort en dat haar auto op zijn kop een paar meter bij haar vandaan lag.

Met bonkend hart wrong ze zich alle kanten op.

'Maaaax,' gilde ze zonder dat ze haar eigen stem kon horen.

Toen klonk er opnieuw een explosie.

2

Maandag 30/11/2020

MARCUS

Geen fraai gezicht, dacht de chef Moordzaken Marcus Jacobsen, toen hij zijn potige brigadier met zijn ogen dicht en open mond helemaal languit achter zijn bureau aantrof.

Hij duwde voorzichtig tegen de voeten op het bureau aan.

'Ik hoop dat ik je niet bij iets belangrijks stoor, Carl,' zei hij met een scheve glimlach.

De versufte man was blijkbaar te sloom om op ironie te reageren.

'Ach, dat is een kwestie van definitie, Marcus,' zei hij gapend. 'Ik moest alleen even uitproberen of de afstand van tafelrand naar mijn voeten perfect was.'

Marcus knikte. De renovatie van de kelder onder het hoofdbureau van politie was hard aangekomen bij de collega's van afdeling Q, en om eerlijk te zijn was hijzelf ook helemaal niet blij dat hij de meest anarchistische afdeling van het land zo dicht in zijn buurt had gekregen in het nieuwe onderkomen op Teglholmen in Sydhavnen, waar de recherche van de politie van Kopenhagen nu was gevestigd. Want de combinatie van Carl Mørcks knorrige tronie en zijn eeuwige getier kon iedereen uit het veld slaan. Af en toe zou je zelfs willen dat Carl en co terug zouden kunnen verhuizen naar de kelderruimte op het hoofdbureau van politie, maar dat zou niet gebeuren, dat wist Marcus ook wel. Maar juist in dit vreselijke coronajaar zou het voor iedereen beter zijn geweest als afdeling Q in de kelder van het oude politiebureau had kunnen blijven zitten.

'Je moet dit even bekijken, Carl.' Hij opende een dossiermap en wees naar een overlijdensadvertentie die uit een krant was gescheurd. 'Wat zegt dit jou?'

Carl wreef in zijn ogen en las.

MAJA PETERSEN, 11 NOVEMBER 1960 – 11 NOVEMBER 2020.
ZE ZAL ZEER WORDEN GEMIST.

DE FAMILIE

Hij keek op. 'Tja, de vrouw is overleden op haar zestigste verjaardag, maar verder zegt het me niets speciaals. Wat is ermee?'

Marcus keek hem ernstig aan. 'Dat zal ik je zeggen. Voor mij roept het sterke herinneringen op aan de eerste keer dat jij en ik elkaar zagen.'

'Nou zeg, dat is me ook een lugubere associatie. De eerste keer zeg je? Wanneer was dat dan?'

'Januari 1988. Jij was hoofdagent op het politiebureau Store Kongensgade. Ik was rechercheur bij de afdeling Moordzaken.'

Carl trok zijn benen naar zich toe en ging wat meer rechtop zitten. 'Waarom herinner jij je dat in hemelsnaam? Jij kende mij toch helemaal niet in 1988?'

'Ik herinner me het, omdat jij en je collega als eerste arriveerden bij een brandende autowerkplaats die net in de lucht was gevlogen en ik herinner me de manier waarop jij je ontfermde over een half bewusteloze vrouw die haar kind bij de explosie verloor.'

Marcus' beste rechercheur zat een moment met een holle blik voor zich uit te staren. Toen pakte hij de krant op en staarde naar de advertentie. Werden zijn ogen vochtig? Dat was moeilijk te geloven.

'Maja Petersen,' zei hij langzaam. 'Is het díe Maja Petersen?'

Marcus knikte. 'Ja, die is het. Twee weken geleden werden Terje Ploug en ik naar haar appartement opgeroepen en toen had ze al een paar dagen in de hal gehangen. Er was niet veel onderzoek voor nodig om te kunnen vaststellen dat ze zelfmoord had gepleegd. Op de vloer onder haar lag een foto van een jongetje dat ze vermoedelijk tot het moment van overlijden in haar handen vastgeklemd heeft gehad.' Hij schudde zijn hoofd. 'In de eetkamer stond een enigszins beschimmelde taart op tafel, onaangeroerd. Erop waren met mooie lichtblauwe glazuur twee namen geschreven: MAJA 60 JAAR. MAX 3 JAAR. Ietwat atypisch, moet je zeggen, was de taart versierd met twee kruisen in plaats van met twee vlaggetjes. Een bij elke naam.'

'Oké.' Carl legde de krant neer en leunde zwaar achterover. 'Dat klinkt triest. Je zegt zelfmoord en daar ben je zeker van?'

'Ja, dat ben ik. Ze is eergisteren begraven en ik was erbij aanwezig. Behalve de dominee, ondergetekende en een oudere dame was de kapel leeg, dus treuriger kon het amper zijn. Na afloop heb ik met de vrouw gesproken en zij was een nicht van de overledene. Zij bleek degene te zijn die de overlijdensadvertentie had ondertekend met "de familie".'

Carl keek hem nadenkend aan. 'Destijds was jij aanwezig op de plek van de explosie, zeg je. Precies dát kan ik me niet herinneren. Ik herinner me de sneeuw en de ijzige kou en een heleboel andere dingen, maar jou niet.'

Marcus haalde zijn schouders op. Het was meer dan dertig jaar geleden, dus hoe zou hij zich dat ook moeten herinneren?

'De brand was extreem heftig en de brandweer kon niet met zekerheid vaststellen hoe de brand en de explosies waren ontstaan,' zei Marcus. 'Maar het bleek dat de werkplaats ook een volstrekt ongeautoriseerde autospuiterij huisvestte, dus er was heel wat brandgevaarlijk spul in het gebouw aanwezig en beslist meer dan genoeg om het zo fout te kunnen laten gaan. Ja, ik kwam kort na het ongeluk aan en het was eigenlijk per toeval, want ik was een paar straten daarvandaan met een klus bezig.'

Carl knikte voor zich uit. 'Ik herinner me goed dat het jongetje dood was, dat zag ik meteen. Zijn iele lichaampje lag op de rand van het trottoir met zijn hoofd in de sneeuw gedrukt, zo'n aanblik vergeet je niet snel. Ik moest zijn moeder stevig vasthouden, zodat ze niet te dicht bij hem kwam en kon zien hoe vreselijk hij was toegetakeld.'

Hij keek omhoog naar Marcus. 'Waarom was jij bij de begrafenis van Maja Petersen, Marcus?'

'Waarom?' Hij zuchtte. 'Ik heb die zaak gewoon nooit los kunnen laten. Ook destijds vond ik al dat er iets mee was, dat er een luchtje aan zat.' Hij tikte op de dossiermap op tafel. 'Nu heb ik een paar dagen besteed aan het herlezen ervan en om erover na te denken.'

'Tot welke conclusie ben je dan nu gekomen? Dat de explosie geen ongeluk was?'

‘Dat heb ik eigenlijk nooit geloofd, maar hier op bladzijde twee in het forensisch onderzoek kwam ik een zin tegen die me destijds niet was opgevallen en daar was dertig jaar geleden misschien ook niet direct aanleiding voor.’

Hij haalde het papier uit de map en schoof het naar Carl toe.

‘Ik heb de zin met een markeerstift aangestreept.’

Carl Mørck legde zijn onderarmen op de armleuningen van de bureaustoel en leunde naar voren. Hij las de met geel gemarkeerde zin een paar keer, voor hij Marcus aankeek met een uitdrukking die zijn ogen donkerder maakte.

‘Zout?!’ zei hij alleen maar en hij herhaalde het een paar keer.

Marcus knikte. ‘Jij hebt hetzelfde gevoel als ik, zie ik.’

‘Ja, het is dat zout, maar wanneer was dat ook weer? Help me eens op weg.’

‘Ik weet niet precies welke zaak het was die jij had, maar er was toch een andere waar iets met zout bij was. Ja toch?’

‘Ja, volgens mij wel.’

Zo te zien dacht de man zo diep na dat het kraakte, maar blijkbaar tevergeefs.

‘Misschien kan Rose of anders Assad het zich herinneren,’ zei Carl ten slotte.

Marcus schudde zijn hoofd. ‘Dat denk ik niet, want dat was waarschijnlijk voor hun tijd. Maar Hardy wellicht?’

‘Hardy is weer in Zwitserland voor een behandeling, Marcus.’

‘Dat weet ik, maar je hebt zeker wel eens gehoord van die tamelijk slimme uitvinding die telefoon heet, of niet, Carl?’

‘Ja ja, ik zal hem heus wel bellen.’ Hij fronste zijn wenkbrauwen. ‘Je hebt een poosje de tijd gehad om erover na te denken, Marcus, wil je zo vriendelijk zijn een tipje van de sluier op te lichten van wat je destijds in Sydhavnen hebt meegemaakt?’

Hij knikte. Het zou welhaast een opluchting zijn.

Marcus vertelde dat toen de tweede knal klonk, alle ramen in het appartement dat ze in de buurt van de autowerkplaats aan het doorzoeken waren zo heftig naar binnen werden gedrukt dat de glasscherven zich diep in het houtwerk en de meubels boorden. Godzijdank bevonden Marcus en zijn collega’s zich in de slaapkamer aan het binnenplein, dus hun overkwam niets, maar de bewoner van de flat, een sjofele junk, stortte compleet in en bazelde over toen hij jong was en Valby Gasværk in de lucht vloog.

Marcus liep op zijn tenen naar de keuken in de richting van de Siberische kou die door het verbrijzelde raam naar binnen kwam en zag onmiddellijk de gitzwarte rookwolken en de vlammen die een paar straten verderop boven de daken minstens vijfentwintig meter hoog de lucht in schoten.

Twee minuten later draaiden Marcus en zijn collega-rechercheur de straat in, waar een surveillancewagen al met zwaailichten dwars op de poort geparkeerd stond. Een aantal meter het terrein op zat een jonge collega die een vrouw tegen zich aan drukte. Het was een totale chaos en brandende delen van het gebouw en asfalt wierpen nog meer zwarte rook de lucht in. Een klein kind links van Marcus was zonder twijfel ter plekke overleden, aangezien het lichaampje doodstil en met zijn gezicht naar beneden gekeerd in de sneeuw lag.

De vlammen in het midden van het gebouw waren nu minstens veertig meter hoog en de hitte blies hen bijna omver. Het wrak van een Citroën Dyane lag ondersteboven, stukken muur en auto-onderdelen lagen verspreid in het smeltwater dat al snel het grootste deel van het gebied bedekte, en een aantal auto's dat links langs de muur van het terrein te koop had gestaan was als afgedankte voertuigen bij een autosloperij in elkaar gedrukt.

Een bestelwagen helemaal vooraan lag geplet onder de brokstukken en erachter staken een paar blote, verschroeide benen uit, wat op dat moment het enige teken was dat er leven in het gebouw was geweest.

Het duurde een paar uur voor de brandweer het vuur onder controle had, maar Marcus bleef ter plekke en volgde de observaties van collega's en brandweermensen.

Voor middernacht hadden ze verder het gebouw in nog eens vier lichamen gevonden, die zo verkoold waren dat ze maar moeilijk het geslacht ervan konden bepalen. Hoewel de schedels van alle vier tamelijk vergelijkbare hoofdwonden hadden, konden ze niet ter plaatse vaststellen of die waren veroorzaakt door de heftige explosie met een regen aan projectielen van ontelbare metaalstukken uit de autowerkplaats als gevolg.

Ondanks de overwegende waarschijnlijkheid dat er sprake was van een ongeluk zocht Marcus de dagen erop routinematig naar een reeks mogelijke motieven dat de brand zou kunnen zijn aangestoken. Alle gedachten aan verzekeringsfraude moesten worden afgewezen, omdat de autowerkplaats ondanks alle voorschriften helemaal geen verzekeringen had, en bovendien was de eigenaar van de garage bij dezelfde gelegenheid om het leven gekomen, dus wat zou hij bij een aangestoken brand winnen? Waarschijnlijk was het ook niet gerelateerd aan motorbendes, want geen van de omgekomenen die later werden geïdentificeerd als automonteur had een crimineel verleden.

Met hulp van de geschokte weduwe van de eigenaar besprak Marcus de slechts weinige informatie over de geschiedenis van de autowerkplaats.

'Had je man of je gezin iets van onenigheid met iemand?' vroeg hij. Waren er leningen die niet waren terugbetaald? Vijandschappen? Hadden concurrenten hen bedreigd?

Maar de vrouw schudde telkens het hoofd. Ze begreep er gewoon niets van. Haar man was een prima ambachtsman, zei ze. Hij was alleen niet zo goed in papierwerk, maar was dat met handwerkers niet altijd zo?

Marcus moest toegeven dat dit in elk geval gold voor dit bedrijf, dat een accountant noch een boekhouder had. Alles wat deed denken aan correspondentie, klantenbestanden of boekhouding was in rook opgegaan, als er überhaupt iets van dien aard had bestaan.

De vrouw wist best dat als te zijner tijd de belastingaangifte moest worden ingediend er heel wat werk te verrichten zou zijn, maar de werkplaats had slechts een aantal maanden bestaan, dus dat zou ook wel lukken.

Toen het bedrijfsterrein een paar weken later werd ontruimd, stond men nog steeds met lege handen. Alleen deze ogenschijnlijke onbeduidendheid, die een alerte forensisch onderzoeker toch in het rapport had genoteerd, stak boven de rest uit, iets wat Marcus pas zo veel jaren later, bij zijn laatste bestudering van het rapport, was opgevallen.

Er stond: *Een paar meter buiten de toegangspoort, tegen het hekwerk aan, lag een negen centimeter hoog bergje zout.*

Daarna stond er als een extra toevoeging, die toch overpeinzing en verwondering had moet wekken: *En het was keukenzout, geen strooizout.*

3

Dinsdag 1/12/2020

CARL

'Er lag een kopie van de zaak in het archief, Carl.' Rose smeet hem voor Carl neer. 'Gordon en ik hebben hem vanochtend gelezen. Er staat dat jij als eerste ter plaatse was?'

'Ja, blijkbaar.' Hij knikte en wees naar het exemplaar van Marcus. 'Dit rapport heeft al die jaren op de diverse werkkamers van Marcus stof liggen verzamelen. Het is jullie waarschijnlijk duidelijk wat dat betekent?'

'Ja, dat hij hem niet heeft kunnen loslaten,' antwoordde Gordon zo logisch als wat. 'Dus nu wil hij waarschijnlijk graag dat wij die last van zijn schouders halen.'

Carl stak een wijsvinger omhoog. '*Spot on*. Daarom nemen wij hem over, leggen alle andere zaken opzij en lossen hem op, zo is het.'

'Alle andere zaken opzij? Is dat niet een beetje té drastisch, Carl?' mompelde Rose. 'Vind je niet dat we op dit moment ruimschoots voldoende zaken hebben?'

Carl haalde zijn schouders op. Misschien, maar ondanks alles besliste toch de chef Moordzaken en bovendien had de zaak een bijzonder zwakke plek bij Carl weten te raken. Zo veel jaren later en nog steeds deed het buitengewoon pijn te denken aan het jongetje en aan zijn moeder, die alles was kwijtgeraakt wat ze liefhad. Hij kon niet lang met zijn ogen dicht aan dat verschrikkelijke ongeluk zitten denken, voordat hij haar trillen nog net zo duidelijk voelde alsof het gisteren was. Was het omdat hij zelf vader was geworden?

'Jullie hebben vast gezien wat Marcus onderaan in het brandtechnisch rapport heeft gemarkeerd, dus ik hoef jullie niet uit te leggen welke hoge prioriteit we aan dat deel van de zaak moeten geven. Niet alleen voor Marcus, maar evenzeer voor onszelf en afdeling Q.'

'Je bedoelt dat keukenzout?' opperde Gordon.

Carl knikte. 'Rose, jij bent sinds 2008 bij afdeling Q, dus dan moet er toch een belletje gaan rinkelen, of niet?'

'Over keukenzout?' Ze schudde het hoofd.

'Nou, maar zoek het dan uit. Want ik wéét dat er een aantal jaren geleden een zaak was die opzij is gelegd en waarbij er iets was met zout. Dat kon Marcus zich ook herinneren, maar zoals gezegd moet dat al wat jaren geleden zijn geweest, omdat we het tijdstip niet een-twee-drie konden bepalen. Maar probeer eens in de oude zaken te kijken, bijvoorbeeld die uit 2000 tot 2005, dan vind je wellicht iets.'

'Over zout dus?' Ze zag er niet enthousiast uit.

'Ja, ik herinner me zoals gezegd vaag dat er ooit een andere zaak was waarbij er een bergje zout in de buurt van de plaats delict lag.'

'Nou, maar dat is me dan ook wel een prachtige taak om toebedeeld te krijgen, echt hartstikke bedankt, Carl Mørck uit Vendsyssel. Nu ik er trouwens over nadenk, er ligt een behoorlijke berg zout op het erf van mijn neef in Gangløse. Moeten we hem laten arresteren?'

Carl trok zijn wenkbrauwen op. Als die meid in zo'n humeur was, dan was het een kwestie van je poot stijf houden.

'Dank voor je sarcasme, Salome. Denk je even aan wat Marcus voor jou heeft gedaan, Rose? Hij heeft je terug weten te krijgen in je baan, in ongeveer dezelfde vorm en met dezelfde statuur als vijf jaar geleden, terug in een betere positie en wat het verder nog allemaal heeft opgeleverd. Vind je dus ook niet dat Marcus heeft verdiend dat je alles doet wat in je macht ligt om die zaak uit zijn leven te bannen?'

Ze zuchtte. 'Je was echt een stuk grappiger, toen je nog een oude, chagrijnige etterbak was en geen heilige, oude chagrijnige etterbak. Maar ja, als je mij wilt pijnigen met het doorlezen van oude zaken, terwijl Assad de gevallen oplost die op onze bureaus liggen, dan zal ik het wel doen.'

Ze had zich al omgedraaid voor hij haar van repliek kon dienen. Rete-irritant.

Hij wendde zich tot Gordon, die eruitzag alsof hij nu de reprimande moest overnemen.

'En jij, Gordon,' zei hij met nadruk die de knaap deed huiveren. 'Jij moet mij helpen.'

Zijn schouders zakten naar beneden.

'Jij moet de weduwe zien te vinden van de man die eigenaar van de autowerkplaats was. Daarna moet je de oude vrouw zoeken die een paar dagen geleden bij de begrafenis was, de nicht van Maja Petersen. Als je dat hebt gedaan, breng je ze allebei naar mij toe. En een beetje pronto, alsjeblieft!'

Carls nieuwe werkkamer op de eerste verdieping was er zo eentje waarvan er dertien in een dozijn gingen, met standaardinventaris en gemakkelijk schoon te maken. Hij deed het raam open, legde het rapport van Marcus op de vensterbank en begon bij het begin. Het kostte hem bijna een kwart pakje sigaretten om hem door te lezen en het was buitengewoon grondig, net als alle andere rapporten die Marcus Jacobsen in zijn tijd als inspecteur bij de recherche had geschreven. Bij deze leek hij echter extra veel te zijn betrokken, mogelijkerwijs omdat hij zo goed als eerstehands getuige van de gebeurtenissen was geweest en omdat hij het radeloze verdriet van de jonge moeder nooit was vergeten.

Al op de eerste pagina verwoordde Marcus zijn ontevredenheid over het feit dat de toenmalige chef Moordzaken zijn onderzoek stopte en de zaak als een ongeluk classificeerde.

De vele volgende pagina's waren passages van de getuigenverhoren die Marcus had afgenomen, maar nuchter bezien waren er maar weinigen die iets konden bijdragen, als er al een bij was.

'Wat heb je gezien?' en 'Wat weet je?' vroeg Marcus de mensen die hij verhoorde altijd. 'Bezit je kennis over iets wat tot deze gewelddadige explosie kan hebben geleid?' Niemand kon hem een spoor geven dat hij verder kon onderzoeken. De jonge vrouw die haar kind had verloren, verklaarde waarom ze naar de autowerkplaats was gegaan. Iets met de achteras van een Citroën Dyane die moest worden vervangen omdat hij was vergaan. Telkens als ze bij het punt kwam waarop ze wilde vertellen over het moment van de explosie en hoe de wandelwagen met haar driejarige zoontje uit haar handen werd gerukt, stortte ze in.

Daarna was er een aantal verklaringen van de weduwen van de monteurs die om het leven waren gekomen, en alles bij elkaar was er niets wat op iets anders wees dan dat het een actieve, jonge garage was geweest met veel vakmanschap bij de arbeidskrachten. Ze werkten vaak over, maar de salarissen werden altijd snel uitbetaald en waren niet slecht, integendeel, had een van de vrouwen gezegd.

Precies dat onderstreepte Carl.

'Het was niet moeilijk om de weduwe te vinden, Carl. Ze was wel hertrouwd en had een andere achternaam gekregen, maar godzijdank woonde ze nog steeds op hetzelfde adres.'

'Wanneer komt ze hiernaartoe, Gordon?'

'Ze is hier. Ze wacht binnen bij Rose.'

Carl knikte goedkeurend. Hij moest weldra erkennen dat de jongste op de afdeling niet helemaal vochtig meer was achter zijn oren.

'En die nicht die de overlijdensadvertentie in de krant had geplaatst, zij komt over een uur. Zij was een beetje zenuwachtig en in de war dat je met haar wilde praten, maar ik heb tegen haar gezegd dat je doorgaans niet bijt.' Hij grijnsde.

Doorgaans niet bijt?! Carls glimlach werd halfhartig. Een beetje vochtig achter de oren was die mafkees dus nog steeds.

Carl sloot de map, zodat de weduwe de heftige foto's van de lichamen op de plaats van het ongeluk niet zou zien.

Hoe de weduwe van de eigenaar er dertig jaar geleden uit had gezien wist hij niet, maar voor een zestigjarige vrouw was ze bijzonder jeugdig. Maar weinig van dit gezicht kan met Gods hulp zijn gedaan, dacht hij toen ze haar mondkapje afdeed. Ze probeerde zelfs te glimlachen, maar die glimlach bleef als het ware in haar gezicht steken.

De eerste minuten worstelde hij een beetje met de vragen, maar wie niet waagt die niet wint, dacht hij en kwam met een vraag die ze volgens het rapport niet eerder had gekregen. Een regelrechte slag in de lucht.

'Er ging bij je man in die periode heel wat geld door zijn handen, maar hoe merkte jij dat eigenlijk?'

Ze deed haar haar achter het ene oor, terwijl een rimpel op haar voorhoofd zich probeerde te uiten. 'Nou ja, we betaalden in elk geval al onze rekeningen op tijd, bedoel je dat?'

'Nee, ik bedoel al die extra dingen die er waarschijnlijk bij kwamen. Auto, afwasmachine, nieuwe kleren, al die dingen.'

Ze leek heel opgelucht over de concrete mogelijkheden die ze kreeg.

'Ja eh, Ove kocht het vakantiehuisje. Dat heb ik nog steeds. In Tisvilde.'

Carl floot. 'Dat was waarschijnlijk precies het juiste moment om een vakantiehuisje in Tisvilde te kopen. Tegenwoordig is het niet meer te betalen.'

Haar korte knik drukte een zekere trots uit.

'Hoeveel betaalden jullie daarvoor, weet je dat nog? Jullie kochten het contant, toch?' probeerde hij.

Ze knikte en zag er nadenkend uit. Goeie genade, wat was zij makkelijk een zetje te geven.

'Iets meer dan honderdduizend kroon, volgens mij.' Ze knikte om zichzelf te bevestigen.

'Dus de werkplaats liep goed?'

Ze knikte. 'Ove werkte ook echt heel veel. Maar dat deden ze allemaal.'

De rest van hun gesprek duurde twintig minuten en het zou waarschijnlijk ook de laatste keer zijn.

'Ik heb het idee dat er bij dat bedrijf meer bedrijvigheid was dan bij de meeste autowerkplaatsen,' zei hij tegen Rose nadat de weduwe was vertrokken.

Ze luisterde niet. 'Weet jij eigenlijk wel waar jij mij mee hebt opgezadeld, Carl?' Rose had vele gezichtsuitdrukkingen en de uitdrukking die ze op dit moment had, beviel hem niks. Wie had het ook alweer over chagrijnige etterbakken gehad?

'De zaken van 2000 tot 2005 zijn nog niet gedigitaliseerd, dus ik zit maar te bladeren en te bladeren in die rapporten. Je moet er niet op rekenen dat je ontkomt aan overwerkvergoeding als je wilt dat ik dit een beetje snel doe.'

Klagen, klagen, klagen. Eigenlijk heel gezellig.

'Jij zegt maar hoeveel uur je nodig denkt te hebben, dus ga gerust verder met je buitengewoon fantastische werk.'

Stak ze nou haar tong uit?

4

Dinsdag 1/12/2020

CARL

Carl opende het rapport en bekeek aandachtig de vele foto's van de dode lichamen uit de autowerkplaats. Onderzoeken op de vindplaats noch die op de obductietafels hadden hem veel wijzer gemaakt. De forensisch arts die de omgekomenen had onderzocht schreef over een van de lichamen: '*Omdat de overledene onder een stalen tafel werd gevonden en daarom geen ernstig letsel had behalve op zijn achterhoofd moet je concluderen dat het object dat zijn achterhoofd raakte hem ook heeft gedood. Dit object is mogelijk daarna intact op de grond gevallen, omdat we geen fragmenten ervan in de schedel hebben aangetroffen, wat overigens ook niet het geval was bij de overige lichamen. Opvallend is dat in drie van de gevallen de verwondingen bijna identiek zijn en alleen het achterhoofd hebben beschadigd, wat waarschijnlijk zou kunnen worden toegeschreven aan het feit dat de explosie op een bepaalde hoogte heeft plaatsgevonden en dat alle drie dicht in de buurt zijn geweest en er met hun rug naartoe hebben gestaan.*'

Carl las de kronkelige verklaring meerdere keren, terwijl hij de foto's bestudeerde. Er waren ook hoofdwonden aangetroffen bij de laatste twee lichamen, maar die zaten dichter bij de slaap, en behalve deze verwondingen waren er talrijke andere op het lichaam aanwezig. Bij het lichaam van een van de slachtoffers hadden zich zo veel metaalfragmenten in zijn bovenlichaam geboord dat het deed denken aan een spijkerbord, zo dicht zaten ze op elkaar.

Daarna bladerde hij verder naar de foto's van het graafwerk dat de slachtoffers tevoorschijn had gehaald. Dat was vast geen aangename klus geweest.

Toen hij bij de fotodocumentatie over de situatie op het terrein van de autowerkplaats kwam, hoorde hij voetstappen op de gang, dus sloot hij de map en wachtte.

De nicht van de overleden Maja was gearriveerd en was blijkbaar sterk aangedaan door de situatie.

'O, het is zo vreselijk dat Maja zich op haar verjaardag van het leven heeft beroofd. Ze had me zelfs nog uitgenodigd om te komen, maar helaas moest ik op het laatste moment afzeggen, ja, je moet er niet aan denken. Ik ben verpleegster en zoals gebruikelijk in deze coronatijd was er een tekort aan personeel op de afdeling, dus ik moest wel...' Ze perste haar lippen op elkaar en moest zich een moment herpakken. 'Als ik er nou gewoon heen was gegaan, dan had ze misschien...'

Ze keek Carl smekend aan, alsof ze wilde dat hij haar aan verdere aanklachten zou laten ontkomen.

Carl overwoog haar hand te pakken, maar het mondkapje dat onder haar neus hing, maakte dat hij zich bedacht. 'Je hoeft jezelf niets kwalijk te nemen, het kan nooit jouw schuld zijn dat het zo is gegaan. Het is mijn ervaring dat mensen die zelfmoord willen plegen er in het algemeen voor zorgen dat het niet al te lang duurt voor ze worden gevonden. Zelfs in de dood zouden de meeste mensen het niet kunnen verdragen als hun aanblik te grotesk en te gruwelijk zou zijn. Dus Maja had het toch wel gedaan voordat jij zou komen, daar ben ik zeker van. Je had haar dan alleen wat eerder gevonden.'

Ze knikte. 'Ja, ik heb hetzelfde gedacht, maar dank je dat je dit zegt. Van Maja was heel moeilijk hoogte te krijgen en ze was moeilijk te voorspellen. Sinds haar zoontje overleed, is ze nooit meer helemaal zichzelf geworden. Ze redde zich, ja, was eigenlijk heel goed in haar werk, maar ik merkte wel hoe het leven haar kwelde, dat voelde ik gewoon.'

'Jij stond dicht bij haar, begrijp ik. Jij hebt de overlijdensadvertentie geplaatst.'

'Ja, ik ben immers de enige overgeblevene die haar werkelijk kende. Ze had nooit echt sociaal contact met haar werkcollega's, en met haar ex-man, met wie ze Max kreeg, had ze ook geen contact. Dat stopte zelfs al voor het ongeluk en hij steunde haar nooit in haar verdriet. Ook dat zat diep bij haar, volgens mij.'

'Maar Maja en jij zagen elkaar?'

Ze knikte. 'Ja, maar al die jaren hebben we nooit echt over dat ongeluk gesproken. Ja, in het begin misschien, natuurlijk, toen ging het bijna over niets anders. Maar daarna niet meer, niet serieus.'

Ze veegde de heldere vloeistof die uit haar neusgaten stroomde weg. Zelfs in die situatie had ze een sterke uitstraling.

'O, er was zoveel dat haar kwelde. Ze vervloekte zichzelf erom dat ze die garage had gekozen om een paar honderd kroon te besparen. Ze vervloekte zichzelf ook vanwege het feit dat ze zo'n wrak van een auto had gekocht. Ze verweet zichzelf dat ze er überhaupt in wilde rijden toen het eindelijk winter was geworden, en dat ze niet had kunnen wachten om te weten te komen wat een nieuwe achteras haar zou kosten. Je moest eens weten hoeveel zelfverwijten haar leven bepaalden. Ze kon het niet over skipakken, wandelwagens, oude auto's en een heleboel andere dingen hebben zonder in huilen uit te barsten. Op haar werk moeten ze wel heel tolerant zijn geweest, aangezien ze haar konden verdragen, dat moet wel.'

'Uit het obductierapport kan ik aflezen dat het jongetje een brace aan zijn ene been had, wat was zijn probleem, weet je dat?'

'Ja. Max werd geboren zonder een goed functionerend kniegewricht in zijn rechterbeen, dus de eerste jaren heeft hij behoorlijk wat operatieve ingrepen ondergaan.'

'Maar hij kon lopen?'

'Ja, dat leerde hij enigszins en dat was Maja's verdienste. Dat was de reden dat haar man haar een paar maanden na de geboorte verliet. Hij kon niet leven met een gehandicapt kind en een moeder die aan niets anders dacht. Hij was gewoon een van die slapjanussen die hun vrouw verlaten als het leven moeilijk wordt en dan opnieuw beginnen met hun eigen leven.'

Hij kreeg het telefoonnummer van haar werk, zodat hij altijd kon bellen als er nieuwe vragen opdoken, maar Carl had het idee dat er waarschijnlijk van haar kant geen doorslaggevende nieuwe dingen zouden komen.

Op dit moment moesten zijn hersenen zich door alle theorieën heen zien te werken. In de eerste plaats was er de bewering van de jonge Maja dat ze al voor de eerste explosie een paar benen naar buiten had zien steken bij de ingang van de werkplaats die zich aan Carl opdrong. Zelfs al had ze het misschien verkeerd gezien en hadden de benen in werkelijkheid onder de carrosserie van de bestelwagen uitgestoken en niet bij de achterkant, koos hij ervoor haar uitspraak te geloven. Het was haar namelijk uitdrukkelijk opgevallen, beweerde ze destijds, dus waarom niet?

Als het waar was, waarom lag de man daar dan eigenlijk? Was het mogelijk dat hij al dood was vóór de explosies?

Carl overdacht het scenario. Als de man al dood was, zou onwillekeurig de gedachte ontstaan dat er een misdrijf achter zat en dan dienden zich allerlei nieuwe vragen aan.

Hoe waren de hoofd- en nekverwondingen ontstaan? Had de man in de deuropening geprobeerd weg te komen? Waarom had geen van de anderen naar buiten kunnen komen, was dat omdat ze al voor de explosies waren gedood? Te oordelen naar de plattegrond van de werkplaats lagen vier van de lichamen tamelijk dicht bij elkaar in de kleedruimte in het midden van het gebouw, maar hoe kon je de hele groep ombrengen zonder dat die weerstand bood? Of was er wel weerstand geboden? En wat zorgde ervoor dat alles explodeerde? Er waren theorieën dat de eerste explosie kwam door een paar tanks met tolueen, een sterk oplosmiddel, maar was dat ook zo? Waarom lag er een bergje zout buiten het gebouw, was dat daar met opzet neergelegd, of was er iemand langsgekomen met een zak die kapot was, en waarom zou iemand überhaupt op die godverlaten plek met een kapotte zak zout langslopen? Er waren waarschijnlijk niet veel vragen bij waarop ze ooit een antwoord zouden krijgen, maar Carl begreep nu al waarom Marcus zijn onderzoek niet wilde stoppen en ook waarom hij die zaak nooit uit zijn systeem had kunnen krijgen.

Voor Carl en alle andere rechercheurs was er dan maar één wezenlijke vraag die overbleef als het om een misdrijf ging: wat was in dat geval het motief?

Blijkbaar verdiende Ove Wilder Auto's een mooie bak geld boven op wat gebruikelijk was. Maar waar kwam dat dan door? Ging het om drugs, witwassen of een of andere vorm van oplichterij?

Carl schudde zijn hoofd en keek nog een keer naar de foto's in het rapport. Het was meer dan dertig jaar geleden, dus hoe moest je dan verder zien te komen?

'Heb je iets aan de dames gehad die ik voor je had geregeld?' Gordon werd gedreven door zijn nieuwsgierigheid. 'Zat er iets bij hun informatie dat van belang was?'

Carls hoofd wipte heen en weer. 'Tja. In elk geval weet ik nu wat meer over de vrouw die haar kind heeft verloren bij… die explosie,' zei hij en hij aarzelde bij het laatste woord. Hij had 'ongeluk' willen zeggen, maar dat kon hij niet.

'Ja! Je kunt wel hartstikke depressief worden van zo'n treurig leven. Stel je voor, een heel leven dat door zoiets wordt verwoest. Misschien maar een vonkje en dan… boooooem!' Gordon schudde zijn hoofd, maar fronste bij de aanblik van de bovenste foto in de map opeens het voorhoofd. Daarna trok hij de stoel bij de muur naar zich toe en ging erop zitten. Hij ging in slow motion zitten, met zijn blik stijf op de scherpe foto gericht die op tafel lag.

'Dat is Maja's Citroën Dyane toch, die daar op zijn kop ligt?'

Carl knikte. Dat stond er ook bij geschreven op de rand van de foto.

'Die foto zat niet in onze map met kopieën!' zei Gordon met donkere stem.

'Aha. Jij hebt het idee dat er iets bijzonders mee is?'

'Heb jij een vergrootglas in de la?'

Carl rommelde, vond het vergrootglas en gaf het aan hem.

Gordon liet het vergrootglas een paar keer over de foto gaan. 'Krijg nou wat,' zei hij vervolgens.

Hij trok de dossiermap naar zich toe en bladerde de bladzijden systematisch door, tot hij vond wat hij zocht.

Daarna las hij het stuk een paar keer door om helemaal zeker te zijn, legde de map neer, schudde vol ongeloof zijn hoofd en schoof vervolgens de pagina naar Carl toe.

'Kijk hier eens, Carl. Het is het verhoor van Maja door Marcus, een maand na het ongeluk.' Hij tikte op de tekst.

'Ja, dat heb ik net gelezen. Ze kreeg de boodschap van voorman Ove Wilder dat haar achteras moest worden vervangen, omdat hij vergaan was.'

'Precies. Maar kijk nou eens naar de foto van haar auto die op zijn kop ligt. Wat zie je?'

Carl liet het vergrootglas een paar keer heen en weer gaan.

'Ik zie dat ze de achteras hebben vervangen, zoals ze zeiden te zullen doen. Hij ziet er dan wel niet helemaal nieuw uit, maar hij is in elk geval niet vergaan. Ze hebben vast een reserveonderdeel gebruikt dat ze nog hadden.'

'Goed, maar dan moet ik het waarschijnlijk even voor je opfrissen. De garage belt nog geen vijfentwintig minuten voor de explosie naar deze Maja en zegt dat ze waarschijnlijk de achteras moeten vervangen.'

'Ja.'

'Sorry dat ik het zeg, maar jij hebt niet veel verstand van auto's als jij denkt dat je een achteras zo snel kunt vervangen.'

'Dus jij denkt dat ze het al hebben gedaan voordat ze hebben gebeld, wat is het probleem?'

'Dat is geen nieuwe achteras, kijk zelf nog maar eens, die ziet er redelijk origineel uit. Dus als je het mij vraagt, was er helemaal geen vervanging nodig.'

'Ik hoor wat je zegt,' zei Carl en hij keek naar zijn sigaretten. Waarom mocht een man niet gewoon een sigaretje pakken als dat zijn gedachten op gang kon helpen?

Hij zuchtte en keek naar Gordon. 'Ze hebben tegen haar gelogen en wilden een reparatie uitvoeren die niet nodig was, is dat wat jij denkt?'

'Ja, of ze wilden helemaal geen reparatie uitvoeren, maar er wel voor betaald krijgen. Of het nou het een of het ander was, ze wilden de vrouw doelbewust een heleboel geld afhandig maken.'

Carl knikte en keek nog een keer naar de foto.

'Dus Ove Wilder Auto's belazerde zijn klanten, zeg je?'

'Ja, verdorie. Besef je wel wat er op die manier aan geld binnen kon komen, als je maar genoeg klanten hebt, en die waren er volgens mij, zoals zij mensen lokten met lage prijzen? Ze vonden bij de auto's die ze binnen kregen gegarandeerd altijd wel iets wat niet in overeenstemming was met de werkelijkheid en wat klanten niet checkten of het wel was uitgevoerd. Zie je het voor je?'

Carl fronste het voorhoofd. Misschien moesten ze een overzicht zien te krijgen van het geldverbruik van de rest van de monteurs.

Zouden zij ook te veel contant geld in handen hebben gehad en er vakantiehuisjes en dergelijke voor hebben gekocht?

5

Dinsdag 1/12/2020

TEN NOORDEN VAN KOPENHAGEN

Vooraan op tafel naast de adventskaars die zich eigenzinnig naar het getal één toe brandde, lagen de papieren met de twee laatst uitgekozen kandidaten voor de volgende liquidatie. De gezichten van beiden op de fotokopieën straalden met een zelfvoldane glimlach en een kordate blik, en hun cv's wasemden van misselijkmakende, zelfzuchtige carrièrekeuzes. Het waren twee cynische, machtige mensen die geen middel zouden schuwen om hun plannen te verwezenlijken, dus wie moest er vóór wie komen, zou je kunnen denken?

Het was een moeilijke keuze. De een had al een paar jaar in de wachtstand gestaan, terwijl de ander pas de laatste paar maanden op haar lichtpaneel was verschenen. Neem je dan niet gewoon degene die de meeste schade veroorzaakt? Of neem je degene wiens leven je het eenvoudigst kunt beëindigen en waarbij het risico om ontdekt te worden het minst is? Het was elke keer weer zo'n dilemma dat je uiterst serieus moest nemen.

Het feit dat de eerste kandidaat alleen woonde, sprak er natuurlijk voor dat hij de eerste keus was. Extraverte personen als hij die alleen woonden, deden vaak onvoorspelbare dingen. Ze belanden continu in nieuwe kennissenkringen, waardoor hun vrienden en bekenden voortdurend worden vervangen, en het beeld van de actuele persoonlijke contacten wordt daarmee diffuser. Een eventueel onderzoek zou zich in dat geval eenvoudig in vele richtingen tegelijkertijd bewegen en daarmee zou het politiewerk vertraging oplopen en op een dwaalspoor worden gebracht, iets wat je niet moest minachten. De andere kandidaat woonde daarentegen in een tweede huwelijk samen met zijn haast disfunctionele en iets te ondernemende gezin, en wie kon met honderd procent zekerheid voorspellen waar de familieleden zich bevonden, of wat ze zouden doen, wanneer de ontvoering moest plaatsvinden? De eerste kandidaat had ondertussen een leeftijd bereikt waarbij de liquidatie geblokkeerd zou kunnen worden door de natuurlijke dood van de betrokkene en dat was hoe dan ook niet bijzonder wenselijk. Maar misschien kon hij nog een paar jaar mee, hij leek immers in goede conditie te verkeren. De andere kandidaat had daarentegen dat zeer actuele en controversiële kranteninterview, dat op tafel lag, sterk tegen. Dus wie moest je nemen? Het duurde nog een week tot de ontvoering, maar voorbereidingen kostten immers tijd.

Een krachtig licht drong het raam binnen en gleed over de foto's. Dan was er iemand het tegelpad op gekomen en op weg naar de voordeur.

Er werd aangebeld. Het was twintig minuten voor middernacht, dus wie was het?

Een groene onderlegger werd over de fotokopieën gelegd en een tweesnijdende, vlijmscherpe briefopener werd uit de la gepakt. Dit soort voorzorgsmaatregelen op dit moment van de dag waren al vele jaren volstrekt noodzakelijk.

Zorgvuldig werd de gestalte van de aangekomene op het scherm bekeken. Het licht boven de deur knipperde, dus het was niet helemaal duidelijk, maar er stond slechts één persoon en deze stond geheel roerloos. Geen staccato bewegingen, geen stappen voor- of achteruit, dus de voordeur werd voorzichtig op een kier geopend, terwijl de briefopener geborgen in de hand op de rug lag.

De gestalte die in het licht van de hal naar voren stapte, was een bekend gezicht.

'O, ben jij het, Debora, waarom heb je niet aangebeld?'

'Je weet toch dat ik dat niet doe als het om iemand gaat die is uitgesloten.'

'Uitgesloten zeg je, maar het is toch al een tijd geleden dat Eva werd uitgesloten. Twee maanden of zo?'

'Ja, en toen had ze er al tijden naar gesolliciteerd.'

‘Krijgen we problemen?’

‘Ik voel me niet helemaal gerust over haar, dat is alles. Je hoort dingen.’

‘Ze begrijpt toch de uiterste consequentie als de zwijgplicht wordt verbroken?’

‘Dat hoop ik, maar ja, dat weet ze.’

Ze stapte met een rustige gelaatsuitdrukking de deuropening in om het te onderstrepen.

‘Dat is goed, Debora, dat is heel goed. Haar opvolger, gaat dat goed?’

‘Ja, zij is een pareltje. Ik noem haar Ruth. Een mooie Bijbelse naam, vind ik, maar ze heet Ragnhild. Ragnhild Bengtsen.’

6

1993

RAGNHILD

Ragnhild zat op een oud dekbed, en eronder stonden kartonnen dozen vol met oude troep, zoals haar vader altijd zei, en hij was zo hard als steen, op tv had ze gehoord dat je dat kon zijn. Hard als steen was niet goed, want dan was je hart dat ook, zei iemand, en als je hart dat was, moest je soms heel goed oppassen.

Ragnhild zat bijna altijd in haar eentje op het dekbed boven op de kartonnen dozen in de woonkamer. Eigenlijk was het de enige plek waar je kon zitten, want de bank en de leunstoel lagen vol smerige, oude spullen, en op de vloer wilde ze niet zijn, want er kropen allerlei beestjes rond, zodat je overal jeuk kreeg.

Als ze iets zei over dat dit bij haar kameraadjes niet het geval was, werd haar moeder heel kwaad en schudde ze Ragnhild door elkaar, en na afloop had ze soms veel pijn in haar hoofd en haar nek. Dus Ragnhild keek goed uit en was op zichzelf als dat kon.

Elke dag maakten haar vader en moeder ruzie. Haar vader schreeuwde dat ze een vuile viespeuk was en haar moeder gaf nog harder antwoord dat hij dat ook was, alleen op een andere manier.

Dat begreep Ragnhild niet, maar het maakte haar verdrietig.

's Avonds was haar vader nooit thuis, en haar moeder zat in het kamertje achter de slaapkamer en schoof dingen van de ene kant naar de andere, heen en weer. Op zulke avonden zat Ragnhild blij te kijken naar het kleine zwart-wit-tv'tje, zonder dat de volwassennen kwamen en haar wegjoegen.

Ragnhild hield van veel dingen op dat tv'tje. Niemand van de andere kinderen zag wat zij zag. Programma's met wilde dieren en laat 's avonds, als de andere kinderen naar bed moesten, wilde Ragnhild nog wel eens na middernacht opblijven als er een goede film werd uitgezonden.

Goede films waren films met mannen die net zo oud waren als haar vader en die aardig waren tegen mensen die goed waren, maar optraden tegen mensen die dat niet waren. Het meest hield ze van John Wayne. Hij kon scheef glimlachen, hij liep zo mooi en langzaam en had grote handen en revolvers, zodat anderen bang voor hem waren. Waren ze dat niet, dan konden ze wat beleven, want dan kregen ze een flink pak slaag en dan glimlachte Johan Wayne nog een keer scheef. John Wayne, Arnold Schwarzenegger en Sylvester Stallone waren de beste, dus zij had vele malen op hun namen geoefend. Op sommige dagen praatte ze zoveel over hen op school dat de anderen uiteindelijk geen zin meer hadden om naar haar te luisteren. Een meisje zei dat ze niet geloofde dat ze zo bijzonder waren, áls ze al bestonden. Dat maakte Ragnhild heel verdrietig en boos.

Soms, als het buiten warm was, stonk het hele huis vreselijk, en dan kwam haar vader overdag ook niet thuis. Als hij extra knorrig en boos was, zei hij voortdurend woorden waar de leraren op school niet van hielden en dat vertelden ze haar als ze een ervan gebruikte. Ragnhilds vader zei ook heel grove woorden recht in haar gezicht en soms op een manier waar ze heel bang van werd. Vorige zomer, toen ze zes jaar werd en de zon heerlijk scheen, kreeg ze een heleboel sproeten en dat maakte dat andere mensen naar haar glimlachten, maar haar vader niet. Hij zei dat het iets was wat kwam doordat ze een slecht mens was, net als haar moeder, en dat het slechte alleen maar probeerde via de huid te ontsnappen. Dan probeerde hij ze met een doek weg te wissen en pakte hij haar bij haar dijen en tussen haar benen en zei dat ze daarvandaan kwamen, maar de sproeten verdwenen niet.

Ook in jaren waarin ze niet zo veel sproeten had deed hij hetzelfde en ze vond het niet fijn. Als ze dat tegen hem zei, werd het alleen maar erger.

Ragnhild wilde graag een kat, want dan had ze iets om te aaien en mee te praten, maar haar moeder werd woest en schreeuwde hard dat katten alleen maar stonken, met hun gezeik en hun vismaaltijden en daar kon ze niet tegen. Dus Ragnhild moest het niet wagen er eentje mee naar huis te nemen.

Maar dat interesseerde Ragnhild niet, want het stonk overal in huis toch al verschrikkelijk, dus toen de kat van de buren kittens kreeg, gaven ze haar een met bruine strepen, die ze niet hoefde terug te brengen.

Toen haar vader het dier hoorde miauwen, werd hij zo rood als een biet en hij probeerde het met zijn grote schoenen te schoppen. Ragnhild begon te huilen en trok de kitten naar zich toe. Maar dat maakte haar vader niet minder woedend en dus sloeg hij in plaats daarvan Ragnhild.

Midden in het spektakel kwam haar moeder de kamer binnen en schreeuwde dat ze niet beter verdiende als ze niet wilde gehoorzamen. Op dat moment werd Ragnhild heel bang.

Het was de eerste keer in Ragnhilds zeven jaar dat haar vader en moeder het ergens over eens waren. Het was ook precies de eerste keer dat Ragnhild dacht dat zij zonder hen misschien beter af zou zijn.

7

Woensdag 2/12/2020

MARCUS

Het was het soort telefoontjes waarop Marcus op een drukke dag niet zat te wachten en de inspecteur van de narcoticabrigade, Leif Lassen alias 'de Snuffelhond', klonk ook behoedzaam bij het doorgeven van wat hem net ter ore was gekomen.

'Er valt op dit moment niet zoveel over te zeggen, Marcus, ik wilde je alleen op tijd waarschuwen. Maar de Nederlandse politie, de politie in Slagelse en onze afdeling hier in Kopenhagen zijn bezig met het opstellen van een aanklacht tegen Carl Mørck, mogelijkerwijs Hardy Henningsen en postuum ook de overleden Anker Høyer, die als groep tot aan de dood van Anker in 2007 op grote schaal handel in cocaïne in gang zouden hebben gezet. Ik heb het over de zaak die wij jarenlang allemaal de spijkerpistoolzaak hebben genoemd, een zeer ernstige kwestie. Het spijt me, Marcus, wij weten immers hoeveel Carl voor jou en je afdeling betekent.'

Marcus opende zijn mond en zuchtte diep.

'Ben je er nog, Marcus?'

Hij slikte de brok in zijn keel door en ademde uit. 'Nee, verdomd nog aan toe, ik ben absoluut niet blij dat te horen. Cocaïne zei je? Zouden Hardy en Carl bij zoiets betrokken kunnen zijn geweest, dat vind ik heel moeilijk te geloven. Maar wat zeg je dat ze beweren? Ik bedoel, wat zouden Carl en Hardy daarmee te maken hebben? Hebben jullie concrete bewijzen, want dat moet ik jullie op het hart drukken, omdat het hier om een paar hooggeachte en zeer gewaardeerde collega's gaat.'

'Ik weet het. Het is ernstig en in het geval van Carl lijkt het genoeg te zijn voor een strafmaat van minimaal zes jaar onvoorwaardelijk. De rol van Hardy is nog steeds onduidelijk, terwijl we over de schuld van Anker Høyer waterdichte bewijzen hebben. Als hij nog in leven zou zijn, denk ik dat hij twaalf jaar zou krijgen, minstens!'

'Jij zei "lijkt", maar op mijn afdeling telt dat dus niet, Leif. Maar toch hartelijk dank voor de waarschuwing, die ik voor mezelf zal houden. Dat vind ik heel mooi van je. Verder ga ik ervan uit dat je me natuurlijk van het verdere verloop op de hoogte houdt.'

Marcus was oprecht geschokt. Dat Hardy en Carls collega Anker Høyer aan zoiets schuldig zouden kunnen zijn, was nog wel voor te stellen. Alleen het feit dat ze cocaïne in zijn lichaam hadden aangetroffen zei al iets. Maar Carl? Hij kon en wilde het niet geloven, maar hij kende de Snuffelhond. Als hij ergens lucht van kreeg, dan liet hij zich door zijn neus leiden.

Hij ging staan en stapte de lange gang in. Op dit moment kon hij met zijn gedachten niet in zijn eentje op zijn werkkamer zitten.

'Eh, Lis,' zei hij tegen de alomtegenwoordige secretaresse en helper van de afdeling. 'Wil je mij een plezier doen en alles over de zogenoemde spijkerpistoolzaak verzamelen en voor mij een kopie maken? Neem je tijd, het heeft geen haast.'

Hij keek met een schuine blik naar de twee gescheiden kantoren van afdeling Q, toen hij het woord 'spijkerpistool' uitsprak. Daar kon hij maar beter mee oppassen, want de mensen op deze verdieping waren specialisten in het aflezen van gezichten.

De deur naar Carls werkkamer stond als gebruikelijk op een kier, terwijl de deur naar de werkkamer van Gordon, Assad en Rose als altijd wagenwijd openstond. Voor zover hij kon zien, zat alleen Gordon op zijn plek, met zijn headset op en over zijn notitieblok gebogen.

Zat hij nou te lachen?

Er klonken energieke voetstappen aan het eind van de gang en omdat er maar één persoon op de afdeling was die een dergelijke energie had, bleef Marcus wachten.

'Hé, Assad, wil je even komen?' zei hij toen de man op hem af kwam stormen.

De krullen waren hier en daar inmiddels al een beetje grijs geworden, maar dat was na de laatste twee zware jaren niet zo verwonderlijk. Ook daarom riep Marcus hem bij zich, voordat Assad weer in de wonderlijke, gesloten wereld van afdeling Q verdween.

'Ben je op pad geweest voor een klus?'

Assad knikte en gaapte tegelijkertijd, toen ze in de werkkamer gingen zitten. 'Ja, neem me niet kwalijk, maar ik ben vanaf zeven uur vanochtend al bij mensen wezen aanbellen.'

'Die oude zaak in Hedehusene, kan ik me zo voorstellen.'

Assad gaapte nogmaals. 'Ja, maar ik denk helaas dat we daar voorlopig niet mee verder komen, Marcus. Die zaak is gewoon te oud geworden.'

Marcus fronste zijn wenkbrauwen. Als Assad dat zei, was er niet veel hoop op een opheldering, maar dat stond haaks op Marcus' overtuiging en opvoeding. Geen enkele moordzaak mocht ooit in de vergetelheid raken, en wat hemzelf betrof deze hier al helemaal niet.

Hij keek Assad welwillend aan. 'Hoe is het bij jou thuis, gaat het een beetje?'

Assad probeerde te glimlachen. 'Weet je, als de kameel in de dierentuin geslacht moet worden, dan hult hij zich in een huid met vlekken en verstopt hij zich bij de giraffen.'

Marcus glimlachte scheef, maar hij begreep het. Verging het Assad werkelijk zo?

'Maar je vrouw redt zich?'

'Ja, Marwa is degene die zich het best redt en dat is ook niet zo merkwaardig. Zij voelt zich Deens en is heel dankbaar dat ze terug is. Nella redt zich ook zo'n beetje, zij had al die vele jaren in Irak haar moeder, bij wie ze steun vond, en ze heeft met Marwa altijd Deens gesproken. Maar de verkrachtingen, de moorden op haar en Ronia's pasgeboren baby's en de vele jaren met doodsbedreigingen, daar komt ze nooit overheen.' Hij hield een korte pauze om de tranen in zijn bruine ogen tegen te houden. 'Ik doe wat ik kan, maar het zal lang, heel lang duren voor ze 's nachts weer rustig kunnen slapen. Voor Ronia is het gewoon nóg moeilijker. De tijd in Irak en Syrië heeft haar gebroken en haar compleet veranderd. Hoewel ze jarenlang volstrekt weerzinwekkend is behandeld, spreekt zij dus nog steeds vrijwel alleen Arabisch en het lijkt er helaas op dat ze, hoe langer we hier wonen, steeds meer is geradicaliseerd. Zij is in elk geval niet Deens op dezelfde manier als de twee anderen.'

'Oké, het spijt me dat te horen, Assad. Ik denk dat het misschien het stockholmsyndroom kan zijn. Ronia heeft zich gehecht aan degenen die haar schade hebben toegebracht, dat gebeurt onbegrijpelijk genoeg heel vaak. Maar ze krijgt toch nog wel ondersteuning en psychologische hulp?'

'Ja, dat krijgen we allemaal, al meer dan een jaar. Wat dat betreft is Denemarken een prachtige plek. Mijn gezin heeft meer geluk dan de meeste mensen als wij.'

Marcus knikte. 'En je zoon?'

'Dank dat je het vraagt, maar met hem is het anders. Het grootste probleem is dat Alfi in Irak is geboren en geen Deens staatsburger is. Wij hebben geluk dat hij bij ons mag wonen, maar zijn asielaanvraag is in behandeling. Maar wat moeten we doen als ze van ons eisen dat hij naar Irak terug moet? Moeten wij daar dan allemaal naartoe?'

Marcus kende de rigide regels, maar schudde het hoofd. 'Wij kunnen je hier niet missen, Assad, dus dat zal ik wel verder communiceren en tegenhouden.'

Assads glimlach was voorzichtig. Die macht had waarschijnlijk niemand, vertelde die glimlach. Helaas had hij waarschijnlijk gelijk.

'Als dat zou gebeuren, zou dat ons totaal verwoesten. Verder kan Alfi helemaal niet voldoen aan de vele testen en toetsen. Hij kan immers bijna niet praten en leert waarschijnlijk nooit Deens spreken. We weten trouwens niet waarom Alfi zo ver achter is, want Marwa vertelde dat de geboorte heel normaal is verlopen. Hij wordt nog steeds onderzocht en vrij nauwkeurig gevolgd, maar hoewel hij nu een jongeman van bijna negentien is, komt hij nog steeds over als een kleine jongen.'

'Ja, maar dat is ook niet zo verwonderlijk, Assad. Hij is onder zeer primitieve omstandigheden opgegroeid en zonder reële referentiepunten.'

'Eerlijk gezegd weet ik niet waar hij is opgegroeid.'

Hij keek met tranen in zijn ooghoeken een moment naar het tafelblad, voor hij rechtop ging zitten. 'De relatie tussen hem en zijn ontvoerder, Ghalib, moge die klootzak in de hel wegrotten, leek het meest op die tussen een baas en zijn hond. Alfi is ongetwijfeld jarenlang veel te geïsoleerd en ondergestimuleerd geweest, dus nu zijn Marwa en ik helaas op het punt gekomen dat we er niet meer van overtuigd zijn dat hij helemaal normaal kan worden, hoewel we hem op alle mogelijke manieren proberen te stimuleren. Voor hij naar Denemarken kwam, had hij bijvoorbeeld nog nooit een mobiele telefoon gebruikt, of een iPad, een computer, streamingtelevisie, ja, wat voor vorm van elektronica dan ook, dus we hebben hem moeten leren op knoppen te drukken en naar een scherm te kijken. De eerste keer dat hij voetbal op tv zag, zat hij te schreeuwen alsof hij op de tribune zat. Nu gaat het beter, dus hij houdt ervan dagen achter elkaar spelletjes op de computer te spelen en tv te kijken om alles in zich op te zuigen. De laatste tijd hebben we gehoord hoe hij een aantal woorden probeerde te zeggen, dus hij leert wel iets. Maar met Marwa en de drie kinderen die door corona zo lang in de woning moeten blijven, ja, nu al maandenlang, wordt het wel...' Hij zuchtte. Hij hoefde ook niet meer te zeggen.

Assad keek Marcus aan. 'Ik heb het al eerder gezegd, Marcus, maar ik kan je niet genoeg bedanken dat je mij en mijn gezin zo veel ruimte hebt gegeven. De zes maanden dat ik thuis bij mijn gezin heb kunnen zijn na datgene wat er in Berlijn is gebeurd, hebben denk ik ons leven gered. Dus je moet het maar zeggen als ik daar iets voor terug kan doen. Wat het ook is, je hoeft maar met je vingers te knippen en dan kom ik. Als we je gras moeten maaien, dan doen we dat. Wat het ook is.' Marcus zag dat hij het probeerde te illustreren met een vingerknip, maar hoorde geen geluid. Toen wuifde Marcus afwijzend met zijn handen en lachte.

'Stop, stop, Assad, ik héb helemaal geen gazon.'

'Oké. Maar als je constipatie krijgt, maak ik een kop echte Iraakse koffie, dan zul je eens wat zien.'

Daar lachte hij zelf om. Godzijdank dat ze hem nog steeds hadden.

'Nou, alvast dank, daar kijk ik dan naar uit. Maar à propos, iets doen, kun jij naar Carl gaan en hem zeggen dat jij hem van nu af aan helpt met de opheldering van die nieuwe zaak waar ze mee bezig zijn? Ik ben er onlangs achter gekomen dat die voor mij meer betekent dan ik me had gerealiseerd.'

Assad knikte en vertrok.

Marcus zat even na te denken. Als de waarschuwing van de Snuffelhond op wat voor manier dan ook in daden werd omgezet, reken maar dat hij op een potje tegenstand kon rekenen. Carl Mørck was dan wel een ondoorgrondelijke snuiter en het was volstrekt duidelijk dat er iets met hem was gebeurd bij de schietpartij op Amager, waarbij Anker werd gedood. Maar om een drugscrimineel te maken van zijn beste rechercheur, de grondlegger van een hele afdeling die samen met zijn uitstekende team zo veel misdaden had opgelost dat niemand hem dat ooit na zou kunnen doen, dat ging er bij hem eenvoudigweg niet in.

8

Woensdag 2/12/2020

‘Carl, je moet het raam even openzetten en een beetje doorluchten voordat Rose binnen komt stuiven,’ zei Assad. Carl keek hem met vermoeide ogen aan en wapperde wat met zijn hand. Dat moest goed genoeg zijn.

‘Ik heb Gordon aan het werk gezet om de weduwen van de monteurs te bellen om te vragen of hun mannen opvallende uitgaven hadden gedaan voor ze overleden. Ik heb hem gevraagd hun te zeggen dat ze open en eerlijk kunnen zijn als er iets illegaals is gebeurd, want dat is toch allang verjaard. Dat we hun het alleen vragen om een mogelijk achterliggende oorzaak te vinden waarom de autowerkplaats is geëxplodeerd en hun mannen zijn omgekomen.’

Assad schudde met zijn hoofd. ‘Kennen we die dan niet, Carl?’

‘Nee. Toen het onderzoek plaatsvond, zocht men intensief naar een oorzaak voor de moorden, als het tenminste moord wás. Men heeft onderzocht of er eventueel een verband met motorbendes bestond of dat het iets drugsgerelateerds was, of fraude met motornummers en eventuele verkoop van gestolen auto’s aan Oost-Europeanen. Maar alles liep dood. Het bedrijf heeft maar zes, zeven maanden bestaan en afgezien van de eerste twee btw-aangiftes, die een behoorlijk grote schuld lieten zien, wist men niets over de omzet, want de werkplaats heeft nooit zijn boekhouding aan de belastingdienst kunnen overdragen. En omdat alles was verbrand, computers, klantencartotheken, orderpapieren en alle boeken met inkoop van reserveonderdelen en dergelijke, stond men ook hier met lege handen. Sommige mensen op het hoofdbureau waren het meest geneigd aan te nemen dat als het geen ongeluk was, het eigenlijke doel van de explosie best eens op een heel andere plek had kunnen zijn en dat er een fout was gemaakt. Maar verder zijn ze dus nooit gekomen.'

Assad krabde aan zijn baardstoppels. 'Gordon heeft vanochtend ontdekt dat ze met de reparaties sjoemelden, zeg je, dus helemaal zuiver op de draad waren ze waarschijnlijk niet?'

'Graat, Assad. Zuiver op de graat, heet het.'

'Oké. Maar het hangt er waarschijnlijk wel van af hoeveel ze sjoemelden, of niet?'

'Ja, dat kun je met enige goede wil wel zeggen.' Carl glimlachte. Als het de taal aan uitdrukkingen ontbrak, was Assad te allen tijde in staat die te leveren. 'Maar ook al belazerde de werkplaats zijn klanten door hen te laten betalen voor reparaties die niet werden uitgevoerd, of die onnodig waren, kunnen ze veel ernstigere dingen hebben gedaan,' zei Carl. 'Heb jij ideeën?'

'Hebben we de weduwe gevraagd of de garage ook auto's kocht en verkocht?'

'We weten dat ze dat deden. Vele advertenties in *Den Blå Avis* en reclames in lokale kranten.'

'Gestolen auto's die andere carrosserienummers krijgen, overgespoten en doorverkocht worden kunnen best ontzettende narigheid veroorzaken. Oost-Europeanen bijvoorbeeld kunnen heel boos worden als ze worden bedrogen. Dat kan gaan om kilometertellers die worden teruggedraaid, valse serviceboekjes, van die dingen. Was er springstof gebruikt?'

'Nee.'

'Waarom raakt die zaak Marcus eigenlijk zo, Carl, weet jij dat?'

Carl keek een moment weg. Hij wist het maar al te goed, maar ze hoefden niet alles over hem te weten.

'Vermoedelijk is het een combinatie van vele dingen. Het dode jongetje, de moeder van het jongetje die zelfmoord heeft gepleegd en alle vragen die onbeantwoord zijn gebleven.'

'Als je het mij vraagt, denk ik dat Marcus de moeder van het dode kind heeft beloofd dat hij degenen die verantwoordelijk waren voor de explosies wel zou vinden.'

Carl knikte. Zeer denkbaar! Het was dan ook niet de eerste keer dat een politieman zijn belofte niet kon nakomen. In zo'n zaak wilde je namelijk graag wat dan ook beloven wat een beetje verlichting kon geven. Maar gebroken beloftes schudde je nooit van je af, dat was een feit.

'Je had gelijk, Carl,' klonk het luid vanuit de gang. Kon die knaap dan niet even wachten tot hij in Carls werkkamer was, zodat ze zich geen zorgen hoefden te maken over die veel te grote oren van die andere bemoeiallen hier op de etage?

Er kleurden fraaie rode vlekken op Gordons melkwitte babywangen. Hij was door het dolle heen.

'Ja, je hebt het goed gehoord. Alle monteurs hadden tot de tijd van het ongeluk in behoorlijk veel en grote zaken geïnvesteerd. Er is duivekaters heel wat geld door dat kleine bedrijfje gegaan.'

'Oké, goed, Gordon. Zoals wat bijvoorbeeld?'

'Auto's, elektronica, reizen. Het beste was nog dat de weduwen zeiden dat er altijd contant werd afgerekend.'

'Zwart geld,' mompelde Assad.

'Yep. De monteurs kenden elkaar allemaal al vooraf van de Technische School, en ze waren een stelletje herrieschoppers als ze samen waren. Oplichters waren het allemaal, vertelde een van de vrouwen mij, en het liet haar koud, want ze was toch al bij haar man weggegaan voor hij overleed. Ze was behoorlijk uitgesproken en zei dat als ze de mogelijkheid hadden om in de werkplaats trucjes uit te halen, dan deden ze het. De auto's die ze verkochten waren oude wrakken die ze hadden opgesmukt. Zij wist in elk geval dat ze voortdurend op autoveilingen waren om voor een prikkie auto's te kopen waarop verder niemand wilde bieden. Ze vermoedde dat ze waarschijnlijk vier, vijf van zulke opgesmukte wrakken per week verkochten.'

'Mijn hemel, dat zijn meer dan honderd auto's in de korte tijd dat het bedrijf heeft bestaan. Wist ze ook aan wie ze die verkochten?'

'Aan iedereen die de troep wilde kopen, zei ze. Veel allochtonen.'

Assad en Carl keken elkaar aan. Ze dachten hetzelfde.

'Wist ze iets over bedreigingen en klachten, waren er zulke dingen geweest?'

'Ze zei dat ze nooit iets vertelden over hoe het ging en als zij haar man vroeg, zei hij altijd dat ze gewoon haar mond moest houden en zich er niet mee moest bemoeien.'

'Heeft ze de politie dat achteraf niet verteld?'

'Toen was ze al bij hem weg en woonde al drie maanden samen met een Zweedse restauranthouder aan de zonnige costa. Ze hoorde pas over het ongeluk toen ze weer terugkwam, dus nee. Ze heeft niet met de politie gesproken.'

'Noemde ze nog andere trucs die ze uithaalden?'

Nu werden de rode vlekken op Gordons wangen nog duidelijker. Toen kwam het hoofdnummer, dat hij tot het laatst had bewaard.

'Ze vertelde me dat ze van een van de andere vrouwen had gehoord dat ze met de facturen van de reparaties knoeiden en niet zo'n beetje ook. Dus ik had gelijk, Carl. Elke afzonderlijke reparatie werd met minstens duizend kroon verhoogd, voor verbeteringen van zogenaamd heel ernstige mankementen die ze aan de auto's hadden ontdekt.' Hij barstte bijna uit elkaar van trots, zoals hij stond te trappelen terwijl hij het vertelde.

'Goed, Gordon. Dan begint het beeld van wraaklustige klanten zich beetje bij beetje af te tekenen. Nu wachten we dan maar op Rose, of zij een aantal zaken kan vinden waarbij er een bergje zout dicht bij de plaats delict is neergelegd.'

'Een bergje zout?' Assad keek hem verwonderd aan.

Carl schoof de zaak naar hem toe. 'Welkom bij de club, Assad. Je moet het zelf maar doorlezen. Want vandaag is het mijn beurt om Lucia uit de crèche te halen.'

Hij kreeg het vanbinnen bijna warm toen hij het zei.

Als Carl het zelf moest zeggen, was dit ondanks de coronapandemie de beste tijd van zijn leven. Alles had goed uitgepakt. Mona en hij hadden de liefste dochter van de wereld, ze woonden samen en waren getrouwd. Ludwig had de laatste vele weken afwisselend bij een vriend gewoond en verbleef nu bij hem tot de kerst. Als het af en toe een beetje lastig werd met het ophalen van Lucia, nadat Mona weer aan het werk was gegaan, was er een jong meisje in de woning naast hen dat graag een centje extra wilde verdienen. De enige keerzijde was dat Mona's oudste dochter hen helemaal had laten vallen nadat Lucia was geboren en dat Assad op het werk duidelijk getekend was door zijn nieuwe familieomstandigheden. Carl had de anders zo robuuste, sterke man meerdere keren met tranen in zijn ogen gezien als hij dacht dat hij alleen was.

‘Ik heb Assad mee op de zaak gezet,’ zei hij tegen Mona nadat hij bij de avondkoffie over Assad had gesproken. ‘Hij was vorige week bij jou op gesprek, hoe gaat het eigenlijk met hem?’

Ze schudde het hoofd en concentreerde zich erop dat haar dochter de lepel met moes in haar mond nam.

‘Ja, ik weet het. Een psycholoog heeft zwijgplicht, maar dan vraag ik het op een andere manier. Is het een vergissing van mij om te denken dat hij nu een normale opsporing aankan? Ik ga ervan uit dat dit gecompliceerd wordt, want Marcus en ik hebben een vermoeden dat er een overeenkomst kan zijn met andere onopgehelderde zaken en dan moet ik taken delegeren. Assad kan niet langer volstaan met het langs de deuren gaan en aanbellen en andere routineklussen als er een zaak als deze ligt.’

Ze glimlachte nog steeds, alsof ze oordoppen in had en niet verder kon denken dan de volgende lepel bananenmoes.

Carl zuchtte. ‘Mona, ik moet weten of ik hem beschadig als ik te veel van hem verwacht.’

Ze richtte haar blik op hem. ‘Dat merk je vanzelf, Carl, denk je niet?’

9

Woensdag 2/12/2020 en donderdag 3/12/2020

ROSE

Die avond brandde er slechts een enkele bureaulamp bij het rechercheteam, waar Rose zat te knabbelen op een paar oude, taaie Bugles die ze in een la had gevonden. Na vijf uur overwerk was ze klaar met er goed uitzien en moest ze bijna kotsen van de stank van oud papier, maar toen gebeurde er iets.

Dit magere rapport uit 2002 was verder makkelijk te overzien in de grote dossierstapels, omdat het slechts bestond uit een omslag, een paar foto's en twee velletjes papier. De conclusie van de zaak was dat het ging om zelfmoord, maar met het typerende afscheidssaluut van Hardy Henningsen als hij iets obscuur vond: '*Onder protest aan de kant gelegd.*'

Het ging om een man van middelbare leeftijd die een paar dagen na Pinksteren dood door koolmonoxidevergiftiging in zijn garage was aangetroffen. Het sterfgeval werd bij toeval ontdekt, toen zijn vaste schoonmaakster de garage betrad om schoonmaakmiddelen te halen. Bij de lijkschouwing werd met alle waarschijnlijkheid vastgesteld dat hij daar drie dagen had gezeten en dat de Volvo, die net was volgetankt, net zolang stationair had gelopen. Afgezien van het feit dat hij parlementslid was en publiekelijk bekendstond om zijn rabiate houdingen, zoals gedwongen sterilisatie van vrouwen met een bijstandsuitkering die meer dan twee kinderen hadden gekregen, was het sterfgeval geen voorpaginanieuws. De houding was eerder zo dat deze afloop van zijn politieke carrière de wereld en hemzelf het best diende.

De reden dat deze nogal zonneklare zelfmoord in 2002 toch terechtkwam in de stapel van mogelijke misdrijven was dat de forensisch arts twee lichte uithollingen in de polsen van de overledene had opgemerkt, wat een rood aanlopende schoonmaakster in verband bracht met bepaalde seksuele voorkeuren van de man die zij en háár man thuis in elk geval niet beoefenden. Plaatsvervangend chef Marcus Jacobsen gaf daarom brigadiers Carl Mørck en Hardy Henningsen de opdracht om een of meer mogelijke sekspartners van de man op te sporen en toen dat niet lukte, werd de zaak met de afsluitende opmerkingen van Hardy Henningsen aan de kant gelegd.

Halverwege het rapport waren enkele beschrijvingen van wat men in de garage was tegengekomen. De gebruikelijke planken met hoeveelheden keukenrollen, gepelde tomaten in blik en toiletpapier. Daarnaast stonden er schilderspullen en ingedroogde blikken verf, lagen er olievlekken en zout op de grond en was er een fiets die al jaren niet was gebruikt, als hij dat ooit was geweest. Ten slotte hing er nog een dakdrager aan het plafond, plus een bezem en een emmer.

Op het moment dat Rose het rapport doorlas, had haar maag ondanks de snacks al een uurtje ongeduldig geknord. Als ze aan haar honger had toegegeven en door het rapport heen was gesjeesd, was haar de kleine en volstrekt niet onbelangrijke informatie dat er zout op de grond lag waarschijnlijk niet opgevallen.

Ze liep snel het beeldmateriaal langs.

Het lichaam zat enigszins voorovergebogen op de chauffeursstoel. Zijn handen op schoot, keurig gekleed in een tweedjack, wat zijn handelsmerk was, en verder niets ongebruikelijks. Op de obductietafel zag men duidelijk de roze lijkvlekken die kenmerkend waren voor koolmonoxidevergiftiging, en dat was trouwens geen fraaie aanblik. Rose herinnerde zich de pafferige klojo van een politicus maar al te goed, wat een vreselijke figuur was hij geweest.

Voor zo'n doodgewoon standaardhuis in Rødovre als dat van hem was de garage buitengewoon groot. Als de man getrouwd was geweest en kinderen had gehad, zou die allang worden gebruikt voor knalfeesten. Nu was het slechts een keurig onderhouden uitbouw met een deur naar de rest van het huis en een kanteldeur, die overigens niet op slot zat.

Pas toen ze zijn auto uit de ruimte weghaalden, was het bergje zout te zien op het fotomateriaal. Een krijtwit hoopje van zo'n zes, zeven centimeter hoog, niet iets wat je ongebruikelijk zou vinden op een plek waar elke dag spullen heen en weer werden gebracht.

Rose vergat haar honger totaal.

'Je had me gisteravond moeten bellen, Rose,' zei Carl de volgende morgen.

'Nee, ik wilde Lucia niet wakker maken en ik wilde gewoon naar huis. Ik was pas om halfelf in Værløse, Carl.'

Haar chef knikte, haar inzet werd gewaardeerd.

'Kom,' zei hij en hij trok haar met zich mee met het rapport in zijn hand. Glimlachte hij naar de collega's, terwijl ze naar de werkkamer van de chef Moordzaken liepen en was dat uit leedvermaak?

Marcus Jacobsen zag de triomf in hun ogen onmiddellijk en beeindigde zijn telefoongesprek. 'Wat hebben jullie voor me?' vroeg hij toen Carl het dossier voor hem neerlegde.

'Dit is de zaak waar jij aan dacht en het is de verdienste van Rose dat hij uit de vergeethoek is gekomen,' zei hij en hij keek een beetje trots naar haar. 'Nu ik het rapport heb gelezen, herinner ik me de zaak ook heel duidelijk. Je had gelijk dat ik Hardy had moeten bellen, want met zijn hulp had ik me die waarschijnlijk meteen herinnerd.'

Hij zette een vinger op de onderste zin met Hardy's protest.

'Deze afsluiting van het rapport had hij zich zeker kunnen herinneren, en verder misschien ook dit.'

Hij legde de foto van de lege garage voor zijn chef neer en tikte op het bergje zout.

Marcus keek op over zijn halve bril.

'Potverdorie, daar is het!' Hij wendde zich tot Rose: 'Realiseer jij je wel wat je in gang hebt gezet?'

'Dat denk ik wel, want dat bergje zout lijkt als twee druppels water op dat wat voor de autowerkplaats lag die in 1988 de lucht in vloog. Misschien bestaat er een verband tussen de twee en misschien ook met andere zaken.' Ze fronste haar voorhoofd. 'Maar op dit moment maak ik me zorgen, want als dat waar is, krijgen we waanzinnig veel werk te doen met het doorspitten van alle zaken van 1988 tot nu. Ik hoop dat je je dat realiseert, meneer de politiebaas. Misschien vinden we helemaal geen vergelijkbare zaken met bergjes zout en misschien moeten we nog wel verder teruggaan in de tijd dan 1988. Dat hoop ik toch niet, zeg.'

'Ik weet best dat het een gigantische klus is, maar waarom denk je dat we het tóch doen, Rose?'

'Omdat we twee misdrijven hebben waar degene die het gedaan heeft, er heel duidelijk voor heeft gezorgd het te laten lijken als iets anders dan het is.'

'Dus jij denkt in beide gevallen aan moord met voorbedachten rade?'

Marcus keek Rose aandachtig aan.

'Dat denken we allebei en dat denk jij ook, Marcus,' interrumpeerde Carl. 'Waarom zou je je anders zo vastbijten in de zaak van die autowerkplaats als jij hebt gedaan?'

'Ja, maar luister even, allebei, laten we nuchter blijven. Intuïtie is één ding, maar een wirwar aan toevalligheden is iets anders, die ons best op een dwaalspoor kan brengen. Laten we, tot jullie nog een zaak of twee zaken vinden met een bergje zout vlak in de buurt van het slachtoffer, er dus gewoon van uitgaan dat het een toevalligheid is. Maar vinden jullie nog een zaak, dan kunnen we erover praten.'

Rose zei: 'Ja, goed. Maar als er nu misdrijven achter zulke zaken zitten, moeten we er dus ook van uitgaan dat de doodsoorzaken zo efficiënt zijn gecamoufleerd dat ze misschien nooit bij de afdeling Moordzaken zijn terechtgekomen en daarom niet in ons archief liggen. Dat zouden bijvoorbeeld zaken kunnen zijn die men heeft gerubriceerd als "ongelukken met dodelijke afloop", "zelfmoord" of zogenoemde "natuurlijke sterfgevallen", en in dat geval hebben we het over duizenden cases. Daarnaast moeten we ervan uitgaan dat het geografisch gezien in heel Denemarken kan hebben plaatsgevonden.'

Marcus legde zijn handen op het bureau en leunde naar haar toe. 'Ja, Rose, ik denk ook dat we met dat laatste rekening moeten houden. Maar zeg eens, wanneer is dat parlementslid nou overleden, ik herinner me het niet helemaal precies meer. Was het tien jaar geleden?'

'Bijna twee keer zo lang. Het moment van overlijden werd geschat op pinksterzondag 19 mei 2002 's avonds en hij heette Palle Rasmussen,' zei Rose.

'Goh ja, is het echt zo lang geleden!' Marcus floot en leunde achterover in zijn stoel. Probeerde hij in zijn innerlijke kalender terug te bladeren naar die dag?

'Marcus, om eerlijk te zijn, is afdeling Q niet te klein om deze opdracht in haar eentje uit te voeren? Dat vind ik namelijk,' zei Carl.

Marcus stak zijn wijsvinger omhoog. Hij was nog niet klaar met nadenken.

Rose keek naar de foto op het bureau en onderbrak de gedachtestroom. 'Ik vind dat we dit hier en het bergje zout uit 1988 moeten kopiëren en naar alle politieregio's in het land moeten sturen en moeten informeren of er ook maar een enkele speurder of technisch rechercheur is die een soortgelijk bergje zout nog ergens achter in zijn hoofd heeft zitten.'

Het was een duidelijk bezorgde blik die hun werd toegeworpen.

'Durven we hardop te zeggen dat wij denken dat er meer van dit soort zoutzaken zijn?' vroeg Marcus.

'Je bedoelt of we hier met een seriemoordenaar te maken hebben?' zei Carl.

'Als er meer dan die twee zaken zijn waarbij er bergjes zout op de plaats delict liggen, dan ja.'

'Wat dus betekent dat we aan de slag moeten met het complete pakket: profielanalyses, motiefanalyses, honderden interviews, een massa verhoren, technische beschrijvingen en vergelijkingen van alle mogelijke soorten rapporten en vele, vele andere dingen. Dat kan maanden duren.' Carls pessimisme was duidelijk waarneembaar.

'Ja, dat klopt, Carl. Maar stel je eens voor dat meer zaken in dezelfde richting wijzen. Heb jij geen zin om een reeks ervan op te helderen, zodat ze uit jouw stapels verdwijnen? Stel je eens voor dat we de explosies bij Wilder Auto's oplossen én er allerlei andere zaken uit de kast tuimelen.'

Lachrimpels die kriskras over een gezicht lopen, onthullen vaak tegenstrijdige gevoelens. Op dit moment leek het gezicht van Carl op iets wat een architect in een lsd-roes getekend zou kunnen hebben.

10

Donderdag 3/12/2020

CARL

'Zolang onze werkkamers maar vijf meter van onze collega's verderop in de gang verwijderd zijn, beloof me dat jullie met het werk dat voor ons ligt discreet zijn. Jullie kunnen niet voorkomen met andere teamchefs te praten, dat weet ik, maar vertel nou maar niet hoe het hier bij ons loopt. Als het goed gaat, haat twee derde van de collega's ons, en als het traag gaat, dan lachen diezelfden, en ik heb in geen van beide zin. We moeten rust hebben zolang we zo dicht op de andere rechercheurs zitten, begrepen?'

Carl wees naar de verzameling whiteboards die langs de gehele muur op de werkkamer van Assad, Rose en Gordon stonden.

'Van nu af aan is dit onze situation room, vrienden. Ik heb vijf kolommen gemaakt, waarvan ik hoop dat we ze snel een beetje meer kunnen vullen dan nu het geval is.

De eerste kolom spreekt vanzelf: "Datum/Plaats delict."

De tweede kolom, waarin "Slachtoffer" staat, is wat gecompliceerder. Als er vele jaren na de vermoedelijke moord zijn verstreken, zal het uiterst lastig worden om een personenprofiel op te stellen en de activiteiten en gewoonten van de betreffende persoon bloot te leggen.

De derde kolom betreft de "Moordmethode", en ik heb het gevoel dat ook die lastig zal zijn om aan het licht te brengen.

De vierde kolom verwacht ik niet met veel zekerheid te kunnen invullen, voordat we een eventuele dader hebben kunnen identificeren. Ik heb deze het "Motief" genoemd.'

'Valt te vermoeden dat twee concrete zaken de overeenkomst hebben dat de slachtoffers op een of andere manier onschadelijk zijn gemaakt voordat de eigenlijke moord heeft plaatsgevonden?'

Carl knikt naar Rose. 'Wat wijst in die richting, vind jij?'

'Ja, de automonteurs waren in elk geval uitgeschakeld voordat de autowerkplaats explodeerde, en parlementslid Palle Rasmussen was vermoedelijk al geneutraliseerd op zijn plek achter het stuur voordat het koolmonoxide het karwei afmaakte,' zei ze.

'Hoe oud was de Volvo, weet je dat?'

'Oud genoeg om geen katalysator te hebben.'

Carl knikte. Sneu voor Palle Rasmussen, dan was dat de reden dat de auto zo veel koolmonoxide produceerde. Hij richtte zich tot Assad. 'Jij zit te peinzen, is het iets wat je aan ons kwijt wilt?'

'Ach Carl, het is een beetje moeilijk, zoals op dit moment mijn hoofd rondtolt. Maar ik zit me af te vragen hoe je vijf monteurs kunt laten omvallen. Wat is er gebeurd dat iemand hun allemaal een klap in de nek heeft kunnen geven zonder dat ook maar iemand weerstand heeft kunnen bieden?'

Gordon stak beleefd zijn vinger omhoog, die gewoonte moest hij echt zien kwijt te raken. 'Ik dacht hetzelfde. Ik denk zelfs dat de moord komt door klappen tegen het hoofd en dat de explosie er was om alles te camoufleren, zodat er geen enkele sporen waren terug te vinden, zoals DNA, vergeten zaken als bewakingscamera's of...'

Hij kon niet meer bedenken en dat was ook genoeg.

'Dat denk ik eigenlijk ook,' zei Rose.

'Maar dan waren ze waarschijnlijk op een of andere manier verdoofd vóór de klappen,' zei Assad. 'De man die in de ingang van de werkplaats lag, heeft misschien geprobeerd in de frisse lucht te komen, maar heeft het net niet gehaald. Dat was eigenlijk waar ik over nadacht.'

'Nou, voor de dag ermee dan. Hoe zijn ze verdoofd, heeft iemand van jullie een voorstel?'

'Misschien met een bepaald soort gas?' stelde Gordon voor.

'Ja, maar er was ook een spuiterij in het gebouw en dan is er beslist een goed afzuigsysteem geweest. Wees het niet in een andere richting?'

'Kun je zo'n afzuigsysteem niet omdraaien, zoals bij een oude stofzuiger, zodat hij juist lucht de ruimte in blaast?' vroeg Rose.

Carl haalde zijn schouders op. 'Geen idee. Misschien, maar het klinkt wat ingewikkeld, vinden jullie niet?' Dat standpunt leken ze te delen.

'Maar het parlementslid dan? Hoe kan dat zijn gebeurd?'

'Hetzelfde, denk ik,' zei Assad. 'Hij is eerst verdoofd, zodat hij niet uit de auto kon ontsnappen, terwijl hij langzaam met koolmonoxide werd vergiftigd.'

'Dat zou bijvoorbeeld met ether of chloroform kunnen, toch?' zei Gordon.

'Ja, dat is een mogelijkheid.' Deze verklaring had Carl natuurlijk voor zich gezien. 'Die twee stoffen zijn vrij moeilijk te traceren in een dood lichaam en ruiken kun je ze in elk geval niet na drie dagen en met al die uitlaatgassen. Zullen we dit als een mogelijkheid op het bord opschrijven?'

Iedereen knikte.

Carl schreef het op. 'Kan deze methode ook zijn gebruikt bij de moorden in de autowerkplaats?'

'Ja, mogelijkerwijs,' zei Gordon.

'Wat zegt ons dat in dit geval van de moordenaar?'

'Dat de persoon in kwestie een heleboel afwist van de plaatsen delict en van de personen die hij om het leven bracht. Wanneer het parlementslid thuiskwam. Hoe de werkplaats eruitzag en zo,' ging Gordon verder.

'Ja, en dat hij of zij kennis bezat over bepaalde verdovende stoffen, en ten slotte dat de moorden zorgvuldig waren voorbereid. Dat spreekt voor zich met het behoorlijk ingewikkelde misdrijf in de autowerkplaats, maar wat vertelt ons dat het ook het geval kan zijn bij de moord in de garage?'

Hij wees in het rond en Assad was de eerste.

'Het zout lag onder de auto. Er is een bergje neergestrooid, voordat de auto in de garage werd gezet.'

Carl stak zijn duim omhoog en wees weer in het rond naar hen allemaal.

'Rose, jij stelt een bericht op dat zoekt naar zout in verband met sterfgevallen. Dat moet naar alle politieregio's worden gestuurd en natuurlijk naar de mensen hier in het gebouw, je weet hoe dat moet. Dus bij dezen ben jij hun contactpersoon. Reageren ze niet onmiddellijk, dan bel je naar alle politieregio's en zet ze onder druk.' Hij glimlachte naar haar, maar dat hielp blijkbaar niet. Ze had een hekel aan dit soort klussen.

'Is er heel serieus iemand van jullie die zich een van onze zaken kan herinneren waarbij er een bergje zout in de buurt van het slachtoffer lag?' vervolgde hij.

Ze schudden het hoofd.

'Hè, vervelend, ik namelijk ook niet. Dus blijven we bij de zaken uit de periode 1988 tot 2010, waar Rose al mee is begonnen, en dat wordt van nu af aan voorlopig jouw taak, Gordon. Als jij de ervaring van Rose volgt, neem je eerst het fotomateriaal van alle zaken door om tijd te besparen. Als je op een ervan zout tegenkomt, lees je de betreffende zaak nauwkeurig door en geef je dat aan ons door. Let op dat je niets over het hoofd ziet.'

'Kan ik dan niet net zo goed de politiecommissarissen laten weten dat als de verschillende afdelingen en de rechercheurs zich niet meteen zulke zaken met zout kunnen herinneren, dat ze dan maar met het fotomateriaal moeten beginnen?' stelde Rose voor.

Carl knikte. 'Natuurlijk. Dan naar jou, Assad. Jou wil ik vragen om een eventueel motief te onderzoeken voor de twee moorden op dit bord, want volgens mij hebben ze een gemeenschappelijk kenmerk. Zowel de oplichting van de monteurs bij de autoverkoop en de minachtende als de zeer rabiate aanvallen van parlementslid Palle Rasmussen op van alles en nog wat wijzen volgens mij op de mogelijkheid dat er een of meer allochtonen achter zitten. Ik weet dat het een uiterst magere theorie is, maar de vrouw die bij haar man is weggegaan noemde immers dat allochtonen goede klanten waren voor de goedkope auto's die de autowerkplaats te koop had staan. Als jij nu het voertuigenregister in de tijd voor de explosie doorneemt, krijg je een lijst met de namen van de kopers. Als een van hen toevalligerwijs iemand is die door Palle Rasmussen werd gesard, dan is er wellicht een gemeenschappelijk motief, hoewel ik heel goed weet dat het een ongelooflijke toevalstreffer zou zijn.'

'Dat vind ik dus geen zin hebben, Carl,' klonk het droog.

'O, en waarom dan niet, Assad?'

'Omdat ik er vrij zeker van ben dat die autoverkopen buiten de autowerkplaats hebben plaatsgevonden, dus de naam van de werkplaats zal helemaal niet op het verkoopcontract voorkomen.'

Carl fronste zijn wenkbrauwen. 'Ja, maar iemand moet toch de verkoop hebben gedaan? Maar dan stel ik voor dat je in plaats daarvan alleen zoekt naar de namen van de monteurs in het voertuigenregister, want waarschijnlijk zijn zij degenen die de auto's verkochten. Tegelijkertijd kun je misschien proberen de profielen van de monteurs bloot te leggen.'

Assad haalde zijn schouders. Hij was niet overtuigd. Heel jammer, als hij het maar deed.

'En wat ga jij dan doen, Carl?' Rose keek hem cynisch aan. Wat nou weer? 'Die stinkstokken zitten roken, terwijl je wacht tot we met iets terugkomen?'

Carl voelde zijn mondhoeken naar beneden trekken. 'Hm, dat ook, ja. Maar allereerst moet ik een extra toekenning zien te regelen om al jullie overuren te betalen. Want ik denk niet dat jullie zin hebben om al die uren de komende tien jaar als compensatieverlof op te nemen, of wel?'

'Ja, gaaf, Carl, doe dat maar.' Gordon leek helemaal opgefleurd, want hij was gek op overwerk, als hij er maar voor betaald werd. Hij had toch niet zo heel veel leven buiten het hoofdbureau van politie.

'Ondertussen wil ik proberen de gebeurtenissen van die twee zaken samen te vatten om het psychologische profiel van een eventuele dader helder te krijgen,' voegde hij eraan toe.

'Ah, daar gebruik je Mona zeker voor, ouwe valsspeler. Dan kun je gezellig met je dochter thuis zitten, terwijl wij ons uit de naad werken.' Ze was echt op oorlogspad, die Rose.

Carl koos ervoor om te glimlachen. 'Steengoed idee, bedankt.'

'Even een gênant vraagje, Carl,' ging ze verder. 'Als het zout er met opzet is neergestrooid, dan hebben we een dader die een gevaarlijk spel speelt en het risico loopt te worden ontmaskerd, of die in elk geval graag zijn afdruk wil achterlaten. Een systematische seriemoordenaar die wij heel graag willen opsluiten, denk ik in dat geval. Maar wat nu als dat zout ondanks alles slechts heel toevallig is, wat dan?'

'Dat is onder andere de reden dat jullie hier op de afdeling geen grote mond moeten hebben over onze progressie of terugval. Maar mocht dát nou wel gebeuren, dan is het verhaal natuurlijk alleen maar dat we twee oude moordzaken proberen op te lossen. Want dat is immers wat wij doen, nietwaar?'

Na afloop ging Carl in zijn werkkamer zitten en rookte een sigaret met zijn hoofd half uit het raam. Het hielp ontzettend goed voor zijn hersenarbeid om de blauwwitte rook omhoog te zien dwarrelen.

Want wat nu?

Marcus zou uit alle macht strijden om die toekenningen te krijgen, dus dat loste zich bijna vanzelf op. Wat de psychologische profielen van de slachtoffers betrof, kon hij maar beter beginnen met de carrière van het parlementslid, zijn gezicht naar de buitenwereld toe en eventuele smaad- en andere politiezaken. Carl herinnerde zich hem heel goed van destijds, toen Hardy en hij de opdracht hadden gekregen, maar één ding wist hij zeker: Hardy herinnerde zich die zonder twijfel beter dan hijzelf.

II

Donderdag 3/12/2020

CARL

'Ik zit in een ambulatorium te wachten en er is een heleboel lawaai om me heen, dus spreek duidelijk, Carl.'

Carl luisterde. Hij hoorde geen lawaai. 'Morten zegt dat het allemaal vooruitgaat in Zwitserland. Ben je optimistisch, Hardy?'

'Optimistisch? Vraag je me of ik weer zal kunnen lopen?'

'Denk je dat dan?'

'Als de laatste ingreep aan mijn ruggenmerg werkt en als ze een exoskelet kunnen maken met een heleboel steunwieltjes voor een man van mijn lengte en tegelijkertijd mijn niet-bestaande spieren weten te trainen, dan kan ik in elk geval overeind staan, maar je moet van mijn kant niet rekenen op een honderd meter hardlopen.'

'Hardy, dat verwacht ik ook niet, ik hoop dat je dat begrijpt. Maar hoe zit met de beweeglijkheid in je armen? Bestaat er een kans dat je die weer zult kunnen gebruiken?'

De lange stilte was op zich antwoord genoeg, zou je denken. Hardy was al meer dan tien jaar vanaf zijn nek naar beneden vrijwel honderd procent verlamd, hoe kon hij dan een standpunt bepalen tot zo'n idiote vraag?

'Dat denk ik, ja,' zei hij desalniettemin.

Carl snakte naar adem. Als Hardy ook maar een klein beetje van zijn mobiliteit terugkreeg, zou dat alles veranderen. Het was bijna te mooi om waar te zijn.

Behalve dat wilde Hardy niet verder praten over zijn behandeling. Als Morten en Mika hem een dagelijkse peptalk gaven, hoefde hij over die kwestie verder niets meer te horen. Het was allemaal nog steeds een experiment, waarvan niemand het uiteindelijke resultaat kende. Hij was een voorzichtig man.

'Nu we het toch over Morten hebben, Carl, hij vertelde me dat jullie bezig zijn met de zelfmoord van parlementslid Palle Rasmussen, dat is waarschijnlijk de reden dat je belt.'

'Nee, ik...'

'Die zaak stonk echt. Waarom zou een publieke persoon die er zo ongelooflijk van hield om in de schijnwerpers te staan, dat licht willen uitdoen? Geen verklaring, geen zelfmoordbrief, geen uitspraken dat hij aan depressies leed. Ja, ik herinner me die zaak heel duidelijk. Hij was een van de meest verfoeide politici, iemand die bijna door haat werd gevoed, ongeacht of het gericht was tegen hemzelf of vanuit hem tegenover anderen was. Zou hij opeens berouw hebben gekregen van zijn vreselijke leven?'

'Nee, dat was eigenaardig. Maar Hardy, kun jij je herinneren dat er een bergje zout op de grond in de garage lag?'

'Zei je een bergje zout?'

'Ja. We hebben een vergelijkbaar bergje zout gevonden bij een andere zaak van een aantal jaren daarvoor.'

'Nee, dát kan ik me niet herinneren. Waarom is dat belangrijk?'

Carl legde de overeenkomst tussen de beide zaken uit.

'Mijn hemel, zeg. Maar dat kan toch toeval zijn, of niet?'

'Ik weet het niet. Ik check Palle Rasmussen nog een keer. Destijds hebben we onderzocht of hij seks met iemand had gehad die hem misschien had vastgebonden. Kun jij je herinneren of het Forensisch Instituut groeven in zijn polsen heeft gevonden?'

'Nou, zoals ik destijds al zei en zoals ook is bevestigd door de forensisch arts, dergelijke groeven blijven niet heel lang in de huid zitten zolang mensen in leven zijn. Dus of hij heeft onderweg naar huis vanuit het parlement sadomasochistische seks gehad, en ik herinner me dat wij hebben ontdekt dat daar best tijd voor kan zijn geweest, of iemand heeft hem aan het stuur vastgebonden. Herinner jij je nog dat de schoonmaakster vertelde dat er altijd van dat imitatiemateriaal om zijn stuur zat, pluche of iets dergelijks, en dat dit er niet meer was toen ze hem vonden?'

'Helaas, Hardy. Nee, dat kan ik me niet herinneren. Bedoel je dat als dat er nog steeds omheen had gezeten, de technische recherche sporen op die bekleding zou hebben gevonden van het materiaal waarmee hij was vastgebonden?'

'Ik bedoel alleen dat het merkwaardig is dat de stuurbekleding niet meer aanwezig was.'

'Waarom is de zaak eigenlijk aan de kant gelegd, ik kan me het niet herinneren. Ik kan het natuurlijk aan Marcus vragen, maar als jij nou...'

'Volgens mij komen ze me zo ophalen, Carl, dus ik zet er een beetje haast achter.' Hij dacht een moment na. 'De zaak werd stilgelegd, toen er iets naar voren kwam over een etentje voor Pinksteren, een paar dagen voor zijn overlijden, een etentje waaraan Palle Rasmussen deelnam en waar familieleden van Palle Rasmussen aan refereerden.'

'Oké, dat is aan mij voorbijgegaan.'

'Jij was de laatste paar dagen ook niet met de zaak bezig, jij werkte samen met Anker aan een andere opdracht.'

'Was dat zo? Maar goed, wat was er met dat etentje?'

'Ze beweerden dat Palle Rasmussen in zijn gebruikelijke dronkenschap wat later die avond grapte over een tv-presentatrice die zichzelf live in beeld had doodgeschoten en dat dit de meest geschifte zelfmoord was die hij zich kon voorstellen. "Als je een zelfmoord voorbereidt, zou je er in mijn overtuiging voor moeten zorgen dat je een mooi lijk bent, mocht je die willen plegen," had hij gezegd. "Mocht je die willen plegen" waren de woorden, en dat was voor de familie als het ware een teken dat hij zoiets zelf zou kunnen bedenken. We hadden die maand heel veel zaken, dus ik ga ervan uit dat Marcus aan deze gewoon geen prioriteit heeft gegeven en, om je de waarheid te zeggen, ik baalde als een stekker dat hij dat niet deed.'

Er klonk wat herrie op de achtergrond en enkele Franse zinnen werden door Hardy in het Engels beantwoord.

'Zou alles over die hoes om het stuur en het etentje met de familie niet in het rapport hebben moeten staan, Hardy?'

'Maar is dat dan niet zo?' Lawaai op de achtergrond. 'Ho, het is tijd, Carl. Ik hoop dat ik je een beetje heb geholpen.'

Een beetje, ja, allicht. Maar het riep ook een heleboel nieuwe vragen op.

'We houden contact, hè, Hardy?'

'Ciao, ciao,' klonk het slechts nog, voordat de verbinding werd verbroken.

'Dag Rose, neem me niet kwalijk dat ik je bij je werk onderbreek.'

Ze keek hem zuur aan met haar mobieltje in de hand.

'Is het voorstelbaar dat er nog meer bijlagen of bladzijden bestaan in het rapport over de zelfmoord van het parlementslid, denk je?'

Ze verbrak onvrijwillig de verbinding. 'Wat bedoel je?'

Carl refereerde aan zijn gesprek met Hardy.

'Mijn god, gaat het goed met hem?'

'Ja, het gaat vooruit. Hij weet nu nog niet zoveel, maar hij klonk optimistisch. Maar nogmaals: kan het zijn dat een bladzijde of meerdere bladzijden in dat rapport zijn zoekgeraakt?'

'Ik heb geen idee. Maar in dat geval kan het zo zijn dat Gordon ze tegenkomt, als hij de complete stapel dossiers doorneemt. Je kunt het hem zelf vragen.' Ze wees over haar schouder naar de bleke, potlooddunne man die omgeven was door kerstkabouters en een metershoge stapel rapporten aan zijn ene kant en een vijf centimeter hoge stapel aan de andere kant had liggen.

'Hoe gaat het, Gordon, boek je vooruitgang?'

Hij keek met een gestoorde blik naar hem op. Hij was volledig in trance geweest.

'Je bent bijna klaar, zie ik,' grapte Carl en hij wees naar de hoge stapel waar hij zich nog niet doorheen had geploegd.

'Wat bedoel je, dit hier is niks. Er is in het archief nog een hele berg onopgeloste zaken over geweldsmisdrijven met de dood tot gevolg.'

Carl klopte hem troostend op de schouder en keek met een schuin oog naar een papieren kerstkabouter op de rand van zijn computerscherm. 'Jij hebt de kerstsfeer er al behoorlijk in, het ziet er echt heel gezellig uit,' loog hij en hij bracht hem kort op de hoogte van zijn boodschap en waar hij naar moest zoeken, waarna hij op de gang verdween voordat de jongeman werkelijk zijn frustraties op hem kon afreageren.

Wie van Palle Rasmussens verwanten hij moest kiezen was niet zo moeilijk, want hij vond alleen de persoon die als naaste familie was opgeroepen om het dode lichaam te identificeren.

Een man in een geblokt overhemd, een bruin, flodderig corduroy jack, voetgevormde schoenen en een spijkerbroek met hangkont deed de voordeur open. Ooit had hij vast ook een rode, volle baard gehad, nu waren het nog slechts grijze plukken. Het voorbeeld van de hipster, zo'n shabby leraar uit de jaren zeventig, was net als de hipster zelf ook geen vrolijke aanblik.

Carl haalde zijn ID-kaart tevoorschijn en trok zijn mondkapje naar beneden, toen de man de voordeur opende. 'Mij is verteld dat jij familie bent van de overleden parlementariër Palle Rasmussen, klopt dat?'

'Dat kan ik helaas niet ontkennen, dus ja,' zei hij zonder Carl een teken te geven dat hij binnen kon komen. 'Hij was niet iemand aan wie je met warme gevoelens terugdenkt, om het vriendelijk uit te drukken.'

'Kun jij je herinneren of jij aanwezig was bij een familie-etentje, een paar dagen voor Palle stierf en waaraan hij ook deelnam?'

'Mag ik vragen waarom je hierheen komt en dit allemaal weer oprakelt? Dat is al meer dan vijftien jaar geleden.'

'Dat is in verband met een andere zaak die we op dit moment onderzoeken. De zaak van Palle Rasmussen doet er enigszins aan denken, meer kan ik er helaas niet over zeggen.'

'Hm!' Dit soort antwoorden was niet bevredigend voor een gepensioneerde leraar, dat was duidelijk.

'Ik was een van de mensen die zijn dood destijds onderzochten. Daarom kom ik nu ook langs om vragen te stellen.'

'Hij pleegde toch zelfmoord, die mafketel, en dat was maar goed ook.'

'Waarom ben je daar zo zeker van?'

'Daar heb je me te pakken.' Hij lachte en liet een paar tanden zien die waren gepatineerd door rijkelijke hoeveelheden rode wijn en pijptabak. 'Maar ja, ik was bij dat dinertje aanwezig, dat is een familietraditie vlak voor Pinksteren, en zoals we jouw boomlange collega destijds vertelden maakte Palle op een zeer ongepast moment een aantal opmerkingen over zelfmoord.'

'Aha, wanneer was dat dan?'

'Vlak nadat onze neef Laurits had verteld dat hij kanker had. Hij was heel verdrietig.'

'Geen situatiegevoel, kan ik me indenken.'

De leraar keek hem sarcastisch aan, alsof Carl zijn huiswerk niet had gedaan. 'Geen situatiegevoel, zeg je. Maar jawel, hoor, reken maar dat Palle dat had. Hij wilde onze neef doelbewust choqueren en bang maken door in zijn verdriet en angst te boren, zo was Palle: kwaadaardig en zonder enige empathie voor anderen. Een door en door vuile hufter.'

'Denk jij dat Palle zelfmoord pleegde?'

'Ik!? Om eerlijk te zijn liet het me destijds volkomen koud en zo voel ik het nog steeds.'

'Is dat de algemene houding in de familie, denk je?'

Hij stapte nu helemaal naar buiten. 'Als je met iemand wilt spreken die dat niet vond, moet je met Palles nichtje praten. Zij viel als een blok voor hem en voor zijn gestoorde, zieke ideeën.'

'Nichtje?'

'Ja, ze waren bijna even oud. Zij was de dochter van Palles oudste broer, terwijl hij zelf de jongste was.'

'Weet je waar zij woont?'

'Ach, hou toch op zeg, dat weet jij toch zeker ook? Pauline Rasmussen, die ken je toch wel?'

'Oké, we hebben het dus over díe Pauline Rasmussen. Maar zij is toch allesbehalve een...'

'Fascist, dat wilde je toch zeggen? Nee, zij is zo rood geworden als maar kan, zij zou in een pan met gekookte kreeften helemaal niet opvallen.'

12

PAULINE 1993

Pauline was niet een heel normale tiener. Waar haar vriendinnen ervan droomden om verpleegster te worden of te trouwen met een arts of zoiets, waren Paulines dromen op een heel andere manier concreet.

Want Pauline droomde er slechts van om bekeken te worden. Om in een ruimte te staan of op een toneel en te worden aanschouwd. Om haar armen uit te strekken in de schijnwerpers en honderden paar ogen die armen te zien volgen. Om niet genegeerd te worden, om niet op neergekeken te worden, om zich niet geïsoleerd te voelen. Zo'n droom maakte haar handen zweterig, deed haar hals kleuren.

Toen werd hun gezin tijdens een warme zomer uitgenodigd in een zomerhuisje, samen met een paar van haar vaders broers en hun gezinnen.

Ze verveelde zich bijna een hele week, totdat een man met ondeugende ogen opeens kwam logeren. Vanaf het eerste moment dat hij haar zag en gadesloeg, deed hij dat op een manier die het onder haar huid liet koken.

Palle Rasmussen was niet een broer waar de anderen positief over waren. Ze vonden hem onuitstaanbaar en te stug als hij zijn stem verhief en begon te discussiëren, waardoor gezellige middagen plotseling aanvoelden als spitsroeden lopen.

Pauline wist van haar vader dat Palle de politiek in wilde en dat was veel interessanter dan winkelier, accountant of al die andere dingen die de familie Rasmussen had uitgebroed.

Toen haar oom eindelijk voor de eerste keer met Pauline alleen was, kwam hij heel dicht bij haar, stopte haar een tafeltennisbatje in de hand en vroeg haar om hem ermee in zijn gezicht te slaan.

Ze aarzelde, maar toen hij haar in haar kruis greep en zei dat ze het onmiddellijk moest doen, omdat hij haar anders hard tegen haar onderlijf zou slaan, mepte ze het ding zo hard tegen zijn smoel dat het batje brak.

Hij strompelde naar achteren en keek haar daarna aan alsof het hem had verrast. Ze was geschrokken over wat ze had gedaan, maar toen pakte hij een ander batje en vroeg haar om het nog een keer te doen.

Misschien was er een enkele aanwezige die iets merkte van zijn rode wangen, toen ze aan het diner zaten, maar daar trok Palle zich niets van aan en toen was Pauline al verliefd op hem geworden.

Het duurde niet lang of Pauline had een sleutel van Palles woning, en de dingen die ze met elkaar deden, konden nooit door iemand anders beter worden gedaan. Want voor de eerste keer voelde ze welke macht haar sekse en haar wilskracht hadden, en voor de eerste keer besefte ze dat dit de manier was waarop je in dit leven verder kwam.

Palle prees haar en luisterde naar haar als geen ander, en ook dat wond haar bijna net zoveel op als dat wat hem opwond. Alles aan hen tweeën, wanneer ze bij elkaar waren, was heel anders intiem en agressief dan zij zich op welke manier dan ook had kunnen voorstellen en dat gaf haar het gevoel dat ze zweefde. Zweefde door haar macht en dat ze haar krachten op een ander lichaam kon gebruiken. Om het genot te kunnen horen en voelen in de pijngeluiden van een andere persoon en die concreet in rode strepen en schrammen te zien resulteren.

13

Vrijdag 4/12/2020

CARL

Het was waar dat revue- en cabaretactrice Pauline Rasmussen niet blij was om aan haar oude affectie voor haar oom te worden herinnerd. Dus toen Carl de volgende ochtend kwam opdraven tijdens de repetities van haar komende voorstelling en zijn boodschap aankondigde, trok ze hem mee achter het toneel en vroeg hem een beetje zachtjes te zijn.

Carl knikte. 'Ik denk dat je tegen de anderen op het toneel moet zeggen dat je even een pauze neemt. Dan kunnen we aan de overkant van het kanaal op een bankje gaan zitten en in alle rust praten.'

Ze rilde een beetje en trok de jas strak om zich heen, toen ze gingen zitten, wat heel begrijpelijk was. De laatste keer dat Carl die dag op de thermometer had gekeken lag de temperatuur maar net boven het vriespunt.

'Ik kom meteen ter zake, Pauline. Destijds was je dol op je oom en tegenwoordig ben je op een heel andere plek in je leven, dus geen paniek.' Hij trok een denkbeeldige rits over zijn lippen. 'Ik weet van iemand in je familie dat jij de enige was die dicht bij Palle stond en dat jij voor geen goud geloofde dat hij zelfmoord had gepleegd. Kun jij je herinneren waarom jij dat zo voelde?'

'Is het honderd procent zeker dat dit nooit naar buiten komt?' Ze keek hem onrustig aan.

'Ja, dat beloof ik. Zwijgplicht, weet je wel.'

Carl kende haar van tv, een bedreven actrice met komisch talent en een prachtige zangstem. Maar daar op het bankje had ze niets komisch of bedrevens. Haar stem trilde een beetje en haar blik werd terneergeslagen.

'Ik was compleet betoverd door hem, vandaag de dag is er niemand die dat nog begrijpt. Maar met zijn roekeloosheid had hij iets heel charismatisch over zich, dat was ook de reden dat hij bij de parlementsverkiezingen zo veel persoonlijke stemmen kreeg, vermoed ik. Ik werd behoorlijk verliefd op hem en had bijna negenenhalf jaar een relatie met hem. Hij maakte het een paar maanden voor hij overleed uit met mij, met als reden dat hij verliefd was geworden op iemand anders.

Wat mij het allerdiepst heeft gekwetst was dat die verliefdheid tot aan zijn dood van hem afstraalde. Dus waarom zou hij zelfmoord plegen? Hij was een ongelooflijk sterke persoon die alles aankon.'

'Zelfs als de vrouw op wie hij verliefd was hem niet wilde.'

Ze knikte. 'Zelfs dat.'

Carl deed de deur van zijn werkkamer dicht. Zijn volgende gesprek was niet geschikt voor open deuren.

Er werd aan de andere kant van de lijn hard gegromd, toen er een verbinding tot stand kwam met Kurt Hansen, ex-politicus en oud-inspecteur bij de recherche, die Carl bij verschillende gelegenheden bruikbare adviezen had gegeven. Het was dan wel al een aantal jaren geleden dat hij in het parlement op Christiansborg had rondgelopen, maar hij had er in elk geval tegelijk met Palle Rasmussen gewerkt, dat kon hij wel nagaan.

Hij klonk onmiddellijk opgetogen dat hij van Carl hoorde, uiterst merkwaardig. Misschien was hij bezig af te takelen in de ledigheid van zijn pensioen, om nog maar te zwijgen van het dodelijke gebrek aan contact in deze coronatijd.

'Palle Rasmussen, zeg je! Ja, zo'n ongelooflijke hufter kom je niet vaak tegen. Stel je eens voor, ik moest tijdens onderhandelingen met hem in een ruimte zitten. En je kon niet om hem heen. Hij was overal op Christiansborg, zelfs op feestdagen werkte hij, vreselijke atheïst die hij was, nondeju!'

'Kurt, probeer even je klauwen een moment in te trekken! Ik ben bezig met het onderzoeken van zijn zelfmoord en heb een acute behoefte te weten welke vijanden hij had.'

'Haha! Je weet niet of het zelfmoord was, zit het zo? Maar dat hoop ik wel, zeg, want als het moord was, zou de moordenaar in plaats van gevangenisstraf een medaille moeten krijgen, maar je moet natuurlijk voor je houden dat ik dit heb gezegd.' Hij lachte. 'Ja, die man had vijanden en niet zo'n beetje ook. Weet je zeker dat je voldoende tijd hebt om daar diep in te duiken?'

'Ik heb een aantal hatelijke lezersbrieven gelezen die aan hem waren gericht en ook een aantal van zijn uitspraken en interviews, dus de omvang is me duidelijk. Ik neem aan dat hij op Christiansborg ook dreigbrieven kreeg?'

'Als ik in de loop der jaren enkele heb ontvangen, heeft hij in elk geval honderden keren zoveel ontvangen.'

'Bewaren ze zulke dingen daar?'

'Bewaren? Nee, dat betwijfel ik zeer.' Hij schraapte een paar keer zijn keel, terwijl hij nadacht. 'Maar weet je wat, praat eens met Vera Petersen, zij was secretaresse voor zijn piepkleine partijtje, die arme ziel. Vera was oké, ze had alleen een klotebaan, maar tegenwoordig werkt ze als secretaresse bij Dansk Industri. Bel haar en maak een praatje. Zij heeft vast het meeste van die troep gelezen.'

Het was een goede tip, want Vera Petersen bleek een gigantisch arsenaal aan kennis te zijn, een atelier aan oplossingen en een geheugen als een olifant, een van die secretaresses die hun bazen bijna overbodig maakten.

Ja, het klopte dat zij een tijd als secretaresse en coördinator voor de partij van Palle Rasmussen had gewerkt, gaf ze toe. Geen luizenleventje, begreep Carl.

'Ik kan je vertellen dat ruwweg alle dreigbrieven anoniem waren en het was altijd dezelfde smerigheid die erin stond. Dat hij dood moest, dat hij een schapenkop was, dat ze hem van de Langebro af moesten gooien, dat hij lelijk en walgelijk was, en dat telkens wanneer hij zijn mond opende, hij naar verderf stonk.

O, een momentje,' zei ze om de haverklap, gaf een boodschap door in de ruimte waar ze zat en keerde dan terug. Ze had het razend druk.

'Denk je dat er een kans bestaat dat sommige van die brieven er nog zijn?'

'Niet op Christiansborg, voor zover ik weet, maar hij nam zulke dingen mee naar huis. Ik denk dat hoe gruwelijker de e-mails waren, des te meer plezier ze hem bezorgden. Dergelijke beschimpingen hadden voor hem zo'n beetje de status van trofeeën. Dus misschien was het wel zijn bedoeling dat hij op een bepaald moment een rechtszaak wilde beginnen tegen de afzenders, en dat hij die waarschijnlijk dicht tegen de volgende verkiezingen aan zou timen. Hij hield er namelijk van dat de media in dit soort dingen zwolgen, want het leverde publiciteit op. Alles bij elkaar was hij een geweldige strateeg waar het zelfpromotie betrof. Geen enkele publiciteit is slecht, wordt er gezegd, zoals je misschien weet. Dat is natuurlijk onzin, maar in zijn geval niet. Een momentje!'

Ze verdween nogmaals, maar Carl was ook klaar. Een bedankje en tot ziens, en dan door naar de volgende.

Pauline Rasmussen klonk enigszins ongerust, toen ze zijn stem deze keer aan de telefoon hoorde.

'Alleen een snelle vraag, Pauline. Wie erfde eigenlijk van Palle Rasmussen?'

'Eh, ik, je denkt toch zeker niet dat...?'

'Ik hoef alleen maar te weten wat er met zijn inboedel en bezittingen is gebeurd.'

'Ik heb alles gekregen, maar er was maar weinig wat enige waarde had, kan ik je zeggen. Alleen zijn computer en wat meubels, geen Deens design van Hans Wegner, Poul Kjærholm of zoiets, en bovendien had ik alles wat ik nodig had.'

'Zijn computer? Heb je die nog steeds?'

'Ja, misschien, ik weet het niet zeker. Maar als ik die heb, dan is hij op zolder beland. Ik kon er niet in komen, want het was een Apple en daar heb ik geen verstand van.' Ze wilde lachen, maar zover kwam het niet.

'Wil je die voor mij zoeken?'

'Ach, op dit moment zit ik een beetje in de stress.'

'Zo veel tijd zal dat toch niet kosten? Moeten wij wellicht langskomen om je te helpen?'

Blijkbaar overrompelde het voorstel haar, want haar antwoord leek wat aarzelend.

'Eh, nee dank je, ik zal het zelf wel doen, maar pas als de première is geweest.'

'Oké, dat begrijp ik, wanneer is die première?'

'Morgen.'

Carl knikte voor zichzelf. Een computer! Het was waarschijnlijk twijfelachtig of iemand bij de politie de inhoud had gecontroleerd wanneer de man naar verluidt zelfmoord had gepleegd, dus dat moesten zij doen.

'Er moet toch ook wel een doos met allerlei papieren en printjes zijn, stel ik me voor.'

'Een doos!' Ze lachte spottend. 'Er waren minstens vijftig propvolle dozen met van alles en nog wat en die zijn rechtstreeks naar de afvalverbranding gegaan. Palle bewaarde al die troep thuis, maar voor mij had dat geen enkele interesse, wat moest ik daarmee?'

Klonk ze daar niet een beetje te categorisch?

'Dank je, Pauline. Maar kijk of er niet toch een enkele doos is achtergebleven. Dan ga ik ervan uit dat je overmorgen contact met me opneemt, als je op zolder bent geweest. En *Hals- und Beinbruch* dan maar morgenavond, zeg je dat niet zo?'

Toen was het gesprek afgelopen.

Dit was echt heel merkwaardig allemaal. In het rapport over de zelfmoord van deze publiekelijk bekende Palle Rasmussen had Carl geen enkel woord gezien over wat er aan informatie op zijn computer stond, maar dat moest nu zeker worden gecontroleerd, nu zelfmoord twijfelachtig leek.

'Mag ik binnenkomen?' Marcus Jacobsen had voorzichtig de deur geopend en stond in de deuropening als een persoon die dringend de behoefte had aan iemand om mee te sparren.

Carl schoof de bureaustoel naar achteren en wees naar de stoel aan de andere kant, zodat hij kon gaan zitten.

'Kijk eens,' zei Marcus en hij schoof zijn mobieltje naar Carl toe. 'Wat zie je?'

'Een kist in de kerk. Is dat die van Maja?'

'Ja. En erbovenop?'

'Een paar boeketten bloemen?'

'Ja, drie in totaal. Een van Maja's nicht en een van mij.'

'En de derde?'

'Ja, dat verbaasde mij ook, dus toen de herdenkingsdienst was afgelopen, ben ik erheen gegaan om te controleren. Er zat geen kaartje bij of lint aan.'

'Dat is misschien niet zo ongebruikelijk?'

'Tja, dat hangt er waarschijnlijk van af hoeveel mensen naar de kerk toe zijn gekomen. In dit geval waren alleen wij tweeën er.'

'Een anonieme gever?'

'Ik vroeg het aan de koster en hij zei dat het boeket al op de deksel van de kist lag, toen de begrafenisondernemer die naar binnen reed.'

'Dan is het waarschijnlijk de begrafenisondernemer die hem daar heeft neergelegd.'

Marcus knikte. 'Ja, dat was ook zo. Ik heb hem gebeld en hij vertelde dat het boeket buiten voor de deur lag toen hij zijn zaak opende. Er stond alleen maar "Maja's kist" op een velletje papier dat met een knopspeld aan het boeket was bevestigd. Hij was verbaasd en het was ook hoogst ongebruikelijk, maar hij heeft hem dus op de kist gelegd.'

'Heb je hem gevraagd of hij het velletje papier nog had?'

'Hij heeft hem uit de prullenmand gehaald.'

'Zeg het maar, Marcus, wat is er met dat papiertje?'

'Ik heb het laten onderzoeken en er zitten vingerafdrukken noch DNA-sporen op. Het was uitgeprint met Times New Roman op een stuk doodgewoon tachtig grams printpapier, waar het papiertje uit was geknipt.'

'Je hebt het boeket toch wel meegenomen naar het bureau?'

'Ja, en ik heb ook alle bloemenzaken, supermarkten, tankstations en kiosken op een behoorlijke afstand van de begrafenisondernemer gecontroleerd. Heb boeket was niet verpakt in papier of folie, en hoewel veel zaken juist zulke tulpenboeketten verkochten, kon niemand me helpen aan informatie, behalve dat ze in deze tijd van het jaar niet in iemands tuin konden groeien. Verder ergert het me dat er geen enkel spoor van wat dan ook op dat stukje papier was terug te vinden.'

'Ik hoor wat je zegt, Marcus, dat is verdacht. Dus de persoon die het boeket heeft afgeleverd, wil niet worden geïdentificeerd.'

'Nee, precies. Dus heb ik de hele dag geploeterd om Maja's doen en laten tijdens de laatste paar maanden na te gaan. Misschien zou die persoon dan uit het donker opduiken, maar het is me niet gelukt.'

'Denk jij dat Maja is vermoord?'

'Nee, eigenlijk niet. Maar zoals je weet ben ik op een of andere manier aan haar levenslot verbonden. Maar ik heb dus veel van Maja's dingen gecontroleerd, want ik wil die persoon graag ontmoeten, en weet je wat ik heb gevonden?'

'Vertel het eens.'

'Maja's privéboekhouding, die keurig en chronologisch in mappen is gestopt met een jaartal erop, en dat helemaal terug tot 1980, toen ze haar eerste baantje kreeg. Dus ik heb een compleet overzicht van haar financiën door de jaren heen cadeau gekregen.'

'Oké, je hebt het druk gehad, Marcus.'

'Nee, eigenlijk niet, want een gedeelte van de inkomsten was heel regelmatig met een markeerstift geaccentueerd, elke maand weer sinds 1 maart 1988 en dat was niet haar salaris.'

'Maart 1988, ruim een maand na de explosie.'

'Ja, en het ging niet om kleine hoeveelheden die ze ontving. In de jaren 1988 tot 1998 was het vijfduizend kroon per maand, van 1999 tot 2009 was het tienduizend, en van 2009 tot nu was het twintigduizend kroon.'

Carl zat te rekenen. Wiskunde was niet zijn beste competentie, maar zijn rekenleraar in Brønderslev was zelf ook niet al te slim geweest.

'Bijna vijfhonderdduizend kroon, dat is veel geld, Marcus. Is het dan niet haar ex-man die last van zijn geweten heeft gekregen, denk je? Hij moet goed hebben verdiend, aangezien hij zo'n bedrag kon missen.'

'Ik zou zeggen dat iedereen die een bedrag als dit kan toebedelen zonder het van de belasting te mogen aftrekken goed moet verdienen, Carl, maar haar ex-man was het niet, want hij overleed in 2008 aan kanker.'

Carl liet zijn blik weer vallen op de foto van Marcus van de kist.

'Heb je er met haar nicht over gesproken?'

'Ja. Zij wist wel dat Maja soms geld kreeg, maar dat het zoveel was en dat het maar bleef komen, daarvan had ze geen idee.'

'Je hebt met de bank gesproken over de overschrijvingen, neem ik aan.'

Hij keek Carl aan alsof hij dacht dat Carl niet goed snik was.

'Dus er waren geen overschrijvingen, begrijp ik.'

Marcus zuchtte. 'Haar nicht dacht dat het op een of andere wijze anoniem naar haar toe werd gestuurd. Dat het geld misschien gewoon in een envelop was gestopt en in Maja's brievenbus werd gedaan, maar dat is puur giswerk. Volgens de bank verscheen Maja elke maand in het filiaal met een envelop met contant geld, dat ze op haar rekening zette. Ik denk dat ze wist waar het geld vandaan kwam, want ze heeft het nooit aangeraakt. Er stond alles bij elkaar, inclusief haar gewone spaargeld, bijna driekwart miljoen kroon op haar rekening, toen ze stierf.'

'Ze heeft het niet gebruikt, allemachtig nog aan toe. Dan was ze misschien net zo verbaasd als wij.'

'Vast en zeker. Maar ze heeft zich vermoedelijk gerealiseerd dat het geld iets met de explosie te maken had. Bloedgeld, heeft ze vast gedacht, en dat denk ik ook. Want het was niet de bedoeling dat er, behalve de mensen in de autowerkplaats, andere mensen zouden overlijden, dat is mijn conclusie. Maar Maja's zoontje kwam immers om het leven.'

Carl knikte. Collateral damage was een uitdrukking die men de laatste jaren vaak hoorde bij Amerikaanse droneaanvallen. Onbedoelde moord op onschuldige mensen in verband met een doelgerichte aanval op degene die men om het leven wilde brengen. Maja's zoontje was, als de theorie over het bloedgeld klopte, een slachtoffer van collateral damage.

'Wie betaalt er bloedgeld, Marcus?'

'Iemand met een heel slecht geweten of iemand van wie zijn cultuur van de persoon in kwestie vraagt dat te doen.'

'Zo veel geld kan er wellicht op wijzen dat het een groep was die de autowerkplaats heeft aangevallen en achter de explosie stond. Dat zou in elk geval kunnen verklaren waarom de monteurs zo weerloos waren.'

Marcus haalde diep adem. 'Ik weet het niet, Carl. Zou een groep criminele allochtonen of motorjongens om die reden een klein, bescheiden boeket tulpen voor de deur van een begrafenisondernemer neerleggen? Er is iets wat schuurt met die theorie.'

Carl was het met hem eens. 'Dus jij denkt dat we het hebben over de mogelijkheid van een regelrechte moord op vijf personen en over een explosie die volledig gecontroleerd en gepland was?'

'Ja, ik vind dat we daar, op basis van wat we hier hebben, van uit moeten gaan, Carl. Onversneden meervoudige moorden.'

14

Maandag 7/12/2020

CARL/ASSAD

Toen Carl langs de balie van Lis sloop lagen er, heel ongebruikelijk, bergen papier ter kopiëring. Lis zag er moe uit, ondanks de feestelijke kerstversiering met VROLIJKE KERSTDAGEN in vijf talen en evenveel kleuren die de balie opfleurden. Sinds mevrouw Sørensen, alias 'Ilse She-Wolf of the SS', met pensioen was gegaan, waren er geen nieuwe krachten bij gekomen, ook hier hadden de bezuinigingen hun effect gehad.

'Oerdom', wist hij nog te denken toen Rose uit haar werkkamer kwam stormen, als een kalfje dat voor de eerste keer op het gras was gezet, en bijna een van de kersverse rechercheurs van de werkkamer tegenover omverliep. Hij glimlachte niet tegen hen, maar dat deed waarschijnlijk ook geen van de anderen.

'Je moet onmiddellijk bij ons komen, Carl,' commandeerde ze zo hard dat zelfs mensen om de hoek het konden horen.

'Kun je niet een beetje zachter doen, Rose?' sprak Carl vermanend op hun werkkamer. 'We zitten niet langer alleen in de kelder van het hoofdbureau en ik wil niet dat...'

'Hou even je mond, Carl. Assad en ik zijn hier al twee uur, mocht je het niet hebben gemerkt, en we zijn helemaal door het dolle heen.'

Assad zag er nog steeds afgeleefd uit, maar zijn lachrimpels begonnen langzaam terug te keren. 'Kijk eens, Carl, we hebben de speld in het hooi gevonden.'

'Nee joh, Assad, het is de speld in...' Carl werd tegengehouden door Assads volhardende uitgestoken wijsvinger die naar het whiteboard wees.

'28-4-1998', 'VORDINGBORG', stond er in de kolom 'Datum/Plaats delict'.

'Wat is dat?' vroeg hij en hij deed een stap dichterbij.

'Zoals je ziet is het meer dan twintig jaar geleden,' zei Rose. 'Maar nog niet zo lang geleden dat het in het donker van de vergetelheid is zoekgeraakt.'

'Er staat niets in de andere kolommen. Is het een moord?'

Ze haalden allebei de schouders op.

Assad draaide zijn bureaustoel en activeerde zijn beeldscherm, en er kwam een weerzinwekkende foto tevoorschijn. Het was heel wat jaren geleden dat Carl zo veel bloed had gezien. Een man van middelbare leeftijd zat met zijn benen over elkaar op de grond en steunde met zijn voorhoofd tegen de voorkant van een machine. Hij was lijkbleek en hartstikke dood, van alle bloed ontdaan. Aan de andere kant van hem zag je een grote, uitgestorven machinehal, verlicht door tl-lampen en vol grote werktuigmachines.

'Waar komt dat bloed vandaan?' vroeg hij.

Assad klikte met de muis, zodat de volgende foto in beeld kwam. Het was een close-up van de armen, het bovenlijf en de gekruiste benen van de man.

'Hij heeft zijn armen in zijn schoot gelegd,' zei Rose. 'Vermoedelijk is hij onmiddellijk in shock geraakt, toen zijn handen er afgehakt werden.'

'Gatverdamme, zeg! Afgehakt?'

'Ja. Hij zit tegen de stansmachine, die vijf millimeter dikke ijzeren platen kan doorkappen. Dat was een fluitje van een cent voor die machine.'

'Wie is hij?'

'Hij is de eigenaar van het bedrijf Oleg Dudeks Maskinfabrik A/S.'

'Oleg Dudek. Is hij een Rus?'

'Nee, een Pool,' corrigeerde Assad. 'Hij is meteen na de val van de Muur naar Denemarken gekomen en vestigde zich eerst in Herning, maar heeft daarna de fabriek naar Vordingborg verplaatst en die sterk uitgebreid.'

'Hij had bijna alleen maar buitenlandse werklieden in dienst, ongeorganiseerd en onderbetaald natuurlijk, dus er was een heleboel gezeik met hem,' voegde Rose eraan toe. 'Volgens mijn informatie kreeg hij zware dagboetes vanwege deze aanstellingen en verder was er een gigantisch gebrek aan veiligheid op de werkplek, want er gebeurden voortdurend ongelukken. Uiteindelijk was het zo dat ze zijn bedrijf bijna hebben gesloten.'

'Hoi,' klonk het vanuit de deuropening. Daar stond een breed glimlachende Gordon, maar zijn glimlach bevroor toen hij naar Assads beeldscherm keek.

'*Mein Gottes!*' Hij keek alsof hij zo meteen over het bureau heen zou overgeven, en hij slikte een paar keer.

'Rustig ademhalen, Gordon,' zei Carl. Het was waarschijnlijk de hoogste tijd dat de knaap eens een cursus forensische opsporing aan de Volksuniversiteit ging volgen, zodat hij een beetje werd gehard.

'Wat is daar precies gebeurd?' klonk het staccato tussen zijn krijtwitte lippen door.

'De man heeft zijn handen er afgehakt in de stansmachine, chop chop!' klonk het droogjes van Assad. Nou, dat zou Gordons situatie flink helpen.

Carl wendde zich tot Rose. 'Maar waarom is hij hier op het whiteboard beland? Het was vast net als de vele andere dingen op die werkplek een arbeidsongeval, als de man zo'n halvegare was dat hij niet voor veiligheid zorgde.' Hij dacht even na. 'Of als hij echt in het nauw was gedreven en de Arbeidsinspectie of de Belastingdienst wilde de fabriek sluiten, dan kan het toch ook zelfmoord zijn geweest, of niet?'

'*Oh my god*, zo kun je toch geen zelfmoord plegen. *Scary* luguber!' fluisterde Gordon, terwijl hij zich op zijn plek liet neerploffen.

'Het is bestempeld als een arbeidsongeval, ja, en de fabriek ís daarna ook gesloten. Maar, maar, maar...' Rose knikte naar Assad, die de volgende foto tevoorschijn klikte. Het was een close-up van de twee afgehakte handen die op wat zaagsel vlak achter de machine lagen.

Achter hen was een klap te horen. Het was Gordon die met zijn hoofd op zijn bureau was geknald, flauwgevallen, maar normaal ademend. Dan hoefden ze zich daar een poosje niet om te bekommeren.

'Je zegt "maar", maar verandert dat iets? Is het de hoek waarin de handen liggen? Denken jullie dat ze zijn verplaatst?'

'Nee, Carl, de technische recherche heeft met grote waarschijnlijkheid vastgesteld dat dat niet het geval was. De hoek en de heftigheid zouden er zeer waarschijnlijk voor zorgen dat ze precies dáár op de grond neervielen. Maar wat je op het eerste oog denkt dat het zaagsel is, is wat wij keukenzout noemen.'

Zout! Carl voelde de rillingen langs zijn ruggengraat.

'Haal meteen Marcus hierheen,' zei hij tegen Assad. 'En dan kun je de rest van de kolommen wel al beginnen in te vullen, Rose.'

Hij wreef aan zijn kin. 1988, 1998, 2002. Als ze hier niet met een seriemoordenaar te maken hadden, mochten ze hem Gurli Margrethe noemen, of wat ze ook maar wilden.

***

Assad checkte het huisnummer en zette de dienstauto op de inrit van een heel klein en simpel huis van gasbeton. Vast zo'n huis dat ooit in de jaren zestig in veertien dagen tijd uit de grond werd gestampt, toen zelfs de kleine man zich het kon veroorloven naar de voorsteden te verhuizen. Hij nam een foto, want ongeveer zo'n huis kon hij zich indenken zelf een keer te bouwen. Wat zou zoiets kosten? dacht hij, toen een man met vuurrood haar de deur opende.

Een aantal vreselijk zoete koekjes, die Assads hart uit pure nostalgie deden smelten, werden op tafel gezet, en Jurek Jasinski, voormalig voorman in het bedrijf van Oleg Dudek, was er klaar voor.

'Ik heb Dudek meerdere keren gewaarschuwd en gezegd dat ik naar huis zou gaan als hij het allemaal niet zou regelen,' zei hij in keurig Deens, maar met een Pools accent dat de taal van Assad opeens heel bekakt liet klinken.

'Maar hij wilde niet luisteren. Weet jij wat Dudek betekent?'

Assad schudde zijn hoofd. Dacht de man soms dat alle allochtonen Pools kenden?

'Ironisch genoeg betekent Dudek "beschermer van het volk" en dat was hij absoluut niet.' Zijn bulderende lach kwam zo onverwacht dat Assad de koekkruimels bijna in het verkeerde keelgat kreeg.

'Ik heb een paar vragen waar je slechts kort op hoeft te antwoorden, vind je dat goed?'

'*Shooot!*' antwoordde de man en hij haalde een denkbeeldig pistool van zijn heup en vuurde. Hij blies op zijn vingertop en glimlachte van oor tot oor. Met zo'n humeur kon dat van Assad zich niet meten.

'Wat voor type was Dudek?' was Assads eerste vraag.

'Type?' Hij dacht even na. 'Hij was misschien als een blok graniet. Hetzelfde gebrek aan humor, net zo gevoelig en net zo hard en sterk. Bedoel je zoiets?'

'Eh, ik dacht meer aan waarom en hoe het is gebeurd. Is het denkbaar dat iemand hem heeft gedwongen te doen wat hij heeft gedaan?'

Hij lachte. 'Dan moet het wel een heel grote kerel zijn geweest.'

'Hij kan met van alles zijn bedreigd. Een kogel door zijn kop?'

'Daar kan ik toch geen antwoord op geven? Ik was er niet bij, als dat is wat je suggereert.'

Assad schudde zijn hoofd. 'Nee, maar was Oleg Dudek iemand die zelfmoord zou plegen?' Sturende vragen hielden zelden stand in de rechtbank, maar in het echte leven werkten ze prima.

Hij haalde zijn schouders op. 'Dat heeft hij toch gedaan? Je weet nooit wat zo'n vent als hij zich in zijn hoofd haalt. Als Dudek zijn zin niet kreeg, maakte hij er nogal een drama van.'

'Aha. Maar de manier waarop hij het deed, door zijn handen af te hakken? Zou hij daartoe in staat zijn?'

Verrassend genoeg begon hij weer te lachen.

'Dudek was nogal meedogenloos en gewelddadig. Oud-militair en bokser. Dat kon je helaas soms ook aan het gezicht van zijn vrouw zien.'

'Dus jij denkt van wel?'

Hij haalde opnieuw zijn schouders op.

'Hoe kon het eigenlijk gebeuren?' vervolgde Assad. 'Had hij iets van de machine gehaald wat het ongeluk had kunnen voorkomen?'

Hij leunde naar Assad toe. 'Je moet één ding goed begrijpen, politiemannetje. Die machines waren allemaal oude troep uit de Baltische landen. Als ze stukgingen, was het klaar. Die stansmachine was levensgevaarlijk. Een van de jongens uit Pakistan raakte de vingers van zijn ene hand kwijt in dat ding.' Hij liet zien hoe door de zijkant van zijn hand over de vingerkootjes dicht op de knokkels te halen.

'Dat ongeluk kostte Dudek een gigantische boete. Maar godzijdank was mijn rechterhand razendsnel en stopte de vingers in zijn mond en bewaarde ze daar tot ze met de stumper in het ziekenhuis waren gekomen. De vingers werden nooit meer zo beweeglijk als daarvoor, maar hij heeft ze weten te behouden.'

'Dus de machine was defect?'

'Ja, ik verbood mijn mensen om haar te gebruiken en daar werd ik bijna voor ontslagen.'

'Hoelang voor Dudeks dood was dat?'

'Een jaar daarvoor, volgens mij.'

'Als het geen ongeluk was, waarom zou hij dat dan doen?'

'Hij had waarschijnlijk geen zin meer in al die trammelant met instanties en vakbonden, waarschijnlijk was dat het gewoon. De fabriek zou immers toch worden gesloten.'

'Ik begrijp het niet helemaal, want achteraf ontdekte men dat hij echt heel veel geld had, zowel contant geld als op Poolse bankrekeningen. Hij had toch gewoon kunnen betalen en doen wat de instanties verlangden.'

'Ja, maar van Dudek was moeilijk hoogte te krijgen.'

'Waarom was hij alleen in de fabriek?'

'Hij kwam een halfuur voor ons allemaal, dat deed hij altijd.'

Assad zuchtte. Hoe moest hij uit de man weten los te krijgen wat hij wilde horen, als de man niet een beetje meer over alles wilde nadenken?

'Als je terugkijkt, vind je het dan niet allemaal een beetje eigenaardig?'

'Luister eens, politieman. Wij, de mensen die in de fabriek werkten, werden die dag werkloos, dus wij hadden genoeg aan ons hoofd. Persoonlijk maakte me het geen bal uit waarom Dudek dood was. Ik heb twee kinderen en die moesten worden verzorgd. Mijn vrouw kon niet alles ophoesten, snap je? "Jurek, Jurek, waar moeten we van leven?" klaagde ze vanaf het eerste moment. Dus net als iedereen in de fabriek ging ik de dag erna al een heleboel bedrijven in de omgeving af, maar er wás geen werk voor mensen als wij op Zuid-Seeland. Daarom ben ik ook zo dicht in de buurt van Kopenhagen terechtgekomen.'

'Heb jij nooit de gedachte gehad dat hij misschien was vermoord? Dat er iemand was die hem dood wenste. Had Dudek veel vijanden?'

Een bulderende lach liet de salontafel trillen. 'Je kunt beter vragen of hij wel vrienden had, dat zou gemakkelijker zijn, want die had hij niet. Iedereen die met hem te maken had, vond hem een klootzak. Zelfs zijn klanten. Maar hij was goedkoop en dat telt zwaarder dan sympathie.'

'Was er iemand die hem meer haatte dan alle anderen, denk je?'

Hij haalde opnieuw zijn schouders op.

'Nog één ding. Er lag zout op de grond vlak achter de stansmachine. Dat vind ik eigenaardig. Weet jij daar iets van?'

Hij fronste het voorhoofd. 'Zout? Ik weet niet waarom er zout lag, dat was altijd zand. Maar Dudek verzon van alles. Als hij geen zand had, kon het beslist in hem opkomen te gebruiken wat hij wél had liggen. Ik zou denken dat er een zak strooizout over is geweest van de winter waar hij graag van af wilde.'

'Het was geen strooizout, het was gewoon, grofkorrelig zout dat je in het huishouden gebruikt.'

'Dan heeft hij het vast thuis van zijn vrouw gejat.' Zijn lach was deze keer niet zo vervelend meer. Je wende er waarschijnlijk aan.

'Waarom was er eigenlijk zand of zout aanwezig?'

'Er stond een draaibank aan de andere kant van de stansmachine die ijzerdeeltjes en olie wegslingerde. Het zand zoog die op.'

Toen Assad terugkwam zat de chef Moordzaken bij hen, en alle vier zaten naar een paar vragen te kijken die aan de rand van het whiteboard waren geschreven.

Assad las ze snel.

'Op een van die vragen kan ik meteen antwoord geven,' zei hij. 'Het zout lag daar waar anders altijd zand lag. Het verving het zand, dacht de voorman, Jurek Jasinski. Maar het verbaast me nu dat de technische recherche niet heeft gecontroleerd of er zand onder het zout lag, en of er in dat geval zo veel metaaldeeltjes en zo veel olie in aanwezig waren dat er iets anders overheen moest worden gestrooid, zodat het nog steeds kon opnemen wat er van de draaibank vloog.'

'Heb je verder nog iets uit de voorman los weten te krijgen? Had hij een theorie over de dood van de eigenaar?' vroeg Carl.

Assad schudde zijn hoofd. 'Maar ik heb wel de bevestiging gekregen dat hij bij niemand op het werk geliefd was en ook nergens anders, trouwens.'

Marcus Jacobsen leunde naar Assad toe.

'Voor jouw informatie, ik heb gesproken met de toenmalige leider van het onderzoek,' zei Marcus Jacobsen, 'en hij wist heel zeker dat de neus van de ene schoen van het slachtoffer vastgeklemd zat bij het pedaal dat het stansen in werking zette. Alleen dat al was reden genoeg om aan te nemen dat het een ongeluk was. Hij kwam bovendien met nog meer feiten die dat niet tegenspraken. Misschien is het heel goed te begrijpen dat men verder onderzoek daarom stopzette.'

'O, staat dat ook in het rapport? Dat kan ik me niet herinneren,' zei Carl.

'Hier!' Hij bladerde en wees naar de regel.

'Het slachtoffer zat in elkaar gezakt met gekruiste benen en met een schoen gefixeerd op het ontgrendelingspedaal.'

'Er staat "gefixeerd". Dat is niet hetzelfde als dat hij vastgeklemd zit bij het ontgrendelingspedaal,' bromde Carl. 'Zo'n slordige woordkeus zou een krachtige reprimande moeten krijgen.'

Marcus Jacobsen keek nu ieder afzonderlijk met een donkere blik aan.

'Ja, en nu staat ook dit sterfgeval op het whiteboard. Maar het zou mij helaas verbazen als wij in deze zaak iets anders zullen concluderen dan dat er klaarblijkelijk een moordenaar rondloopt met een schimmig motief, iemand die erin is geslaagd mensen zodanig te vermoorden dat het ons rechercheurs laat geloven dat het om ongelukken of om zelfmoord gaat. Zijn we het daarover eens?'

'Niet helemaal.' Rose tuitte haar lippen. 'Het motief is nog steeds schimmig, maar wij kennen de doden en ze behoorden geen van allen tot Gods beste kinderen. Dus er is de gemeenschappelijk noemer dat ze wellicht geen personen waren van wie je het betreurde dat ze het leven lieten. Maar afgezien daarvan heb je gelijk.'

Assad ging zitten. Gods beste kinderen, wie waren dat wel? Was hij er zelf eentje? Hij twijfelde.

'Maar wat doen we dan nu?' vroeg hij.

'Ja, wat nu?' Carl keek naar het whiteboard. 'We kunnen maar beter zorgen nog meer gevallen op het whiteboard te krijgen en hopen dat onze moordenaar bij eentje ervan een blunder heeft begaan.'

'Maar wat als er niet meer gevallen zijn?' vroeg Gordon.

Marcus Jacobsen legde een hand op de zijne en klopte er een paar keer op.

'Geloof me, Gordon,' zei hij en tikte een paar keer op het puntje van zijn neus. 'Die zijn er!'

Toen was het weekend.

15

Maandag 7/12/2020

CARL

‘Gefeliciteerd, Pauline,’ zei hij als eerste toen Pauline Rasmussen haar mobieltje opnam. ‘Ik heb de recensies in de zondagskranten gelezen, die waren grandioos. En jullie moeten elke dag tot aan de kerst spelen, dat ziet er goed uit. Ik hoop maar dat jullie geen trammelant krijgen met corona en met de premier.’

Carl keek naar de krant die voor hem lag. ‘*Politiken* schrijft: “*Het cabaret was een sublieme satire, sterk gedragen door Pauline Rasmussens onderscheidende zangstem en fantastische komische timing*,” enzovoort enzovoort. Vijf sterren en echt een prachtige recensie, je zult wel heel tevreden en opgelucht zijn, denk ik.’

Carl wachtte tot ze dankjewel zou zeggen en blijdschap zou tonen, maar daarin vergiste hij zich lelijk.

‘Ik ben van mening veranderd, Carl Mørck. Ik wil niet op zolder gaan zitten rommelen. Er is toch niets wat voor jou van belang kan zijn en als dat er zou zijn geweest, zouden je collega’s het wel hebben gevonden.’

‘Oké, maar als het nou toch zo oninteressant is, dan heb je er vast niets op tegen het aan mij te geven?’

‘Nee, misschien, maar ik heb andere dingen aan mijn hoofd, dus dat kun je gerust vergeten. Ik ben er overigens niet zeker van dat ik de computer en al die andere spullen niet in één keer heb weggegooid, nu ik erover nadenk. Tot ziens.’ Daarna verbrak ze de verbinding.

Carl fronste zijn wenkbrauwen en ging staan. Hoe volwassen mensen zo onnozel en doorzichtig konden liegen was hem een raadsel.

'Assad, we gaan een stukje rijden, kom!' zei hij en hij trok hem met zich mee naar de parkeerplaats.

'Wat is er?' vroeg Assad en hij gooide zijn benen op het dashboard boven het handschoenenkastje.

'Wat er is?! Mijn zesde zintuig vertelt me dat deze Pauline een stuk dichter bij de overleden Palle Rasmussen stond dan ze wil toegeven.'

Ze kwamen bij haar rijtjeshuis in Herlev aan op het moment dat ze de voordeur verliet met een zware doos in haar armen.

Haar haar was wanordelijk, net als het trainingspak dat ze droeg.

'Zij heeft verrekte veel haast,' zei Carl terwijl hij de dienstauto half op het trottoir zette, zodat hij de weg versperde voor een auto waarvan de kofferbak helemaal open stond.

Bij de aanblik van Carl en Assad in de dienstauto bleef ze staan.

'Dag Pauline,' zei hij met een glimlach terwijl hij knikte tegen Assad, die stilletjes de kartonnen doos uit haar handen manoeuvreerde. Ze had zich kunnen beroepen op allerlei rechten en het gebrek van Carl Mørck daaraan, maar in plaats daarvan stond ze verstijfd en was ze niet in staat zijn begroeting te beantwoorden.

'Zullen we je ook maar van deze spullen afhelpen?' vroeg hij en hij wees naar haar gevulde achterbank. 'Dan kun jij verder met de rest van de activiteiten van vandaag.'

Ze knikte stilletjes. 'Ik heb niets gedaan wat niet mocht,' zei ze met trillende stem. 'Het kan best zijn dat je iets vindt waarop ik niet zo trots ben, maar ik was slechts jaloers, niets anders.'

'Nu hebben we beet. In deze zit een computer, Carl,' zei Gordon toen hij de derde en grootste doos op het bureau opende. 'Het is een oude Apple iMac G4, dus die moet onderhand geld waard zijn.'

Carl glimlachte. 'Zorg ervoor dat de mensen op de vierde verdieping ons helpen in de computer te komen, Gordon. Herinner ze eraan dat de ene dienst de andere waard is.'

'Zal ik hem niet gewoon zelf proberen open te krijgen?' zei hij hooghartig.

'Je kunt het wel proberen, maar vergeet je dossiers hier niet.' Carl wees naar de dossierstapels.

'Hé, Assad, wat stinkt hier zo? Heb je een kebabtent geopend?' Hij lachte, maar hield op toen de man naar een pan wees die op een eenpitter achter de groeiende verzameling kerstprullaria en kerstkabouters in de hoek stond.

'In deze coronatijden kunnen we niet naar de cafetaria, *remember*? Dus vandaag heeft Rose huisgemaakte risotto met lamsvlees besteld.'

Carls maag draaide zich een keer om. Lamsvlees en risotto was als vis koken met puddingpoeder. Gatverdamme, zeg!

'Wil je alsjeblieft het deksel op de pan doen, Assad? Anders komen ze straks nog van de werkkamers hiertegenover aanstormen.'

'O, denk je dat ik de volgende keer een grotere portie moet maken?'

Carl greep naar zijn hoofd. Jaren in de kelder op het hoofdbureau hadden hem ook elk gevoel voor situatie en realiteitszin ontnomen.

'Vergeet dat deksel nou niet, Assad. Neem jij trouwens de papieren in de dozen maar door. Het zijn zo'n beetje duizend e-mails en wat er verder zo is. Alles wat er officieel uitziet, gooi je in de prullenmand, wij zoeken naar persoonlijke mails. Misschien vind je er bedreigingen tussen.'

Hij wendde zich tot Rose. 'Wat zeg jij? Zijn er collega's in het land die vertellen dat ze zaken hebben opgeduikeld waarbij er zout op de plaatsen delict is aangetroffen?'

'Nog niet, maar ik wacht nog steeds op antwoord uit de meeste regio's. Op dit moment onderzoek ik de culturele geschiedenis en symbolische waarde van zout. Ik heb in een boek van Mark Kurlansky gelezen dat zout vele honderden jaren een betaalmiddel was, wist je dat? Het witte goud, zoals ze het noemden. Het woord salaris stamt af van het woord zout.'

'Ík weet toevallig dat ze het vroeger uit turf en zeewier haalden,' kwam het van Gordon. Had hij zijn opdracht om het wachtwoord van de computer te vinden al naar de achtergrond geschoven?

Rose wierp hem een blik toe die hem liet blozen. 'Hoe dieper ik in het onderwerp blijf boren, hoe verbaasder ik word over hoeveel invloed zout heeft gehad op de wereldgeschiedenis, en hoe gruwelijk machthebbers misbruik hebben gemaakt van zout, dat onmisbaar was voor gewone mensen die er zelf niet over beschikten. Het smokkelen van zout kon met de dood worden bestraft, het is echt ongelooflijk. Aan het eind van de achttiende eeuw zorgde het zoutmonopolie in Frankrijk er mede voor dat de Franse Revolutie uitbrak en hetzelfde gebeurde in Amerika, toen de Amerikanen in opstand kwamen tegen de Engelsen. In India verzette Gandhi zich in 1930 met zijn lange vredesmars tegen het zoutmonopolie van het Engelse imperium, omdat hij en zijn volgers het zout van verdampt zeewater aten en daarmee de Engelse zoutwet overtraden. Toen Gandhi om diezelfde reden werd gearresteerd, explodeerde de opstand in India en verloor Engeland zijn macht. Opnieuw door zout. In de Bijbel heeft zout ook een zekere betekenis.'

Carl keek Rose aan. 'Sorry, Rose, zeg al dat laatste nog eens. Ik zat aan iets anders te denken.'

Waarom veranderde haar gelaatskleur in hemelsnaam opeens van havermoutkleurig naar donkerblauw?

Carl keek naar het whiteboard met de drie zaken uit 1988, 1998 en 2002. Het was ondertussen al heel wat jaren geleden, dus de persoon of de personen die de moorden hadden begaan konden niet meer zo jong zijn, als ze tenminste nog leefden. De oudste zaak, als het in elk geval de oudste was, was al 32 jaar oud, dus zou de dader niet tegen de zestig zijn of mogelijk nog aanzienlijk ouder? Want hoe oud ben je als je in staat bent een zo ingewikkelde misdaad als een aanslag op een autowerkplaats uit te voeren? Ben je dan twintig, dertig of veertig jaar oud?

Er werd op de deurpost geklopt en iedereen keek op.

'Hallo,' zei de vrouw voorzichtig met een wat hese stem, terwijl ze haar groene mondkapje afdeed. Het zwarte haar dat onder de hoofddoek tevoorschijn kwam glansde, haar huid was fris en haar glimlach echt en warm. Het was Marwa, de vrouw van Assad, volledig veranderd ten opzichte van destijds, toen ze in een rolstoel bij de Kaiser-Wilhelm-Gedächtniskirche in Berlijn zat, met voldoende explosieven onder zich om alles in een omtrek van honderden meters weg te blazen.

'Marwa, waarom ben jij hier?' vroeg Assad terwijl hij haar omhelsde.

'Oei, hier ruikt het betoverend, zeg.' Ze knipoogde naar haar man. Dus dat risottogerecht was haar niet helemaal vreemd. 'Ik was in Marcus zijn kantoor. Ik had daar zo'n zin in, toen jij sprak dat jij hem dankjewel had gezegd voor ons te helpen ons terug te vinden.'

Carl glimlachte. Het was alsof hij Assad van tien jaar geleden hoorde. Heerlijk verkeerd.

Ze wendde zich tot Carl. 'En ook aan jou, Carl. Het is lang geleden, maar je weet niet...' Ze werd een moment overmand door haar innerlijke beelden op haar netvlies. 'Toen we in Berlijn waren. Dank, Carl. Dank, dank, dank,' zei ze, precies als bij elke keer dat ze daar de mogelijkheid voor had.

Ze vatte moed en gaf hem een bijna volledige omhelzing.

'Dank aan jullie helemaal. Jullie zijn echt zo goed, ja!'

Ze gaf hun allemaal een hand en Assad bekeek haar met een tederheid die je bijna fysiek kon voelen. Toen draaide ze zich om en keek om zich heen in het vertrek. 'Ik begrijp best hoe je dit graag doet, Assad. Hier is groot en mooi.'

Ze keek naar het whiteboard en las wat er stond. Het was een beetje tegen de regels dat ze het deed, maar Carl dacht dat praten over het werk thuis bij Assad net zo vrijelijk ging als bij Mona en hem. Toen stopte ze met lezen en keek ernstig.

'Wat zie je, Marwa?' vroeg Assad.

Ze wees met een afkerige uitdrukking naar het bord. 'Ik weet niet wat er met hem Oleg Dudek was, maar de datum ken ik te veel goed.'

'Dat begrijp ik niet. Wat is er met 28 april, Marwa?' vroeg Assad.

Ze draaide zich verbaasd naar hem om. 'Die ken je toch wel? Het was de dag dat die duivel Saddam Hoessein is geboren!'

'Was je niet verbaasd over hoe geëmotioneerd Marwa werd, Assad?'

'Ze raakt van een heleboel dingen makkelijk geëmotioneerd, Carl. Als wij brieven van de instanties krijgen, gaat ze in een hoek van de slaapkamer zitten. Als ik heel laat thuiskom huilt ze. Als Ronia begint te schreeuwen of als Nella huilt, gaat ze steeds op een afstandje van ons zitten.'

'Wat zegt de psycholoog daarvan?'

'Hij zegt dat het wel beter wordt, maar dat het nog steeds tijd zal kosten. Ergens begreep ik haar daarnet ook wel, want wij haatten Saddam Hoessein allemaal. Ik wist alleen niet dat die datum iets met hem te maken had.'

Carl knikte. 'Hoe gaat het met de dozen, Assad, heb je iets gevonden?'

'Als er tussen die mails bedreigingen zitten, ben ik ze nog niet tegengekomen. Maar ik ben wel veel van deze tegengekomen.' Hij gaf hem het vel papier en Carl las.

Ik heb je op televisie gezien en je zette me meteen in vuur en vlam. Ik ben morgen om vier uur thuis, kun je langskomen? Kus.

'Oké, de man was werkelijk populair, moet ik zeggen. Jij zegt dat er veel van dit soort waren. Van wie waren die afkomstig?'

'Ze waren van Pauline Rasmussen, dat kun je bovenaan zien. Waarschijnlijk dat je daarom niet in haar dozen mocht graven, denk je niet?'

'Hé, geef mij eens een paar, Assad, ik heb dringend een pauze nodig. Genoeg zout voor vandaag,' zei Rose.

Hij zette een hele doos voor haar neer en lachte.

'Weten wij hoe die nieuwe vriendin van Palle Rasmussen heette? Zijn er ook mails van haar?' vroeg Carl.

Ze keken hem allebei niet-begrijpend aan.

Carl telde de dozen, zes in totaal. Er zou ongetwijfeld iets tussen zitten.

16

Maandag 7/12/2020

RAGNHILD

Het gaf haar telkens weer een speciaal gevoel in haar buik als Ragnhild de eerste twee treden van de groen gespikkelde marmeren trap opliep. Binnen in de donkere vertrekken van het grote herenhuis had ze voor de eerste keer gemerkt dat het leven iets anders kon zijn dan routines en futiliteiten. Wanneer de andere vrouwen en zij verslag deden van wat ze de voorgaande weken hadden gedaan, stroomde het bloed in haar aderen sneller dan tijdens een heftige verliefdheid.

Dit keer had Ragnhild verschillende ervaringen die ze met de anderen wilde delen en het waren juist zulke gebeurtenissen die haar dreven. Ze had aan de universiteit gestudeerd, had goede banen gehad, had een paar losse relaties achter de rug, maar niets kon zich meten met dit groepje en dat wat ze zichzelf ten doel hadden gesteld.

'Welkom, Sara, Martha en Ruth,' zei Debora, terwijl ze de stoelen naar achteren trok en ze hun verzocht plaats te nemen waar zij ze wilde hebben.

Ragnhild hield van de namen die Debora hun had gegeven, vooral haar eigen, Ruth. Nu waren ze medezusters geworden die elkaar op wonderbaarlijke wijze hadden gevonden in een gemeenschappelijk doel, en exact als de vrouwen die ze werkelijk waren: bevrijd van etiketten, persoonlijke gegevens of verwachtingen.

Tegelijkertijd waren zij ook degenen die als missie hadden keihard op te treden tegen het verval in de samenleving.

'Zullen we met jou beginnen, Ruth?' vroeg Debora.

Ragnhild haalde diep adem toen ze haar zusternaam hoorde. Was het werkelijk haar beurt om vandaag te beginnen, wat geweldig! Een paar slokjes van haar thee en toen was ze er klaar voor.

'Drie dingen sinds de laatste keer,' zei ze en ze keek naar de anderen. Martha naast haar zuchtte een beetje, ze had waarschijnlijk niet heel veel kunnen verwezenlijken, terwijl Sara geen spier vertrok, dat deed ze nooit.

Ragnhild begon met het principe waar al hun sessies mee begonnen.

'Je kunt het eigenrichting noemen, maar je kunt het ook tijdige zorg noemen, want de wereld wordt er elke keer een stukje beter van.'

De drie anderen vielen haar bij met geluidloos applaus en daarna was het woord aan haar.

'Als ik denk aan hoe resoluut ik heb geleerd te zijn, trilt mijn hele lichaam van vreugde, omdat het gegarandeerd niet wordt vergeten.'

Tijdens de tien minuten die volgden werd ze niet onderbroken en toen ze klaar was, ging Debora staan en omhelsde haar.

'Ik weet niet wat ik moet zeggen, Ruth,' zei Martha. 'Het is moeilijk om na jou te zijn.'

Toen kwam Martha aan de beurt en van haar kon je van alles wat verwachten. Maar Martha was ook de meest opene van hen en als zij ontevreden was over zichzelf, stak ze dat niet onder stoelen of banken.

'Het waren een paar rustige weken. Misschien ben ik niet echt in de stemming geweest om mezelf uit te dagen, misschien heeft de juiste kans zich gewoon niet voorgedaan. Ik moet zeggen dat jij ongelooflijk goed bent geworden met de juiste straf op het juiste moment, Ruth, ik ben misschien eenvoudigweg niet zo fortuinlijk of vaardig als jij.'

Ragnhild protesteerde voorzichtig, maar haar alter ego Ruth zoog het in zich op.

'De oude truc met de paraplu als wapen laat het nooit afweten,' begon Martha. 'Dit keer besloot ik om een hele dag te wijden aan het onderuithalen van alle fietsers die geen respect toonden voor zwakkere verkeersdeelnemers of voor de verkeersregels. Het uitgangspunt was steeds hetzelfde: ik stapte uit een bus bij een van de haltes in het centrum waarbij je direct op het fietspad staat.'

Ragnhild had moeite haar enthousiasme te beteugelen, maar een blik van Debora zorgde ervoor dat ze Martha haar verhaal zonder onderbrekingen liet voortzetten.

'Natuurlijk was het niet op alle plekken zo dat fietsers geen voorrang gaven, maar op de meeste was dat wel het geval. Ik kon het al in de achterruit van de bus zien als zulke malloten met veel te hoge snelheid aan kwamen rijden, zonder ook maar enige intentie te hebben om te stoppen. Dan stapte ik snel uit met mijn paraplu ver voor me uit gestoken in hun wielen. Als ik de eerste onderuit wist te halen, volgden er meerdere. Ook al hadden ze schaafwonden, ontzette wielen en verbogen sturen, ik heb nooit mijn excuses gemaakt.' Ze keek Ragnhild recht aan. 'Daarentegen schold ik ze uit met van alles wat ik heb geleerd. Dat ze zich gewoon aan de regels moesten houden en de volgende keer beter moesten nadenken.'

Op dat punt kon Ragnhild zich toch niet inhouden om voorzichtig te klappen.

'Het is mij over de gehele dag gelukt om zes paraplu's te verwoesten en minstens twintig onverantwoordelijke, stompzinnige fietsers onderuit te halen die het leven van voetgangers op het spel zetten.' Ze glimlachte stilletjes. 'Geloof mij, die rijden in elk geval nooit meer langs een stilstaande bus zonder zich er eerst van te verzekeren dat alle passagiers zijn uitgestapt.'

Ze stopte en trok een ontevreden gezicht. 'Er was alleen een enkele maar.'

'Vertel, Martha,' zei Debora.

'Ik bleef voortdurend in het centrum en dacht eigenlijk dat ik was gestopt toen het nog kon. Toch moet iemand een van de voorvallen hebben gemeld, want bij de laatste halte zag ik dat er een politieauto met zwaailichten en sirene door de straat aan kwam scheuren.'

Het werd muisstil in het vertrek en Debora zette haar kopje neer.

'Hebben ze een rapport opgemaakt, Martha?' vroeg ze.

'Ja, maar dat was zonder mij, want ik was al een paar honderd meter verderop. Maar het was wel de laatste keer dat ik deze truc heb uitgehaald.'

'Goed!' Debora wendde zich tot Ragnhild en Sara. 'Onthoud wat ik zeg. Als iemand van jullie ooit wordt geconfronteerd met de politie, ongeacht of jullie worden aangehouden, op camera's worden gesnapt, uitvoerig worden beschreven en gezocht, worden herkend

– god verhoede het – of wat dan ook, dan is er voor jullie geen plek meer aan deze tafel.'

Martha liet haar hoofd zakken. 'Ik was onmogelijk te herkennen, ook al had iemand het gezien. Mijn kleren waren gekocht in een tweedehandswinkel en die heb ik na afloop in een vergelijkbare kledingcontainer gestopt. Ik had een hoofddoek om, een mondkapje voor en een pruik die ik maar één op de tien keer gebruik.'

'Goed. Maar mocht het onverhoopt toch gebeuren, neem je straf en vergeet voor altijd en eeuwig alles over dit forum, afgesproken? Jullie handelden op eigen initiatief en wij anderen zijn daarmee nietbestaand. Onthoud dat!'

Iedereen stemde in. Dat waren de voorwaarden. Ragnhild was als laatste bij de groep gekomen en ze wist heel goed dat ze een zekere Eva had vervangen, die was uitgesloten omdat er een politierapport over haar was geschreven. De nadere omstandigheden kende ze echter niet.

'Verder is er nog iets anders en dat kan niet vaak genoeg worden gezegd. Jullie handelingen hebben tot doel de wereld ten goede te verbeteren. Daarom mogen jullie nooit iemand onherstelbaar aan lijf en leden verwonden, begrepen? Deze keer stond je op het punt die grens te overschrijden, Martha. Wees kritisch op je ideeën.'

Als Debora's ogen als ijs waren, ontweek Ragnhild haar blik.

'Dan ben jij, Sara,' zei ze en ze ontdooide.

'Niets van betekenis, helaas. Ik ben ziek geweest en heb het grootste deel van de maand griep gehad, dus ik ben niet zoveel buiten geweest.'

'Zo gaat het soms, dat begrijpen we. Als het maar geen corona is.'

Ze schudde haar hoofd. 'Maar ik ben gisteren naar een gesloten voorstelling in het theater geweest. Het was dan wel dun bezet, maar zo is het op het moment.' Ze lachte droog. 'Ja, ik weet wel dat het niet veel bijzonders is, maar ik heb een paar mensen laten struikelen en duwde ze over de stoel voor hen heen, omdat ze niet het fatsoen konden opbrengen op tijd te zijn en mij aan te kijken als ze zich ongebreideld een weg baanden om hun plaatsen te bereiken. Ze hadden uiteraard geen idee wat er gebeurde, omdat ze met hun achterste naar mij toe gekeerd stonden. Misschien dachten ze dat ze gewoon struikelden. Maar ik kan jullie vertellen dat de mensen op de rij voor ons ze grondig de mantel uitveegden.'

Debora glimlachte. 'Ja, het is iets kleins, maar we kennen allemaal het gevoel als onze medemensen geen tact tonen. Ik denk dat we zulke sukkels allemaal graag willen laten struikelen.'

Ragnhild kon zich niet inhouden. 'Ja, en een harde duw geven. Vooral op de eerste rij van het balkon.'

17

Dinsdag 8/12/2020

CARL

'Nu heb ik een overzicht gekregen van de auto's die de autowerkplaats de laatste twee maanden voor de explosie heeft verkocht, Carl.'

Gordon schoof de lijst naar Carl toe. 'Er zijn niet zo veel verkochte auto's als ik eerst dacht. Er zijn zelfs maar half zoveel verkocht in januari 1988 vergeleken met december 1987, dus alles bij elkaar waren het in januari maar vier stuks en geen ervan was gekocht door allochtonen.'

'Heb je gebeld met de mensen die de auto's kochten en geïnformeerd welke ze kochten, en of er eventuele problemen waren met de staat van de auto?'

Hij leek verward. 'Moet ík dat doen? Ik ben bezig om in Palle Rasmussens computer te komen.'

'Je bent bezig? Ben je überhaupt verder gekomen?'

'Eh, nee. Ik heb het te vaak geprobeerd met allerlei mogelijke passwords en toen begon hij te mopperen en nu is hij geblokkeerd.'

'Zorg nou maar dat de computer bij ITK terechtkomt, Gordon. Zij zijn tenslotte de grootste specialisten in dit soort dingen. Jij zoekt nu de telefoonnummers van de vier personen die de auto's hebben gekocht en je belt ze. Daarna ga je verder met de auto's die in december 1987 zijn verkocht en pas daarna ga je met die oude dossiers hier verder. Ik zie dat de stapel sinds gisteren niet kleiner is geworden.'

De stakker zag eruit of hij op het punt stond in huilen uit te barsten.

Carl wendde zich tot een vermoeid uitziende Rose, die demonstratief met haar armen over elkaar geslagen stond. 'En jij, Rose, kun jij Gordon niet een handje helpen met de dossiers? Het lijkt er namelijk op dat jij slechts zit te wachten hoe mensen in het hele land reageren op jouw verzoek.'

Ze liet een diepgevoelde zucht horen. 'Luister eens, meneertje Mørck. Als jij die kijkers van je eens opent, zie je dat ik al helemaal verdrink in het doornemen van de mails van Palle Rasmussen. Ik zit maar te lezen en te lezen en heb tot nu toe nog geen echt resultaat geboekt. Dus jij moet niet met toespelingen komen dat iemand van ons hier zit te lanterfanten, wat jij, Gordon?'

De bleke knaap keek haar dankbaar aan en zette vervolgens zijn koptelefoon op.

'Hoe zit het eigenlijk met jezelf, Uwe Edelgrootachtbare?' ging ze verder. 'Wat doe jij? Jij kunt toch wel met Gordons stoffige dossiers aan de gang, of niet?'

Carl had een kwartier naar zijn sigarettenpakje zitten staren. Buiten sneed de wind, dus hij had geen zin om het raam te openen.

Ach, dacht hij, ik rook er gewoon eentje en dan zet ik het raam open, en daarna ga ik naar het toilet terwijl de rook verwaait, dan is er niemand die iets merkt.'

Hij nam een zware trek en doordacht alles.

Rose' lezing over de betekenis van zout door de geschiedenis heen was blijven hangen. Politiek, religieus, financieel en cultureel had deze eenvoudige stof NaCl, natriumchloride, continenten kunnen sturen of onderwerpen, en nu stuurde die hem.

Waarom werd het in de buurt van de slachtoffers neergestrooid? Was het symbolisch, of was het een rechtstreekse uitnodiging van de moordenaar om dit spoor te volgen? Maar hoe moest je de koop van volstrekt alledaags keukenzout, dat niets kostte en dat je overal kon kopen, volgen?

Hoe vaak had deze zieke persoon in de loop van de tijd toegeslagen met zijn moorddadige projecten? dacht hij. En wanneer?

In elk geval in 1988, 1998 en 2002. Als er nu een bepaald interval was tussen de misdrijven, bijvoorbeeld een paar jaar, dan waren er misschien vergelijkbare zaken in 1990, 2000 en 2004. Als dat zo was, zou het hun inzet misschien kunnen minimaliseren. Vonden ze juist in die jaren niets, dan konden ze nog altijd de zaken van de tussenliggende en daaropvolgende jaren doornemen.

Dan was er nog iets anders dat in zijn hoofd rondspookte. Wat betekenden de groeven in de polsen van de overleden Palle Rasmussen? Het meest waarschijnlijke was dat hij aan het stuur van de auto vastgebonden was geweest en dat daarom de bekleding van het stuur was verwijderd. Een andere mogelijkheid kon ook zijn dat Hardy en hij niet grondig genoeg waren geweest, toen ze naar Palle Rasmussens eventuele sekspartners hadden gezocht. Want wat had zijn schoonmaakhulp ook weer gezegd? Dat de man waarschijnlijk bepaalde seksuele voorkeuren had gehad die zij en háár man thuis in elk geval niet beoefenden.

Iemand had de schoonmaakster toch verdorie moeten vragen hoe zij dat wist en waarom het niet in het rapport stond? Ontbrak er daadwerkelijk een aantal pagina's? Meerdere zaken wezen ondertussen in die richting.

Hij toetste Hardy's mobiele nummer in.

Een matte stem klonk aan de andere kant van de lijn en het was die van Morten.

'Hé, Morten, wat is er loos? Waarom neem jij de telefoon op?'

'Hé, Carl. Hardy heeft net een lichte aanval gehad. De Zwitsers hebben iets met zijn rug gedaan dat hem overal pijn heeft bezorgd. Plekken die hij jarenlang niet heeft kunnen voelen, maar die nu reageren.'

'Oké. Maar is dat goed?'

'We weten het niet. Het kunnen net zo goed fantoompijnen zijn van lichaamsdelen die de hersenen zich herinneren en die een pijn oproepen die niet reëel is. Hij voelt zich vreselijk.'

'Kan ik hem spreken? Twee korte vragen?'

'Waarom denk je dat ik zo klink? We zijn allemaal volledig uitgeput. Ik heb hem urenlang getroost en over hem gewaakt. Als je een paar woorden uit hem weet te krijgen, dan...'

Hij verdween een kort ogenblik. 'Wat zeg je ervan, Hardy? Is het oké?' klonk het op de achtergrond.

Morten zuchtte luid, toen hij weer aan de lijn kwam. 'Hier heb je hem, Carl, maar heel kort, oké?'

'Hé,' klonk het ongelooflijk zwakjes.

'Hé, Hardy, het spijt me dat je je zo voelt. Ik hoop dat ze daar weten wat ze doen.'

'Dat weten ze,' zei hij buiten adem.

'Hardy, heel kort. De Palle Rasmussen-zaak: herinner jij je waarom de schoonmaakster suggereerde dat hij sadomasochistische spelletjes speelde?'

'Vanwege zijn pornoblaadjes,' kwam het prompt. Die goeie ouwe Hardy, betrouwbaar als een encyclopedie. 'Af en toe bloed in het laken.' Hij concentreerde zich een ogenblik. 'Rode strepen op zijn rug... op de rug van zijn T-shirt als ze 's ochtends schoonmaakte en... de was deed.'

'Aha. Maar jij en ik hebben toch naar sekspartners gezocht, of niet?'

'Ja, maar wij... wij hebben niemand gevonden. We hebben zijn mobieltje en zijn computer gecheckt,' hij zuchtte hoorbaar, 'maar... maar er waren... geen contacten.'

'We hebben zijn computer gecheckt? Kun jij je herinneren wat dat voor een computer was?'

'Het was een iMac, maar niets... wees in die richting. Alleen politiek.'

'Is dat in het rapport opgenomen?'

'Ja! Au, verdorie, poeh... ja, natuurlijk is dat erin opgenomen.'

'Dank je, Hardy, geef me Morten nog even, wil je?'

Morten klonk boos. 'Dat kun je niet maken, Carl. Ik zei heel kort en dit was bijna een minuut. Echt, je zou Hardy nu eens moeten zien, hij is lijkbleek. Jawel, ik zeg het gewoon zoals het is, Hardy,' zei hij op de achtergrond. 'Carl begrijpt niet wat hier gebeurt.'

'Je hebt gelijk, Morten,' voegde Carl eraan toe. 'Maar jij begrijpt ook niet wat hier bij ons gebeurt, of wel? Het gaat om moord, Morten. Ik hoop dat Hardy herstelt en beter wordt. Hoelang moeten jullie daar blijven, weet je dat?'

'Zolang het nodig is, dankjewel. Op dit moment kunnen we in elk geval niet naar huis terugkomen, maar jij hebt vast wel gehoord van COVID-19 of niet? De groeten!'

Zo kun je ook afscheid nemen. Gewoon de verbinding verbreken.

Carl smeet de sigarettenpeuk uit het raam en zwaaide zo goed als hij kon de rook erachteraan.

De collega's hadden de sekspartners van Palle Rasmussen niet gevonden, maar waarom niet? Waren zij ervan uitgegaan dat het alleen prostituees konden zijn? Hij kon het zich niet herinneren.

Carl nam nog een sigaret. Als er gerookt moest worden, dan moest dat ruim voordat hij naar huis ging. Mona moest in elk geval niet kunnen ruiken dat hij weer was begonnen.

Hij leunde half uit het raam en keek op straat. De sigaret die hij net naar buiten gegooid had, lag nog steeds beneden op het natte asfalt te smeulen, fuck. De volgende keer moest hij hem eerst uitmaken.

Goed, maar ze hadden dus geen prostituees gevonden. Maar wie hadden ze destijds allemaal gevraagd? Hadden ze bijvoorbeeld zijn nieuwe vriendin gevraagd of zij iets wist van de sporen op zijn polsen, hij kon het zich eenvoudigweg niet herinneren. Hoe heette zij trouwens ook weer?

'Sorry, maar waar ben jij mee bezig, Carl?'

Van schrik opende hij zijn mond en zag hij de sigaret in de richting van de sigarettenpeuk in de diepte vallen.

Hij draaide zich om naar een zeer verontwaardigde Rose.

'Jij mag van Mona niet roken. Jij mag hier in Teglholmen niet roken en al helemaal niet binnen, je mag van mij ook niet roken en tóch doe je het? Moet ik tegen Mona roddelen? Wil je graag dat zij tegen je zegt dat als je zo doorgaat, Lucia zonder jou opgroeit, wil je dat? Jij bent niet echt een jonge vader, als ik zo vrij mag zijn om dat te zeggen. Je bent óud, Carl, en veel ouder word je ook niet als je zo'n slappeling bent.'

Ze ratelde de woorden af met dezelfde snelheid als schoten uit een automatisch wapen en met ongeveer dezelfde werking en trefzekerheid.

'Nee, dank je, ik vind niet dat je dat hoeft te doen.'

'Wát?'

'Roddelen!'

'Dan moet je gewoon stoppen met die smeerpijperij. En smijt je nou ook nog de peuken op straat?'

Daar gaf hij geen antwoord op. 'Heb je iets voor me? Wat heb je in je hand?'

'We hebben twee e-mails gevonden en die zijn heel interessant, vind ik. Misschien vooral deze hier. Kijk eens naar de datum.'

Carl pakte hem aan en las.

Gedateerd 17 mei 2002, twee dagen voor Palle Rasmussens mogelijke zelfmoord en verzonden vanaf een hotmailadres met de naam 'Wildschot'. Het zou lastig, zo niet onmogelijk worden om uit te zoeken wie er achter het toetsenbord had gezeten.

Er stond:

Palle. Je politieke bijeenkomst in Nørrebrohallen een paar dagen geleden maakte indruk op me. Ik weet niet hoe ik het moet verwoorden, maar ik wil je, zoals je weet, graag nogmaals ontmoeten. Je hebt vast gezien dat ik op de derde rij recht voor je ging zitten en dat ik iemand anders vroeg om op te schuiven, zodat ik rechtstreeks oogcontact met je kon hebben. Ik neem zo snel mogelijk contact met je op.

'Dat was alles?'

Rose knikte. 'Dat zegt alles, vind ik. De persoon in kwestie komt met gevlei en ik begrijp dat zoiets Palle Rasmussen meer opwond dan wat ook. Verder maakt de persoon zich niet bekend in de mail, maar dat doe ik zelf ook niet altijd. Ik heb ook een paar aliassen. Ze is waarschijnlijk gewoon voorzichtig op internet, want dat moest je toen ook al zijn. Ze schrijft geen naam en doet geen voorstel hoe de ontmoeting moet plaatsvinden.'

'Ja, dat is opvallend, daarin geef ik je gelijk. Zie jij hier een erotische ondertoon?'

Ze haalde haar schouders op. 'Misschien, maar in dat geval is hij niet heel uitgesproken. Het kan net zo goed afkomstig zijn van een fan, iemand die gefascineerd was door zijn charisma en zijn opvattingen.'

'"Oogcontact" staat er.'

'Ja, je weet maar nooit.'

'En die andere mail, Rose?'

'Die heb ik hier en is afkomstig van Sisle Park, Palles laatste vriendin of wat ze ook eigenlijk was.'

Dat was waar ook, ze heette Sisle, nu herinnerde hij zich die eigenaardige naam.

'Kijk nog eens naar de datum, best wel interessant.'

Dit keer was de datum een dag eerder dan de mail die hij zojuist had gelezen, 16 mei 2002.

Beste Palle, misschien denk je nu dat ik me opdring, maar ik vind dat we het de laatste keer niet goed met elkaar hebben doorgesproken. We kunnen elkaar overmorgen, zaterdag, om vier uur in café Sommersko treffen als ik in Kopenhagen ben. Wat zeg je ervan? Heb je tijd? Sisle.

'Dus zij stelt voor om elkaar te zien een dag voordat hij zelfmoord pleegt. Dat brengt mij bij de vraag of de man zijn antwoorden ook uitprintte, en daarmee ook zijn antwoord aan haar.'

'We zijn een heel eind gekomen met de eerste doos, Carl, en er is niets wat erop wijst dat hij zijn antwoorden printte, tot dusver zijn het alleen maar ontvangen mails. De verzonden mails staan waarschijnlijk op zijn computer.'

Carl zuchtte. 'Heeft Gordon die Mac naar de IT-nerds op de vierde verdieping gestuurd?'

'Ja, dat heeft hij gedaan. Op dit moment zit hij te zweten op jouw volgende opdracht en hij heeft het niet gemakkelijk, kan ik je zeggen. Van de vier personen die een auto bij de werkplaats hebben gekocht zijn twee in de tussentijd overleden, en op dit moment is hij bezig met het opsporen van de twee laatste. Maar Carl, Gordon is een zachte jongeman, dus wees een beetje voorzichtig met hem. Op dit moment is hij een beetje kwetsbaar.'

'Kwetsbaar, hoezo dat?'

'Hij is begonnen met daten op internet en daar heeft hij niet veel geluk mee. Eigenlijk helemaal niet, als ik het ronduit moet zeggen. Daarbij weet je ook niet of het zijn bleke kop is of corona die hen afschrikt.'

Carl trok zijn broek wat omhoog, toen hij zijn blik langs de vele honderden glanzende ramen van de voorstad van Kopenhagen liet glijden. Hij bekeek het bord dat naar grootte en zwaarte van het messing te oordelen het herkenningsteken van een grote ambassade zou kunnen zijn.

Op het overzicht ernaast stond simpelweg PARK OPTIMIZING en eronder de verschillende onderdelen van het bedrijf verdeeld over vier etages. Het was een breed georiënteerd bedrijf met allerlei afdelingen, die zich elk afzonderlijk in verschillende richtingen hadden gespecialiseerd. Export-import, fair trade, ontwikkeling, *firm consultance*, *print*, *chemical behaviour* en minstens nog twintig meer stonden er op het overzicht, waarvan sommige aanduidingen toch een zekere vertaling behoefden voordat Carl begreep wat ze precies deden.

Hij werd op de tweede verdieping ontvangen door Sisle Park zelf.

Ondanks Carls behoorlijke lengte was zij een kwart hoofd groter dan hij. 'Zij heeft een beetje te veel kuilvoer in de fles gehad,' zou zijn vader zeggen. Helemaal normaal was het in elk geval niet.

Carl taxeerde haar hoge hakken en troostte zich een ogenblik met het feit dat ze hem zonder zo ongeveer tot ooghoogte zou komen.

'Ja,' zei ze op haar werkkamer en ze vroeg haar secretaresse te vertrekken. In haar grijze mannenpak en met haar veel te directe blik gaf ze aan dat het een kort gesprek zou worden en dat zij wel zou sturen hoe het zou gaan.

Hij keek naar haar messcherpe broekplooien en bedacht dat Palle Rasmussen een heerschap met een veelzijdige smaak was geweest.

'Ik heb begrepen dat het over Palle gaat,' zei ze koel.

'Over Palle, ja. En over jou.'

'Ik kende hem slechts oppervlakkig. U weet dat het bijna twintig jaar geleden is?'

Domme vraag.

'Je hoeft geen "u" tegen mij te zeggen.' Hij glimlachte naar haar. 'Dat ik nu naar je toe ben gekomen, gaat hierover.' Hij schoof haar mail van destijds naar haar toe. 'Ik vind deze mail niet bijzonder oppervlakkig klinken,' zei hij terwijl ze las.

Ze keek met onveranderde koelheid op. 'Ja, en wat dan nog? De man liep bij mij de deur plat. Is het niet duidelijk dat ik hem wilde ontmoeten om het met hem uit te maken?'

'Uitmaken! Aha. Dus je geeft toe dat jullie een relatie hadden?'

Ze proefde haar verspreking. 'Ik was destijds begin dertig, je doet dan zo veel idiote dingen die tot niets leiden.'

'Wij hebben het idee dat Palle Rasmussen geen zelfmoord heeft gepleegd, dus wat hij op de dagen vlak voor hij stierf deed, houdt ons natuurlijk zeer bezig. Is die ontmoeting er nog van gekomen?'

Achter haar goed verzorgde teint begonnen kleine zenuwen te trillen. 'Daar hoef ik hier waarschijnlijk niets over te zeggen,' zei ze en ze strekte een rode nagel uit naar de intercom.

'Nee, niet hier als je dat niet wilt. Dus wat zou je ervan zeggen om een klein ritje te maken naar de afdeling recherche van de Kopenhaagse politie?'

Ze fronste haar voorhoofd. 'Dit is absurd, zeg. Ik vind dat u moet vertrekken.'

'Dat wil ik ook graag, maar eerst een paar snelle vragen, dan zal ik je met rust laten. Denk ik, tenminste.'

Ze drukte op de knop. 'Wil je even hier komen? Ik geloof dat brigadier Carl Mørck bezig is te vertrekken.'

Carl knikte naar de secretaresse, toen ze de deur naar het voorkantoor opendeed. Toen wendde hij zich tot haar baas.

'Sisle Park, ik wil graag weten of jij een seksuele relatie met Palle Rasmussen had. Was dat het geval?' vroeg hij en hij genoot van de blik die ze haar secretaresse toewierp. Donder eventjes weer op, zei die.

'Ik herhaal graag de vraag,' zei hij toen de deur achter de secretaresse dichtviel.

'Wat denk jij eigenlijk wel, en dat terwijl mijn secretaresse meeluistert?'

'Dus nu gaan we elkaar tutoyeren, geweldig. Maar het is vast beter dat je hier en nu antwoord geeft dan in een rechtszaal met openbare toegang, of niet?'

'Maar nee. Een relatie had ik op geen enkele wijze. Waar heb je dat idee überhaupt vandaan?'

'Zijn nichtje, Pauline Rasmussen, suggereerde zoiets.'

Ze trok haar hoofd naar achteren, alsof iemand had geprobeerd haar in het gezicht te spugen.

'Wat weet zij daarvan? Zo'n ordinaire vrouw.'

'Hoezo ordinair? Omdat ze ooit een relatie met haar oom had, of omdat ze bij de revue speelt?'

'Aargh, hou toch op, man. Omdat ze Palle nog steeds zag, terwijl hij het bij mij probeerde.'

'Probeerde?'

'Kun je dan niet zien wat die mail zegt?'

'Je schrijft dat je je niet wilt opdringen. Dat is wat ik zie. Een minderwaardige relatie waarin hij degene was die de controle had en dat hij je wellicht niet wilde zien.'

'Hij controleerde, ja, en te veel. Ik had geen seksuele relatie met hem, omdat hij Pauline nog steeds zag, terwijl hij mij het hof maakte. Bovendien had hij een paar neigingen waaraan ik niet wilde toegeven.'

'Zoals wat?'

Ze wreef in haar handen en perste haar rode lippen op elkaar. Het wilde er blijkbaar niet uit.

Carl begreep het. Hij moest voorzichtig te werk gaan.

‘Ik heb zwijgplicht, dus wat je nu zegt, komt niet verder. Ik wil je verzoeken me te vertellen wat er nu door je heen gaat, het kan van groot belang zijn.’

‘Hij wilde mij iets laten doen wat ik verafschuw.’

‘Seksueel?’

‘Ja. Hij wilde sadomasochistische spelletjes met me spelen. Dat zei hij onomwonden. Ik moest hem tot onderwerping dwingen.’

‘Aha. Vastbinden, slaan en zulke dingen?’

‘Iets in die richting, ja.’

Hij fixeerde haar blik een poosje, voordat hij wegkeek. Het werkte.

Toen ging hij staan en stak zijn hand uit. ‘Dank je, Sisle Park. Je bent een grote hulp geweest.’

Ze keek schuin naar de grond als een lid van een koninklijke familie die niet weet op welk vorstelijk been hij moet staan.

Op weg naar buiten keek hij rond in het goed geoliede kantoorlandschap dat de vele bedrijven beheerde. Overal vrouwen in op maat gemaakte outfits en pakken die elk afzonderlijk meer kostten dan al zijn eigen kleren bij elkaar.

Wat wilde een vrouw als Sisle Park, die het zo ver schopte met haar bedrijven en klaarblijkelijk alleen vrouwen in dienst nam, in hemelsnaam eigenlijk te maken hebben met zo’n lelijke, dikke, manipulerende schoft als Palle Rasmussen?

Carl glimlachte. Als hij aan Vigga dacht, zijn grappige, kleurrijke hippie van een ex-vrouw, wist hij toch ook dat er op deze wereld de merkwaardigste matches bestonden.

18

Dinsdag 8/12/2020

ASSAD/CARL

Toen Rose en Assad waren aangekomen bij de vierde kartonnen doos van de zes, hadden ze nog drie werkelijk ondubbelzinnige dreigbrieven over, daarnaast nog tien stuks van het amusantere soort waarbij Palle Rasmussen in de kantlijn commentaar had geschreven en minstens dertig mails van Pauline.

'Als je het mij vraagt, zou ik zoiets niet schrijven aan een bekende politicus op Christiansborg zoals Pauline Rasmussen dat heeft gedaan. Ze moet toch een vermoeden hebben gehad dat de secretaresse van hun affaire af zou kunnen weten,' zei hij.

'Sommige ervan zijn in elk geval zo sappig dat zelfs ik me ervoor zou schamen,' antwoordde Rose.

Gordon keek op van zijn dossiermappen. 'Jij hebt toch niets om je voor te schamen, Rose.'

Assad glimlachte. Ze hadden een vrije omgangstoon als het over seks ging, die Denen. Vrij en bevrijdend. Maar als het over allerlei andere dingen ging, dan hield dat vrije en bevrijdende op.

Vooral in zijn geval.

Sinds november van het jaar ervoor had de Nationale Politie de veiligheid verscherpt en de inlichtingendienst van de politie, PET, de opdracht gegeven om checks uit te voeren op de echtgenoten of echtgenotes van alle politiemensen en hun thuiswonende kinderen boven de achttien jaar. Dat was gebeurd met het oog op het verhogen van de veiligheid binnen de Deense politie, zeiden ze, en de naaste familieleden van de bijna 16.900 werknemers bij de politie moesten worden goedgekeurd tot het niveau dat ze 'vertrouwelijk' noemden of nog hoger. Maar waarom hadden ze dat gedaan? Waar waren ze bang voor?

Destijds had Assad onmiddellijk zijn nood geklaagd bij Marcus Jacobsen, die hem verzekerde dat zijn gezin wel onder die onderzoeken uit zou komen. Assad was immers een regelrechte held en daarbij een zeer vertrouwde medewerker, en zijn gezinshistorie was bovendien bij iedereen bekend die de pers een beetje had gevolgd. Als het gezin vragenlijsten of iets van dien aard zou krijgen, moest Assad meteen bij hem komen. Dan waren ze ervan verzekerd dat het niet verder zou gaan, en toen was het lange tijd stil.

Maar vanochtend stond Marwa toch met een dergelijk schrijven van de PET, waarin ze verzochten om een gesprek met haar, haar twee volwassen dochters en haar zoon. Na het gesprek zouden er papieren komen die moesten worden ingevuld en ondertekend, stond er, en iedereen werd hysterisch. Eerst riep Marwa dat Assad had beloofd dat dit niet zou gebeuren. Toen begon Nella te huilen en daarna kwam Ronia met de vreselijkste uitspraken die de mensen van de PET absoluut nooit ter ore mochten komen. Alleen Alfi zei niets.

Assad moest hulp zien te krijgen, zodat dit circus stopte. Dat ze hem konden ontslaan was één ding, maar de achterliggende dreiging die lag in het feit dat Alfi naar Irak zou kunnen worden uitgewezen en dat Ronia met haar nauwe band met een bekende terrorist kon worden geconfronteerd en dat zij in verband daarmee allerlei rabiate uitvallen kon doen tegen alles waar de Deense maatschappij voor stond, was veel ernstiger.

***

'Wij hebben een paar concrete zaken waarover we je moeten spreken, Carl,' zei Rose toen hij terugkeerde van zijn gesprek met Sisle Park. 'We hebben een reeks e-mails van Pauline Rasmussen aan Palle Rasmussen in de periode van vier maanden tot aan zijn dood. Het is glashelder dat ze een seksuele relatie hadden en zelfs een van heel bijzondere aard.'

'Ik weet het. Sisle Park heeft me dat zojuist verteld.'

'De laatste mail die we hebben gevonden terwijl jij weg was, werd een dag voordat Palle Rasmussen stierf verzonden. De anonieme afzender, denk ik, is Pauline Rasmussen, en de persoon in kwestie vraagt hem om de volgende dag op weg naar huis bij haar langs te rijden. Ze heeft een verrassing voor hem, schrijft ze. Een die heerlijk pijn doet.'

'Kijk aan.' Carl glimlachte. 'Dan hebben we misschien een verklaring voor de groeven in zijn polsen. Misschien is het allemaal wat te ver gegaan.'

'Hij stierf door koolmonoxidevergiftiging, Carl. Niet aan zijn seksuele gedragingen.'

'Niet direct, ik weet het. Maar misschien heeft die mafkees tegen Pauline gezegd dat ze aan de kant zou worden gezet.'

'En toen heeft ze hem gedrogeerd, bedoel je? Zou zij dan met hem hebben rondgesjouwd, hij woog meer dan honderd kilo. Hoeveel denk je dat Pauline zelf weegt?' vroeg Rose.

Hij zag het punt wel. De revuelieveling van Denemarken was naast de meeste vrouwen een poppetje.

'Dan zijn er de dreigmails,' vervolgde Rose. 'Deze drie trekken keihard van leer en stammen alle drie uit de kersttijd van 2001. Een is van een politieke tegenstander die eist dat Palle Rasmussen uit de Deense politiek verdwijnt en als hij dat niet vrijwillig doet, hij geofferd moet worden.'

Carl fronste zijn wenkbrauwen. 'Staat er een naam of een mailadres bij dat we kunnen checken?'

'Mailadres, ja.'

'Haal de persoon hierheen. De volgende?'

'Niet identificeerbaar, maar wij denken dat het van dezelfde persoon afkomstig is. Palle Rasmussen wordt weer met de dood bedreigd en de woordkeus en de syntaxis zijn ruwweg ongewijzigd.'

'We controleren of het dezelfde persoon is als we hem hebben. De derde?'

'Die beschrijft heel precies wat er met hem zal gebeuren. Er is geen lichaamsdeel dat niet heel langzaam met een bot mes bij hem zal worden afgesneden. Hij zal eeuwig branden, uit de toren van het gemeentehuis worden gegooid, gecastreerd, onthoofd enzovoort.'

'Die leggen we in eerste instantie aan de kant. De afzender hoort bij de groep fantasten en is ongetwijfeld heel ongestructureerd en verward. Als iemand Palle Rasmussen om het leven heeft gebracht, dan is hij het niet. Doe gerust aangifte als jullie willen, hoewel je daar niet veel aan hebt, omdat het toch al is verjaard. Maar het is misschien wel goed om hem met zijn shitmail te confronteren, want daar is hij ongetwijfeld op alle mogelijke terreinen mee doorgegaan en in dat geval staat hem vast wel een bepaalde straf te wachten.'

'Dan zijn er nog de grappige dreigbrieven zoals deze hier: "*Ik zal al mijn stront een hele maand bewaren en die dan in je gezicht smeren en vermengen met al die andere stront die uit je mond komt.*" Het woord stront komt in het algemeen veel voor in een aantal mails.'

'De grappigste van allemaal heb ik hier,' zei Assad. 'Luister maar: "*Lieve dikke vetzak Palle, ik mis wat imbecielenvet bij de barbecue. Wil jij het vet leveren of wil je liever zelf op de grill liggen? Zo'n Palle-steak met gefruite uien en zwoerd zal vast ons immuunsysteem versterken tegen die bespottelijke nonsens die jij uitspuwt. We denken nog steeds na waar we je hersenen voor kunnen gebruiken, maar dat hebben we opgegeven. Zulke rotzooi kun je maar beter weggooien, toch?*"'

Carl schudde zijn hoofd. Had Onze-Lieve-Heer nou toch maar geprotesteerd, toen digitale communicatie werd uitgevonden.

'Palle Rasmussen heeft de mail onderaan van commentaar voorzien. Met een vulpen zelfs. Hij schrijft: "*Palle-steak met gefruite ui, bespottelijke nonsens, haha. Goede uitdrukkingen die ik tegen mijn politieke tegenstanders kan gebruiken, zodat de kiezers eens lekker kunnen lachen.*"'

Carl schudde zijn hoofd nogmaals. Niet alleen was Palle Rasmussen een mafkees, hij was ook plat en kinderachtig.

'Luister eens, jullie zoeken tot het bittere einde door, toch? Haal Paulines mails ertussenuit en geef die aan mij. Ze moet de gelegenheid krijgen ze nog eens te zien. Vertel me verder eens wat ik hier vandaag toch ruik?'

Ze wezen naar de pruttelende pan achter Gordons nog verder uitgebreide kerstonzin. Kerstversiering op een stuk klei, meer kerstkabouters, engelenhaar dat aan de plafondlampen hing, kerstharten aan de bureaulamp en een miniatuurkerstboom die tegen zijn toetsenbord aan stond.

'Het is ragout à la Marwa, Carl. Kliekjes van gisteravond.'

'Het ruikt niet naar lam,' zei hij opgelucht.

'Nee, het is konijnragout. Het konijn is eergisteren geslacht door een van hun vrienden.'

Carl slikte een keer. Vervloekt is degene die zulke vrienden heeft.

'De eerste autokoper komt nu naar je toe,' zei Carl via de intercom. 'Maar dat is waarschijnlijk een miskleun.'

Carl schudde zijn hoofd, toen een ongeveer tachtigjarige man zijn werkkamer binnen kwam schuifelen en nieuwsgierig om zich heen keek. Het was 32 jaar geleden dat de autowerkplaats was geëxplodeerd. Wat had hij in hemelsnaam ook eigenlijk verwacht?

'Interessant,' zei de grijsaard met trillende stem die gedempt werd door een scheef mondkapje, terwijl hij probeerde zich een indruk te vormen van een afdeling Moordzaken, en veel verder kwamen ze niet. Hij was blij geweest met zijn kleine Peugeot, maar die had hij aan zijn dochter gegeven, die hem weer had ingeruild voor een vakantie naar Portugal. Gordon noemde hem een miskleun, dat was nog zwak uitgedrukt.

'Hoe zit het met die andere, Gordon?' vroeg hij via de intercom.

'Hij kan pas morgen. Hij is nog ouder.'

'Dank je, Gordon. Bel hem maar af en ga dan verder met de dossiermappen, goed?'

'Dat doe ik al, Carl,' en er klonk een diepe zucht.

'Probeer de zaken eerst eens chronologisch te rangschikken.'

'Dat zijn ze al.'

'Begin dan bijvoorbeeld eens met 2000 en 2004. In eerste instantie alleen naar de foto's kijken, oké?'

'Waarom die jaren?'

'Mannelijke intuïtie.'

Er klonk een bulderende lach uit de intercom die zich door de muren heen voortplantte. Natuurlijk was het Rose.

Carl ging bij het raam zitten en overwoog nog een sigaret, terwijl hij probeerde zich Palle Rasmussens laatste levensdag voor te stellen. Eerst zijn werk op Christiansborg op een stille pinksterzondag en vervolgens seks van het ruwere soort met bondage bij Pauline Rasmussen. Maar hoe ruw was dat eigenlijk? En dan ten slotte die zelfmoord.

Hij duikelde het lijkschouwingsrapport op en dit was duidelijk in zijn bewoordingen: geen verse wonden of letsel op het lichaam van

Rasmussen. Er waren oude schrammen op zijn rug, littekens van een diepe scheur bij zijn anus, maar na een paar dagen in de koolmonoxiderook in de garage was dat de doodsoorzaak, iets waar het rapport zich op concentreerde. Hij moest Pauline Rasmussen onomwonden vragen hoe hun seksspel op de laatste dag van Palles leven was geeindigd.

Na deze vermoedelijke vrijage bij Pauline stond de rest van Palle Rasmussens afgemeten leven in het teken van allerlei vraagtekens. Was hij in zijn eigen auto bij Pauline vertrokken? Had hij hun relatie wellicht die dag al serieus afgebroken en waarom moest hij dat doen? Was het normaal dat hij, op weg van zijn werk naar huis, even een spelletje tussen de lakens speelde?

Er klonk een brul vanuit de werkkamer van de anderen. Iemand op de gang zou ongetwijfeld afdeling Q vervloeken vanwege de onrust die hun intocht op Teglholmen teweeg had gebracht. Arme Marcus, als de klachten begonnen binnen te stromen.

‘Carl, kom eens hier,’ riep Rose. Begreep ze de kunst van de vertrouwelijkheid dan niet, die helleveeg?

‘Ik mag hopen dat het belangrijk is, je klinkt als een alpenhoorn, Rose. Had ik niet gezegd dat...’

Hij zweeg, toen hij hun gezichten zag.

‘Het lijkt wel of jullie spoken hebben gezien. Wat is er aan de hand, vrienden?’

Assads wenkbrauwen stonden bijna loodrecht op elkaar van pure opwinding. ‘We hebben een volle treffer, Carl. Kijk eens op het bord.’

Er stond:

DATUM: 17 MEI 2000. PLAATS: SØLLERØD

SLACHTOFFER: CARL-HENRIK SKOV JESPERSEN

MOORDMETHODE: SCHOT IN DE SLAAP

MOTIEF: ONBEKEND

‘Laat mij het rapport eens zien. Heb jij deze gevonden, Gordon? Ja, zeg je, maar waar is het zout? Wijs het eens aan.’ Hij volgde Gordons wijsvinger naar een heel onduidelijke foto, een die ze destijds hadden moeten weggooien. Was de fotograaf te lui om naar de plaats delict te gaan en een nieuwe te maken?

'Wat moet dat voorstellen?' Hij boog zich eroverheen.

'Draai de foto eens om, hij ligt op zijn kop, Carl. Ben je blind aan het worden, oude man?'

Hij wierp Rose een dodelijke blik toe en draaide de foto om.

'Wat willen jullie me laten zien?'

Assad schoof een vergrootglas naar hem toe.

Hij liet het glas over de foto glijden en over het bureau waar de omgekomene gestrekt op lag.

Een donkere wijsvinger gleed in beeld en wees naar een schaal.

Carl kneep zijn ogen samen. 'Is die Aziatisch? De tekens die erop staan geven wel die indruk, vind je niet?'

'Kijk naar de hele kast,' probeerde Assad hem te helpen. 'Er staat een bord op de tweede plank met een mes en een vork die over de rand uitsteken, en ernaast staan een peper-en-zoutstel. Dus de man heeft net zijn lunch gegeten. Maar de schaal, Carl. Kijk er eens naar. Die is niet leeg.'

'Want dat wat boven de rand uitsteekt, is zout, nemen jullie waarschijnlijk aan, maar ik vind nou niet dat je dat vanuit die ellendige foto kunt beoordelen.'

'Nee, je hebt gelijk. Maar kijk eens naar deze foto,' zei Assad en hij legde een nieuwe voor hem neer. 'Gordon heeft echt een scherpe blik gehad.'

Nu zag je het slachtoffer vanuit een andere hoek. De dode lag met zijn neus op tafel en waar de kogel eruit was gekomen was een grote klodder hersenmassa en bloed te zien op de onderlegger.

'Hij heeft zich van de rechterkant doodgeschoten, zie ik.' Carl schudde zijn hoofd. 'Hij ligt in een merkwaardige houding. Met dat akelige uitgangsgat moet hij zichzelf met een zwaar kaliber hebben geschoten. Zijn hoofd zou op zijn minst op de linkerkant op de tafel zijn gesmakt en in een scheve hoek van het schot weggedraaid.'

Ze knikten. 'Dat komt, Carl. Kijk eerst eens naar de vloer tussen hem en de kast.'

Hij pakte voorzichtig voor de tweede keer het vergrootglas en liet hem over de foto gaan. Het was waar, er lag iets.

'Goed gezien, Gordon. Hoe heeft de technische recherche dat beschreven?'

'Ze hebben er geen betekenis aan toegekend. Ze beschrijven het als normaal grof zout dat uit het schaaltje is gevallen.'

Carl knikte.

'En de positie van het hoofd? Met dat enorme gat moet hij op slag dood zijn geweest. Wat voor wapen was het?'

Ze lieten hem de volgende foto zien.

'Oei, potverdorie zeg. Zo'n joekel kom je niet elke dag tegen.' Hij wees naar de inscriptie. DESERT EAGLE, ISRAEL MILITARY INDUSTRIES stond er. 'Welk kaliber, Assad? Magnum 44?'

'.357'

'Au, au – op slag dood, boem! Hij zou zowat van zijn stoel af moeten zijn geblazen, denk ik zo.'

'Zeg eens, heb jij een bril nodig, Carl?' plaagde Rose opnieuw. 'Hier kun je het anders duidelijk zien.'

'Wat?'

'Dat is toch de reden dat de zaak in het archief van Moordzaken is beland, nietwaar? Het is moord, geen zelfmoord.'

'Kijk eens naar de vlek voor de tafelpoot, daar is hij met zijn hoofd tegen de vloer gekwakt. Wat ons dus vertelt dat het dode lichaam weer op de stoel is getrokken. Dus de moordenaar is of een domme halvegare geweest, wat wij niet denken, of hij heeft de rechercheurs willen vertellen dat ze een taak hadden uit te voeren.'

'Sorry,' Carl keek naar de grond. Als je bedacht aan hoeveel moordzaken hij persoonlijk had gewerkt, en aan hoeveel van zijn collega's er hadden gedaan, was het natuurlijk niet verwonderlijk dat sommige ervan enigszins vervaagden. Maar bij deze zaak was het alleen zo dat je die niet zou vergeten, want alle receptoren in de hersenen zouden in volle gang moeten zijn geweest. Het slachtoffer was namelijk controversieel, het onderzoek was onopgehelderd en het naspel had voor grote krantenkoppen gezorgd. Was hij te oud geworden voor dit werk? Had Rose gelijk dat hij zijn gezichtsvermogen moest laten checken? Dat was geen vrolijk vooruitzicht.

'Ja, ik herinner me de zaak nu. Hij was wapenhandelaar, toch?'

Rose stak haar wijsvinger naar hem uit, alsof hij een leerling was die zich eindelijk had herpakt. 'Precies, ja. De moord werd uitgelegd als een pure terechtstelling, waarbij alles erop wees verband te houden met zijn buitengewoon onfatsoenlijke professie. Kort erna pakte men een in Denemarken verblijvende Wit-Rus op, op basis van het orderboek van het slachtoffer waarin de Rus meermaals werd vermeld als iemand die hem heel wat geld was verschuldigd. Hij ontkende schuldig te zijn aan de moord, maar na een onderhandse afspraak met de aanklager bekende hij niet onaanzienlijke wapenhandel met door embargo getroffen landen.'

'Wat zei het strafblad van de overledene?'

'Hij had geen strafblad.' Gordon haalde zijn schouders op alsof het niets was.

'Een wapenhandelaar in Denemarken die geen strafblad heeft. Hij kende verdorie zijn ambacht,' mompelde Carl.

19

Dinsdag 8/12/2020

TABITHA

Voor Tabitha was de uitsluiting van Debora's club van wrekende vrouwen het begin van een heel nieuw tijdperk geweest. Al deze regels hadden haar belemmerd en al dat geheimzinnige gedoe rond hun echte namen en identiteiten had kinderachtig aangevoeld. Eva was een lachwekkende naam. Haar eigen, Tabitha, wás zelfs uit de Bijbel.

Ze was een volwassen vrouw en ze was intelligent, dus waarom zou hun gepreek haar belemmeren?

O, dus we mogen geen mensen verwonden, Debora? had ze gedacht, toen ze bij het huis wegliep. Waarom bepaalde zij dat?

Het kostte haar een paar dagen om te bedenken waar ze haar grens wilde trekken. Natuurlijk wilde ze niet nog eens door de politie worden gesnapt en áls het gebeurde, zou ze zeggen dat ze door Debora was gehersenspoeld. Een paar maanden een zogenoemde 'decodering' ondergaan in een psychiatrische kliniek zou ze wel aankunnen, als Debora daardoor in de gevangenis terechtkwam. Het zou Tabitha plezier doen haar uit haar chique huis met al die dunne theekopjes, gebaksvorkjes en al die rotzooi gehaald te zien worden en in de bak te zien belanden. Tabitha lachte om die uitdrukking.

Daarmee was ze uit de startblokken gekomen.

Aanvankelijk was het tamelijk onschuldig begonnen. Debora had in een hoekje van een café aantekeningen gemaakt, omringd door croissants, koekjes en koffie die de hele tafel vulden. Tabitha had aan het tafeltje ernaast gezeten en geglimlacht over de overvloed bij Debora, terwijl ze zich beklaagde over de traagheid van de serveerster. Binnen de kortste keren zaten ze aan dezelfde tafel en spraken ze over de wereld, over Denemarken en over mensen die ze tegenkwamen, en over hoe alles en iedereen in het land verloederde.

Later realiseerde Tabitha zich dat het een zorgvuldig ingestudeerd proces was dat Debora beoefende om geschikte personen voor haar club te vinden. Ze had Tabitha naar de mond gepraat, haar netjes en slim genoemd, naar haar geluisterd zoals niemand anders deed, en Tabitha werd opgetild naar de paradijselijke staat waarin ze zich niet alleen heel bijzonder, maar zelfs een uitverkorene voelde.

Dat ze was uitgekozen voor een kruistocht tegen slechte moraal besefte ze pas echt op de dag waarop ze stond te glimlachen nadat ze een Chinese toerist hard tegen zijn hoofd had geslagen omdat hij in een McDonald's op de vloer had gespuugd.

Tabitha hield van haar nieuwe rol en niemand die haar ethische wereldbeeld uitdaagde ontsprong de dans. Overal koesterde ze argwaan jegens mensen en ze trad met harde hand tegen hen op, met bestraffende woorden, verbale agressie, klappen en nog erger. Haar vijanden werden zakkenrollers, arrogante ambtenaren en winkelbedienden die klanten zonder reden lieten wachten, knorrige buschauffeurs, mensen die op straat een grote mond opzetten, mensen die in het voorbijgaan tegen je aan liepen, iedereen die voor zijn beurt ging of mensen die roddelden of slecht over anderen spraken. Later werden het docenten aan hogere opleidingen die lessen annuleerden. Betweters die in elke zin het woordje 'gewoon' gebruikten en mensen manipuleerden. Als ze om zich heen keek, waren zulke mensen overal aanwezig. Ze leerde te minachten dat wat zij 'het verval van goede zeden' noemde.

Op de maandelijkse clubbijeenkomsten, wanneer ze verslag uitbracht, was Debora bijzonder enthousiast, en Tabitha voelde zich als een krijger die bezig was het land weer op de juiste koers te krijgen. Pas toen ze midden op straat werd aangehouden, omdat ze met een lege champagnefles een man tegen zijn hoofd had geslagen die de onverzorgde hond van een zwerver een harde schop had gegeven, kwam de hamer der wet neer. Haar arrestatie midden op Strøget werd een publiekstrekker en terwijl de mensen uitgleden in het bloed van de bewusteloze hondenmishandelaar, schreeuwden en tierden ze dat die klootzak het had verdiend en dat de agenten moesten oprotten en de hond moesten meenemen. Dat was koren op Tabitha's molen, maar het hielp haar niet.

Nog steeds was er geen vonnis uitgesproken en dat werd het waarschijnlijk ook niet met die lange wachttijden bij de rechterlijke instanties, maar aan het vonnis van Debora ontkwam ze niet. Tijdens hun eerste bijeenkomst na het voorval kreeg Tabitha te horen dat ze kon opstappen en moest weggaan en dat ze niet achterom hoefde te kijken. Op de koop toe kreeg ze nog een tirade dat als ze iets losliet over hun clubactiviteiten het haar slecht zou vergaan.

Tabitha was ijskoud en stopte een briefje in Debora's brievenbus dat hiermee de doodsteek van de club was uitgesproken, want als de rechtszaak ooit plaatsvond, zou ze er geen doekjes om winden.

Ze zullen mij echt niet vermoorden, dacht ze.

De dag erna al ging Tabitha door met haar privékruistocht, om daar waar het in haar wereld noodzakelijk werd geacht de zaken in eigen hand te nemen.

Ze had een beetje door de wijken van de binnenstad gecruised, toen drie donkere jongens met omgekeerde baseballcaps in hun BMW voor haar de weg opdraaiden, zodat ze keihard op de rem moest. Ze kon nog net een paar opgestoken middelvingers achter de achterruit te ontdekken en ze vloekte een keer, maar toen het zijraampje even later naar beneden ging en een wolk aan as, sigarettenpeuken en kartonnen bekers op de rijbaan werd gekieperd besloot ze dat deze provocatie hun duur zou komen te staan.

Ze volgde hen op afstand en stelde met eigen ogen vast dat het niet de laatste rotzooi was die ze op straat kwakten, voor ze ten slotte op Sønder Boulevard aankwamen en hun auto op een invalideparkeerplaats neerzetten.

Tabitha zette haar auto rustig aan de overzijde van de weg neer, haalde haar mes uit het handschoenenkastje, en nog geen twintig seconden later had ze alle banden van de BMW lekgestoken. Daarna slenterde ze naar de groenstrook die de twee tegengestelde rijbanen scheidde en verzamelde een plastic tas vol met afval en hondenpoep. Vervolgens wachtte ze geduldig tot de jongens in een vrolijke stemming terugkeerden, ieder met een sigaret in hun mond en een ingestudeerde, beetje te relaxte manier van lopen.

Toen ze hun plekken in de auto weer hadden ingenomen, stapte ze rustig de weg over en klopte op het raampje van de bestuurder.

Hij deed het raampje naar beneden en was met een minachtende blik meer dan paraat om zijn gebruikelijke dreiging van een pak slaag of erger op haar af te vuren.

'Jullie hebben op straat iets verloren, vreselijke hufters. Denk er de volgende keer aan dat je het mee naar huis neemt, oké?' zei ze rustig en ze keerde de hele inhoud van de plastic tas vol afval en hondenstront boven hem uit.

Met een regen aan vloeken dook de chauffeur, onder de stinkende troep, opzij naar zijn medepassagier, terwijl Tabitha naar haar auto rende en met gierende banden optrok.

'Jullie komen toch niet ver, imbeciele haantjes!' schreeuwde ze uit het raampje en gaf hun een opgestoken middelvinger terug. Want met vier lekgestoken banden kon zelfs de arrogantste hufter niet heel goed rijden.

Zo ging Tabitha elke ochtend naar haar werk als Dr. Jekyll en was 's middags vrij als Mr Hyde. Mensen die niet aardig waren tegen hun kinderen en dieren kregen zo'n klap met haar stok dat ze nauwelijks meer overeind konden komen, en het was haar trouwens om het even of ze dakloos waren of eenvoudigweg imbeciel. Kinderen en dieren hoor je fatsoenlijk te behandelen.

Helaas ging het voor Tabitha een paar maanden na haar uitsluiting echt mis.

Zoals zo vaak nam ze de s-trein naar station Østerport, dat was een goed uitgangspunt voor haar verkenningen op haar route door de brede straten in de richting van Kongens Nytorv. Al voor de natte, pas vernieuwde gevel zag ze een stel dat een video-opname maakte langs de Dag Hammerskjölds Allé en in de omgeving, zodat ze een zee aan paraplu's, de spoorlijn en het gebouw van Den frie Udstilling vastlegden. O, Amerikanen, dacht ze toen ze hun luidkeelse enthousiasme op honderden meters afstand hoorde. Dan ging de tocht vast rechtstreeks van het Frihedsmuseum naar hun geliefde ambassade.

Ze schudde haar hoofd. Als ze maar niet bevriend waren met de vrouw die op dit moment ambassadeur was, want een grotere dombo was in de wijde omtrek niet te vinden.

Tabitha keek om zich heen en wilde naar het gezelschap toe lopen, toen ze aan de andere kant van de drukke verkeersweg een oude vrouw gewaarwerd die bij de aanblik van de volle bankjes onder de afdaken van de bushaltes moedeloos haar schouders liet hangen. Haar versleten vinyltas trok aan haar arm en gaf er blijk van dat de boodschappen net waren gedaan en dat haar scheve rug pijn deed. Het leven had die waarschijnlijk al vaker zwaar belast.

Dáár, onder het voorste afdak, fixeerde Tabitha de blik van een sterke, jonge kerel wiens empathische reflexen blijkbaar zo traag waren dat hij geen zin leek te hebben om voor de vrouw op te staan, zodat ze hem tot handeling wilde aansporen. Ze stak schuin de zebra over, maar op het moment dat ze hem wilde uitschelden, stond de jongen uit zichzelf op en stond de oude vrouw zijn plek af. Hij bood aan haar tas vast te houden tot de bus eraan kwam, omdat er geen plek was op het bankje, en de haast doorzichtige vrouw glimlachte tegen hem alsof hij de eerste behulpzame persoon was die ze in lange tijd was tegengekomen.

Tabitha glimlachte, maar merkte op dat de knaap alle kanten op keek behalve in de richting van Lille Triangel, waar de bus vandaan zou komen.

Wat is hij van plan? dacht ze en ze ging aan de andere kant van de glasplaat staan, zodat ze hem kon tegenhouden als hij er plotseling vandoor ging.

'Nee, het is niet die bus,' zei de oude vrouw, toen de eerste naar de bushalte reed en passagiers liet instappen.

De jongen knikte. 'Prima, ik moet ook pas met de volgende,' zei hij en hij constateerde met een vlugge blik dat op de voorste bank nu helemaal geen wachtenden meer zaten.

'Zo, nu kan de tas ook wel naast mij staan, dank voor je hulp,' zei de oude vrouw en ze schoof een stukje op, terwijl ze op de lege plek naast zich klopte.

'Ik zal hem wel voor je mee naar binnen nemen als de bus komt,' zei de jongen met een nadruk die geen protesten duldde. Op het moment dat de bus de bushalte verliet, deed hij een stap opzij en maakte aanstalten om ervandoor te gaan.

Hij had slechts een lange stap kunnen nemen, toen Tabitha het hengsel van de tas te pakken kreeg en hard trok, iets wat de dief niet tegenhield, dus dat had hij wel vaker gedaan. Integendeel, hij trok de tas met een harde ruk naar zich toe en trok nog een keer uit alle macht, maar Tabitha gaf evenmin toe. Toen schopte hij naar haar om te zorgen dat ze losliet, maar Tabitha liet niet los. Dat deed ze pas toen hij haar over de busbaan heen helemaal op de rijbaan had getrokken. Eventjes leek hij daadwerkelijk geschokt, toen de ontbrekende weerstand hem achterover op de rijbaan liet tuimelen en hij daarna met een luguber geluid op het asfalt werd vermorzeld door een vrachtwagen van een zodanige grootte dat hij in een drukke stad als Kopenhagen verboden zou moeten zijn.

Mensen gilden, terwijl Tabitha het tafereel in totale rust in zich opnam. Op dat moment ontdekte ze dat de mensen bij het stationsgebouw haar stonden te filmen, met de camera recht op haar gericht.

'*It was an accident!*' riep ze luid en ze probeerde er ontdaan uit te zien, terwijl de chauffeur van de vrachtwagen uit de cabine sprong en moest overgeven naast wat ooit de tasjesdief was geweest.

Van het ene moment op het andere werd ze omringd door mensen die riepen dat ze de tas met opzet had losgelaten en dat het haar schuld was dat hij op de rijbaan was beland.

Enkele mensen stonden te bellen, dus Tabitha nam het besluit dat ze zich maar beter zo snel mogelijk uit de voeten kon maken.

Maar Tabitha was niet de enige daar die mensen kon lezen, dus uit het niets werd een sterke hand vast om haar bovenarm gelegd.

In de daaropvolgende scène betraden, behalve ambulancebroeders en crisispsychologen, ook een groepje agenten het toneel, die haar haar rechten vertelden. Daarmee was Tabitha's carrière als straatwreker verleden tijd geworden.

20

Dinsdag 8/12/2020

RAGNHILD

Toen ze allemaal gingen zitten, keek Debora ernstig. Dat deed ze eigenlijk altijd, maar deze keer waren de horizontale voorhoofdsrimpels gekruid met nog twee loodrechte extra, die met een tot nu toe ongeziene nadruk diep door de normale bezorgdheid heen schenen.

'Ik heb jullie opgeroepen om te verhinderen wat er eerder vandaag is gebeurd,' zei ze.

Ze knikten allemaal.

'Over de coronalockdown?' vroeg Martha.

Debora schudde haar hoofd. 'Ook dat natuurlijk, dat maakt de omstandigheden voor onze missie niet eenvoudiger, maar veel ernstiger is het dat Eva opnieuw is gearresteerd en deze keer wordt het gevaarlijk voor ons.'

'Gearresteerd?' Ragnhild schudde haar hoofd. Ze had Eva nooit ontmoet, zij had immers haar plek overgenomen. 'Waarvoor?' vroeg ze.

'We weten het nog niet helemaal precies, Ruth, maar voor zover wij zijn geïnformeerd is ze vandaag aangehouden en aangeklaagd voor het veroorzaken van de dood van een jongeman.'

Ragnhild keek naar de twee anderen. Het was duidelijk dat iedereen hetzelfde dacht. Dit was niet goed.

Debora knikte. 'Dus dat betekent dat we vanaf vandaag onze activiteiten volledig moeten staken en dat we elkaar niet kunnen ontmoeten totdat ik jullie weer oproep. We moeten ons beschermen voor het geval dat Eva over ons gaat roddelen, zodat de politie hier noch bij jullie thuis iets vindt.'

'Ze roddelt niet,' protesteerde Sara.

'Nee, dat denk ik ook niet, maar als jullie iets in jullie woning hebben liggen wat ook maar iets vertelt over wat jullie hebben gedaan of in de toekomst van plan zijn te doen, dan moeten jullie je daar onmiddellijk van zien te ontdoen. Hier in huis zal ik alles herinrichten, alle eventuele bewijzen vernietigen en elke vingerafdruk verwijderen die jullie en Eva aan deze plek kan koppelen. En het allerbelangrijkste!' Ze stak een wijsvinger omhoog. 'Jullie monden zijn van nu af aan verzegeld. En mochten jullie zin krijgen jullie eigen kruistochtjes te beginnen, bezin je dan, want dat mag niet gebeuren. Begrepen?'

Ze knikten, maar Ragnhild was furieus. Alles waar ze voor in vuur en vlam stond of dat haar leven onderscheidde, was vanaf dat moment onmogelijk gemaakt. De omgang met mensen, haar vrijetijdsrelaties en niet in de laatste plaats de kleine, interessante acties met eigenrichting.

'Jullie moeten begrijpen dat Eva in staat is bij het Openbaar Ministerie twijfel te zaaien over haar psychische toestand. Misschien zal ze tijdens de verhoren beweren dat er een op afstand gestuurde zombie van haar is gemaakt en dat jullie beiden, Martha en Sara, en ik haar zover hebben gekregen. Jij gaat om goede redenen vrijuit, Ruth, want jullie hebben elkaar nooit ontmoet.'

Debora zat een moment voor zich uit te knikken, terwijl ze probeerde het probleem in kaart te brengen. Toen richtte ze haar blik met de donkere ogen op hen.

'Eva is waarschijnlijk niet alleen de slimste van ons allemaal, maar ook de meest doortrapte, dus we moeten uitkijken, begrijpen jullie!?'

'Ik vind dat we haar echte naam nu moeten weten, zodat we kunnen kijken wat er in de media over haar wordt gezegd,' zei Martha. 'Want ze heet waarschijnlijk geen Eva?'

Debora schudde haar hoofd. 'Nee, ze heet Tabitha Engstrøm.'

'Je zei dat het slecht zou aflopen met degenen die gaan roddelen,' zei Sara. 'Maar wat wil je eigenlijk met Tabitha doen als dat wel gebeurt?'

'Haar onschadelijk maken als we kunnen, wat anders?'

Ragnhild zat aan haar tv-scherm geplakt, maar er was niets over een Tabitha Engstrøm, aangezien de COVID-19-restricties en de sterke stijging van het aantal besmette personen alle media in beslag namen. Te midden van deze eindeloze stroom afwegingen en discussies over corona realiseerde Ragnhild zich dat deze vreemde situatie misschien de beste bescherming was die Tabitha zich kon wensen. Want zolang de angst voor een volgende besmettingsgolf ervoor zorgde dat je niet de mogelijkheid had dicht bij haar in de gevangenis te komen, moest je het risico accepteren dat zij op een gegeven moment het voordeel kon inzien om te praten, met als nevenopbrengst hun vereniging en al hun activiteiten te treffen.

Dat mag gewoon niet gebeuren, dacht ze en ze vervolgde haar gedachtestroom. Ragnhild had nog nooit iemand vermoord, maar zou ze dat niet kunnen? Ze had op de boerderij van haar grootouders per slot van rekening een heleboel varkens doodgemaakt zien worden. De halsslagader van een mens lag zichtbaar onder de huid en veel voorwerpen waren scherp genoeg om die door te snijden, dus dat was gemakkelijk genoeg. De moeilijkheid was daarentegen om dicht bij Tabitha Engstrøm in de buurt te komen, terwijl ze in voorlopige hechtenis zat, en daarnaast om na deze actie zelf weg te komen. Was dat laatste soms niet de essentie van een perfecte misdaad?

Als ze er nu werk van maakte, zou haar ster dan niet nog meer stralen bij Debora, ongeacht haar vermaningen over wat ze wel en niet mochten? Als er bovendien iets was waar Ragnhild meer naar snakte dan dat, dan was het Debora's respect en acceptatie. Verscheidene avonden nadat hun bijeenkomsten waren afgelopen stond ze buiten voor Debora's huis te wachten tot het licht achter alle ramen uit was gegaan. Wat er in de donkere vertrekken plaatsvond, prikkelde haar fantasie. Niet dat ze verliefd op haar was als zodanig, maar Debora was hun leider. Zij rekruteerde hen, zij was degene die kennis vergaarde over hun activiteiten en degene die hen aanspoorde om hun morele wraakexpedities te verfijnen en uit te breiden.

Debora was degene die het verder zo armzalige leventje van Ragnhild tot een zekere euforie had weten te verheffen.

Ragnhild staarde naar het televisiescherm en de altijd modieuze jasjes die de premier droeg tijdens haar persconferenties, als ze consequent en met harde hand optrad tegen alle mogelijke activiteiten in het land.

Als ze het land in zo'n omvang konden afsluiten, hoe moesten zij Tabitha dan kunnen tegenhouden?

Die nacht sliep Ragnhild heel slecht.

21

Woensdag 9/12/2020

RAGNHILD

De verschillende veiligheidsmaatregelen in de samenleving troffen alle overheidsinstellingen en een zaak als die van Tabitha Engstrøm vroeg om verhoren, bewijsvoering, uren in getuigenbanken en oproepen van mensen die ieder afzonderlijk besmettingsdragers konden zijn. Omdat deze moeilijke omstandigheden het onmogelijk maakten een normale rechtsgang te voeren die tot vrijheidsberoving kon leiden, werd Tabitha na het verhoor bij de rechter-commissaris vrijgelaten, zoals de wetten in Denemarken voorschreven. Ze kreeg de eis mee het land niet te verlaten en verder de rechtbank te informeren als haar doen en laten in aanzienlijke mate veranderde. Men zou haar zaak oppakken wanneer ze eraan toe waren en de toestand der dingen normaler werd.

Dit alles was wellicht een mogelijkheid, zo had Ragnhild gedacht, dus ze had zich voor de zekerheid vijftig meter van het Openbaar Ministerie opgesteld, toen Tabitha met een openhangende jas en een grote glimlach op haar lippen de vrijheid tegemoet trad.

Ah, zo zag ze eruit. Onbekommerd en opgedirkt.

Die lippen horen volstrekt niet te glimlachen, dacht Ragnhild. Ze moeten sowieso strak gesloten zijn, zodat ze niet spraken over wat er in hun club gebeurde. Op dit moment is Tabitha Engstrøm blij en tevreden, maar als ze haar weer mee naar binnen trekken, dan klapt ze uit de school. Ik zie het aan haar.

Op hun tocht door Kopenhagens drukste straten hield Ragnhild het scherpe vismes in haar jaszak stevig vast. De gedachte was om Tabitha tegen te houden, maar of dat nu gebeurde of later was niet zo belangrijk. Als de best mogelijke gelegenheid zich voordeed, zou Ragnhild er klaar voor zijn.

Waar ga je naartoe, Tabitha? dacht ze. Een tijdje later, in een van de vrijwel uitgestorven straten op Amager, volgde Ragnhild haar nog steeds zonder antwoord op die vraag te krijgen.

Als ze de Amagerbroggade verlaat en een zijstraat in loopt, kan ik in een paar seconden naar haar toe rennen, dacht ze. Maar hoe hard moest ze steken en waar? Was het dan niet beter om haar de keel door te snijden, zoals ze van plan was? Maar aan de andere kant zou er dan veel bloed vloeien en Ragnhild wilde geen risico lopen om dat op zich te krijgen. Ze kon Tabitha natuurlijk vastpakken en haar op het moment van steken van zich af gooien. Dat zou wel betekenen dat ze diep en met grote nauwkeurigheid moest steken en dat kon door veel dingen bemoeilijkt worden. Wat als Tabitha haar bijvoorbeeld hoorde vlak voor ze haar aanviel, of als een geluid ervoor zorgde dat ze haar hoofd draaide, waardoor het makkelijk fout kon gaan?

Ragnhild voelde haar onrust toenemen, maar ze mocht niet aarzelen. Tabitha had de strenge regels van de club overtreden en Debora had zelf gezegd dat het haar duur zou kunnen komen te staan. En hoewel Debora hen voor eigenrichting had gewaarschuwd, was Ragnhild niet van plan te gehoorzamen. Uiteindelijk zou Debora het goedkeuren, daar was ze van overtuigd. Had ze soms niet gezegd dat wanneer Tabitha haar mond voorbijpraatte, ze haar van de aardbodem moesten laten verdwijnen?

De oplossing voor Ragnhilds probleem diende zich honderd meter verderop aan, waar iemand een parkeerbord zo hard had geraakt dat deze in het midden was gebroken en nu vleugellam op straat lag en met de rafelige metalen rand horizontaal een meter boven de grond omhoogstak.

Kom op, Tabitha, je mag nu niet de zijstraat in lopen, dacht Ragnhild. Je mag de weg niet oversteken. Je mag niet in de richting van de etalages afwijken. Blijf dicht bij het fietspad zoals je tot nu toe hebt gedaan.

Ze voerde haar wandeltempo op en vijftig meter van de gebroken paal was ze vlakbij. Ze haalde haar handen uit haar zakken en al op dat moment oefende ze inwendig de duw die ervoor moest zorgen dat Tabitha tegen de rafelige metalen ring van de gebroken buis viel.

Twintig meter van de paal zat er nog maar een paar meter tussen hen en toen Tabitha nog maar vijfenzeventig centimeter van de dodelijke ijzeren staaf verwijderd was, sprong Ragnhild naar voren en zwaaide haar linkerbeen voor haar, terwijl ze Tabitha uit alle macht een duw in haar rug gaf, waardoor de vrouw zonder zich te kunnen verweren de paal recht door de opening van haar jas en in haar bovenlijf vlak onder de hartstreek geboord kreeg.

Ze gilde een moment, tot Ragnhild haar beide vuisten tegen Tabitha's ruggengraat ramde, waardoor de paal nog verder naar binnen drong.

Meteen daarna stapte ze achteruit en verdween ze in een zijstraat, nog voor Tabitha was gestopt met ademen.

Ragnhild viel bijna flauw, zo hard pompte haar hart, en terwijl ze zich paradoxaal genoeg trots voelde, gaf ze meermaals over op de trottoirrand tot haar lichaam weer tot rust was gekomen.

Nooit eerder, zelfs niet in de grootste hasjroes uit haar jeugd, had Ragnhild zich ook maar bij benadering zo high gevoeld als toen ze op de groene marmeren trap voor het huis van Debora stond en met hun gebruikelijke signaal had aangebeld.

Het duurde een paar minuten voor de deur openging, en haar euforie verdween net zo snel als zij was ontstaan.

'Wie ben jij?' vroeg ze de man die opendeed. Hij leek gigantisch en zag er woest uit, helemaal niet iemand die ze aan de frêle, knappe Debora kon koppelen. Ze keken elkaar een fractie van een seconde in de ogen en dat gevoel was met het vreemde uiterlijk van de man, alsof zijn hoofd op een verkeerd lichaam was geplaatst, beslist niet aangenaam.

'Wie ik ben? Ben ik niet degene die jou dat moet vragen, denk je?' zei hij. 'Waarom bel je bij mijn deur aan?'

Zijn deur, zei hij dat? Had Debora dan een echtgenoot? Iemand die zo afstotelijk was? Dat leek haar beslist niet te kloppen.

'Ik wil Debora spreken! Zeg dat Ruth staat te wachten!'

Hij keek haar verbaasd aan. 'Debora? Wie is dat, als ik mag vragen?'

Ragnhild deed een stap naar achteren en keek naar de gevel van het huis. Ze had zich niet vergist.

'Ik weet niet wie jij bent. Maar Debora is de eigenaar van dit huis.' Nu was Ragnhild echt bezorgd.

Hij fronste zijn wenkbrauwen en stapte op haar toe. 'Ik heb geen idee waar jij het over hebt. Ik vind dat je weg moet gaan.'

Ragnhild stapte achteruit. 'Heb je haar iets aangedaan? Heb je in haar huis ingebroken?'

Ze deed nog een stap naar achteren en keek om zich heen, paraat om over de heg bij de buren te springen als hij naar haar zou uithalen.

'Deboooora,' gilde ze zo hard ze kon, terwijl ze naar de gordijnen op de eerste verdieping keek.

'Jij bent helemaal in de war, jongedame. Wat is er met die Debora wat voor jou zo belangrijk is?'

'Ik heb iets belangrijks te vertellen over iemand voor wie ze niet bang meer hoeft te zijn.'

Viel er een beweging te bespeuren bij het gordijn?

Ragnhild glimlachte een ogenblik. Daar stopte ze echter mee, toen de man vóór haar een vuist tegen haar hoofd knalde, zodat alles wat haar op de been hield, haar evenwichtsgevoel, haar zenuwstelsel, haar wil en de gespannen spieren, buitenspel werd gezet.

22

Donderdag 10/12/2020

CARL

De persconferentie van de premier was ook deze keer geen vrolijke bedoening. Hoewel er een vaccin zat aan te komen, was het duidelijk dat het reproductiegetal door kerst en oud en nieuw razendsnel ongelooflijk slecht kon worden.

Daar stonden de deelnemers aan de persconferentie op het tv-scherm, als een executiepeloton met voldoende geschut om de helft van het land plat te leggen. Eerst de minister van Volksgezondheid, dan alle anderen. Negenhonderdachttien doden, zeiden ze en ze legden uit dat de tweede golf van de coronapandemie eraan kwam, en de restricties zouden vanaf de volgende dag om 16.00 uur van kracht worden. Denemarken had het allemaal al een keer gehoord: sluiting, coronatests, ontsmetten van handen, mondkapjes, hoesten in je elleboog, ontberingen, economische neergang.

Het was langzamerhand echt vermoeiend en irritant.

'Nou,' zei Carl, 'wat zeggen jullie ervan? Ik ben in elk geval niet van plan mijn activiteiten op een laag pitje te zetten. Als we voortdurend sneltesten moeten doen, kunnen wij gewoon onze ID-kaarten tonen en de rij overslaan.'

De anderen wisten duidelijk niet wat ze moesten. Assad dacht natuurlijk aan zijn gezin, want wat moesten zij doen als hij ziek werd? Rose dacht waarschijnlijk het tegenovergestelde, want zij had godbetert geen zin om alleen in haar woning te moeten zitten, dat had ze al eens een keer meegemaakt, zeg maar. Gordon was alleen verdrietig, dat was duidelijk, want hij was aan het daten geslagen en wie kan er nou daten als je niemand mag zien?

'Ik rij naar Pauline Rasmussen en confronteer haar met de mails die we hebben gevonden, voordat het hele land gek wordt,' zei Carl. 'Ondertussen buffelen jullie maar gewoon door. Rose en Assad, jullie concentreren je op die wapenhandelaar, Gordon op de oude dossiers en alle drie gaan jullie door met de mails van Palle Rasmussen totdat er geen een meer over is.'

Hadden ze nou de moed om te zuchten?

Hij was nog maar net de parkeerplaats af gereden, toen zijn mobieltje ging. Het was Gordon.

'De afdeling heeft zojuist een oproep ontvangen van de korpsleiding van de Nationale Politie, Carl. We moeten over twintig minuten in de eetzaal bij elkaar komen.'

'Aha, dan veel plezier daarbij,' zei Carl en hij glimlachte scheefjes. Alsof de diverse bevliegingen van de korpsleiding zijn onderzoek mochten beïnvloeden. Een paar kilometer buiten de stad begon het verkeer af te nemen en enkele voertuigen stonden langs de kant van de weg, terwijl de autoradio's luid aanstonden en met vermaningen en waarschuwingen kwamen.

Weggegooide mondkapjes lagen overal op de trottoirs, het was geen vrolijke aanblik.

Carl schudde zijn hoofd. Coronavirus? Het leek de mensen toch geen barst te kunnen schelen, als ze hun eigen behoeften maar konden bevredigen. Maar zo waren mensen, dat had hij allang vastgesteld.

Carl zuchtte.

Hoelang zou al die ellende nog duren?

Er lag een damesfiets op het tuinpad voor het rijtjeshuis van Pauline Rasmussen. De voordeur stond wagenwijd open en vanuit de gang was een boze vrouwenstem aan het tieren, terwijl ze bij elke tweede zin 'dat kan toch niet waar zijn' en 'niet alweer!' zei.

Carl had wel een idee wat er aan de hand was.

Toen Pauline zijn hoofd in de deuropening zag verschijnen stopte ze haar mobieltje in haar zak en begon te razen.

‘Al onze voorstellingen zijn voor onbepaalde tijd afgelast,’ stamelde ze. ‘Afgelast, afgelast, afgelast! Kunnen ze niet wat anders verzinnen?’

Hij gebruikte woorden als ‘vervelend’ en ‘krankzinnig’, maar wond er tegelijkertijd ook geen doekjes om, want hij vertelde haar wat ze tussen Palle Rasmussens spullen hadden gevonden. Of het door de mededeling kwam dat de voorstelling van vanavond de laatste in lange tijd zou worden of dat het kwam door het vooruitzicht dat er in een precair verleden zou worden gewroet dat alle kleur uit haar gezicht verdween, liet Carl koud. Zolang mensen zo onevenwichtig waren als Pauline, zouden zijn verhoren ook veel effectiever zijn. Zoals zijn beschonken neef altijd zei: ‘Over geluk bij een ongeluk moet niemand zijn neus ophalen.’

‘Jij was samen met Palle op de dag dat hij overleed en wij weten nu zeker dat hij jou op weg naar huis bezocht en dat jullie het soort seks hadden met onderwerping en lichamelijke pijn. Dus ik vraag je, Pauline, is het te ver gegaan? Heb jij hem uiteindelijk vermoord? Vroeg hij er zelf om dat jij met hem meeging naar huis en hem aan het stuur van de auto vastbond, zodat hij zijn motor niet kon uitzetten?’

Haar spraakcentrum was als verlamd.

‘Goed, luister eens wat ik denk. Palle kwam die middag bij jou langs, kun je dat bevestigen?’

Ze zuchtte.

‘Dus je hebt zijn polsen stevig vastgebonden en hebt hem overal geslagen, of niet?’

Ze schudde haar hoofd. ‘Ik heb hem niet vastgebonden, dat hoefde ik nooit te doen.’

‘Je kon hem pijn toebrengen zonder dat je hem hoefde vast te binden, dat klinkt gek. We hebben scheuren aan zijn endeldarm gevonden, dat moet ongelooflijk veel pijn hebben gedaan.’

Ze wendde haar gezicht met een spottende blik tot hem. ‘Palle kon alles aan. Hij was een echte man.’

‘Goed, maar dan begrijp ik niet waarom zijn lichaam diepe sporen in zijn polsen had, net als die je krijgt wanneer je plastic strips gebruikt.’

‘Daar heb ik niets mee te maken. Dat heb ik niet gedaan.’

‘Maar je bent met hem mee naar huis gereden, of niet?’

'Daar heb ik volgens mij al antwoord op gegeven.'

Haar ogen werden langzaam killer en Carl voelde dat hij zijn greep op haar begon te verliezen.

'Maar nee, dat ben ik niet. Als hij eenmaal was klaargekomen, wilde hij alleen maar naar huis. Hij dacht ALLEEN aan zichzelf.'

'Toch ben je negenenhalf jaar met hem samen geweest, dat vind ik moeilijk te geloven.'

'Je gelooft maar wat je wilt. Als er iemand is die hem de sporen aan zijn polsen heeft toegebracht, ben ik het in elk geval niet. Ik ben niet trots op mijn relatie met hem, maar daar kan ik niets meer aan veranderen.'

'Was hij depressief die dag?'

'Als hij een orgasme had, was hij altijd wat somber, vlak nadat ik hem had vernederd, maar daar was die dag niets ongebruikelijks aan.'

'Waarom probeerde je mij te beletten om de dozen en de computer van Palle in handen te krijgen? Als er iets is wat mijn collega's en ik over het hoofd hebben gezien, vertel mij dat dan nu. Jouw zaak wordt er niet beter van dat we het zelf boven water moeten krijgen.'

'Mijn zaak?!' Nu was ze ijskoud. 'Mijn zaak is op dit moment hoe ik mij in hemelsnaam moet redden als de premier mijn levensonderhoud sluit. Denk je soms dat zij al die voorstellingen wil betalen die nu worden afgelast? Of de minister van Cultuur?'

Carl haalde zijn schouders op. Eigenlijk wist hij niet waar zij het over had.

'Wat vinden we op de computer, Pauline? Wil je ons dat vertellen nu het nog kan?'

Ze schudde haar hoofd. 'Ik vind dat je nu maar weg moet gaan.'

Rose zat waar hij haar had achtergelaten, voor een hoop foto's en een grote stapel dossiers.

'Waar zijn Assad en Gordon?' vroeg hij.

Ze zuchtte. 'Deze keer heeft de commissaris een groot deel van ons naar huis gestuurd. Van nu af aan moeten we allemaal, ook op onze afdeling, ten minste twee meter afstand houden, het is totaal hysterisch. Net als in het voorjaar mogen we geen fysieke verhoren afnemen, zeggen ze. We moeten bellen.'

Carls mond viel open. 'Zeg eens, hebben ze dan niets geleerd van afgelopen voorjaar? Je kunt toch geen verhoren afnemen via de telefoon, daar zijn we toch allang achter. Mensen liegen dat ze barsten, vooral als je hen niet kunt zien. Ze zitten zich aan de andere kant van de lijn gewoon een bult te lachen.'

Hij draaide zich om en bulldozerde vastberaden de gang door. Godzijdank zat Marcus op zijn plek. Hij zag er ook niet al te gelukkig uit.

'Is het waar dat ze weer verlangen dat we verhoren via de telefoon afnemen?'

'Ja, dat gelast de commissaris.' Hij keek vermoeid naar hem op.

'Geldt dat ook voor aanklachten?' Hij zei het meer voor de grap.

Marcus knikte.

'En wat zouden ze doen als ik daar compleet schijt aan heb?'

'Ik weet het niet. Als je om die reden ziek wordt van het coronavirus, ja, dan zit je pas serieus in de shit.'

'Om die reden? En jij zelf dan?'

'Ja, ik blijf hier op mijn werkkamer, dus dan blijft het natuurlijk redelijk beperkt wat ik weet over waar mensen zich vierentwintig zeven bevinden.'

Carl knikte. Dat was precies wat hij wilde horen.

'Gordon en Assad zijn tot nader order verzocht om naar huis te gaan en dat zal ons onderzoek beslist niet bevorderen, Marcus. Wil je niet graag dat de zaak van Maja Petersen wordt opgelost?'

Hij knikte. 'Dat moet maar wachten tot het besmettingsgevaar voorbij is.'

'Ik hoor wat je zegt, Marcus. Hou je taai in de tussentijd.'

'Heb jij het adres van die man van die haatmails, hij die Palle Rasmussen wilde offeren als hij de politiek niet verliet, Assad?'

Hij schraapte een paar keer zijn keel en hield zijn mobieltje blijkbaar op een afstandje. Was hij verkouden aan het worden?

'Ik heb al met hem gesproken, Carl.' Hij maakte een paar opmerkingen in het Arabisch in het vertrek waar hij was. Op de achtergrond huilde iemand.

'Wat is er aan de hand, Assad?'

'Wat er aan de hand is? Er is aan de hand dat het niet gemakkelijk werken is in een driekamerappartement met al dat gejammer op de achtergrond.'

Carl fronste zijn voorhoofd. 'Kun je niet ergens anders zitten dan thuis?'

Assad riep weer in het Arabisch. Hij hoorde blijkbaar de vraag niet.

'Wat zei die shitstormer dan tegen je, Assad?'

'Dat alle politici die logen of de grondwet naar eigen believen interpreteerden met geweld moesten worden tegengehouden. Dat ze erbij gebaat waren te weten hoe enorm hij hen haatte.'

'Weet hij dat hij gestraft kan worden voor bedreigingen met geweld?'

'Dat interesseerde hem geen zier, zei hij volgens mij. Een merkwaardige uitdrukking.'

Carl glimlachte. 'Zier? Een oudere man, stel ik me zo voor.'

'Carl, aan hem hebben we niks. Hij woont in Nakskov en daar woont hij al zijn hele leven. Hij lijdt aan spierdystrofie en zit in een rolstoel.'

'Oké.'

'De zaken die we tot dusver hebben gevonden, zijn gewoon te oud, Carl. De sporen zijn uitgewist. Maar Rose en ik denken allebei dat er meer zijn dan die die we al hebben gevonden. Misschien zelfs veel meer. Als wij een nieuwere zaak met zout vinden, zijn er hopelijk ook versere en duidelijker sporen van de dader.'

'Ik denk precies hetzelfde. Op dit moment hebben we al vier plaatsen delict waar als ritueel zout is achtergelaten, en dan zijn er ongetwijfeld meer. Maar, Assad, zonder een motief blijven we in alle richtingen zoeken.'

'Ja, natuurlijk, maar we weten nu dat er in 1988, 1998, 2000 en 2002 moorden zijn gepleegd. Als een interval van twee jaar ertussen iets betekent, denk ik dat we met de nieuwste moeten beginnen.'

'Eh, de nieuwste? Maar wat is de nieuwste dan? De dader kan toch al jaren geleden zijn opgehouden, of zijn overleden trouwens,' zei Carl.

'We hebben alleen moorden in even jaartallen, dus als we eens gingen zoeken naar wat er aan moorden en verdachte sterfgevallen in bijvoorbeeld 2010 te vinden is?'

'In 2010, zeg je? Waarom niet later? In 2012, 2014, 2016...'

'Je zei het zelf, Carl. De dader is misschien in 1988 of daarvoor al begonnen, dus er moet een redelijke kans zijn dat hij in het jaar waarin we zoeken nog steeds actief is. Ik vind 2010.'

‘Ik hoor aan je dat je al bent begonnen.’

‘Ja, ik ben ingelogd in PED POINT.’

‘Je weet wel dat je niet alles in het elektronische archief kunt opzoeken, toch?’

‘Ja, dat weet ik, maar als ik vanuit huis moet werken, moet ik toch ergens beginnen, of niet?’

23

Donderdag 10/12/2020

CARL

'Ik zie dat Gordon al terug is en dan zijn we volgens de coronapolitie en Zijne Heilige Hoogheid de politiecommissaris met te veel mensen op de afdeling. Waarom ben je teruggekomen, Gordon? Miste je je kerstkabouters?'

'Ik kon niet werken thuis, waar ik maar één scherm heb en een ellendige internetverbinding. Het gaat gewoon te langzaam. Ik word er gek van.'

Carl knikte en keek naar Rose. 'Luister eens, Rose. Jij moet een rooster voor afdeling Q maken. Marcus heeft ons groen licht gegeven om te doen wat we willen, hij wil het alleen niet weten, want dan krijgt hij problemen. Laten we de verhoren buitenshuis doen en ervoor zorgen dat we officieel en te allen tijde slechts met twee man tegelijk aanwezig zijn, en dat doen we zolang de politieleiding zich probeert te mengen in het doen en laten van politiemensen die hun werk doen, oké? Met Assad gaat het niet goed thuis, dus help hem een beetje op weg.'

Ze knikte. 'Het begint lastig te worden allemaal. Niet alleen vanwege corona, maar eigenlijk konden we wel vijf man extra gebruiken. Minstens!'

Carl keek naar Gordon, die zat te knikken als de speelgoedhond met elastiek in zijn nek waar zijn ex-vrouw Vigga op de hoedenplank van haar barrel van een auto mee rondreed.

Carl ging staan en liep naar het raam van hun werkkamer, pakte een rode whiteboardstift en schreef rechtstreeks op het glas.

DE ZAKEN VAN DE EVEN JAARTALLEN

'Hier schrijven we waar we ieder afzonderlijk mee bezig zijn, en telkens als jullie uit het raam gaan zitten staren, worden jullie er hiermee aan herinnerd dat we andere, belangrijker dingen te doen hebben, gesnopen?'

Hij overhandigde de pen aan Gordon. 'Wat zou er moeten staan, vind jij?'

Het witte spook dacht een moment na.

'Ik denk dat we alle vragen en mysteries moeten opschrijven waarmee deze zaken ons opzadelen.'

Carl knikte en Gordon begon te schrijven.

G1: DE ONTBREKENDE PAGINA'S IN DE DOSSIERS VAN PALLE RASMUSSEN. WAAR ZIJN ZE?

G2: ZOEKEN NAAR ZOUT IN OUDE RAPPORTEN. ZIJN ER MEER?

G3: WE KOMEN IN DE COMPUTER VAN PALLE RASMUSSEN. VINDEN WE SPOREN DIE BETREKKING HEBBEN OP ZIJN DOOD?

'Goed, en waar is zijn computer dan nu, Gordon?'

'Die is bij de jongens van ITK, ze zeiden dat ze om goede redenen wat mankracht betreft wat overvraagd zijn, maar dat ze er zo snel mogelijk mee aan de slag zouden gaan.'

'Goed, maar jij blijft bij hen navragen. We kunnen geen eeuwigheid wachten. Dan is het jouw beurt, Rose.'

Ze zuchtte, toen Gordon de stift doorgaf.

'Zijn er überhaupt andere dingen dan raadsels en vragen in deze chaos?' Ze aarzelde een moment, voor ze de reeks voortzette.

R4: WIE VERMOORDDE WAPENHANDELAAR CARL-HENRIK JESPERSEN?

R5: WIE VERMOORDDE FABRIEKSEIGENAAR OLEG DUDEK?

R6: WIE VERMOORDDE WERKPLAATSEIGENAAR OVE WILDER EN DE VIER MONTEURS?

R7: WAAROM IS ER IN HEMELSNAAM ZOUT OP DE PLAATSEN DELICT ACHTERGELATEN?

Carl stak zijn hand omhoog. 'Ik neem Assads regel en die is heel eenvoudig.'

A8: MOORD EN VERDACHTE STERFGEVALLEN IN 2010. WELKE?

'Daar kan ik aan toevoegen dat het juist Assads voorstel was om het jaar 2010 te checken. Heb ik gelijk als ik zeg dat we nu al kunnen vaststellen dat de moorden een onderling verband hebben en dat we voorlopig alleen zaken uit een even jaartal checken?'

Ze knikten.

'Mooi. Dan moet de tijd uitwijzen of het daadwerkelijk zo in elkaar steekt en of er meer zijn.'

Gordon stak zijn vinger omhoog.

'Wat zegt de leerling op de achterste rij?' vroeg Carl.

'Mij is opgevallen dat in de loop van de jaren de moorden steeds later in het jaar plaatsvinden.'

Rose knikte. 'Dat viel mij ook op. In 1988 op 26 januari. In 1998 op 28 april, in 2000 op 17 mei en in 2002 twee dagen later, met Pinksteren op 19 mei. Misschien is het geen toeval, maar zelfs wel een heel bewust patroon.'

Carl stond even stil en keek tussen de rode letters op de ruit naar de modderige parkeerplaats. Toen draaide hij zich met een warme sensatie langs zijn rug naar hen om. Dat gevoel kreeg hij ook als Mona haar ene been over zijn buik legde. En zo verging het hem altijd als hij het gevoel had dat het begin van een doorbraak in een zaak aanstaande was.

Hij keek hen goedkeurend aan en bracht de pen naar het raam.

C9: DE BETEKENIS VAN DE DATA?

'Dat is goed gezien van jullie allebei. Dat deel zal ik verder onderzoeken.'

Keken ze ontstemd?

Nu had Carl twee voor de hand liggende mogelijkheden. De data zodanig in een schema zetten dat hij voor de periode 1988-2000 alleen zocht in zaken uit de jaren 1990, 1992, 1994, 1996, en dat die tussen 26 januari en 28 april zouden liggen, wat best een gigantische klus kon worden, maar die hij handig aan een van de anderen kon delegeren.

Daarnaast kon hij zich uitsluitend concentreren op de data die ze al kenden. Als het zout op de plaatsen delict een ritueel karakter had, dan hadden de data dat wellicht ook.

Hij knikte naar Gordon. 'Weet je wat, Gordon, wil jij voorlopig je onderzoek beperken tot de data tussen de dood van Palle Rasmussen en die van Oleg Dudek en uitsluitend zoeken op de even jaartallen tussen 1990 en 1996?'

Gordon leek in de war. Was dat een verzoek of een order? dacht hij waarschijnlijk.

'Als je dat hebt gedaan, dan bespreken we dat, goed?'

Zijn hoofd zakte een stukje naar zijn borst.

'Wat ga jij dan doen, Carl?' vroeg Rose. Wat kon haar zure tronie toch alomtegenwoordig zijn, zeg.

'Dat zal ik je vertellen als ik een stukje verder ben gekomen.'

Geen enkele dosis frisse lucht is beter dan wanneer deze eerst door een filtersigaret heen getrokken is waarvan het filter eraf is gebroken. Carl keek over de auto's op de parkeerplaats heen naar de chaotische hoeveelheid neergekwakte gebouwen op de achtergrond, die waarschijnlijk als bedoeling hadden Teglholmen als een van de nieuwste wonderen te benadrukken. Waar zaten die stadsplanologen eigenlijk met hun gedachten? Gaven ze de architecten soms diazepam?

Carl nam een extra trek en trapte de peuk uit op het asfalt.

Hier op de parkeerplaats was het gemis van zijn werkkamer in de kelder van het hoofdbureau van politie het minst. Geen collegiale voetstappen op de gang, geen beleefde groeten, geen handdrukken, hier was hij gewoon zichzelf en was hij bezig zijn warrige hersenkronkels op orde te krijgen.

Hij liet zijn handpalm door zijn ondertussen dun geworden haardos gaan, een van de weinige gewoonten die zijn vader aan hem had doorgegeven. Alsof het ook maar iets hielp.

Negen vragen hadden ze daarboven op het raam geschreven. Minstens honderd konden ze daaraan toevoegen, het was beangstigend, maar alleen vraag nummer negen hield hem op dit moment bezig. Misschien was de vraag verkeerd geformuleerd. *De betekenis van de data* had hij geschreven. Had er moeten staan *Waarom juist deze data?* of *Wat is er in godshemelsnaam met deze data?*, zoals Rose het zo precies had kunnen formuleren.

Hij zag Marwa's verbaasde gezicht weer voor zich, toen ze 28 april noemde tegen Assad en hoe merkwaardig zij het vond dat het niet in hem was opgekomen dat dit de geboortedag van Saddam Hoessein was.

Als er een thema bestond, was het misschien allemaal gerelateerd aan het Midden-Oosten, dat moest hij onderzoeken. Hij had drie andere data, dus dat moest hij toch ook makkelijk kunnen googelen.

Slechts een uiterst zeldzame keer konden Google-zoekopdrachten een wondermiddel zijn bij een onderzoek, want meestal kwam je terecht bij veel onjuiste of onnauwkeurige informatie en veel te veel misleiding. Carl glimlachte om dit inzicht toen hij zocht op 26 januari 1988, de datum waarop de autowerkplaats van Ove Wilder werd verwoest, en hij stelde vast dat deze datum in Australië 'Invasion Day' heette, ter herinnering aan de Britse boten die bij Sydney Cove aankwamen, en dat deze dag precies vanaf 1988 de aanleiding was voor demonstraties, omdat die een symbool was van de verwoesting van de cultuur van de Aborigines door de Engelsen. Wat had hij in godsnaam aan die informatie?

Daarentegen zag hij dat de relaties tussen Egypte en Israël op die dag werden genormaliseerd, dus ook een historische datum.

Carl zuchtte. Dan is er wellicht nog een zaak die met het Midden-Oosten verband houdt. Dat zal Assad niet zo fijn vinden, dacht hij.

Hij googelde meteen 17 mei 2000, wat de datum was waarop men wapenhandelaar Carl-Henrik Skov Jespersen met een schot in zijn slaap had gevonden. Op die dag was er niet iets speciaals dat aan het Midden-Oosten gelinkt kon worden. De oorlog tussen Iran en Irak naderde dan wel zijn einde, net als er onderhandelingen plaatsvonden over een Israëlische terugtrekking uit Libanon in die dagen, maar niet specifiek op 17 mei.

Carl zuchtte nogmaals. De kernbegrippen in dit soort zaken mochten graag een gemeenschappelijke noemer hebben, want waar kon je anders een motief aan ophangen?

Toen zocht hij op 19 mei, de dag waarop Palle Rasmussen overleed. Blijkbaar was dit de dag waarop Egypte de doorvaart van Israëlische schepen door het Suezkanaal blokkeerde, wat onmiskenbaar had geleid tot de Suezoorlog in 1956, maar diep vanbinnen bleef het knagen.

Ik zit op een dwaalspoor, het heeft niets met het Midden-Oosten te maken, dacht hij.

Hij haalde een sigaret uit het pakje en stopte die weer terug, zelfs daar had hij geen zin in.

Hij keek naar de klok, die in slow motion leek te lopen.

Begon hij het beu te worden om de speurder uit te hangen?

24

Vrijdag 11/12/2020

CARL

Ondanks het nieuws dat het land weer te maken kreeg met een gedeeltelijke lockdown en dat alle media op hun kop stonden, veroorzaakte de bestiale moord op Tabitha Engstrøm, op een drukke verkeersader in Kopenhagen, net zulke grote krantenkoppen.

Het was nu twee dagen geleden dat haar doorboorde lichaam van een afgebroken parkeerbord was gehaald, twee dagen geleden dat Rijkswaterstaat en de dienst Dagelijks Beheer en Onderhoud begonnen te ruziën over verantwoordelijkheid voor het verzuim en verwijdering van dat levensgevaarlijke moordwapen, en nog maar een dag geleden dat een hoestende inspecteur, Bente Hansen, voor een meute journalisten stond en probeerde om de kaarten enigszins voor de borst te houden over de voortgang van het onderzoek.

Sommige bewoners van Amager, van lokale groepen huismoeders, linedance-, schaak- en backgammonclubs, van winkeliersverenigingen tot een zee aan gewone individuen, die allemaal hun angst uitten dat de stad wetteloos was geworden, eisten het vertrek van de burgemeester.

Er was snel vastgesteld hoe de vrouw die de moord had begaan eruitzag, want twee oplettende geliefden die elkaar met hun mobieltje stonden te filmen, hadden haar vlucht via de dichtstbijzijnde zijstraat vereeuwigd. Aan het feit dat niemand achter de relatief iele vrouw aan was gegaan om haar vast te grijpen werd niet veel uitleg besteed. Mensen waren geschokt geweest, werd er gezegd. Een maatschappijtheoreticus en filosoof verklaarde op tv dat het heel kenmerkend voor deze tijd was dat zelfs in shocktoestand de meeste mensen meer dan capabel zijn om hun geliefde mobieltjes te pakken en erop los te filmen en fotograferen.

Bente Hansen vertelde dat men bezig was de min of meer legale bewakingsbeelden van winkels uit de buurt te bestuderen om uit te zoeken waar de vrouw na de moord naartoe was gegaan en dat een van de camera's had geregistreerd hoe ze onmiddellijk na haar daad op het trottoir in een zijstraat had staan overgeven.

'Wij checken haar braaksel om vast te stellen wat ze had gegeten en om haar DNA-profiel in kaart te brengen.'

De journalisten begonnen door elkaar heen te roepen. Hoe stelde je het voedsel in iemands braaksel vast en waar gebruikten ze dat dan voor? Had ze overgegeven omdat ze zelf in shock was geraakt door haar moord? Betekende dat dat het een impulshandeling was of dat de vrouw nog niet eerder zoiets gewelddadigs had gedaan?

'Dat laatste hoop ik,' zei een hoestende Bente Hansen.

Zo verstreek die dag.

'Bente Hansen is helaas positief getest op corona, Carl, dus nu moeten velen van ons in quarantaine,' zei de chef Moordzaken met een zeer bezorgd gezicht. 'Ik zal de meesten van jullie op deze etage in thuisisolatie moeten sturen.'

'Dat meen je niet! Maar mijn medewerkers noch ik zijn al in geen honderd jaar in de buurt van Bente en haar team geweest. Ik ben zelf trouwens ook niet in de buurt geweest van iemand anders op de afdeling en waarom zou ik ook?'

Carl onderdrukte hoeveel plezier het hem gaf dit te kunnen zeggen. Hij had absoluut geen zin om in quarantaine te gaan.

'Jij hebt geen koorts, weet je dat zeker?'

Carl voelde aan zijn voorhoofd. Vol rimpels en vettig, maar niet warm.

'En de anderen in jullie team? Toch maar goed dat ik de helft van jullie naar huis heb gestuurd.'

Carl haalde zijn schouders op. Waarom vertellen dat Gordon terug was? Wie sloeg er trouwens acht op wie er zat te zweten en wie niet?

'Jij kent vast Bente Hansens actuele zaak?' vroeg Marcus.

'Over haar die een andere vrouw op een afgebroken verkeerspaal heeft gespietst?'

Marcus knikte. 'Het is zo'n wonderlijke gedachte, maar het slachtoffer, Tabitha Engstrøm, was net een uur voor haar dood vrijgelaten na voorgeleiding bij de rechter-commissaris. We kunnen op bewakingsbeeld van diverse winkels tot aan de plaats delict zien dat haar moordenaar haar op vrij korte afstand heeft gevolgd, vanaf het Openbaar Ministerie tot de plaats van het misdrijf.'

'Is de moordenares geïdentificeerd?'

'Ja, vanmorgen. Ze werd herkend door de eigenaar van een modewinkel op de video die door een jonge vrouw op Amager is gemaakt en waarvan TV2 NEWS en DR Nyheder een fragment hebben getoond. Het was de eigenaar van de winkel die de jas aan de moordenares had verkocht. Een bakkerij in de buurt van de woning van de moordenares kon er verder aan toevoegen dat zij diezelfde ochtend bij hen een berlinerbol had gekocht en met haar creditcard had betaald, en het braaksel van de vrouw bevestigde dat. Hij was in amper vijf happen naar binnen gewerkt en nog vrijwel niet verteerd.'

Carl knikte. Die vorm van lekkere trek kende hij maar al te goed.

'De hele dag hebben onze collega's gezocht naar deze Ragnhild Bengtsen, zoals de moordenares heet, maar ze is als van de aardbodem verdwenen. Ze is misschien gezien in een straat in de villabuurt dicht bij de Carlsberg-brouwerij, maar dat is onduidelijk. De vrouw die belde en dat vertelde, klonk wat te onzeker, want zij kon geen signalement geven aan de hand van haar kleding en was ook niet zeker van het tijdstip of welke straat ze uiteindelijk in was gelopen. En nu ontbreekt het ons aan mensen om ermee verder te gaan.'

'Zeg dat het niet waar is!' klonk het uit de mond van Rose, terwijl ze geërgerd op haar bureaustoel ronddraaide. 'Wil Marcus ons laten stoppen met wat we aan het doen zijn? Het is toch bijna Marcus Jacobsens eigen zaak.'

'Ja, maar die is voorlopig alleen aan de kant gelegd. Bente Hansen is ziek en haar team is naar huis gestuurd, dus op dit moment heeft Marcus geen andere teams die hij op de zaak-Ragnhild Bengtsen kan zetten. De pers en de mensen op Amager schreeuwen om antwoorden, domweg iedereen is door het dolle heen over wat er is gebeurd, dus toen moest Marcus er wel een paar andere mensen op zetten en dat zijn wij nu.'

'Volstrekt crazy. Dit is immers helemaal geen taak voor afdeling Q.'

'Eens. Ik heb ook geprobeerd hem dat te laten inzien, maar hij stond erop.' Hij wendde zich tot Gordon. 'Welke feiten heb jij voor ons weten op te duikelen?'

'Dat Ragnhild Bengtsen tweeëndertig jaar is, kantoormedewerker bij Banedanmark, gescheiden, kinderloos, had een tijdje een relatie met een collega en dat ze sinds de moord spoorloos is verdwenen. Dat is alles wat ik op dit moment weet.'

Toen werd er bij de deur gegromd. Het was Assad in ongebruikelijk kreukelige kleren, haar dat alle kanten uit stond en met een sombere blik.

'Ik kon het thuis niet meer uithouden,' zei hij.

Hij kreeg een korte samenvatting van de laatste orders van de chef Moordzaken en Gordons feiten.

Carl knikte. 'Goed, Gordon, hoe zit het met een huiszoeking op haar adres?'

'Het team van Bente Hansen heeft dat niet meer kunnen doen, maar ik heb het huiszoekingsbevel hier.'

'Dan zijn we vertrokken. Rose, jij blijft hier, dan nemen de mannen van afdeling Q het volle risico om zich in de maatschappij te begeven.'

Hij lachte, maar Rose niet. Dan ging zij dus ook mee.

'Wat zegt het Agentschap Telecom over haar bewegingen, Gordon?' vroeg ze.

'Ze had geen mobieltje bij zich. Misschien had ze er helemaal geen, ik weet het niet.'

Carl zuchtte. 'We moeten elk middel gebruiken om haar bewegingen te achterhalen. We moeten haar vinden. Dat en verder een motief ontdekken is ons doel, zodat we met ons eigen werk verder kunnen.'

Rose keek naar Gordon, zij had blijkbaar de laatste paar dagen geen kranten gelezen. 'Wie was eigenlijk het slachtoffer van Ragnhild Bengtsen, Gordon?'

'Een vierendertigjarige vrouw die Tabitha Engstrøm heette en die net was vrijgelaten door het Openbaar Ministerie. Meerdere mensen waren er de dag ervoor getuige van geweest hoe Tabitha ogenschijnlijk willens en wetens haar greep op een tasjesdief had losgelaten waardoor hij op de rijbaan voor station Østerport terechtkwam en door een vrachtwagen werd doodgereden. Ik heb hier een rapport.'

Hij liet haar een foto van de beklaagde zien en daarna eentje van de omgekomene. Er was moeilijk iets van het verbrijzelde lichaam te maken.

'Goed, over dat ongeluk heb ik op de radio gehoord. Arme tasjesdief, zou je misschien deze ene keer kunnen zeggen.'

De woning van Ragnhild Bengtsen verklaarde in alle duidelijkheid waarom ze niet langer met iemand samenwoonde en in elk geval niet met een man. Want wie voelde zich in hemelsnaam thuis in twee minimale vertrekken met precies dezelfde roze verf op alle muren, waarbij alle oppervlakken waren behangen met filmposters van half ontklede mannelijke acteurs in de kracht van hun leven?

'Allemachtig,' zei Rose, terwijl ze slecht verholen de spierbundels scande van Arnold Schwarzenegger, Sylvester Stallone, Jason Statham, Bruce Willis, Will Smith, Clint Eastwood en minstens dertig anderen, van wie Carl hooguit een derde van naam kende.

'Eens, precies dat hadden we niet zien aankomen. Wat kunnen we daaruit afleiden?'

'Dat ze een bijzondere dame is.' Assad stond muisstil en wreef over zijn baardstoppels. 'Ze zou in elk geval niet voor een van ons vallen.'

'Nee, hier hangen geen zachtaardige, alledaagse mannen.' Rose knikte haast enthousiast. 'Maar het is wel een heel bijzondere verzameling posters, zien jullie dat niet?'

Alle drie de mannen fronsten hun wenkbrauwen. Behalve studies van wat hormonen en proteïnesupplementen voor de mannelijke anatomie kunnen doen, waar moesten ze zich verder nog aan vastklampen?

Rose vervolgde: 'Ja, deze posters zijn natuurlijk allemaal afkomstig van actiefilms, maar de posters met Arnold Schwarzenegger zijn niet van de *Terminator*-films, waarin hij feitelijk de schurk speelt. Dat is hij niet in *Predator*, die daar hangt, dus de posters die we zien tonen allemaal de grootste actiehelden uit de filmgeschiedenis. Kijk alleen maar hoeveel *Die Hard*-posters met Bruce Willis er zijn.' Rose glimlachte. 'De vrouw in deze woning bewondert daadkracht en "no bullshit". Ze is blijkbaar ook niet bang om eigenrichting te bejubelen. Je moet een paar foto's maken, Carl, om die eens aan Mona te laten zien. Ze zal me ongetwijfeld gelijk geven.'

Carl knikte. 'Goed, maar luister even. Het is niet onze topcompetentie om huiszoekingen te doen, dus als we aan de slag gaan, hou jullie dan aan de gouden regels bij een huiszoeking! Hou in hemelsnaam je rubberhandschoenen aan en doe hoezen om je schoenen en denk continu waar jullie mee bezig zijn, hou je ogen wagenwijd open, want we weten niet wat we zoeken. Jullie moeten uiterst systematisch te werk gaan en niets vernietigen wat een spoor kan zijn. Zullen we beginnen?'

Ragnhild Bengtsen was een extreem ordelijke persoon. De stapels in de laden waren gesorteerd, belastingpapieren op een stapel, verzekeringspapieren op een andere, bankafschriften op een derde. De herinneringen uit haar tijd bij de padvinderij en een korte periode bij een handbalteam lagen bij een paar brieven van een penvriend in Møgeltønder en enkele potloodtekeningen van plekken die ze tijdens haar schooltijd had bezocht. Er was niets wat wees op bijzondere talenten of afwijkende karaktertrekken. Een foto in de kast van een feestelijke gebeurtenis wees in elk geval op niets in die richting. Een glimlachende, vriendelijke jonge Deense vrouw.

Rose was degene die de meeste scepsis toonde. 'Er moet toch zeker iets zijn wat ons kan vertellen wat dat gestoorde mens heeft gemotiveerd,' zei ze en ze trok aan de vensterbanken om te kijken of ze loszaten, zodat er wellicht iets onder verstopt zat.

'Ze las geen boeken, want er is hier geen eentje te vinden.' Zoiets merkte Gordon meteen op.

'Heeft ze ergens papieren in een bankkluis?' vroeg Rose. Gordon gebaarde afwijzend.

'Weten we of er een kelder of zolderkamer is?' vroeg Assad.

Carl zuchtte. 'Dan moeten we de conciërge nog een keer aan zijn jasje trekken. Kun jij hem niet bellen, Assad?'

Hij knikte.

'Moet je hier eens kijken!' riep Rose.

Carl en Gordon gingen bij de verste muur in de slaapkamer staan.

'Hier hangt haar oude flatscreen handig aan het voeteneinde, maar er is geen koppeling met streamingdiensten of satelliet. Ze heeft volgens de conciërge wat de woningcorporatie te bieden heeft en dat zijn slechts de gebruikelijke DR- en TV2-kanalen en een paar andere.' Ze zette de tv aan om het te bewijzen.

'Ja, maar ze heeft wel honderden dvd's, zie ik,' zei Gordon.

Rose knikte. 'Ja, en wat voor titels!'

Carl wist geen bal van films, dus hij hield in plaats daarvan zijn ogen gericht op het tv-scherm met TV2 NEWS, dat leek niet veel verder te zijn gekomen dan updates over de COVID-19-restricties. Het zag er in heel veel landen niet goed uit. De moord op Amager was naar de achtergrond verdwenen, maar hoe zou die zich ook kunnen meten met een complete pandemie?

'Het zijn allemaal actiefilms,' zei Gordon.

'Ja, maar de thema's, Gordon,' klonk het enthousiast uit Rose' mond, 'kijk daar eens naar.'

'Eh, ik heb er niet zoveel van gezien. In de kringen waar ik vandaan kom, zijn die films waarschijnlijk niet zo populair.'

'Goed, maar hier is Charles Bronson in *Death Wish*, Bruce Willis in een remake van dezelfde film. Liam Neeson in *Taken 1, 2* en *3*, Viggo Mortensen in *Eastern Promises*, Michael Caine in *Harry Brown*, om er maar een paar te noemen. Zonder uitzondering zijn het films die eigenrichting en wraak als thema hebben.'

Carl zag waar het naartoe ging. 'Dus deze juffrouw heeft in bed gelegen en zich vermaakt met mannen die het heft in eigen hand nemen.'

'Ja, en vrouwen.' Ze wees naar de plank waarop onder andere Jodie Fosters film *The Brave One* en Charlize Theron in *Monster* stonden.

'Er staan een paar in een niet-originele cassette,' zei Carl, 'die nemen we mee, maar wees voorzichtig met vingerafdrukken. Zulke plastic cassettes kunnen vele geheimen bewaren.'

'Weten we of Ragnhild Bengtsen op enig moment een vergrijp tegen haar heeft gemeld?' vroeg Rose.

'Een verkrachting bedoel je? Nee, dat heeft ze niet. De moord op Tabitha Engstrøm is de eerste keer ooit dat ze in de annalen van de politie voorkomt,' antwoordde Gordon.

Anderhalf uur later waren ze nog niets wijzer geworden. Ze waren allemaal druk bezig geweest en Rose niet in het minst, zij was overal in geheime bergplaatsen gedoken. Ze had naar naden in de matrassen gezocht. Had de bank omgekeerd, vloerkleden opzijgeschoven, op kussens geslagen, op handen en voeten onder de eettafel en het bureau gelegen, laden uitgetrokken en achterwanden van commodes en kasten onderzocht.

Ze was zeer gefrustreerd en vloekte voortdurend op weg naar de kelderruimte van Ragnhild Bengtsen, waar de conciërge stond te wachten. Maar net als het geval was geweest met de woning van de vrouw, was er niet direct iets te halen. Om eerlijk te zijn had Carl nog niet eerder een kelderruimte als deze gezien, waar alles keurig op planken lag, en met een heldere aanduiding van de inhoud van dozen en ringbanden. Het was daarbij zo gênant schoon dat je je lunch op de grond kon leggen om te gaan zitten eten.

Rose keek naar haar vingertop die ze zojuist over een van de planken had laten glijden. 'Ze moet hier kortgeleden nog zijn geweest om het vertrek eens flink onder handen te nemen, zo schoon en opgeruimd het hier is.'

'Onder handen?!' Assad keek met een vragende blik.

'Om het eens flink aan te pakken, Assad!' verduidelijkte Carl. Maar het leek hem niet veel wijzer te maken.

De conciërge knikte. 'Ja, ze was hier verleden week ook nog, weet ik. Dat moet dinsdag zijn geweest, toen ik de afvalcontainers naar boven heb gebracht, die de ochtend erna zouden worden geleegd.'

Carl draaide zich om naar de slecht verlichte keldergang achter zich. Inderdaad, daar stonden de groene afvalcontainers netjes op een rijtje.

'Woensdag zijn ze geleegd, zegt onze conciërge hier, hm. Dan denk ik niet dat we hier iets vinden, vrienden,' reageerde Carl. 'Als er iets is geweest wat haar kon compromitteren, heeft ze dat in de afvalcontainers gegooid en dan heeft onze vriend hier haar geheel onwetend geholpen het naar de vuilverbranding te laten verdwijnen. We moeten vaststellen dat we twee dagen te laat zijn.'

25

Vrijdag 11/12/2020

CARL

Het naakte lichaam zag er vers uit en kon hooguit een dag of twee in de grond hebben gelegen. Gezien de toestand van de vrouw zou haar identiteit moeilijk vast te stellen zijn, zo mishandeld als het lichaam was, maar Marcus Jacobsen en Carl Mørck hadden al hun gegronde vermoeden met wie ze te maken hadden. De lengte en de leeftijd klopten in elk geval.

VERBODEN TOEGANG VOOR ONBEVOEGDEN, had er al jaren op het gaashekwerk om het onbebouwde terrein gestaan, en dat hadden een paar jongens uit het dorp even ten zuiden van de Arresø genegeerd en gezien als een mogelijkheid om een vrijplaats te creëren waar ze stickies konden roken of seks konden hebben.

'Ons geluk is dat die jonge mensen zo nieuwsgierig waren.' Marcus keek schuin naar de provinciale weg die op ongestoorde afstand voorbij kronkelde. 'Anders zou dit de perfecte bergplaats zijn geweest.'

'Waarom begonnen de jongens te graven?' vroeg Carl.

'Ze zagen de verse, donkere grond midden in al het onkruid en waren er zeker van dat een paar motorjongens uit het naburig dorp daar in de nacht hadden staan graven. Als er wapens, drugs of geld in de grond zaten, was het plan om het zo snel mogelijk weg te halen en te verkopen.'

'Oké. Dan moeten ze wel een enorme shock hebben gekregen,' zei Carl, terwijl hij op een afstandje het dode lichaam met zijn mobieltje fotografeerde om de technische recherche in het krachtige licht van de schijnwerpers niet in de weg te staan.

Het was beslist geen fraaie aanblik. Carl wende er nooit aan dat sommige mensen andere mensen zulke gewelddadige verwondingen konden toebrengen. Alle vingertoppen van de vrouw waren bij het uiterste vingerkootje afgehakt en al haar tanden waren eruit getrokken. Het gezicht was met een stomp voorwerp verbrijzeld en te oordelen naar de diepe gaten in de schedel waren ze veroorzaakt met een zware hamer met een vierkante kop, vermoedelijk een klauwhamer.

'Een shock, zeg je, ja, ongetwijfeld. Twee van de jongens zitten in elk geval op dit moment bij de plaatselijke psycholoog.'

Marcus Jacobsen knikte naar een van de technisch rechercheurs die op hen afstapte.

'Ja, het spijt me, maar we hebben geen intacte voetsporen, eventuele bandenafdrukken of sleepsporen gevonden vanwege het gegraaf en gerommel door de jongens,' klonk het droog. 'We hebben ook niets anders gevonden in het graf dan het lijk.'

Carl zuchtte. 'Wie is eigenaar van de grond, weet jij dat?' vroeg hij een collega van de politie Noord-Seeland.

'Ja, dat is de gemeente Hillerød. Oorspronkelijk was hij bedoeld voor industrie, maar de plannen zijn de laatste tien jaar steeds opnieuw uitgesteld. Volgens mij zijn hier een enkele keer een paar gemeentewerkers geweest om het onkruid en het gras te maaien, dat is natuurlijk wat moeilijk te zien in het donker, maar dat is lang geleden.'

'Wanneer precies hebben de jongens het lichaam gevonden?'

'Iets meer dan anderhalf uur geleden, zo rond 16.20 uur,' antwoordde de collega.

'Hoe zit het met het graven?' vroeg Carl de technisch rechercheur. 'Wanneer schat je dat dat is gebeurd?'

'Maximaal vierentwintig uur geleden.'

'Oké. Hoe laat ging de zon gisteren onder?'

'Net als vandaag, zo'n twintig minuten voor vier.'

Carl wendde zich tot Marcus. 'Tenzij we iets anders zullen horen gok ik erop dat het lichaam na het invallen van het donker is begraven. Dus zullen we niet ook gokken dat personen die het lichaam uit de weg hebben geruimd dit bouwterrein vooraf al redelijk goed kenden en wisten waar ze moesten graven?'

'Je bedoelt dat ze ingecalculeerd kunnen hebben hoe ze hier in de toekomst fundamenten zouden graven voor eventuele nieuwbouw en dat het risico dat het hier vlak bij het hek zou gebeuren, niet heel groot zou zijn?'

Carl knikte. 'Ja. En als dat het geval is, vind ik het niet onlogisch wat meer te graven. Want het is denkbaar dat ze hier in vergelijkbare situaties eerder zijn geweest, denk je niet?'

Terug op zijn werkkamer zat Carl een moment te staren naar de foto's op zijn mobieltje, naar wat zij vermoedden dat het lichaam van Ragnhild Bengtsen was. Het verschil tussen de glimlachende vrouw op de foto die ze hadden meegenomen uit haar woning en dit mishandelde, naakte en bezoedelde lichaam was hartverscheurend.

Carl pakte een sigaret en rolde die tussen zijn vingertoppen. Hoe vaak had hij niet net als nu gezeten en gewild dat hij een andere carrière had gekozen? Waar was de onschuldige, positieve jongeman uit een gehucht in het noorden van Denemarken gebleven? Waar was de onbedorven man die van de politieschool kwam? Waarom zou hij hier zo laat op vrijdagavond zitten, als alle anderen thuis op de bank voor de tv zaten en het zich gezellig maakten met hun gezin?

Hij haalde een keer diep adem door zijn neus. Maar goed dat hij snel naar huis zou gaan om zijn kleine meisje dicht tegen zich aan te drukken.

Hij legde de sigaret op tafel, kwam enigszins moeizaam overeind en liep naar de werkkamer van de anderen om hen te briefen over de vondst van vandaag. Indrukwekkend dat ze niet al uren geleden naar huis waren vertrokken.

'Luister eens...' wist hij slechts uit te brengen, toen Gordon zich omdraaide van de beeldschermen waar hij naar had zitten turen.

'Ja, we hebben inmiddels bericht gekregen over de iMac van Palle Rasmussen,' zei hij. 'ITK had geen tijd om ermee aan de slag te gaan, dus zij hebben hem doorgestuurd naar NC3. Daar zeggen ze, iets wat wij al wisten, dat alles is gewist en dat NC3 de bestanden moet herstellen. Ze zeiden ook dat het gebruikelijk is dat als een computer op Christiansborg heeft gestaan, de inhoud ervan wordt gewist en hij helemaal wordt opgeschoond voordat die aan erfgenamen wordt overgedragen. De bestanden horen bij het werk en kunnen vertrouwelijk zijn, zo eenvoudig is het, zeiden ze.'

Carl fronste zijn voorhoofd. Juist dat was hij vergeten te vragen, toen hij Palle Rasmussens secretaresse, Vera Petersen, ontmoette, verdorie nog aan toe. Hij keek naar Gordon. Leek die knaap nou tevreden dat hij hun het bericht kon overbrengen dat het met die iMac nog langer zou duren?

'ITK, NC3, ik word gek van die afkortingen,' gromde Assad. 'Je moet een hele encyclopedie in je hoofd hebben. Bij sms'jes schrijf je *btw*, *kol*, *igp* en er komen steeds nieuwe bij. Als ik met zakenmensen moet praten, krijg ik CEO, CCO, CPO, CIO en al die onzin. Wat voor de drummer moeten we met al die afkortingen bij de politie?'

'Drummer? Wat voor de drommel moeten we met al die afkortingen is het, Assad,' reageerde Gordon. 'NC3 is trouwens een afkorting van NCCC, wat staat voor 'National Cyber Crime Center' van de Nationale Politie, dan weet je dat!'

'O, maar dan zou het op zijn minst NCCCVDNP moeten heten, dan zou je nog een kans maken.' Assad stak zijn onderlip naar voor. 'Maar goed, dan wil ik dat er vanaf nu ook DAEVV3EBM op mijn visitekaartje staat.'

'Oké. Niet zo makkelijk om te onthouden, lijkt mij zo,' zei Gordon.

Carl keek op de klok. Twintig minuten nog, dan was hij vertrokken.

'Wanneer kunnen we die Mac terugverwachten?' interrumpeerde hij.

'Ze kijken er morgen naar, dus ze schatten in dat ze hem om ongeveer tien over acht morgenvroeg open hebben.'

'Op een zaterdag, oké dan! Dus ze werken er de hele avond aan?'

'Nee, ze beginnen pas morgen.'

'O, en wanneer begint de ochtendploeg?'

'Om acht uur, en ze fiksen het in tien minuten, zeiden ze.' Gordon probeerde te glimlachen. Dat zou hij misschien niet moeten doen. Hij wendde zich tot Assad. 'Waar staat DAEVV3EBM trouwens voor?' zei hij ontwijkend.

'"Donkere Arabier en vader van drie en behoorlijk moe", wat anders?'

Carl haalde diep adem. Het gevoel dat de sigaret op zijn bureau hem riep, kwam even bij hem op.

'Waarom lach jij, Gordon?' vroeg Rose zonder op antwoord te wachten, toen ze het vertrek binnenstapte en een kleine kartonnen doos op haar bureau neerzette. 'Ik heb naar Rigshospitalet gebeld en met Bente Hansen gesproken.'

'Oké, waarover?' vroeg Carl.

'Zou je niet eerst vragen hoe het met haar gaat? Waar is je empathie?'

Carl zuchtte. 'Hoe gaat het nu met haar?'

'Ze is echt heel ziek. Ik ben bang dat we niet de mogelijkheid krijgen haar nog veel te spreken, want ze wordt naar de intensive care overgebracht. Ze kon bijna geen lucht krijgen.'

'Hallo, juffrouw Dracula, stop eens eventjes! Ik mag Bente graag, dus natuurlijk vind ik dat vervelend om te horen.'

Rose knikte. De boodschap was ontvangen.

'Wat heb je uit haar los weten te krijgen?'

'Ze had geen bericht gekregen dat ze de twee zaken van Ragnhild Bengtsen en Tabitha Engstrøm aan ons hadden overgedragen, wat haar een beetje stoorde, merkte ik. Maar toen vroeg ze me toch om contact op te nemen met iemand uit haar team, Manfred, die nu in quarantaine zit en vanuit huis werkt.'

'Dus dat heb je gedaan?'

'Wie denk je wel wie ik ben? En ja, hij wist me te vertellen dat Tabitha Engstrøm op sociale media vrij vaak zeer hatelijk van zich liet horen.'

'Oké. Maar dat is toch in beginsel geen misdrijf op zich,' zei Carl.

'Nee, maar in haar geval dreigde ze vaak mensen met dood en verderf, als ze zich niet fatsoenlijk gedroegen.'

'Een voorbeeld, graag!'

'Vrouwen die hun kinderen in kinderwagens op de openbare weg achterlieten, verdienden het dat hun kinderen werden ontvoerd.'

'Was daar geen zaak over in New York een paar jaar geleden, waarbij de moeder werd gearresteerd?' vroeg Gordon. 'Een Deense vrouw ook nog.'

Rose knikte. 'Ja, die werd "The Pramcase" genoemd. Die moeder schreef er een paar jaar geleden een boek over.'

'Wat nog meer?' vroeg Carl.

'Iedereen die op straat spuugde, moest met zijn hoofd in de drek worden geduwd tot de huid van zijn gezicht was geschuurd.'

'Goed, ik hoor wel dat ze vrij compromisloos was. Maak jij daaruit op dat ze niet alleen over zulke vergeldingen schreef, maar die ook in de praktijk bracht?'

'Ja, beslist. Vrij systematisch zelfs.'

'En ten slotte overdreef ze in Østerbro.'

'Ja, absoluut. Na de moord op Tabitha Engstrøm mocht het team van Bente Hansen huiszoeking in haar woning doen. Helaas hebben ze de bezittingen die ze hadden meegenomen naar het bureau niet kunnen analyseren voordat het team in quarantaine moest. Ik heb trouwens gehoord dat Bente Hansen buiten op de parkeerplaats in elkaar is gezakt, toen ze van de huiszoeking terugkwamen.' Rose schoof de kleine kartonnen doos naar hem toe. 'Haar teamcollega Manfred vertelde me waar de doos op hun werkkamer stond, dus ben ik erheen gegaan om hem op te halen. Manfred vertelde me dat deze hier het eerste was wat hij zou onderzoeken als hij terugkwam, dus dat heb ik natuurlijk ook gedaan.'

Ze haalde een ingebonden notitieboekje uit de doos, opende die op de eerste pagina en las voor:

LOGBOEK, *Tabitha Engstrøm, maart 2018-*

1) Groepsleider: Debora, circa vijftig jaar.
2) Gewone leden van de groep: Sara, ongeveer 35, Martha, ongeveer hetzelfde. Ikzelf word in de groep Eva genoemd.
3) De leidraad van de groep is: 'Je kunt het eigenrichting noemen, maar je kunt het ook tijdige zorg noemen, want de wereld wordt er elke keer een stukje beter van.'

Rose keek op naar de anderen. 'De volgende drie bladzijden zijn een opsomming en een documentatie van 65 feiten in de periode 2018-2020 waaraan Tabitha zich schuldig heeft gemaakt. Nogal heftige dingen als je het mij vraagt, dus waar ze bij Østerport voor werd aangeklaagd, was gegarandeerd waar. Zij was willens en wetens de oorzaak van de dood van die tassendief.'

'Het lijkt wel alsof je goud vindt, dit allemaal,' zei Assad. 'Noemt ze ook ergens Ragnhild Bengtsen, was zij een van de groepsleden?'

'Nee, maar Tabitha werd Eva genoemd, dus van die namen kunnen we niet op aan. Het zou een van die andere twee kunnen zijn die hierboven werden vermeld, we weten het niet.'

'Dus het notitieboekje werd bij het Openbaar Ministerie niet voorgelegd, kan ik me voorstellen,' zei Carl.

'Nee, de huiszoeking van Tabitha Engstrøms woning werd pas na haar dood gedaan. Dat deden ze in de allereerste plaats omdat het team van Bente Hansen wilde zien of ze een connectie konden vinden met de vrouw die haar vermoordde.'

'We moeten natuurlijk allemaal dit aantekeningenboekje goed doornemen, maar noem eens een paar feiten die zij erin heeft beschreven,' zei Carl.

'Ja. Behalve de moord in Østerbro was het gruwelijkste voorbeeld waarschijnlijk de keer dat ze midden op straat een sleutelbos met de sleutels die tussen haar vingers uitstaken tegen het strottenhoofd van een jongeman sloeg, omdat hij volgens haar iets kwetsends tegen een gehandicapte vrouw had geroepen. Ik heb de zaak op datum gecheckt en weet nu dat de jongen meerdere operaties heeft moeten ondergaan en nog steeds moeite heeft met praten.'

'En daar werd ze niet van verdacht?'

'Nee, ze heeft er bij alles wat ze heeft gedaan steeds tussenuit weten te knijpen, behalve die laatste keer.'

'Is er verder informatie over de drie andere vrouwen die ze noemt? Debora, Martha en hoe heette die laatste?'

'Sara. Nee, die is er niet. Ze noemt ze alleen op de eerste bladzijde.'

'Je kunt je een vage voorstelling maken van het doel van de groep, maar wat was eigenlijk de bedoeling?' zei Gordon. 'Want het was in elk geval noch een boekenclub noch een eetclub.'

'Enkele theorieën?' vroeg Carl.

'Het was beslist geen club waar je graag ruzie mee zou krijgen,' zei Rose.

Assad fronste zijn voorhoofd. 'In Litouwen stuitten wij op een extreem gewelddadige wraakgroep, die mensen overviel die voor de val van de Muur voor de Russische inlichtingendienst hadden gewerkt. Kan het zoiets zijn?'

Rose en Gordon knikten.

'Hebben jullie gekeken naar die dvd's zonder titel die we in de woning van Ragnhild Bengtsen hebben aangetroffen?' vroeg Carl.

'Ja, daar ben net ik op dit moment mee bezig,' zei Gordon. 'Ik zie dat er een kleine hoeveelheid data op alle drie staat, maar ik heb er nog niets op gevonden. Twee van de schijfjes draaien nu.' Gordon wees naar een paar zwarte beeldschermen, die uit leken te staan.

'Kun je ze dan niet een stukje vooruitspoelen?' vroeg Carl.

Gordon knikte. 'Dat wilde ik net doen.' Hij drukte op de forwardknop op beide dvd-spelers.

'Maar luister even wat ik daarstraks wilde zeggen. Marcus en ik zijn in Skævinge geweest. We ontvingen een tip van de plaatselijke politie en het bleek dat...'

Ze draaiden zich om naar de beeldschermen, waar het ene zwarte scherm een seconde veranderde in een sneeuwbui en daarna een paar korte filmpjes snel voorbijflitsten.

'Hé, spoel eens terug, Gordon,' riepen Rose en Carl door elkaar heen.

De sneeuwbui kwam weer een kort moment tevoorschijn, waarna een aantal clipjes uit een Amerikaans televisieprogramma snel achter elkaar te zien waren.

'Dat programma ken ik,' zei Gordon, 'het is nogal bizar. Het laat uitsluitend videofilmpjes zien waarin mensen zich stompzinnig gedragen en vaak gewond raken, terwijl de presentator en zijn gasten zich erover amuseren. *Ridiculous* heet het.'

Op het andere scherm begon het beeld ook te flikkeren, terwijl het eerste mensen liet zien die op de rand van het zwembad vielen of met een jetscooter het land op schoten en de bestuurder in de val bijna zijn nek brak. Toen begon een rij filmfragmenten op scherm nummer twee.

'Weet je ook wat dat is, Gordon?' vroeg Carl, terwijl hij naar het scherm knikte.

'Ja, eerlijk gezegd wel. Ik ken zelfs deze aflevering. Het is een man, Johnny Knoxville genaamd, van een heel bekende serie die *Jackass* heet, waarbij de deelnemers voortdurend ernstig gewond raken. Knoxville doet allerlei idiote, krankzinnige dingen in deze aflevering, krijgt pepperspray in zijn ogen gespoten en ontvangt stroomstoten met een stungun. In de clip die we hier zien, wordt hij in zijn tepel gebeten door een kleine krokodil en even later wordt zijn auto getorpedeerd door een andere auto, het is totaal geschift.'

Carl proestte even. 'Waarom was Ragnhild Bengtsen hier in godsnaam dol op en waarom verbergt ze dat helemaal achteraan op een dvd, na een lange tijd zwart scherm. Zijn dit dan geen gewone tv-programma's, hoe crazy ze ook zijn?'

Assad schoof een glas thee naar hem toe. 'Er zit bijna geen suiker in,' verzekerde hij, terwijl hij naar het scherm wees. 'Ik denk dat ze dat wil verhullen.'

Carl hield het glas vast en keek weer naar de schermen.

'Godsamme nog aan toe,' steunde Gordon en Carl begreep hem.

Op beide schermen werden de tv-series gevolgd door clips die absoluut niet onschuldig waren. Op het ene scherm zag je het ene ernstige ongeluk na het andere, terwijl op het tweede scherm echte opnames van gewelddadige overvallen en moord werden getoond. Onscherpe opnamen, maar er kon geen twijfel over bestaan wat er gebeurde. Hoogtepunten van groepsovervallen met knuppels, mannen die andere mannen van achteren neerstaken, in menigtes schoten, massamoord op middelbare scholen, politie die te sterk reageerde.

'Zet die troep uit, Gordon,' verzocht Rose.

Assad zei niets. Waar zat hij tegenwoordig met zijn gedachten?

'Goed, nu hebben we wel het bewijs gekregen dat Ragnhild Bengtsen compleet gestoord was,' ging Rose verder.

'Wat heeft haar ertoe aangezet zulke shit te verzamelen?' Gordon was helemaal bleek geworden.

'Ik denk aan haar filmposters, waarop de helden heel systematisch de zaak in eigen hand nemen. Hoewel deze fragmenten ruwer zijn, is het in wezen hetzelfde, namelijk eigenrichting,' zei Rose. 'Nu is ze op het punt gekomen dat zij het zelf in extreme mate doet, net als Tabitha ook deed, maar wat verbindt hen beiden? Dat antwoord moet ze ons geven als we haar hebben opgespoord.'

Carl knikte en nam een slok van zijn thee. Hij kuchte een paar keer en probeerde niet te hoesten. Hij slikte een paar keer, kuchte opnieuw en toen barstte de hoestaanval in zijn volle hevigheid los. Ze klopten hem op zijn rug, maar dat maakte het alleen maar erger. Na een minuut had hij weer een beetje lucht en keek hij Assad met tranen in zijn ogen aan.

'Poeh, Assad, dan wil ik toch liever die met suiker. Wat heb je hiermee gedaan?'

'Alleen een kleine beetje gember, Carl. Je neemt een hele wortel en raspt die in de theepot. Dan laat je die een uur trekken, voor je hem weer opwarmt. Het moet heel goed zijn.'

Carl knikte. 'Oké, maar doe me een lol, Assad, om me de volgende keer eerst even te waarschuwen.' Vervolgens wendde hij zich tot Rose.

'Ja, het zou goed zijn om haar daar antwoord op te laten geven, maar dat zal voor Ragnhild Bengtsen waarschijnlijk nogal lastig zijn.'

‘Waarom?’ vroeg Gordon als eerste.

Carl haalde de foto van het mishandelde lichaam van de vrouw tevoorschijn op zijn mobieltje en liet die aan Gordon zien. ‘Daarom!’ zei hij en hij zag hoe het laatste beetje kleur uit het gezicht van de knaap verdween.

26

Zaterdag 12/12/2020

MAURITS

Al voor zijn dertigste had Maurits van Bierbek een solide vermogen gecreëerd met het maken van reality-tv. Hij was begonnen als gewone castingdirector, werd toen manuscriptschrijver en ten slotte, toen hij zijn eigen bedrijf Unbelievable Corporation had opgericht, werd hij conceptontwikkelaar en producent van een reeks shows die bij de meeste mensen grote ogen van verontwaardiging teweegbrachten.

Maar Maurits had geen morele scrupules over waar hij zijn geld mee verdiende. Zolang er tv-zenders waren die in zijn producten wilden investeren, wat was dan het probleem? Zijn katholieke familie in Rotterdam was dan wel furieus geweest en had hem rechtstreeks het vagevuur in vervloekt, iets wat hij efficiënt had getackeld door elke band met hen te verbreken en naar Denemarken te verhuizen, maar eigenlijk liet het Maurits koud.

Ook op het thuisfront bestonden geen problemen over zijn professionele leven, want zijn tweede echtgenote Victoria en hij hadden elkaar ontmoet op de set tijdens de opnames van een van Maurits' eerste series, *Four Rooms in a Hotel*, en dáár had ze geen enkel probleem gehad in alle openheid te demonstreren wat haar sekse met mannen kon doen. Nee, Victoria en de meisjes waren slechts blij dat het geld met bakken tegelijk binnenstroomde en het huis in Gammel Holte lag dicht bij de manege. Thuis hadden ze in kasjmier geklede, goed getrimde vriendjes, een binnenzwembad en een thuisbioscoop in de kelder, wat wilde je nog meer?

Van tijd tot tijd had Maurits zo veel ideeën voor tv-programma's in zijn hoofd dat het haast niet te bevatten was, dus het was misschien niet zo vreemd dat het elk jaar opbouwen van een nieuwe realityshow hem zowel afmatte als energie gaf. Het succes viel niet te ontkennen, dus de inspanningen droegen gouden vruchten, kon je gerust zeggen. Toen *What to Do with a Drunken Sailorboy* boven aan de kijkcijferlijsten van de populairste programma's in vijfentwintig landen stond, besloot Maurits dan ook dat zijn organisatie, die nieuwe realityshows ontwikkelde, zich er op moest richten de grootste ter wereld te worden. Toen dat doel na tien jaar nog niet was behaald, ondanks populaire shows als bijvoorbeeld *Reality Prison*, *Cougars and Youngsters*, *Who's Next on the Couch?*, *Paradise or Hell* en als laatste *Did She Really Say That?*, wist Maurits dat de ultieme show nog niet was gemaakt.

Pas toen COVID-19 genadeloos de hele wereld in zijn vaste greep kreeg, kwam Maurits uiteindelijk met het idee dat naar alle waarschijnlijkheid de inkomsten van elke productiemaatschappij in de hele wereld zou kunnen overstijgen.

Who Is Going to Die First? heette het, en de keuze aan relevante platforms was enorm. Soldaten die de oorlog in werden gestuurd. Terminaal zieke mensen op een kankerafdeling. Een hele buurt, waarin mensen arm waren en veel te dicht op elkaar woonden en waar corona vrij spel had. In zo'n serie kon je zulke groepen van heel dichtbij volgen en kon je de deelnemers of hun naasten tegen elkaar uitspelen, zodat ze het leven voor degenen die het meest kwetsbaar waren moeilijk konden maken. Gaf je de laatste vijf overlevenden van de show dan een enorme zak geld om mee verder te kunnen leven, dan maakte je de strijd om te overleven extra kwaadaardig. Daarmee kon de Unbelievable Corporation gaandeweg nog veel meer nieuwe thema's en groepen bedenken, waarbij het er in werkelijkheid uitsluitend om ging wie er als eerste overleed en in welke volgorde de anderen volgden.

Hoe meer Maurits over het concept nadacht, hoe enthousiaster hij werd. Precies dit idee oversteeg eenvoudigweg alles wat hij hiervoor had gemaakt: tv-shows met promiscue, zichzelf promotende, op hun lichaam gefixeerde jonge mannen en vrouwen. Shows waarin mensen werden getatoeëerd met de meest provocerende motieven op de meest provocerende manieren en plekken, shows waarin je op date ging vanuit een criterium waarbij het alleen om onenightstands ging.

Deze show was gewoon groter, veel groter zelfs.

Maurits schepte erover op dat hij een fantastisch nieuw realityconcept had bedacht en beweerde in een kranteninterview dat dit de meest provocerende, krankzinnige realityshow zou worden die men ooit had gezien.

Slechts een week na het interview werd hij gebeld door een vertegenwoordiger van de grootste reality-tv-zender ter wereld, Global Rea Inc. In dit gesprek zette men uiteen dat er interesse bestond om zijn bedrijf over te nemen, als zijn nieuwe idee in elk geval steekhoudend was. Hij noemde de titel en verklaarde kort het idee zonder te veel te verklappen en daarna kwamen zij met een overnamebod dat zo astronomisch hoog was dat hij een halve minuut zijn adem inhield, nadat hij de verbinding had verbroken.

Op die basis was het voor Maurits van Bierbek niet moeilijk om af te spreken dat ze hem deze zaterdag om 10.00 uur bij zijn woning konden ophalen, waarna hij rechtstreeks naar een vergaderzaal op de luchthaven zou worden gebracht, waar de vertegenwoordiger van Global Rea Inc. naartoe zou komen om nader over het nieuwe idee te worden geïnformeerd.

Als alles goed ging, zou er ter plekke een letter of intent worden ondertekend, werd hem beloofd. Daarna moesten de advocaten het overnemen.

Er zat een elegante vrouw in een onberispelijk pak achter het stuur van de Lexus, die met draaiende motor voor zijn villa stond.

'Maurits van Bierbek, op dit moment van de dag zal het ons vijfendertig, veertig minuten kosten om naar de luchthaven te rijden, dus maakt u het zich onderweg gerust gemakkelijk,' zei ze met een duidelijk zuidelijk Amerikaans accent. 'We hebben een paar voortreffelijke drankjes voor dat doel bij ons. Er staat gekoelde Dom Pérignon, Hernö Gin, tonic en water, er zijn ijsblokjes en niet te vergeten een mooie Puligny-Montrachet witte wijn en een prachtige Château la Cabanne Pomerol in de koelkast.' Ze knikte in de achteruitkijkspiegel. Onze vertegenwoordiger van Global Rea Inc., Mr Victor Page, die vicedirecteur van het bedrijf is, houdt van een luchtige stemming tijdens vergaderingen, dus u kunt zich gerust bedienen. Ik ben de persoonlijke assistent van Victor Page en mij is opgedragen een voorbereidende oriëntatie te ontvangen, zodat we weten welke stappen uw "Unbelievable Corporation" in de komende tijd van plan is te zetten. Gaat u ermee akkoord die informatie met mij te delen?'

Maurits knikte naar de achteruitkijkspiegel en trok de kurk uit de Dom Pérignon, terwijl hij smolt in haar blik. Zou ze wellicht geïnteresseerd zijn om meer dan alleen informatie te delen?

'Wij hebben de ontwikkeling van uw bedrijf een paar jaar gevolgd en zijn verbaasd over hoe goed het u is gelukt om de seksuele normen van kijkers in talloze landen op de proef te stellen, zonder dat dit mis is gegaan. Wij bij Global Rea Inc. hebben altijd gebalanceerd in de buurt van de grens die u allang heeft overschreden en we weten nu dat er in onze elementaire gedachtegang vernieuwing moet komen, voor we die grens over durven gaan. Met de Unbelievable Corporation kunnen wij naar het zich laat aanzien het instrument daarvoor in handen krijgen.'

Ze draaide haar hoofd een tikje en keek hem aan alsof hij zijn bedrijf al aan hen had overgedragen.

'Maar heeft u nooit persoonlijke scrupules gehad, meneer Van Bierbek? Bent u nooit op het punt gekomen waarop u heeft moeten overwegen te stoppen toen het nog kon?' Ze glimlachte. 'Ja, u hoeft eigenlijk geen antwoord te geven, want met uw laatste concept weten we immers dat u dat nooit heeft overwogen.'

Maurits probeerde te glimlachen, maar al bij de vijfde nip van de Dom Pérignon met zijn overheerlijke gekriebel in je keel voelde het alsof al zijn zintuigen werden geprikkeld, terwijl zijn oogleden hun eigen wil leken te hebben gekregen.

'Hoe kan iemands geest zo ziek zijn als die van jou en een show voorstellen als *Who Is Going to Die First?* Word je nooit misselijk van walging over jezelf?' snauwde de vrouw plotseling.

Maurits moest de zinnen even tot zich laten doordringen, voor hij in de gaten kreeg hoe de stemming in de auto opeens dreigend was geworden.

'Hoe valt het te verdedigen dat je bijdraagt aan de afbraak van alle natuurlijke, morele barrières van de mens?' ging ze verder, terwijl haar ogen in de achteruitkijkspiegel smaller werden en de toon steeds scherper werd.

Maurits probeerde de fles water te pakken, maar zijn armen wilden er niet naartoe.

'Om jonge vrouwen zich als prostituees te laten gedragen? Mannen en vrouwen aan te sporen tot mateloze ontrouw, tot overspel, zware leugens, verraad en tot de drang om degene die vlak daarvoor nog je beste vriend was onderuit te halen? Te willen dat andere mensen doodgaan?'

Maurits glimlachte nu lichtjes. Dit was vast en zeker een test en hij wist precies wat hij moest antwoorden, als zijn tong tenminste een beetje wilde meewerken. Hij had gewoon niet zo vroeg op de dag aan de champagne moeten gaan.

'Ik zal je vertellen wat je te wachten staat, Maurits. We hebben besloten dat we je een belangrijke rol willen laten spelen in jouw laatste, ultieme concept.'

Nu fronste Maurits het voorhoofd. Dat was beslist niet wat ze aan de telefoon hadden afgesproken. Als hij zijn bedrijf had verkocht, zou hij nog vijf concepten bedenken en dan was hij vrij van verplichtingen. Hij zou niet aan zijn eigen shows meedoen.

'Ik zie aan je dat Mr Page je dat deel van de deal nog niet heeft verteld, maar het is zo dat we jou de eer willen geven om de eerste te worden die doodgaat. Zou dat het concept niet wat extra wind in de zeilen geven?'

Hij legde zijn hoofd achterover om zijn kaak op gang te helpen. Waarom zou Mr Page beginnen met het uithalen van zo'n grap?

'Over vijf minuten ben je bewusteloos, Maurits. Dan staat Unbelievable Corporation zonder baas. Ergo, jij komt nooit meer terug in het bedrijf en als je dood bent, dan verwoesten we het gebouw waar het bedrijf in huist. We nemen alles mee. Medewerkers, acteurs, materiaal. Alles wat van jou is, zal van de aardbodem worden weggevaagd.'

'Maar Mr Page...?' stotterde hij moeizaam en hij probeerde te glimlachen, maar zijn gezicht was dood.

'O, ja. Ik noemde waarschijnlijk een Mr Page,' zei ze plotseling in het Deens, wat was dit? 'Maar ik ken hem eigenlijk niet en dat wil ik ook helemaal niet. In wezen ben ik maar in mijn eentje en daar zal je waarschijnlijk niet heel blij mee zijn, als het erop aankomt.'

Zijn hersenen ontwaakten als eerste. Niet met gedachten en ideeën, maar kloppend van pijn die zijn oorsprong vond in elke pulserende ader van zijn lichaam. Hij wilde gillen, maar de verbinding met zijn spraakcentrum was geblokkeerd. Toen begonnen alle spieren in zijn gezicht te trillen en achter zijn oogleden rolden zijn oogbollen heen en weer. Het duurde lang voor Maurits zijn ogen op een kier wist te krijgen, een blik op zijn horloge te werpen en daarna op de witte muren die hem aan alle kanten omringeden.

De ruimte had de grootte van een kleine gymnastiekzaal en was nogal kaal, zonder toilet en keukenbenodigdheden, laat staan deuren. Aan het eind van het steriele vertrek was het enige wat leven om hem heen vertoonde een lift van roestvrijstaal die deze ruimte misschien als uitgangspunt had. Pas toen ontdekte hij dat er behalve de ontbrekende deuren ook geen ramen waren, dus je had geen idee of het dag of nacht was. Een paar zwakke elektrische lampen schenen aan de wanden en waren wellicht gedacht als een vervanging van het natuurlijke licht. Dat was alles.

Hij keek langs zijn lichaam en realiseerde zich onmiddellijk zijn hopeloze situatie. Onder het metalen pantser dat als een harnas om zijn bovenlichaam zat, had hij niets anders aan dan zijn ondergoed, ja, zelfs zijn sokken waren hem afgepakt. Hij keek omhoog en opzij.

Op de schouders van zijn pantser waren twee ogen gelast, van waaraf twee sterke, ijzeren kettingen naar boven liepen. Hij stond langzaam op en stelde vast dat de kettingen verbonden waren aan twee robuuste metalen rails in het midden van het plafond die over het grootste deel van de lengte van de ruimte liepen.

Ik kan me bewegen, dacht hij en hij strompelde een paar stappen naar voren, terwijl de kettingen langs de rails gleden. Voor hem was het vier, vijf meter naar de ene wand en achter hem wat minder naar de achterwand. Hij trok een beetje aan de kettingen, die zo los waren dat hij helemaal bij de randen van het vertrek kon komen en zich daarmee over vrijwel het gehele vloeroppervlak kon bewegen. Hij trok hard aan de kettingen en wist onmiddellijk dat ze waren gemaakt om de zwaarste rukken te kunnen weerstaan.

'Vuil secreet!' riep hij hard en hij kreeg meerdere keren een echo terug in het steriele vertrek, want hier was geen andere inventaris dan de stoel waarop hij zojuist had gezeten en verder een simpele tafel, die net als de stoel met bouten aan de betonnen vloer was bevestigd. Voor als hij zijn behoefte moest doen was er een kleine emmer, maar er was geen wasbak waar hij zich kon afspoelen, geen handdoeken, niet eens een drinkbeker. Alles was wit en grijs, en afgezien van een paar vochtplekken op de ene zijwand was er geen enkele kleur waar hij zijn blik op kon richten.

Maurits van Bierbek kon het niet geloven. Op deze vredige zaterdagmorgen had hij in zijn warme keuken gezeten, met zijn café latte voor zich en een licht geklede vrouw die om hem heen in de weer was en zojuist hun jongste dochter de deur uit had gestuurd met Roxan, de nieuwe au pair in huis.

Nu zat hij hier, verbitterd van woede dat een totaal geschifte vrouw hem deelnemer had gemaakt in de meest compromisloze van zijn morbide spelletjes: *alleen de sterkste overleeft*.

27

Maandag 14/12/2020

CARL

Maandagochtend was Carl vroeg op zijn werk. Het weekend was een ideeënstorm van onbekenden en vragen geweest waar alleen moeizaam bureauwerk hem van af kon helpen, dus het was slechts een kwestie van beginnen.

'Als je het mij vraagt, Carl, moet er een natuurlijk verband bestaan tussen de vermoorde Tabitha en dader Ragnhild,' had Mona de avond ervoor gezegd. 'En als je er zo zeker van bent dat het lichaam dat jullie eergisteren hebben gevonden de moordenares Ragnhild is, dan zie ik nog een logisch verband tussen de twee vrouwen, namelijk iets onderliggend kwaadaardigs en zeer consistents dat de twee koppelt. Een eigenrechter die een eigenrechter vermoordt. Ik weet niet of ik op basis hiervan de handelingen van de vrouwen gestoord zou noemen, maar er zitten waarschijnlijk bepaalde dwanghandelingen achter, en achter zulke dwanghandelingen zitten vaak persoonlijke nederlagen verborgen die de persoon te gronde richten. Hier lijkt het echter alsof de dwanghandelingen helpen de personen zelfvertrouwen te geven. Dus de vraag is wat of wie Ragnhild en Tabitha heeft gemanipuleerd deze gevaarlijke weg te volgen die hun uiteindelijk fataal is geworden. Daar moet je achter zien te komen, Carl.'

Met deze gedachten in zijn hoofd was Carl naar zijn werk gereden en had hij achter zijn bureau plaatsgenomen.

Na een halfuur lezen in het aantekeningboekje van Tabitha Engstrøm wist hij niet meer dan toen hij begon. Voor hem was er nog steeds geen twijfel over dat Tabitha Engstrøm een psychopathische figuur was die ervan hield te straffen en hard op te treden tegen mensen die zij had uitgekozen, ja, zo hard zelfs dat het niet onopgemerkt bleef. Vier, vijf gevallen die ze had opgesomd en beschreven hadden zelfs de kranten hadden gehaald, en in elk geval twee ervan hadden tot een politieonderzoek geleid.

Hij ging staan en in de loop van een kwartier bracht hij zijn baas op de hoogte van de inhoud van dit logboek en vertelde hem over zijn bespiegelingen.

Marcus bladerde naar een volgende bladzijde in het boekje. 'Ja, dat is zware kost. Met dit in je achterhoofd kun je misschien bijna beweren dat Ragnhild Bengtsen de samenleving een dienst heeft bewezen door Tabitha van de straat te halen.'

'Ja, en dat gold waarschijnlijk ook voor Ragnhild Bengtsen, toen zij werd geëlimineerd.' Carl pakte het notitieboekje terug. 'Weten we nu al voor honderd procent zeker dat het lichaam en Ragnhild Bengtsen identiek zijn?'

'Ik heb het rapport van de forensisch arts nog niet ontvangen, maar hij belde me gisteravond en bevestigde het met een waarschijnlijkheid van 99,99 procent, dus ja, dat kunnen we zeggen.'

'Aha, was hij zo overtuigd? Omdat wat?'

'Omdat een verstandskies in de kaak van het slachtoffer nooit was uitgegroeid en omdat wij tweeën het Forensisch Instituut hebben geholpen met onze verdenking dat Ragnhild Bengtsen het mogelijke slachtoffer zou kunnen zijn. Daarom heeft het instituut rechtstreeks bij haar tandarts de röntgenfoto's opgevraagd en die waren meteen raak.'

'De röntgenfoto van de kaak bevestigde dat?'

'Ja, absoluut. Ondanks ontbrekende vingertoppen en een verbrijzeld gezicht is er geen twijfel over de identiteit van het dode lichaam. Het ís Ragnhild Bengtsen.'

Carl knikte. 'Verder nog iets van interesse van de forensisch arts?'

'Tja, misschien niet met betrekking tot haar dood of die van Tabitha Engstrøm, maar misschien eerder om te kunnen begrijpen wie Ragnhild Bengtsen eigenlijk was.'

Marcus draaide zich om naar het raam aan de kant van de parkeerplaats, waar Gordon bezig was zijn kleine rammelkast van een auto te parkeren. 'Ze is grondig onderzocht en de forensisch artsen ontdekten dat Ragnhild Bengtsen een zeer gruwelijke mishandeling van haar onderlijf heeft doorgemaakt.'

'Verkrachting? Maar van zoiets heeft ze nooit aangifte gedaan, dat hebben wij onderzocht.'

'Nee, ik weet het. Toch hebben ze een paar oude, maar zeer heftige beschadigingen van haar onderlijf aangetroffen die haar ongetwijfeld geruime tijd na het vergrijp elke mogelijke vorm van vaginale seks hebben belemmerd. Beschadigingen die, denken wij, ze zichzelf nooit kan hebben toegebracht.'

Carl en Rose verloren de loting van de eerste taak van de dag, dus nu stonden ze voor het armoedige zomerhuisje in Tikøb dat de gepensioneerde moeder van Ragnhild Bengtsen met toestemming van de gemeente het hele jaar mocht bewonen.

Rose keek met omlaaggetrokken mondhoeken naar het miserabel onderhouden houten huis, dat eerder in aanmerking kwam voor afbraak dan voor renovatie. Gaten in de dakgoten, duidelijke tekenen van verrotting die op sommige plekken de karige isolatie tussen buiten- en binnenmuur blootlegden, ramen die niet langer aan beide hengsels hingen, gebarsten ruiten en ga zo maar door. Een verval dat getuigde van armoede, eenzaamheid en een gemeente die de ontwikkelingen totaal niet in de gaten hield.

Carl duwde tegen de braamstruiken die naar binnen probeerden te groeien in wat ooit een tochthalletje was geweest en klopte aan.

De vrouw die opendeed, keek niet verbaasd. Ze streek haar grijze haar achter haar oren en week opzij voor de gasten, zodat ze binnen konden komen.

'Jullie komen zeker om me uit mijn huis te zetten,' zei ze onbewogen, terwijl een scherpe stank van verrotting en urine hun tegemoetkwam. Ze liep voor hen uit langs een stapel kartonnen dozen en afval en wees naar een bank in de woonkamer die zo groen was van de schimmel dat zelfs een dier er niet op zou willen liggen. Dus ze bleven staan.

'U bent de moeder van Ragnhild Bengtsen, nietwaar?' vroeg Carl, terwijl hij zijn mondkapje voor zijn gezicht trok, en dat was niet vanwege de corona.

Ze keek verbaasd. 'Wat is er met haar?'

'U heeft de laatste paar dagen misschien het nieuws niet gevolgd?'

Ze wees naar een stapel lokale kranten die in de hoek waren gegooid en maar half werden bedekt door een zee aan gebruikte conservenblikken, etensresten en plastic verpakkingen. Het was alsof je in de tragische realityserie *Extreme verzamelaars* van zender TV3 was terechtgekomen. Verder uit de buurt van het overdreven gevoel voor orde van haar dochter kon je bijna niet komen.

'Wij zijn gekomen om u te vertellen dat uw dochter overleden is, mevrouw Bengtsen. Het spijt ons zeer.'

Geen spier vertrok zich in het gerimpelde gezicht.

'Ze is ogenschijnlijk een paar dagen geleden om het leven gebracht en wij hebben gisteren haar lichaam gevonden,' klonk het ongevoelig uit Rose' mond. Ze wilde het vast snel afhandelen, zodat ze weer de frisse lucht in kon. 'Dan weet u misschien ook niet wat er aan dit misdrijf vooraf is gegaan?'

'Ik heb haar al meer dan tien jaar niet gesproken, dus hoe zou dat moeten?' Ze leek nog steeds volstrekt onbewogen.

'Tien jaar?! Mag ik vragen waarom?' ging Rose verder.

'Ze heeft haar vader vermoord, dus waarom zou ik iets met haar te maken willen hebben?'

Op dat moment rook Carl de stank niet meer. 'Die informatie is voor mij nieuw, maar waar baseert u dat op? Verdenking of...?'

'Verdenking, ha! Nadat zijn benen werden geamputeerd, zorgde zij ervoor dat hij zijn insuline-injecties kreeg, en hij kreeg niet te weinig, kan ik je vertellen. Ze heeft hem vermoord.'

'Dan was het zeker uit medelijden, denk ik zo,' zei Rose.

'Ja, dat zeg jij en je ziet er ook uit als een uilskuiken, als je het mij vraagt. Ben jij echt een politieagente, schei uit zeg.'

Rose bracht haar hoofd even naar achteren. Aan zulke kaakslagen was ze niet gewend. 'Dank voor het compliment zeg ik dan maar,' antwoordde ze. 'Kunnen we voor de rest van het gesprek even naar buiten gaan? Het stinkt hier nog erger dan dood en ontbinding.'

Toen pakte Rose de vrouw in een stevige greep vast en trok haar mee naar buiten, voordat Carl haar kon tegenhouden.

Rose liet haar los in een wildernis die beslist ooit een gazon was geweest.

'Goed, nu vraagt dit uilskuiken jou dus waarom Ragnhild haar vader om het leven zou brengen? Tegelijkertijd vraag ik je waarom je überhaupt geen enkele reactie vertoont, terwijl we je net hebben verteld dat je dochter is vermoord?'

De vrouw sloeg haar armen over elkaar heen en spuugde op de grond. 'Ze heeft er waarschijnlijk zelf om gevraagd, die leugenachtige, akelige heks.'

Carl probeerde haar blik te vangen. 'Waarom zou Ragnhild haar vader vermoorden?'

'Ach, ze had van die dwanggedachten. Geschift wijf.'

'Dwanggedachten?' Carl keek naar Rose, die stond te knikken.

'Ja, dwanggedachten. Anders zeg je toch niet over je eigen vader dat hij je als kind heeft mishandeld? Dat hij een kleerhanger in haar stak als ze ongehoorzaam was, of wel?' Ze wendde zich rechtstreeks tot Carl en schreeuwde nog een keer zo hard dat ze haar speeksel over zijn jas sproeide.

'ZOIETS ZEG JE TOCH NIET OVER JE EIGEN VADER, OF WEL?'

Terwijl ze terugreden naar Teglholmen, gaf Assad hun het bericht door. 'Ze hebben nog twee lichamen gevonden op het bouwterrein in Skævinge, Carl.'

Oké, dan kregen Marcus en hij gelijk dat er meer dan één lichaam lag.

'Verse lichamen, of...?'

'Nee. Beide lichamen hebben er meer dan een jaar gelegen.'

'Zijn het ook verminkte lichamen, zoals dat van Ragnhild Bengtsen het geval was?'

'Nee. Wat dat betreft zijn de lichamen onbeschadigd, maar het lange verblijf onder de grond zorgt ervoor dat we pas over een paar dagen een rapport kunnen verwachten. Ze zijn zelfs al naar het Forensisch Instituut gebracht.'

'O! Dus van die zaak zijn we voorlopig nog niet af,' gromde Rose op de passagiersstoel. Ze keek nog steeds alsof ze het allerliefst het mens dat haar zojuist op een uiterst grove manier had beledigd een flink pak slaag wilde geven.

'Misschien, maar misschien ook niet. Het komt erop aan of er een rode draad is die de twee lichamen aan Ragnhild Bengtsen kan koppelen,' zei Carl.

'Juist daarom komen we niet van die zaak af, Carl,' kwam het gesmoord van Rose. 'Want natuurlijk is er een bepaalde samenhang tussen deze moorden en daarmee is er ook een rode draad waarin we niet steeds verstrikt moeten raken, snap je? Kun je er niet voor zorgen dat Marcus er een paar andere mensen op zet, zodat we rustig met onze eigen zaak verder kunnen? Die is op zich al ingewikkeld genoeg, zou ik zeggen. Zijn wij soms niet de afdeling voor onopgeloste oude zaken? Hier hebben we een zaak waarbij het laatste lichaam amper koud is geworden. Dat is toch helemaal niet het domein van afdeling Q, vind je wel?'

'Kun je even een moment je mond houden, Rose, ik denk na.'

Carl keek op de weg. Ergens in dit grijze, winterachtige landschap van akkers en boerderijen was vast een hondeneigenaar die had gezien hoe een auto in de richting van Skævinge was gekropen, zonder te weten dat het was geweest om in het donker een lichaam te begraven. Ergens in de buurt van Kopenhagen was er vast iemand, of meerdere personen, die zich erover had verbaasd dat vrouwen als Tabitha en andere vrouwen van ongeveer dezelfde leeftijd hun club bezochten. Ergens...

'Voor we alles inzetten om de identiteit van de andere lichamen te achterhalen, kunnen wij niet beslissen waar we bij afdeling Q wel of niet mee aan het werk moeten.'

Hij hoorde haar niet zuchten, maar dat deed ze ongetwijfeld.

'Ik heb pas een uur geleden iets van NC3 gehoord over de Mac van Palle Rasmussen en ik kan nu al zeggen dat we in de problemen zullen komen,' zei Gordon toen ze terug waren.

'Omdat?'

'Omdat ze het vreselijk druk hebben en omdat de harde schijf uiterst grondig is gewist.'

'Had je ze dan niet op zijn minst kunnen vragen of ze het idee hebben dat er daadwerkelijk bestanden op de harde schijf staan die toegankelijk zijn?'

Hij zag er schuldbewust uit.

'Je kunt best nog een keertje aandringen, Gordon, en meteen, graag. We moeten die gewiste bestanden hersteld hebben. Zeg dat wij best weten dat ze meer dan genoeg te doen hebben, maar dat het hier gaat om leven en dood.'

Gordon keek verbaasd. 'Is dat niet een tikkeltje overdreven, Carl? Dat kunnen we toch niet...'

Carl hield hem met een handbeweging tegen en wendde zich tot Assad.

'Je bent wat stilletjes vandaag, Assad. Is er iets?'

'Ik denk dat ik binnenkort moet stoppen bij de politie, Carl.'

Je kon een speld horen vallen in het vertrek. Het enige geluid was een licht geruis van de verregende parkeerplaats.

Carls blik kruiste die van Assad. De bruine ogen bezaten geen gloed, de normaal zo blozende wangen achter de baardstoppels waren helemaal grijs.

'Nee, verdorie, dat wil je niet, Assad.' Carl hoorde zelf dat zijn intonatie een beetje te bevelend en te stellig klonk.

Assads pupillen werden klein, dat beloofde niet veel goeds. 'De PET heeft ons hele gezin voor de kerst opgeroepen voor een gesprek, omdat we het schema niet hebben ingevuld, Carl. Ronia heeft verder gedreigd om naar Irak terug te gaan, het is allemaal zinloos. Marwa en zij ruziën de hele dag en ze huilen. Nella zit op de kamer van Alfi en zwijgt, net als haar broertje. Dat is waarom ik de politie moet verlaten, Carl. Ik kan niet riskeren dat mijn gezin uit elkaar valt. De inlichtingendienst mag ons niet kapotmaken.'

Ze ontdekten pas dat Rose was gaan staan toen ze de deur naar de gang achter zich dichtgooide. Ze was zonder een woord vertrokken, maar het duurde slechts een paar seconden voordat ze haar daarbuiten hoorden roepen als een brulaap op gloeiende kolen. Het gebouw op Teglholmen, waar ze naartoe waren verhuisd, was dan wel nieuw en solide gebouwd, maar de muren hadden beslist een betere geluidsisolatie kunnen krijgen.

Het duurde drie minuten, toen was ze terug.

'Marcus heeft de situatie begrepen,' zei ze met een gezicht dat trilde van frustratie en woede. 'Hij rijdt subiet naar de PET. Hij zal het wel weten te stoppen, Assad.'

Carl richtte zich tot Assad, die als versteend naar de grond stond te kijken.

'Zullen we niet proberen verder te gaan en in de tussentijd Marcus die situatie laten oplossen?' Carl legde een hand op zijn schouder. 'Het komt wel goed, laat het maar even rusten, Assad.' Carl probeerde het met een kneepje. 'Heb jij ons iets nieuws te vertellen? Gewoon iets.'

De krullenbol van de afdeling haalde diep adem en keek in slow motion op. Carl had hem zo nog niet eerder gezien.

'Ik heb de filmpjes bekeken die aan het eind van Ragnhild Bengtsens dvd's stonden en ik zie er geen samenhang in, behalve dat ze extreem gewelddadig zijn en midden op straat plaatsvinden.' Hij veegde met zijn vingertoppen over zijn ogen, alsof hij wilde voelen of hij had gehuild, maar er waren geen tranen. 'Als je de aanvallen in Tabitha's notitieboekje bekijkt, is het patroon dat ze meestal midden op straat zijn begaan, net als toen Ragnhild Bengtsen Tabitha doodde. Iets anders kon ik er niet uit halen.'

Carl knikte. Natuurlijk kon je het als verspilling van Assads tijd zien, maar op dit moment konden ze hem maar beter zijn eigen gang laten gaan.

'Goed, maar omdat dit nergens toe leidde, ben ik teruggegaan naar de andere zaken en heb ik me erop toegelegd een zaak uit 2010 te vinden waarbij misschien zout was gevonden, zoals we hadden afgesproken.'

'En die heb je niet gevonden, kan ik me voorstellen.'

'Nee, dat heb ik niet, maar toch weer wel.'

Hij schoof een kopie van een krantenpagina naar Carl toe.

'Dit krantenknipsel stond op onze gemeenschappelijke server, vanochtend verstuurd. Een collega uit Odense heeft het gestuurd.

Carl boog over de tafel heen en plaatste zijn handen elk aan een kant van de kopie.

'Hoofdadviseur van TaxIcon verdronken in zwembad,' las hij hardop. 'Was het een zaak die de collega uit Odense deed?' vroeg hij.

'Nee, maar toen hij het verzoek van Rose kreeg over zaken met zout, dacht hij meteen aan deze. Het was een behoorlijk veelbesproken ongeluk in Odense, destijds.'

'TaxIcon, ik heb nog nooit van dat bedrijf gehoord.'

Rose glimlachte scheef. 'Dat komt waarschijnlijk omdat je nooit kranten leest en omdat het nogal een stuk boven onze inkomensniveaus ligt om zulke bedrijven te kennen, Carl. TaxIcon is een belastingadviesbureau voor heel rijke mensen.'

'Ja, en Pia Laugesen, die is verdronken, was eigenaar van het bedrijf,' voegde Assad eraan toe.

'Ze was 64 en woonde alleen, dus daarom duurde het een aantal uren voordat het personeel haar vond, drijvend in haar zwembad in de tuin.'

'Ja, dat hebben we vaker gehoord. Brian Jones van The Rolling Stones, bijvoorbeeld.'

Carl voelde zich nou niet echt jong, toen ze hem hol aankeken. Ze hadden geen idee wie Brian Jones was. Dat wist hij ook niet, totdat zijn neef Ronny, die in Thailand overleed, het hem had verteld.

'Ik bedoel alleen dat een zwembad en onwel worden een gevaarlijke cocktail kan zijn. Dus is het maar goed dat niemand van ons zo'n ding heeft.' Ook daarop kreeg hij geen reactie. 'Goed, maar wat is er met die zaak?'

'Hij was van belang, want Pia Laugesen was niet zomaar iemand, zij stond echt boven aan de berg.'

Dat bracht Carl in verwarring.

'Zij was voor veel mensen een belangrijke persoon, want haar bedrijf had een halfjaarlijkse omzet van zo'n honderd miljoen euro.'

'Aha! Maar dan zeg je dat zij aan de top stond, Assad.'

Assad schudde zijn hoofd. Was dat soms niet wat hij zojuist had gezegd?

'Laugesens volwassen dochter vertelde destijds in een misdaadreportage in een regionale krant op Funen dat haar moeder wel kon zwemmen, maar dat ze het zwembad nooit gebruikte, dus zij vond het merkwaardig en verdacht dat het had kunnen gebeuren. Het was zelfs de enige keer dat men haar moeder in de buurt van het zwembad had gezien, en de tuinman verzekerde dat ze er zo'n hekel aan had dat ze hem de opdracht had gegeven hem te verwijderen. Dat is hem alleen dus nooit gelukt.'

'Hoe heeft de politie dit sterfgeval dan geclassificeerd?'

Assad haalde de print van het politierapport tevoorschijn. 'Ja, wat denk je? Klaarblijkelijk was ze over een zak gestruikeld die naast het zwembad lag en is ze met haar hoofd op de rand van het bassin gevallen en bewusteloos in het water terechtgekomen. Als een ongeluk, natuurlijk.'

'Maar waarom vind jij deze zaak dan interessant voor ons?'

Assad wees naar een zin in het rapport. 'Omdat de zak waarover ze is gestruikeld, een zak zout was.'

'Zout voor het zwembad? Gebruiken ze daar geen chloor voor?'

'Jazeker, maar soms zout én chloor. Dit was kennelijk een zwembad met chloor.'

'Krijg nou wat, maar was het dan keukenzout?'

'Volgens het rapport is het niet verder geanalyseerd, maar waarom zou de technische recherche dat ook doen?'

Carl keek nog een keer naar de krantenpagina. Er stond: 20 AUGUSTUS 2010.

Alle vier draaiden zich om naar het schema aan de wand en Carl nam het woord.

'Goed. Laten we het eens samenvatten. We hebben al meerdere moorden waarbij zout aanwezig is, maar kijk bijvoorbeeld eens naar 19 mei 2002, als Palle Rasmussen overlijdt. Als we nu aannemen dat de dood van Pia Laugesen ook een moord was en als we nog steeds denken dat een moordenaar continu opschuift wat betreft de datum, en als we dan ten slotte neigen naar de theorie dat er om het jaar een misdrijf wordt gepleegd waarbij zout een rol speelt, dan denk ik dat er in 2004, 2006 en 2008 moorden moeten zijn gepleegd op voortschrijdende data die liggen tussen 19 mei en 20 augustus. Dus daar zoeken we naar.'

'Potdorie,' zei Gordon.

Het kostte het grootste deel van de rest van die dag om het lijkschouwingsrapport van Pia Laugesen op te duikelen.

'Doet het rapport op een bepaalde manier niet wat cryptisch aan?' vroeg Gordon. 'Het beschrijft haar als een uitzonderlijk sterke en lichamelijk gezonde vrouw, gezien haar leeftijd, en vervolgens stelt het rapport vast dat de vrouw is verdronken, maar nog leefde toen ze verdronk, omdat er chloor in haar longen zat. Dan ademde ze dus nog op het moment dat ze in het water belandde, en dan vraag je jezelf af of het zelfmoord kan zijn geweest. Maar waarom zou ze zelfmoord plegen? Ze was gezond, succesvol en had een grote carrière, een heleboel geld, een heleboel contacten, een goed contact met haar dochter. Dan duikt de vraag op waarom ze niet gewoon gaat staan en uit het zwembad komt.' Gordon krabde op zijn wang. 'In het rapport staat dat ze mogelijkerwijs met haar hoofd op de rand van het bassin is gevallen, maar de obductie zegt het tegenovergestelde en heeft geen verwondingen van enig belang op lichaam of hoofd kunnen vinden, net zomin als de technisch rechercheurs bloed, haren of huidcellen op de rand van het bassin hebben aangetroffen. Ze had ook geen alcohol of drugs in haar bloed. Ze kon zwemmen, maar had een hekel aan water. Ik begrijp het gewoon niet. Het rapport zegt niet eens rechtstreeks dat ze bewusteloos was, toen ze erin viel.'

'Ja, het is merkwaardig nietszeggend.' Carl negeerde zijn mobieltje, dat in zijn zak begon te trillen. 'Maar zo is het af en toe met ongelukken, ze worden niet volledig opgehelderd. Dus wat is er gebeurd?'

'Dan ís het misschien een ongeluk. Ze is eenvoudigweg onwel geworden en erin gevallen.' Dat was Gordons hypothese.

'Ja, maar dat zout, wat moest dat daar? Is het niet merkwaardig als je naar het schema hier op de muur kijkt hoe er in de ene na de andere zaak zout aanwezig is, zaken waarbij we niet zeker kunnen stellen of het moord kan zijn, we niet direct een motief kunnen bedenken of dat we reële verdachten hebben gevonden? Telkens staan we met lege handen, maar het zout is er nog steeds.'

Zijn mobieltje bromde weer in zijn zak.

'Ja, het is eigenaardig,' zei Rose. 'Ik denk dat we redelijkerwijs kunnen aannemen dat het moord is. Een vrouw met haar baan kan een heleboel vijanden hebben. Maar een keer een slecht advies waarbij een vermogen verloren gaat, kan pure dynamiet zijn.'

'Maar de moordmethode, Rose, hoe zit het daarmee?'

Assad haalde zijn schouders op, liep naar het bord, en heel langzaam begon hij een aantal lege velden in te vullen.

JAAR: 2010.
DATUM: 20 AUGUSTUS.
OORZAAK: VERDRINKING.
SLACHTOFFER: PIA LAUGESEN.
METHODE: HET HOOFD VAN HET SLACHTOFFER WERD ONDER WATER GEDUWD.

Daarna legde hij de pen neer. 'Dat is mijn bod.'

Carl knikte. 'Dus jij zegt dat degene die haar heeft vermoord heel sterk is?'

'Nee, dat hoeft niet. Maar misschien heb jij wel eens op een kameel gezeten die jou niet op zijn rug wilde hebben. Opeens lig je met je snufferd in het zand en heb je geen idee wat er is gebeurd. Ik zeg alleen maar dat degene die haar heeft verdronken precies wist hoe hij het moest doen en hij heeft het zonder te aarzelen gedaan. Het is trouwens ook niet zo moeilijk.'

'Oké, jij hebt misschien wel eens een keer iemand verdronken, Assad?' Rose glimlachte eventjes breeduit, maar daar stopte ze mee toen hij geen antwoord gaf.

'Hebben wij een foto van de overledene, behalve die onduidelijke uit de krant?' vroeg Carl. 'Check dat eens op Google, Gordon.'

Even later staarden ze naar het scherm, waar Pia Laugesen in verschillende gedaanten en op verschillende leeftijd te zien was. Ongeacht hoe oud ze was, ongeacht hoeveel ze was aangekomen of verder haar leeftijd zijn gang had laten gaan, haar bontjas, haar brede schouders en haar paardenstaart waren haar handelsmerk.

'Volgens mij een teken dat ze een bijzondere, drukbezette vrouw was bij wie het werk vóór alle andere dingen kwam,' deduceerde Rose.

'Ja, bijzonder, dat kun je wel zeggen. Het hele jaar bont dragen en heel veel sieraden, en dan van dat stevige haar dat je kunt vasthouden nadat je haar een karateslag tegen haar halsslagader hebt gegeven,' zei Assad wonderlijk droog.

Toen bromde Carls mobieltje weer.

'Ja,' zei Carl licht geïrriteerd, toen hij het eindelijk uit zijn zak had gekregen en opnam. Hij kende het nummer niet.

'Spreek ik met Carl Mørck?' klonk de stem. 'Mooi! Je spreekt met Laslo van de politie Noord-Seeland. Ik moest van een van de technisch rechercheurs zeggen dat het correct is dat hij gisteren niets in het graf van de vrouw heeft aangetroffen. Vandaag heeft hij daarentegen wel iets aangetroffen in de twee andere graven en dat verbaasde hem, want het was hetzelfde in beide. Toen hij het aandachtiger bekeek, waren er duidelijke afzettingen van zout aan de randen van de graven. Het leek bijna alsof de lichamen gezouten waren. Kun je daar wat mee?'

28

Maandag 14/12/2020

MAURITS

Het was nu meer dan twee dagen geleden dat Maurits de vrouw had gezien die hem had ontvoerd en in die tijd had hij eten noch drinken gehad. De stank van de toiletemmer hing als een mist in de ruimte en zijn darmen waren net als zijn blaas helemaal leeg.

Ik moet uitkijken dat ik niet te veel rondloop, dat kost energie, dacht hij. Als ik het gewoon volhoud, zullen ze me vinden, dat weet ik zeker. Goed dat ik er schijt aan had dat een paar bewakingscamera's thuis ook beelden maken buiten ons privéterrein, ook al is dat illegaal, want dan kan de politie het nummerbord zien van de auto die me heeft opgehaald. Misschien hebben ze de vrouw wel al gearresteerd en is dat misschien de reden dat ze hier nog niet is geweest.

Hij glimlachte in zichzelf. Ontvoering werd in Denemarken hard gestraft en dan was het de beurt aan dat wijf om naar witte, kale muren te kijken. Haar beurt om hoofdpersoon te zijn in een behoorlijk fatale show.

Ik kan beter zelfmoord plegen! zou de show kunnen heten. Hij grijnsde in zichzelf. Dat was eigenlijk een heel gaaf idee, hoewel een dergelijke realityshow op heel veel plaatsen op weerstand zou stuiten. Mensen werden zo wonderlijk gevoelig als het over zelfmoord ging.

Maurits knikte, bracht zijn hoofd achterover en zong zo hard dat de kogellagers in de rails boven hem begonnen te vibreren: 'Oh no, not I, I will survive – Oh, as long as I...'

Toen begon hij te hoesten. Droge plekken in zijn keel protesteerden en zijn tong plakte aan zijn gehemelte.

Verdomme, shitzooi, dacht hij opeens, terwijl hij om zich heen keek. Op dit moment kon hij zich overal bevinden. In een kelder met betonnen vloeren tussen de verdiepingen. In een pakhuis dat volledig afgezonderd lag. In een nieuw gebouw dat was verlaten voordat het af was.

Hij dacht: ik kan overal op Seeland zijn, dus hoe moeten ze mij vinden als de vrouw haar mond houdt?

Toen hij na de ontvoering wakker was geworden had hij op zijn horloge gekeken en toen was het 11.45 uur geweest. Als hij er nu van uitging dat hij daarvoor tien à twintig minuten aan de stoel vastgebonden was geweest, dan bevonden ze zich vijf kwartier rijden vanaf het beginpunt.

Hoe ver zouden ze dan bij Gammel Holte vandaan kunnen zijn? Hij hield zichzelf tegen, nog voordat het rekensommetje begon, want hoe moest hij dat in hemelsnaam weten, die vergelijking telde immers veel te veel parameters. De vrouw kon rondjes hebben gereden. Of ze kon vol gas de autosnelweg hebben genomen. Ze zou in principe over de Sontbrug kunnen zijn gereden.

Maurits begon te zweten. Als hij nu in Zweden zat en de vrouw deed haar mond niet open, zouden ze hem nooit vinden. Dan zou hij hier morgen zitten met slijm om zijn mond en met trillende handen. En overmorgen en de dag daarna. Hoelang hield hij dat vol?

De vader van Maurits was gestorven van de dorst, herinnerde hij zich op dat moment. Het had er ondramatisch uitgezien, want de man was toch bezig de greep op het leven te verliezen, oud en versleten, dus de dood moest een oorzaak hebben als de artsen hem niet op een andere wijze wilden helpen dan door hem vocht te onthouden. Maar het had echt lang geduurd. Dat had zijn vader angstig gemaakt en dat herinnerde Maurits zich nu. Voordat de ogen werden gesloten en de bewusteloosheid intrad, was zijn blik veel te levendig geworden. Het was immers het enige contact met de buitenwereld dat hij had. De aanblik van hen die hem niet konden helpen. De aanblik van zijn enige zoon die slechts wegkeek en hem daarna verliet.

Verdomme nog aan toe. Verdwijn, rottige gedachte. Verdwijn, oude man. Je was toch een klootzak, dus wat maakte het uit dat je moest verdorsten tot het was afgelopen?

Maurits keek op zijn Rolex Submariner-horloge. Blauwe wijzerplaat, de horlogekast van goud, band en schakeling van goud, zonder cijfers, maar met datum. Hij had er 250.000 kroon voor betaald en het maakte hem geen bal uit wat mensen ervan vonden. Toen hij het bij het avondeten aan zijn gezin had laten zien, had zijn oudste dochter haar Apple Watch voor zijn gezicht gebracht en hem bespot.

'Kan jouw horloge je hartslag meten? Kun jij met je horloge bellen? Ha, wat ben jij onnozel, pap. Je had wel veertig Apple Watches voor dat geld kunnen kopen. Of je had mij een paard cadeau kunnen doen en toch een horloge kopen. Wat stom zeg!'

Destijds had hij stilletjes geglimlacht en zonder commentaar het eten opgeschept, want wat wist een domme tiener van wat een volwassene een echt gevoel van welbehagen schonk? Wat wist zij eigenlijk helemaal van de vreugde om iets te bezitten? Ze verving haar Apple Watch immers onmiddellijk als er een nieuwe versie kwam, die trouweloze snotneus.

Maurits keek naar de datumaanduiding. Nu waren er bijna drie dagen verstreken zonder eten en drinken. Hoeveel tijd had het zijn vader gekost om dood te gaan? Zes dagen, een week? Maar hij was al behoorlijk verzwakt geweest. Had hij niet een keer gelezen dat je drie weken lang zonder vocht en vast voedsel kon, als je van tevoren maar gezond en wel was? Dat was hij namelijk.

Maurits keek weer op zijn horloge. Als hij het advies van zijn dochter had gevolgd en een Apple Watch had gekocht, had hij hen wellicht kunnen bellen.

Hij schudde het hoofd. De vrouw die hem gevangenhield, was niet dom. Ze zou hem gewoon hebben afgepakt. En zelfs als hij zo'n horloge om zijn pols had gehad, wat had hij dan moeten zeggen? Dat hij ontvoerd was? Ja, dat wisten ze nu vast wel. Maar wie zaten erachter? Het hele verhaal van het overnemen van Unbelievable Corporation was immers gewoon nonsens. Global Rea Inc. en Victor Page zouden geen idee hebben wie de vrouw was. Het nummerbord van haar Lexus was geheid vals, of de auto was gestolen. Wat moest hij zeggen over de plek waar hij vastgeketend zat? Er waren geen kenmerken in de ruimte. Geen enkele herkenningstekens! Het was zo anoniem dat het overal kon zijn.

Maurits voelde hoe zijn tong een beetje opzwol. Die verrekte dorst. Hij legde zijn hoofd weer achterover en staarde naar de sleden die zijn kettingen vasthielden.

Wat kan ik doen als ik langs de ene ketting omhoogklim en de slede te pakken kan krijgen? Kan ik de slede wrikken, zodat de rail verbuigt en de slee loslaat? Kan ik hetzelfde doen met de andere ketting? Is dat de oplossing?

Het risico dat hij aan ketting nummer twee zou komen te hangen als hij de eerste slede uit de rail wist te krijgen was natuurlijk aanwezig. Maar kon hij dan de tweede slede uit rail nummer twee krijgen als hij er met zijn volle gewicht aan hing?

Maurits ging staan en bootste de situatie na. Het zag er niet goed uit.

Hij volgde de twee sledes in de rails aan het plafond van de ene naar de andere kant van de ruimte. Was er maar één plek waar hij met een hand iets kon vastpakken, terwijl hij ketting nummer twee loswrikte, dan zou hij daar omhoogklimmen.

Hij hoorde de kogellagers boven zich rollen, terwijl hij over de hele lengte van de ruimte heen en weer liep en het plafond afzocht. Een kort ogenblik voelde het geluid rustgevend, maar dat was slechts illusie. Dit geluid was in werkelijkheid zijn ware hel. Het geluid van de greep waaraan hij niet kon ontsnappen.

Toen ontdekte hij het. Net als het plafond was het helemaal wit geschilderd en bijna onzichtbaar, maar het was er. Want daarboven dicht tegen de achterwand zat zo'n oog dat om zichzelf was gedraaid net als de twee die hij ooit zelf had vastgeschroefd aan de schommel voor zijn zoon, meer dan vijfentwintig jaar geleden. Het beslag aan het plafond zat slechts dertig, veertig centimeter van de ene slee. Als hij twee vingers in dat oog kon steken, zou hij dan zijn eigen gewicht kunnen dragen, terwijl hij worstelde om de andere ketting uit de slee te krijgen? Elke dag twintig minuten in de fitnessruimte in de kelder thuis de laatste paar jaar, sinds zijn hartaanval, moest toch zeker resultaat hebben opgeleverd.

Maurits maakte een paar slagen omhoog langs de ene ketting, terwijl de andere naast hem langzaam steeds losser en slapper werd. Touwklimmen was tijdens zijn schooltijd een van zijn favoriete dingen, maar dit was iets anders en vijfendertig jaar later. De ketting was van staal en bijzonder glad. Zijn knokkels werden wit van de vaste grepen en het was verder naar het plafond dan hij had ingeschat. Meer dan vier meter, schatte hij.

Onder hem grepen zijn blote voeten de ketting beet waarlangs hij omhoog kroop. Als hij gymnastiekschoenen aan had gehad, was het gemakkelijker geweest. Als hij zijn broek aan had gehad, had de ketting niet langs de huid in zijn kruis geschuurd.

'Je móet omhoog,' fluisterde hij tegen zichzelf. Hoe hij uit de ruimte moest komen als dit lukte, wist hij niet. Maar misschien deed de lift het. Misschien kon hij de kettingen gebruiken om mee te slaan als ze eenmaal los waren. Misschien.

Als er tenminste iemand kwam.

Nu had hij de top van de ketting beet die naast hem hing. De slee die over de rail met een logo van Mexita Steelware liep, was net als de rail ook van gehard staal, dus dat werd lastig. Hij wrikte zo hard hij kon om de rail te verbuigen, maar er gebeurde niets. Als hij nou een koevoet had gehad, zou die van nut kunnen zijn geweest, maar die had hij niet. Maurits had slechts zijn verbrijzelde hoop.

Hij gleed langzaam weer naar beneden, liep naar zijn stoel en ging zitten. Zelfs deze relatief kleine inspanning had hem uitgeput. De huid op de blote armen was grijs geworden. De fijne aderen traden tevoorschijn.

Was het niet ook alsof de temperatuur in de ruimte was gestegen?

Maurits keek naar de lift, die op geen enkel moment een geluid had gemaakt sinds de vrouw was verdwenen.

Moest hij op deze godverlaten plek sterven?

29

Dinsdag 15/12/2020

CARL

In zijn jaren als rechercheur was Carl verschillende keren gestuit op de wildste toevalligheden tussen verschillende type zaken en dit was weer een van die gevallen die de mensen van afdeling Q koude rillingen konden bezorgen.

Twee lichamen in de grond waren gepekeld als haringen in een ton, en in vrijwel hetzelfde graf hadden ze de gezochte Ragnhild gevonden.

Dus had haar zaak nu het spoor gekruist van het andere onderzoek op het bord, de vraag was 'slechts' waarom.

Beide doden waren mannen. Het minst aangetaste en jongste slachtoffer werd geschat op meer dan honderd kilo zwaar en ruim een meter negentig, het oudste ongeveer hetzelfde gewicht en twintig centimeter korter.

'Als we de zaak van Ragnhild nu even laten rusten, wat zegt deze vondst ons dan al met al?' vroeg Carl de andere drie.

'In elk geval dat díe twee moorden bij elkaar horen,' opperde Gordon.

Carl knikte. 'Ja, maar één ding zegt ons meer dan iets anders, en wat is dat?'

'Dat de moordenaar mensen zoals ons heel bewust heeft willen vertellen dat de doden een connectie hebben met iets wat daar staat.' Assad wees naar het bord.

'Ja, en waarom? Wil de moordenaar ons pesten, of wil hij opscheppen over zijn daden? Of is het een hint, zodat we het kunnen laten ophouden?'

Carl stapte met de onbeantwoorde vragen naar het raam. 'We kunnen in eerste instantie eens proberen een paar van deze regels uit te wissen.'

Hij wees op de twee onderste:

R7: WAAROM IS ER IN HEMELSNAAM ZOUT OP DE PLAATSEN DELICT ACHTERGELATEN?
A8: MOORD EN VERDACHTE STERFGEVALLEN IN 2010. WELKE?

'Ik denk dat de vraag van Rose, R7, nu gedeeltelijk is beantwoord. We weten niet waarom het nou juist zout is, maar zoals gezegd: vanwege de aanwezigheid van het zout moeten we nu wel aannemen dat de moordenaar ons bewust heeft willen vertellen dat de misdrijven dezelfde afzender hebben. Kunnen we met die hypothese doorgaan?'

Ze knikten.

'En wat A8 betreft, Assad heeft een sterfgeval gevonden dat heel goed de moord zou kunnen zijn die wij in 2010 zoeken.' Carl knikte goedkeurend naar hem. 'Jij hebt hem nu in elk geval op het bord gezet, Assad. Laten we dan eens verdergaan met de veronderstelling dat de moord in 2010 Pia Laugesen betrof. Zijn we het allemaal met Assad eens?' Rose en Gordon knikten.

Marcus Jacobsen leek op een vreemde manier niet heel enthousiast. Nu had afdeling Q anders een paar sterfgevallen van eerder en mogelijk dat van Ragnhild Bengtsen aan de oude zaken weten te koppelen die Marcus hun zelf in de maag had gesplitst, dus waarom?

De chef Moordzaken probeerde te zuchten, maar klonk eerder alsof hem iets in het verkeerde keelgat was geschoten. 'Ragnhild Bengtsen lag hooguit een meter van de twee andere graven begraven en dat is natuurlijk opvallend. Maar na een grondige obductie en minutieus onderzoek van haar graf hebben wij daarin noch op haar zout aangetroffen.'

'Dus?' Carl begreep het probleem niet.

'Wanneer de lichamen zo afgelegen en zo dicht bij elkaar zijn begraven, zou je denken dat de daders of degenen die achter de moorden zaten dezelfde zijn. Dus vraag ik alleen maar: als de twee oudste lichamen iets met jullie zaken te maken hebben, waarom die van haar dan niet?'

'Misschien is het niet een rituele moord als die andere.'

'Ritueel, hoe bedoel je?'

'Zij valt daarbuiten. Zij is niet op het juiste moment vermoord.'

Marcus verbaasde zich. 'Dat moet je uitleggen.'

'Nou, kom dan maar mee naar de werkkamer van de anderen.'

Marcus stond langdurig naar het schema aan de muur te kijken. Je zag aan hem dat hij hun analyse plausibel vond. Dat er daadwerkelijk een jaarpatroon was en een patroon voor de data die de zaken met elkaar verbonden.

Nu zuchtte hij echt. 'Er zitten nog steeds een hoop gaten in dit schema, vrienden.'

Assad ging met zijn handen in zijn zakken voor hem staan. 'Wanneer ga je naar de PET en help je mijn gezin en mij? Doe je dat vandaag?'

Marcus knikte.

'Goed. Dan wil ik je wel vertellen wat ik denk. Want ik denk dat de twee lichamen die net naar het Forensisch Instituut zijn gebracht, in respectievelijk 2018 en 2016 zijn vermoord. Dus als je mij het plezier wilt doen om de PET het mes op de keel te zetten en ons daarna vertelt wie de twee vermoorde mannen zijn, zal ik nog wel een paar extra velden in het schema invullen.'

'Assad, wat doet jou geloven dat we de moorden zo precies kunnen dateren?' kaatste Marcus terug. 'Ze kunnen er vele jaren hebben gelegen. Ja, ze kunnen misschien zelfs jarenlang ingevroren zijn geweest, voordat ze zijn begraven.'

'Ik weet wel dat het lastig is, en vooral als de lichamen met zout zijn geconserveerd. Maar weet je wat ik ook denk? Ik denk dat beide lichamen zijn volgepropt met zout. Daar wil ik graag mijn hoofd voor op een presenteerblaadje leggen.'

Carl zag het voor zich. 'Voor op het blok leggen heet dat, Assad. Onthoofding, je weet wel.'

Assad zag er bedroefd uit. Dat was waarschijnlijk een correctie te veel op een dag.

Ze belden precies tien minuten later van het Forensisch Instituut en vertelden dat bij beide lichamen zout water in de maag was gegoten en dat beide slokdarmen waren volgepropt met zout. Keukenzout, natuurlijk.

'Het zout heeft natuurlijk een zeker effect gehad, maar heeft op geen enkele manier als een echte balseming de ontbinding en afbraak van organen kunnen voorkomen, net als het zout in het graf ook de desintegratie van de huid niet heeft kunnen verhinderen. Maar op dit moment veronderstellen wij dat het ene lichaam een paar jaar in de grond heeft gelegen en het andere zo tegen de vijf jaar. Het is puur giswerk, moet ik onderstrepen – en verre van zeker.'

'Kun je iets zeggen over de doodsoorzaken?' vroeg Carl.

'Nee, dat is te vroeg en mogelijkerwijs kunnen we het niet met zekerheid vaststellen als we daaraan toe zijn. Ogenschijnlijk zijn de lichamen niet blootgesteld geweest aan steekwapens of schoten, maar zoals gezegd, ze zijn nogal aangetast, dus we zullen zien.'

'Bijzondere kenmerken?'

'Tja, wat moet ik zeggen? Het schaamhaar van beide mannen is afgeschoren, wat merkwaardig genoeg voor bepaalde leeftijdsgroepen tegenwoordig heel gewoon is, dus we zullen maar zeggen dat het een bepaalde seksuele activiteit onderstreept. Op dit moment is mijn gok dat beiden ergens tussen de dertig en de vijftig zijn, maar we moeten wachten tot we het gebitsonderzoek verspreiden en een reactie krijgen.'

'Zeg je daarmee dat de gebitten intact zijn?' vroeg Carl.

'Ja, absoluut, en in beide gevallen uiterst fraai, dat heeft beslist veel geld gekost.'

'Je bedoelt?'

'Ja, implantaten natuurlijk. Plus de gebruikelijke reparaties van openingen na een vroeg aangemeten beugel, ongetwijfeld tijdens de schooljaren. Verder zijn er een paar stifttanden en een enkele brug. Ja, er is genoeg om te bekijken.'

De sfeer op afdeling Q werd bijna elektriserend.

30

Woensdag 16/12/2020

LOUISE/CARL

Louise von Brandstrup was de dochter van een gefailleerde kledingfabrikant uit Herning en was later getrouwd met een eveneens gefailleerde tapijtgroothandelaar, van wie ze scheidde. Heel langzaam ging het bergafwaarts voor haar. Ze had geen bijzondere talenten, geen opleiding, dronk licht en had alles bij elkaar geen vrienden. Daarom beviel het haar goed, toen ze zich eindelijk kon vastgrijpen aan haar tweede man, Birger Brandstrup, die veel geld verdiende met investeringen in spelletjes op internet. De hoop en de drang van naïeve, heel gewone Denen om hun weinige geld te laten groeien zonder er echt werk voor te verzetten had het echtpaar de laatste tien jaar zestig miljoen kroon opgeleverd. Dus waarom je er überhaupt druk over maken dat uiteindelijk alleen zij tweeën en hun familie er met de winst vandoor gingen?

Toen haar man vervolgens op een grijze novemberdag in 2018 verdween en het vermogen op zijn naam geblokkeerd stond, verdampten ook de schouderklopjes, het fêteren en de grote feesten waar Louise anders zo aan gewend was geraakt. In wezen werd Louise van de ene dag op de andere een vrije prooi en door alles en iedereen in de steek gelaten. De eerste mevrouw Brandstrup eiste haar deel van de inboedel op, haar kinderen eisten dat hun bevroren tegoeden vrijkwamen. De crediteuren van de geleasede auto's en de werklieden die de paardenstal hadden gebouwd, plus alle anderen die ze geld schuldig waren, stonden regelmatig met boze blikken en een uitgestoken hand bij haar voor de deur.

De eerste paar maanden ging Louise er redelijk zeker van uit dat Birger wel weer zou opduiken. Dat zijn behoefte aan nieuw vlees en exotische verlangens zou wegebben en dat hij bij haar om genade en om zijn gebruikelijke plek in het echtelijke bed zou smeken. Maar Birger dook niet op en nu was ze verhuisd naar het zomerhuisje in Hornbæk, dat als enige van hun bezittingen op haar naam stond.

Ze lag in haar bed en scande het nieuws, toen de vondst van de lichamen in Skævinge tevoorschijn kwam als 'Breaking News'. Louise hield van de gele, sensatiebeluste en vaak lugubere tickertapes die onder in beeld bij het nieuws langskwamen en voelde een kietelende koude rilling langs haar rug, maar slechts een paar seconden, voordat haar argwaan werd gewekt. Ze vloog met ingehouden adem uit bed, want een van de lichamen was van een grote man, stond er, een meter vijfennegentig, en hij had vermoedelijk meer dan een jaar in het graf gelegen.

Ze zou geschokt moeten zijn over dit gevoel, maar Louise was opgelucht en rook haar kans. Stel je eens voor dat het Birger was. Dan kon hij worden doodverklaard en kon de erfenis worden vastgesteld. Er zou een vermogen te verdelen zijn, maar ruimschoots voldoende voor haar. Zeer ruimschoots zelfs, dat wist ze honderd procent zeker.

De politie was niet in uniform, zoals ze had verwacht. Twee zeer verschillende mannen, als ebbenhout en ivoor. Een donkere buitenlander met rood dooraderde bruine ogen en verfomfaaid haar en naast hem een opgeschoten bleekneus die wel een middelbare scholier leek, zoals hij daar aan de deurmat stond vastgeplakt. Ze stelden zich voor, zonder dat zij aandacht schonk aan de namen, dat deed ze nooit.

'Wij zijn gekomen, omdat u de politie heeft gebeld met het vermoeden dat de vondst van een van de twee lichamen uw echtgenoot Birger Brandstrup zou kunnen zijn,' zei de bleekneus.

'Von!' zei ze. 'Birger VON Brandstrup, ja.'

De buitenlander keek in zijn papieren en mompelde voor zich uit. 'Von, dat staat hier niet. Waar komt dat vandaan?'

'Wij zijn hier om u te vertellen dat het gebitsonderzoek heeft bevestigd dat de overledene uw man is, het spijt ons zeer,' zei de schooljongen.'

Yes! klonk het in haar hoofd, dat ze gepast in haar handen verborg. De toekomst was opeens licht, de mogelijkheden waren oneindig.

'Heeft u iets te drinken nodig?' probeerde de jongeman. 'Moeten we u even de tijd geven om op adem te komen? Wilt u iemand bellen met wie u dit kunt delen?'

Ze schudde het hoofd.

'We hebben teruggezocht en konden zien dat u uw man op 22 november 2018 als vermist hebt opgegeven, klopt dat?' vroeg het ebbenhout.

Ze knikte achter haar handen.

'Uw man was buitengewoon vermogend, heeft u op enig moment een eis tot losgeld ontvangen, of bent u op een andere manier geïnformeerd over waarom hij kon verdwijnen?' vroeg het stuk ivoor.

Ze zuchtte en richtte haar hoofd op naar hen. Hopelijk bestudeerden ze haar tranenloze gezicht niet.

'Nee, niets. Hij verdween gewoon.'

'Kunt u ons op enige manier een verklaring geven waarom hij om het leven zou moeten komen?' vroeg het ebbenhout. 'Had hij vijanden? Was hij mensen geld schuldig dat hij niet wilde betalen? Gokschulden, misschien?'

Ze snoof. 'Birger was niemand geld schuldig en hij had geen speelschulden, dan had hij dat gewoon betaald. Waarom vraag je zoiets onzinnigs? Birger verdiende geld aan dat ánderen gokten, dat zou hij zelf nooit doen. Volgens hem was dat het domste wat je kon doen.'

'Toch investeerde hij de laatste twaalf, dertien jaar in meer dan tien gokplatforms in Denemarken en nog veel meer in belastingparadijzen. Het is heel goed voorstelbaar dat hij om die reden vijanden heeft gekregen,' zei de schooljongen.

Louise keek hem met een coulante blik aan. 'Gokverslaafden, denk je aan hen? Maar weet je wat, Birger hield zich ver uit de buurt van de gebruikers en ik kan me volstrekt niet voorstellen dat hij zich aan die arme stumpers bekend heeft gemaakt.' Ze keek de buitenlander met een gepast gekwelde gelaatsuitdrukking aan. 'Waar is Birger nu?'

'In het Forensisch Instituut.'

'Ik hoef hem zeker niet te identificeren?'

'Nee, tenzij u het zelf wenst. Maar ik wil het u niet aanraden,' zei de buitenlander.

Mijn god! Alsof ze dat in haar hoofd zou halen.

***

'Hij noemde zich Birger von Brandstrup en verdween op 22 november 2018, waarna hij werd vermoord en min of meer in keukenzout werd gebalsemd, als je dat kunt zeggen. Assad en ik zijn het behoorlijk eens dat we nog een slachtoffer op het bord kunnen schrijven, Carl,' zei Gordon.

'De vrouw, hoe was zij?'

'Ken je die van de kameel die ambities kreeg om te vliegen, Carl?' vroeg Assad.

Hij schudde het hoofd. Gordon kende hem ook niet.

'Goed. Maar de kameel had het idee gekregen dat hij kon vliegen, dus hij spreidde zijn bulten opzij als vleugels en sprong van een hoge zandbank midden in de woestijn.'

'Dus dat kon hij niet, denk ik zo?' zei Carl.

'Nee, hij moest een noodlanding maken.'

'Ik begrijp je punt niet, Assad.'

'Net als voor de kameel is onze poging ook gestrand.'

'Oké, scherpzinnig. Probeer jij te zeggen dat de vrouw niets aan de verdwijning van Birger Brandstrup had toe te voegen?'

'Nee, niets behalve dat "von", zoals de man niet heette.'

Carl schudde het hoofd. Je kon het Colosseum met verwaande mensen vullen die dachten dat een toegeëigend 'von' of 'de' hen belangrijker maakte dan anderen.

'O, jullie amuseren je prima, zie ik,' klonk het vanuit de deuropening. Het was de chef Moordzaken. 'Misschien kunnen jullie je dan ook amuseren met de informatie dat het tweede lichaam in het graf vanochtend ook is geïdentificeerd.'

Iedereen richtte zijn blik op Marcus Jacobsen.

'Ja, de man heette Frank Arnold Svendsen, een publiekelijk bekend persoon die destijds een stroom aan boetes kreeg omdat hij zich niet aan de milieuwetgeving hield.'

Carl haalde zijn schouders op. 'Bekend, zeg je?'

'Ja, hij is waarschijnlijk beter bekend onder zijn bijnaam: Franco

Svendsen. Hij is als vermist opgegeven en er werd gedacht dat hij was verdronken.'

Nu begon er heel zachtjes een belletje bij Carl te rinkelen.

'Hier kan ik aan toevoegen dat de obductie van de twee lichamen heeft vastgesteld dat de doodsoorzaak van beide slachtoffers hetzelfde is. Ze zijn gestorven door een injectie met een zeer grote hoeveelheid kaliumchloride, vermoedelijk rechtstreeks in het hart. Kaliumchloride is een van de drie stoffen die worden gebruikt voor chemische executies, maar pas nadat de veroordeelde verdovende injecties heeft gekregen. Het interessante is hier echter dat de moordenaar op geen enkele manier heeft geprobeerd de methode geheim te houden.'

'Wat bedoel je?' vroeg Carl.

'De technisch rechercheurs waren vandaag weer op de plek om de graven te controleren. Toen ze wat dieper groeven, vonden ze twee identieke injectiespuiten in de twee graven. Grote 200 milliliterspuiten, waar je bijvoorbeeld slangetjes aan kunt bevestigen die worden gebruikt voor klysma's, maar op deze waren naalden geplaatst. Een paar heel lange monsters, kan ik je vertellen.'

Carl rilde. 'Zat er nog steeds kaliumchloride in de spuiten?'

'Ja, ongeveer vijf milliliter.'

'Hoeveel denken ze dat er in de injectiespuiten heeft gezeten?' vroeg Rose.

'Dat is moeilijk met zekerheid vast te stellen, maar ze zijn ongetwijfeld helemaal vol geweest. Daar gaat het technische onderzoek in elk geval van uit.'

'Wat is dan een dodelijke dosis? Daar heb je waarschijnlijk geen honderdvijfenvijftig milliliter voor nodig?' vroeg Rose.

'Ik heb geen idee hoe het werkt als je het rechtstreeks in het hart injecteert. Als het intraveneus is, heb je er beslist meer voor nodig, denk ik.'

'Wat zeggen de forensisch artsen?' vroeg Carl.

'Die onderschrijven dat ten volle.'

'Dus gedood met kaliumchloride en gebalsemd met natriumchloride. Plotseling wordt het heel scheikundig, of niet?' concludeerde Rose.

Ze sidderde, alsof ze een koude rilling kreeg. 'De mannen worden ontvoerd en dan geëxecuteerd op dezelfde manier als terdoodveroordeelden op verschillende plekken op de wereld, maar waarschijnlijk zonder de verlichtende ontspannings- en verdovingsmiddelen,' klonk het somber.

'Ja, er zijn geen andere stoffen in hen aangetroffen. Dus het was een snelle, efficiënte, maar ongetwijfeld zeer pijnlijke dood.' De chef Moordzaken draaide zich om naar het bord. 'Hun dood lijkt niet veel op de andere, die de politie in eerste instantie aanmerkte als ongelukken of zelf teweeggebracht. Denken jullie dat ze toch op het bord moeten staan? Ik zie in elk geval een aantal zeer opvallende lege velden bij 2018 en 2016.'

Carl knikte naar Assad, die naar voren stapte en Frank 'Franco' Svendsen op het bord onder de categorie 2016 schreef.

Eventjes lieten ze het gevoel bezinken en toen schreef Assad Birger Brandstrup in de categorie die 2018 heette.

Carl keek naar de categorieën op het bord en telde de vondst van lichamen waarbij zout was aangetroffen.

Nu waren het er zeven.

31

Woensdag 16/12/2020

ASSAD/CARL

Het was voorwaar een verhaal over grootsheid uit vroeger tijden, toen Assad in de voorstad van Odense de auto neerzette en naar het witte paleis staarde, nonchalant gebouwd op een heuvel en minstens tweehonderd meter van de chique straat met zijn grote aantallen van geleend geld gekochte luxeauto's.

'Ik was nogal verbaasd toen je mij belde,' zei de vrouw die de deur opendeed. 'Het is wel al bijna tien jaar geleden dat ik voor het laatst met de politie over mijn moeders dood heb gesproken.' Ze vroeg hem binnen te komen, van top tot teen charmant gekleed, precies zoals een erfgenaam van een miljard euro behoorde te zijn.

'Ja, ik woon in mijn moeders huis, sinds de erfkwestie in 2012 werd afgesloten,' zei ze. 'Mijn moeder had tot mijn verrassing nog een kind, dat ze als jong meisje had gekregen en ter adoptie had afgestaan, dus dat maakte dat het allemaal wat langer duurde, omdat ze het kind erfgerechtigd had gemaakt.'

De dochter van Pia Laugesen liep voor Assad naar binnen in een duizend-en-een-nachtachtige overdaad aan Perzische tapijten en wees naar een leren bank die groter was dan Assads woonkamer. Ze was nu in de veertig, een paar keer gescheiden en had het huis betrokken met een dochter van veertien, die de komende zomer naar een zomerschool zou gaan.

Assad glimlachte zo breed hij kon en probeerde de suikerloze thee naar binnen te werken die in het elegante kopje voor hem stond.

'Heel lekker,' dwong hij zichzelf te zeggen in dezelfde zin waarmee hij Tytte Laugesen vertelde dat de zaak een paar dagen eerder heropend was en dat er nu een nader onderzoek werd overwogen.

'Eerst wil ik graag het zwembad zien,' zei hij toen de laatste slok thee zijn naar suiker hunkerende keel had getart.

Het zwembad was een stuk groter dan hij had gedacht, ten minste twintig bij vijftig, en pompeus aangelegd voor de Eerste Wereldoorlog door een Duitse groothandelaar met vijf kinderen die hij graag wat atletischer zag dan hij zelf was geweest.

'Er is voor de winter een dekzeil overheen gelegd. Ja, eigenlijk het hele jaar, want wij en onze vrienden willen geen coronasoep maken.'

Ze wees naar de plek waar haar moeder naar verluidt over de zak was gestruikeld, Assad zag het zo voor zich. De vraag was alleen of het daadwerkelijk zo was gegaan.

'Mijn moeder haatte zwemmen. Ze behield het zwembad uitsluitend omdat foto's van haar feestjes en zakenbijeenkomsten er heel goed uitzagen met het zwembad op de achtergrond. Het was in elk geval niet voor mij.'

'Wie onderhield het zwembad?' vroeg Assad.

'Dat deed onze tuinman, August.'

'De tuinman, oké. Jij weet toevallig niet of hij nog steeds leeft?'

'Jazeker. Hoewel hij ondertussen een oudere heer is geworden, verkeert hij in goede gezondheid.'

'Dan weet je misschien ook waar hij zich bevindt?'

Ze tuitte haar lippen, draaide haar hand naar achteren en wees naar helemaal achter in de tuin. 'Op dit moment staat hij in de oranjerie en verzorgt hij onze camelia's, die graag in juli mogen uitkomen.'

August Nielsen was minstens zeventig jaar en leek op iemand van vijfentachtig. Het buitenleven had zijn huid gelooid en de groeven in zijn gezicht liepen als een spinnenweb van zijn voorhoofd tot aan zijn kin langs elkaar. Van zijn stem was niet veel over, maar aan zijn geheugen mankeerde niets.

'Ik had de zak daar niet neergegooid, dat weet ik, want Pia Laugesen kon het niet uitstaan als spullen zomaar ergens rondslingerden. Ik ben heel vaak gevraagd of ik me dat niet verkeerd herinner, maar zie ik eruit als iemand die zich dingen verkeerd herinnert?' Hij lachte hees en bijna zonder geluid. 'Ik probeerde zelfs verschillende keren te zeggen dat ik niet begreep waar die zak zout vandaan was gekomen en dat iemand anders hem daar moest hebben neergelegd. Ik kon alleen niet uitleggen wie en blijkbaar geloofden ze mij niet. Als ik zo word behandeld, dan klap ik gewoon dicht.'

'Als je het bassin moet desinfecteren, giet je er dan zo rechtstreeks chloor in?'

'Dat was nou precies wat ik tegen de politie heb gezegd, dat het veel ingewikkelder is dan dat.' Hij wees naar een kleine houten schuur dicht bij de thujahaag. 'Daarin staan speciale vaten waarop je moet toezien en die gedoseerd moeten worden. Je hebt heel wat scheikunde en instellingen nodig, voordat het water voldoende in evenwicht is. Er is ook een verwarmingsinstallatie, maar die gebruikte Pia nooit, want zij had geen zin in zwemmen.'

'Maar het zout in de zak, was dat iets wat je voor andere doeleinden gebruikte?'

'Schei uit, zeg, jij stelt allemaal precies de juiste vragen. Mag ik vragen waarom jij zo goed Deens spreekt?'

'Ik woon hier al sinds ik een klein jongetje was.'

'Aha,' zei hij terwijl hij langs de rijen bloemen ging. 'Dan kun jij misschien niet zo goed tegen de warmte hierbinnen?' Hij lachte. 'Maar ja en nee, de zak was dezelfde als die we gebruiken als we de inrit 's winters strooien, maar het zout dat erin zat, was veel fijner dan gebruikelijk. Dat begreep ik eigenlijk ook niet.'

***

'Assad, heb je gehoord dat de regering Denemarken op slot heeft gegooid? Dit keer is het al vanaf morgenvroeg.' De stem van Gordon trilde alsof de wereld ten onder ging. 'De scholen gaan dicht, de kappers gaan dicht, de warenhuizen en winkelcentra gaan dicht. Ik heb nog geen kerstcadeaus kunnen kopen en wie weet of me dat wel lukt voor ze nog veel meer sluiten? Het is een ramp!'

Hij keek naar Rose en Carl, die hun zaakjes geregeld leken te hebben. Het kon Assad niets schelen, want bij hen thuis stond er toch geen kerst op het programma.

'Godsamme, wat is het sneu voor ons allemaal. Het is dus geen echt kerstfeest als we elkaar niet bij de hand kunnen pakken als we om de kerstboom dansen. En we mogen niet zingen en we mogen maar met ten hoogste tien personen bij elkaar zijn, ik vind…' Gordon ging in de hoekstoel zitten en zag eruit alsof hij zo meteen begon te huilen.

'Nee, dat is niet zo mooi. Ongetwijfeld een catastrofe voor heel veel mensen.' Carl knikte en wendde zich na een gepaste kunstmatige pauze naar Assad.

'Nou, wat zegt jouw bezoek aan Odense je? Moeten we Pia Laugesen hierboven uit het schema weghalen, of wat?'

'Nee. Ik denk nog steeds dat Pia Laugesen werd vermoord,' antwoordde Assad. 'Haar dochter vertelde me dat ze probeerde een grondig onderzoek te laten uitvoeren, maar dat is haar niet gelukt. Daarna haalde ze een paar knipselboeken die ik moest bekijken. Die had ze gemaakt voor haar moeder wanneer zij werd geïnterviewd, en uiteindelijk ook in verband met haar moeders dood. Ze liggen op mijn bureau daar, dus ik wil er straks eens doorheen bladeren.'

Carl richtte zich tot Gordon. 'Verdorie zeg, ben jij hier nog steeds?! Moet jij niet maken dat je die kerstcadeaus koopt zolang het nog kan? Dat gejammer van je is gewoon niet uit te houden.'

De bleke knaap ademde zwaar en probeerde zich te herpakken.

Hij zei: 'Ik denk dat ik iets heb ontdekt. Het kan een gemeenschappelijke noemer zijn voor alle moorden en het heeft niets met het Midden-Oosten te maken.'

Ze keken hem geconcentreerd aan.

'Ik was gisteren bij een etentje bij mijn ouders met een paar van hun vrienden. Iedereen was getest op corona, dus jullie kunnen gerust zijn. De man van het bevriende echtpaar heeft een wijnimporthandel en hij had drie flessen Puligny-Montrachet witte wijn meegenomen, die echt verrukkelijk smaakten.'

'Ah, ik krijg opeens zo'n droge keel,' zei Rose.

'Ja, hij was heel welsmakend en ik heb een heleboel gedronken, wel een hele fles, denk ik, dus toen heb ik een beetje veel zitten kletsen en noemde ik de zaak van Pia Laugesen. Ik zei dat we bezig waren die te onderzoeken en dat het lastig was, omdat het zo lang geleden was, van 20 augustus 2010.' Hij keek naar Carl. 'Ja, mijn excuses, Carl, normaal praat ik buiten deze vier muren nooit met iemand over het werk.'

Carl haalde zijn schouders op. Ze moesten eens weten wat hij allemaal uitkraamde na een fles witte wijn.

'Toen zei de vrouw dat ze dat heel grappig vond, want 20 augustus was haar verjaardag.'

Carl probeerde te glimlachen. Als dat soort grappigheden zaken konden oplossen, dan kon hij een heleboel op een presenteerblaadje gepresenteerd krijgen door zijn ex-schoonmoeder.

'Toen voegde ze eraan toe dat ze die geboortedatum altijd betreurde, want zij is een Bosnische Serviër en de man die de Balkanoorlog in gang zette, Slobodan Milošević, was op dezelfde dag geboren.'

'En?' zei Rose.

Gordon keek Assad recht aan. 'Jij herinnert je vast dat Marwa zei dat de datum waarop Oleg Dudek stierf, dezelfde datum was waarop Saddam Hoessein werd geboren, toch?'

Even ging er een dominee voorbij.

'Vlak voordat de premier ons deze shock gaf, checkte ik 19 mei, de dag waarop Palle Rasmussen werd vermoord.' Hij keek hen plagerig aan, dus op dit moment was hij alles over de catastrofe met de geamputeerde kerst vergeten.

'Kom maar op,' zei Rose.

'19 mei was de verjaardag van Pol Pot. De Cambodjaan die met de Rode Khmer een van de grootste, gewelddadigste volkerenmoorden uit de geschiedenis pleegde, dus daarmee is het patroon waarschijnlijk volkomen duidelijk, of niet?'

Ze knikten. Saddam Hoessein, Pol Pot en Slobodan Milošević op een rijtje. Wat dus de waarschijnlijkheid dat deze moorden gepland waren om te worden uitgevoerd op data die samenvielen met geboortedagen van gruwelijke dictators en moordenaars, heel groot maakte.

32

Woensdag 16/12/2020

PAULINE

Het was een vermoeid gezicht in de spiegel dat gelaten naar Pauline terug staarde. Sterk geprononceerde groeven begonnen zich op haar voorhoofd af te tekenen, net als die die haar mondhoeken omlaag trokken. Al vele dagen had Pauline niet geglimlacht en daar was ook geen reden voor geweest. De koelkast had niets te bieden en haar bankrekening beslist ook niet. De vooruitzichten op werk werden ernstig op de proef gesteld, nu de premier het land tot na oud en nieuw compleet op slot had gegooid en Pauline tussen wanhoop en woede heen en weer geslingerd werd.

Morgen om twaalf uur zou een markant deel van de winkels en allerlei andere zaken worden gesloten, dus wat een klotejaar, wat een klotekerst, en in het hele land was er op dit moment een stormloop op de winkelcentra. Mensen waren compleet mentaal gestoord, maar zij hadden, in tegenstelling tot haar, ten minste nog geld om iets te kopen. Nog nooit eerder in haar leven had Pauline zo voelbaar financieel aan de grond gezeten, met allerlei uitgaven voor het huis en haar leven en helemaal geen inkomsten. Maandenlang was ze vertwijfeld geweest en de hoop op een snelle verbetering van haar omstandigheden voor mensen zoals zij slonk. Dus hielp het maar weinig dat haar beste vriendin haar had ondersteund met bemoedigende woorden en door haar gelijk te geven.

'Waar denkt de minister van Cultuur dat uitvoerend kunstenaars van moeten leven?' had ze gezegd. 'Hamlet reciteren op een bierkratje op Rådhuspladsen of misschien op de kerktrappen om kleingeld gaan zitten bedelen, zoals in Zuid-Europa?'

Pauline keek met een schuin oog naar de schoenendoos onder haar bed. Bijna twintig jaar was die haar geheime reddingsboei geweest, als haar neerslachtigheid en het leven haar parten speelden. Hete brieven van Palle die haar zintuigen lieten tintelen, haar fantasieën prikkelden en levendige herinneringen opriepen aan een heleboel ondubbelzinnige erotiek en nog veel meer.

Nu werd ook die vrijplaats verstoord. Stel je voor dat die politieman de doos in handen kreeg? Zou de verdenking tegen haar worden gevoed, zouden ze woorden en handelingen vinden die wantrouwen konden creëren over haar echte liefde en affectie jegens haar oom? Dan zou de ondergang totaal worden.

Maar hoewel ze niets met Palles dood te maken had, waren alle gedachten eraan opgelaaid en met name nu ze voor de eerste keer had gehoord van de diepe randen in Palles polsen. Met die informatie had ze met zekerheid moeten erkennen dat het Palles bedoeling was om zich van haar af te keren. Maar wat was er gebeurd? Palle liet zich toch verder nóóit vastbinden. Een keer had ze hem in de hitte van de strijd voorgesteld hem handboeien om te doen, toen hij een beetje te veel kronkelde terwijl zij op hem in sloeg, maar zelfs toen had hij geweigerd.

Pauline had de laatste nachten gehuild om haar afschuwelijke situatie en om het feit dat ze waarschijnlijk nooit antwoord zou krijgen op de vele vragen over de laatste tijd voor Palles dood.

De politieman had meer dan één keer gesuggereerd dat Palle geen zelfmoord had gepleegd, en hoewel ze destijds moeilijk kon geloven dat hij zichzelf dat had aangedaan, had ze zich er al jaren geleden bij neergelegd, dat had ze echt. Juist een persoon als Palle met zijn vele donkere kanten kon zoiets doen, dat had ze telkens weer te horen gekregen.

Maar die sporen op zijn polsen dan, waar kwamen die vandaan?

Die gedachten voerden haar naar de donkere krochten en doodlopende wegen waar je normaliter ver bij uit de buurt moest blijven. In een gewone tijd zou ze worden afgeleid door haar dagelijkse bezigheden en een drukke carrière, maar nu, nu de situatie zo krankzinnig was, werd zij er te midden van al deze gedachten ook bijna krankzinnig van. Was haar geliefde vermoord? En als hij was vermoord, wie kon het dan gedaan hebben? Als het geen roofmoord was of politiek gedreven, dan kon het bijna alleen zijn gedaan door iemand die dicht bij hem stond, en dan kon het net zo goed Paulines rivaal zijn, Sisle Park. Waarom niet?

Natuurlijk kon Sisle Pauline destijds van de troon stoten, dat werd steeds logischer hoe meer ze erdoor werd geplaagd. Knapper, rijker, intelligenter en innemender, een klasse apart. Dus in een mum van tijd was de vrouw gevaarlijk geworden voor Paulines positie. Maar was zij ook gevaarlijk geworden voor Palle? Waren ze te ver gegaan?

Eventjes glimlachte Pauline.

Ik zal haar te grazen nemen, dacht ze.

Pauline haalde de schoenendoos tevoorschijn en zette die op haar schoot. Ergens tussen deze relikwieën was er vast een mail die voldoende anoniem was dat hij net zo goed aan Sisle Park gericht kon zijn als aan haarzelf. Een mail die een veel te intieme en heftige relatie deed vermoeden. Ongeacht of Sisle schuldig was of niet, Pauline zou ervoor zorgen dat ze voldoende op haar grondvesten zou schudden dat ze ervoor zou willen betalen om ervan verlost te zijn.

Pauline lachte, dat was onvoorstelbaar bevrijdend.

Ja, dit zou Sisle Park een flinke duit kosten en als er iemand was die dat kon betalen, was zij het wel.

Een paar uur later zaten ze tegenover elkaar in het hart van Park Optimizing in een hoorn des overvloeds van klassieke meubelkunst en ingetogen schilderijen met signaturen die alles overstegen wat Pauline ooit had bezeten.

Achter het frêle bureau van staal en glas staarde Sisle Park haar met een moeilijk te interpreteren uitdrukking aan.

'Ja, ik weet wie je bent, Pauline Rasmussen. Jouw leven is niet bepaald discreet.'

Sisle Park keek haar aan en straalde ongeveer hetzelfde uit als wanneer je iets anders op je bord geserveerd krijgt dan je hebt besteld.

'Je lijkt niet blij me te zien,' zei Pauline, terwijl ze om zich heen keek naar de rijkdom waar ze een deel van wilde oogsten.

'Waarom zou ik dat zijn? Ik ken je niet en wij hebben niets gemeenschappelijks. Bovendien heb ik het druk.' Ze drukte op een knop en ondertekende een vel papier. 'Dus hou het kort. Wat wil je? Zei je niet dat je een zakenaanbod voor me had?'

'Ik heb in elk geval iets wat jij graag wilt kopen.' Pauline schoof de stoel een stukje achteruit en deed haar hoofd naar achteren. Die houding werkte op het toneel, dus waarom hier niet? 'Je zegt dat je me niet kent, maar dat is niet helemaal waar, toch?'

Sisle Park wendde zich naar de deur en overhandigde de secretaresse die de deur binnenkwam het papier. 'Dat moet meteen verder, dus gebruik een koeriersdienst.' Toen ze haar blik weer op Pauline richtte, waren haar oogleden zwaar. 'Nou, voor de dag ermee. Behalve dat ik af en toe over je heb gelezen, waar kennen wij elkaar van en wat heb je me te bieden?'

'Je weet heel goed dat ik het nichtje van Palle Rasmussen ben en dat jij hem van mij hebt afgepakt. Dáár kennen wij elkaar van.'

'Palle Rasmussen?! Lieve mensen zeg, wat zit jij hier nou te suggereren? Hem afgepakt!!? Ik heb helemaal niets met hem te maken behalve wat hij puur politiek voor mij kon doen. Goeie genade! Die dikke, onsmakelijke man! Kijk toch eens naar me, mens, wat zou een vrouw als ik met iemand zoals hem moeten?'

Pauline verdween een moment in haar honende blik. Toen herpakte ze zich, trok haar lippenstift uit haar tas en stiftte haar lippen met een rode nuance die minstens net zo schitterde als die Sisle Park gebruikte. 'Blijkbaar voldoende om die dikke, onsmakelijke man van wie ik hield te vermoorden.' Ze stopte de lippenstift terug zonder de vrouw aan te kijken, zodat haar verwachte agressie op Pauline afketste.

'Je bent compleet gestoord, man,' klonk het. 'Hoepel op naar die idioterie waarin je je normaal ophoudt.'

Pauline glimlachte scheef. De daadwerkelijke aanval van de vrouw zat er waarschijnlijk nog aan te komen.

'Als jij commentaren hebt over de dood van Palle die nog niet eerder aan bod zijn gekomen bel ik graag de politie, dan kun jij ze deelgenoot maken van jouw zieke theorieën,' luidde het vervolgens.

Pauline knikte, terwijl haar blik bij Sisle Parks zwarte laarzen bleef hangen. Als zij er niet heel erg naast zat, was het een Celine met hoge hak en aan de verkeerde kant van tienduizend kroon.

'Kijk me dan toch aan, mens. Moet ik de politie bellen?'

Pauline keek naar Sisles hand, die op de witte hoorn van de vaste telefoon rustte.

'Dat vind ik een goed idee, als je graag vijftien jaar lang tussen een stelletje andere moordenaars wilt zitten. Aan de andere kant kun je ook gewoon je hand op tafel leggen en naar mijn voorstel luisteren. Het kost je dan wel een half miljoen, maar dan kun je ook een vette streep door het verleden zetten. Zou dat niet fijn zijn?'

Het was duidelijk dat de hand op dat moment eventjes heel zwaar op de hoorn lag. Toen tilde ze hem langzaam op en drukte weer op de knop van de secretaresse.

Doorzien, dacht Pauline terwijl ze naar het vel papier in haar tas zocht.

Ze zat een uur op de benedenste verdieping onder de grond te wachten. De secretaresse die haar daarheen had gebracht, was vriendelijk geweest en had haar verzekerd dat Sisle Park zou langskomen als ze klaar was met haar werk. Ze had naar een buffet gewezen waarop chocolaatjes stonden, koffie en thee in thermoskannen en de verplichte flesjes water.

'Je pakt maar wat je wilt hebben. Verder heeft Sisle Park me verzocht je te zeggen dat het haar een genoegen is geweest om een paar misverstanden tussen jullie uit de wereld te helpen.'

Paulines gemoedstoestand was tijdens dat uur veranderd. Van de overtuiging dat ze de vrouw met keiharde feiten om de oren had geslagen, had ze nu het idee dat de volgende personen die binnenkwamen in uniform geklede politiemannen zouden zijn. Had Sisle hun gesprek opgenomen? Zou dat niet logisch zijn voor een vrouw in haar positie, nu ze erover nadacht?

Een half miljoen om het verleden te vergeten, had ze gezegd. Afpersing, zou iemand het noemen, en daarvoor kwam je in de gevangenis.

Pauline ergerde zich aan zichzelf, hoe stom kon je zijn? Ze balde haar vuisten. Maar ik zal wel van me afslaan, Sisle, daar kun je op rekenen, dacht ze terwijl ze een kop koffie inschonk.

Tegen de politie zou ze zeggen dat ze alleen maar had geprobeerd om Sisle Park in de val te lokken. Dat het brigadier Carl Mørck was, misschien kenden ze hem wel, die haar erop attent had gemaakt dat de zaak over Palle Rasmussen niet was afgelopen.

Na nog een kwartier overwoog ze te vertrekken. Enerzijds zou het Sisle leren dat je niet zomaar met haar kon sollen als met een hond aan een riem, anderzijds begon ze wat duf te worden, met droge slijmvliezen en ogen en een toenemend gevoel van vermoeidheid in haar hele lichaam.

Ze knipperde tegen het plafondlicht, dat plotseling veel te wit aandeed, en ontdekte een paar spotlightachtige voorwerpen. Was het een geavanceerd presentatiesysteem in dit supermoderne milieu of waren het bewakingscamera's?

'Hallo!' riep ze. Ze moesten nou eens een keer snel reageren, zeg. Je kon mensen toch niet maar voor zich uit laten zitten staren.

Vervolgens ging ze staan, liep met onvaste passen naar de deur en pakte de deurklink beet. Ze trok er een paar keer aan, voordat ze doorhad dat de deur op slot zat.

Pauline staarde naar de klink, terwijl die langzaam wazig werd.

Toen er eindelijk iemand de ruimte binnenkwam, lag ze op de grond naar adem te snakken.

33

1984

LISBETH

'Jij zegt dat je je klaar voelt om te worden uitgeschreven. Waar baseer je dat op, Lisbeth?'

Ze probeerde haar glimlach te kruiden met een tikkeltje warmte, alsof dat ooit effect had gehad op een type als hij.

Had de man haar eigenlijk aangekeken, terwijl hij de roos uit zijn ene wenkbrauw krabde en zijn bril langs zijn neus omlaaggleed?

Wie was de man trouwens? Was hij afdelingshoofd? Een invalarts? Nog een arts in opleiding? Ze had geen idee.

Ze haalde diep adem en zoog de aanblik van het voorjaar in zich op aan de andere kant van de ramen, waar de vrijheid op de loer lag en naar haar lonkte.

Tijdens de veertien maanden dat ze op verschillende afdelingen had gelegen, had Lisbeth een zwerm aan psychiaters gehad die in haar binnenste zaten te neuzen. Sommige met eonen aan tijd om steeds opnieuw dezelfde vragen te stellen, terwijl anderen trilden van vermoeidheid, van te veel werk en verantwoordelijkheid en alleen maar naar huis wilden. Ze waren lang en klein en heetten een caleidoscopisch spectrum aan gangbare Deense voornamen, maar behalve dat waren ze verbazingwekkend gelijk.

Ze bestudeerde het naamplaatje dat de arts op zijn borst droeg. THORLEIF PETERSEN, stond er. Misschien was hij in werkelijkheid degene die alles besliste? Ze had het idee dat ze op een bepaald moment die naam was tegengekomen, maar nu begon ze te twijfelen.

Op de stoelen naast hem achter de vergadertafel herkende ze eigenlijk maar één persoon en dat was de afdelingsverpleegster. De andere twee konden wat haar betrof net zo goed zo van de straat zijn geplukt, ze hadden niet eens een doktersjas aan.

'Ja, ik wil worden uitgeschreven, omdat ik me prima voel. De behandeling heeft gewerkt en ik ben klaar voor het leven buiten en om verder te studeren aan de universiteit.'

De arts scande nog een keer haar dossier en knikte.

'Ja, jij hebt wel iets heel vreselijks meegemaakt en we moeten dankbaar zijn dat je dat hebt overleefd. Maar de woede die jij af en toe en zonder waarschuwing aan de dag legt, wijst erop dat je dat verleden nog steeds niet achter je hebt kunnen laten. Ik denk dat jij beseft dat als wij besluiten om je uit te schrijven, je er wel van uit moet gaan dat je je medicatie moet blijven gebruiken. Ik kan niet zeggen hoelang, maar naar mijn mening misschien wel voor altijd.'

Ze knikte. Als die verschrompelde man dacht dat hij haar bang kon maken, was hij echt te dom voor zijn werk.

'Ja, maar dat is lang geleden.'

'Lang geleden wat?' Hij schoof de bril op zijn plek en keek haar met een röntgenblik aan.

'Die woede. Ik ben niet boos meer. Ik voel me goed, zeg ik toch.'

'Je dossier vertelt me dat de bliksem je bijna had gedood. Dat je hersenen en je centrale zenuwstelsel ongenadig zijn beïnvloed, maar ik begrijp tegelijkertijd dat de neurologische afdeling in Rigshospitalet godzijdank niet denkt dat er chronische gevolgschade kan zijn. Het verontrustende daarentegen lijkt te zijn wat dit heftige effect in somatisch en mentaal opzicht met je heeft gedaan.'

Nu zaten de twee andere artsen gezaghebbend mee te knikken. Maar hadden ze daar ooit echt met haar over gesproken? Dat betwijfelde ze namelijk.

'Ik zie dat je vindt dat het Gods wil was dat jij de blikseminslag hebt overleefd en dat de anderen zijn overleden.'

'Gods wil, ja. Wat anders?'

Hij fronste het voorhoofd.

'Jij gelooft misschien niet in God?' vroeg ze.

Hij bladerde wat in het dossier. Voldoende antwoord op zich.

‘Hier op de afdeling heb je vaak met God gesproken, zeggen ze. Hoor je stemmen, Lisbeth?’

‘Nee!’

Hij richtte zijn blik op haar. Weet je dat heel zeker? zei die.

‘Je hebt ons niet in detail willen vertellen waarom jij denkt dat je studiegenoten door Gods straf moesten worden getroffen, waarom eigenlijk niet?’

‘Luister eens. Ik heb me vrijwillig laten opnemen, omdat ik door mijn moeder ben omgepraat. Zij is nu dood en ik voel me prima, dus…’

‘Je moeder is dood, dat lijkt je zo te zien niet zoveel te doen, klopt dat?’

Ze legde haar handen op haar schoot en boog een stukje naar hem toe. ‘Zij was een oneerlijke persoon, dus nee. Onze liefde voor elkaar was nooit gestoeld op iets dieps en bestendigs.’

Nu interrumpeerde een van de andere artsen.

‘Lisbeth, er was een periode waarin je het over niets anders had dan over rechtvaardigheid en de straf van God, en wat de duivel met onze aarde had gedaan. Dat leek bijna een soort obsessie voor je. Hoe is dat nu?’

Ze knikte. Met dat soort gepraat was ze gelukkig gestopt, maar wie van hen op deze door God verlaten plek zou de diepte daarvan ook begrijpen?

‘Dat is afgelopen en dat is óók al lang geleden. Ik voel me goed.’

‘Dus jij zegt dat die heftige agressie tegen je medemens je niet langer stuurt?’

Ze durfde voorzichtig te glimlachen. ‘Nee, zeg. Totaal niet.’

Ze zaten alle drie aandachtig te knikken. Irritant genoeg leken ze tegelijkertijd professioneel sceptisch.

‘Er is ook nog iets anders waar ik het graag over wil hebben, Lisbeth,’ zei de derde arts. ‘Want boven op al het andere moet ik je herinneren aan de grootheidswaanzin die grote invloed lijkt te hebben op je gedachten over de toekomst. Jij hebt meerdere keren gezegd dat je de top wilt bereiken in Denemarken. Dat je grote dingen wilt creëren en dat je gigantisch veel geld met je bedrijf zult verdienen. Ik vind natuurlijk dat iedereen het recht heeft om grote dromen te koesteren en gezonde ambities te hebben voor de toekomst, maar ik vind toch dat je hierin een beetje was doorgeslagen. Heb jij het idee dat je dromen nu wat nuchterder zijn geworden, Lisbeth? Want anders zal het leven daarbuiten voor jou teleurstellend en verschrikkelijk zijn en in een mate die je je niet kunt voorstellen.'

Ze glimlachte opnieuw en dat was niet eenvoudig. Hier zaten een paar middelmatig begaafde mensen die haar vanuit hun eigen middelmatige, zogenaamd normale wereld bekeken. Zij zouden nooit verder komen dan waar ze op dit moment waren, iets waar ze bovendien redelijk tevreden mee en trots op waren. Pas als ze ooit een keer met pensioen gingen, zouden ze achterover kunnen leunen tijdens hun saaie pensioen en zich erover verbazen dat er in wezen niet meer in zat dan dit.

'Nee, die ambities heb ik niet meer,' loog ze. 'Ik wil terug naar mijn studie scheikunde. Jullie kennen mijn cijfers en jullie hebben mijn docenten gesproken, dus jullie weten dat dat mijn roeping is en dat ik daar goed in zal worden.'

Nu was het de beurt aan de verpleegster. 'Ik ben er alleen bij om een indruk te geven hoe ik jou in het dagelijks leven ervaar, Lisbeth. Jij bent hier vriendelijk geweest, vind ik, en sommige van je medepatiënten zullen verdrietig zijn wanneer je wordt uitgeschreven. Maar de realiteit is ook dat verre van iedereen in jouw ogen genade heeft gevonden en dat weet jij ook heel goed. Ik vind zelfs dat je voor sommigen ongelooflijk hard bent geweest. Als we teruggaan naar het begin van je opname bij ons, zijn er door jou in de loop van de tijd een paar heel chaotische situaties geweest. In het bijzonder in één geval en je weet ongetwijfeld waar ik aan denk.'

Ze knikte. Uiteraard moest dat nu ook ter sprake worden gebracht.

'Jawel, maar dat is lang geleden. Meer dan een jaar, toch? Het spijt me nog steeds. Het was niet de bedoeling dat de vrouw zo hard werd getroffen.'

'Ze heeft zelfmoord gepleegd, Lisbeth. Een werkelijk afschuwelijke zelfmoord die nog maandenlang op de afdeling heeft doorgewerkt. Sommige patiënten werden bang voor je. Dat is een van de redenen dat we je steeds hebben moeten verplaatsen.'

'Ik weet best dat het erg was, Karen, maar je hebt vele maanden hierbinnen nodig om te snappen hoe hard iemands woorden andere psychische patiënten kunnen raken. Ik weet nu beter en ik heb er echt spijt van dat het zo is gegaan.'

Ze knikte met haar blik op de vloer gericht, terwijl ze zich herinnerde hoe het voor haar een ware triomf was geweest om die gestoorde vrouw zover te krijgen zichzelf meerdere malen met een breinaald in haar hartstreek te steken. Zo was er een weerzinwekkende persoon minder op de wereld die niets goeds had gedaan en ook voor de toekomst niets goeds kon betekenen. Onrein van hart, onrein van taal en onrein wat betreft de gangbare mores. Geen reden om tranen aan te verspillen.

'Ik ben blij dat te horen, Lisbeth, en ik geloof je,' zei de verpleegster.

De artsen en zij keken elkaar een moment aan en toen nam de eerste arts, die nog steeds aan zijn wenkbrauw zat te pulken, weer het woord.

'Ja, wij kunnen je zoals gezegd niet vasthouden, dat weet je, maar naar mijn oordeel ben je beslist nog niet klaar om naar buiten te gaan en met de werkelijkheid in aanraking te komen.' Hij schoof een vel papier naar haar toe. 'Je mag hier je handtekening zetten en je op eigen verzoek laten uitschrijven, en dan verstrekken wij je pillen voor de eerste vier weken en een recept voor daarna.'

Ze knikte. 'Twee pillen 's ochtends en twee 's avonds graag. Ik begrijp het.'

Deze keer klonk de klik van de deur van de afdeling die zich achter haar sloot heel anders dan toen ze op verlof was geweest, bij gewone uitstapjes of als ze een weekend naar haar moeder thuis ging. Het voelde bijna alsof een klein vacuüm achter haar alle voorbije maanden op de verschillende afdelingen uit haar leven wegzoog. Alsof de klik op zich levenwekkend was.

De rolkoffer die ze achter zich aan trok, was licht. De meeste kleren had ze in de kast op haar kamer laten liggen. Niets wat ze in deze instelling had gebruikt mocht herinneringen oproepen aan dat ze daar was geweest, want het was al verleden geworden.

Ze was nu sterk en helemaal klaar voor het volgende, belangrijkste deel van haar leven.

Toen ze in de laan met de ruisende bomen kwam, stak ze haar hand in haar tas en hield ze een klein plastic zakje voor haar ogen. Vier keer dertig blauw-witte pilletjes die als bedoeling hadden haar te beteugelen, haar initiatieven te temperen, ongelegen stemmingswisselingen weg te nemen en verwarrende, destructieve herinneringen en gedachten af te remmen.

Ze lachte, toen ze het zakje openmaakte en ze één voor één in het kiezelzand gooide, om net als in het sprookje van Grimm de weg te markeren die ze had genomen, en in haar geval dus nooit riskeerde weer terug te nemen.

'Nee!' riep ze zo hard dat een paar kromgebogen patiënten zich tijdens hun nutteloze wandeling in de natuur naar haar omdraaiden.

Nooit, nooit meer zou een andere persoon kunnen beteugelen wie ze was en waar zij voor stond.

Daar zou ze wel voor zorgen, al zou het haar te gronde richten.

34

Woensdag 16/12/2020

CARL

Eigenlijk was Carl best tevreden. De nieuwe lockdown in Denemarken zou op alle fronten rust geven om te werken. De teams van de afdeling Moordzaken moesten ervoor zorgen dat ze van elkaar geïsoleerd bleven, Mona was thuis bij de kleine, alle kersttumult was van het ene moment op het andere opgehouden en het beste van allemaal was dat, zolang de situatie zo bleef, het bezoek van de PET bij Assad thuis voor onbepaalde tijd zou worden opgeschort. Momenteel mocht niemand de privésfeer van anderen binnenstormen, als er geen dringend noodzakelijke reden voor was.

Carl zette een raam open en nam een sigaret. Als er iets was waar hij oprecht in geloofde, was het dat nicotine hard zou terugslaan tegen al die rottige coronavarianten.

Op dit ogenblik waren Rose en Gordon bezig die zaken op het bord door te nemen waarvan ze het moordtijdstip kenden en Assad zat Tytte Laugesens plakboeken uit te pluizen. Alles bij elkaar was dat een goed gevoel.

Carl zelf concentreerde zich op de zaken van de twee opgegraven lichamen en er waren nog legio vragen. Wie gebruikte er bijvoorbeeld wegwerpspuiten van tweehonderd milliliter met zeer lange injectienaalden? Volgens zijn zoekacties op internet waren dat mensen die in de landbouw werkten of mensen in laboratoria, ziekenhuizen en diverse dokterspraktijken, dus het werd een hopeloze taak om een leverancier te vinden tussen de vele mogelijke die er waren. De producent zou hen ook niet kunnen helpen, omdat er ook geen bijzondere kenmerken meer op de spuiten stonden, zoals productienummers of streepjescodes.

Carl twijfelde er niet aan dat de laatste moordslachtoffers bij de overige moorden op het bord hoorden, want de gemeenschappelijke noemer was zout. Toch onderscheidden de moorden zich van de andere, want in hun geval kenden ze niet de exacte moorddata, gezien het feit dat de twee mannen ogenschijnlijk waren ontvoerd en misschien pas veel later waren vermoord en begraven.

In het geval van Birger Brandstrup liet een bewakingsopname zien dat hij van zijn werk was opgehaald in een witte Škoda Superb en daarna niet meer is gezien. Een paar jaar kon je worden verleid te denken dat het om een geënsceneerde verdwijntruc ging, dat hadden ze al zo vaak gezien. Hij zou een aanzienlijke smak geld opzij kunnen hebben gezet om in Thailand of een ander exotisch land als een koning te leven.

Pas nu wisten ze beter.

In het geval van Franco Jensen was de theorie geweest dat hij zelfmoord had gepleegd. Op 4 november 2016 was hij na een heel normale, drukke werkdag naar het strand gegaan, zoals hij zo vaak deed, om een verfrissende duik in het ijskoude water te nemen. Maar toen hij tegen etenstijd niet kwam opdagen, werd zijn gezin ongerust en vonden ze al zijn kleren keurig opgevouwen op het strand terug. Hij was dus tegen de gewoonte naakt het water in gegaan, wat het gezin verwonderde, omdat hij een nogal preutse man was, en daardoor werd het vermoeden aangewakkerd dat hij was verdronken. Zijn regelmatige check-ups bij de huisarts maakten melding van een man met een voortreffelijke gezondheid, en net als altijd was hij gezond verklaard en werd hij zo sterk als een paard genoemd. Zonder de verdere omstandigheden te kennen kwam men daarom met de hypothese dat hij óf zelfmoord had gepleegd, óf dat hij in het koude water kramp had gekregen en daarmee stopte het onderzoek. Omdat een eventueel motief voor zelfmoord nooit werd gevonden, legde men zich er uiteindelijk bij neer dat het helaas een noodlottig ongeval moest zijn geweest. De zee had hem eenvoudigweg opgeslokt in de krachtige aflandige wind en dat geloofde iedereen tot de dag waarop hij in een gat in Skævinge werd opgegraven.

Twee lichamen elk in een eigen gat, maar waaraan hadden zij het verdiend dat ze het met hun leven moesten bekopen en waarom waren het zulke anonieme moorden in vergelijking met de andere op het bord?

Was het een nieuwe strategie? Wilde de moordenaar nu meer op veilig spelen? Maar hij had als visitekaartje nog steeds zout neergelegd in de buurt van moordslachtoffers, iets wat getuigde van een zeker eergevoel. Symbolische handelingen als deze waren vaak de enige sporen als het om seriemoordenaars ging, dat wisten ze uit het buitenland, en van zulke handelingen was er sprake in de zaken die ze onderzochten. Er was om het jaar een moord en op opeenvolgende data en daar kwam het zout bij. Een heleboel sporen die voor de moordenaar fout konden aflopen en toch stonden ze met lege handen.

Gordons oksels vertoonden donkere plekken, toen hij Carls werkkamer binnenstormde. Zijn ijskapwitte gelaatskleur had rode vlekken van opwinding en vlak achter hem aan kwamen Rose en Assad allebei net zo verhit aanzetten.

Het lukte Gordon niet om te gaan zitten voor hij zijn saluut had afgevuurd.

'Wilder, de eigenaar van de autowerkplaats, werd vermoord op de geboortedag van Nicolae Ceauşescu, Oleg Dudek, zoals Assads vrouw Marwa ons al vertelde, stierf op de geboortedag van Saddam Hoessein, Bente Laugesen verdronk op die van Slobodan Milošević en Palle Rasmussen op de geboortedag van Pol Pot, en nu kunnen wij eraan toevoegen dat wapenhandelaar Carl-Henrik Skov Jespersen is vermoord op de geboortedag van Idi Amin.'

Voor deze ene keer moest Carl zich compleet gewonnen geven. 'Nee, dat kan toch geen toeval zijn?' zei hij.

'Ha! Vijf van de grootste misdadigers op een en hetzelfde whiteboard is zeker geen toeval, Carl, die discussie is dood en begraven.'

Assad glimlachte breeduit. 'Nu moeten we niet alleen zoeken naar zaken in even jaartallen zoals bijvoorbeeld 1990, 1992, 1994 en 1996, die liggen tussen de zaken die we al kenden, nu moeten we ook zoeken naar wanneer de ergste monsters van de mensheid zijn geboren.'

'En als dat nergens toe leidt, en dat denk jij misschien nog steeds, Carl, dan hebben we ons in elk geval vermaakt met een beetje wereldgeschiedenis,' zei Rose. Als er in dit leven een school bestond die uitsluitend was bedoeld voor het raffineren van spot en sarcasme, dan had Rose alle klassen ten minste één keer doorlopen.

35

Woensdag 16/12/2020

PAULINE

Ze voelde beweging om haar heen. Stappen van meerdere personen en de deur die open- en dichtging. Stemmen die eisend klonken en handen die zich op haar schouders legden en haar zachtjes schudden. Na een paar diepe ademteugen opende ze langzaam haar ogen naar een paar vrouwengedaanten en achter hen Sisle Park, die haar aankeek met een blik die Pauline moeilijk kon interpreteren.

'Ik voel me echt heel slecht,' zei ze. 'Ik denk dat...' Een golf van onbehagen plantte zich vanuit haar middenrif omhoog en zonder waarschuwing vooraf gaf ze over.

Degenen die het dichtstbij stonden, deden een stap achteruit, terwijl ze langs hun gestroomlijnde kleding keken.

'Neem me niet kwalijk,' zei Pauline en ze gaf nog een keer over.

'Hier, neem wat water.' Het was Sisle Park die voor de anderen kwam staan. Had ze de hele tijd water in haar hand gehad?

Ze dronk gretig en de werking was goed. Paulines oogleden boden geen weerstand meer, haar maag kwam tot rust en langzaam kreeg ze voeling met het tafereel waarvan zij het middelpunt was.

'Waarom hou je mij gevangen?' vroeg ze.

Sisle Park hield haar hoofd schuin. Was ze verbaasd, of was dit het moment voordat ze toesloeg?

'Je hebt mij toch met die koffie vergiftigd, Sisle? Waarom?' vroeg ze, terwijl haar blik zich aan de andere vrouwen vastklampte. Toonden ze tekenen van verrassing? Wilden ze haar te hulp schieten?

Maar ze stonden allemaal slechts te glimlachen, dat had ze niet verwacht.

De gelaatsuitdrukking van Sisle Park was nu vriendelijk, net als die van de anderen.

'Pauline, ik wil graag mijn verontschuldigingen aanbieden dat je dat zo hebt ervaren. De deur daar heeft een snapslot en daar hadden ze niet aan gedacht, wat zeer spijtig is. Wat de koffie betreft, dat moet de beste Ethiopische Arabica zijn die er te krijgen is.' Ze stapte naar de koffietafel en schonk zich een kop in. 'Nog steeds goed warm en zacht, zoals hij moet zijn. Misschien heb je een buikinfectie opgelopen. Er gebeuren zo veel eigenaardige dingen op het moment.'

Ze nam een paar slokken en richtte zich tot de anderen in het vertrek, dankte hen voor de hulp en zei dat zij het vanaf hier wel zou overnemen.

Pauline kreeg het zweet op haar voorhoofd, terwijl de anderen verdwenen. Ze probeerde te gaan staan, maar Sisle legde een hand op haar schouder en drong erop aan dat ze zich niet moest inspannen.

Pauline trok haar schouder weg. 'Jullie hebben die koffie gewoon verwisseld, terwijl ik bewusteloos was, denk je dat ik dat niet kan bedenken? Ik ben niet dom.'

Sisle Park vertrok geen spier, maar haar stem werd strenger. 'Nu zal ik je eens iets vertellen, Pauline, en ik zeg dat slechts deze ene keer. Ik ben jouw aanklachten en insinuaties beu.' Ze trok een stoel naar zich toe en ging zitten. 'Nu moet je mij laten zien wat je in die chique tas van je hebt waarmee je mij zo graag wilt bedreigen.'

Andere keren in haar leven had Pauline meegemaakt hoe een gemoedstoestand door een enkele blik, een lichte aanraking een woord in het tegenovergestelde kon veranderen. Hoe liefde opeens haat werd. Zorg die onverschilligheid werd. Verdriet dat vreugde werd.

Deze keer was het agressie die in angst veranderde. Sisle had alle voordelen. Ze was een heel stuk groter dan Pauline, ze waren in een ruimte die afgelegen en geluidsdicht was, dus ze kon zich maar beter terugtrekken en toegeven dat het allemaal maar toneelspel was. Anders zou het verkeerd aflopen, dat voelde ze.

'Neem me niet kwalijk, Sisle. Het is waar dat ik kwam om je af te persen, maar ik heb niets waarmee ik dat kan. Ik ben op dit moment gewoon zo ongelooflijk blut en totaal wanhopig.'

'Aha. Je kwam anders met een zeer ernstige aanklacht. Je beschuldigde mij van moord.'

'Het spijt me echt, dat was uit de lucht gegrepen.'

'Wat zit er in je tas waarmee je me wilde bedreigen?'

'Niets, alleen dit.' Ze haalde het printje eruit en overhandigde het haar.

Sisle las de mail langzaam en minutieus. Toen keek ze op. 'Die heeft toch niets met mij te maken,' zei ze. 'Die mail is immers aan jou gericht, of niet?'

Pauline haalde haar schouders op. 'Ik kan het me niet herinneren, maar dat is waarschijnlijk zo, ja.'

'Misschien is het beter als hij bij mij blijft, zodat je hem niet een tweede keer zult misbruiken.'

Pauline volgde hoe Sisles handen het papier vouwden en het in haar zak stopten. Het was heel merkwaardig en voelde onveilig, maar wat kon ze ertegen doen?

'Ja, de hele situatie is inderdaad heel vreselijk op dit moment en wij lijden er allemaal onder,' ging Sisle Park verder. 'Dit wordt al de derde keer dat ik mijn medewerkers naar huis moet sturen, maar wij redden ons wel. Wij hebben het geluk dat we niet zelf produceren, wij zijn een soort groothandel in kennis, en onze klanten kunnen niet zonder ons. Jouw werkelijkheid is een heel andere dan die van mij, dat geef ik toe, dus zelfs al heb jij een grens die je niet over had moeten gaan ver overschreden, begrijp ik je ondanks alles in zekere zin wel.'

En wat wil je daaraan doen? dacht Pauline.

'Jij kunt in deze toestand niet zelf naar huis, denk je wel?'

Pauline ging staan en trok haar tas over haar schouder. 'Jawel, jawel, dat kan ik best. Ik ben helemaal oké.'

Twee rimpels tekenden zich af op Sisles voorhoofd, in het verder volkomen gladde gezicht. 'Nou, maar daar kan geen sprake van zijn. Ik breng je!'

Ik moet niet met haar in een auto, dacht Pauline en bedankte, maar Sisle drong aan en pakte haar stevig onder de arm.

Het was een grijze, lange weg door keldergangen heen en trappen op, voordat de zwak verlichte, natte parkeerplaats voor hen lag.

Ze krijgt mij niet in die auto, dacht Pauline terwijl ze de omgeving scande.

Het kantoorgebouw was vrijstaand, en aan de ene kant begon een park en aan de andere kant lag een villabuurt met grote huizen en licht achter de ramen.

'Stap nou maar gewoon in, Pauline,' hoorde ze Sisle zeggen aan de andere kant van een glimmende Mercedes.

Pauline pakte de handgreep en opende langzaam het portier, maar op het moment dat het portier aan de chauffeurszijde dichtviel, gooide ze haar tas op de grond en begon ze te rennen.

Vanuit de auto riep Sisle dat ze moest stoppen, maar Pauline stopte niet. Als ze eenmaal in die auto zat, was ze weerloos.

Achter haar werd de auto gestart en met de acceleratie van een hybride auto racete deze over de parkeerplaats, terwijl het regenwater van de banden spatte.

Pauline rende naar de dichtstbijzijnde villaweg, die zich openbaarde met een bijna ononderbroken lijn van gietijzeren hekken met automatische poorten. In dit landschap van rijkdom en zelfgenoegzaamheid wilde niemand het risico lopen onuitgenodigde gasten te krijgen.

Een pad tussen twee witgeverfde patriciërsvilla's kwam vijftig meter verderop tevoorschijn en Pauline zag dit als de enige mogelijkheid om weg te komen. Achter haar remde de Mercedes met gierende banden, een autoportier werd opengegooid en het onmiskenbare geluid van een paar lange benen in hooggehakte schoenen kraakte in het kiezelzand. Sisle riep achter haar dat dit krankzinnig was. Ze had niets te vrezen, ze wilde haar alleen maar helpen thuis te komen. Maar Pauline stopte niet. Opeens hoorde ze geen rennende voetstappen meer achter zich en Pauline keek achterom. Ondanks de regen rende Sisle nu op kousenvoeten met haar schoenen in de hand.

Wat kan ze mij hier aandoen in een verlichte straat? dacht Pauline, terwijl haar achtervolger haar inhaalde. Moet ik niet gewoon blijven staan als ik bij de volgende straat kom, en dan schreeuwen zo hard ik kan?

Maar de volgende straat was net zo ontoegankelijk en gesloten als de vorige. Wie zou haar horen? Wie zou van zijn behaaglijke, warme bank opstaan? Wie zou de veiligheid van deze rijkeluisbuurt opgeven om een toevallige, onbekende persoon te helpen die om hulp schreeuwde? Wie zou haar eigenlijk horen achter de supergeïsoleerde vensters?

Nu was haar achtervolger zo dichtbij dat ze het regenwater rond haar voeten hoorde opspatten. Ze keek achterom op het moment dat Sisle naar het linkertrottoir van de straat liep. Er zaten nu nog maar vijftig meter tussen hen in, dus als ze hier de straat niet overstak naar het padenstelsel dat aan de tegenoverliggende zijde begon, zou Sisle haar voor de volgende zijstraat inhalen.

Het was een smal en slecht verlicht, met tegels bestraat pad tussen hoge heggen en Sisles ademhaling achter haar werd langzaam duidelijker hoorbaar. Een klein plein kwam aan de andere kant tevoorschijn, weer omringd door huizen met gesloten gietijzeren hekken. Welke weg moest ze nemen? Door het donkere padenstelsel aan de rechterkant of de villaweg af?

'Ik doe je niets, Pauline, blijf nou toch staan!' riep Sisle enigszins buiten adem, en toen stopte het gebonk van haar voeten tegen de natte tegels.

Pauline keek achterom naar de vrouw die slechts op dertig, veertig meter bij haar vandaan met haar handen in haar zij stond, van top tot teen doorweekt, en die eruitzag alsof ze naar adem snakte. Maar zo atletisch en getraind als Sisle overkwam, was dat een toneelstukje waar Pauline niet intrapte. Zo meteen zou ze naar voren stormen en dan had ze haar te pakken.

'Laten we teruggaan naar de auto, dan breng ik je naar huis. Hij staat hier rechts het pad af, twee straten hiervandaan. Wees nou verstandig, Pauline.'

'Verstandig?' Pauline knikte. Zo dicht in de buurt van de auto konden ze onmogelijk zijn, dus wat was ze van plan? Haar dat donkere gebied in lokken, waar van alles kon gebeuren? Had ze om hulp gebeld? Stond er iemand te wachten tot zij tevoorschijn kwam? Was het Sisle gelukt haar precies hierheen te manipuleren terwijl ze aan het rennen waren? Pauline wist het niet. Ze had gerend zo hard ze kon en ze was van plan om dat te blijven doen.

Toen ze het op een lopen zette naar de overkant, merkte ze welke reserves de vrouw achter haar had verborgen, en in een mum van tijd was ze zo dichtbij dat ze Pauline over een paar seconden kon vastgrijpen. Paulines blik scande wanhopig de villaweg af die voor haar lag, of er niet toch een enkel huis zou zijn waar ze naartoe kon.

'Wat doe je, Pauline?' riep Sisle vlak achter haar. 'Wat doe je nou toch? De auto staat aan de andere kant.'

Nu zag ze dat er helemaal achteraan in de straat een villa verscheen zonder die verrekte gietijzeren hekken als een verdedigingswal voor zich. Hij lag in vergelijking met de andere huizen wat hoger en kwam met de overdaad aan licht achter de ramen en prachtige marmeren trap over als een bevrijdende oase.

Dus Pauline schoot zonder aarzeling de trap omhoog naar de voordeur, bonkte erop en schreeuwde, alsof ze die kon laten bezwijken als de muren van Jericho in de Bijbel door de kracht van trompetten.

Het werkte in elk geval, want op het moment dat Sisle bij haar was, ging de deur open en een grote, vriendelijk uitziende man met een merkwaardig vervormd gezicht zorgde ervoor dat het hele tafereel tot rust kwam.

Eventjes keek hij hen wat verbaasd aan en vervolgens wendde hij zich tot Sisle, die Paulines jas stevig had vastgepakt.

'Sisle,' riep hij uit. 'Waarom zijn jullie zo buiten adem? Doen jullie een hardloopwedstrijd?'

Paulines voorhoofd werd ijskoud. Kenden ze elkaar?

'Mag ik even binnenkomen?' vroeg ze, toen ze op de achtergrond een vrouw de trap van de eerste verdieping naar beneden zag komen stappen.

De man deed een stap achteruit en liet met een handbeweging zien dat ze beiden welkom waren.

'Ja, sorry, Adam, dat we zo komen aanstormen,' zei Sisle achter haar. 'Maar Pauline hier kreeg een paniekaanval. Ze denkt dat ik haar iets wil aandoen.'

De man leek een moment sprakeloos, maar toen glimlachte hij.

'Merkwaardig.' Hij wendde zich tot de vrouw die de trap af was gekomen. 'Sisle is de aardigste persoon die wij kennen, is het niet zo, Debora?'

Pauline was opgelucht, toen de man die Adam heette haar aanbood haar naar huis te brengen nadat hij met zijn vrouw had overlegd. 'Jij kunt ook meegaan, Sisle. Dan breng ik jou daarna wel terug naar je auto.'

'Goed idee,' zei ze. 'Op dit moment wil ik graag zien dat Pauline goed thuiskomt. Want het is vast een zware dag voor je geweest, schat,' zei ze en ze klopte Pauline van de achterbank op haar schouder.

Misschien is de slag nog niet verloren, dacht Pauline terwijl ze een glimp van het gezicht van Sisle in de achteruitkijkspiegel opving. Ze moet wel oké zijn. Anders zou Palle toch niet... Toen dook haar huis op in de voorruit.

'Ik weet wel dat je mij vast niet wilt helpen na wat er vandaag is gebeurd, Sisle,' zei ze. 'Maar ik moet je toch vragen of je me niet kunt helpen met een lening. Tot er betere tijden aanbreken.'

Het was duidelijk in de achteruitkijkspiegel dat Sisle diep nadacht, maar ze zei ja toen ze in Paulines woonkamer stonden.

'We zullen een informeel papier maken, Pauline, maar dat snap je zeker wel? Hoeveel heb je nodig? Honderdduizend kroon?'

Paulines adem stokte. Hoewel haar pols tekeerging, werd ze duizelig. Het voelde alsof er op dit moment onvoldoende zuurstof in haar hersenen kwam.

'Ik zie dat je je weer niet goed voelt, Pauline, dus moet je een beetje kalm aan doen. Ik zal dat papier meteen maken als dat je kan opbeuren. Maar we moeten je ook in bed zien te krijgen.'

'Heb jij niet iets wat je een beetje tot rust kan brengen?' vroeg de man vriendelijk.

Pauline keek naar Sisle, die aan haar bureau was gaan zitten en iets begon neer te pennen.

'Dank je. Ja, er liggen een paar slaappillen in de kast in de badkamer, maar ik denk dat ik gewoon een diazepam moet nemen, want ik ben op dit moment helemaal over mijn toeren. Er zijn pillen van twee en vijf milligram. Ik hoef er maar eentje van twee te hebben.'

Hij glimlachte en kwam terug met een glas water en twee pilletjes. 'Deze zijn twee milligram, maar ik denk dat één waarschijnlijk niet genoeg is. Alsjeblieft!'

Pauline leunde achterover en nam de twee pilletjes tegelijk in. Onmiddellijk leek de vertwijfeling van vanochtend zo onbeduidend. Dan bestond er dus nog goedheid in de wereld.

'Neem nog een glas water meer, Pauline,' zei hij even later, terwijl Sisle zich met het papier in haar hand omdraaide.

Ze dronk het in één slok op en proefde pas daarna hoe bitter het had gesmaakt.

36

Donderdag 17/12/2020

CARL

Het werd een zeer gevarieerde werkdag.

De zaak van Ragnhild Bengtsen werd gedeeltelijk teruggegeven aan Manfred, de assistent van Bente Hansen, die terug was uit quarantaine, wat betekende dat het team zich nu kon concentreren op de zaken op het whiteboard. Assad checkte de scrapbooks van Tytte Laugesen en terwijl Gordon en Rose hun heel eigen agenda hadden met de data op het bord, concentreerde Carl zijn volle aandacht op de twee lichamen die in Skævinge waren opgegraven. In een tijd waarin de rest van het land zich erop voorbereidde dat de kersttijd moest worden aangepast als nooit tevoren, had het kleine team meer dan genoeg te doen met heel andere zaken.

Mona bleef thuis om op Lucia te passen en worstelde ondertussen om haar oudste dochter, Mathilde, over te halen om kerst samen met hen te vieren, iets wat vooralsnog niet leek te lukken. Maar erger was het dat Hardy, Morten en Mika vastzaten in de kliniek in Zwitserland met een budget dat bijna op was. Hardy had dan wel grote vooruitgang geboekt, maar wat had je daaraan als er geen geld was om zijn behandelingen te voltooien? Het waren een paar zeer treurige berichten die Carl daarvandaan ontving en al met al was het voor niemand een goede tijd.

Dus ondanks het feit dat de energiereserves meer dan op de proef gesteld werden, wroette Carl zich door de obductierapporten van de laatst opgegraven lichamen in Skævinge en vergeleek die met foto's en dossiers uit de tijd dat de twee mannen verdwenen.

De ene man, Frank 'Franco' Svendsen, was geen lieverdje geweest en zo zag hij er ook niet uit. Dik, een stierennek en met een zelfvoldane glimlach om zijn lippen die geen spoortje berouw toonde over de ongelukken die hij de wereld had berokkend. Bij zijn dood had zijn firma zo'n dozijn schepen van twijfelachtige herkomst in Bangladesh om daar te worden gesloopt, en dat ondanks aanwijsbare oversterfte onder de arbeiders. Veel te zwaar werk bij de verwijdering van asbest en de vele resten chemicaliën die nog in de laadruimte zaten, droegen een groot deel van de schuld, maar Franco Svendsen liet elke verwensing en aanklacht van zich af glijden en verdiende enorme sommen geld. Als er een restproduct was dat ze niet kwijt konden in de landen van Oost-Europa of in de EU, dan was hij de man die oplossingen zocht in de rest van de wereld. Waar al die rotzooi dan terechtkwam was zelden gedocumenteerd, maar uitgeputte mijnen in Centraal-Afrikaanse landen hadden waarschijnlijk een deel ervan geïncasseerd. Totdat Franco Svendsen verdween liep de zaak fantastisch, iets wat overigens niet vanzelfsprekend was met alle veroordelingen die hij in de jaren tachtig had ontvangen wegens milieuverontreiniging.

In al zijn gewetenloosheid was Franco Svendsen tegelijkertijd een man die ervan hield zich in de roddelbladen te laten zien, poserend voor zijn Franse en Argentijnse wijnkastelen. Rijkdommen die waren vergaard via armoede en ellende.

De wereld zal die vuile smeerlap niet missen, dacht Carl en hij riep zichzelf tot de orde. In een rechtsstaat moesten zelfs vuile smeerlappen een eerlijke kans krijgen om te overleven, was het niet voor henzelf, dan in elk geval om de menselijkheid te bewaren waar zij zelf zo'n schijt aan hadden.

Hij bestudeerde de lichamelijke resten op de snijtafel van de forensisch arts. Bij het onderzoek van de man bleek dat hij een grote kerel was, wat de oude foto's ook bevestigden, maar als je vervolgens de foto van het lichaam bekeek, was er toch iets wat vragen opriep. De man had dan wel een aantal jaren in de grond gelegen, maar door de conservering van het lichaam met zout zou je toch een idee moeten hebben in welke conditie het lichaam was begraven. Konden ze dat?

Carl pakte zijn mobieltje en belde het Forensisch Instituut.

'Jullie hebben niet genoteerd hoe zwaar jullie denken dat het lichaam is geweest bij het begraven. Is dat een onzorgvuldigheid?'

De forensisch arts lachte, en dat gebeurde zelden. 'Hoe zou ik dat in hemelsnaam moeten weten, Carl? Dat wordt een pure gok.'

'Oké, maar wat denk je? Jij ziet alleen vel en botten op je tafel. Is het voor te stellen dat hij heel mager was, toen hij werd vermoord?'

'Ja, dat kan heel goed. Wij weten namelijk niet precies wanneer hij is vermoord, dus hij kan heel wat zijn afgevallen, terwijl hij zat te wachten om te worden omgebracht.'

'Dank je, dat was precies wat ik dacht,' zei Carl en hij vergat niet om de man te complimenteren voor het rapport als geheel. Zo onderhield je je netwerk het best.

Carl legde de twee foto's naast elkaar. Het uitgeteerde lijk en de corpulente man die in leven was. Het zweet brak je bijna uit.

Mijn hemel nog aan toe, dacht hij. Zijn beulen hebben hem bijna laten verhongeren voordat ze hem die injectie gaven.

Carl nam een sigaret en hing uit het raam, zodat de rook omhoog kon dwarrelen. Daarbuiten in de coronahel leek de wereld dood en grijs en totaal tot stilstand gekomen. Alle gerenoveerde fabrieksgebouwen om hen heen lagen erbij als door oorlog getroffen gebieden. De enorme dominantie van parkeerplaatsen in het gebied werd op een groteske manier duidelijk zonder alle auto's, en slechts een enkele verkeersdeelnemer reed verdwaald in Sydhavnen rond.

Carl stapte terug de werkkamer in en pakte het andere dossier van zijn bureau. Naar de vele foto's te oordelen was de overleden Birger Brandstrup een heel ander type dan Frank 'Franco' Svendsen. 'Een knappe vent', zouden veel mensen van hem zeggen, en ook al was hij al jaren bij dezelfde vrouw geweest, voelde hij zich ook weer niet te goed om gebruik te maken van zijn uiterlijk en tijd te besteden aan het aangaan en maskeren van vele korte affaires. Lange tijd was hij elke week het lievelingsslachtoffer van de roddelbladen en er ging geen receptie aan zijn neus voorbij. Snelle, dure auto's waren zijn handelsmerk en alles aan hem straalde zo veel rugwind uit dat hij bijna niet met twee voeten op de grond kon blijven staan.

Het lichaam van Birger Brandstrup was heel anders herkenbaar als je het vergeleek met de foto's van hem in levenden lijve. Toch leek zijn lichaam ook uitgeteerd en onderworpen aan een behandeling die geen enkele diëtiste zou aanbevelen.

Carl wist dat Birger Brandstrup bakken met geld had verdiend aan gokken en spelletjes op internet. Zelf speelde Carl nooit om geld op internet, ja, zelfs de toto had hem vroeger niet geïnteresseerd. Als hij langs een goklokaal liep dat mensen vijfentachtig procent kans op winst garandeerde, moest hij keihard lachen, want alleen echt naïeve mensen tuinden daarin. Waarom dachten ze niet onmiddellijk dat het dezelfde waterdichte garantie was van een verlies van vijftien procent? Dat klonk alleen niet helemaal zo goed.

Birger Brandstrup was de specialist der specialisten in Denemarken om een goklustig publiek en het geld in hun zakken naar zich toe te lokken.

Carl wist natuurlijk dat politieke krachten bezig waren deze idiotie een halt toe te roepen, zodat stompzinnige reclames om te gokken en allerlei soorten weddenschappen af te sluiten op een gegeven moment uit de ether zouden verdwijnen. Want het probleem was immers dat speelzucht, slecht slapen en tijdsverspilling ondertussen een maatschappelijk probleem was geworden en voor niets en niemand goed, behalve dan voor een man als Birger Brandstrup en zijn persoonlijke financiën.

Carl schudde het hoofd. Nog een man zonder wie de wereld beter af was.

Er werd voorzichtig op Carls deurpost geklopt en een geslepen glimlach kronkelde de werkkamer binnen.

'Waarom kijk je zo, Rose?' vroeg hij. 'Is de kantine weer open?'

'Druiloor! Nee, Carl, Gordon en ik hebben nu gecontroleerd wie gruwelijke misdaden tegen de mensheid heeft begaan en wie er in respectievelijk augustus en december zijn geboren.'

'Oké!'

'We zijn begonnen met 20 augustus, toen Pia Laugesen werd gevonden, verdronken, en Slobodan Milošević werd geboren.'

Carl legde het rapport over Brandstrup weg. 'Dat wisten we al.'

Ze knikte met een scheve glimlach. 'Ja, maar toen ontdekten we dat de Spaanse dictator Franco op 4 december is geboren, en dus vraag je je meteen af of Frank Svendsen met de bijnaam "Franco" niet op 4 december 2016 is vermoord, iets meer dan een maand nadat hij werd ontvoerd. Wat denk jij?'

Carl stak zijn hand uit naar zijn sigaretten, maar werd tegengehouden door de blik van Rose.

'Ik ben nog niet klaar, Carl. We ontdekten ook dat de grootste, smerigste misdadiger aller tijden, de onbetwiste dictator en beul van de Sovjet-Unie, Josef Stalin, op 18 december is geboren. Dus zouden we niet kunnen concluderen dat Birger Brandstrup op die dag in 2018 is vermoord, zo'n drie weken na zijn verdwijning?'

Carl pakte het dossier over Brandstrup weer op. Als die hypothese klopte, was hij korter vastgehouden voor de moord zelf dan Frank Svendsen. Dat was misschien de verklaring dat het lichaam van Svendsen er uitgehongerder uitzag.

'Roep Gordon en Assad er eens even bij, Rose,' zei hij.

Carl zat een ogenblik na te denken. Dit was een gigantische doorbraak, en er werd nu werkelijk een patroon zichtbaar. Maar waar leidde dit hen naartoe?

Er kwamen drie breeduit glimlachende mensen voor hem staan. Het haar van Assad wuifde haast van enthousiasme.

'Als eerste wil ik zeggen dat het eersteklas werk is, mensen, dus een dankjewel is veel te weinig. Ik vind dat zich echt een beeld van een patroon begint te vormen en misschien zelfs een profiel van de moordenaar, zijn we het daarover eens?'

'Ja, nu moet het in elk geval mogelijk zijn de lege velden op het hele bord in te vullen. Want als wij de geboortedata van een aantal misdadige personen kunnen vinden, denk ik dat we ook een aantal mogelijk verdachte sterfgevallen door de jaren heen kunnen achterhalen. En eh, ja, dan ontbreken alleen de slachtoffers nog. Het is volstrekt de omgekeerde wereld,' zei Gordon en hij grijnsde.

'Sneu voor deze Frank "Franco" Svendsen dat zijn leven op de geboortedag van zijn naambroeder moest eindigen, maar is dat toeval, denken jullie?'

'Misschien,' zei Assad. 'Maar ik denk dat de man kan zijn uitgekozen uit andere mogelijke slachtoffers juist vanwege die blijfnaam.'

Gordon lachte en klopte hem op zijn rug. 'Nou heb je weer een nieuw woord bedacht, Assad. Dat heet bijnaam.'

Assad keek hem met een teleurgestelde gelaatsuitdrukking aan. Moest Gordon hem nu ook al verbeteren, net als die twee anderen?

'Bijnaam? Dat begrijp ik niet. Blijfnaam, dat is het toch als je er niet meer van af kunt komen?'

'Maar waarom kiest de moordenaar deze data?' viel Carl hen in de rede. 'Wat is de overkoepelende symboliek?'

'Zo herinnert hij ons aan het kwaad in de wereld,' opperde Gordon.

'Ja, de slachtoffers waren beslist geen lieverdjes als je het mij vraagt,' zei Rose. 'Ze zouden in elk geval niet worden uitgenodigd in mijn vriendenkring.'

Zou Rose eigenlijk wel een vriendenkring hebben, dacht Carl, maar ze had gelijk. 'Als jullie door blijven zoeken naar de geboortedagen van beruchte personen is het misschien ook niet onmogelijk dat we op die manier de slachtoffers vinden van de resterende negen lege velden in de hele periode van 1988 tot 2018. Maar denk eraan: mocht het onwaarschijnlijke zich voordoen dat er meerdere mensen op een twijfelachtige manier om het leven komen op geboortedagen van die ongelooflijke smeerlappen, dan moeten we ons concentreren op zaken waarbij hopelijk op een of andere manier zout is aangetroffen.'

'Ik denk dat ik met de geboortedag van Adolf Hitler begin. Is dat geen goed idee?' vroeg Rose.

Assad en Gordon knikten bevestigend.

Carl voelde zich wat eigenaardig. Was dat nou zweet dat hij in zijn oksels en op zijn voorhoofd voelde? Waarschijnlijk wel, omdat hij juist op dit moment een heel bang vermoeden had gekregen.

'Er is iets wat me dwarszit,' zei Carl. 'Wat als deze nachtmerrie nog helemaal niet is afgelopen? Ons laatste slachtoffer is op 18 december 2018 vermoord, maar hoe zit het dan met 2020? Als iemand in 2020 moet worden vermoord, dan moet het dus na 18 december zijn en dat wil zeggen héél binnenkort. Welke laaghartige, grote crimineel is geboren op een van de laatste dertien dagen van december, weten jullie dat?'

Ze staarden hem met grote ogen aan. Hun afgrijzen werd zichtbaar, en allemaal tegelijk haalden ze hun mobieltjes tevoorschijn en begonnen te typen. Ze konden gewoon niet wachten.

Er verstreek slechts een minuut van intoetsen, toen stopten ze allemaal tegelijk.

Rose nam het woord. 'China's zogenaamde voorman, Mao Zedong, schuldig aan allerlei misdrijven tegen zijn eigen volk en met miljoenen mensenlevens op zijn geweten,' zei ze droog. 'Zijn geboortedag was 26 december.'

Carl keek naar de datum op zijn horloge. Als het patroon klopte, was er dus nu ergens iemand die was opgesloten en werd uitgehongerd, terwijl zij hier stonden te palaveren.

Iemand die over precies negen dagen zou worden omgebracht.

37

Donderdag 17/12/2020

CARL

Wie moest er op tweede kerstdag sterven?

Zat er op dit moment iemand te verhongeren, misschien volstrekt onwetend over wat er zou gebeuren en zonder mogelijkheid om er iets aan te doen? Of liep er op dit moment een persoon vrij rond tussen zijn geliefden zonder te weten dat het dus de laatste kerst zou zijn die ze samen doorbrachten? Misschien was het aan de andere kant juist wel een eenling die in zijn eigen wereldje leefde en nooit gevaar bespeurde. Een van deze mogelijkheden was de juiste, daarvan was Carl overtuigd, maar wie van hen moest sterven? Hoe moesten zij ontrafelen wie het was en waren ze snel genoeg? Ze konden natuurlijk niet onomwonden tegen wie dan ook zeggen dat ze naar een vreselijke proleet op zoek waren.

Carl twijfelde er niet aan dat de moordenaar zijn slachtoffer al had uitgekozen en misschien wel al heel lang, en hij wist ook dat de kansen om dit te verhinderen uitsluitend op zijn schouders en op die van zijn mensen van afdeling Q lagen en dat ze het, als je het nuchter bekeek, bijna net zo goed konden opgeven.

'Maar kun je het recht van een mens om te leven opgeven als er ook maar de allerkleinste mogelijkheid is om dat te redden?' had Mona hem nog niet zo lang geleden bij een andere gelegenheid gevraagd. Ze zou vermoedelijk net zo goed als hij weten dat dit inhield dat ze allemaal dag en nacht moesten werken, zelfs tijdens de feestdagen, en dat Mona daarom alleen zou zijn met Lucia.

Ondanks het vooruitzicht op veel te veel werk en geen kerst aarzelde Rose niet om het plan namens iedereen te steunen.

'Wij staan achter je,' had ze gezegd, en de laatste uren hadden ze zich ieder afzonderlijk uit de naad gewerkt om dat te onderstrepen. Gordon deed het basisonderzoek om meer en nieuwe informatie in de zaken die ze al kenden boven water te krijgen.

Rose' methode was altijd geweest om nieuwe invalshoeken in een zaak te ontdekken. Dus als zij meer lege velden op het bord wilde invullen, dan betrof het invalshoeken die moesten passen. Eerst moest ze geboortedata vinden van grote misdadigers die bij het patroon aan de muur pasten. Vervolgens moest ze zaken zoeken waarbij mensen op diezelfde data op een verdachte manier om het leven waren gekomen. Als ze deze zaken en slachtoffers nader onderzocht, kwamen er misschien nieuwe aspecten naar boven. Wie kenden de slachtoffers, waar hielden ze zich mee bezig, waaraan konden ze zich schuldig hebben gemaakt? Als ze een beetje geluk had, kon ze wellicht een moordenaar zich zien verraden.

Terwijl zij zich op die taak stortte, moest Assad een heleboel andere taken op zich nemen, zoals het scrapbook van Pia Laugesen en Palle Rasmussens computer. Pas als hij daarmee klaar was, moest hij Carl helpen.

Naar alle waarschijnlijkheid waren het dus nog maar negen dagen tot er een man zou worden terechtgesteld en het werd hun verantwoordelijkheid en missie om dat te verhinderen. Alle vier waren ze het erover eens dat als de moord resoluut werd uitgevoerd, zoals dat in de meeste zaken het geval was geweest, het een onmogelijke opdracht zou worden, tenzij ze snel een verdachte konden vinden. Ze waren het ook net zo eens over het feit dat iets tijdens al deze jaren de gewoonten van de moordenaar had veranderd. Hij leek veel voorzichtiger. Het besef dat er tijdens de moord zelf niets mocht misgaan, leek hem meer bezig te houden. Blijkbaar wilde hij zich niet meer zo blootgeven als eerder, en om dezelfde reden was het zout voor afdeling Q misschien ook niet meer dezelfde onmiddellijke hulp. Feit was immers dat bij de twee laatste moorden het zout verborgen was geweest, net als de lichamen dat waren, dus hier was geen sprake van in scène gezette ongelukken. De terechtstellingen van Franco Svendsen, Birger Brandstrup en mogelijkerwijs meerdere mensen hadden plaatsgevonden na een ontvoering. Als je nu neigde naar de veronderstelling dat die laatste methode, met een voorafgaande ontvoering, ondertussen de voorkeur van de moordenaar had gekregen, was er wellicht een kans een mogelijk nieuw slachtoffer te vinden, al voor de terechtstelling zich voltrok.

Dat was de taak die Carl op zich nam.

Toen hij naar de werkkamer van Marcus stapte, hield Lis hem met een bezorgde blik tegen.

'Carl, in alle vertrouwelijkheid, ik moet alles kopiëren wat wij over de spijkerpistoolzaak weten.' Ze wees naar een grote stapel papier die op haar balie lag. 'Ik weet niet wat jij ervan denkt, maar dat moet voor jou wel een beetje vreemd zijn.' Ze aaide hem over zijn wang en glimlachte vriendelijk. 'Goed, ik wilde eigenlijk alleen maar zeggen dat ik vind dat je goed op jezelf moet passen.'

Carl knikte, dat was lief van haar, maar zo was Lis.

Al met al had hij alle papieren meerdere keren doorgelezen, dus waar moest hij überhaupt bang voor zijn?

Uiteraard begreep Marcus Jacobsen de onmiddellijke ernst. Hij was jarenlang gekweld door de kwestie van Maja's zoontje, dat als toevallig slachtoffer om het leven kwam toen de autowerkplaats van Ove Wilder werd opgeblazen. Lange tijd had hij gedacht dat dit gewelddadige misdrijf op zichzelf stond, maar nu moest hij simpelweg erkennen dat de dodelijke explosie in de garage van Ove Wilder slechts een enkel puzzelstukje in een onafgebroken reeks moorden met een bepaald patroon was. Marcus Jacobsen had meer dan alleen het gevoel dat waar afdeling Q mee bezig was niet verkeerd kon zijn en dat Carl en zijn mensen op dit moment probeerden te voorkomen dat er nog een slachtoffer wachtte om te sterven.

'Carl, ik begrijp dat jij zaken hebt doorgenomen waarbij een persoon de laatste anderhalve maand spoorloos is verdwenen en dat geen ervan paste bij het profiel van een slachtoffer?'

'Correct, er is geen enkele,' antwoordde Carl.

'Is het mogelijk dat de persoon in kwestie nooit als vermist is opgegeven?'

Carl zette zijn ellebogen op de armleuningen van de bureaustoel en liet zijn kin op zijn gevouwen handen rusten. De suggestie van

Marcus zou in dat geval afwijken van de zaken die er direct aan vooraf waren gegaan.

'Je bedoelt dat het iemand kan zijn die niemand zou missen, maar dat geloof ik gewoon niet.'

'Nee, misschien niet. Maar kun je je niet voorstellen dat de familie leeft met het idee dat de persoon in kwestie al om het leven is gekomen, zoals in het geval van Franco Svendsen, of misschien eerder dat ze de verdenking koesteren dat hij er een tijdje tussenuit is geknepen, zoals de vrouw van Birger Brandstrup dacht.'

Carl sloot zijn ogen. 'Ja, misschien vooral dat laatste. Je kunt je ook voorstellen dat de naaste verwanten informatie over de verdwenen persoon hebben gekregen die onjuist is. Dat ze leven in het blinde geloof dat ze zelfs contact met die persoon hebben, maar zonder dat ook echt te hebben.'

'Ze kunnen geconstrueerde sms'jes of mails van de persoon in kwestie hebben ontvangen, bedoel je dat?'

Carl knikte heel langzaam. 'Ja, als het uitgekozen slachtoffer met een legitiem doel is vertrokken en dat hij en de vrouw daarna een e-mailcorrespondentie zijn begonnen die in werkelijkheid door zijn bewakers is gevoerd.'

Carl gebaarde naar Rose, die binnenkwam, dat ze even moest wachten.

'Dat is inderdaad een aannemelijke mogelijkheid, Marcus, maar dat geldt eigenlijk voor alle suggesties. Laten we nu gewoon eens aannemen dat het waar kan zijn, hoe zorgen wij er dan voor dat de familieleden zich melden en de persoon als vermist opgeven? Binnen negen dagen, welteverstaan, ja, zelfs sneller dan dat?'

Marcus keek hem met een sombere blik aan. 'Ik kan helaas geen mensen vrijmaken om jullie te helpen,' zei hij. 'Mensen hebben genoeg aan hun eigen zaken en vooral nu, met een aantal zieken en anderen in quarantaine, en de meeste overige mensen werken vanuit huis.'

'Maar kunnen we kranten en tv er niet bij betrekken? Kunnen we niet iets formuleren zodat de naasten voor de dag komen?'

Carl kende het antwoord al, want zoiets deed je gewoon niet. Dat zou talloze meldingen opleveren die misleidend of onbruikbaar zouden zijn en er zou kostbare mankracht en tijd worden verspild.

'Sommige mensen leven slechts alleen, voor het geval jullie dat waren vergeten,' kwam het van Rose. Ik leef alleen, Gordon leeft alleen en jij zelf ook, Marcus. Als de man geen naasten of bekenden dicht in de buurt heeft, kan er best een tijdje overheen gaan voordat iemand reageert.'

Marcus zuchtte en ging staan. 'Als jullie een concreet spoor tegenkomen, kijk ik wat ik kan doen. Tot die tijd moeten we maar bidden voor die stumper. Er zijn een paar mensen die een verdrietige kerst krijgen, vrees ik helaas.'

'Ik geloof het meest in de laatste hypothese en ik heb een idee,' zei Rose, toen Marcus was weggegaan. 'Zullen we het journaal niet bij ons op kantoor uitnodigen, zodat ze kunnen zien onder welke omstandigheden een rechercheafdeling in deze coronatijd moet werken?'

Carl keek haar lang aan. In wezen interesseerde het hem geen bal wie er last mee zou krijgen als ze van de normale procedures afweken. Als een hoofdinspecteur of een andere hooggeplaatste zou beginnen te brullen dat ze hun boekje te buiten gingen, dan ontsloegen ze de hele club bij afdeling Q maar of in elk geval hem. Het idee van professionele hondenuitlater of veiligheidsexpert op Christiansborg was niet echt afschrikwekkend.

'Oké, Rose, dat regel jij. Vertel de journalisten niets concreet over de zaken waar we mee bezig zijn. We moeten improviseren als het zover is. Heb je verder nog iets bruikbaars?'

Ze glimlachte. 'Ja, dat kun je gerust zeggen zonder te overdrijven. Ik kan je vertellen dat Adolf Hitlers geboortedag 20 april was en dat Andrea Thorsen op die datum in 1994 onder verdachte omstandigheden in de woning van haar geliefde is teruggevonden, opgehangen. Haar geliefde is haar dood ten laste gelegd en heeft vijftien jaar gekregen, maar hij stierf al na vijf jaar in de gevangenis.'

'Aha, triest verhaal. Maar ik verwacht iets meer dan dat, Rose, voor het op het bord kan.'

Ze glimlachte. 'Dank u, meneer Veeleiser, dat dacht ik al. Maar dan kan ik je vertellen dat Andrea Thorsen directeur was van een familiebedrijf dat landbouwmachines verkocht. In een aantal keren stortte het bedrijf langzaam maar gestaag in als gevolg van echt heel veel ongelukkige voorvallen. Het eerste was dat de hele verzameling peperdure machines, maaidorsers, reusachtige John Deere-tractors, zaaimachines, sproei-installaties, hakselaars en nog veel meer aan vandalisme ten prooi vielen. Later was er een inbraak in haar huis, waarbij zeer kostbare meubels en andere unieke voorwerpen verdwenen. Daarna brandde een van hun opslagloodsen uit, vervolgens werden hun dieseltanks leeggehaald en raakten waterbuizen lek die de complete vloer met bekleedsel verwoestten. Er was een lange reeks zaken die tot uitkering van grote sommen verzekeringsgeld leidden. Natuurlijk waren alle verschillende zaken elk bij een andere verzekeringsmaatschappij ondergebracht, dus met die verliezen konden de verzekeringsmaatschappijen leven. Maar een tv-documentaire wist in 1994 te achterhalen dat het alles bij elkaar om meer dan vijftig miljoen kroon ging, wat destijds een ongelooflijke som geld was.'

'Verzekeringsfraude, bedoel je dat?'

'Het werd nooit bewezen en de vrouw kwam oprecht ontroostbaar over. Dat wil zeggen, dat deed ze eigenlijk alleen als ze in de media kwam. Voor de rest leefde ze erop los met haar vriend, die ongetwijfeld een heel groot aandeel in het geheel heeft gehad, denk ik, want de man was namelijk verzekeringsagent.'

Carl knikte. 'Maar die zelfmoord? Had ze zichzelf verhangen? Waarom die man verdenken?'

'Hij was in de woning toen ze stierf, en zwaar onder invloed van cocaïne. De man werd echt agressief als hij snoof, zei iemand. Maar de politie en de rechter oordeelden dat de vrouw zich onmogelijk zelf iets zou kunnen aandoen, want zij leed aan heuse doodsangst en had geen enkele reden om juist die fobie te tarten, want ze leefde immers het zoete, goede leven. Bovendien was er in de woning een geldkluis met zeven miljoen kroon aan contant geld en de sufferd had de combinatie van de kluis in zijn portemonnee.'

'Hij kwam in de gevangenis terecht?'

'Ja, en hij overleed een paar jaar later. In 1999, als ik het me goed herinner.

'Stierf hij een natuurlijke dood?'

'Als een gesprongen blindedarm een natuurlijke dood is, dan ja.'

'Oké, dan komt de "tien miljoen kronen"-vraag: waarom koppel je deze zaak aan de onze?'

'Dat zal ik je vertellen, Carl. En verder moet je het politierapport even heel nauwkeurig doorlezen.'

'De minnaar had cocaïne gesnoven, dat was duidelijk, want er lagen minstens acht lijntjes voor de volgende trips. Maar de minnaar ontkende bij zijn arrestatie dat hij die lijntjes had klaargelegd, en behalve dat weigerde hij ook te vertellen wie zijn dealer was. Dat was vóór zijn rechtszaak, waar hij er juist van alles uitflapte, alsof hem dat hielp. Maar voor die tijd had de politie de cocaïne geanalyseerd om op die manier misschien een leverancier te kunnen traceren. Dat lukte dan wel niet, maar ze konden wel vertellen dat het de slechtste cocaïne was die ze ooit hadden gezien, want de helft van de cocaïne was feitelijk keukenzout.'

Carl spitste zijn lippen en floot zachtjes.

Dus nu hadden ze zaak nummer acht van de zeventien op het bord.

38

Vrijdag 18/12/2020

MAURITS

Zijn slikbewegingen wekten hem, een zwakke maar koele stroom die zijn tongreflexen liet pulseren en zijn halsspieren zich liet samentrekken.

Met grote moeite wist hij zijn ogen te openen, het was alsof zijn oogleden de oogbollen niet wilden loslaten, zo droog waren de hoornvliezen.

Voor hem torende een wazige gedaante boven hem uit. Potente handen drukten zijn wangen samen en iets wat aan een zuigfles kon doen denken werd tegen zijn ondertanden geduwd, terwijl het water over zijn mondhoeken stroomde en doorging met het activeren van zijn slikbewegingen.

Maurits kokhalsde en voelde een hoest opkomen, maar was op dit moment te groggy om te registreren dat hij in werkelijkheid capituleerde. Nu keerde de hoofdpijn terug en herinnerde hem eraan hoe die bijna zijn hoofd had laten exploderen, vlak voor hij in slaap was gesukkeld. Door deze bonkende pijnen realiseerde hij zich zijn actuele situatie.

Nu trok de gedaante de zuigfles uit zijn mond, draaide zich om, liep naar de achterwand en ging er met zijn gezicht naartoe staan.

Maurits probeerde iets te zeggen, maar zijn stembanden kleefden aan elkaar, waardoor er alleen keelklanken uit kwamen.

Hij had een aantal dagen opgesloten gezeten zonder eten en bijna zonder iets te drinken. Hij had het laatste etmaal nog geen druppel geplast, of toch, hij wist het niet zeker. Hij keek langs zijn lichaam en zag een opgedroogde vlek die bij de gulp te zien was. Dat moest zijn gebeurd terwijl hij sliep.

Maurits probeerde zich te concentreren op de ruimte, maar kreeg zijn gedachten niet onder controle. Wist hij eigenlijk wel waar hij was? Het enige wat hij zeker wist dat hij meerdere dagen geleden had gedacht dat het zijn lot was om van honger en dorst om te komen. Dat het de bedoeling was dat hij langzaam zou doodgaan, zonder dat er mensen getuige van waren.

Ik heet Maurits van Bierbek, dacht hij, en wat jij daar bij de muur ook verzint, ik leef nog steeds, monster dat je d'r bent.

Nu draaide de figuur zich om en Maurits kneep zijn ogen een paar keer samen om ze te bevochtigen; maar pas toen de man vlak voor hem stond, zag hij hem heel duidelijk.

Het was een man van middelbare leeftijd. Lang, breed en hij glimlachte, wat ervoor zorgde dat zijn gezicht scheef leek, als dat van een baby bij wie de schedel bij de geboorte misvormd was geweest.

'We zullen je eens wat voedsel toedienen,' zei een lage stem.

Hij trok Maurits' linkerarm naar zich toe en sloeg een paar keer op de handrug, voor hij de naald in hem stak.

'Zo,' zei hij. 'Nu kun je nog wat langer leven.'

Maurits draaide met moeite zijn hoofd en staarde rechtstreeks naar het infuus dat aan een statief naast hem hing.

'Over een uur kijken we of we wat soep in je kunnen krijgen. Ik denk dat dat je goed zal doen.'

In een mum van tijd werd zijn hoofdpijn verlicht. Maurits sloot zijn ogen van opluchting en dacht dat er in het infuus ook wat pijnstillends moest zitten. Terwijl zijn hersenen werden voorzien van koolhydraten en zouten, keerde Maurits' werkelijkheid langzaam terug.

Het was alleen een werkelijkheid die hij liever niet wilde kennen.

Hij hoestte een paar keer en schraapte zijn keel, tot het voelde alsof zijn stem weer een klein beetje kracht had gekregen.

'Wie ben jij?' vroeg hij raspend.

Maar de man gaf geen antwoord. Hij was weer naar de achterwand gegaan en stond een ogenblik met zijn armen te bewegen, alsof hij iets bij de stalen tafel stond te mengen. Toen deed hij een stap opzij naar een lange stalen ladder die Maurits meende niet eerder te hebben gezien.

Er klonk een metaalachtig, schrapend geluid over de betonnen vloer, toen de man de ladder uit de wand trok. Hij stopte een paar meter bij Maurits vandaan en trok de ladder vervolgens helemaal uit, zodat die precies tegen de ene rail aan het plafond kon staan.

Nu zag Maurits dat de broek die de man droeg was als die van een timmerman, met grote zakken waaruit meerdere stukken gereedschap staken. Waar had hij die voor nodig?

Maurits wilde gaan staan, zodat hij de ladder kon omschoppen als de man helemaal bovenin was, maar hij kon zich niet bewegen. Zat er iets in het infuus wat hem zijn krachten ontnam, of was hij gewoon al zo verzwakt?

'Welke dag is het?' vroeg hij aan de man die bij de ene rail stond te rommelen.

'Het is vrijdag 18 december,' antwoordde de stem.

Maurits haalde diep in zijn longen adem, zodat er meer zuurstof naar zijn hersenen werd gepompt. De man had '18 december' gezegd, hoelang was hij hier dan al? Langzaam herinnerde hij zich hoe hij voor de gek was gehouden en het moment dat hij op deze stoel wakker was geworden. Hij wist dat hij sinds zaterdag, zes dagen geleden, gevangen had gezeten, wat waarschijnlijk de laatste keer was geweest dat hij vocht en vast voedsel had gehad.

'Laat je me nu los?' vroeg hij, want was de man niet bezig met de kettingen en de rails daarboven? Kon het zo zijn dat hij zou worden losgelaten? Was de straf voor zijn heiligschennis, waarvan hij trouwens niet wist wat die was, nu doorstaan?

Maar het gelach aan het boveneinde van de ladder deed zijn adem stokken. Het klonk zo aanmatigend, zo diabolisch, dat Maurits voor de eerste keer sinds hij was ontvoerd, er honderd procent zeker van was dat, ongeacht wat de dagen zouden brengen, deze koude muren het laatste op de wereld zouden zijn wat hij zou zien. Wat voorheen hoop was geweest, werd nu een pijnlijk besef dat de rest van zijn leven in uren kon worden geteld. Maar waarom hadden ze hem dan niet gewoon met rust gelaten, zodat hij stilletjes in zijn slaap kon overlijden als het lichaam niet langer kon functioneren?

'Maak het af,' zei hij zo hard hij kon. 'Maak het af en vermoord me.'

Weer lachte de man daarboven. Meerdere keren had hij een stuk gereedschap tevoorschijn gehaald en geduwd en gedraaid, maar Maurits kon niet zien wat hij deed. Het was in elk geval niets goeds, daarvan was hij overtuigd.

Een minuut later stond de man weer voor hem. In de ene hand had hij een Engelse sleutel, in de andere een bout.

'Als je gewoon zo'n klein dingetje op de juiste plek vastzet, kun jij niet dichter bij de tafel daar komen dan drie meter uit de buurt. Is dat niet duivels?'

Hij trok de ladder bij de rails vandaan en wees naar boven. 'Nu kun je de bout zien die ik heb geplaatst. De slee zal ertegenaan stoten en stoppen, en je kunt hem niet verwijderen zonder deze hier.' Hij zwaaide de Engelse sleutel voor zijn gezicht heen en weer en trok de ladder terug naar de achterwand.

'Ik leg de Engelse sleutel hier op tafel, Maurits van Bierbek, en ik zet de ladder ernaast. Dan heb je de komende paar dagen wat om over na te denken.'

Vuile klootzak, dacht Maurits.

'Ja, ik zie wel wat je denkt. Je denkt dat dit marteling is en dat mag je ook vinden. Maar wij martelen niet, want wij zijn geen beulen, wij zijn engelen die je helpen naar een betere wereld dan deze, die je zelf hebt meegeholpen te verzieken. De ladder en de Engelse sleutel moeten je er alleen aan herinneren dat als je een paar jaar geleden wat zorgvuldiger over je toekomst op lange termijn had nagedacht en over waar je mee bezig was, je hier niet zou zitten nadenken over wat je op korte termijn staat te wachten.'

Maurits keek met minachting naar zijn scheve glimlach. 'Nee, daarover hoef ik niet na te denken, want ik weet wat me staat te wachten. Ik moet van honger omkomen.'

De man glimlachte. 'Nee, dat zou niet netjes van ons zijn, vind ik. We zullen nog wel een poosje op je passen en nu is de soep ook bijna klaar.'

Maurits sloot zijn ogen. We zullen nog wel een poosje op je passen, zei hij.

'Een poosje', wat dat dan ook betekende?

39

Vrijdag 18/12/2020

CARL

'Het spijt me, Carl, maar het is me niet gelukt verslaggevers te vinden die zin of behoefte hebben om op dit moment een reportage over de politie te maken,' zei Rose. 'Deze dagen wordt er meer dan voldoende op tv uitgezonden over het werk van de politie, zeggen ze, en er zijn ook wel heel veel programma's, dat weet ik ook eigenlijk best. Behalve coronagerelateerd zijn er al die oude zaken die voormalig rechercheurs belichten, verkeerspolitie die op jacht gaat naar snelheidsovertreders, technische besprekingen van moordzaken en God weet wat allemaal van hier en uit het buitenland. Dus als we niet iets nieuws en concreets hebben dat zij graag willen laten zien, dan wordt het deze keer niet.'

'Verdorie, Rose, geef ze dan iets concreets. We moeten hun bloed aan de kook brengen, hoe dan ook.'

'Ja, maar wat dan? We kunnen er toch niet uit gooien dat we denken dat op 26 december iemand zal worden vermoord? En we kunnen ook niet allerlei speculaties op gang brengen bij een hoop gezinnen dat het om hun verdwenen familielid kan gaan.'

Carl keek haar een moment aan, natuurlijk had ze gelijk, er zijn maar weinig dingen die de hemel in groeien zonder eerst een scheut mest te krijgen.

Hij keek schuin naar het onderste lege veld op het whiteboard. Zou een politieleiding die nog nooit ook maar een minuut aan regulier recherchewerk had gespendeerd hen verhinderen om een moord te voorkomen? Absoluut niet, zeg!

'Weet je wat, Rose, jij kunt tegen de makers of wie de beslissingen ook neemt, van TV AVISEN, Nyhederne of een ander nieuwsprogramma, zeggen dat afdeling Q op dit moment met iets groots bezig is en dat er haast is geboden als de media erbij willen zijn. Vandaag zullen we voor één keer de sluier van ons onderzoek oplichten, dat moet toch indruk maken. Het maakt me trouwens niet uit wie er toehapt. Al is het maar eentje, dan ben ik tevreden.'

Na het gesprek gooide Carl zijn schoenen op het bureau en probeerde de feiten te resumeren. Alles wees erop dat een moordenaar al bijna vijfendertig jaar actief was en dat hij volgens een zeer specifiek patroon te werk ging. Als eerste koos hij ervoor om om het jaar te moorden, wat eigenlijk heel logisch was. Want hoe zeldener een seriemoordenaar toesloeg, hoe groter de kans was dat de afzonderlijke misdrijven naar de achtergrond verdwenen. Tot nu toe waren alle moorden gepleegd op data steeds later in het jaar, zodanig dat maar liefst zestien moorden, ja, misschien binnenkort zeventien, in deze hele periode waren begaan. Op dit moment duidde hun onderzoek erop dat alle moorden waren gekoppeld aan geboortedagen van bekende dictators en andere meedogenloze schoften die misdaden tegen de mensheid op hun geweten hadden. Voor Carl bestond er geen enkele twijfel dat zijn voortreffelijke collega's weldra nog meer van deze data hadden geïdentificeerd en hopelijk ook welke moorden eraan konden worden gekoppeld.

Dus was de vraag wat de definitieve gemeenschappelijke noemer voor deze grote misdadigers en de slachtoffers van hun moordenaar was. En waar kwam dan het zout in deze vergelijking vandaan? Was het slechts een signatuur, zodat de moorden met elkaar verband hielden? Was deze moordenaar zo zeker van zijn onkwetsbaarheid dat hij niet aarzelde deze misdrijven aaneen te schakelen? Carl was tijdens zijn werk veel zelfverzekerde sukkels tegengekomen, maar in dit geval vereiste het buitensporig veel overmoed, zelfverzekerdheid en in het bijzonder lef. Wie zou er trouwens willen opscheppen iemand te zijn die moorden pleegt? Een psychisch zieke? Een niet-empathische psychopaat? Een wreker?

Carl peuterde een sigaret uit het pakje en tikte ermee op het tafelblad. Misschien zouden een paar hijsen hem helpen te begrijpen waarom deze moorden op het bord verband hielden met de dood van Tabitha en Ragnhild? Want dat was zo, aangezien het dode lichaam van Ragnhild Bengtsen naast de twee slachtoffers van rituele moorden werd gevonden. Maar waarom lag er dan geen zout in het graf met het lichaam van Ragnhild? En waarom had zij Tabitha vermoord? Kon het zo zijn dat de twee vrouwen geen deel uitmaakten van het grote plan, maar slechts gevolgschade waren die resoluut en zonder aarzelen werd opgelost?

Carl zuchtte en liet de sigaret onaangestoken in zijn mondhoek hangen, terwijl hij zo hard nadacht dat het kraakte.

Misschien moest hij zich uitsluitend concentreren op de twee laatste gevonden lichamen? Want wie waren de slachtoffers eigenlijk? Birger von Brandstrup produceerde gokspelen en creëerde gokverslaafden. Frank Svendsen verontreinigde grindgroeves, de lucht, de zeeën, stuurde schepen naar Bangladesh voor de sloop. Twee mannen die beslist niets goeds voor de wereld deden.

'Heb je een momentje, Carl?'

Assad haalde hem uit zijn gedachtespinsels.

'Ik zet even je tv aan op TV2 PLAY. Je moet even de laatste nieuwsupdate van TV2 NEWS zien!'

Het duurde even, terwijl hij met de afstandsbediening rommelde, voor een foto van Pauline Rasmussen op het beeldscherm tevoorschijn kwam en 'Breaking News' – de tekst eronder gleed voorbij. '*Actrice Pauline Rasmussen, die gisteren dood in haar huis werd gevonden, heeft zelfmoord gepleegd, bevestigen meerdere bronnen. Pauline Rasmussen is 52 jaar geworden en was een van de populairste cabaret- en revuesterren van het land*,' stond er.

'Dat is de vriendin die Pauline Rasmussen heeft gevonden die hier wordt geïnterviewd,' zei Assad.

Een imposante vrouw, van wie Carl zou gokken dat ze travestiet was, zat met een versteende uitdrukking op het gezicht in de studio en beantwoordde de vragen.

'Ja! Pauline voelde zich al een tijdje heel ellendig,' zei ze. 'Vooral de laatste lockdown kwam hard bij haar aan, want ze had er net vertrouwen in gekregen dat ze binnenkort weer regelmatig op het toneel kon staan. En toen zaagde de regering nóg een keer de poten onder haar stoel vandaan.'

'Dus ze vreesde een toekomst zonder werk?' vroeg de interviewer.

'Ja, en zonder geld. Ze had uiteindelijk niets meer om van te leven, al haar reserves had ze in het laatste jaar verbruikt.'

'Je hebt haar thuis in haar bed aangetroffen?'

'Ja, maar het eerste wat me opviel, was de stapel pillen op het nachtkastje.'

Vervolgens werd er een foto getoond van een potje, de pillen en een leeg waterglas. Beslist geen materiaal dat de technisch rechercheurs hadden aangeleverd, dus die foto moest de vriendin zelf hebben genomen.

'Al voor ik haar daar zag liggen schrok ik, want ik wist puur instinctief dat er iets helemaal fout was met al die pillen. Ze had ook haar telefoon niet opgenomen, toen ik haar 's ochtends belde. Ik dacht dat ze zich een stuk in de kraag had gedronken, maar helaas had ik het bij het verkeerde eind.'

'We hebben je gevraagd naar de studio te komen, omdat we weten dat je een algemeen commentaar hebt op wat er met Pauline is gebeurd. Kun je dat in een paar woorden uitdrukken?'

Carl bromde. 'In een paar woorden uitdrukken'. Wat was dat toch een debiele frase waarop journalisten verliefd leken te zijn geworden. Volgens hem net zo'n gekunstelde uitdrukking als 'ergens een paar woorden op plakken'.

De vrouw leunde naar de interviewer toe, alsof ze haar iets in vertrouwen wilde vertellen.

'Het is het milieu,' zei ze. 'Onder acteurs en uitvoerend kunstenaars zijn te veel mensen die veel te veel slaappillen in de la van hun nachtkastje hebben liggen, in deze tijd waarin hun leven helemaal naar de gallemiezen gaat. Ik vind dat de minister van Cultuur en iedereen die ervoor heeft gekozen om uitvoerend kunstenaars financiële ondersteuning te ontzeggen, daar eens serieus over moet nadenken. Ze hebben een heel grote verantwoordelijkheid op hun schouders.'

Carl keek met gefronste wenkbrauwen naar Assad.

'Ja,' zei hij. 'Dat is me een dame, zeg. Ik moet in de eerste plaats zeggen dat het sterfgeval van Pauline Rasmussen voor mij werkelijk als een verrassing komt, als ik eerlijk ben. Zij leek mij niet een vrouw die in de vernieling zou gaan.'

'"In de eerste plaats", zeg je?' Assad glimlachte scheef, ergens achter zijn woud aan baardstoppels.

Had die sluwe vos nu al uitgerekend wat Carl als tweede wilde zeggen?

'Wij denken allebei aan dat met die pillen, of niet, Assad? Dat moet wel een tot aan de rand toe gevuld potje met pillen zijn geweest, aangezien er zo veel pillen op het nachtkastje liggen, als er tegelijkertijd voldoende over waren om haar om het leven te brengen.'

'Ja, Carl, heel verdacht! Daarom is het team van Sigurd Harms ook op zoek gegaan naar iets wat op een misdrijf kon wijzen, maar ze hebben alleen Paulines vingerafdrukken gevonden. Het potje, de slaapkamer en de gang zijn grondig onderzocht. Ze lag met al haar kleren aan op haar bed en haar tas was op het voetenbankje achter het bed gesmeten. Harms heeft de inhoud nagelopen en ook daar was niets merkwaardigs aan te zien.'

'Daar werd Harms niet vrolijk van, kan ik me indenken.' Carl knikte. 'Goed dat je mij hierop attendeert, Assad, want die zelfmoord is absoluut niet normaal. Ik vind dat we die computer van Pauline Rasmussen heel snel terug moeten krijgen van NC3. Kun jij er niet voor zorgen dat Marcus op een paar knopjes drukt en hem vraagt of NC3 zo veel mogelijk gewiste bestanden herstelt als ze kunnen?'

Assad stak een duim omhoog. Hij was al onderweg.

Tijd om een sigaret op te steken, dacht Carl terwijl hij over de parkeerplaats uitkeek. Hij zag nog net twee jonge knapen met camera en microfoon door de kou rennen naar de hoofdingang, voor Rose in de deuropening stond.

'Ze zijn er,' zei ze met een dodelijke blik naar de vlam die van Carls lucifer kwam.

'Ze? De tv-ploeg?'

Het kostte slechts een minuut om de papieren op tafel op een nette stapel te leggen voor de twee voor Carl stonden.

'Hé! Erik!' presenteerde de man met de microfoon zich. Carl gaf hem een elleboog ten groet, terwijl de cameraman een opnamehouding aannam.

'We hebben het een beetje druk,' zei de journalist en hij stak zijn microfoon onder Carls neus.

Carl zocht naar het rode lampje van de camera met de sticker ernaast. TV2 LORRY, stond er.

'Rose, kom even hier,' riep hij en hij keerde de camera de rug toe.

'Vertel eens,' zei hij toen ze voor hem stond. 'Heb jij Lorry besteld hierheen te komen? Een lokale Kopenhaagse tv-zender!!'

Ze keek verward naar de twee tv-mensen.

'Niet dat ik weet.'

Carl draaide zich om en probeerde er verontschuldigend uit te zien. Dat lukte totaal niet, dat voelde hij zelf.

'Dank voor jullie komst en dank dat jullie weer zo snel vertrekken. Wat wij te vertellen hebben is van nationaal belang.'

'Ja, maar onze reportages worden soms op andere regionale zenders getoond...' zei de journalist, maar de cameraman had het al begrepen.

Vijf minuten later haastten ze zich in tegenovergestelde richting over de parkeerplaats met de boodschap dat er over twee uur een persverklaring van afdeling Q zou zijn op het plein voor het oude hoofdbureau van politie.

'Weet je heel zeker dat dit een goed besluit is, Carl?' vroeg Rose.

'Zo zeker als de bank, ja.'

'Wat ga je zeggen?'

'Ja, het dilemma is dat ik niet op zoek kan naar een persoon die een "vreselijke proleet" is. Maar behalve dat wil ik het precies zo zeggen als het is. Dat wij een vermoeden hebben dat een heel ondernemend en ongetwijfeld succesvolle persoon die door zijn familie al een tijdje niet is gezien, in ernstige moeilijkheden is gekomen. Als ze onraad ruiken, moeten ze onmiddellijk contact opnemen met jouw telefoonnummer, Rose.'

Ze keek niet heel blij.

40

Vrijdag 18/12/2020, laat in de middag

SISLE

Ze kreeg het telefoontje, terwijl ze in het donker onderweg naar huis was. De laatste dagen waren hectisch geweest, maar de jaren hadden Sisle gehard en wat er ook gebeurde, ze stond stevig op haar fundament. Debora had geïrriteerd geklonken tijdens het telefoontje, maar zij was dan ook geen Sisle. Vele jaren was Debora een trouwe, loyale dienaar geweest, maar ze kreeg soms te maken met terugvallen. Zonder Sisles vaste greep op Debora's leven en dat van haar man zouden ze ongetwijfeld jaren geleden allebei ten onder zijn gegaan. Dat zouden de meeste mensen met het rampzalige dat zij hadden meegemaakt.

Sisle was honderd keer sterker en twijfelde nooit aan zichzelf en haar missie. Het lot had haar op weg geholpen en zolang haar instincten en wilskracht in dezelfde richting wezen, waarom zou ze dan ooit gaan twijfelen?

Nu stond ze weer voor de deur van Debora's huis, waar in de loop der tijd zo veel brandjes hadden gesmeuld en moesten worden geblust terwijl het nog kon.

Debora zag bleek toen ze de deur opendeed. 'Je moet zien wat wij zojuist hebben gezien,' zei ze. 'Dat is niet goed, Sisle, helemaal niet goed.'

Adam stond in de woonkamer te wachten met de afstandsbediening in de hand. Hij leek geschokt en Sisle voelde daar al dat hij zich op glad ijs bevond met wat hij wilde zeggen, en ook dat hij dat zelf heel goed wist. Daarom begon hij heel ergens anders.

'Je moet de persverklaring bekijken die wij hebben gezien. Op dit moment zenden ze het onafgebroken uit op TV2 NEWS. We moeten overleggen wat we gaan doen.'

Hij drukte op de afstandsbediening en vond de video op TV2 PLAY. Vijf minuten gloeide het scherm en Sisle merkte hoe Debora en Adam voortdurend haar reactie in de gaten hielden. Maar Sisle bleef rustig.

Voor het oude hoofdbureau van politie bij een zee aan microfoons en camera's stond Carl Mørck, de chef van afdeling Q, met een ademwolk uit zijn mond en met sneeuw bepoederde schouders. Zijn blik was donkerder dan op die dag dat hij in haar bedrijf met haar sprak en telkens wanneer een journalist gebaarde om hem te onderbreken, wendde hij zijn gezicht af. Aan de gezichten van de journalisten vernam je duidelijk dat hij op dit moment volledig buiten de procedures manoeuvreerde waar de politie zich normaal gesproken van bediende. Als dit een poging was om heel Denemarken bij zijn onderzoek te betrekken, dan was het werkelijk effectief.

Terwijl het beeldscherm nog steeds gloeide, na de persverklaring waarvan ze zojuist getuige waren geweest, kwam de presentator van TV2 NEWS in beeld met zijn gezicht in zulke plooien gelegd dat je er donder op kon zeggen dat dit verhaal de komende dagen nieuws zou blijven. Voor je het wist, werd een leger aan experts opgeroepen om hun mening te geven over de aanstaande mobilisatie en de intensivering van het onderzoek.

Zeker geen publiciteit die Sisle en de anderen konden gebruiken.

'Misschien moeten we Van Bierbek meteen ombrengen? Wat betekenen een paar dagen meer of minder?' zei Adam.

Daar was het dan eindelijk.

Ze richtte haar ogen op hem zonder haar hoofd te draaien. Zwak mannetje, je moet oppassen met wat je zegt, dacht ze.

'Misschien heeft Adam gelijk, Sisle,' zei Debora, terwijl ze op de bank dichterbij schoof. 'We hebben het er toch al eens over gehad. Als ze ooit te dichtbij komen, dan trekken we de stekker eruit en...'

Sisle sloot zich af. De laatste dagen was alles een beetje te snel gegaan, maar dat was toeval. Tabitha en Ragnhild waren ieder afzonderlijk totaal door het lint gegaan, dat had je niet kunnen zien aankomen. Tabitha was dood en daarmee was het probleem met haar geëlimineerd, maar dat maakte het besluit om Ragnhild te stoppen daarentegen onvermijdelijk. Ze hadden haar om het leven gebracht en het juiste gedaan, maar wie had kunnen vermoeden dat haar lichaam zo snel zou worden gevonden? Adam had verzekerd dat hij het graf efficiënt had toegedekt, maar dat was blijkbaar niet zo. Toen kwam die gek van een Pauline vlak daarna om haar uit te dagen en dat had ze niet moeten doen. Niemand moest Sisle bedreigen. En hoewel de vrouw amper iets concreets had gehad dat haar met de moord op Palle Rasmussen in verband kon brengen, konden haar insinuaties zich eenvoudig opstapelen en deze buldog van afdeling Q met nog meer vragen op haar afsturen.

Sisle haalde een keer diep adem. 'Weet je heel zeker dat je alles in de woning van Pauline Rasmussen dat problemen kan opleveren hebt verwijderd, Adam?'

'Ja, je hebt toch zelf gezien hoe ik te werk ben gegaan. Het papier uit haar tas en de schoenendoos met mailtjes uit haar slaapkamer die daar staat.' Hij wees naar de doos midden op de tafel. 'Iets anders heb ik niet gevonden. Daarbij droegen we handschoenen, Sisle. Niemand heeft ons gezien.'

'Jullie beginnen nu toch geen fouten te maken, hè?' Sisle keek hen aan tot ze hun blik lieten zakken. 'Luister. Deze Carl Mørck heeft niets. Zoals hij daar bij die persconferentie spreekt, weet zijn afdeling ogenschijnlijk dat er iemand op tweede kerstdag zal sterven, maar dat is alles. Ze weten niet wie het is en ze weten al helemaal niet waar hij zich bevindt. Ik heb niet de intentie vanwege dit allemaal van mijn plan en mijn principes af te wijken. We liquideren Maurits van Bierbek precies zoals is besloten.'

'Maar wat als de vrouw van Van Bierbek argwaan krijgt en op de oproep van de politieman reageert?' vroeg Debora.

'Waarom zou ze? We hebben toch een reden gegeven waarom ze geen telefonisch contact hebben terwijl hij dit gigantische contract in Florida binnenhaalt? Ze was toch heel content met hun zogenaamde mailwisseling, of niet, Debora?'

'Ze vond het vast heel romantisch dat hij zijn gevoelens voor haar heeft geëtaleerd. De laatste keer leek ze haast euforisch. Maar wat doen we als ze plotseling van koers verandert en vragen begint te stellen of van hem verlangt dat hij haar belt?'

'Dat bekijken we nadat ze haar volgende mail heeft gestuurd.'

'Ja, maar de politie dringt erop aan dat de familie vragen moet stellen waarop alleen degene die is verdwenen kan reageren. Adam zegt dat Maurits van Bierbek echt heel verzwakt leek, toen hij vanmiddag bij hem was, dus misschien kán of wil hij helemaal niet meewerken als we willen dat hij antwoordt.'

'Ja.' Adam keek Sisle smekend aan. 'Maurits is al heel ver heen en ik denk niet dat we hem kunnen dwingen te antwoorden zoals wij willen. Hij heeft het al zo'n beetje opgegeven.'

'Adam, Adam, stop eens even, je verliest de controle over jezelf. In wezen is het toch volstrekt onbeduidend als ze erachter komen wie de man is? Er is niets wat ze naar mij terug kunnen leiden en al helemaal niet naar jullie.'

'Weet je dat wel zeker, Sisle? Kunnen er geen sporen zijn in verband met jouw telefoontje naar Van Bierbek of de ontvoering zelf?!'

Sisle zag wel hoe ontdaan Debora was, hoewel ze probeerde rustig over te komen. Maar dat was haar probleem.

'Ja, maar het ís toch waar wat Debora zegt, Sisle?' viel Adam Debora bij. 'Als de familie reageert en ze krijgen geen bevredigend antwoord, dan zal de politie teruggaan naar de datum van de ontvoering en naar het precieze tijdstip waarop hij werd opgehaald.'

Sisle schroefde het volume omhoog. 'Luister eens, allebei!' Ze schrokken, maar Sisle negeerde dat. Het werd tijd dat ze zich eens een beetje vermanden. 'Of de politie nou beelden heeft van de auto of dat ze een glimp van mij kunnen opvangen achter het stuur in mijn vermomming, of dat de autoverhuur opsporingsapparatuur of een inmiddels wekenoud bestand van deze opnames heeft, ze zullen daar niets uit kunnen afleiden. Mijn telefoontje naar Maurits van Bierbek voor een ontmoeting met de vertegenwoordiger van Global Rea Inc., Victor Page, is gedaan met een oude Nokia, en het prepaidkaartje en het mobieltje liggen op de bodem van Nordhavnen. De huurauto hebben we alleen de eerste twintig minuten gebruikt, voor we Maurits in de bestelwagen hebben gelegd, en de Lexus werd volgens afspraak door jou ingeleverd, Debora, die hem bovendien op valse identiteitspapieren en met een creditcard van Caixa Bank op dezelfde valse naam heeft gehuurd. Dat weten jullie allemaal, dus waarom denken jullie dat ik opeens fouten zou hebben gemaakt?'

'Jij hebt misschien nog nooit eerder fouten gemaakt?' vroeg Adam, maar hij betreurde dat al op het moment dat hun blikken elkaar kruisten.

Sisle had destijds Ove Wilder Auto's al een tijdje in de kijker. Vanaf het moment dat ze haar studie aan de universiteit had vervolgd, was Bjarnes Kaffesalon schuin tegenover de autowerkplaats Sisles lievelingsplek geworden om zich voor te bereiden op de colleges van de dag erop. De clientèle van de koffiesalon was net als de prijzen van het goedkopere soort. Maar ondanks de magnetische werking van het koffiehuis op de laagste sociale klassen van Sydhavnen, vond je hier een wederzijds respect waar ze op de universiteit niet aan gewend was. Hier zaten de mensen die werkten voor de laagste lonen in de slechtste baantjes, die om vijf uur 's ochtends opstonden en zich een slag in de rondte werkten. Ja, zelfs de ellendige relatie van Denemarken met de weergoden hield hen niet tegen. Ze had die laatste paar jaar veel blauwe neuzen en door vorst gebarsten huid gezien, maar ze had nooit geklaag of gejammer gehoord.

Zo was het geweest tot Ove Wilder Auto's werd geopend en Wilder zelf en zijn monteurs de koffiesalon binnenkwamen. Nu kon Sisle niet meer in alle rust in de hoek zitten en zich op haar studie concentreren, vanwege alle smeerlapperij die zij spuiden. Meer dan een halfjaar moest ze aanhoren wat een krankzinnige omvang de leugens en oplichterij van de autowerkplaats hadden, plus alle verhalen van de monteurs over hoe dom hun klanten waren en hoe makkelijk ze hun portemonnees tot de laatste kroon konden leegtrekken.

Behalve hun omvangrijke oplichterij was het in de allereerste plaats hun laatdunkendheid en hoon die haar bloed lieten koken. Toen ze eindelijk moed verzamelde en haar ontzetting en minachting te kennen gaf, veranderde de stemming aan de tafel met de automonteurs in een fractie van een seconde.

'Jongedame, jij moet gewoon je mond houden en je oren afsluiten, begrepen?' Het was Ove Wilder zelf die de toon zette en een vuile hand op haar werkmap legde en deze naar zich toe trok. 'Jij bent heel gehecht aan dit ding, of niet?'

Sisle knikte, de papieren waren het resultaat van een halfjaar werk, maar toch toonden haar ogen geen berouw en dat was een grote fout.

'Woon jij niet op nummer zeventien een straat verderop? Het kost ons hooguit drie minuten om erheen te lopen en alles te ruïneren wat je hebt. Ik zou bijvoorbeeld met deze kunnen beginnen.' Hij haalde het eerste vel uit de map en stak het aan met zijn aansteker.

Ze schrok, toen de vlam het papier in een paar seconden verteerde en dat zagen ze. Hun reactie was een collectief lachen, dat Sisles hersenen een kort ogenblik kortsloot. 'Het kan best zijn dat ik hier niet ver vandaan woon,' siste ze. 'Maar de telefooncel buiten is nog dichterbij en het is een koud kunstje om de politie te bellen, of niet?'

Ze zag niet wie haar sloeg, maar merkte op dat niemand in de koffiesalon aanstalten maakte haar te hulp te schieten. De stamgasten keken amper haar kant op en Sisle voelde zich voor de tweede keer in haar leven compleet verraden. Daarom werd het ook de laatste keer dat ze een voet in Bjarnes Kaffesalon zette.

Het kostte haar goed en wel een maand om informatie te verzamelen over hoe de autowerkplaats eruitzag en om de springstoffen te mengen die als detonators moesten functioneren. Daarna zou ze chloroform proberen te krijgen, waarmee de slachtoffers eventueel verdoofd moesten worden, een loper om de autowerkplaats mee open te krijgen en de honkbalknuppel en de rest van de spullen te plaatsen. Daarna moesten de ontstekingen worden verbonden en gekoppeld aan het tijdmechanisme in de buurt van de tank met tolueen, en als laatste moest ze de stukken metaal op strategische plekken neerleggen.

Ze vond een paar donkere hoekjes in de twee hallen van de autowerkplaats waar je je ongezien kon verschuilen, en ze oefende in het behoedzaam sluipen over de betonnen vloer. Een aantal dagen trainde ze haar trefzekerheid en kracht, waarmee ze de honkbalknuppel precies in de nek van de varkenskoppen kon beuken die ze bij de slachterijen in Kødbyen had gekocht.

Ten slotte had ze een waterdichte planning gemaakt die in alle opzichten goed leek te functioneren, dus liet ze de chloroform schieten. Het was een kwestie van snel reageren en geen seconde aarzelen, als de monteurs tegen sluitingstijd één voor één naar de kleedruimte gingen. Dus tenzij er iets totaal onverwachts gebeurde, zou geen van de monteurs weten te reageren, voor ze hen van achteren neersloeg. Daarna zouden de ontploffingen bijna gelijktijdig komen, dus als ze hen vlak voor sluitingstijd allemaal wist te neutraliseren, kon er niets misgaan.

Om een of andere reden had ze over het hoofd gezien dat een van de monteurs de poort uit was gelopen en stond te roken, dus het was bijna per toeval dat ze die weg naar buiten liep. Hij keek haar achterdochtig aan en kon nog net reageren, voordat de klap met de honkbalknuppel op zijn neus hem half om zijn as liet draaien en hij bewusteloos op de grond viel, tussen de schutting van het ernaast gelegen terrein en de auto die in de poort stond.

Dat was het moment waarop ze in de gaten kreeg dat de tijd begon te dringen. Dus Sisle rende zo hard ze kon de poort uit, langs het zout dat ze daar had neergelegd en ging honderd meter verderop in de straat staan, zodat ze van dichtbij van haar wraak kon genieten.

En toen gebeurde het.

De vrouw die geheel onverwacht met de wandelwagen voor zich uit de hoek om kwam, hoorde Sisles panische geroep niet dat ze moest blijven staan. Ze hoorde het ook niet toen Sisle naar voren sprong en nog een keer riep, en ze hoorde het de derde keer al helemaal niet, toen de catastrofe na de allesverslindende explosie een realiteit was.

Sisle werd omvergeblazen door de druk en was een moment helemaal weg. Ze was een halve minuut volledig doof, maar toen haar gehoor terugkeerde, hoorde ze alleen het gegil van de vrouw.

Op veilige afstand zag ze de blauwe zwaailichten van de politie en even later de ambulances.

Terwijl de brancard met het kind naar de ambulance werd gereden, hield het gegil van de jonge moeder geen moment op, en Sisle was verscheurd door twijfel.

Had ze geen pact met God gesloten? Of was het de bedoeling dat ze nogmaals zo'n heftige beproeving moest ervaren?

Omdat ze geen antwoord kreeg, beloofde ze zichzelf een paar essentiële dingen in dit leven. Ze moest boeten voor haar schuld en de jonge moeder moest worden gecompenseerd. Verder moest Sisle sterker en rijker worden, zodat ze altijd gereedschappen en geld had om mensen als Ove Wilder een halt toe te roepen.

Ze maakte van de datum van de explosie een mentale notitie in haar agenda en constateerde vervolgens dat het dezelfde datum was als waarop de Roemeense despoot Nicolae Ceauşescu was geboren.

Een duivelse gedachte had haar intrek in haar genomen. Vanaf nu zou ze veel energie steken om tot in de perfectie haar slachtoffers uit te kiezen en hun dood te plannen, zodat onschuldigen er niet in werden meegesleurd. En als ze doodde, misschien voor de zekerheid alleen om het jaar, was het belangrijk dat niemand de verdenking zou koesteren dat het sterfgeval een misdrijf was. Op die manier kon ze in alle rust tot haar laatste levensdag doorwerken.

Haar tweede moord kon zo heel mooi worden uitgevoerd op 16 februari 1990, wat de datum was waarop Kim Jong-il, de alleenheersende tiran en de grootste vloek van Noord-Korea, was geboren. Daarmee was de basis gelegd voor Sisle Parks ambitieuze expeditie om de wereld beter te maken.

'Jij hebt misschien nog nooit eerder fouten gemaakt?' had Adam gezegd. Hij moest eens weten hoe diep hij de dolk in haar had gestoken.

Wat was er op dit moment eigenlijk aan het gebeuren? Begonnen de twee mensen met wie ze zo veel jaren haar project had opgebouwd, terug te krabbelen? Dat kon ze simpelweg niet toestaan.

'Ik dacht dat wij een afspraak hadden om elkaars prestaties nooit in twijfel te trekken, Adam.'

Hij kromp ineen bij haar intonatie.

'Vertel eens. Waar heb jij iets op aan te merken? Voor de draad ermee!'

'Sorry,' zei hij slechts.

Sisles blik sprong van de een naar de ander. Misschien was dit het moment dat ze moest overwegen of de tijd van hun partnerschap ten einde liep.

'Jij zegt dat Maurits heel erg verzwakt is. Maar hoe zwak is hij? Gaat hij dood voor zijn executie, is dat wat jij suggereert?'

'Ik weet het niet, maar wellicht! Daarom vind ik ook dat we hem net zo goed nu kunnen ombrengen.'

'Stop, Adam, dat zeg je niet nog een keer, begrepen? De man moet sterven op de dag waarop hij is voorbestemd te sterven, niet eerder of later. Je moet hem beter te eten geven, begrepen? Het duurt nog acht dagen voor hij zal worden gedood.'

Ze zat een moment te kijken naar de schoenendoos die voor haar op tafel stond.

'Hebben jullie de mails van Pauline Rasmussen gelezen?' vroeg ze.

'Ja, sommige. Ze was totaal bezeten van Palle Rasmussen.'

'Droegen jullie daarbij handschoenen?'

'Wat denk je wel niet van ons?' Adam zag er gekwetst uit.

'Goed zo.' Ze keek hoe laat het was. 'Ik moet even iets extra's in de schoenendoos stoppen, en dan ga jij een stukje rijden, Adam.'

41

Zaterdag 19/12/2020

CARL

De avond ervoor had Carl nog maar net een stap bij de microfoons vandaan gezet of een regen aan vragen doorsneed de ijskoude lucht en twintig microfoons werden in dikke handschoenen naar hem uitgestoken.

'Hoe wist hij in vredesnaam dat er een persoon was die op tweede kerstdag met de dood werd bedreigd? Waarom juist op die dag? Wat was het motief?' riep men van alle kanten. Ongeacht hoe de vragen werden geformuleerd, Carl had slechts dat ene commentaar dat hij al had gezegd wat hij wilde zeggen en dat hij hoopte dat er snel contact zou zijn met de naaste familieleden, zodat de afdeling haar onderzoek kon intensiveren.

Daarna draaide hij zich om naar de indrukwekkende zuilencolonnade en de bijzonder afkeurende ogen van de korpschef en de commissaris boven hun groene mondkapjes.

Ze kwamen dichter bij hem en bijna fluisterend vroegen ze hem of hij volkomen gestoord was geworden en of zijn chef, Marcus Jacobsen, van tevoren op de hoogte was gebracht van deze volstrekt ondoordachte breuk met de gebruikelijke omgang met tv- en radiomedia bij politiewerk.

'Ik vind dat jullie moeten wachten met mij ontslaan tot we de man hebben gered,' zei hij een paar keer.

Toen ze hem volkomen helder hadden gemaakt dat dit voor represailles zou zorgen, verdwenen ze in het gebouw, Carl en de aanhoudende journalisten achterlatend.

Carl knikte naar het gezelschap en riep Assad en Gordon bij zich, terwijl hij naar de parkeergarage toe liep.

'Misschien slachten ze je hiervoor, Carl,' zei Assad.

Hij klopte zijn trouwe schildknaap op de schouder. 'Dan is het goed voor de afdeling dat jullie er nog steeds zullen zijn,' zei hij.

Het effect van de persmededeling werd voorpaginanieuws in alle kranten en was in veel opzichten heel heftig, dat merkten ze in alle ernst de dag erop. Niet alleen door de vele tips van mensen die familieleden hadden die onlangs konden zijn verdwenen, maar er waren vooral collega's die vloekten en tierden, omdat alles opeens draaide om dit ene en in hun ogen volstrekt merkwaardig, atypische onderzoek. Want hoewel Carl had verwezen naar het telefoonnummer van Rose, was er geen enkele afdeling in Teglholmen of op het oude hoofdbureau van politie die niet te maken kreeg met het beantwoorden van alle mogelijke telefoontjes van bezorgde familieleden of gekken die allerlei irrelevante nonsens kwijt wilden.

Ondanks Carls vermoeden dat de verdwenen man een succesvolle, ondernemende persoon was, was het grootste deel van de mensen die zich meldden bezorgde ouders van doodgewone tieners die slechts een paar uurtjes uit zicht waren geweest. In de werkkamer recht tegenover die van Carl kwamen meerdere telefoontjes per uur binnen van half beschonken uitkeringsgerechtigden die niet begrepen waarom hun kinderen niet thuiskwamen na het geruzie van de avond ervoor, en het luide gevloek en geschreeuw van collega's die ondanks de coronabeperkingen op het bureau waren verschenen, vormde een markant, slecht verhuld geluidsbeeld op de afdeling.

Summa summarum kreeg Carl te maken met heel wat kritiek en commentaar, en daarom verschanste hij zich achter de gesloten deur van zijn werkkamer en was van plan daar te blijven tot de werkdag was afgelopen en de mensen het gebouw hadden verlaten.

De telefoon van Rose op de andere werkkamer van de afdeling was daarentegen bijzonder stil, God mocht weten waarom. Na een paar uur koos ze ervoor de voicemail in te schakelen en Carl te vertellen waar ze verder mee bezig waren.

'Ik heb de laatste paar uur het werk met de anderen gecoördineerd,' zei Rose ter inleiding en ze knikte naar Assad, die met een paar scrapbooks onder zijn arm stond.

'Ja, we hebben ons geconcentreerd op de zaak-Pia Laugesen. Ik met de crapbooks van haar dochter en Rose op een paar oude tv-opnames van haar.'

'Scrapbooks, Assad, niet crapbooks!' zei Carl. Dat hoorde hij niet.

'Ik ben een paar jaar teruggegaan in de tijd, met tv-uitzendingen waarin Pia Laugesen werd geïnterviewd,' zei Rose. 'Kijk bijvoorbeeld eens naar dit clipje uit TV AVISEN van 2009, het jaar voor ze overleed.' Ze zette haar laptop voor Carl neer en drukte op 'play'.

De interviewer was een van de bekenden met een Pratt-knoop en gespecialiseerd in financiële omstandigheden. 'Pia Laugesen. Als jij welgestelde mensen aanraadt om hun vermogen over te brengen naar landen die bekendstaan om strenge handhaving van het bankgeheim, als jij meewerkt aan omvangrijke "asset stripping", als jij er in alle samenhangen voor zorgt dat cliënten belastingen ontwijken, als jij meehelpt de belastingwetgeving tot het randje op te rekken, ben je dan in feite niet bezig te ondergraven waar onze maatschappij op berust? Ben jij er dan ook in wezen niet voor verantwoordelijk dat kleine belastingbetalers moeten bijspringen en moeten betalen voor iets waarvan jouw cliënten eigenlijk de last hadden moeten dragen?'

Geen moment liet Pia Laugesen haar rode glimlach verdwijnen. Integendeel, ze gebruikte de tijd om de ringen om haar vingers te verschuiven en haar zijden Hermès-sjaal te schikken. Geheel onaangedaan door de aard van de zaak zat ze te knikken alsof niets ter wereld haar en haar integriteit kon bezoedelen.

Toen de journalist klaar was, toonde ze haar pas gebleekte tanden.

'O, mijn hemel,' klonk het met een verdraagzame glimlach. 'Als de wereld zou worden gezuiverd van al dit soort banale vragen die jij stelt, zou jij werkloos worden, mijn beste. Ik moet wel volledig onverschillig staan tegenover wat een gewone werknemer in loondienst moet betalen. Mijn taak is het om rijkdom te verplaatsen, verder niets. Wat de belastingwetgeving betreft, deze moet maar proberen te volgen wat mijn werk aan gaten en onduidelijke voorschriften aan het licht brengt. Ik begrijp het probleem niet. Afgunst?'

Ze bekeken nog een paar minuten van het interview, maar de vrouw week geen millimeter van haar standpunt.

'Ik heb ook iets gevonden,' zei Assad en sloeg het scrapbook open op een van de middelste bladzijden. 'Dit is van 1 juli 2010, ongeveer anderhalve maand voordat ze verdronk.' Hij wees naar een foto van Pia Laugesen in vol ornaat: open minksjaal, weer een sjaal van Hermès, mantelpak en armringen die bungelden als lametten aan een kerstboom.

Assad wees naar een zin in het twee bladzijden lange interview met de titel: *TaxIcons jaarrekening staat bovenaan bij bedrijven op Funen. Pia Laugesens imperium schiet naar nieuwe hoogten.*

Carl las de uitspraak waar Assad naar wees, zo eentje die iedere spindoctor in een fractie van een seconde zou laten verwijderen.

'Ze zegt: "Ik ben ijskoud tegenover klanten en gewone mensen die zich in geldsituaties lichtzinnig gedragen. Als ze niet op een vernuftige manier hun financiële zaken op orde houden, dan moeten ze zich echt zelf maar redden en kopje-onder gaan. Ik kan die verantwoordelijkheid in elk geval niet op me nemen."'

'Wat een ijskoningin, zeg,' zei Carl.

Assad en Rose knikten.

'Met die uitspraak, is het dan niet heel ironisch dat ze zelf kopjeonder is gegaan?' zei Rose.

Absoluut een punt, dat zag Carl ook heel goed.

'Gordon, kun je even hierheen komen!' riep Rose luidkeels. Was het haar bedoeling al zijn woedende collega's op zijn werkkamer uit te nodigen?

'Doe de deur even dicht, Gordon,' zei Carl, toen hij er was. 'Wat heb jij voor ons?'

'Alleen dit hier,' zei hij en hij gooide een kopietje voor Carl neer. Het was een paginagrote advertentie van Ove Wilder Auto's in een lokale krant. Die toonde een krakkemikkig wrak van een Ford Escort, die op de foto ernaast als splinternieuw stond afgebeeld.

MAAK JE AUTO BLIJER EN 'WILDER', stond er, en verder waren er prijsvoorbeelden van servicebeurten, bandenwisseling en een heleboel andere dingen die klanten moesten lokken.

'Wat is daar speciaal aan? Dat is waarschijnlijk niet dezelfde auto, of wel?' vroeg hij.

Gordon glimlachte en wees naar een grote zwarte ster in de hoek onderaan, waarin met gele letters 'knalprijzen' stond.

'Aha,' zei Carl.

'Ja, als je het mij vraagt heeft de moordenaar de oplichterij van Ove Wilder ontdekt en heeft er misschien zelf wel mee te maken gehad.

Omdat alle papieren ontbreken, blijft dat onzeker, maar het woord "knalprijzen" brengt ons wellicht bij het feit dat de autowerkplaats van Wilder inderdaad is opgeblazen. Is het niet denkbaar dat we op die manier een clue te pakken hebben en misschien zelfs een gemeenschappelijke noemer voor de manier waarop de moordenaar denkt en reageert? In elk geval hebben we hier twee zaken waarbij de slachtoffers een koekje van eigen deeg hebben gekregen als een directe consequentie van hun eigen woorden.'

'Nou zeg, het wordt verdorie een steeds merkwaardiger zaak, vinden jullie niet?' Carl schudde zijn hoofd. 'Het is toch om gek van te worden dat de moordenaar met allerlei aanwijzingen strooit als geboortedagen van de grootste misdadigers ter wereld, hints over hoe de slachtoffers omgebracht moeten worden en niet in de laatste plaats het zout dat er ligt, en ondertussen staan we nog steeds met lege handen. Die arme stumper die zit te wachten om te worden vermoord, en dan nog wel op tweede kerstdag.'

'Maar Carl!' Rose nam nu het woord. 'Vind je niet dat we het verband tussen de zaken nu beter begrijpen?'

'Ja, misschien wel.'

'Eén ding is in elk geval gemeenschappelijk voor de misdadigers tegen de mensheid en de slachtoffers. Ze hadden allemaal een extreem slechte moraal.'

'Ja. Maar dan hoeven we "alleen maar" iemand te vinden die zich op zo'n uitzonderlijke wijze bewaker van de menselijke moraal heeft gemaakt dat de persoon in kwestie het oké vindt zelf mensen om het leven te brengen.' Carls aanhalingstekens hingen een moment in de lucht om te onderstrepen hoe hopeloos de opdracht leek.

'Het is bijna religieus, vind je niet?' zei Assad, maar hij was ongetwijfeld ook degene die zulke mechanismen het best begreep van iedereen.

'Ja, maar wat heeft ervoor gezorgd dat deze persoon een heilige kruisvaarder is geworden?' vroeg Carl. 'Waar moet je zo iemand zoeken?'

'In een gesloten inrichting,' zei Rose. 'Of misschien op een plek waar je volledig in je eigen wereld leeft. Ik weet het echt niet.'

Toen ging de telefoon, het was hun beminnelijke receptioniste.

'Er staat hier een mevrouw bij me die graag Carl Mørck wil spreken. Kan ik haar naar jullie toe sturen?'

Carl fronste het voorhoofd. 'Wie is ze en waarom wil ze mij spreken?'

Hij hoorde hen op de achtergrond mompelen.

'Ze heet Gertrud Olsen en was een vriendin van Pauline Rasmussen, die zelfmoord heeft gepleegd. Ze heeft iets wat jullie moeten zien.'

Ze was eenvoudig te herkennen, zo breedgeschouderd als ze naar binnen schreed, met overdreven make-up en haar boezem flink omhooggeduwd in een corsage dat niet zou opvallen tussen de dirndls op het Oktoberfest in München of de kostuums in de revue van pretpark Bakken. De eerste keer dat Carl haar had gezien, had hij gedacht dat ze travestiet was, en hij twijfelde eigenlijk nog steeds.

'Dit lag gisteravond voor mijn deur,' zei ze met hese stem. 'Ik weet niet wie het er heeft neergelegd, het is zelfs luguber, en ik durfde hem bijna niet mee naar binnen te nemen, want ik verwachtte gisteren geen pakjes en daarbij ook al dat coronagedoe nog. Maar toen heb ik hem toch meegenomen naar binnen en ik was vrij verbaasd over de inhoud. Waarom moest ik dit ontvangen en wie had het daar neergelegd? Ik vond het een beetje mysterieus. En toen dacht ik aan jou, jij staat vandaag immers op alle voorpagina's, en ik herinnerde me dat Pauline mij had verteld dat je meerdere keren bij haar bent geweest om te spreken over Palle Rasmussen en daarom kom ik ermee naar jou.'

Carl keek naar de schoenendoos. Een kleine, vermolmde witte schoenendoos met een afbeelding van een paar bruine sandalen op de voorkant.

'Je hebt hem dus opengemaakt, Gertrud?'

Ze knikte verlegen. 'Ja, dat moest ik wel, ik wist niet wat het was en of het voor mij bestemd was.'

'Heb jij er verder in gerommeld?'

Ze schudde haar hoofd. 'Nee, ik vond het te merkwaardig. Maar ik zag dat er bovenop printjes van e-mails van Palle Rasmussen lagen.'

'Krijg nou wat, zeg,' zei Carl.

Rose trok al siliconenhandschoenen aan.

Ze tilde voorzichtig het deksel eraf.

'Wist jij al iets van deze doos af, was hij van Pauline?' vroeg Carl.

'Eh, ja, misschien. Lang geleden had ze het erover dat ze een aantal specifieke mails in een kartonnen doos bewaarde. Dat is vast deze, denk je niet? Maar ik begrijp niet waarom ze al dat zout eroverheen heeft gestrooid.'

'Wat moeten we hier nou weer van denken?' vroeg Carl de anderen, toen de vrouw was vertrokken.

'Het wijst alle kanten tegelijk op, vind ik,' zei Rose. 'Als de politie de doos nu thuis bij Pauline had gevonden na de vondst van het dode lichaam, dan zou dat een verdenking op Pauline kunnen werpen in verband met de dood van Palle Rasmussen. Ze ventileert duidelijke boosheid over zijn slecht verhulde interesse voor andere vrouwen en jaloezie is zoals bekend een veelvoorkomende factor in de statistieken van moordmotieven.'

'Waarmee je Pauline ervan zou kunnen verdenken dat zij de dader is?' Carl schudde zijn hoofd. 'Maar ze hebben de schoenendoos daar niet gevonden. Dus waar is die doos geweest?'

'Precies. Als onze collega's hem niet hebben gevonden, dan is hij dus al uit de woning meegenomen voordat zij arriveerden. Hij is daar misschien helemaal nooit geweest. Misschien weet Gertrud Olsen er meer van af dan ze wil toegeven.'

'Ja, Gertrud zou kunnen liegen en het zout er zelf bovenop hebben gestrooid. Maar neem me niet kwalijk, waarom zou zij dat doen? Zij is immers op geen enkel moment bij ons in het zoeklicht geweest?' zei Carl.

Rose staarde blind voor zich uit. 'Niemand is bij ons in het zoeklicht geweest, Carl. Je moet hier met een open blik naar kijken. Gertrud kan verliefd zijn geweest op Pauline. We moeten toegeven dat ze nogal mannelijk is. Misschien heeft ze Palle Rasmussen echt uit jaloezie vermoord?'

'Zijn we het erover eens dat de dader van de moord op Palle Rasmussen dezelfde is als van alle andere slachtoffers op het bord?'

Er werd wat door elkaar heen gemompeld, maar ze waren het erover eens.

'Dan luister eens even, mensen. Het is goed dat we creatief zijn, maar als Gertrud Olsen iets met deze zaken te maken zou hebben, waarom zou ze zich dan in hemelsnaam juist nu laten zien? Wees eerlijk. Zoals Rose zegt hebben we in verband met de dood van Palle of die van Pauline nog niets concreets, en dan kan de moordenaar om het even wie zijn.'

'Weet je, Carl. Zoals ik het zag leken de bovenarmen van die dame varkenshammen van honderd kilo. Volgens mij zou ze de monteurs van Wilder heel goed een klap tegen het hoofd kunnen geven en Oleg Dudek en Palle Rasmussen in bedwang kunnen houden als ze zou willen. En Pia Laugesen onder water houden in het zwembad tot ze de pijp uit is gevlogen zou voor haar een koud kunstje zijn.'

'De pijp uit is gegaan, heet het, Assad. Maar ja, je hebt gelijk, we moeten niets op voorhand afwijzen, maar ik geloof nog het meest dat de schuldige ons op dit moment alleen maar in de maling neemt.'

'Maling?' Assads wenkbrauwen sprongen een stukje omhoog.

'Dat hij ons voor de gek houdt.'

'Ik denk dat de schoenendoos een bewuste hint is van de moordenaar.' Gordon stond de theorie te overdenken. 'Dus maling is waarschijnlijk een goed woord.'

'Wat voor een hint?' vroeg Rose. Ze leek langzamerhand een beetje uitgeput.

'Om een aantal verbanden te begrijpen bij wat er de laatste tijd is gebeurd,' voegde Gordon eraan toe. 'Wij weten in elk geval dat Pauline na haar dood zelf de doos niet bij Gertrud voor de deur kan hebben neergezet. Wij weten ook dat er met het zout in de schoenendoos een koppeling is gemaakt met de moorden in ons schema. Als je die twee dingen bij elkaar optelt, moet je concluderen dat het redelijk onwaarschijnlijk is dat Pauline zelfmoord heeft gepleegd. De moordenaar heeft haar die pillen toegediend en vervolgens heeft hij de schoenendoos weggehaald, er zout in gestrooid en hem afgeleverd bij iemand die ongetwijfeld zou denken dat hij naar ons toe moest.'

'Hm! Dus jij hebt een verband aangetoond tussen onze moordenaar en de dood van Pauline Rasmussen, denken jullie dat ook?' Carl keek naar de verbeten gezichten van Gordon, Rose en Assad. 'Ja, dat denk ik ook. Maar waarom kiest de moordenaar er dan nu voor om ons deelgenoot te maken van die informatie?'

Assad schraapte over zijn wangen. 'Hij strest ons en dat is het enige wat hij wil. Op dit moment moeten wij helder nadenken, voordat de volgende moord wordt gepleegd, maar hoe kunnen we dat doen als we voortdurend in verschillende richtingen tegelijk moeten kijken? De tijd tikt immers door.'

Rose hield haar hoofd schuin. 'Ik denk meer dat de moordenaar knettergek en ziek in zijn hoofd is.'

Er werd op de deur geklopt en voor ze konden reageren, kwam Marcus binnen met een afvaardiging achter zich van starende collega's van andere afdelingen. Was dit het moment dat hij zijn collectieve bestraffing moest ontvangen?

'Het spijt me je dit te moeten meedelen, Carl, maar jij bent op verzoek van een samenwerking tussen de narcoticabrigade in Rotterdam, Slagelse en Kopenhagen onderwerp geworden van een nader onderzoek in verband met de oude spijkerpistoolzaak uit 2007 en dit hier is een huiszoekingsbevel voor je woning in Allerød.'

Daarop stapten een paar collega's naar voren met inspecteur Terje Ploug voorop en vlak achter hem de legendarische 'Snuffelhond' van de Kopenhaagse narcoticabrigade, oftewel Leif Lassen. Geen team dat je licht moest opvatten.

'Aha,' zei hij, toen de Snuffelhond hem het rechterlijk bevel overhandigde. 'Ik dacht dat ik alleen een uitbrander zou krijgen voor mijn kleine tv-stunt van gisteren?'

'Dat komt nog wel, Carl, maar op dit moment vind ik dit een tikje ernstiger.'

Hij las het papier dat hij in zijn hand hield. 'Heeft een rechter echt toestemming gegeven voor een huiszoeking van mijn woning in Allerød, dat is toch volstrekt idioot. Waar is dat goed voor? Daar wonen Morten Holland, zijn vriend en Hardy Henningsen.'

Terje Ploug stapte naar voren, hij leek niet blij met de situatie. 'Dat weten we, Carl, en we weten ook dat ze al maanden in Zwitserland zijn. We moeten je vragen om met ons mee te gaan, zodat je behulpzaam kunt zijn bij het onderzoek.'

Carl keek zijn collega's van afdeling Q aan, en iedereen begreep het.

Deze speurders meenden het verdorie serieus.

De jungletrommels hadden in Rønneholtparken nooit tevergeefs geklonken, en hoewel er een landelijk verbod op bijeenkomsten was, stroomden mensen bijeen op de parkeerplaats tussen de vele politieauto's voor Magnoliavangen 73, toen Carl samen met Marcus Jacobsen arriveerde.

'Wat is er gebeurd? Is het waar dat Morten en Hardy dood zijn, omdat we ze al zo lang niet hebben gezien?' riepen een paar mensen.

Carl schudde zijn hoofd en haalde zijn schouders op. Het is niets, wees maar gerust, zei zijn gezicht, maar hij was niet meer zo zeker.

Binnen was een leger in het wit geklede mannen met handschoenen en plastic hoezen om hun schoenen in volle gang bezig, met als doel dat nog geen kruimel aan hun aandacht mocht ontsnappen.

Het rook er muf, maar dat was niet verwonderlijk. Hoelang was het geleden dat de bewoners van het huis waren vertrokken? Hij wist het zelf niet eens, dus het konden maanden zijn.

Beschamend, dacht hij. Sinds hij anderhalf jaar geleden bij Mona in was getrokken was hij er misschien drie keer geweest. Zou Hardy daar tevreden mee kunnen zijn?

'Ze zoeken naar geld, drugs en digitale sporen, Carl,' zei Marcus.

'Nou, kijk aan! Maar onthoud dat als ze veel geld vinden, het van mij is,' zei hij en hij lachte. Een misplaatste opmerking, leek het gezicht van Marcus in rode neonletters uit te stralen.

Er kwamen veel interessante dingen tevoorschijn, ze waren alleen niet van Carl. Verschillende soorten gebitsbeugels, enige seksspeeltjes die beslist niet overeenkwamen met Carls seksuele voorkeuren, pillen die wellicht steroïden bevatten, Hardy's mannenluiers en poeder. Van die spullen die eigenlijk niemand iets aangaan, maar zo werkt een huiszoeking dus niet.

Toen ze klaar waren met de kelderverdieping en grotendeels met de begane grond en de eerste verdieping, wees de Snuffelhond naar het zolderluik.

'Mijn gevoel zegt daarboven,' zei hij en hij nam de zoldertrap in vier stappen.

'Godallemachtig,' was zijn volgende commentaar, toen hij zijn hoofd door het luik stak. 'Hier is heel wat om uit te pluizen.'

Carl fronste het voorhoofd en probeerde na te denken. Het was heel wat jaren geleden dat hij daarboven was geweest, hij herinnerde zich niet eens wanneer, maar daarentegen wel dat de ruimte bijna leeg was, toen zijn stiefzoon Jesper zeer tegen zijn zin de laatste van zijn spullen kwam ophalen.

Hij kroop de trap op en kreeg de aanblik van het achterste van de Snuffelhond voor een muur van kartonnen dozen.

Dat zijn er veel, dacht hij. Waren die afkomstig van de ten minste drie keer dat Mika bij zijn vriend Morten introk en weer terugverhuisde?

‘Weet je, alles wat hier ligt is niet van mij, Lassen,’ zei hij. ‘Moet je er zo’n rotzooi van maken? Je kunt in elk geval de dozen weer dichtdoen als je ermee klaar bent, vind je niet?’

Diepe stilte is meestal het beste antwoord, dus daar neigde de Snuffelhond naar. Tien minuten later waren daarboven nog drie speurders extra bezig. Carl kende hen niet, misschien waren ze niet eens Deens.

Anderhalf uur later riepen ze hem.

Ze hadden alle dozen aan de kant gezet, zodat je via een smalle doorgang helemaal tot aan de gevel kon kijken.

‘Deze is op slot, Carl,’ zei een van hen en hij wees naar de koffer die tegen de achtermuur stond. ‘Wil je zo vriendelijk zijn die open te maken?’

‘Ja, dat kan ik niet,’ zei hij. ‘Ik heb geen idee wie de sleutel van dat slot heeft. Die koffer staat hier al jaren, dat is vast eentje die mijn stiefzoon heeft vergeten.’

Maar Carl wist beter, in eerste instantie was hij het gewoon vergeten.

Ze trokken hem tevoorschijn en brachten hem naar de eettafel beneden. Hij was onwaarschijnlijk zwaar voor een verhoudingsgewijs kleine koffer, dus op dat moment had men al het vermoeden dat hij niet helemaal gewoon was.

Terje Ploug wees ernaar en knikte, toen een technisch rechercheur vroeg of hij hem open moest breken.

Blijkbaar was dat niet voldoende. Behalve losse stukken spinrag aan de rand van het deksel was het met geel spul vastgeplakt dat een van hen herkende als een type 2-componentenlijm die nooit meer loslaat.

‘Snij hem dan aan de onderkant maar open,’ zei Ploug, maar dat was ook niet zo eenvoudig, want de hele koffer was gevoerd met metalen platen van twee millimeter dik.

Dat zag er absoluut niet goed uit, dus Carl probeerde de aandacht te trekken van Marcus, zodat hij kon aangeven hoe verrast hij ook was. Maar Marcus stond als verlamd naar de pogingen van de collega’s te kijken.

Ze haalden een hoekslijper uit een van de politiewagens en begonnen in de bodem te snijden, waarbij de vonken ervoor zorgden dat de schaduwen in het vertrek om hen heen dansten.

Nu was alle overige activiteit in het huis gestopt, iedereen stond alleen maar te wachten, en Carl wist dat ze niet tevergeefs zouden staan te wachten. Want hoe langer hij in zijn geheugen groef, hoe beter hij zich herinnerde hoe zijn collega Anker Høyer, kort voordat hij, Hardy en Carl op Amager werden neergeschoten, Carl had gevraagd of hij de koffer wilde bewaren, nu hij ging scheiden en zelf geen plek had. Om goede redenen was Anker hem nooit meer komen ophalen. Dat zou lastig worden zolang hij op Vestre Kirkegård begraven lag.

'Die is van Anker Høyer,' zei hij stilletjes. 'Ik was vergeten dat hij die daarboven had neergezet. Het is dertien jaar geleden dat Anker op Amager om het leven kwam, je kunt ook aan het spinrag wel zien dat hij daar een eeuwigheid heeft gestaan.'

Terje Ploug keek hem van onder zijn borstelige wenkbrauwen geduldig aan. Alsof Carl niet wist dat die uitspraak te allen tijde verkeerd zou klinken.

'En je hebt volstrekt geen idee wat erin zit, zeker?'

Ten minste tien paar ogen keken hem aan, en vele waren omgeven door diepe lachrimpels.

42

Zaterdag 19/12/2020

DEBORA

Adam en Debora hadden elkaar ontmoet bij een opwekkingsbijeenkomst in Hurup, toen ze heel jong waren en de gevolgen waren voorspelbaar. Twee meisjes kondigden de jaren erop hun komst aan en vervolgens kwam er een jongetje bij, dat in alle opzichten voldeed aan wat je van een zoon kon wensen.

Toen Isak vijftien jaar was, was hij de kleine school op het platteland volledig ontstegen en toen het voor iedereen duidelijk was dat Isak in de gelegenheid gesteld moest worden zijn intellect verder te ontwikkelen, werden ze naar grotere plaatsen en bredere horizons toe getrokken.

Isaks doel was de universiteit van Kopenhagen, dus daarom vond Adam een baan ten noorden van de stad waar hij zijn vaardigheden kon ontwikkelen. Terwijl de meisjes tegelijkertijd hun lerarenopleiding afmaakten en Debora haar man kon helpen, richtte Adam zijn eigen bedrijf op, dat in de loop van slechts enkele jaren bijzonder lucratief zou blijken. In die periode woonde Isak thuis en toonde al die tijd nooit dat deel van zijn geest dat later hun grootste rampspoed zou worden.

Isak was midden twintig toen hij zelfmoord pleegde en zijn ouders volledig instortten.

De eerste aanwijzingen dat hij was gepest kwamen naar voren bij de begrafenis. De opkomst was opvallend laag, er waren slechts twee van Isaks studiegenoten aanwezig, maar de twee waren weinig spraakzaam, toen Debora huilend een licht probeerde te werpen op waarom Isak voor een trein was gesprongen.

'Hij was de meeste tijd op zichzelf,' zei de een.

Adam begreep het niet. 'Was hun zoon niet altijd een heel sociaal ingestelde jongen geweest?' vroeg hij.

De jongeren haalden hun schouders op.

Debora boorde dieper in de kwestie en de antwoorden kwamen langzaam en waren moeilijk te verteren, want systematisch gepest worden en slachtoffer zijn van creatieve weerzinwekkendheid waren voor Isak jarenlang dagelijkse kost geweest. Onophoudelijk werd hij bespot vanwege zijn religieuze achtergrond, zijn intelligentie, zijn vriendelijkheid en zijn blinde geloof in het goede van de mens. Uiteindelijk kon hij amper zijn mond opendoen zonder dat het repercussies opleverde. Een hechte kliek van drie studievrienden was de drijvende kracht achter de meest cynische aanvallen, en het verlangen om wraak te nemen was bezig Debora en Adam te verteren.

Pas toen ze Sisle ontmoetten, leerden en begrepen ze hoe woede, wraak en straf prima bondgenoten kunnen zijn. Adam ontwikkelde chemische producten die Sisles aandacht hadden en die haar bedrijf daarom graag wilde verkopen. Tijdens een paar vruchtbare ontmoetingen met haar werd het voor het echtpaar duidelijk dat hun minachting voor het trieste talent van mensen om elkaar kwaad te doen ook een levensopvatting was die ze met Sisle konden delen.

Isaks drie plaaggeesten stierven samen op een zondagmiddag, zonder dat iemand kon vertellen waarom ze in volle vaart tegen een boom langs de weg knalden. Dat er beschadigingen zaten op beide portieren aan de bestuurderskant werd niet zwaar genoeg gewogen om aan te nemen dat ze van de weg waren geduwd, maar dat was wat er was gebeurd. De laatste van de drie knapen vocht twintig minuten voor zijn leven, terwijl zijn angstige ogen tevergeefs Debora en Adam om hulp smeekten. Maar Debora en Adam schoten niet te hulp.

Op een gegeven moment vertelde Sisle hun over haar studietijd op de universiteit. En omdat er op die manier een overeenkomst was met hun eigen verhaal, vertrouwden ze Sisle toe wat zij hadden gedaan. Misschien hadden ze verwacht dat het haar zou choqueren, maar ze reageerde slechts met begrip en geknik.

Dus dat bracht hen in veel opzichten dichter bij elkaar.

Op een novemberdag in 1992 maakte Sisle hen dan eindelijk deelgenoot van waar ze mee bezig was, en dat het haar idee was om haar eenpersoonsmissie uit te breiden naar meerdere actieve personen.

Voor haar zat nu een echtpaar dat de kwelgeesten van hun zoon ter dood had veroordeeld en dat had haar ervan overtuigd dat de drie in het vervolg moesten samenwerken bij soortgelijke opdrachten. Ze vertelde hun over haar relatie met God en schetste een beeld van de wereld van de mens waarmee God onmogelijk tevreden kon zijn.

Adam en Debora begrepen het. In werkelijkheid was Debora degene die verwoordde hoe ze hun samenwerking konden realiseren en Sisle zag onmiddellijk hoe nuttig dit plan was.

Dus verhuisden ze dichter naar elkaar toe en begonnen vrouwen te ronselen die de psychologie van de wraak en de rechtvaardigheid begrepen en voor hen wilden werken.

Debora nam het op zich om deze vrouwen te vinden en hen te onderrichten om instinctief op te treden tegen mensen die geen rekening hielden met anderen en die geen naastenliefde toonden. Als deze vrouwen dan helemaal volleerd waren en hun waarde en loyaliteit hadden getoond, zou Sisle hen in haar bedrijf aanstellen en op een gegeven moment in de samenleving loslaten, zodat ze met harde hand konden optreden tegen de onrechtvaardigen van deze wereld.

Twee jaar later was deze structuur een goed functionerende realiteit geworden en hoe meer deze zich ontwikkelde, hoe dieper de beleving van Adam en Debora werd dat Isak niet voor niets had geleefd. Door hem en met medewerking van Sisle waren ze tot het inzicht gekomen dat mensen die zich niet fatsoenlijk gedroegen, uit naam van God hun eigen vergif moesten smaken.

Pas later ervoer het echtpaar in alle ernst waartoe Sisle daadwerkelijk in staat was en waar ze hen beiden in wilde betrekken.

In het begin leken Debora en Adam het niet helemaal eens over de mate waarin Sisles slachtoffers hun lot hadden verdiend, maar toen met name Adam ervan genoot om zo nauw bij haar plannen en de uitvoering ervan te worden betrokken, ontdooide Debora langzaam.

'Ja, Sisle heeft echt gelijk,' zei Adam. 'De wereld wordt beter van ons werk en onze missie. Wij hebben God aan onze kant en Zijn rechtvaardige straf kan heel onbarmhartig zijn, dat weten we uit de Bijbel, dus dat moeten wij ook zijn.'

In de loop van zesentwintig jaar hadden de drie veertien mannen en vrouwen opgespoord die uit puur egoïsme heel bewust het leven voor anderen ruïneerden. Sisle had in verband daarmee een reeks dogma's opgesteld en aan zichzelf opgelegd voordat een moord kon worden uitgevoerd, en behalve de meer symbolische was het een absolute eis dat de sterfgevallen eruit zouden zien als ongelukken. Aanvankelijk had ze bij de aanval op de autowerkplaats van Ove Wilder meerdere fouten gemaakt, maar daarna was er betere controle. Voordat Debora en Adam gingen meedoen had Sisle de middellijke dader van een groot bedrijf dat zich aan heling schuldig maakte om het leven gebracht, een man die tijdens schooltijd drugs aan leerlingen verstrekte vermoord en een vrouw gedood die met verzekeringen fraudeerde. En precies zoals ze had uitgedacht werden deze sterfgevallen door de politie uitgelegd als zelfmoord of als een fataal gevolg van een ongeluk.

Toen Adam en Debora zich bij Sisle aansloten, accepteerden ze zonder meer het moordpatroon van elke twee jaar ombrengen van iemand die het niet waard was om te blijven leven. Daarbij moest de datum samenvallen met de geboortedag van iemand die misdaden tegen de mensheid had begaan. Ten slotte moest dat resulteren in een plaats delict waarbij geen enkel technisch spoor naar hen kon worden herleid, afgezien van de discrete signatuur dat er dicht bij de omgebrachte persoon zout werd achtergelaten. Behalve bij de moord op Oleg Dudek, de fabriekseigenaar van wie ze de handen afhakten en waarbij het bloed plotseling over Adams kleren spoot, waren ze steeds uiterst behoedzaam geweest, om te voorkomen dat ze ook maar het minste spoortje DNA van het slachtoffer op zich kregen en om te zorgen dat de slachtoffers niet onnodig zouden lijden.

De moordmethodes waren telkens verschillend, zoals doodbloeden, doodschieten, koolmonoxidevergiftiging en verdrinking, zodat het niet direct een patroon zou lijken. Pas bij de moord op Franco Svendsen veranderde Sisle een van haar vaste dogma's. Het leek alsof ze er op wat oudere leeftijd meer genot aan beleefde om het lijden van de slachtoffers te verlengen. Het resultaat was dat de laatste slachtoffers na hun ontvoering een maand op hun dood zaten te wachten, terwijl ze door uithongering en psychische marteling werden gebroken. Persoonlijk had Debora het moeilijk met deze nieuwe instelling jegens de slachtoffers, maar ze gaf zich gewonnen toen

Adam haar eraan herinnerde hoe zij in hun beschadigde auto hadden gezeten en uitermate kil hadden toegekeken hoe een jongeman was gestorven. Tegelijkertijd overtuigde hij haar ervan dat hij het prima vond om hun slachtoffers op deze manier te leren kennen en hun duidelijk te maken welke heiligschennis ze hadden gepleegd.

Ondertussen ronselde Debora nieuwe aspiranten op zo'n manier dat er vier tegelijk werden geschoold. Zij moesten tijdens een wat langer en vrij intens traject de bereidheid tonen zondaren in de maatschappij te zoeken en te straffen, en hoe sneller ze geschikt bleken, hoe sneller ze bij Sisle werden aangenomen. In deze brede, potente organisatie moesten ze daarna jaren voor een hoog loon normaal werk doen, voordat ze met de missie van wraakengelen zouden worden losgelaten. Als er rotte appels tussen zaten, trokken ze zelf aan het kortste eind. Sommigen werden betaald om te zwijgen, anderen werden daartoe gedreigd en ten slotte waren er een paar die eenvoudigweg tot zwijgen werden gebracht.

In Debora's denkwereld was ze er altijd van uitgegaan dat het loslaten van wraakengelen aan het eind van 2020 zou plaatsvinden, als de laatste moord op tweede kerstdag was uitgevoerd.

Op dit moment leek ze echter nergens zo heel zeker meer van te zijn.

'Wat denk je dat Sisle van plan is, Adam?' vroeg Debora. 'Als Maurits van Bierbek is omgebracht, wat zal er dan gebeuren? Eerlijk gezegd ben ik ongerust dat Sisle ondoordachte risico's begint te nemen. Die politieman buiten voor het hoofdbureau van politie leek in elk geval meer te weten dan me lief is. En dan het feit dat Ragnhild Bengtsen, onze Ruth in de groep, haar eigen gang is gegaan en ons in gevaar heeft gebracht, ja, ons zelfs heeft opgezocht om bescherming van ons te krijgen. Of wat te denken van Pauline Rasmussen, die ook naar ons huis kwam en ons geen andere uitweg bood dan haar te vermoorden? Ik heb het gevoel dat het uiteindelijk verkeerd zal aflopen, Adam.'

'Sisle wil de tijd na de dood van Maurits van Bierbek gebruiken om de missie te resetten, zegt ze toch.'

Debora knikte. 'Ja, Adam, precies, maar is ze dan ook niet genoodzaakt om ons te resetten?'

'Wat bedoel je?'

'Ze heeft voldoende medewerkers die ons kunnen vervangen. Hoeveel mensen heeft ze nu eigenlijk vermoord, zou ze ons wel alles vertellen? Als het erop aankomt, hebben we daar überhaupt aantallen van? En ten slotte: denk je dat ze nu risico's neemt, waardoor zij en wij het gevaar lopen te worden ontmaskerd?'

Het was alsof ze de blik van haar man niet echt kon vangen, luisterde hij eigenlijk wel goed naar wat ze zei?

'Adam, luister naar me! Zonder dat wij het willen zijn jij en ik langzamerhand te ver uit de schaduw getreden en we moeten oppassen. Ik wil niet eindigen als de vrouw van Lot.'

Die vergelijking schudde haar man wakker. 'Luister eens, Debora, de vrouw van Lot was ongehoorzaam. Ze overtrad Gods gebod en daarom veranderde God haar in een zoutpilaar. Maar jij bent het tegenovergestelde van haar, jij bent vernoemd naar een van de sterkste vrouwen uit de Bijbel. Ik vind dat je in gedachte moet houden dat deze prachtige vrouw ondanks haar geslacht ook rechter was en de verstandigste van haar generatie. Jij bent hiervoor door God uitgekozen, omdat jij de juiste bent en dat weet Sisle. Denk je echt dat het toeval was dat haar keuze destijds op ons viel? Nee, dat was vanwege jou en het lot van onze arme Isak, dus wij hoeven nergens bang voor te zijn.'

Debora keek haar man lang aan. Was dat de reden dat hij zijn bedrijf had verkocht? Als het erop aankwam, was dit voor hem het beste wat er bestond. Mensen doden, samen met Sisle de volgende stappen bedenken, haar handlanger te zijn op momenten dat dat het hardst nodig was.

'Ik zeg alleen dat we heel goed moeten oppassen. Je noemt mij verstandig, maar dan moet je ook naar mij luisteren. Als Sisle klaar is met Maurits, moeten we op onze hoede zijn.'

43

Zaterdag 19/12/2020

ASSAD

De drie telefoontjes vlak achter elkaar hadden Assad gek gemaakt. Eerst had Marwa hem uitgescholden, omdat hij te veel werkte en omdat alles thuis daardoor uiteenviel. Als hij zijn verantwoordelijkheid als hoofd van het gezin niet wilde nemen en thuis niet zichtbaarder wilde zijn, was ze bang dat Ronia heel snel van huis zou weglopen en dat Nella tegelijkertijd zou instorten vanwege hun isolatie.

Assad beloofde dat hij beter zijn best zou doen en toen ging de telefoon voor de tweede keer. Het was Mona, die niet begreep waarom Carl het afgelopen uur haar oproepen niet beantwoordde, waarop Assad moest uitleggen dat de oude kwestie van de spijkerpistoolmoorden weer was opgedoken en dat Carl zich op dit moment in het huis in Allerød bevond, omdat de politie het wilde doorzoeken. Maar, onderstreepte hij tegen haar, Carl had beheerst en rustig geleken, dus het was volgens Assad waarschijnlijk maar een storm in een schaal water.

Dat werd helaas weersproken door het derde telefoontje, want dit keer was het Carl zelf, die kort verklaarde dat men op de zolder in Allerød een koffer had gevonden met anderhalf kilo cocaïne en meer dan honderdduizend euro erin. Hij zou niet ter plekke worden gearresteerd, want eerst moesten de technici de inhoud van de koffer analyseren, en dat had hem een kort ogenblik geschokt. Want zouden ze compleet tegen de verwachting sporen van hem erin aantreffen, hoe zou dat dan moeten hebben plaatsgevonden?

Hoe reageerde je op zo'n mededeling? Assad wist het gewoon niet.

'O, Assad, jullie moeten ervan uitgaan dat ik tot nader order word geschorst en ik mijn dienstpistool moet inleveren.'

'Dan kun je dus ook niet naar het bureau komen.'

'Nee, maar vraag de anderen wat we dan kunnen doen. We hebben immers geen tijd om gas terug te nemen? In eerste instantie is mijn voorstel dat we werken met een eenheid in Teglholmen en een thuis bij mij. Als jullie drie akkoord gaan met die oplossing, neem dan het meest noodzakelijke mee en kom dan zo snel mogelijk bij mij thuis, Assad.'

Rose reageerde het sterkst van hen drieën. 'Wat gebeurt er in godsnaam? Je kunt zulke troep toch niet bijna vijftien jaar op zolder hebben liggen als je ook maar iets van de inhoud afweet, toch? Of je zorgt dat je het kwijtraakt en dat kan op verschillende manieren, onder andere door het bij de politie in te leveren, ofwel je verkoopt het spul door en sluist het geld door naar geheime rekeningen over de hele wereld. Dus waarom heeft Carl geen van beide gedaan? Dat heeft hij niet gedaan, omdat hij er geen bal mee te maken heeft, basta.'

'Ja, maar hoe weet je dat hij dat niet van plan was te doen als hij eenmaal met pensioen gaat? Als je crimineel geld hebt, vooral als het zoveel is, kun je dat toch pas lang nadat het misdrijf is gepleegd gebruiken,' klonk het uit Gordons mond.

'Wat zeg jij daar, mafkees? Zit je daar op je magere reet in alle ernst te suggereren dat Carl crimineel is?'

'Nee, maar ik...'

'Doe eens een beetje normaal, Gordon, je kent Carl toch?' Ze wendde zich tot Assad. 'Wat zeg jij ervan, Assad. Je ziet eruit als uitgescheten appelmoes, man!'

Assad keek op. 'Ik voel me in elk geval niet zo goed, als je dat bedoelt. Maar ik ken Carl toch ook, denk ik. Hij zegt dat hij Hardy wil bellen en er met hem over wil praten. Misschien kunnen ze samen reconstrueren wat er destijds gebeurd kan zijn.'

Assad keek schuin naar de rode letters die Carl op het raam had geschreven. Voorlopig konden ze alleen een vinkje zetten bij de betekenis van de data. Maar welk van de overige punten kon een doorbraak forceren? Waar zouden ze hun aandacht op moeten richten? Wist hij het maar.

Hij pakte zijn map en stopte de laatste papieren erin. 'Ik rij nu naar Carl, goed? Dan moeten we via Zoom een vaste verbinding tussen ons opzetten. Kun jij dat regelen, Gordon?'

De knaap knikte. Nog steeds met een rood hoofd na de uitval van Rose naar hem.

'Laat je hoofd nou niet hangen, Assad. Ik ben eerlijk gezegd niet bang dat de politie iets vindt wat mij compromitteert, dus waarom zou jij dat zijn?'

Assad haalde zijn schouders op en keek om zich heen in de woonkamer van Mona en Carl. Was het echt zo dat ze stiekem moesten samenwerken in Carls privésfeer, met Lucia's speelgoed op de grond en Mona die als een leeuwin in een kooi heen en weer liep?

Natuurlijk was Mona ongerust en dat was Assad ook, Carl moest eens weten hoeveel. Als Carl van afdeling Q verdween, hoe moest hij dan zelf verder? Het zou allemaal veel eenvoudiger zijn als hij in die situatie ander werk kon vinden. Dan kon hij zijn familie thuis meer zien en zou hij ontsnappen aan de vele vragen van de veiligheidsdienst over zijn gezin waarop ze op een gegeven moment een antwoord wilden hebben.

Hij probeerde het van zich af te schudden, want op dit moment zat er iemand op zijn dood te wachten, volledig aan zijn lot overgelaten als zij niet verder kwamen. Dan moest al dat andere wachten om daarna te worden opgelost.

'We hebben gekeken naar de lijst die jij op het raam hebt geschreven, Carl. Rose en Gordon werken aan meerdere punten, maar ik vind dat jij en ik ons moeten concentreren op het zout, wat vind jij?'

Carl knikte stilletjes.

'Waarom wordt het op de plaats van het misdrijf achtergelaten, schreef jij. Waarom doe je zoiets?'

'Ik heb trouwens nagedacht over wat we hadden vastgesteld, vlak voordat Marcus, Terje Ploug en de Snuffelhond ons kwamen onderbreken. Volgens mij was het iets wat jij zei wat me opviel.'

'Wat zei ik dan, Carl?'

'Rose had net een motief geschetst dat de moordenaar zich blijkbaar alleen richt op mensen met een extreem slechte moraal. Mensen die oplichten en bedriegen en die met niets en niemand rekening houden.'

'Ja, en toen zei jij zelf nog dat hij zich gedroeg als een soort bewaker van de moraal. Je noemde hem ook een kruisvaarder.'

'Precies, maar jij zorgde ervoor dat ik dat woord gebruikte. Jij merkte op dat het allemaal bijna religieus aandeed.'

'Ja, maar dat vind ik ook. Vind jij ook niet dat een idee dat alleen de bedoeling heeft om immorele personen om te brengen en zonder uitzondering ook nog eens op de geboortedagen van extreme schurken, religieus aandoet?'

'Sodom en Gomorra, Assad. Aan dat verhaal moest ik denken toen ik vanuit Allerød naar huis reed. Op dit moment is de hele wereld ontspoord en dat is niet alleen de schuld van corona. Nee, tegenwoordig denken de mensen alleen aan zichzelf, net als Anker Høyer deed toen hij mij vroeg om zijn rotzooi bij mij op zolder te zetten. Egoïsme en zelfgenoegzaamheid overschaduwen al het goede in de wereld, zie je dat niet?'

Assad zag er peinzend uit. 'Sodom en Gomorra, is dat iets religieus?'

Carl glimlachte. Blijkbaar geen verhaal waarin een Iraakse moslim honderd procent thuis was, maar dat waren heel veel christenen waarschijnlijk ook niet.

'Het is een treurig, maar interessant verhaal uit het Oude Testament, Assad. Het gaat over twee steden, Sodom en Gomorra, waar de inwoners zich als smeerlappen gedroegen, overspel pleegden en verkrachtten zoals het hun uitkwam. Ik ken niet het hele verhaal, maar er was een man, Lot, die Gods liefde genoot, en God stuurde een paar wraakengelen om hem te vertellen dat de steden Sodom en Gomorra door een vuurstorm verwoest zouden worden en dat Lot met zijn vrouw en zijn twee dochters moest vluchten voor dit zou plaatsvinden. Lot vroeg toen zijn echtgenote om de engelen zout te geven, zoals destijds gebruikelijk was bij gasten, maar de vrouw wilde hun niet haar eigen zout geven en leende in plaats daarvan zout bij de buren. Toen ze de stad verlieten, drukten de engelen hun op het hart dat ze onder geen beding achterom mochten kijken, maar de vrouw van Lot gehoorzaamde niet. Dus zij draaide zich om en staarde naar Gods toorn, om vervolgens ter plekke te veranderen in een zoutpilaar.' Carl knikte voor zich uit. 'Ja, dat is zo'n verhaal over hoe de straf van God nauw met zout verbonden kan zijn.'

Assad staarde blind voor zich uit.

'Nu herinner ik mij het, Carl. De Koran vermeldt ook Sodom en Gomorra, ik was alleen vergeten wat het was. Maar dat gaat over de straf van God tegen hen die zondigen en lak hebben aan algemeen fatsoen. Denk je dat dit de sleutel is voor het motief van de moordenaar, want dán is hij toch zeker een soort religieuze fanaat?'

Carl knikte en keek met grote genegenheid naar zijn oude vriend. Het was de eerste keer in lange tijd dat Assad bij Carl thuis was geweest, en de eerste keer in nog veel langere tijd dat de twee zo nauw samenwerkten tijdens een onderzoek.

'Is het oké dat ik een beetje heb meegeluisterd?' Mona was ongemerkt de kamer binnengekomen en stond met haar armen over elkaar geslagen voor de borst. Het was duidelijk dat ze popelde om iets te zeggen.

'Assad, je weet vast dat Carl mij steeds over de zaak heeft geïnformeerd, dus ik vind dat ik jullie redeneringen absoluut kan volgen. Ik denk dat een echte, oprecht gelovige persoon leeft met een heleboel stilzwijgende grenzen over wat mag en wat niet mag. De fanaat ontwikkelt weliswaar zijn eigen regels, dat weet ik best, maar hij is nog steeds gebonden aan alles waarop zijn godsdienst is gebaseerd. Precies dat zorgt ervoor dat ik betwijfel of jullie moordenaar voldoende op de hoogte is van wat je als dienaar van God wel mag en niet mag. In tegenstelling tot religieus fanatisme, waar bij een gewelddadige handeling zo goed als altijd direct naar een specifieke godsdienst of sekte wordt verwezen, wordt geen verklaring gegeven waarom deze moordenaar zichzelf ziet als Gods dienaar. Als jullie het mij vragen is het geen religie, maar een speciale gebeurtenis in het leven van de moordenaar die dit gestoorde project in gang heeft gezet.'

'Maar wat dan bijvoorbeeld, Mona? We proberen toch juist in die richting antwoorden te vinden. Welke soort gebeurtenis en welke persoon kunnen deze krankzinnige massamoord op gang hebben gebracht?'

Ze keek Carl met een fletse glimlach om haar lippen en vermoeide, zware ogen aan. Geen seconde was ze vergeten in welke treurige situatie zij en haar kleine gezin waren terechtgekomen.

Ze strekte een gebalde vuist naar hen uit en liet de duim omhoogschieten.

'Hypothetisch gezien denk ik dat een oude zaak de moordenaar heeft gekweld en dat die kwelling gaandeweg is versterkt door die hele kruisvaart, zoals jij het noemt, Carl.'

Toen kwam de wijsvinger omhoog.

'Verder ligt de gebeurtenis die de moordenaar zo hard heeft getroffen zo ver terug dat jullie in alle redelijkheid kunnen zeggen dat die voor 1988 ligt, het jaar van de eerste moord in jullie schema.'

Nu kwam de middelvinger erbij.

'We weten dat de moordenaar volkomen vastberaden is bij zijn moorden en dat daarom waarschijnlijk ook is wat betreft alle andere aspecten en schakeringen van het leven. Om dat te kunnen zijn denk ik dat de persoon in kwestie bepaalde financiële middelen ter beschikking heeft, want sommige moorden vragen waanzinnig veel voorbereiding en tijd.'

Ze bracht haar ringvinger omhoog en dus was alleen de pink nog over.

'Verder hebben we het over een iemand met een ongelooflijk geduld die er niet maar op los moordt. Door slechts om het jaar te doden wordt zeer bewust de veiligheid bewaakt. Naar mijn idee moet de moordenaar enorm begaafd zijn en extreem goed kunnen organiseren.'

Daarna was het de beurt aan de pink.

'Als je naar de complexiteit van de moorden kijkt, geloof ik echt sterk dat jullie moordenaar ook een teamspeler is. Dat jullie te maken hebben met een leidersfiguur met discipelen om zich heen.'

Assad knikte. 'Een intelligente, geduldige teamspeler die ongetwijfeld vermogend is en die ooit iets ernstigs heeft meegemaakt dat de moraal van de persoon in kwestie heeft gekrenkt. Denk je dan ook dat hij zich onrechtvaardig behandeld heeft gevoeld?'

Mona knikte. 'Dat denk ik zeker. Ik denk ook dat hij denkt dat hij rechtvaardig handelt, daar duidt al dat symbolische op. Het zout is een soort toegangsticket om Gods straffende engel te zijn en al dat wonderlijke met die geboortedagen is gewoon een extra alibi dat deze moorden uit naam van het goede worden gepleegd.'

'Denk je echt dat de moordenaar dat denkt?' vroeg Carl. 'Ik bedoel, de handen van Oleg Dudek afhakken, Pia Laugesen in haar eigen zwembad verdrinken, kaliumchloride injecteren in mannen als Franco Svendsen en Birger Brandstrup, die tegelijkertijd bijna werden uitgehongerd. Dat is toch volkomen psychopathisch, Mona.'

'Precies. Maar de onvervalste psychopaat zet zelden vraagtekens bij zijn daden.'

Het mobieltje ging en Carls dochter kwam er met haar uitgestoken hand mee aanrennen. Assad kon zich bijna niet herinneren hoe Nella en Ronia op Lucia's leeftijd waren geweest. Waren ze echt ooit zulke onschuldige wezentjes geweest?

Carl fronste zijn wenkbrauwen toen hij de boodschap ontving, en de twee minuten stilte in de woonkamer voelden als een eeuwigheid. Hij verbrak de verbinding en keek Assad aan.

'Ik kan het slecht onthouden allemaal, Assad. Maar Gordon en Rose hebben nu grofweg het hele schema ingevuld. Van de overgebleven acht zaken die we nog niet hebben kunnen thuisbrengen zijn er nog maar twee over. De overige zes hebben te maken met personen die hun nek op zeer onfortuinlijke wijze in de samenleving hebben uitgestoken en die gek genoeg allemaal om het leven zijn gekomen bij atypische ongelukken op geboortedagen van grote misdadigers, *so what's new*? We hebben het over de geboortedag van Lenin, Gaddafi, Mussolini en Ferdinand Marcos, om er maar een paar te noemen. Misschien herinneren jullie je die spectaculaire zaak met Bobo Madsen, dat is namelijk nog niet zo lang geleden. In 2014 om precies te zijn.'

Assad keek naar Mona, die over de naam stond na te denken. Het was niet direct een voornaam voor een volwassen man die je snel vergat.

'Hij kwam om bij een paardrijdongeluk op 25 november 2014, de geboortedag van Augusto Pinochet, de Chileense dictator en massamoordenaar.'

Nu verscheen er een blik van herkenning op Mona's gezicht.

'Dat was toch de man die via een aantal flitskredietportals tegen woekerrentes geld uitleende?'

Carl stak zijn duim omhoog. 'Ja, en zelfs met de goedkeuring van de samenleving. Hij was een professionele krediethaai en ja, hij bood uitsluitend flitskredieten aan. Vaak waren de leningen vrij klein en gericht op heel gewone mensen, met zeer verleidelijke advertenties die beslist geen waarschuwingssignalen afgaven, en zo gaat dat immers met flitskrediet. Daarmee konden tienduizend kroon snel honderdduizend kroon worden, als de leningnemer zich niet aan de afbetalingstermijnen hield, en dat kon heel lastig zijn met de enorme rentes die Bobo Madsen in rekening bracht.'

Nu wist Assad het ook weer. 'Oké, ja, ik herinner me wel dat debat over flitskrediet toen hij dood werd gevonden, maar dat leverde volgens mij niets op, toch?'

Carl snoof. 'Zolang mensen willen lenen, zullen er altijd mensen zijn die te veel zaagsel in hun kop hebben om de gevolgen niet te kunnen overzien. En nee, de wet werd niet veranderd.'

Mona leek een beetje de kluts kwijt te zijn.

'Maar hij kwam om het leven bij een paardrijdongeluk, of niet?'

'Ja, dat kun je gerust zeggen. Hij raakte letterlijk zijn hoofd kwijt toen hij recht tegen een elektriciteitskabel reed die tussen de bomen was gevallen.'

'O ja, nu herinner ik me het weer,' zei ze. 'Er werden morbide grappen gemaakt over dat ongeluk, of niet? Dat hij in zijn advertenties iets had geschreven over dat mensen hun hoofd niet moesten kwijtraken als ze geld tekortkwamen. Dat ze dat gewoon bij Bobo Finance konden lenen.'

De blikken van Carl en Assads stuitten op elkaar.

Ook op de rechtstreekse manier konden advertenties dodelijk zijn.

44

Zondag 20/12/2020

MAURITS

Ondanks het feit dat de ruimte was opgewarmd, rilde Maurits van de kou. Zijn hele lichaam trilde en zijn mond hing open, maar hoewel zijn lichaam was gepijnigd en heftig leed, was hij overweldigd door een innerlijke rust. De hongerdood is ongetwijfeld genadig, dacht hij. Net als bij omkomen van de kou past het lichaam zich aan het onvermijdelijke aan, je komt in een sluimertoestand en je hartslag ebt langzaam weg.

Voorheen was Maurits degene die 's ochtends als eerste zijn hardloopschoenen aantrok en voor de lockdown was hij vier keer per week in de sportschool. Daarom was zijn een hartslag in ruste al jarenlang stabiel rond de vijftig tot zestig, maar dat was nu niet het geval.

De eerste dagen zonder eten of drinken ging zijn pols gestaag omhoog. Het was alsof zijn hart alle bloedlichaampjes tot het uiterste wilde dwingen om voedsel naar de cellen te brengen, maar omdat er geen voedsel was, zakte zijn pols weer. Het laatste etmaal waren de lichaamsfuncties van Maurits bezig uit te doven, dat voelde hij maar al te duidelijk, en van uur tot uur werden de slagen minder en zwakker.

Ik ga vast dood als hij lager wordt dan vijfentwintig, dacht hij. Maurits zocht naar zijn pols en toen hij die eindelijk voelde, telde hij nogmaals. Hij kwam tot achtentwintig hartslagen per minuut, dat was niks.

Voor de tiende keer sinds de man de rail boven hem had vastgezet was hij op trillende benen gaan staan en had alle energie verzameld die hij had om naar de achtermuur te rennen, om te voelen of de bout daarboven het hield.

Door de ruk aan zijn bovenlijf raakte hij bijna bewusteloos, dus Maurits kroop in elkaar en greep zich om zijn middenrif met het besef dat dit de laatste keer zou zijn dat hij het probeerde. De ladder daar en de Engelse sleutel die op tafel lag, bevonden zich in het beloofde land dat hij nooit zou bereiken.

'Laat mij sterven, jij daarboven in de hemel!' fluisterde hij. 'Laat mij hier maar gewoon op de vloer liggen en doodgaan, ik ben er klaar voor.'

In deze houding op de betonnen vloer, met de kettingen die van zijn schouders schuin naar het plafond liepen, hoorde hij geratel bij de liftdeur, maar hij had al eerder hallucinaties gehad en dat kon van alles zijn. Terugkerende stormen aan gedachten over vocht op zijn lippen, voorstellingen van omarmingen die konden komen en vooral herinneringen aan hen die hij had ontmoet en die hij misschien onvoldoende had gewaardeerd. Een uitgewiste hoop op een redding van boven, van onder, overal vandaan.

Dus Maurits sloot zijn ogen en liet de geluiden voor wat ze waren.

'Werk nou een beetje mee, Maurits. Kom overeind, we helpen je wel,' zei iemand terwijl er aan zijn armen werd getrokken.

'Hij is wel slap geworden, zeg,' zei een lichtere stem. 'Wat is zijn pols?'

'Zevenentwintig.'

'Ik hou hem hier op de stoel, dan moet jij het infuus doen, Adam.'

Maurits probeerde zijn ogen te openen, maar kon het niet. Als de bloemenachtige geur er niet was geweest die de persoon die hem bij zijn schouders vasthield verspreidde, zou hij denken dat het de dood was die hem omklemde.

Er werd gerommeld bij zijn handrug en korte tijd later voelde hij het spoortje leven dat in hem vloeide. Het voelde zo heftig dat hij misselijk werd.

'Stop,' fluisterde hij. 'Ga weg en laat me met rust.' Maar de armen hielden hem nog steeds vast.

Toen opende hij zijn ogen en zag de twee handen met bloedrode nagels die hem stevig vasthielden.

'Zo, Maurits, zo is het goed,' zei de man voor hem. 'Het is maar goed dat we vandaag zijn langsgekomen, of niet?'

Het was de man met het scheve gezicht en hij lachte, die schoft.

Toen lieten de handen zijn armen los en de persoon achter hem kwam overeind en ging naast de man voor hem staan.

Ongeacht haarkleur, kledingstijl en make-up herkende Maurits onmiddellijk de vrouw die hem had ontvoerd. Het waren de ogen die haar verrieden, dat doen ze altijd. In zijn realityshows maande hij steeds weer de cameramensen dat ze moesten inzoomen op de ogen van de deelnemers. Daarin lagen de verliefdheid, de teleurstelling en de schrik op de loer, als een afdruk van de inwendige gedachten van de mens. Maar in deze ogen voor hem lag niets van dat alles. Het waren slechts steriele, kil starende ogen waarin geen genade te vinden was.

'Wat willen jullie van me? Jullie kunnen me beter in leven houden als jullie op geld uit zijn,' probeerde hij. 'Ik heb genoeg. Noem een bedrag, dat krijgen jullie. Geef me iets te eten, geef me een computer, dan maak ik het over. En laat me dan gaan op een plek naar jullie eigen goeddunken.'

De vrouw kneep haar ogen samen. 'Denk jij dat ik je mijn gezicht zou tonen als jij vrijgelaten zou worden?'

Maurits gaf geen antwoord.

'Je moet begrijpen dat er niet veel mensen zijn die ik net zoveel haat als jou, Maurits.'

'Nou, hartelijk dank, dat is dan wederzijds,' fluisterde hij.

'Maar dat heb jij dan ook werkelijk verdiend, moet je weten. Jij bent uit vele kandidaten uit de laatste twee jaar gekozen, maar geen van de anderen bleek net zo gewetenloos te zijn als jij.'

Ze bukte naar de vloer en haalde een knipselmap tevoorschijn, die ze opensloeg. 'Kijk eens naar jezelf,' zei ze en ze wees op het krantenartikel dat de eerste twee pagina's besloeg. 'Zie die glimlach van je eens als je vertelt wat jij mensen elkaar of zichzelf kunt laten aandoen in je realityprogramma's.' Ze bladerde naar de volgende pagina's en wees op elk afzonderlijk. Rijk geïllustreerde artikelen die knap waren gefotografeerd en in de allereerste plaats flatteus voor de succesvolle zakenman die hij was. Dat had hij tot dit moment in elk geval gevonden.

'Herken je jezelf, hoe je daar met flirtende ogen de journalist probeert ervan te overtuigen dat je de deelnemers in je realityshows de vrije keus biedt om zich terug te trekken?'

'Ja, en dat heb ik altijd gedaan. Alle deelnemers in mijn shows hebben bij mij de vrije keus,' antwoordde hij met moeite.

De verrassende klap van de grote man op het oor van Maurits was niet hard, maar zorgde ervoor dat hij zijn ogen opensperde.

Nu moet je uitkijken wat je antwoordt, Maurits. Je kunt misschien nog steeds tot haar doordringen, dacht hij.

Ze deed de knipselmap dicht en stak die onder haar arm. 'Jij hebt het leven van de Denen en van vele anderen met slechte moraal doordrenkt, en je hebt ons eraan laten wennen om vernedering, ontrouw, onloyaal gedrag en primitiviteit te zien als eigenschappen die de moeite waard zijn om na te streven. Je hebt van doodgewone, onbeduidende individuen monsters gemaakt die voorbeelden zijn geworden voor andere zwakke zielen. Geen enkele programmering heeft weten te ontkomen aan jouw perverse bevliegingen en daarom zorgen wij nu dat je stopt, dat heb je zeker wel begrepen?'

'Maar waarom ik? Ik ben niet de enige die zulke tv-programma's maakt.'

Heel automatisch sloeg de man nog een keer, maar harder, zodat een irritante fluittoon in het oor van Maurits zijn gekreun overstemde.

Toen hij ondanks de pijn een weerwoord wilde geven, hadden ze zich al omgedraaid en liepen ze naar de tafel aan de andere kant.

Ze spraken op zachte toon met elkaar, ritselden met een tas en haalden er spullen uit die op afstand leken op ziekenhuismateriaal.

Toen stapte de man voor de tweede keer op hem af. Maurits zag hem zijn reusachtige hand heffen en deinsde achteruit op de stoel, terwijl hij met zijn ene arm zijn gezicht probeerde te beschermen.

'Rustig maar,' zei de man. 'Vandaag raken we je niet meer aan. Ik heb alleen deze hier nodig.'

Hij haalde de naald uit Maurits' handrug en trok het statief met het lege infuus achter zich aan naar de tafel.

'Jullie moeten me iets te drinken geven,' zei hij zachtjes. 'Gewoon kraanwater, alsjeblieft.'

De grote man knikte en keerde terug met een vol glas water. Toen de man het tegen Maurits' gevoelloze lippen duwde, voelde hij het glas amper, maar wel dat het water niet alleen via zijn mondhoek op zijn borst stroomde, maar ook de verkwikking toen de koele vloeistof langs zijn gehemelte gleed en zijn keel koelde. Maurits strekte zijn hals uit naar het glas toen de man het wegnam en volgde hoe hij het weer op de tafel zette.

Toen kwam de vrouw naar hem toe. 'We hebben besloten dat we nog ten minste één keer komen om je voedsel te geven, Maurits. Maar in ruil daarvoor moet jij iets voor ons doen.'

Ze spreidde haar armen, maar hij kwam haar verzoek niet tegemoet. 'Ik doe niets als jullie mij niet loslaten,' zei hij nu met heldere stem.

Ze tilde haar hoofd op en keek langs haar neus op hem neer.

'Je moet niet denken dat iemand je te hulp schiet, Maurits, ik hoop dat je je dat goed realiseert. Dus of je kunt gehoorzamen en je laatste tijd doorbrengen zonder te lijden, of je kunt het laten.'

'Mijn vrouw zal me vinden. De politie zal de auto identificeren waarmee jullie mij hebben opgehaald en jullie zullen de rest van jullie leven in de gevangenis zitten.'

'Ten eerste, je vrouw heeft je niet als vermist opgegeven, dus er is niemand die iets weet. Bovendien hebben we er de laatste weken voor gezorgd je wachtwoord te hacken en een e-mailcorrespondentie tussen jullie beiden op gang te houden, maar dat weet jij natuurlijk niet. Dus je vrouw leeft nog steeds in de veronderstelling dat je op dit moment in de VS bezig bent om een van de grootste zakendeals te sluiten die Denemarken ooit heeft gekend. Ze stoort je niet onnodig, dat heb je haar ook zelf verzocht, kan ik je zeggen, dus jullie mailen alleen met elkaar. Eerst mail je aan haar en dan antwoordt zij, dat is het patroon. We hebben voortdurend keurig namens jou antwoord gegeven op haar lieftallige, hoopvolle mails, maar ook geschreven dat je met kerst niet thuiskomt.'

De ogen van de vrouw glansden bijna, toen ze dat laatste zei.

'Jullie zijn ziek in je hoofd,' zei hij moedig, terwijl het lichtje van hoop binnen in hem steeds zwakker en bleker werd.

'Nu zijn we op het punt aangekomen waarop je vrouw vermoedelijk zal worden gevraagd een nieuw type vraag te stellen en die moet je beantwoorden als je wilt voorkomen dat wij je pijn doen.'

'Jullie kunnen antwoorden wat jullie willen, dat doen jullie nu toch ook al?'

'Misschien komen er vragen waarop alleen jij het antwoord weet.'

Maurits sloot zich even een moment af. Wát zei ze?

'Jullie kletsen onzin! Mijn vrouw heeft onraad geroken en weet dat er iets helemaal mis is met die mails, dat kan ik toch wel nagaan?'

'Om het heel eenvoudig te maken: wil je antwoorden?'

De vrouw voor hem was ijskoud. Als je dacht aan hoe ver ze met dit alles waren gegaan, zou het waarschijnlijk compleet irrelevant zijn wat hij daarop te zeggen had.

'Jullie kunnen met me doen wat jullie willen. Jullie vermoorden me toch.'

Maar Maurits meende het niet. Hij wilde niet gepijnigd worden. Hij wilde niet lijden. Ze moesten hem gewoon met rust laten.

'Vertel me wanneer en hoe jullie het willen doen, dan werk ik misschien wel mee,' zei hij.

Ze knikte voor zich uit en keek naar de man, die terug knikte.

'Goed, Maurits. Nu weet je dat je met kerst niet thuiskomt, maar ik beloof dat we de kerstvrede niet voor je zullen bederven.'

'Wanneer en hoe! Zeg op! Anders kunnen jullie me net zo goed hier ter plekke vermoorden!' schreeuwde hij.

Ze knikte naar de man bij de tafel.

'Adam zal nu een injectiespuit omhooghouden. Dat is de spuit die we zullen gebruiken. Het zal pijn doen, maar slechts een kort ogenblik en dan krijg je rust.'

Maurits keek geschrokken naar de enorme spuit die de reus van een man in de hand hield en het voelde heel even alsof het zweet hem uitbrak. Maar dat was een illusie, dat wist hij, want hij kon helemaal niet meer zweten, zo uitgedroogd als hij was.

De vrouw boog naar hem toe, alsof ze hem iets heel vertrouwelijks wilde zeggen. 'Je vraagt wanneer, Maurits, en daarop kan ik zeggen dat je op Mao moet wachten.'

Maurits haalde zo diep als hij kon adem. 'Wat bedoel je? Vertel me wanneer?' vroeg hij opnieuw.

'Daar kom je achter als we zover zijn. Mijn slachtoffers krijgen nooit de datum te weten.'

Mijn slachtoffers! zei ze. Het was dus niet de eerste keer.

Hij zat een moment te staren naar de injectiespuit die het monster trots voor zich omhooghield en ving toen haar onbeweeglijke ogen.

'Dan is het niet anders. Jullie kunnen me vermoorden, maar ik werk niet samen met monsters als jullie.'

‘O, maar dan moet je God maar om vergeving vragen voor je zonden, terwijl je wacht,’ zei ze.

‘Míjn zonden! Hoe zit het eigenlijk met die van jou?’

‘Maurits, Maurits. God heeft met alle zielen een relatie. Maar alleen de ziel die bidt heeft een relatie met God en wordt vergeven. Dat is precies het verschil tussen jou en mij.’

45

Maandag 21/12/2020

CARL

Een druk op zijn middenrif, daarna op zijn borst en vervolgens een vanillegeur in een warme luchtstroom op zijn gezicht. Een lichte greep om zijn wang en een zacht gegiechel, en dan wordt hij eindelijk uit de roterende gedachtevlucht getrokken waarin zijn droom hem gevangenhield.

Carl opende langzaam zijn ogen en staarde recht in een paar schelmse kijkers die hem een oneindige genegenheid toewierpen.

'Nu moet je van papa's buik af gaan, Lucia, hij is nog niet helemaal wakker,' hoorde hij Mona zeggen, toen ze hun dochter vastpakte en haar optilde.

'Het is halfacht en ik ga nu met Lucia naar de crèche. Gordon belde een halfuur geleden en vroeg je, hoewel je geschorst bent, om naar kantoor te komen. Dat klinkt enigszins hachelijk, maar dat moet je zelf beslissen. Hij zei dat je buiten moest wachten en dan halen ze je op bij de deur aan de straatkant, zodra de receptionist de balie verlaat. Er is blijkbaar iets wat hij je beslist wil laten zien.'

Carl probeerde de nacht van zich af te schudden. Het was die rottige zaak waar ze mee bezig waren. Die bleef maar in hem doormodderen.

'Tjonge, wat was jij vannacht in beweging, Carl. Ik moest een extra melatoninepil nemen om zelf wat slaap te krijgen.'

'Het is die zaak,' hoorde hij zichzelf ver weg zeggen, terwijl zijn oogleden weer dichtgleden.

'Ja, dat is nogal een zaak. Er staan chocoladeletters van koppen op de internetpagina's van de tabloidkranten. "Is jouw buurman een moordenaar?" schreef een ervan. "Politierechercheur zorgt voor schokgolven", stond ergens anders. Ze hebben het over jou als een icoon op je eigen speelveld, en daarom moet je er waarschijnlijk op rekenen dat de komende tijd nogal hectisch voor je zal zijn. Dus word eens wakker en denk na hoe je dat allemaal wilt aanpakken, zodat je niet wordt verrast.'

Ze wist nog afscheid te nemen en 'zwaai je even naar papa, Lucia?' te zeggen voor hij de puf had om op de klok te kijken.

Carl wist niet goed wat hij van de laatste ontwikkeling moest denken. Die was effectief, maar in elk geval niet te sturen.

Was dat soms ook niet wat hij had gewild?

Voor de glazen façade was het nog donker en bijtend koud. Carl leunde met over elkaar geslagen benen tegen de muur, trok zijn mondkapje recht en sloeg zijn kraag op, zodat hij de collega's kon negeren die zonder hem een blik waardig te gunnen langs hem heen stapten.

Toen kwam Assad de hoofdingang uit met een gelaatsuitdrukking die opstandigheid, wilskracht en verbetenheid tegelijk uitdrukte. Was dat omdat hij de nieuwe status van zijn chef als paria afkeurde, of was het omdat de zaak een onverwachte wending had gekregen? Carl hoopte op het laatste.

'Wat is er loos?' vroeg hij toen hij binnen was.

'Er is helemaal niks loos,' zei hij met een scheve glimlach en hij stak een elleboog in Carl zijn zij. 'Maar oké, dat vertellen we je zo meteen.'

Zowel Rose als Gordon stond binnen te wachten en het was een tijd geleden dat ze zo aandachtig hadden geleken.

'Kijk daar eens,' zei Assad en hij wees op het bord met het schema.

Carl ging zitten en scande de regels.

Op een paar lege velden na was het schema nu helemaal ingevuld en dictators als Kim Jong-il, Jean-Bédel Bokassa, Vladimir Iljitsj Lenin, Moammar Gaddafi, Jean-Claude Duvalier alias 'Baby Doc' en Benito Mussolini sloten zich aan bij de rest van de schurken op hun afzonderlijke geboortedagen.

Rose, Gordon en Assad stonden schouder aan schouder tegenover hem, als oude wetenschappers die zojuist een raadselachtige, ontoegankelijke vergelijking hadden opgelost en de onvoorwaardelijke hulde en erkenning van hun projectleider verwachtten.

'Ja, nu ziet het er dus zo uit,' zei Gordon, toen Carl niets zei. 'Wat zeg je ervan?'

Carl nam de tijd. Als de landelijke media lucht van deze zaak kregen, konden ze de persconferenties van de premier net zo goed afblazen, want dit zou andermaal op alle voorpagina's terechtkomen.

Wat hij in dat schema zag, was niets anders dan krankzinnig. Sinds de negentiende eeuw had het land slechts drie seriemoorden gekend, maar nog nooit in zo'n omvang en zo systematisch, schematisch en ongebruikelijk uitgevoerd. Hier was geen sprake van onschuldige baby's of zielige drugshoertjes die door een sadistische vrouwenhater als gemakkelijk slachtoffer waren uitgekozen. Hier werden de slachtoffers zorgvuldig geselecteerd en de meeste betrokkenen waren uiterst actief en vrijwel alle betrokkenen waren daarbij succesvolle burgers. In tegenstelling tot de conventionelere moorden, waarbij je vrijwel zeker kon aantonen dat de dood opzettelijk was veroorzaakt, waren al deze sterfgevallen uitgelegd als ongelukken of als zelfmoord. Dat ze sommige ervan hadden weten te ontrafelen als moord was niets anders dan ongelooflijke mazzel, want bij deze vele zaken werd telkens zo'n geraffineerdheid aan de dag gelegd dat die waarschijnlijk niet te stoppen was, tenzij ze natuurlijk een moordenaar konden oppakken. Na zestien geverifieerde moorden was dat jammerlijk genoeg nog steeds niet gelukt, en het was vooral tragisch, omdat aan deze moorden naar alle waarschijnlijkheid over slechts vijf dagen een zeventiende zou worden toegevoegd. Hoe moesten ze die nou toch voorkomen?

Carl keek naar de geboortedagen en huiverde.

'Dat is me een gruwelijke verzameling, zeg,' fluisterde hij, terwijl zijn blik gleed over namen als Nicolae Ceauşescu, Hitler en Mao.

Hij keek schuin naar de jaartallen op het bord en alles klopte helaas veel te goed, omdat er van de tijdsspanne van twee jaar tussen de moorden geen enkele keer was afgeweken.

Rose' gezicht straalde, maar haar teint zag er ongezond uit en daar was ook alle reden voor met de uiterst bescheiden nachtrust die ze had gekregen. 'We weten dat de misdrijven van de slachtoffers op het eerste gezicht voor sommige van de betrokkenen onbelangrijk kunnen lijken,' zei ze. 'Maar toen hebben Gordon en ik nog een extra keer de achtergronden, organisaties en verschillende netwerken van de slachtoffers onderzocht, en zoals vermoed hebben ze allemaal op een of andere manier het algemeen welzijn buitengewoon veel en zeer ernstige schade berokkend.'

Ze wees naar het veld waar 'oorzaak' stond en las er een paar op.

'Het slachtoffer van de moordenaar uit 1990 leefde van wat wij simpelweg heling noemen, maar de spullen die geheeld werden, waren altijd gigantisch waardevol. Ja, de omvang was vele honderden miljoenen kroon per jaar, een bedrag dat de bedrijfswinst van een beursgenoteerd bedrijf gemakkelijk overstijgt. Er was alleen nooit waterdicht bewezen wie erachter zat, zodat de middellijke dader nooit werd gestraft. Niet totdat onze moordenaar toesloeg.'

Carl was er niet zeker van dat hij de term 'onze' zo prettig vond.

'Een ander voorbeeld,' vervolgde ze, 'is het echtpaar Helene en Georg Bernados, die vanaf midden jaren zeventig tien jaar lang een volstrekt meedogenloze en keiharde bende wisten te vormen en aan te sturen. Die bende lichtte op een ongelooflijk grove manier weerloze ouderen en gehandicapten op. Daar moesten zij in 1996 met hun leven voor boeten op Lenins geboortedag op 22 april.

Dan heb je de man die in 2008 op Mussolini's geboortedag op 29 juli werd vermoord, de eigenaar van een transportnetwerk dat in pendeldienst onder totaal grotesk weerzinwekkende, erbarmelijke omstandigheden varkens en koeien voor de slacht naar Zuid-Europa vervoerde.'

Gordon had ook een opmerking, dat was duidelijk, maar Rose ging door.

'Deze slachtoffers waren allemaal zeer onempathische, afschuwelijke types en als je verder duikt in het egoïsme en cynisme van deze slachtoffers, word je gewoon misselijk,' zei ze met nadruk.

Assad haalde merkwaardig genoeg zijn schouders op. 'Ja, mij vergaat het met de moordenaar als met de kameel die de hele dag door de lucht vies en vol heeft lopen ruften, maar je wel op een fantastische manier door de woestijn heeft weten te wiegen.'

Carl schudde zijn hoofd. Wat bedoelde de man in hemelsnaam met die bizarre vergelijking op zo'n ernstig moment.

'Ik bedoel alleen maar dat, net als met de kameel, dat je uiteindelijk bijna van de moordenaar gaat houden,' mompelde Assad.

'Wat bedoel je?'

'Denk eens aan hoeveel vuile schoften hij van de aardbodem heeft laten verdwijnen. Is dat niet iets?'

Carl en zijn twee collega's keken Assad aan. Die gedachte was hun eigenlijk allemaal door het hoofd geschoten.

'Maar wie doet zoiets in godsnaam? Het is toch waanzin?' zei Carl. 'En hoe komen we verder? Hoe zit het met de ontbrekende pagina's in het rapport over Palle Rasmussen? En hoe zit het met die verdwenen computerbestanden? Wanneer krijgen we iets terug van NC3?'

Gordon probeerde te glimlachen. Op dat moment zag het er raar uit in zijn bleke, magere gezicht, maar hij had absoluut iets wat hij kwijt wilde.

'Ja, dat wilde ik namelijk vertellen. Hoewel het niet zoveel is geworden, heeft NC3 toch het grootste deel van wat er is gewist weten te reconstrueren. Ik heb de bestanden gisteravond gekregen, dus ik heb de hele nacht zitten lezen.'

Dat verklaarde in elk geval de zware wallen onder zijn ogen.

'Er zijn helaas maar een paar losse fragmenten over van Palle Rasmussens mailcorrespondentie en het meeste hadden we al in geprinte versie. Maar hoewel er niet zoveel was, verbaas je je toch over hoe onverhuld Palle Rasmussen zijn sadomasochisme in deze mail tentoonspreidt. Ik heb in elk geval vier, vijf stuks gevonden waarin hij zeer gedetailleerd beschrijft wat hem opwindt. En in een enkel geval ook hoe ontzettend degene aan wie hij schrijft daarvan walgt. Als dat vandaag de dag zou zijn, dan had de MeToobeweging hem aan zijn ballen opgehangen, want je moet echt ver zoeken om zulk grof getreiter en systematische belediging te vinden. Ik zal niet in detail treden over wat hij in heel veel mails voorstelt met elkaars geslachtsorganen te doen, maar ik heb een simpel voorbeeld gepakt van de dag voor hij stierf dat ons volgens mij iets bruikbaars kan opleveren.'

Hij leunde over de tafel en las voor uit de mail.

Vergeet alles over een persoonlijke ontmoeting op openbare plekken en hou in godsnaam op me daar te likken waar de zon nooit schijnt, wie denk je wel wie ik ben, vuile cockteaser, hoe achterlijk ben je? En verder, hou op me te stalken, gelittekende zeug, begrepen? Als je iets met me wilt, dan moet je er verdomme nog aan toe ook helemaal voor gaan…

Gordon keek hen verontschuldigend aan. 'Ja, meer is er niet uit die mail,' zei hij.

'*Haqana*,' riep Assad uit. 'Dat is als een bominslag bij heldere hemel.'

Als een donderslag bij heldere hemel, corrigeerde Carl in gedachten. Soms kreeg je wel eens het idee dat Assad wel wist hoe iets heette, maar hen gewoon voor de gek hield. Afgezien daarvan hadden hij en Gordon gelijk, dit was meer dan interessant. Was dit wellicht waar hij de hele nacht aan had liggen denken?

'Hadden we dit niet allemaal als een mogelijkheid in gedachten?' vroeg Rose.

'Ja, dat denk ik wel, en dat dacht ik de eerste keer al toen ik met Sisle Park sprak! Zo'n gladde aal kom je echt zelden tegen.' Carl knikte voor zich uit. 'Dit verklaart eigenlijk wel het verband tussen de twee mails van 16 en 17 mei 2002. Pak die er nog eens bij, Gordon.'

Ze zwegen, terwijl hij door de map bladerde.

Toen stopte hij en keek hen een moment aan, voor hij begon te lezen.

'De eerste van 16 mei 2002 klinkt zo,' zei hij.

Beste Palle, misschien denk je nu dat ik me opdring, maar ik vind dat we het de laatste keer niet goed met elkaar hebben doorgesproken. We kunnen elkaar overmorgen, zaterdag, om vier uur in café Sommersko treffen als ik in Kopenhagen ben. Wat zeg je ervan? Heb je tijd? Sisle.

'En dan is er die van 17 mei 2002. Die klinkt zo:'

Palle. Je politieke bijeenkomst in Nørrebrohallen een paar dagen geleden maakte indruk op me. Ik weet niet hoe ik het moet verwoorden, maar ik wil je, zoals je weet, graag nogmaals ontmoeten. Je hebt vast gezien dat ik op de derde rij vlak voor je ging zitten en dat ik iemand anders vroeg om op te schuiven, zodat ik rechtstreeks oogcontact met je kon hebben. Ik neem zo snel mogelijk contact met je op.

'Zeer interessant,' zei Carl. 'Palle Rasmussen weigert eenvoudigweg de afzender van de mail persoonlijk op openbare plekken te ontmoeten, wat ongetwijfeld symptomatisch is voor zijn affaires en escapades. Tegelijkertijd beschimpt hij de afzender en probeert hij haar volgens mij heel bewust te sarren. Als zij hem dan in de mail van 17 mei heel direct oproept tot contact, steekt hij onmiddellijk hard van wal dat als zij iets met hem wil, dat ze er dan ook helemaal voor gaat. Nu is hij niet alleen getergd, hij is ook echt opgewonden.'

'Kunnen we ervan uitgaan dat Sisle Park beide mails heeft geschreven?' vroeg Rose, hoewel ze daar niet aan leek te twijfelen.

'Dat denk ik, ja. Heeft ze ook daadwerkelijk begrepen hoe ze Palle Rasmussen daarheen moet lokken waar ze hem wil hebben? Hij stond bijna op springen van verlangen naar haar en naar wat hij met haar zou willen doen. Daarmee heeft hij zichzelf tot een willig slachtoffer gemaakt. Dat hij plastic tiewraps om kreeg heeft hem vast alleen maar meer aangewakkerd.'

'Ik begrijp het dus niet,' mompelde Assad. 'Waarom schrijft zo'n intelligente vrouw dit onder haar eigen naam? Denken jullie niet dat Sisle Park hier gewoon tot zondebroek is gemaakt?'

Carl glimlachte om het woord 'zondebroek', maar Assad had gelijk. Waarom deed ze dat?

'Hij noemt haar een "gelittekende zeug". Is dat iets symbolisch of is dat een feit? Dat moeten we kunnen onderzoeken,' zei Rose.

'Je bedoelt dat we haar gewoon moeten bespringen en aan een grondig onderzoek moeten onderwerpen?' vroeg Carl.

'Ik bedoel dat als zij in behandeling is geweest voor haar littekens, dan zou je dat toch moeten kunnen checken.'

Gordon schudde zijn hoofd. 'Dat zal niet gebeuren, niet met de wetgeving die we in Denemarken hebben. Vooral gezondheidsinformatie zal in deze tijden ongelooflijk lastig te krijgen zijn.'

'Sisle Park heeft een grote firma. Zij is een van de weinige vrouwen die op eigen kracht de top heeft bereikt. Probeer bij MediaInfo, er zijn gegarandeerd een heleboel artikelen over haar in de damesbladen,' zei Carl.

'Dat heb ik gecheckt. Er is niets,' zei Gordon.

'Dat is merkwaardig. Wat zegt haar cv?'

'Geboren op 30 mei 1964 als Lisbeth Park in Nørresundby als dochter van een alleenstaande moeder, Dagny Park Iversen. Op Facebook onthult ze dat de koosnaam van haar moeder voor Lisbeth Sisle was. Op haar achttiende eindexamen gedaan in Aalborg. Begint in 1982 aan de studie scheikunde aan Københavns Universitet, waar ze in 1989 cum laude afstudeert.'

'Scheikunde?!'

'Ja, en verder een MBA aan de University of Cape Town, waar ze bijna drie jaar lang "on and off" woont en werkt.'

'Krijg nou wat. Maar als ze zo intelligent was, waarom kostte het haar dan zeven jaar om haar studie scheikunde af te ronden?'

'Geen idee,' antwoordde Gordon.

'Hoe zit het met partners, weet je daar iets van, Gordon?' vroeg Rose.

'Die heeft ze niet gehad, voor zover ik weet.'

Rose vond een foto op Google van een conferentie. 'Dat is gek. Als ik net zo rijk, slank en knap was als zij, zou ik al die mannen niet hoeven laten struikelen die ik nu langs mijn bed probeer te lokken.'

Carl keek naar Gordon, hij zag er nogal gekwetst uit. Wanneer kwam hij de crush die hij op Rose had gehad een keer te boven?

'Ik zit te denken aan die studie scheikunde,' zei Assad zachtjes. 'Als er iets is wat littekens kan geven, dan is het wel als er chemicaliën op je terechtkomen, of als iets explodeert.'

Carl glimlachte. 'Ik denk niet dat een type zoals zij, die eventjes een MBA doet, met zuren om zich heen loopt te spetteren, Assad.'

Er werd op hun deur geklopt, het was Marcus met een ondertussen permanente donkere wolk boven zijn hoofd. Carl wist wat eraan zat te komen.

'Waarom ben jij hier, Carl? Jij hoort hier toch niet te zijn?' Hij keek echt verdrietig. 'Maar nu je je hier toch naar binnen hebt gewaagd, moet ik je vragen met me mee te gaan voor een gesprekje.'

Een gesprekje? Dat klonk niet goed. Dat gesprekje was gegarandeerd inclusief narcoticabrigade, Terje Ploug en een paar mensen van interne zaken.

Marcus leidde hem langs zijn werkkamer naar een zijkamer, die normaliter werd gebruikt voor het verhoor van gedetineerden die in voorlopige hechtenis zaten. Dat duidde waarachtig op iets vrolijks.

De vijf aanwezigen glimlachten niet echt. Als hij aan de andere kant had gezeten, zou hij onmiddellijk hebben gedacht dat de sukkel al was veroordeeld, en het was niet fijn als hij zelf die sukkel was.

Het werd zeer formeel en kort. De uitkomst was niet onverwacht, hij was nu verdachte in de zaak die zij aanduidden met de zaak-Høyer.

'Zolang het onderzoek loopt, mag je het land niet verlaten en verder een fijne kerst,' zei de man van interne zaken die hem had verhoord. Daar had de Snuffelhond misschien beter niet zo breeduit over kunnen glimlachen. Zoiets vergat Carl niet.

'Je moet uit de buurt blijven van de onderzoekseenheid en van afdeling Q, Carl. Als ik je hier nog een keer binnen zie, moet ik je laten arresteren.'

'Maar Marcus, verdorie, denk eens na. Wij zitten heel dicht bij een doorbraak, dat kun je toch niet zomaar stilleggen?'

'Wat jullie tot nu toe hebben bereikt is prachtig, maar vanaf nu moet jij je collega's alleen laten doorgaan.'

Carl was sprakeloos. 'Laatste vraag, Marcus! Heb ik jouw steun als ik die nodig heb?'

'Dat hangt ervan af welke.'

'Over vijf dagen wordt er een man vermoord. Wij hebben een verdachte. Wij hebben de vrije hand nodig.'

'Carl.' Marcus legde zijn hand op Carls schouder. 'Op dit moment heb je al je energie nodig om je onschuld te bewijzen. Elk bankbiljet in die koffer wordt nu gecontroleerd op vingerafdrukken. Als we ook maar één biljet vinden dat jij in handen hebt gehad, riskeer je meerdere jaren gevangenisstraf. Mijn advies is om naar huis te gaan en Mona voor te bereiden op een tijd die voor jou en voor haar heel moeilijk kan worden.'

46

Dinsdagmorgen 22/12/2020

SISLE

Ze had sinds 1988 elk jaar tegen kerst stilletjes en peinzend op precies deze zelfde plek naar de kleine grafsteen staan kijken, en nu was er een steen bij gekomen. Twee stenen die zachtjes tegen elkaar aan rusten en definitief de twee verdrietige levens verenigden waarvoor Sisle helemaal alleen de verantwoordelijkheid moest dragen.

'Het spijt me zo vreselijk, Maja,' fluisterde ze terwijl ze zich bukte. Met een lichte handbeweging liet ze haar vingertoppen over de ruwe zandstenen glijden. Sinds haar studietijd had ze om niemand anders kunnen huilen dan om de kleine Max die daar te ruste was gelegd. Maar nu Maja's naam op de steen ernaast was gekomen, werd haar hart echt hard geraakt.

Ze had zichzelf dezelfde vraag minstens duizend keren gesteld. Zou ze alles anders hebben gedaan, hoewel die monsters dan vandaag de dag nog steeds in leven zouden zijn, als ze met Gods hulp dit kleine jongetje had kunnen sparen? Ze wist het eenvoudigweg niet. Maar omdat dit onschuldige kleine wezen het met zijn leven had moeten bekopen, had ze zichzelf op het hart gedrukt dat methodes als dingen opblazen, waarbij er toevallige slachtoffers konden vallen, nooit mocht worden herhaald.

Nee, na die ongelukkige januaridag in 1988 zouden haar slachtoffers in hun eentje sterven en zich volledig bewust zijn van het feit waarom.

Ze wendde haar gezicht naar de lege plek naast die van Maja en haar zoontje. Meer dan dertig jaar had ze betaald voor het graf, zodat zij, als de tijd daar was, te ruste zou worden gelegd naast het jongetje dat door haar onvoorzichtigheid om het leven was gekomen. Op dit moment zou Max een volwassen man van midden dertig zijn geweest. Meer dan twaalfduizend dagen had ze tot dusver van dit kleine leven gestolen. Twaalfduizend dagen waarin zijn moeder met haar ondraaglijke verdriet en haar verbrijzelde dromen moest leven.

Het was onbeschrijflijk hoe het haar kwelde.

Toen Maja zelfmoord pleegde, had Debora Sisle gevraagd of de pijn waarmee alle andere nabestaanden van haar slachtoffers hadden moeten leven ook niet aan haar knaagde.

Die vraag was het eerste teken dat Sisle misschien haar greep op Debora en met haar ongetwijfeld ook Adam aan het verliezen was. Juist vragen als deze mochten nooit worden gesteld. Debora wist namelijk heel goed dat hun slachtoffers levende doden waren geweest, aangezien zij uit eigen vrije wil en in alle openheid de immorele weg insloegen waar ze hun wandaden uitdachten. Daarom kon Debora het zichzelf niet permitteren eraan te twijfelen dat ook de naasten van de slachtoffers een grote verantwoordelijkheid droegen, omdat ze de smerige, onmenselijke zaakjes van hun partners niet hadden verhinderd. 'Degene die vrijwillig samenleeft met een persoon die leeft van andermans ontrouw, die dieren kwelt of arme mensen tot diepe financiële armoede verleidt, heeft niet het kleinste beetje medelijden verdiend,' had ze keer op keer verkondigd. Hadden hun slachtoffers en hun naaste verwanten soms geen comfortabel bestaan geleid op basis van deze brutale, laaghartige achtergrond? Waarom dan ook maar een greintje medelijden met hen als het feest was afgelopen? De kinderen bevrijdde zij alleen maar van een jeugd in een ziek milieu. Ze begreep simpelweg de reden van Debora's vraag niet.

Tot slot hadden de twee haar recentelijk aangespoord om van haar principes af te wijken en hun slachtoffer voortijdig te doden. Dat was toch helemaal tegen alles in waar hun werk op gebaseerd was. Wat zou het volgende worden?

Ja, ze zou de greep op Adam en Debora gemakkelijk kunnen verliezen en helemaal nu een overijverige politieman probeerde hun een stok in het wiel te steken en hen tegen te houden.

Sisle ging op haar knieën liggen en legde een bescheiden boeketje bloemen schuin tegen de grafsteen van het jongetje. Ze wilde eigenlijk dat ze dat vele malen voor vandaag had kunnen doen, maar toen leefde Maja immers nog en zij had erop kunnen reageren. Het was gewoon te risicovol geweest.

Ze kwam langzaam overeind en liep zigzag over de paden tussen de overige graven, tot ze vond wat ze zocht.

LARS K. PEDERSEN stond er op de steen. De tand des tijds en de algvorming hadden het al onmogelijk gemaakt om zijn sterfdag te lezen, maar die kende Sisle beter dan wie ook. Het was de dag die God had uitgekozen en de dag waarop Hij haar had gespaard. Zij als enige rechtvaardige van de zeven mensen in wie de bliksem insloeg. Zij die als de enige in de groep het onderscheid tussen recht en onrecht bewaakte.

De eerste jaren had ze op de graven van Lars K. Pedersen en de andere vijf graven gespuugd, maar op zekere dag had Debora haar gebracht op wat zij de juiste, betere weg had genoemd.

‘Zonder precies deze mensen had je God niet leren kennen, Sisle. Je zou hun dankbaar moeten zijn dat jij je door God gegeven opdracht hebt ontvangen waar zij met hun leven voor hebben moeten boeten.’

‘Dank je, Lars,’ zei ze daarom en ze knikte naar het verwaarloosde graf.

Echo’s weerkaatsten tegen het plafond in de grote receptie, toen ze met haar harde leren hakken naar de lift stapte. Verreweg de meeste van haar medewerkers waren nu een al paar dagen naar huis gestuurd en alleen de prominente, meest ingewijde wachtten op de derde verdieping, waar de vergaderzaal zich bevond.

Juist op deze vergadering had ze zich verheugd.

Ze knikte naar de drie vrouwen van de afdeling Welvaart, die er verwachtingsvol uitzagen. Alles was zoals het moest zijn.

‘Dag allemaal en dank dat jullie op zo’n eigenaardige dag ter beschikking staan. Jullie kunnen je mondkapjes wel afdoen, als jullie maar op je plek blijven zitten.’

Ze knikte tegen ieder afzonderlijk. Wat een elitaire groep, wat een magnifieke aanblik.

‘Als mijn missie op tweede kerstdag is afgerond zal ik verdwijnen, dus jullie zullen mij dan niet meer zien, maar jullie taken staan beschreven en er is ook een stappenplan voor het bedrijf. Zoals jullie al weten, zal ieder van jullie de opdracht krijgen een bepaalde persoon te elimineren en wel volgens precies geplande draaiboeken. Ik weet dat jullie al ieder afzonderlijk aan het bedenken zijn hoe zo'n moord in principe moet worden gepleegd zonder het risico dat jullie worden ontdekt. Jullie moeten weten dat ik er het volste vertrouwen in heb dat jullie daarin zullen slagen. Hierna word ik dus jullie coördinator en als zodanig moet ik jullie individuele voorstellen goedkeuren. Het draaiboek dat mij het best uitvoerbaar lijkt, zal ook de eerste moord worden, dus daarmee weten jullie natuurlijk niet het exacte moment waarop jullie kunnen toeslaan.'

Ze wees naar degene die haar hand opstak. Honderd procent toegewijd en minstens tweehonderd procent gekwalificeerd, tot nu toe de beste van de groep.

'Jij hebt een vraag, Nora?'

'Ja, dank je! Wanneer worden wij geïnformeerd over de doelgroep?'

Sisle glimlachte. Wie anders dan Nora kon vragen stellen vlak voor het antwoord toch al zou komen? Zij had in alle samenhangen echt leiderspotentieel.

'Ja, dat is de reden dat we vandaag bij elkaar zijn. Ik was namelijk van plan dat nu te onthullen.'

Drie paar schouders vielen op hun plek. Eindelijk kwam de verlossing.

'Ons doel is dat er vanaf 2021 elke vierde maand een gemeentelijke of landelijke politicus zal worden aangewezen die de morele richtlijnen heeft overtreden die moeten gelden voor iedere persoon met de grote verantwoordelijkheid die de democratie hun oplegt. Machtsmisbruik, hebzucht, fraude, ambtsmisbruik, gebrek aan loyaliteit, vergrijpen, leugens, ja, er is genoeg om uit te kiezen. Ik zie dat jullie al knikken.'

Daar was Nora's hand alweer. Net als de twee anderen glimlachte ze, ongetwijfeld een gevolg van de verlossing na de lange training, vanaf het moment dat ze aspiranten waren bij Debora en daarna trainees op een veel hoger plan in Sisles organisatie.

'Wat gebeurt er als onze opdrachten zijn uitgevoerd?'

Daar was ze Sisle weer net voor.

'Dat zal ik jullie vertellen. Ieder van jullie krijgt haar eigen persoonlijke trainee die jullie tijdens dat verloop zal opleiden, zodat ze jullie kunnen aflossen om moorden te plegen in het jaar nadat jullie je opdrachten hebben uitgevoerd. Daarna verdwijnen jullie. Jullie zullen rijkelijk worden beloond, zodat jullie je in een ander land kunnen vestigen en uiteindelijk een gezin kunnen stichten voor zover jullie dat zouden willen. Zoals jullie vast en zeker hebben begrepen, kan niet worden voorkomen dat Denemarken na een bepaald aantal moorden op deze personen in verscherpte paraatheid zal worden gebracht. Want ongeacht hoe geslaagd jullie camouflage van de moorden zal zijn, je kunt gekozen politici niet in zulke aantal vermoorden zonder dat er een regelrecht risico bestaat van een intensivering van onderzoek en verscherpt toezicht.'

'Zoals waar Carl Mørck van afdeling Q nu mee bezig is?'

'Carl Mørck!' Sisle glimlachte minzaam. 'Over hem hoeven jullie je geen zorgen te maken. Zoals voor zo veel anderen zullen ook zijn komende dagen op relatief weinig vingers kunnen worden geteld.'

47

Maandag 21/12/2020 en dinsdag 22/12/2020

LAURA VAN BIERBEK

Er viel bij de familie Bierbek thuis geen spoortje kerststemming te bespeuren. De hele dag had de oudste dochter van vijftien zich op de meest oncharmante manier opgewonden en lopen gillen dat alle beste winkels in het hoofdstedelijk gebied nu dicht waren en hoe zij dan in hemelsnaam haar wensen in vervulling kon laten gaan.

Zo was Laura van Bierbek als het haar tegenzat. Ze was altijd al een mateloos verwend rotkind geweest dat haar lichtblauwe, charmante ogen maar een beetje extra hoefde te openen om haar vader opnieuw zijn portemonnee te laten trekken. Nu hij er niet was en ze de hele dag gedwongen werd thuis te blijven, nu ze niet naar school kon om te flirten met de oudere jongens en nu ze niet eens kon rekenen op kerstcadeaus en het feest met oud en nieuw waarover Søsser en zij het al maanden hadden gehad, bereikte haar woede een hoogtepunt en niet zo'n beetje ook.

'Hou nou eens op, Laura,' probeerde haar moeder de circusvoorstelling te stoppen, maar wie luisterde er nou naar die vrouw? Ze trok alleen fatsoenlijke kleren aan als er gasten kwamen, en verder zat ze gewoon de hele dag in haar veel te luchtige nachtkleding met een sigaret in haar snufferd te pimpelen. Godvergeten goor!

'We kunnen Roxan iets lekkers voor ons laten maken, dus wat wil je hebben, liefje?' probeerde haar moeder tevergeefs te paaien, maar Laura knalde de deur dicht en ging met een bons op de stoel achter de laptop zitten. Als Zoom er niet was geweest, was ze hartstikke gek geworden.

Vooral haar vriendin Søsser was grappig. Zij kende ondeugende verhalen en zij kon vertellen wat je bij jongens moest doen op je kamer, als niemand het zag.

'Hé, Søs? Val je ook al bijna in coma?' vroeg Laura.

Haar vriendin op het beeldscherm keek haar met slome ogen aan en dat zei alles. 'Je weet dat alles tot in januari gesloten blijft?' zei ze.

Laura knikte.

'Wat zegt je vader van al die zooi?' vroeg Søsser.

'Ik heb geen idee, hij is nog niet weer thuis.'

'Maar waar is hij dan? Is hij al niet ziek lang weg nu? Komt hij misschien niet eens thuis met kerst?'

'Nee, dat is fucking irritant. Hij komt pas tweede of derde kerstdag thuis, zegt mijn moeder. Al die covidtests en quarantaines houden hem op.'

'O, maar dan heeft hij vast wel cadeautjes bij zich.'

'Die kan hij maar beter wel bij zich hebben, ja!'

'Waar is hij precies, weet je dat nog steeds niet?'

'We denken dat hij in Californië is, maar mijn moeder weet het niet zeker.'

Op het schermbeeld bracht Søsser haar gezicht een stukje omhoog. Normaal gesproken wist ze niet hoe je ernstig moest kijken, maar nu leek het alsof ze het ondertussen had geleerd.

'Wat is er, je ziet er zo gek uit, Søs?'

'Ik weet het niet goed, maar gisteren zei ik tegen mijn vader dat hij er niet op moest rekenen dat hij voorlopig met je vader zou kunnen golfen, omdat hij nog niet terug was. Weet je wat hij later die avond tegen mijn moeder zei, toen ze dachten dat ik het niet hoorde?'

Laura twijfelde eraan of ze het wilde weten. Ze had stiekem naar hun beide vaders geluisterd, terwijl ze op het terras met elkaar zaten te praten. Dat was gewoon niet oké.

'Hij zei dat je vader ongetwijfeld weer met een nieuwe vrouw bezig was, en dat hij het niet vond kunnen dat je vader niet gewoon eerlijk was.'

'Daar geloof ik helemaal niets van. Hij is met een deal bezig waar we ongelooflijk rijk van worden, zegt mijn moeder.'

'O, maar toen antwoordde mijn moeder dat het allemaal heel vreemd was, want zij had op tv gezien dat een politieman op zoek was naar iemand van wie hij de naam niet wist en die zou zijn verdwenen. En iets over dat het gezin van die persoon dat waarschijnlijk helemaal niet wist. Daarna kwam ze bij mij en zei dat ik dat misschien aan jou moest doorgeven.'

'Dat begrijp ik niet, waarom?'

'Lezen jullie dan helemaal geen kranten?'

Laura grinnikte. Idiote vraag. Søsser wist immers dat ze dat niet deden.

'Jullie kijken ook nooit tv, of wel?'

'Jawel, voortdurend. Netflix, HBO en Amazon, dat weet je toch?'

'Nee, gewone televisie. Het journaal en zo.'

'Ben je gek, daar heeft mijn moeder geen zin in. Ze ligt alleen maar te roken en series te kijken.'

'Zeg het toch maar even tegen haar.'

De woonkamer was zoals gewoonlijk een grote, donkere chaos, die de au pair onmogelijk een beetje netjes kon houden. Dat was de reden dat Laura en haar zusje nooit zin hadden om er te zijn. Alles stonk naar rook en als Roxan niet snel genoeg was, stonden er ook halfvolle glazen en smerig servies op de theetafeltjes.

Laura begreep haar moeder niet, maar ze had ook geen zin om te veel over haar te weten. Sommige jongens uit haar klas hadden een paar oude realityprogramma's gezien waaraan haar moeder had meegedaan zonder al te veel kleren aan en daar had Laura zich voor geschaamd. Afleveringen in exotische oorden waar ze met meerdere jongemannen het bed in was gedoken, en als haar moeder het over die uitzendingen had, klonk het bijna alsof ze er trots op was dat ze eraan had meegedaan, iets wat Laura absoluut niet hielp om haar te mogen, integendeel.

Maar wat Søsser had verteld over haar vader besloot Laura haar recht voor de voeten te gooien, zodat ze wat alerter werd, en dat werkte in zekere mate ook. In elk geval werd ze een beetje wakkerder, terwijl ze haar kimono strakker om zich heen trok.

'Waar zegt Søsser dat die persconferentie werd uitgezonden, Laura?' neuzelde ze met gefronste wenkbrauwen die de dikke laag pancake van gisteren lieten barsten.

Laura zette de terrasdeur open en liet de bijtende kou binnen die de laatste vierentwintig uur over het land had geraasd. Dat zorgde meestal voor een beetje meer leven in haar moeder.

'Dat moet je aan Søssers moeder vragen, want dat weet ik niet,' zei ze en ze stapte weg zonder de terrasdeur achter zich dicht te doen.

Even later kwam er een nieuwe stemming het huis binnensluipen die de winter heel dichtbij bracht. Haar moeder fluisterde in haar mobieltje en in de loop van de avond stuurde ze sms'jes, zo hard tikkend met haar lange nagels dat het op de eerste verdieping nog te horen was.

'Wat doet ze?' vroeg haar zusje.

'Ik denk dat ze papa probeert thuis te krijgen.'

De volgende morgen had hun moeder een opgeblazen gezicht, randen onder haar ogen en kogeldikke wangen, net als in de periode dat ze hydrocortison slikte na een borstvergroting die niet helemaal goed was gelukt.

Daarentegen was ze nu nuchter en enigszins helder van geest.

Ze had al een paar apps geïnstalleerd om nieuwsprogramma's en het journaal te kunnen streamen en zat aan het scherm geplakt als een vlieg die op het licht bleef afkomen.

'Wees eens een momentje stil, Laura,' zei ze toen Laura de kamer binnenkwam en wilde meekijken.

De politieman op het scherm zag er verfomfaaid uit en leek op de alcoholist die op het bankje voor de supermarkt in het winkelcentrum met zijn armen zat te zwaaien. Een beetje groezelig en ongeschoren. Het was niet echt elegant.

Laura keek naar haar moeder, die tevergeefs naar haar sigaretten zocht, terwijl haar blik aan de man met de baardstoppels kleefde.

Toen schreef ze een telefoonnummer op de zijkant van het sigarettenpakje en ze belde onmiddellijk toen de persconferentie was afgelopen.

Daarna duurde het maar een paar minuten voor ze voortdurend 'ja' en 'nee' zei, terwijl haar matte ogen vochtig begonnen te worden en de roetzwarte mascara langzaam oploste.

48

Dinsdag 22/12/2020

CARL

'Sorry, Carl, maar ik moet je het nog een keer vragen. Heb jij iets met die zaak te maken gehad wat je mij nog niet hebt verteld?'

Normaal ketsten dit soort vragen op Carl af. Ze waren als kleine tikken op je wang die nooit pijn deden. Maar met Mona was het anders en het deed pijn. Hij had zijn hersenen de hele nacht afgezocht met dezelfde soort vragen, maar het stilstaand water in zijn geheugen liet eenvoudigweg geen vers water toe in de poel van vergetelheid en tijd die allang voorbij was.

'Echt, Mona. Het is zo veel jaren geleden en jij weet toch hoe het met mij is vergaan nadat Hardy, Anker en ik werden neergeschoten. Er zitten gaten in mijn geheugen en hoe dan ook, ik heb geen idee hoe die koffer op zolder met al die troep is volgestopt. Hardy en ik hadden toch allebei in de gaten dat Anker er bijzondere mores op na hield, en wij moesten hem regelmatig tegenhouden in wat hij deed. Wanneer de klappen in de nek van gearresteerden tijdens verhoren te hardhandig werden, als hij loog tegen de chef Moordzaken of als hij zijn rapporten tot rooskleurige sprookjes herschreef. Maar dat hij een zo meedogenloze crimineel zou zijn, iets waar die koffer op zou kunnen duiden, dat kon ik niet vermoeden.'

Ze zag er niet opgelucht uit, iets wat hij wel had gehoopt.

Rose belde terwijl Mona met Lucia naar de crèche fietste, en ze was helemaal opgewonden.

'De man die we zoeken heet Maurits van Bierbek en daar ben ik zo zeker van als tweemaal twee vier is, Carl. Alles klopt, zelfs de dag waarop hij "is verdwenen".'

Carl zag duidelijk de aanhalingstekens voor zich die ze ongetwijfeld in de lucht maakte.

'En dan de maníer waarop hij is verdwenen, ja, alles eigenlijk, het is geweldig. Dus luister: Assad en ik zijn onderweg naar jou en dan moeten we verder. We hebben over vijfentwintig minuten een afspraak met de vrouw van Van Bierbek.'

Rose verbrak de verbinding nog voor hij de kans kreeg met bezwaren te komen. Toen ze alle drie in de auto op weg waren naar het huis van de familie Bierbek, stond haar mond geen ogenblik stil. Het was alsof ze alvast met kerstavond was begonnen en dat het telefoontje van de echtgenote van Van Bierbek het beste cadeau was dat ze in dit troosteloze, verloren jaar had kunnen krijgen.

'Ze hadden al lange tijd geen gewone tv meer gekeken, Carl,' legde Assad uit. 'Haar dochter en de moeder van haar vriendinnetje waren vlug van begrip. Ik kan je vertellen dat de vrouw van Van Bierbek er behoorlijk kapot van was.'

Dat was inderdaad zo.

Al op afstand rook je als het ware de shock die zich als een nevel over het uiterst luxe, Grieks geïnspireerde architectonische misverstand in de duurste wijk van de voorstad had gelegd.

De vrouw herkende Carl onmiddellijk en stormde hem met gespreide armen tegemoet, alsof hij door een stevige omarming haar pijn kon wegnemen. Carl deed snel een stap opzij, zodat ze begreep dat de coronabeperkingen niet alleen golden voor mensen op tv.

'Vertel het allemaal nog eens een keer,' zei Carl toen zij hen liet plaatsnemen voor een panoramavenster met uitzicht op een parkachtig gesnoeid decor dat elke stadsbewoner de adem zou kunnen benemen.

Het was moeilijk om een volledig samenhangende verklaring van de verwarde vrouw te krijgen, dus godzijdank werd ze op een kalme wijze bijgestaan door een meisje van een jaar of veertien dat niet alle vragen tot in het oneindige hoefde te overdenken voor ze met een eerlijk antwoord kwam.

'Op 12 december kwam een limousine hem ophalen. De datum weet ik nog goed, omdat het precies halverwege deze klotekersttijd was.' Het meisje keek hen aan met een ernst die haar moeder onmogelijk zou kunnen overnemen in de mentale chaos waarin ze zich op dit moment bevond. 'De auto was zwart en jullie kunnen hem op onze bewakingsvideo's zien. Ja, jullie kunnen hem zelfs op de weg zien terwijl hij de heuvel afrijdt. Ik heb het bestand op deze memorystick gezet.'

Ze overhandigde hem aan Rose, en Carl overwoog ter plekke om haar te adopteren.

'Daarop staan ook alle mails die papa en mama aan elkaar hebben geschreven.'

'Heb je die ook gekopieerd, Laura?' vroeg haar moeder en ze zag er enorm gepikeerd uit.

Het meisje haalde haar schouders op. Meer respect kon ze voor die opmerking niet opbrengen.

'Je kunt ook zorgen dat je passwords niet overal rondslingeren.'

'Waarom is je vader vertrokken?' vroeg Rose.

'Hij had gesproken met iemand van een Amerikaanse organisatie die zijn bedrijf wilde kopen. Wij dachten dat hij naar de VS was gevlogen om met hen te onderhandelen.'

'Dat begrijp ik, maar je vader heeft het land niet verlaten, Laura, dat hebben we gecheckt. Weet je wie hij die dag zou ontmoeten?'

'Dus hij was de hele tijd in Denemarken?' Ze keek peinzend naar de grond. 'Maar nee, gewoon iemand van dat bedrijf, volgens mij.' Ze gaf Rose het papiertje met de naam erop.

'Global Rea Inc., Wisconsin, USA,' las Rose voor. 'Is dat niet dat immense bedrijf dat realityseries voor op de hele wereld produceert?'

'Ja. Maar mijn vaders bedrijf is ook heel groot, hoor. Hij heeft reality-tv gemaakt voor bijna alle landen in Europa, voor landen in Azië, Australië, Zuid-Amerika en...' Ze aarzelde een moment, toen ze ontdekte dat Carl, Assad en Rose elkaar aankeken.

Godallemachtig, zeg, dacht Carl. De man produceerde bagger-tv en dat paste tamelijk goed bij iemand die de moordenaar graag van dit morsige aardoppervlak zou laten verdwijnen.

'Hoe heet het bedrijf van uw man?' vroeg Carl aan de vrouw die wezenloos voor zich uit zat te staren.

'Het heet Unbelievable Corporation. Ze hebben onder andere *Pa-*

radise or Hell, *Reality Prison* en een heleboel andere dingen gemaakt,' zei ze met iets wat op trots leek, maar dat waarschijnlijk eerder een teken was van elementaire, basale kennis over de enorme inkomsten van het bedrijf die ze in alle samenhangen hoger waardeerde dan wat ook.

'Ja, en *Cougar and Youngsters*, waaraan mijn moeder meedeed, mochten jullie haar zonder kleren aan willen zien,' merkte het meisje Laura op.

Ze keek vol verontwaardiging naar haar moeder.

'*Your attorney Claes Erfurt is here*,' onderbrak een Filipijns vrouwtje het gesprek. '*Can I show him in?*'

Maar de man kwam al binnen en stormde de vrouw des huizes tegemoet.

'Victoria, wat hoor ik nou toch??? Het is ver-schrík-kelijk.'

Hun omhelzing duurde een paar verdachte seconden te lang en Laura rolde met haar ogen.

'Ja, neem me niet kwalijk, maar ik moet Claes erbij hebben. Ik moet weten wat mijn juridische positie op dit moment is,' zei de vrouw alsof haar man al dood en begraven was en dat dat eigenlijk niet het ergste was wat er kon gebeuren.

Als dit verschrikkelijke mens op deze manier doorgaat, bel ik Mona en zeg ik dat ik genoodzaakt ben om een tweede dochter mee naar huis te nemen, dacht Carl.

Ze kwamen niet veel verder met dit gesprek. De advocaat hield de vrouw bij de hand en klopte er elke tiende seconde op, dus misschien was zijn interne rekenmachine al bezig om de erfenis te verdelen. Wie overigens Maurits van Bierbek had opgehaald en met wie Maurits zou onderhandelen, kon Victoria niet in haar met teflon beklede hersenen tevoorschijn halen.

'Jullie hebben niet toevallig een plek waar we kunnen zitten om te overleggen?' vroeg Assad. 'We zouden graag hier onze basis willen maken als jullie daar niets op tegen hebben. Het is een wat gespannen sfeertje op het politiebureau de laatste tijd, als jullie begrijpen wat ik bedoel. Het is ook uiterst belangrijk om dichtbij te zijn als je contact met de ontvoerders zou krijgen, Victoria. We hebben helaas ook niet veel tijd.'

Alleen Laura leek enthousiast te zijn over het voorstel.

'Mijn vaders werkkamer is hartstikke groot en daar komt niemand anders als hij niet thuis is, ik kan jullie laten zien waar het is. Daar kunnen ze toch best zijn zolang ze willen, of niet, mama?' Ze draaide zich al om voor er antwoord kwam.

'Geniaal bedacht, Assad,' zei Carl terwijl hij om zich heen keek in een orgie van kopieerapparaten, computers en knipperende diodes van routers, die gegarandeerd vele terabytes aan informatie de ruimte in en uit konden pompen.

'Ja, zo kan Marcus niet in de gaten houden waar je bent en wat je doet. Ondertussen kan Gordon ook gewoon op zijn plek blijven, mochten wij iets speciaals nodig hebben. Ik laat hem een scan maken van ons whiteboard en zo, dan kunnen we die hier uitprinten.' Assad wees naar een wonder van een machine, die vermoedelijk wel tot A2-formaat kon printen. Als ze zulke apparatuur op de rechercheafdeling zouden krijgen, moesten in elk geval de twee laatste ministers van Justitie een volledig jaarinkomen afstaan.

Rose keek op van het scherm. 'Het is ongelooflijk! Het bedrijf van Maurits van Bierbek heeft uitsluitend bagger-tv gemaakt, waarbij het enige doel was om de grenzen van de deelnemers en het publiek te testen. Echt veel van wat hij produceerde, neigde naar het semipornografische. Wonderlijk genoeg wist hij tv-kanalen en streamingdiensten zover te krijgen hun gebruikelijke moraal overboord te zetten als ze zijn concepten kochten. Ik zie op Google dat een ervan, *Did She Really Say That?*, zelfs aan vijftig landen is verkocht en dat in een aantal ervan het concept is aangepast aan de plaatselijke cultuur en taal, onder andere in Japan, mocht iemand dat verbazen.' Rose schudde haar hoofd. In zekere zin was Carl blij dat hij nooit in dat amusementsmoeras was gesprongen, hoewel het in dit geval ongetwijfeld van nut kon zijn geweest.

'Heb jij wel eens een van zijn programma's gezien, Assad?' vroeg Carl terwijl hij de lijst naar hem toe schoof.

De krullenbol spelde zich zo zorgvuldig door de titels heen dat je de indruk had dat hij bezig was ze voor zijn innerlijke blik tevoorschijn te toveren.

'Nee, zoiets kan mijn parabool waarschijnlijk niet vinden,' zei hij droog.

'Jij dan, Rose?'

'Ja, sommige heb ik wel eens gezien om te checken. Geen dingen die iemand met een afgeronde middelbareschoolopleiding weten te vangen. Het is ronduit baggertelevisie op zijn allerergst. Maar ik weet wel dat een aantal ervan ongelooflijk populair is en vele van de meer traditionele realityprogramma's, die op de satellietzenders worden uitgezonden, ongelooflijk het nakijken hebben gegeven.'

'En dat betekent?' vroeg Assad.

'Dat ze eeuwig kunnen worden uitgezonden, zolang er mensen zijn met een smaak die doet denken aan modder in blik.'

Assads wenkbrauwen schoten omhoog, dus die verklaring maakte hem blijkbaar niets wijzer.

'Ik heb hier de jaarrekening van Van Bierbeks bedrijf,' zei Carl. 'Zijn privévermogen heeft zo veel nullen dat ik ze niet eens kan tellen. Als de man daadwerkelijk een koper voor zijn bedrijf had gevonden zou hij een van de rijkste mensen van Scandinavië worden, denk ik. Wie van jullie belt naar de firma in de VS, die hem zogenaamd wilde overkopen?'

'Ik vraag Gordon dat te doen, terwijl Assad en ik de mailcorrespondentie tussen Maurits van Bierbek en zijn vrouw doornemen, is dat oké? Dan kun jij ondertussen naar de bewakingsvideo kijken, Carl.'

Er werd discreet op de deurpost geklopt en Claes Erfurt wrong zijn gezette lichaam in een veel te strak zittend, marineblauw pak door de deuropening. Hij stak twee uitgestoken handpalmen naar hen uit en toonde daarbij een shock teweegbrengend witgebleekt gebit. Zo eentje dat de kleur sneeuwwit doet lijken op de grijsgroezelige Limpoporivier in Afrika.

'Ja, neem me niet kwalijk,' zei de advocaat terwijl hij dat niet meende. 'Ik heb een klein commentaar over het feit dat jullie hier in Victoria's huis zijn neergestreken. Hadden jullie niet een rechterlijk bevel moeten meebrengen als jullie in Maurits van Bierbeks intieme, vertrouwelijke sfeer willen zitten snuffelen?' Hij wachtte niet op antwoord. 'Ik vind namelijk van wel, dus ik ben van mening dat jullie nu terstond jullie spullen pakken en vertrekken. Zijn we het daarover eens?'

Assad ging staan en keek hem strak aan. 'Luister eens even, ouwe herkauwer. Kun je niet even wachten met de vrouw het hooi in te duwen totdat de man is vermoord? Wij proberen hem te redden, dus je hoeft niet je broekzakken alvast open te houden om plaats te maken voor alle miljoenen die je verwacht erin te kunnen stoppen, en dat zal heel zwaar worden. Maar je wilt je broek misschien helemaal niet aanhouden? Dus vertel ons eens wat jij hieruit denkt te kunnen halen en als je daar geen trek in hebt, dan kun je...'

Assad stopte, toen hij Carls vertrokken gezicht zag.

'Wat mijn collega bedoelt is dat jij nu de kans hebt je carrière een nadrukkelijke boost te geven door te doen alsof jij degene bent die vecht voor het leven van je cliënt,' ging Carl verder. 'Ik heb een voorstel waar je geen nee tegen kunt zeggen en daarna moet je ons met rust laten. Zoals mijn collega al eerder heeft onderstreept tegenover Victoria hebben we niet veel tijd.'

'Was dat nou wel verstandig, Carl?' vroeg Rose, toen de advocaat de deur uit was gesneld. 'Je wilt hem openbaar laten maken dat Maurits van Bierbek de vermiste persoon is naar wie je onlangs op zoek was en dat wij het sterke vermoeden hebben dat hij op tweede kerstdag zal worden geëxecuteerd?'

'Wacht maar af. Zolang afdeling Q niet wordt genoemd, kan Marcus Jacobsen zich permitteren te denken dat de informatie ergens anders vandaan komt en is hij gedekt. Het voordeel is namelijk dat heel Denemarken in staat van paraatheid wordt gebracht, zodra de advocaat meedeelt dat de beloning die de familie uitlooft tien miljoen kroon is, voor het verstrekken van informatie die kan leiden naar de verblijfplaats van Maurits van Bierbek, tenminste onder de voorwaarde dat die informatie zijn leven zal redden. Zou meneer of mevrouw Jensen deze beloning niet dolgraag willen binnenhalen, in een coronatijd waarbij kerst is afgelast en mensen niets anders omhanden hebben?'

'Tien miljoen!! Ik denk dat Marcus uit zijn vel kruipt,' klonk het aarzelend uit Assads mond.

'Uit zijn vel springt, maar je was dichtbij.' Carl glimlachte. Hield hij hen nu weer voor de gek? 'Maar ja, het is natuurlijk ongebruikelijk en waanzinnig veel geld, maar Marcus is verstandig genoeg om zijn mond te houden, als onze namen maar niet worden genoemd. Op die manier kunnen wij rustig doorwerken, terwijl heel Denemarken voor waakhond speelt.'

'Maar wat als de moordenaar zijn principes overboord gooit en de man voor die tijd vermoordt?' vroeg Rose.

'Hebben we het nog steeds over Sisle Park als een mogelijke dader?'

Ze knikten allebei.

'Die vrouw doet geen concessies wat haar missie betreft, dat weet ik verrekte zeker. Maar natuurlijk zal ze zich realiseren dat wij haar in haar nek beginnen te hijgen. Dus vanaf het moment dat de advocaat zijn informatie bekend heeft gemaakt, moet Sisle Park in de gaten worden gehouden. Vanaf nu tot en met tweede kerstdag moeten wij ons voortdurend aan haar vastplakken, begrepen? Jullie moeten de diensten zo goed mogelijk tussen jullie drieën verdelen. Jij hebt een gezin, Assad, dus jij neemt de diensten tussen 8.00 uur en 16.00 uur, Rose de diensten tussen 16.00 uur en 24.00 uur en Gordon de nachtdiensten tussen 24.00 uur en 8.00 uur.'

'Het is waarschijnlijk beter als ik met Gordon ruil. Als hij nu de eerste dienst vanmiddag en vanavond neemt, dan kunnen Assad en ik verder met de mails tussen Victoria en Maurits. Ik spreek met Gordon af dat hij zijn auto laat staan en de sleutel op de voorband legt, zodat wij Sisle Park kunnen volgen als ze het huis verlaat in haar auto. Dan moet hij met een taxi naar Sisles huis heen en weer rijden, net als wij, maar daar heeft hij vast geen bezwaar tegen, als hij het maar niet zelf hoeft te betalen.'

Oké, dit was hun Rose. Niet alleen regelde zij het transport, ze nam zelfs de nachtwacht en ze was nergens bang voor.

Carl had gehoopt dat Laura van Bierbek alleen het fragment waarop haar vader was opgehaald had gekopieerd, maar op dit moment had hij een halfuur zitten staren naar een vrij korrelig videobeeld van een weg waar helemaal geen bal gebeurde, behalve een hondenbezitter die zijn poepzakjes thuis was vergeten.

'Kom op nou, autootje,' zei hij steeds weer. Misschien hadden ze eerst om een overzicht van Van Bierbeks mobiele telefoongesprekken moeten vragen, zodat hij in elk geval ongeveer wist wanneer de man was gebeld door de valse adviseur van Global Rea Inc. en ze daarmee ook ongeveer wisten wanneer Carl kon beginnen met het bekijken van de beelden. Maar hoe kwam hij zo snel aan een overzicht van de telefoongesprekken? Vervelende ervaringen hadden laten zien dat het heel lang kon duren voor ze zo'n overzicht konden krijgen. Dus op dit moment bestond zijn oefening uit het blijven kijken naar het scherm en zijn ogen niet uit pure verveling dicht te laten vallen.

Hij keek eventjes schuin door de indrukwekkende raampartij naar een ander stuk van de op een park lijkende tuin. Het werd nu snel donker en onder normale omstandigheden zou de werkdag nu voorbij zijn.

Normale omstandigheden! Carl proefde de woorden. Zouden die ooit nog terugkeren?

Carl spitste zijn oren. Een paar treden verder naar beneden begon de vrouw van Maurits van Bierbek eindelijk de ernst van de situatie te begrijpen en wisselde onophoudelijk tussen hard huilen en gillen over hoe verschrikkelijk het allemaal was.

Misschien was het de monotonie van de schorre stem van de vrouw die hem toch even liet wegdommelen en daarom schrok hij zich een hoedje, toen zijn mobieltje ging en hem naar de werkelijkheid terugriep.

'Luister eens, Carl,' zei Mona met een zachte stem. 'De politie is hier zojuist geweest met een arrestatiebevel. Ze wilden weten of ik wist waar jij was, en waar jouw medewerkers zich bevinden. Ze hebben mij strenge instructies gegeven om van me te laten horen als ik iets van je vernam. Ik weet zeker dat ze op dit moment jouw en mijn mobieltje afluisteren, dus zet hem uit en gooi hem weg, zodat ze niet kunnen opsporen waar je zit, Carl. Ten slotte wil ik dat je weet dat ik altijd en eeuwig geloof in je onschuld.'

Hij wilde net iets zeggen, maar zij onderbrak zijn gebrom.

'Ik weet zó goed wat het voor jou betekent en ik ken je. Jij bent onschuldig, dus blijf uit zicht tot jullie de arme stumper hebben gevonden die wacht om te sterven. Zeg verder tegen Assad, Gordon en Rose dat ze goed op je moeten passen en trouwens ook hun mobieltjes uit moeten zetten. Tot kijk, mijn liefste. We zien elkaar aan de andere kant van deze hel. Kus van mij en van Lucia.'

Toen klonk er een piep en was ze weg.

Carl haalde diep adem. Hij had wel verwacht dat zijn overijverige collega's op een of ander moment achter hem aan zouden komen, maar niet nu al. Carl knikte voor zich uit. Zo was de realiteit en dat zou iedereen van zijn stuk kunnen brengen, maar Mona's waarschuwing en onvoorwaardelijke steun hielp ontegenzeglijk. Dat was precies wat hij nodig had.

Zijn blik fixeerde zich op de andere kant van het vertrek, waar Rose en Assad zich door de mails heen zaten te worstelen om ook maar het kleinste bruikbare spoor te vinden. Maar hoe onvermoeibaar ze er ook uitzagen, wisten ze natuurlijk net als hij dat het hun niet zou lukken. Waarom zouden de ontvoerders nou juist bij de mailcorrespondentie hun veiligheid verzaken?

'Hé, jullie twee, stop even en luister wat Mona mij zojuist via de telefoon heeft verteld,' en na twee seconden waren hun mobieltjes uitgezet.

'Het spijt me dat ik jullie in deze penarie heb gebracht, dus tenzij jullie ervoor kiezen om je nu terug te trekken en verder geen contact met mij te hebben, betekent het dat jullie niet naar huis terug kunnen voordat dit voorbij is. Dat is waarschijnlijk het ergst voor jou, Assad, met Marwa en de kinderen thuis. Dus wat zeg jij?'

Het leek alsof het dilemma bijna resulteerde in kleine kortsluitingen in zijn hersenen, hij zag er helemaal niet blij uit. Toen keek hij Carl aan.

'Ja, het spijt me dus vreselijk, Carl, maar ik weet helaas niet wat penarie is.'

Het duurde een seconde, voordat hij ging staan en zijn gezicht in een grote grijns opklaarde.

Toen hij Carl omhelsde en in zijn oor fluisterde dat hij natuurlijk Carl noch het onderzoek in de steek liet, voelde Carl heel duidelijk dat hij zijn billen even moest samenknijpen om niet toe te geven aan de overvloed aan tranen die naar buiten wilden.

'Ik blijf ook, Carl,' zei Rose. 'We staan achter je. Maar we moeten de familie Van Bierbek onder druk zetten om ons hier te laten blijven.'

Carl probeerde een voorzichtig dankjewel te mobiliseren, maar een brok in zijn keel belette dat.

'Rose heeft trouwens met Gordon gesproken, toen jij met je oma aan de telefoon zat,' doorbrak Assad de stilte.

'Ja, en hij zegt dat niemand in de directie van Global Rea Inc. zich kan herinneren contact met Maurits van Bierbek te hebben gehad over een eventuele overname van Unbelievable Corporation. Zij wisten daarentegen te vertellen dat ze nadat Van Bierbek zijn nieuwste concept had bekendgemaakt, dat iets heette in de richting van "Wie sterft als eerste?", dit wel de laatste fusie zou zijn waar ze mee zouden instemmen.'

'Goed. Dat is ook wel een vreselijke titel, maar dan is dat helder,' zei Carl. 'Zoals wij verwachtten was die overname van het begin af aan een valstrik. Heeft Gordon trouwens de boodschap doorgekregen dat hij zijn mobieltje moet uitzetten?'

'Ja, en hij heeft een andere met een prepaidkaartje. Ik heb het nummer hier,' antwoordde Rose.

Carl haalde opgelucht adem. 'Is hij op pad gestuurd om Sisle Park te schaduwen?'

'Ja, hij is twintig minuten geleden bij het bureau weggereden en realiseert zich dat de politie hem zal schaduwen. Hij zegt dat hij alles zal doen om ze van zich af te schudden.'

Gosh! Dan kon Carl wel op zijn vingers natellen dat hij meer dan een halfuur had moeten zitten dommelen. Hij zuchtte en draaide zich om naar het scherm, waarop de videobeelden nog steeds alleen de weg voor Bierbeks huis in grijs en wit lieten zien.

Hij keek hoe laat het was en overwoog om het bestand weer helemaal vanaf het begin te bekijken en toen gebeurde het. Op het scherm gleed een zwarte, glanzend gepoetste Lexus langzaam voor de ingang van Van Bierbeks huis. Toen de videocamera opnames maakte vanaf het perceel kon je helaas de chauffeursstoel niet zien en ook niet wie er achter het stuur zat, en ogenschijnlijk zaten er geen andere personen in de auto. Carl onthield de tijd boven in de hoek. Het was precies tien uur en nu zag je de rug van Maurits van Bierbek met een map onder zijn arm vanaf de voordeur de trap af huppelen en in de wagen stappen.

Vanaf dat moment liet Carl het beeld seconde voor seconde langskomen.

'Please, kom nou met een scherp beeld van het nummerbord,' fluisterde hij, terwijl de limousine met kleine rukjes vooruitsprong.

De auto draaide naar het midden van de weg, zodat beide achterlichten zichtbaar werden. Carl zette de beelden stil en staarde naar het nummerbord. 'FB 5' en daarna vier onduidelijke cijfers erachter.

'Kom eens even hier, allebei. We hebben het nummerbord.'

Rose knikte, toen ze de zwarte Lexus zag met een nummerbord dat zo begon. Het zou haar nog geen twee minuten kosten om de eigenaar te achterhalen.

Carl leunde achterover en strekte zijn handen boven zijn hoofd uit. Triomf was het enige woord dat hem te binnen schoot, en zo zat hij zich te verheugen over de enige reële stap vooruit van die dag, totdat Rose terugkeerde.

'Het spijt me, Carl. De auto werd maar een paar uur verhuurd en met een valse creditcard van een Spaanse bank en onder een niet bestaande naam betaald. Het verhuurbedrijf koesterde geen argwaan jegens de vrouw, want het paspoort dat ze als legitimatie gebruikte, leek in orde. Pas de dag erna kwamen ze erachter dat ze waren gefopt. Afgezien daarvan waren ze blij dat de auto desondanks niet in Polen of een of andere obscure plek was beland. Wat ze zich over de huurder konden herinneren was dat het ging om een blonde vrouw van midden veertig en verder heel anoniem.'

Carl deed zijn armen naar beneden. 'Dat klinkt niet onmiddellijk als Sisle Park, vinden jullie wel?'

Ze schudden simultaan het hoofd.

'Luister. We kunnen niet zoveel anders doen dan wachten op de verklaring van de advocaat in het nieuws en verder moeten we horen wat Gordon heeft. Ik bel hem over een uurtje, maar in de tussentijd kunnen jullie me wellicht vertellen of jullie iets interessants zijn tegengekomen in de mails die Maurits en zijn vrouw elkaar hebben gestuurd.'

'Tot dusver hebben we nog niets concreets,' antwoordde Assad. 'Ik denk alleen maar dat die vrouw de makkelijkste persoon op de hele wereld is om voor de gek te houden. Al die uitvluchten waarmee de sms'jes van Maurits zijn gekomen als antwoord waarom ze niet gewoon kunnen telefoneren, daar is ze met beide benen ingetrapt.'

'Het kon haar ook helemaal niet schelen,' voegde Rose eraan toe. 'Ze heeft haar man minstens tien keer gevraagd hoeveel geld de deal volgens hem zou opleveren. Toen hij eindelijk na mail nummer elf antwoordde dat het waarschijnlijk rond de driehonderd miljoen dollar was, vroeg ze niet verder meer. Ze is gegarandeerd met haar armen in de lucht juichend om de tafel heen gerend.'

Carl gromde. 'Goed, wat doen we nu? Kunnen jullie Victoria zover krijgen om ons een paar dagen onderdak te geven? Probeer haar ermee te lokken dat wij ervoor zullen zorgen dat ze op primetimetelevisie komt als we wat meer weten en zeg verder tegen haar, terwijl haar kinderen meeluisteren, dat we er alles aan zullen doen om haar man terug te krijgen.'

Rosa keek sceptisch. 'Juist dat laatste moeten we niet te veel benadrukken, Carl. Maar vind je niet dat je aan je eigen situatie moet denken? Heb jij bijvoorbeeld al met Hardy gesproken? Je kunt immers Bierbeks vaste telefoon gebruiken.' Ze wees naar een monster dat er niet alleen uitzag alsof hij verguld was. Dat was hij ook.

Hij knikte. Het telefoontje naar Hardy was toch zijn volgende stap in die giftige zaak.

49

Dinsdag 22/12/2020

SISLE

Een uur lang had ze in stille overpeinzing thuis gezeten en met God gepraat, net als op de dagen voor de andere keren toen een slachtoffer voor zijn immorele handelingen met zijn leven had moeten boeten. Juist in deze intimiteit berustte haar belangrijkste ritueel dat God op voorhand kennisnam welke heiligschennis het slachtoffer had gepleegd, en verder op de geboortedag van welke van Satans handlangers het slachtoffer moest sterven.

'Almachtige God, Mao was wellicht de meest weerzinwekkende van al Uw schepsels op aarde. Hij maakte zichzelf tot een blasfemisch heiligdom en spaarde alleen hen die zijn macht niet konden trotseren, net als hij U bespotte met boodschappen die het kwaad verheerlijkten. Hij liet zijn volk in hongersnoden omkomen. Hij executeerde iedereen die zijn dogma's en zijn zogenaamde goddelijkheid trotseerden. En het ergste van alles, hij verleidde niet alleen zijn zwakke volk om hem onvoorwaardelijk te volgen, hij verleidde ook de jeugd in het Westen. Op de geboortedag van deze ware duivel zal nog een van 's werelds laaghartige schepsels U ontmoeten, zijn goddelijke schepper, om zijn ultieme vonnis te ontvangen. Dat is wat ik U zeg.'

Ze zat even een paar dagen in het voren te denken, voor ze uiteindelijk haar godsdienstoefening met haar gebruikelijke dankzegging afsloot.

'Ik dank U, almachtige God, dat U mijn leven spaarde bij de straf van Uw toorn. Ik dank U dat ik Uw discipel en Uw zwaard mag zijn. Ik dank U voor de opdracht die U mij heeft opgelegd en ik dank U voor de vrije keuze die U mij altijd heeft gegeven.'

Ze boog haar hoofd en zei: 'Amen.'

Nu was ze geheel en al klaar.

Maurits van Bierbek had drieënhalve dag over om te leven. Ruim tachtig uur in een leven dat duizenden keer zo lang was geweest. Tijdens deze uren kon de veroordeelde, als hij zich van zichzelf en zijn situatie bewust was, of berouw tonen, zodat hij God met open geest kon ontmoeten, of hij zou zijn schuld kunnen negeren en er ten eeuwigen dage in de hel voor moeten lijden.

Het maakte Sisle helemaal niets uit welke weg hij koos. Haar missie was alleen om hem eraan te herinneren dat alle handelingen in dit leven een navenante consequentie hadden. Oog om oog, tand om tand, had de Bijbel duidelijk gemaakt.

Ze sloeg een kruisje en kwam omhoog uit haar knielende houding. De bespreking met de drie engelen des doods die zij uit de afdeling Welvaart had gerekruteerd was uiterst geslaagd geweest, dus het zou schitterend zijn om de zuiveringsprocessen van de komende jaren vanaf de zijlijn te bekijken. Het gevoel waar Sisle zich op dit moment door liet ontroeren, was evenzeer dankbaarheid als trots.

Ze stapte de woonkamer in, zette de tv aan en zag nog net een glimp van een gezette man in een marineblauw pak achter de aftiteling van journaal.

Op hetzelfde moment ging haar mobieltje en het was Debora, die bijna hysterisch klonk.

'De advocaat van de familie Van Bierbek was net op tv, heb je het gezien?' steunde ze en ze ging verder. 'De familie heeft een beloning van tien miljoen kroon uitgeloofd voor elke informatie die Maurits boven water kan brengen, en de voorwaarde is dat hij in leven moet zijn, anders wordt de beloning niet uitgekeerd. Realiseer jij je hoeveel mensen aan het zoeken zullen zijn? De journalist van het journaal schatte vele duizenden en ze weten allemaal dat ze moeten opschieten.'

Sisle perste haar lippen op elkaar. Wat zou dat in hemelsnaam veranderen?

'Sisle! Weet je zeker dat geen van je volgers of discipelen er lucht van heeft gekregen wat er is gebeurd, want dan moet je voorzichtig zijn. Zo veel geld als beloning, Sisle, denk daar eens aan,' vervolgde Debora. 'Bijna zes miljoen Denen weten op dit moment dat ze de loterij kunnen winnen als ze ons op het spoor komen. Ik zie die hele consternatie voor me en het maakt me zeer ongerust. Jongetjes in padvindersuniform die detective spelen, nieuwsgierige buren, jongeren en ouderen met financiële problemen en al die duffe, burgerlijke mensen die zich in de huizen om ons heen dood zitten te vervelen.'

'Nu moet je ophouden, Debora!'

'Maar het is veel te verleidelijk, Sisle, mensen zullen reageren. Tien miljoen kroon is echt heel veel geld.'

'Alleen jij, Adam en ik weten hier echt iets van af. Maar hebben jullie misschien tien miljoen kroon nodig, Debora?'

Het werd muisstil aan de andere kant van de lijn, en een beetje te stil naar Sisles idee.

'Wat ik wil is dat je kalmeert, Debora, en wat ik wil is dat Adam me tot het einde toe steunt. Hoor je wat ik zeg? Ik moet niet hebben dat jullie nu gaan aarzelen. Aarzelen jullie?'

Ondanks de slechte verbinding was de ademhaling van Debora duidelijk hoorbaar en hijgend.

'Kan ik Adam spreken, Debora?'

Het duurde even en toen kraakte het op de lijn.

'Debora lijkt nogal overstuur. Kan ik op jullie vertrouwen, Adam?'

'Ja,' was het simpele antwoord.

'Ook als ik zeg dat jij degene bent die Maurits van Bierbek de injectie moet geven?'

'Moet ik dat doen?'

'Ik wil graag dat jij de komende dagen een wakend oog houdt op Debora. Blijf thuis en zorg ervoor om de kerst op een heel normale manier te vieren, voor zover dat nou eenmaal kan.'

'Oké. Maar wie zorgt er dan ondertussen voor Maurits? Geef jij hem...'

'Maak jij je over hem nou maar geen zorgen. Hou je tot tweede kerstdag gedeisd, dan neem ik wel contact met je op als het zover is.'

Sisle verbrak de verbinding en analyseerde de ontwikkeling.

Tien miljoen was er uitgeloofd. Kon je je eigenlijk een betere publiciteit wensen? Ze lachte bij de gedachte aan al die vele mensen die verdwaasd rondliepen, op zoek naar verdachte schuilplaatsen. Het zou een stormloop worden, want wat zouden mensen toch allemaal niet tegenkomen? Drugstenten, pakhuizen vol gestolen spullen, illegale stokerijen, slecht onderhouden panden of familierelaties die niet onthuld mogen worden? De politie zou het druk krijgen als de verdenkingen zich ophoopten, of als de tips begonnen binnen te stromen, waanzinnig druk zelfs. Die arme, arme rechercheurs die op een paar vredige kerstdagen hadden gerekend.

Tien miljoen! Zou die brigadier Carl Mørck niet de voorkeur hebben gegeven aan een wat controleerbaardere, meer voorzichtige ontwikkeling?

Wat zou die man in hemelsnaam nu doen? dacht ze, terwijl ze de trap naar de kelder nam. Het was een licht, mooi gerenoveerd gedeelte van het huis met functioneel opgedeelde vertrekken, zodat haar huishoudelijke hulp gemakkelijk kon wassen, strijken en de vele uienplanten kon verzorgen tot het uitplanten in het voorjaar. Juist in dit vertrek was er een constante luchtvochtigheid en was het bijna helemaal donker, wat ervoor zorgde dat de deur achter een van de kasten vrijwel onmogelijk te ontdekken viel. Ze opende de deur en deed het licht aan van wat een volledig ingericht chemisch laboratorium was. Daar kon Sisle onder andere door synthese kaliumhydroxide behandelen met zoutzuur, of kalium verbranden in de aanwezigheid van chloorgas, wat in beide gevallen resulteerde in kaliumchloride, waarmee ze twee van haar slachtoffers om het leven had gebracht en zij nu de derde liquidatie voorbereidde.

Ze tilde de glazen fles voor haar gezicht en keek naar de dodelijke vloeistof. Als je de stof in een voldoende grote hoeveelheid rechtstreeks in het hart injecteerde, stopte het. Zogenaamde humane executies werden in de hele wereld gedaan met meerdere, op elkaar volgende medicamenten, zodat de terdoodveroordeelde eerst in slaap werd gebracht en vervolgens in een coma terechtkwam, voor de uiteindelijke dosis kaliumchloride het proces afsloot, maar dat was niet Sisles methode. Haar slachtoffers moesten sterven in het volle bewustzijn van wat er gebeurde en dat hoefde niet te worden gerekt.

Haar slachtoffers kronkelden als de vele milliliters rechtstreeks in hun hart werden gespoten. Ze hapten naar adem, kregen heftige krampen en spartelden wanhopig. Als ze vlak voor het stervensogenblik geen adem meer kregen, spiegelde zij zich in hun glansloze ogen en sprak ze de laatste vloek over hen uit.

50

Dinsdag 22/12/2020

CARL

‘Wat zegt Gordon, is hij op zijn plek, Rose?’

‘Ja, hij staat schuin tegenover het huis van Sisle Park verscholen en zegt dat het monsterachtig koud is.’

‘Hij mag blij zijn dat het niet regent. Is ze thuis?’

‘Er is licht achter de ramen, dus hij denkt van wel.’

Carl wendde zich tot Assad. ‘Heb jij de plattegrond van haar huis weten te krijgen?’

Assad schudde het hoofd. ‘Maar het is zeshonderd vierkante meter en er is een kelder onder het hele huis, dus het is een behoorlijk groot gebouw waarin je heel veel dingen kunt doen waar anderen niets mee te maken hebben. Maar zou ze zo dom zijn haar slachtoffers bij haar thuis om het leven te brengen, dat denk ik niet. Bovendien bezit ze meerdere panden in de omtrek.’

‘In de omtrek?’

‘Ja. Pakhuizen, huurhuizen, privéwoningen, appartementen en zomerhuisjes. Dus als ze niet naar buiten gaat, de auto pakt en rechtstreeks naar de plek rijdt waar Maurits van Bierbek is, wordt het lastig. Er zijn eenvoudigweg veel te veel mogelijkheden.’

Carl had al zo’n idee gehad. Verdomme nog aan toe. Alles bij elkaar waren de laatste twee uur niet bijzonder bemoedigend geweest. Het ergst was het feit dat er slechts voor twee personen slaapplekken waren in het werkgedeelte van Maurits van Bierbeks huis, dus moesten ze de slaapbanken om de beurt gebruiken. Reëel gezien betekende het dat Rose op een bank voor zichzelf kon liggen kronkelen en dat Carl en Assad om de beurt genoegen moesten nemen in elkaars zweet en kwijl rond te glijden.

Behalve dat was zijn telefoontje naar Hardy in Zwitserland ook niet bemoedigend geweest, want het ging met Hardy, om het zacht uit te drukken, hartstikke slecht. Alle experimentele ingrepen die zijn lichaam had ondergaan, alle pijnstillers, alle martelingen waaraan zijn lichaam was blootgesteld in het exoskelet, dat hij nu voor de eerste keer probeerde, maakten hem ongeconcentreerd, dwars en afwezig. Daarom was het pas halverwege het gesprek dat de man werkelijk de omvang van de situatie begreep waarin Carl zich nu bevond.

'O! Jij zegt dat die koffer sinds 2007 op zolder heeft gestaan. Dertien jaar dus, Carl! Waarom heb jij er dan niet fatsoenlijk over gesproken in al die jaren dat je goede, verlamde makker in je woonkamer voor zich uit lag te staren? Ik zou denken dat er gelegenheden genoeg waren geweest, maar jij dacht misschien dat het niets uitmaakte?'

'Maar ik wist toch niet wat erin zat, Hardy. Je moet me geloven!'

'Waarom zou Anker jou vragen een koffer voor hem te bewaren, dat begrijp ik niet.'

'Omdat hij door zijn vrouw het huis uit was gezet. En juist omdat het in die context was, heb ik er niet over nagedacht wat erin zat, waarom zou ik? Wat zit er nou allemaal in een koffer als je je huis verlaat?'

'Nee, maar wat zet je op een zolder neer? Waarschijnlijk geen onderbroeken en sokken, toch?'

Hij klonk ruzieachtig, dat was heel ongewoon.

'Hoeveel pijn heb je, Hardy?'

'Daar hoef jij je niet om te bekommeren, Carl. Vertel me liever waarom zo'n geniale rechercheur als jij, die normaal gesproken in een split second tegen wie dan ook een verdenking koestert, er geen moment aan heeft gedacht wat er in zo'n koffer kon zitten? Waarom heb je hem niet opengemaakt of hem aan zijn vrouw gegeven, toen Anker overleed?'

'Misschien heb ik hem niet aan zijn vrouw gegeven, omdat Anker per slot van rekening door haar het huis uit was gezet, misschien ben ik hem gewoon vergeten. Ik herinner me niet waarom, Hardy.'

Hij zuchtte hoorbaar. Dat geloofde hij dus niet.

'Hardy, wil je mij een plezier doen en eens grondig nadenken waar Anker mee bezig kan zijn geweest met al dat geld en die drugs, want binnenkort word ik gearresteerd en dan wil ik graag met iets kunnen komen wat het zoeklicht bij mij vandaan haalt.'

De stilte was werkelijk oorverdovend. Alleen zijn tong, zijn licht piepende ademhaling getuigden ervan dat er nog steeds verbinding was.

'Wil je het proberen, Hardy?'

Hij schraapte zijn keel. 'Ik kan waarschijnlijk niet anders, Carl. Dus ik probeer het.' Daarna verbrak hij de verbinding. Om eerlijk te zijn had Carl zich, sinds de tijd dat hij in de zesde klas zat en zijn hond op de provinciale weg was doodgereden, niet meer zo verlaten en alleen gevoeld als nu.

Intellectueel gezien wist hij dat er wel een paar mensen bij het politiekorps waren die een beetje positief over hem dachten, maar praktisch gezien zou een tikkeltje banale troost hem nu hebben geholpen. Een kneepje in zijn schouder, iemand die zijn hoofd vasthield en zijn voorhoofd tegen het zijne duwde, een vriendelijk woord waaraan hij zich kon vastklampen. Het soort intimiteit dat bij bepaalde dingen geen vraagtekens zet. Dus wat was er met Hardy aan de hand dat hij zo kil klonk?

Er klonk gerommel bij de deur en Assad ging voor hem zitten en keek hem recht in de ogen.

'Ik vind dat je moet weten dat Marwa en ik met elkaar schrijven, hoewel we ons op dit moment van de buitenwereld isoleren. We hebben een paar Arabische e-mailadressen die we heel zelden gebruiken en die alleen Marwa en ik kennen, iets wat in deze situatie heel nuttig is. Ze heeft zojuist een bericht gestuurd en dat gaat over jou.'

'Wat schrijft ze?'

'Dat de politie bij ons thuis is geweest en dat ze naar mij vragen. Ze hebben haar strenge instructies gegeven dat als ik contact met haar zoek, zij tegen mij moet zeggen dat het ernstige consequenties voor mij en het gezin kan hebben als ik me niet meld en hun vertel waar jij je bevindt.'

Carl snoof. 'Ernstige consequenties, *my foot*. Weet je wat dit zijn, Assad? Dat zijn politiestaatmethodes die niet in Denemarken thuishoren. Jij kunt in deze zaak nergens voor worden aangeklaagd, en het kan jouw gezin niet ten laste worden gelegd dat jij voor afdeling Q en voor mij werkt.'

'Maar dat gebeurt wel, Carl. Ze zullen terugkomen en als Marwa hun niets nieuws over jou kan geven, Carl, zullen hun verblijfsvergunningen een keer extra worden gecheckt, dat hebben ze ronduit gezegd.'

'Godsamme nog aan toe! Maar antwoord haar dan dat ik naar mijn ouders in Vendsyssel ben gereden en me daar schuilhoud. Dat wordt lachen als mijn moeder van de politie verlangt dat ze eerst een kop koffie drinken, voor ze ook maar wil horen wat ze eigenlijk willen. Vervolgens moeten ze haar koekjes proberen, en dan moeten ze het verhaal horen dat ze een keer in haar eentje op een tandem helemaal naar Løkken is gereden. Ze zijn al murw voor ze ter zake kunnen komen.'

'Hm! Dat zal ik doen.'

'Ik zie aan je dat je meer op je hart hebt. Voor de draad ermee, Assad.'

Zijn ene wenkbrauw trilde. Dan had hij er al een tijdje mee rondgelopen.

'Zijn we het er nog steeds over eens dat we denken dat er een relatie bestaat tussen Sisle Park en Pauline Rasmussen?'

'Vanwege het zout in de schoenendoos, ja!'

'En omdat er ook zout in de graven naast dat van Ragnhild Bengtsen lag, dus ook daar is iets wat ons aan Sisle Park kan koppelen.'

'Ja. Vooral omdat het meer dan waarschijnlijk is geworden dat de twee lichamen naast Ragnhilds graf rechtstreeks verband houden met de overige moorden.'

Assad raspte in zijn baard, die een halve centimeter naar buiten was gekomen sinds ze elkaar vanaf twintig minuten geleden hadden gezien.

'Zijn we het er ook over eens dat er een verband bestaat tussen Ragnhild Bengtsen en deze Tabitha Engstrøm, die door Ragnhild is vermoord?'

Carl glimlachte. 'Ja, dat moet haast wel, je vermoordt toch niet zomaar iemand op die manier als het om een totaal toevallige persoon gaat, of wel? En waar leidt ons dat naartoe?'

'We zijn het er toch over eens dat het aantekenboekje van Tabitha Engstrøm duidelijk aantoont dat ze deelneemt aan een of andere vorm van broederschap of zusterschap of hoe je het ook moet noemen en meerdere personen bij naam noemt met wie ze samen in die groep zit?'

'Ja.'

'Denk jij dat Manfred of iemand anders uit het team van Bente Hansen met iemand van de personen heeft gesproken die Tabitha noemt?'

'Ja, dat denk ik.'

'Dus je weet niet honderd procent zeker of ze dat hebben gedaan, je denkt het alleen maar.'

'Ja,' knikte Carl.

'Maar we weten dat sommige namen die Tabitha noemt, slechts aliassen zijn, dat schrijft ze namelijk zelf. Maar weten we of dat voor hen allemaal geldt?'

'Ja, denk je niet?'

'Ik ben op zoek naar degene die door Tabitha Debora wordt genoemd, Carl. Dat is zo'n ongebruikelijke naam, dus misschien moeten we proberen vrouwen met die naam op te sporen. Misschien vinden we iemand die op een of andere manier een connectie heeft met Sisle.'

'Ja, Assad, maar het is natuurlijk verre van zeker dat zij weet waar Maurits van Bierbek is. Of dat ze überhaupt meewerkt aan Sisles misdrijven.'

'Ik vind dat de motieven van de dingen die Tabitha heeft gedaan en dat wat Sisle doet, vrij veel op elkaar lijken, jij niet?'

'Ja. Dus jij zoekt naar Debora, heel duidelijk. Heb je het bevolkingsregister gecheckt?'

Hij knikte. 'In het hoofdstedelijk gebied zijn er lang niet zoveel als je zou denken. Het is blijkbaar een ongelooflijk zeldzame naam.'

'Heb jij contact gezocht met de mensen die zo heten?'

'Ja, allemaal. Drie van hen heten niet eens echt zo en een paar van hen waren veel te jong. Misschien is het een van die namen die ze nu weer aan pasgeborenen geven.'

'Dus kan het ook een schuilnaam zijn, net als dat geldt voor de rest van de groep.'

Assad knikte. 'Of ze houdt zich gewoon onder de radar. Misschien staat er overal gewoon een voornaam en dan een D. voor een tussennaam.'

'Ik heb via de vaste telefoon van Maurits mijn buurman gebeld,' zei Rose. 'Dus nu weet ik dat de politie ook bij mij thuis is geweest en bij beide buren heeft gevraagd of ze weten waar ik ben. Tegelijkertijd hebben ze strenge instructies gekregen om onmiddellijk aan de politie te melden als ik thuiskom.' Ze grinnikte. 'Dan kunnen ze nog wel even wachten.'

'Wat ben jij van plan tweede kerstdag te doen, Carl?' vroeg Assad.

'Als we Maurits van Bierbek op tijd weten te vinden, dans ik een fandango op de werkkamer van Marcus Jacobsen.'

'En zo niet?'

'Dan zal ik niet dansen, maar zal ik me toch op zijn werkkamer melden.'

'Ik ga nu,' deelde Rose mee, terwijl ze een meter lange sjaal om haar hals sloeg en haar jas aantrok.

Ze ging weg om Gordon af te lossen! Dat was hem helemaal ontschoten.

Hij keek naar Assad en voelde dat ze hetzelfde dachten. Dan kon een van hen haar bed bezetten, terwijl zij vannacht over Sisle Parks woning waakte. Geniaal!

Rose bleef op weg naar de deur even staan en draaide zich vervolgens naar hen om.

'Trouwens, jullie beiden! Waag het niet om in mijn bed te gaan liggen.' Ze tikte op haar neus. 'Als jullie dat flikken zal deze hier jullie ontmaskeren en dan word ik héél chagrijnig.'

Carl zag haar al te duidelijk voor zich met die blik.

Dan lag hij toch maar liever op de grond.

51

Dinsdag 22/12/2020

MAURITS

Een korte periode, toen hij zich als jonge knaap het meest onzeker en radeloos voelde, was Maurits begonnen te tellen, en dat kon van alles zijn. Als hij naar de kamer van de rector werd gestuurd omdat hij zijn docent van repliek had gediend, telde hij de boeken in de kast achter de directeur, terwijl de berispingen op hem neerregenden. Verdween hij in de blik van een lief meisje, dan telde hij hoe vaak ze knipperde, zodat hij niet verried hoe verlegen hij was. Een aantal jaren konden alle soorten situaties op die manier worden verzacht, als er maar iets was wat hij kon tellen. Later kwam deze slechte gewoonte in het vergeetboek terecht, want Maurits leerde zich zonder te redden, en zo was het geweest tot nu toe, nu hij ver van de wereld verwijderd en verzonken in onmacht over de honderd procent zekere tenondergang van zijn lichaam plotseling weer een stem hoorde tellen.

Maurits schudde het hoofd en probeerde tevergeefs zijn ogen te openen, die aan zijn oogleden geplakt zaten.

Was hij het zelf? En wat telde hij?

'Wat tel je, Maurits?' hoorde hij zichzelf zeggen.

Waren het de seconden die achter hem verdwenen? Was het zijn steeds zwakkere hartslag, of was het net als de staande klok van zijn oma die zich halsstarrig door de tijden tikte die nooit terugkeerden?

Een aantal uren tijdens de laatste dagen had hij geprobeerd de tijd bij te houden. Voor de terdoodveroordeelde was het zwarte gat in de eeuwigheid dat wachtte uitsluitend datgene waar de seconden naartoe wezen. Ondanks de onvermijdelijke uitschakeling van de hersenen waren er nog steeds fragmenten van gedachten die hij niet kon laten ontglippen. Misschien was dat de reden dat hij telde. Zodat het geraas van gedachten konden worden getemperd.

Hij begreep het niet. Waarom moest hij worden vermoord?

Natuurlijk had hij in zijn leven vriendelijker kunnen zijn geweest. Natuurlijk had hij af en toe wel eens het wel en wee van anderen voor het zijne kunnen verkiezen. Natuurlijk had hij wel wat terughoudender kunnen zijn geweest in zijn drang om sensationeel amusement te creëren.

Maar was het spel niet altijd een vrijwillige keuze geweest voor degene die eraan deelnam? Dus waarom?

Maurits schoof heen en weer. Nu brandden zijn lege darmen van het maagzuur. Zijn slokdarm voelde geïrriteerd.

Waarom kon hij niet gewoon rust krijgen? Hoelang wilden ze dit lijden rekken?

Plotseling stokte zijn adem en hij deed zijn mond wagenwijd open. Alles wat dat weerzinwekkende mens hem probeerde in te beelden, had misschien niets met de werkelijkheid te maken. Alles waar ze hem van beschuldigde, alles waar ze hem om minachtte en kwaad over was, was misschien niet de eigenlijke oorzaak dat hij hier zat. Geen twijfel mogelijk dat de vrouw hem haatte, maar dat was bijzaak, dat was nu glashelder voor hem. De eigenlijke reden dat hij gevangen werd gehouden was een combinatie van meerdere factoren, maar als de balans moest worden opgemaakt, was ze ongetwijfeld op zijn geld uit. Nu liet ze hem hier zitten met zijn kwellingen, terwijl zij over zijn losgeld onderhandelde. Het was duidelijk dat ze dat deed. Het losgeld kwam ongetwijfeld in de buurt van de liquide middelen die hij op basis van zijn bezittingen kon ophoesten. Dat was zonder twijfel de reden dat het zo lang had geduurd.

Hij probeerde te glimlachen, maar stopte omdat zijn lippen dan zouden barsten. Zou ze niet honderd miljoen kroon hebben geëist, alsof dat een probleem zou zijn? Maar Victoria had zich waarschijnlijk tegen de onderhandelaars verweerd. Zo was zij immers als het ging om iets weggeven. Maurits haalde dieper en ongedwongener adem dan hij dagenlang had gedaan. Eventjes voelde het alsof zijn pijnen en krampen waren teruggedrongen.

Hij legde zijn hoofd achterover en probeerde zijn ogen weer te openen, maar ook deze keer lukte het niet.

Zo zat hij een poos, met open mond en zijn hoofd achterover, toen hij zichzelf weer hoorde tellen.

Hij was verbaasd. Wat waren dat voor onheilspellende signalen die zijn onderbewuste zo druk uitzonden, zodat hij moest zorgen dat ze verdwenen?

Hij hield een moment zijn adem in en toen drong het tot hem door.

Waarom moest hij hen helpen met het beantwoorden van vragen in een mail aan Victoria? Kon het zijn omdat ze wilden bewijzen dat hij daadwerkelijk in hun handen was?

Onzin, dacht hij. In dat geval konden ze toch gewoon een foto van hem hebben genomen met de voorpagina van een krant voor zich. Was dat soms niet wat ze altijd deden als iemand werd gekidnapt?

Maurits deed zijn mond weer dicht en liet zijn hoofd op zijn borst vallen.

Toen begon hij weer te tellen, terwijl geluiden van de lift bij de achtermuur de ruimte binnendrongen.

'Een, twee, drie, vier...'

52

Woensdag 23/12/2020

CARL

'Wakker worden, Carl, ik moet Rose aflossen. Het is zeven uur.'

Hij tilde zijn hoofd een beetje op van het kussen en voelde de kussensloop aan zijn mondhoeken plakken. Hij probeerde zijn lichaam een beetje te draaien, en dat was niet fijn voor zijn heup na een nacht op de betonnen vloer.

'Godsamme zeg,' waren daarom de eerste woorden die hij die dag zei.

'Jij hebt anders wel heel goed geslapen, zoals jij lag te snurken,' klonk een iele stem.

Vanuit een toestand waarin hij vrij was van alles, van kou, van aanklachten, van de pest waarin corona hen gevangenhield, maakte de werkelijkheid met een klap duidelijk dat hij zich nog geen enkele ochtend zo moe, gebroken en beroerd had gevoeld als nu.

'Of ik goed heb geslapen?' vroeg hij verwonderd, terwijl hij probeerde te focussen op wat Laura voor zijn neus heen en weer stond te zwaaien.

'Assad heeft hem gemaakt,' zei ze met een glimlach in haar stem, terwijl de geur van koffie Carls neusgaten liet reageren.

'Hij is niet zo sterk, Carl. Je kunt hem gerust drinken,' klonk het uit Assads mond bij de deur, bezig om zijn schoenen aan te trekken.

Carl knikte, duwde zich met zijn ellebogen omhoog en nam de kop aan.

'Zit er suiker in?' vroeg hij voorzichtig.

'Een klein beetje maar,' klonk het overtuigend.

Toen nam hij een slok, die een milliseconde later zijn huig trof met een hamerslag die zijn keel liet samentrekken en een hoestaanval in gang zette die goede buikspieren vereiste.

'Ja, hij is goed, vind je niet?' kwam het van Assad, terwijl Carl probeerde de controle over zijn ademhaling terug te krijgen. Nog nooit was een kop koffie zo waanzinnig sterk en gierend zoet geweest als deze bruine substantie, die ze hem zo gek hadden weten te krijgen tot zich te nemen.

'Ja, je wordt zo heerlijk wakker,' vervolgde Assad terwijl hij zijn jas aantrok en de deur achter zich dichtdeed.

'Nu zijn wij nog met zijn tweeën,' zei Laura voor hem. 'Mijn moeder is op het advocatenkantoor en ze heeft mijn zusje meegenomen.'

Ze reikte hem een schaal aan waarvan Carl de inhoud niet kon ontcijferen.

'Mijn moeders lievelingskefir,' zei ze, haast bereid hem te voeren.

Als je zocht naar filmpjes met Sisle Park, kreeg je helaas niet veel hits. Publieke optredens waren er zelden en meestal beperkten ze zich tot korte uitspraken over onderwerpen die zo algemeen waren dat ze niets aan bruikbare informatie opleverden. Altijd goed gekleed in zwarte mantelpakjes, witte blouses en met kort kapsel, dat plukken haar niet de gelegenheid bood een uitstapje te maken. Haar verschijning was gecontroleerd en neutraal, evenals haar manier van doen en haar woorden. Alles bij elkaar een totaalbeeld van een vrouw die niemand ter wereld ervan zou verdenken deze weerzinwekkende misdrijven te kunnen plegen.

Dus waar en wat waren haar zwakheden? Waar was het toegedekte sleutelgat waar je haar ware ik doorheen zou moeten kunnen zien?

'Die vrouw daar heb ik eerder gezien,' klonk het achter hem.

Carl draaide zich met een ruk om. Dit keer had hij Laura van Bierbek het vertrek niet horen binnensluipen.

'Eerder gezien?' Wat bedoel je, Laura?' vroeg hij.

Het meisje wees naar het beeldscherm. 'Zij was hier op een dag, toen mijn vader naar zijn werk was. Ze zei dat mijn vader een belangrijk papier thuis was vergeten en zij moest het ophalen en meenemen naar het kantoor in de stad.'

Carl fronste zijn wenkbrauwen, waar had het meisje het in hemelsnaam over?

'Wanneer was dat dan, Laura?'

'Lang geleden. Vlak na de zomervakantie, denk ik.'

'Heb je haar toen binnengelaten?'

'Een wildvreemde?! Natuurlijk niet. Ik zei dat ik eerst mijn vader zou bellen om te vragen of het oké was.'

'Verstandig, Laura. Wat deed ze toen?'

'Ze deed een stap achteruit en keek nog een extra keer naar het naambordje op de deur en verontschuldigde zich dat ze naar het verkeerde huis was gelopen. Ze had bij het huis hiernaast moeten zijn.'

'Daar ging ze toen ook naar binnen, of wat?'

'Ik keek uit het raam en dat deed ze dus niet. Ze reed gewoon weg. Dus ik belde naar mijn vader en hij had geen idee waar ik het over had. Hij had haar in elk geval niet gevraagd om iets op te halen.'

'Wat wilde ze, denk je?'

'Ik dacht dat het oplichterij was en dat dacht mijn vader ook. Ze staarde alle kanten tegelijk op, terwijl ze voor de deur stond. Alsof ze wilde zien of er bewakingscamera's waren en zo.'

'Ja, maar die zijn er toch? Dat is niet echt een geheim in dit huis.'

'Nee. En toen bekeken mijn vader en ik 's avonds de bewakingsbeelden, zodat hij kon zien hoe ze eruitzag, maar je kon haar gezicht niet zien en de auto was zo geparkeerd dat je die niet goed meekreeg. Maar ze had in elk geval langer en donkerder haar dan hier op het scherm.'

Carl knikte. Het leed geen twijfel dat Sisle Park zich wilde oriënteren over de camerahoeken buiten en binnen.

'Dachten jullie dat ze zou terugkomen om iets te stelen?'

'Ja, maar mijn vader zei dat ze dat gerust mocht proberen, want dat zou haar duur komen te staan.' Ze wees naar het bevroren beeld op het scherm. 'Maar wie is zij dan?'

'Dat weten we nog niet precies, Laura, maar daar komen we wel achter. Kun je mij de video van haar bezoek laten zien? Jullie hebben dat vast digitaal opgeslagen.'

Ze glimlachte en zei dat ze zo ver terug waarschijnlijk niet bewaarden, maar ze wilde het graag checken.

'Wie is zij?' had het meisje gevraagd. Alsof dat niet precies het antwoord was op de vraag waar zij het hardst naar op zoek waren. Dus wie konden ze vragen? Haar medewerkers? Hij rilde bij de gedachte om sommige van die types die hij in haar bedrijf had gezien uit te vragen. Waarschijnlijk zouden ze hem liever zijn hoofd afhakken dan hem laten rondsnuffelen in de aangelegenheden van hun baas. Toen had hij naar het Kemisk Institut gebeld, waar zij had gestudeerd, en toen niemand opnam, had hij gebeld naar een paar mensen met die ongebruikelijke achternaam, maar niemand kende Sisle noch Lisbeth met hun achternaam.

Carl realiseerde zich voor de tiende keer die dag hoe vast alles zat, en het voelde rampzalig. De zesentwintigste december was slechts drie dagen verwijderd en bijna alles wees erop dat de enige reële mogelijkheid om de moord op Maurits van Bierbek te verijdelen was dat ze Sisle Park wisten te neutraliseren. Maar hoe moesten ze dat met wettige middelen doen? Ze konden toch niet zomaar haar huis binnendringen en haar zonder uiterst sterke bewijzen arresteren? Ze konden haar ook niet gewoon ontvoeren en de tijd laten verstrijken. Wie wist trouwens of zij wel aanwezig was als de moord werd gepleegd? Als hij dacht aan de dood van Pia Laugesen, waar ze met geweld en kracht in haar zwembad onder water werd geduwd tot ze verdronk, kon hij niet echt geloven dat de lange, relatief iele persoon die Sisle was, zich kon meten met een zo sterke, stevige vrouw als Pia Laugesen.

Als er een derde persoon aanwezig was, hoe moesten ze er dan achter komen wie dat kon zijn, en in welke samenhang deze persoon zo dicht bij Sisle Park was gekomen dat hij een medeschuldige werd?

Palle Rasmussens kwalificatie van Sisle Park als een cockteaser, stalker, achterlijk en een gelittekende zeug was niet zo flatteus, hoewel hij het ongetwijfeld mis had toen hij haar achterlijk noemde, maar dat andere? Kon dat hen op weg helpen?

Het was twintig jaar geleden dat de man dat had geschreven, dus natuurlijk moest ze in de loop der jaren zijn veranderd, maar moesten ze misschien niet juist in de tijd vóór haar huidige persoonlijkheid naar de oorzaak van haar waanzin zoeken?

Carl zat naar haar korte cv te kijken. Sisle was gedoopt als Lisbeth Park, en natuurlijk hadden ze gezocht op die voornaam met en zonder -h aan het eind en waren helaas te veel doodlopende wegen ingeslagen. Ondanks de bijzondere achternaam was er simpelweg geen die matchte met de Sisle die zij kenden.

Waarom komt de jonge vrouw na haar studietijd in Zuid-Afrika terecht en dan ook zo lang? dacht hij. Wat was haar band met het land? Waren de Zuid-Afrikanen zo ver gevorderd op het gebied van Sisles specialisme, of was ze ergens voor op de vlucht?

In haar geval kon Carl zich van alles voorstellen. Toch kon hij niet anders dan verbaasd zijn over het feit dat ze rechtstreeks naar het hol van de leeuw was gegaan om de positie van de bewakingscamera's te controleren. Weliswaar in een uitdossing die je normaal niet met haar in verband bracht, en ogenschijnlijk met een pruik op, maar als een veertienjarig meisje meekijkt, schieten alle vermommingen tekort.

Misschien was het een overduidelijke hint dat Carl zich zou moeten vermommen, net als zij had gedaan, zodat hij zich op straat kon bewegen en dingen kon checken.

Hij ging staan en bekeek zichzelf in de spiegel op de gang naast de werkkamer van Maurits van Bierbek. Hij had niet het allerbeste verwacht, en toch was de aanblik van een wat groezelige, oudere man met slordig, dun haar bij wie de tand des tijds hem allang het soort grijze haren had gegeven die niemand aan George Clooney deed denken, behoorlijk ontmoedigend.

'Laura,' riep hij een paar keer voordat ze met een velletje papier in de hand voor hem stond en hem het aanreikte.

'Wat is dat?' vroeg hij, alsof hij het al niet wist.

29 AUGUSTUS 2020 13.32 UUR, stond er met digitale cijfers op een vage kleurenprint van wat de videocamera's van Sisle Parks onaangekondigde bezoek hadden geregistreerd.

'Het spijt me, maar je kunt alleen de bovenkant van haar auto en verder een klein beetje van haar zelf zien, maar dit was het duidelijkste van de hele opname. En kijk, op de video heeft ze lang, bruin haar, ongetwijfeld een pruik.'

Carl bromde. De auto zag eruit alsof hij er al heel wat jaren op had zitten. En afgezien van de gele kleur was het enige kenmerk de dakdragers van het soort dat je voor een prikkie bij de bouwmarkt kon kopen.

'Dank je, Laura, goed gevonden.' Hij droogde zijn lippen en wierp haar een innemende blik toe, alsof ze opeens zijn allerbeste vriendin was geworden. 'Het is niet toevallig zo dat jij een mobiele telefoon hebt die ik een paar dagen mag lenen?'

'Eh, ik heb alleen mijn eigen.'

'Ja, maar dan die!'

Ze schoot achteruit alsof ze zich ergens aan had gebrand. 'Wat bedoel je, ik kan toch niet zonder mijn mobieltje, en nu al helemaal niet.'

'Kun jij de vaste telefoon niet gebruiken als je met je vriendinnen wilt praten?'

'Daar gaat het toch niet om.' Ze keek hem moedeloos aan, alsof hij nog nooit had gehoord van sms, e-mails, Twitter, Facebook, Instagram, YouTube, TikTok en Snapchat.

'Kan ik hem dan misschien huren? Het is maar tot en met tweede kerstdag.'

Ze beet op haar wang. 'Vijfhonderd kroon per dag dan!'

Carl slikte even een paar keer. 'Ik zat misschien meer te denken aan iets van vijfhonderd in totaal.'

Weer keek ze hem aan alsof hij gestoord was.

'Weet jij of jullie in huis iets hebben waarmee je je haar kunt verven? En weet jij of ik wat van je vaders kleren kan aantrekken? Ik moet ergens naartoe en ik wil in de wilde buitenwereld niet graag worden herkend.'

Een uur later stapte een slaperige, enigszins uitgeputte Rose na haar nachtdienst de werkkamer binnen. Ze wist nog net haar jas op de grond te gooien en op de slaapbank neer te ploffen, toen ze Carl zag.

'Mijn hemel!' liet ze zich ontvallen, en Carl had ook wel zoiets verwacht. Om eerlijk te zijn had hij zelf een shock gekregen, toen hij de overtollige haarverf van Victoria uit zijn haar had gewassen en oog in oog stond met een roodharige man wiens toegetakelde haar uit protest alle kanten uit stak.

'Dat is toch niet de kleur die mijn moeder momenteel gebruikt,' had het wicht als mosterd na de maaltijd gezegd. Carl was bijna flauwgevallen.

Om dit onalledaagse beeld te completeren had de dochter des huizes hem voorzien van een ouderwets pak, stropdas, wit overhemd en schoenen die Carls vader zou omschrijven als 'hoofdstedelijke dikdoenerij'.

'Je ziet er goed uit,' had Laura hem getroost, maar dat waren bepaald niet de woorden die Rose er nu uitflapte.

'Het is gelukt,' mompelde ze. 'Jij lijkt totaal niet op jezelf. Sowieso lijk je godzijdank niet op iets wat ik ooit eerder heb gezien. Waar ben je mee bezig?'

'Bedankt voor het vertrouwen,' zei hij. 'Maar ik moet naar buiten om wat dingen te checken. Hoe heeft Gordon zijn dienst doorstaan, was hij bijna van de kou gestorven?'

Ze gaapte en zei: 'Dat denk ik. Hij was in elk geval al naar huis toen ik kwam.'

'Oké, arme jongen, maar het was ook wel heel koud. Hebben jullie ooit zitten graven in Sisle Parks studietijd aan de universiteit?'

'Eh, waarom vraag je daarnaar? Dat vraagt wel eerst een instructie om dat te doen, nietwaar? Ben jij niet degene die het werk leidt en verdeelt?'

'Dus dat hebben jullie niet gedaan?'

Ze schudde het hoofd en trok het dekbed over zich heen. Carl had net zo goed op die slaapbank kunnen slapen in plaats van op de keiharde vloer. Ze controleerde helemaal geen bal.

Daarna wees Laura naar een niet geheel anonieme Alfa Romeo die in de enorme garage een beetje aan de zijkant stond.

'Die zal niemand missen,' zei ze. 'Papa heeft mama die vijf jaar geleden cadeau gedaan en zijn monteur heeft hem regelmatig onderhouden, maar ze heeft er al die tijd bijna niet in gereden, net zomin als in een van de andere, kan ik me herinneren. "Wat moet je met een rijbewijs als je een taxi kunt bellen?" zegt ze. Maar beter ook, want ze heeft altijd een beetje te veel op.'

Carl ging in het karretje zitten, een hele uitdaging voor zijn pijnlijke heup om haast op het asfalt te belanden, en een halfuur later zette hij de auto op Universitetsparken 5 voor het Kemisk Institut neer. Hier had Sisle Park zo'n vijfendertig jaar geleden rondgelopen, dus hij kon eigenlijk niet verwachten dat er uit die tijd nog iemand werkte die iets over haar wist, maar misschien had hij zo veel mazzel een heldere geest te vinden die wat in de annalen kon graven.

De toegangsdeur was open, maar de lege gang was weinig veelbelovend. Behalve de lockdown was het bovendien vlak voor kerst en midden in de gebruikelijke vakantieperiode, dus alles ademde dat deze plek al behoorlijke tijd geen student of anderszins had gezien. Hoe komt een samenleving verder als alles zo hermetisch op slot gaat? dacht hij, toen in het ene na het andere laboratorium keek met erlenmeyers, potjes en stalen gootstenen die glansden alsof ze nog nooit waren gebruikt. Een onbestemde geur van metaal en chemicaliën hing in de lucht en deed hem denken aan de tijd dat hij zijn woonkamer binnenstapte toen Hardy daar lag.

'Is hier iemand?' riep hij een paar keer en hij kreeg slechts een echo terug.

Hij trok aan een paar deuren van gesloten werkkamers, misschien was het niet zo vreemd dat niemand op zijn telefoontjes had gereageerd.

'Shit,' zei hij luid. Toen ging Laura's mobieltje.

'Ja, Assad, wat is er aan de hand?'

'Sisle Park is zojuist bij haar huis weggereden. Het spijt me, maar ik heb haar niet op tijd kunnen volgen, want de sleutel van Gordons auto was op de grond gevallen en ik kon hem niet vinden.'

'Shit,' zei Carl nogmaals. Ze hadden niet echt rugwind vandaag.

'Moet ik proberen of ik het huis binnen kan komen?'

'Je bedoelt inbreken?'

'Eh, ja, zoiets.'

'Er zijn ongetwijfeld overal alarmen, dus dat raad ik je niet aan, Assad. Voor je het weet staan er een paar man van Securitas die heel boos kijken, en dat is nog niets in vergelijking met hoe Marcus zijn gezicht zal staan. Je kunt een beetje om het huis sluipen, misschien levert dat iets op, maar ik betwijfel het.'

'Goed. Dan blijf ik hier gewoon wachten tot ze terugkomt. Ik ga in Gordons auto zitten, zodat ik met Allahs hulp het ijs uit mijn baard kan slaan.' Hij lachte. 'Overdrijving helpt voor het begrip,' zei hij. Dat had hij vast van Rose geleerd.

Carl leunde tegen de muur van de gang, toen Assad het gesprek beëindigde. Op dit moment had hij het allermeest zin om zich op de werkkamer van de chef Moordzaken te melden en door de zure appel heen te bijten. Dan kon hij de verantwoordelijkheid voor het lot van Maurits van Bierbek aan hem en zijn collega's overdragen, want wat kon hij in de huidige situatie doen? Hij keek naar zijn spiegelbeeld in het raam voor hem. Eén ding was het afgrijselijke rode haar, iets anders de mismoedige gelaatsuitdrukking er vlak onder.

'Als je het allemaal opgeeft en jezelf meldt, vermoord je Bierbek, ben je daartoe bereid?' zei hij tegen zichzelf. Laura zal haar vader verliezen, en een weerzinwekkend mens heeft het geluk aan haar kant met haar kwade bedoelingen. Als hij zich nu aangaf en deze zaak negeerde, zou afdeling Q een terugslag krijgen die ze nooit meer te boven zouden komen. Verder was er niet te vergeten ook nog zijn eigen probleem. Want wat hadden de Snuffelhond en zijn collega's in de pijplijn, als de consequenties nu al zo ernstig waren?

Hij glimlachte naar zijn spiegelbeeld. Die haarkleur kon er ongetwijfeld uit worden gewassen. Een paar uur goed slapen in het bed van Rose vannacht, dan zouden de wallen onder zijn ogen wel wegtrekken. Hij moest domweg zijn tanden op elkaar zetten en dat hele zootje laten zien dat iemand uit Brønderslev in Vendsyssel met zijn beide poten stevig op de grond stond. Hij lachte even over de hooghartigheid en het provinciale patriottisme van zijn vader.

Toen draaide hij zich naar de achtermuur van de gang en gaf vol gas. 'Is hier iemand!?' riep hij en hij eindigde met de schelle, hoge toon die hij op de politieschool had aangeleerd.

Het metaalachtige geluid van een deur die hard open en dicht getrokken werd plantte zich vanuit een van de zijgangen voort, en snelle stappen kwam dichterbij. Een seconde later verscheen er een ranke, donkerharige vrouw met een blik die afschuw en onweer tegelijk aankondigde.

'Hoe ben jij in hemelsnaam binnengekomen?' vroeg ze en ze omklemde haar mobieltje, alsof ze ter plekke van plan was massale assistentie op te roepen.

'Ik ben die deur binnengekomen en hij was niet op slot.' Hij wees naar de zijgang zonder te weten of hij uit die richting was gekomen.

'Dan wil ik je verzoeken om als de wiedeweerga daar weer door naar buiten te gaan,' zei ze met een kritische scan van zijn mislukte haarkleuring en zijn opgedofte kleding. 'Want jij hebt hier beslist niets te zoeken.'

Yes, dacht hij. Alleen een administratief medewerker zou zo reageren. Het eigendomsrecht van het gehele instituut straalde als het ware van haar af, en dan was het slechts een kwestie van de juiste kaarten spelen.

'In zekere zin heb je gelijk. Ik ben geen student, geen docent, niet van het ministerie van Onderwijs of van een of andere zogenaamd onpartijdige bedrijfsconsultancy die de bedrijfsvoering en efficiëntie van het instituut moet analyseren. Het enige wat ik te bieden heb, is eigenlijk dit hier.'

Hij haalde een verouderde ID-kaart uit zijn zak en stak die zo ver naar haar toe, dat ze zelfs de kleinste pixel zou kunnen zien.

Ze draaide haar hoofd een beetje, maar haar ogen weken niet van de kaart. Het woord 'politie' verlamde mensen altijd op zo'n heerlijk geraffineerde manier.

'Ja, het is op zich niet zo ernstig, maar ik heb ontzettend hard informatie nodig,' ging hij verder. 'Het spijt me dat ik de kerstvrede moet verstoren, maar zoals je vast en zeker weet kent politiewerk vakantie noch feestdagen. Dat is helaas ons lot.'

Hij zorgde ervoor dat hij er getroffen uitzag, alsof er een paar huilende kinderen thuis zaten die hun vader misten.

Hij stak zijn elleboog uit als coronagroet. 'Brigadier Carl Mørck, mijn excuses dat ik me niet heb voorgesteld.'

Aarzelend stak ze haar elleboog naar hem toe en beantwoordde de groet.

'Tatjana Kuzlovski Kristensen,' zei ze en ze probeerde te doen alsof ze hem niet naar het andere einde van de wereld wenste. 'Waar gaat het om?'

'Ja, dat is het probleem. Ik heb informatie nodig over een studente die hier in 1989 is afgestudeerd, cum laude zelfs.'

Nu glimlachte ze wel een beetje te breeduit.

'Ja, ik weet wel dat het lang geleden is, ook te lang, of niet?'

Ze knikte zonder van gelaatsuitdrukking te veranderen. 'U weet wel dat dat 31 jaar geleden is?'

'Ja, dat is niet de allermoeilijkste rekensom die er bestaat. Dus wat moet ik doen?'

'In elk geval niet uzelf toegang verschaffen tot een instituut waar iedereen naar huis is gestuurd.'

'Bestaan er archieven?'

'Vast,' zei ze. 'Maar daar heb ik niets mee te maken. Maar waarom spreekt u niet met iemand die hier destijds was? Een student die cum laude afstudeert, die moet een oude docent zich vast nog kunnen herinneren.'

'Dus waar vind ik zo iemand?'

De woning waarover ze hem informatie verschafte was niet opzichtig, maar hopelijk oké voor een bijna negentigjarige weduwnaar die de laatste tien jaar in een verpleeghuis had doorgebracht. Hier had Torben Clausen zijn hele wereld van twaalf vierkante meter voor zich. Bed, boekenkast met vakliteratuur, een leunstoel bekleed met lila velours en een aantal andere verschrikkingen uit een verdwenen tijd. Eigenlijk niet zo verschillend van de aanleunwoning die Carls even oude ex-schoonmoeder Karla Alsing had bewoond in al die tijd dat Carl op afdeling Q had gewerkt.

Torben Clausen keek hem aan met ogen die zo waren aangetast door staar dat hij niet in staat was zijn omgeving te onderscheiden, en de rimpels rond zijn ogen spraken van een leven dat niet heel gemakkelijk was geweest.

'U bent brigadier, kijk aan,' zei hij drie, vier keer om het goed te laten bezinken. 'Het gebeurt niet zo vaak dat men zo iemand op bezoek krijgt.' Toen ratelde zijn kunstgebit een stille lach. 'Ja, eigenlijk helemaal niemand.'

Carl kwam meteen ter zake. 'Kunt u zich een studente herinneren die Lisbeth Park heette? Ze is in 1989 cum laude afgestudeerd aan het Kemisk Institut. U was destijds docent daar, dus misschien...'

De bijna blinde ogen schoten heen en weer, alsof ze een hoekje in het vertrek zochten waar ze rust konden vinden.

'Ik dacht misschien dat u...'

Hij draaide zijn hoofd naar het raam, zodat het grijze licht op zijn gezicht viel. 'Ja, zij was heel competent. Heel goed en een mysterie voor iedereen. Haar herinner ik me maar al te goed.'

'Al te goed?'

'Zij was de enige van wat ik mijn elitejaargang noemde, die in 1982 een blikseminslag overleefde.'

'Een wat, zegt u, een blikseminslag? En de enige? Wat wil dat zeggen?'

'Jongeman, precies wat ik zojuist zei. Zeven studenten werden getroffen door een bliksemschicht in Fælledparken tegenover het instituut.' Zonder waarschuwing begon zijn onderlip te trillen. 'Uhh,' zei hij en hij hapte een paar keer naar adem. 'Het is zo lang geleden dat ik daaraan heb gedacht, ik had niet gedacht dat het me nog steeds zo hard zou raken.' Hij veegde zijn blinde ogen droog.

Carl knikte en dacht terug. Hoe spectaculair zo'n ongeluk ook was, hij herinnerde zich het niet, maar hij was destijds ook nog maar zeventien en had heel andere dingen aan zijn hoofd.

Ze zaten een minuut of twee in stilte bij elkaar, tot de oude man zijn ademhaling weer onder controle had.

'Begrijpt u, het was mijn schuld. Ik had voorgesteld dat we het volgende college buiten zouden houden, God vergeef me.' Toen huilde hij weer eventjes.

'Opeens werd de lucht donker, ik kon niet eens opkijken, voordat ik door de eerste bliksemschicht werd verblind. Ik dacht dat het niet zo ernstig kon zijn, want mijn studenten waren net een grote scheldpartij begonnen en liepen te schreeuwen en te tieren en dat hield me meer bezig. Ja, dat is trouwens niet helemaal waar, eigenlijk was het alleen Lisbeth Park die heibel maakte. Ze was zonder meer de slimste van de groep en ze beschuldigde de anderen ervan dat ze haar aantekeningen hadden gestolen en dat ze haar pestten, en volgens mij ook dat een van hen haar had bedrogen, dat laatste weet ik eigenlijk ook niet zeker. Maar ze was heel boos en de anderen lachten haar uit. Ik stond wat op een afstandje en wilde naar hen toe gaan om in te grijpen, en op dat moment lichtte de hemel op en een gruwelijke knal liet mijn trommelvliezen bijna knappen. De regen kwam tegelijkertijd, dus het volgende wat ik me herinner was dat ik tot aan mijn knieën in het water lag, en achter mij lagen mijn leerlingen levenloos en verkoold in een cirkel in de krater die de bliksem had gemaakt en dat gaf mij een shock. Zo een die midden in de nacht terugkeert, hoelang geleden het ook is.'

'En Lisbeth Park?'

'Ja, zij overleefde het, ik weet niet hoe. Ze was bij de inslag weggeslingerd, kreeg ik te horen.'

'Wat is er met haar gebeurd?'

'Ik weet het niet goed, want ze was een paar jaar weg, voor ze terugkeerde en haar scriptie afmaakte. Cum laude, zoals u zelf weet. Ze was onder andere in Zuid-Afrika geweest en toen ze terugkwam, kon ze in elk geval een heleboel dingen die ze niet bij ons had geleerd.'

'Ze werd door haar medestudenten belazerd, zegt u?'

'Ja, nu we het erover hebben, herinner ik me dat ze voortdurend haar medestudenten ervan beschuldigde dat ze haar analyses en opdrachten stalen. De confrontatie met hen leverde een heleboel hoon en ontkenning op, ja, ze klaagde er zelfs over bij de leider van het instituut, daarom weet ik het. Misschien werd ze door de anderen gepest na haar beschuldigingen, misschien sloten ze haar buiten. Er was ook nog iets met een jongen die haar in de steek had gelaten, ik herinner me het nu beter.'

'Raakte u zelf gewond bij die blikseminslag?'

'Nee, maar zoals gezegd raakte ik in shock, en meteen nadat ze haar naar een ambulance hadden gebracht, kreeg ik een hartstilstand. Ja, neem me niet kwalijk dat ik alles in omgekeerde volgorde vertel, maar de ambulancebroeder die haar daarheen bracht, heeft mijn leven gered. Nu ben ik oud en ga ik binnenkort toch dood, maar ik ben die ambulancebroeder zeer dankbaar en elk jaar met kerst stuur ik hem en zijn gezin een cadeautje, daarom herinnert hij zich mij ook.' Hij wees naar een tegeltafeltje in de hoek. 'Het cadeautje ligt daar op tafel, maar we kunnen het momenteel niet laten bezorgen, nu alles op slot zit.'

'U herinnert zich niet wat er met haar vlak na het ongeluk is gebeurd?'

Hij schudde zijn hoofd.

'Het is zo'n twee jaar geleden dat de ambulancebroeder mij aan enkele details van het ongeluk herinnerde. Hij moet je ongetwijfeld meer kunnen vertellen. Ook hij stelde vragen die ik niet kon beantwoorden.'

'Hij was degene die uw leven redde, zegt u.'

'Ja, en degene die als eerste op de plek van het ongeluk aankwam, en godzijdank, zeg. Hij is nu met pensioen, maar hij was van plan zijn herinneringen op te schrijven en dan moest dit voorval er ook bij. Het had heel wat indruk op hem gemaakt... ook op hem.'

'U heeft zijn adres, begrijp ik.'

Hij zat een ogenblik om de beelden in zijn hoofd op afstand te krijgen, voordat hij antwoord gaf. 'Jazeker, hij heet Martin.' Hij wees naar een klein rood aantekeningboekje dat als enige op zijn bureau lag.

'Zijn telefoonnummer staat op de eerste bladzijde. Je moet het zelf lezen, want dat kan ik niet meer.'

Carl knikte. 'Dan kan ik hem misschien persoonlijk uw cadeau overhandigen?'

Het was de eerste keer tijdens het bezoek dat de oude man glimlachte.

53

Dinsdagavond 22/12/2020 en woensdag 23/12/2020

SISLE

Wie dachten ze wel wie ze waren, dat ze haar huis zomaar in de gaten konden houden zonder dat zij erachter kwam? Snapten ze dan niet dat haar perceel overal was voorzien van bewegingsmelders, en dat hetzelfde gold voor het gedeelte naar het huis toe, en bovendien vingen warmtesensoren op het dak niet alleen de bewegingen in de omgeving op, maar gaven ze ook vrij duidelijke contouren weer.

De hele middag had er een lichtgrijze vw Golf van nieuwere datum een eindje verderop in de straat gestaan. Was dat merkwaardig, kon je jezelf afvragen? Maar als je dacht aan het optreden van de politieman en aan de grote beloning die was uitgeloofd, kon je het jezelf niet permitteren ook maar de kleinste, onverwachte beweging in haar buurt te overzien.

In de loop van de middag kreeg ze de bleke man in de gaten en ze fotografeerde hem een paar keer, toen hij achter een boom verscholen stond en naar haar huis staarde. Kennelijk had hij zeeën van tijd, en ondanks de kou en het vrij slechte weer week hij niet van zijn plek, afgezien van een paar minuten waarin hij in de auto zat.

'Zit je te eten?' vroeg ze hardop en ze klokte de tijd. Precies tien minuten later nam hij zijn plek achter de boom weer in, dus ze had het waarschijnlijk goed gegokt.

Wie ben jij? vroeg ze zich af, toen hij ook een camera tevoorschijn haalde en die op het huis richtte. Sisle schoot bij het raam vandaan en stond een moment met zichzelf te overleggen. Wie wist iets wat deze observatie kon verklaren? Niemand van haar medewerkers had een relatie met een man die net als hij daarbeneden aan de dood uit Lübeck deed denken. Voor iedereen die bij Park Optimizing werkte, had ze portfolio's gemaakt met alle persoonlijke gegevens die nuttig konden blijken te zijn als de situatie ernaar was. Hun medische dossiers, bloedgroepen, analyse van de gezondheidssituatie van de medewerkers, hun hele cv en voorgeschiedenis tot hun aanstelling, Debora's voortgangsrapporten uit de tijd dat ze bij haar werden getraind, familieomstandigheden, financiën, foto's van alle naaste familieleden en vrienden, hobby's, psychologische profielen met sterktes en zwaktes en veel meer.

Maar zo'n dunne en vooral bleke man zoals hij had ze in die samenhang nog niet gezien. Dus wie had hem daar neergezet?

Ze belde Adam, die de telefoon na een paar seconden opnam.

'Zo dadelijk stuur ik je een foto van een man die mijn woning in de gaten houdt. Vertel me of hij je iets zegt.'

Het duurde een minuut, toen was hij terug.

'Nee, ik ken hem niet. Zal ik een gezichtsherkenning proberen te maken? Dat kan ik doen via een VPN-verbinding, zodat het lijkt alsof ik in de VS ben.'

'Ja, maar dat hoeft niet. De vogel kan zijn gevlogen voor we er erg in hebben, dus kom zo snel mogelijk hierheen.'

Ze kwamen van achteren en de knaap gilde, toen Adam hem onder zijn armen en rond zijn nek vastpakte en vervolgens zijn hoofd hard voorover duwde.

'Wat doen jullie?' jammerde hij, terwijl Sisle voor hem ging staan. 'Laat toch los.'

'Ik ben degene die hier vragen stelt,' zei Sisle. 'Jij staat mijn huis te bespioneren. Waarom doe je dat? Wie ben jij?'

Sisle knikte naar Adam, die zijn greep wat verslapte.

'Ik bespioneer *hell not* jouw huis. Mijn vriendin woont in het huis ernaast en ik denk dat ze een ander heeft, dus laat los.'

Sisle knikte opnieuw en Adam liet los.

'Aha! Hoe heet je vriendin?'

Hij aarzelde een seconde te lang. 'Wat gaat jou dat aan? Wie ben jíj dan wel?'

Sisle kwam een stukje dichterbij. Waar had ze de man eerder gezien?

'Heb je een identiteitsbewijs bij je dat ik even mag zien?' vroeg ze.

Hij veroorloofde het zich om spottend te glimlachen. 'Over mijn lijk, je hebt geen recht om dat te vragen.'

'Over je lijk? Dat kunnen we misschien regelen. Adam, ga je gang.'

Gek genoeg was de bleekneus met lamheid geslagen, toen hij een massieve vuist in zijn nek kreeg, en de blauwe ogen werden grijs, terwijl ze tevergeefs probeerden te focussen op Sisle.

'Wat doen jullie?' zei hij hakkelend, toen Adam een hand onder zijn jas stak en zocht naar de binnenzak.

'Hier niets,' zei Adam en hij vervolgde zijn fouillering.

'Nu kun je me gewoon vertellen wie je bent, dan kan het zijn dat we je met rust laten.'

Hij leek echt vertwijfeld en dook naar beneden. Hij weigerde nog steeds te antwoorden, maar de angst voor nog meer klappen kon hij toch niet verbergen.

'Het kan heel veel pijn doen als je ons niet op weg helpt. Weet je, ik wil niet dat iemand me in de gaten houdt zonder dat ik weet waarom dat is en wie het doet. Moeten we je weer slaan?'

Hij schudde zijn hoofd.

'Ik weet niet waarom je denkt dat ik je bespioneer, ik heb toch gewoon...'

Toen sloeg Adam opnieuw. Dit keer een stuk harder.

Adam legde de bewusteloze man op de brits achter in Sisles slaapkamer en fixeerde hem met een paar plastic strips, die zijn armen op de rug aan zijn riem vasthielden.

Ze vonden zijn kentekenbewijs in het handschoenenkastje en onder zijn stoel lag serieuzere informatie dan hun lief was.

'Verdorie, Sisle. Hij is politieman,' zei Adam toen hij met de papieren in zijn hand terugkwam. 'Je kunt hem hier niet hebben. Hij moet op een of andere manier weg.'

Sisle bestudeerde zijn ID-kaart. GORDON TAYLOR, JURIST EN HOOFDAGENT, stond er.

Ze googelde zijn naam op haar iPhone en het was zoals ze dacht. Op meerdere foto's stond hij naast zijn baas, Carl Mørck, en als je door de afbeeldingen heen scrolde waren er ook een paar foto's van de complete afdeling Q, die uit slechts vier personen bestond. Behoorlijk beangstigend wanneer je je, zoals zij, een beeld probeerde te vormen van de effectiviteit van de afdeling en de vele opgehelderde zaken.

Ze printte een paar foto's uit en legde die op het bureau.

'Ik voel me hier niet lekker bij,' zei Adam. 'Carl Mørck heeft jou geïdentificeerd als degene die Maurits van Bierbek heeft ontvoerd, Sisle, realiseer je je dat wel? Ik vind in alle ernst dat het risico dat ze ons alle drie snoeihard zullen aanpakken te dreigend en te groot is geworden. Zullen we Maurits van Bierbek en hem hier niet om het leven brengen en dan een heel lange pauze houden?'

Sisle kneep haar ogen samen. 'Voor zover ik weet is het nog niet zo lang geleden dat ik Debora en jou te verstaan heb gegeven dat ik mijn plannen níet wijzig. Wat Gordon Taylor hier betreft, moet ik even bekijken of het ons niet van nut kan zijn dat wij hem hebben. Op termijn kunnen we met hem doen wat we willen, maar Maurits van Bierbek moet wachten tot Mao's geboortedag op tweede kerstdag, begrepen?'

'Maar wat doen we dan met hem hier? Wat denk je dat Carl Mørck zal doen als hij erachter komt dat de man geen verslag uitbrengt? Als hij zomaar van de aardbodem verdwijnt, zal Mørck toegang tot het huis hier afdwingen. Dat wil je toch zeker niet?'

'Hij komt maar langs. Deze knaap is morgenvroeg weg.'

'Waarheen?'

'Hij mag bijvoorbeeld de komende dagen een poosje bij Van Bierbek zitten, vind je niet?'

Zo hoog als Adam zijn wenkbrauwen optrok, werd zijn scheve gezicht bijna gecorrigeerd.

Sisle gaf de politieman een injectie, zodat hij de eerste vele uren geheid niet bij bewustzijn zou komen. Dan kwam er rust, vooral nu Adam naar huis was gegaan, brommend, tegendraads en zeer ontevreden over het feit dat hij niet gehoord werd.

Er waren niet veel van dit soort wanklanken tussen Debora, Adam en haar meer nodig, voordat Sisle er bepaalde voordelen in zag om hun samenwerking te beëindigen. Na Nieuwjaar, als ze de nieuwe werkwijze in gang zette, waren haar plaatsvervangers en handlangers van een veel hoger kaliber dan de rekruten die Debora de laatste paar jaar had geleverd. Feitelijk had ze daar nu geen enkele meer van nodig. En als ze naar haar eigen organisatie keek, waren er ten minste veertig geschikte personen die de komende twintig jaar konden worden losgelaten met hun eigen missies, en verder gingen haar plannen toch niet. Dus zodra Maurits van Bierbek om het leven was gebracht, waren Adam en Debora's rollen uitgespeeld.

Sisle ging in de lichtkegel aan haar bureau zitten.

Nu was alles klaar voor de liquidatie van Maurits van Bierbek. In deze laatste fase, waarbij de spullen voor die liquidatie klaarlagen, moesten alleen nog het vonnis zelf en de motivatie worden geformuleerd. Met de procedure van mondelinge afkondiging was ze pas in 2016 begonnen, toen Franco Svendsen omgebracht moest worden, maar vlak voor de injectienaald in hem stak, hadden haar woorden het laten afweten. Zijn doodsbange ogen hadden haar gesmeekt, en zijn tranen hadden het onwaardige moment van twijfel geschapen dat zelfs een goed voorbereide afkondiging verstoort.

Daarom had ze de afkondiging opgeschreven toen Birger von Brandstrup moest sterven, en bij het voorlezen ging alles soepel. Precies zo wilde ze de liquidatie van Maurits van Bierbek ook laten verlopen. Gecontroleerd en ongestoord.

Sisle glimlachte. Haar minachting voor deze Van Bierbek stuurde de woorden, zodat ze zich haast vanzelf schreven.

Vlak voor middernacht gleed een lichtbundel over haar boekenkast, dus Sisle stond op van haar bureau en wist nog een glimp op te vangen van een taxi die om de hoek van het huis verdween. Ze keek in de richting van de grijze Golf die er nog steeds stond, dus die konden ze maar beter weghalen. Morgen, dacht ze, toen ze opnieuw een gestalte bij de auto gewaarwerd die zijn aandacht op haar huis had gericht.

Een kort moment stapte de onbekende uit de schaduw en stond enkele ogenblikken onder het schijnsel van de straatlantaarns om zich heen te kijken. Het was een jonge vrouw en te oordelen naar haar lichaamstaal schoten er op dit moment dingen door haar hoofd die haar in de war brachten. Was het wellicht omdat ze erop had gerekend Gordon Taylor aan te treffen?

Sisle pakte haar nachtkijker erbij en zag een korte glimp van haar gezicht, voordat de vrouw weer in de schaduwen verdween.

Daarna was er maar een korte blik op het printje van de vier van afdeling Q voor nodig, voor ze de vrouw als een van hen had geïdentificeerd.

De groep kwam dichterbij, geen twijfel mogelijk.

Ze stond de volgende ochtend om zes uur op en constateerde dat de vrouw nog steeds op haar post was. Jammer voor je dat er niets was om te bekijken en over te rapporteren, dacht ze. Zou ze niet snel worden afgelost?

Dat gebeurde precies om acht uur. Zoals ze had verwacht was het het derde paard van het vierspan dat kwam opdagen. Een gedrongen, niet zo lange, donkere man die ze onmiddellijk identificeerde als Hafez al Assad, stond nu achter de Golf met de vrouw te overleggen. Zouden ze het niet hebben over waar Gordon Taylor was gebleven, toen hij bij de wisseling van de wacht moest worden afgelost?

Sisle glimlachte. Meerdere keren had ze gekeken bij de zwaar verdoofde man die als een gestrande bruinvis op de brits lag. Behalve enige regelmatige, lichte zuchten in zijn slaap gaf hij absoluut geen zichtbare of hoorbare tekenen van leven.

De volgende wisseling van de wacht bij de Golf zou naar alle waarschijnlijkheid om 16.00 uur zijn, als deze Assad moest worden afgelost. Als Gordon Taylor niet opdook, zou er vast op een of andere manier tumult ontstaan.

De toegang tot haar garage ging via de keuken naar de bijkeuken, waar de ingang was. De route van Sisles slaapkamer achter in het huis naar deze deur liep door vier vertrekken, een gang, een keuken en een bijkeuken, en zo ver kon Sisle de bewusteloze man onmogelijk dragen, ook al was hij zo'n beetje vel over been.

Dus gaf ze hem een krachtige duw, zodat hij met een plof op een dikke sprei belandde die ze op de vloer had gelegd. Hij landde op zijn ene schouder en zuchtte nog een keer luider dan voorheen, maar nog steeds zwaar bewusteloos.

Sisle trok de Perzische vloerkleden half opzij en trok vervolgens de man door alle vertrekken, terwijl haar oksels begonnen te zweten. Toen ze bij de garage kwam, was ze al moe en ze nam de vijf betonnen treden naar de vloer van de garage met een harde ruk aan de sprei. Ze hoorde wel hoe het hoofd van de man tegen de betonnen randen sloeg, maar wat kon ze anders?

Het was tien uur, toen de man van afdeling Q een stuk dichter bij het huis was gekomen. Dit is het moment, dacht ze en ze sprong de garage in, opende de garagedeur en plankgas scheurde ze langs de donkere man, terwijl hij met zijn achterste omhooggestoken waarschijnlijk naar een sleutel op de linkervoorband zocht.

Ze had geen lange rit voor de boeg.

Maar dat wisten zij natuurlijk niet.

54

Woensdag 23/12/2020

CARL

De gepensioneerde ambulancebroeder Martin had maar liefst drie achternamen en vermoedelijk kinderen uit evenzoveel huwelijken. In elk geval stonden er voor de openstaande keukendeur van het rijtjeshuis in Albertslund minstens zes bruikbare fietsen van kindergrootte. Er klonk een drukte daarbinnen, dus toen Carl bij de voordeur vlak naast de keukendeur aanbelde, gebeurde er absoluut niets, het geluid werd gewoon overstemd.

Daarom stapte hij maar naar binnen en stond als een onverwachte, onbekende gast in de woonkamer met het cadeautje voor zich uitgestrekt naar acht grote en kleine personen die met hun kerstversiering in de hand stil bleven staan en hem onbegrijpend aankeken.

'Ja, neem me niet kwalijk,' zei hij. 'Ik moest deze afleveren van een Torben Clausen aan een zekere Martin. Is dat iemand van jullie?'

De enige waarschijnlijke mogelijkheid, een volwassen man van ergens in de zestig, stapte van de stoel en liet de ster van de kerstboom scheef hangen.

'Dat ben ik,' zei hij en hij staarde naar het mondkapjesloze gezicht van Carl. 'Je kunt hem daar wel op tafel zetten, want wij kunnen waarschijnlijk beter niet te dicht bij elkaar komen.'

Carl greep naar de onderkant van zijn gezicht. 'Sorry, je vergeet het ook zo makkelijk,' zei hij en pakte een van de blauwe mondkapjes die hij al maanden in zijn zak had zitten. 'Heb je vijf minuten,

Martin?' Hij trok zijn verlopen ID-kaart tevoorschijn, zodat iedereen die kon zien, en het effect was uitstekend. De grootste kinderen probeerden dichterbij te komen, zodat ze het goed konden zien, terwijl de volwassenen hun ogen gericht hielden op hun gastheer, alsof hij al was gearresteerd.

'Ik weet wel dat het eruitziet alsof we met een beetje te veel mensen zijn, maar we wonen allemaal onder hetzelfde dak en dan mag het toch, of niet?'

Carl glimlachte achter zijn mondkapje, hopelijk kon hij het zien.

'Geen paniek, het gaat niet om maximale groepsgrootte. Ik ben hier vanwege Lisbeth Park, van wie Torben Clausen me zojuist heeft verteld dat jij als eerste bij haar was na de blikseminslag. Heb jij een paar minuten, want ik wil je graag in dat verband een paar vragen stellen?'

'Ik heb als ambulancebroeder en paramedicus heel veel meegemaakt, maar die dag in 1982 was toch heel speciaal. Je moet het proberen voor je te zien. Zes lichamen die nog steeds dampten en stonken als gebakken spek, zes personen die vlak daarvoor nog springlevend waren en verder zij die nog leefde.'

'Lisbeth Park?'

Hij knikte en vertelde gedetailleerd wat hij daar had meegemaakt.

'Ze was blij dat de anderen dood waren, zeg je?' In haar geval was die opmerking waarschijnlijk niet echt verbazingwekkend, maar zijn nieuwsgierigheid was beslist gewekt.

'Ja, dat zei ze. De heel precieze woorden van haar waren dat "als ik dit weet te overleven, overleef ik met Gods hulp alles".'

Carl knikte. Dat had ze dus vanaf dat moment geprobeerd, maar daar zou Carl wel een stokje voor steken. Hoopte hij dan toch.

'Torben Clausen vertelde me dat jij bezig bent met het schrijven van je memoires en dat dit ongeluk en in het bijzonder het lot van Lisbeth Park je bezig hebben gehouden. Wat ben je over haar te weten gekomen, kun je me dat vertellen?'

De door de wol geverfde man glimlachte scheef. 'Als je tenminste mijn verhaal niet steelt en schrijft.'

'Dat beloof ik. Wat is er met het meisje gebeurd na wat je net hebt verteld?'

'Ik heb haar direct naar Rigshospitalet gebracht, dat lag er immers vlak naast. Daar belandde ze in het traumacenter en vervolgens op de afdeling Neurologie. Ze verbleef er een paar dagen en vervolgens werd ze overgebracht naar Glostrup Amtssygehus voor verdere behandeling, en daarna naar een psychiatrische afdeling. Op de psychiatrische afdeling ben ik niet zoveel over haar te weten gekomen, maar ik heb hun wel weten te ontfutselen dat ze zich een periode van twee jaar vrijwillig heeft laten opnemen na een paar heftige, irrationele reacties. Haar hersenen zijn blijkbaar nogal op de proef gesteld bij die krachtige ontlading.'

'Welhaast een soort elektroshock, of niet?'

'Mijn god, nee, verre van. Bliksem kan zowel gammastralen als röntgenstralen bevatten, een spanning van meerdere honderden miljoen volt hebben en een stroomsterkte van circa tienduizend ampère, daar komt een elektroshock helemaal niet bij in de buurt.'

'Want wat is dat dan bij een elektroshock?'

'Iets heel anders. Normaal gesproken een gelijkstroom van 460 volt en 0,8 ampère.'

'Oké. Maar waarom overleed ze dan niet, toen ze door bliksem werd getroffen?'

Martin haalde zijn schouders op. 'Ze stond waarschijnlijk precies zo ver weg als ze moest staan. In tegenstelling tot ECT, dat wil zeggen elektroshock, die varieert van vijftien seconden tot een minuut, is de ontlading van bliksem slechts een kwart seconde, voor zover ik weet. Als de ontlading net zolang zou duren als bij elektroshock, zou ze vermoedelijk na afloop nog slechts een hoopje as zijn.'

'Heb jij de laatste tijd nog met Lisbeth Park gesproken? Je weet waarschijnlijk dat ze zich tegenwoordig Sisle Park noemt en een vrij belangrijke zakenvrouw is?'

'Ja, ik weet wel heel wat over haar, maar ik heb niet met haar gesproken. Ik heb een paar keer geprobeerd om haar te interviewen, wat ten stelligste is afgewezen door de persoon van haar firma met wie ik contact heb gehad. Heel vervelend, want het is toch een heel interessant verhaal, zoals het haar sinds die tijd is vergaan.'

Ja, je zou verdorie eens moeten weten, Martin, dacht Carl.

Het psychiatrisch centrum in Glostrup was ongelooflijk veranderd sinds 1982, kreeg hij te horen, toen hij ernaartoe belde om een afspraak te maken. In de periode dat Sisle alias Lisbeth Park er was opgenomen, heette het Københavns Amts Sygehus Nordvang, en sindsdien waren zowel de plek, de psychiatrische basisprincipes, de managementstructuur als het ziekenhuis zo radicaal veranderd dat alles anders was geworden.

'Als je vragen hebt over patiënten die opgenomen zijn geweest, zijn er heel gebruikelijke procedures die je eerst moet doorlopen, voor je een dossier kunt inkijken,' deelde de secretaresse mee, en dus het had weinig zin om te zeggen hoe belangrijk het was, dat hij rechercheur was in een zaak die vreselijk verkeerd kon aflopen als hij niet een beetje hulp kreeg en dạt er in feite nogal wat haast geboden was.

'Nu is het én kerstvakantie én we hebben gebrek aan personeel, omdat veel mensen vanwege COVID-19 naar huis zijn gestuurd, maar het moet mogelijk zijn ergens in januari antwoord te krijgen.'

Carl probeerde moed te verzamelen om te exploderen, maar de lont was vochtig geworden. Het zou toch geen nut hebben.

'Als je me kunt vertellen wie hier in 1982 als arts werkzaam waren, dan zou ik heel blij zijn,' bedelde hij toen.

'Dat moet je maar op internet opzoeken,' was het antwoord, en graag gedaan hoor.

Hij stopte bij een tankstation dat aan de ringweg lag, kocht een leesbril met een sterkte van plus twee, een hotdog en tien alcoholvrije Carlsberg Nordic en begon daarna te surfen op Laura's iets te moderne mobiele telefoon.

Ik had sterkte plus tweeënhalf moeten nemen, dacht hij terwijl hij zijn ogen samenkneep. Zoeken naar gepensioneerde psychiaters was niet zo'n heel eenvoudige zaak. Mijn hemel, van mensen die proefschriften schreven waren er haast dertien in een dozijn, en natuurlijk hadden enkele van hen in de jaren tachtig in Nordvang rondgelopen, maar als ze niet al dood waren, hadden ze daarentegen een geheim of een niet meer bestaand nummer.

Ik maak Rose niet wakker om haar te vragen mij te helpen, maar misschien Gordon, dacht hij en toetste het provisorische nummer in.

Hij wachtte tot hij de voicemail kreeg, belde opnieuw en kreeg nog steeds geen antwoord.

Zomaar je wachtdienst verlaten en daarna stevig doorslapen? Dat klonk niet als Gordon.

Carl zuchtte en kneep zijn ogen weer samen. Maar weinig artsen die in die periode in Nordvang hadden gewerkt waren er langere tijd blijven hangen. Maar zo was het waarschijnlijk ook met artsen. Ze ontwikkelden zich, veranderden van interessegebied, kregen een betere financiële positie en veranderden dan opnieuw van baan. Niet echt een werkelijkheid die aan de zijne deed denken.

Toen surfte Carl op de volgende trap in de hiërarchie en vond na een halfuur een zekere Karen Jochumsen, die heel wat jaren als afdelingsverpleegster in psychiatrisch ziekenhuis Nordvang had gewerkt en godzijdank ook in de betreffende periode. Na een paar jaar beschikbaarheidsdienst was ze nu met pensioen en het klonk alsof het haar niets uitmaakte midden in haar dagelijkse beslommeringen te worden onderbroken.

'Lisbeth Park!' Aan de telefoon klonk het alsof ze even extra diep adem moest halen. 'Als er één patiënt is die ik me duidelijk herinner, dan is zij het wel, maar je moet begrijpen dat ik net als artsen een zwijgplicht heb en mij alleen met haar toestemming over haar ziekte en behandeling kan uitlaten.'

Carl dacht na. Van alle utopieën ter wereld was toestemming van Sisle wel een van de onwaarschijnlijkste.

'Dat begrijp ik uiteraard. Maar misschien kun je me doorverwijzen naar een van haar artsen. Het gaat om een politiekwestie, dus zou ik daar niet wat hulp kunnen krijgen?'

'Eh, ik moet zeggen dat ik nu toch wel heel nieuwsgierig begin te worden. Als je inzage in het dossier krijgt, moet je mij zeker weer even bellen.'

'Jij bent benieuwd wat er van haar is geworden?'

'Ik weet best wat er van haar is geworden. Ik heb haar in de loop der jaren een paar keer op tv gezien en het is indrukwekkend wat ze heeft opgebouwd. Maar zij was ook héél apart.'

Misschien werd het woordje 'héél' benadrukt met een nuance van ernst die er deels voor zorgde dat haar stem veranderde, deels een verwachting uitsprak dat ze zou worden uitgedaagd om uit te leggen wat ze daarmee bedoelde.

'Heb jij bange vermoedens over haar gehad, Karen?'

Een vrij lange pauze vertelde dat ze bijna in de val liep.

'Ik mag immers niks zeggen over haar tijd in Nordvang, maar als ik eerlijk ben, was er eigenlijk niemand bij ons op de afdeling die haar helemaal begreep. Ze had heel veel meegemaakt, dat weten we, ze had meer schade opgelopen door de bliksem dan men eerst dacht, maar nogmaals, daar moet je anderen maar iets over laten zeggen.'

Carl gaf het op, ze was te professioneel om in zijn richting gemanipuleerd te kunnen worden.

'Kun je mij misschien de naam geven van een arts, zodat we dat met dossierinzage van daaraf kunnen doen?'

'Ik heb meerdere namen, maar ik heb met slechts één van hen contact en hij is waarschijnlijk ook wel de belangrijkste, als ik erover nadenk. Thorleif Petersen heet hij en hij was controlerend hoofdgeneesheer op de afdeling. De laatste jaren van zijn carrière had hij een privépraktijk en van tijd tot tijd gaf hij les in forensische psychiatrie op de universiteit.'

Carl kreeg een adres, en omdat dit dicht in de buurt van het woonhuis van Maurits van Bierbek in Gammel Holte was, besloot hij in te zetten op rechtstreeks contact.

Je had arts moeten worden, dacht hij bij zichzelf toen hij zijn woning in Rønneholtparken vergeleek met de drievleugelige, witgekalkte boerderij vlak naast de paardenkampen en de kale weilanden zag.

'Mijn man is bij de ijslanders. Het derde pad aan de rechterkant tussen de paardenweides. Je moet een beetje hard praten, hij is in de loop van de jaren wat hardhorend geworden,' verklaarde zijn geheel witharige vrouw, die zich eenvoudig in een maatje 36 zou kunnen persen. Zo zag Carls moeder er niet uit, wat een heel gemakkelijk te begrijpen aanwijzing was voor het verschil tussen voeding in Vendsyssel en die in Noord-Seeland.

Carl keek naar zijn schoenen, terwijl hij door de modder stapte. Zo'n regen van een dag of wat was genereuzer tegenover de grond dan tegenover je schoenen, moest hij toegeven toen de modder over de rand van zijn schoenen kwam en hij er onmiddellijk aan werd herinnerd hoe verrekte koud een land als Denemarken kon zijn.

'Hallo,' riep hij op gepaste afstand, toen hij het hoofd van een man zag boven de ruggen van een groep paarden die op de loer stonden om wat lekkers te bemachtigen.

Een man met zulke dikke wenkbrauwen dat je niet naar iets anders kon kijken kwam achter de groep paarden vandaan en stond wijdbeens en met ongelooflijk lange laarzen naar hem te kijken alsof Carl een van de gestoorde paria's was over wie hij lesgaf.

Carl stelde zich met steeds luidere stemvoering een paar keer voor, liet hem zijn ID-kaart zien en kreeg een kalme glimlach terug. De man had ongetwijfeld een uitstekende, jarenlange relatie met zulke ID-kaarten.

Carl legde uit hoe hij was doorverwezen en kreeg nogmaals een glimlach toegeworpen, die op een warme samenwerking met Karen Jochumsen duidde.

Die glimlach verdween echter snel, toen Carl Lisbeth Park noemde.

'Wat is er met haar?' vroeg hij plotseling vijandig. Hij draaide zich weer om naar de paarden, bukte zich naar de hoeven van een van hen en trok het ene achterbeen omhoog.

'Hij heeft helaas klauwbevangenheid, voor zover ik het kan zien. Weet je wat dat is?'

Carl knikte. Dat wist toch iedereen die op het platteland was opgegroeid. 'Dat spijt me te horen. Hij ziet er anders kerngezond uit.'

De man ging rechtop staan en aaide het paard op muil en neusgaten. 'Ja, het was een goed paard, maar de dierenarts zal hem morgen wel afmaken. Dat wordt een verdrietige dag.' Hij aaide hem over de borst en trok hem weg bij de andere naar de andere kant van het pad en een andere paardenweide.

'Hoe zit het met de andere, zijn die ook bevangen?'

'Ik hoop het niet, maar als dat zo is, is het mijn schuld.'

'Het voer of de weilanden?' vroeg Carl.

De arts fronste zijn wenkbrauwen en er verscheen een greintje respect in zijn ogen.

'Ik ben op het platteland opgegroeid,' was Carl hem voor.

'Kan ik je binnen iets te drinken aanbieden? Het is een beetje koud vandaag.' Hij keek naar Carls vieze schoenen en glimlachte.

'Ik mag natuurlijk niets zeggen over de patiënt en de behandeling, tenzij het levens van anderen in gevaar brengt dat ik informatie over haar achterhoud.'

Carl snoof aan de whisky die Thorleif Petersen had ingeschonken. Dit gesprek zou wel wat opleveren. Vervolgens legde hij uitvoerig uit wat afdeling Q had opgeduikeld en wat de onmiddellijke situatie voor de ontvoerde Maurits van Bierbek was.

Thorleif Petersens professionele artsenmasker vervaagde.

'Poeh, ik krijg er koude rillingen van,' zei hij. 'Ik moet toegeven dat zij het ergste geval is dat ik ooit heb meegemaakt. Wat is het toch vreselijk dat we die vrouw niet hebben weten te neutraliseren voor we haar lieten gaan.'

'Neutraliseren?' Carl had geen zin om te boren in wat hij bedoelde. 'Vertel me over de vrouw. Waarom is ze zo geworden, denkt u? Wat zijn haar zwakheden? We hebben nog maar goed en wel twee dagen om een nieuwe moord te verijdelen.'

'Wat zei je?' Hij hield zijn hand achter zijn ene oor.

'We hebben nog maar goed en wel twee dagen om te voorkomen dat ze nog een moord pleegt.'

'Kunnen we een rechter haar niet laten tegenhouden?'

'Alles over haar berust op vermoedens en een heleboel veronderstellingen. Ik weet zeker dat we gelijk hebben, maar het is niet genoeg om haar te laten arresteren.'

'Je vraagt wie ze is. Ik kan je vertellen dat ze werd overgebracht uit Glostrup Amtssygehus, en daarvoor was ze opgenomen geweest op de afdeling Neurologie in Rigshospitalet. Op die laatstgenoemde plek probeerde men de schade aan haar zenuwstelsel en hersenen na de blikseminslag in kaart te brengen en daar was niet zoveel te vinden. Men kon meten dat bepaalde gebieden van het weefsel dat het minste weerstand biedt was getroffen, maar meteen na een dergelijk ongeval is het vaak zo dat neurologische en neuropsychologische gevolgen pas een hele tijd na het ongeluk optreden. Of haar cognitieve en emotionele karaktertrekken om die reden zijn veranderd weten we daarom niet, maar zij was echt heel anders dan bijna iedereen. Toen ze vervolgens naar Glostrup Amtssygehus werd overgebracht voor behandeling van haar brandwonden ontdekte men dat ze een dode foetus in zich droeg.'

Carls hersenen probeerden alle stukjes die de man hem gaf in de grote puzzel te passen.

'Ze kan vooraf ook al gestoord zijn geweest, denk ik,' opperde Carl en de arts knikte.

'Ik kan je vertellen dat ze het met de verwijdering van de foetus behoorlijk lange tijd heel zwaar heeft gehad. Ze had het over de straf van God, die haar en het kind trof, omdat ze zich had ingelaten met de duivel, die haar had bezwangerd. Dat hij haar met een andere vrouw uit de studiegroep had bedrogen en dat ze had gewenst dat hij en een aantal studenten met wie ze studeerde een gewelddadige dood zouden sterven. De bliksemschicht werd het antwoord, zei ze steeds opnieuw. Langzaam maar zeker maakte ze de klootzak die haar had bedrogen tot hoofdschuldige van de dood van het kind.'

'Had ze dat kind dan graag willen hebben?'

'Ze wist helemaal niet dat ze zwanger was. Maar de schade was nog groter, want haar baarmoeder was zo ontstoken en beschadigd dat ze die niet konden redden. Ze werd onvruchtbaar en in die toestand ontvingen wij haar. Ongelooflijk boos en wraakzuchtig. Ze sprak continu over het kwaad, God en wraak. Ik werd erbij gehaald, omdat mijn collega's van afdeling psychiatrie ernaar neigden te denken dat ze een gevaar voor haar omgeving was. Ze was ook nogal hard tegen bepaalde medepatiënten en een van hen beging naar verluidt door haar zelfmoord. Dus in zekere zin hadden ze gelijk.'

'Ze had op dat moment waarschijnlijk niet in de traditionele betekenis enige vorm van criminele handelingen gepleegd?'

De arts zuchtte en schonk hun nog een glas whisky in. Hij sloeg het drankje in één keer achterover en zocht naar het antwoord, terwijl hij op zijn lippen zoog.

'Lisbeth Park was niet gedwongen opgenomen en er was ook niemand die daarom had verzocht, dus ze had haar eigen, vrije wil. Ik interpreteerde het feit dat ze ongeveer anderhalf jaar vrijwillig bij ons was zodanig dat ze de wil had om gezond te worden en graag normaal wilde kunnen functioneren, persoonlijk maar ook in de maatschappij.'

'Dus ze heeft zichzelf ontslagen?'

Hij knikte. 'Hoeveel mensen heeft ze vermoord?'

'Met voorbedachten rade?'

Hij knikte.

'Ten minste drieëntwintig, mogelijkerwijs meer. Daarnaast zijn er een paar omgekomen als gevolg van haar handelingen.'

Thorleif Petersen begroef zijn gezicht in zijn handen. 'Het is verschrikkelijk, het is gewoon verschrikkelijk. We hadden haar moeten tegenhouden. We hadden het moeten zien. Maar hoe?'

'Sisle Park is waarschijnlijk een andere persoon dan de Lisbeth Park die jullie kenden. Ze heeft duidelijk kanten van zichzelf ontwikkeld die alleen functioneren bij zeer specifieke rituelen. Anders was deze Maurits van Bierbek vast al dood. Dat de moorden alleen kunnen plaatsvinden op de geboortedagen van grote misdadigers en dat er altijd zout is verbonden aan een moord, is een vrij duidelijke verwijzing naar de straf van God bij Sodom en Gomorra. Heel dat pseudoreligieuze aspect en de moordmethodes, allemaal heel ritueel. Is het voorstelbaar dat ze ook lijdt aan OCD? Ik bedoel, alles wat ze heeft gedaan lijkt toch op dwanggedachten en dwanghandelingen.'

De arts ging rechtop zitten, zijn gezicht was lijkbleek. 'Dat werd meerdere keren ter sprake gebracht bij de besprekingen, ook of ze schizofrene trekjes had, maar telkens wist ze ons vertrouwen te winnen, dus in plaats daarvan focusten wij op wat ze had meegemaakt, met het ongeluk en het kind dat stierf, en dientengevolge wat de depressies in haar geval konden aanrichten. Maar nu jij het zegt, ben ik er zeker van dat ze aan OCD leed en nog steeds lijdt. Met wat jij hebt verteld, zie ik haar nu als schizofreen en met een zwaar OCD-syndroom en een ongelooflijke hoeveelheid andere aandoeningen. Ze is gewoon hartstikke gestoord en dat is anders een uitspraak die je niet vaak uit mijn mond hoort. Maar dit alles, en de dwanggedachten die de vrije loop krijgen en door een verbeten oorlog tegen slechte moraal en ethiek worden gerechtvaardigd, creëert blijkbaar een voedingsbodem voor een dodelijke cocktail.'

Carl knikte. 'Met de informatie die u nu over haar hebt gekregen, wat denkt u dat haar grootste zwakte is?'

Thorleif Petersen zat lang voor zich uit te staren. Nam nog een glaasje en leek helemaal leeg.

'Denkt u dat ze medicijnen neemt voor haar aandoeningen?' vroeg Carl.

Zijn blik ontsnapte uit de trancetoestand. Nog steeds vol onrust en triestheid, maar wel aanwezig. 'Met alles wat jij mij vertelt, ben ik er bijna zeker van dat ze helemaal niets neemt. Niets wijst erop dat de omvang en de gewelddadigheid van haar handelingen ook maar het minst worden gedempt. Natuurlijk kan ze zichzelf een beetje hebben getemperd, er zitten ondanks alles twee jaar tussen de moorden in, maar beslist niet als een moord aanstaande is. En dat is nu dus het geval, begrijp ik.'

Hij leunde naar Carl toe. 'Jij noemde het jongetje dat ze ongewild om het leven bracht. Dat gekoppeld aan de bloemen en het geld dat ze klaarblijkelijk aan de moeder heeft gestuurd, en niet in de laatste plaats dat ze zelf een kind heeft verloren en er nooit meer een kan krijgen, dat is haar achilleshiel, geloof mij. Als je haar hard wilt raken, gebruik dat dan tegen haar.'

Carl knikte.

Toen ging zijn mobieltje. Hij herkende het nummer niet, maar iets zei hem dat hij dat zou moeten.

'Hallo, Carl Mørck hier,' zei hij.

'Gordon is gisternacht helemaal niet thuisgekomen.' Het was Rose en ze klonk alsof ze in paniek begon te raken. 'Hij is tijdens zijn dienst verdwenen, Carl. Assad vertelde bovendien dat Sisle Park vanmiddag vol gas bij haar huis is weggereden. Zij heeft hem te pakken, Carl, ik weet het zeker.'

55

Donderdag 24/12/2020

GORDON

Het lichaam van Gordon werd stukje bij beetje wakker. Eerst met een bonkende pijn in zijn achterhoofd, daarna met het gevoel dat zijn enkels en polsen keihard werden vastgeklemd en dat zijn voeten en handen sliepen. Vervolgens voelde hij de misselijkheid en zijn maag, die schreeuwde om vocht en een betere houding om in te zitten.

Hij opende zijn ogen wetende dat zijn situatie hopeloos was, maar toch was Gordon niet bang, hij was boos. Boos over zijn onvoorzichtigheid en over op deze manier te zijn overrompeld. Hij had er meteen vandoor moeten gaan, toen hij vernam dat er iemand van achteren aankwam. Hij had soepele benen en kon makkelijk de honderd meter in veertien seconden lopen. Dus waarom had hij dat niet gedaan?

Nu keek hij omhoog. Langs kale wanden en naar een tafel achter in de ruimte en een lift er vlak naast. Het was een vrij brede lift, voor zover hij het zag. Een goederenlift wellicht. Hij tilde zijn hoofd op en zag een paar rails aan het plafond die bijna tot de achterwand liepen. Het leek een ruimte die voor een bepaalde vorm van industrie was gebruikt. Wanneer het plafond zo hoog was, was het voor te stellen dat het een opslaghal was geweest of had moeten worden. Hij zag duidelijk de imaginaire vorkheftruck rondrijden tussen vier, vijf meter hoge stalen stellingen en hoe deze pallets ophaalde en die naar de lift bracht.

Hij rukte aan de strips die zijn voeten vasthielden aan de stoelpoten en die zijn handen achter zijn rug aan de stoelleuning bonden, maar het deed pijn, zo strak als ze zaten.

Toen hoorde hij een geluid dat van achteren kwam. Als een zucht of als een reeks ongearticuleerde, heel zwakke klinkers. Hij probeerde zich om te draaien, maar zijn rug was zo stijf als een plank.

'Is hier iemand?' vroeg hij en er klonk opnieuw een zucht.

'Au, verdomme,' jammerde hij, toen hij de mobiliteit van zijn ruggengraat uitprobeerde. Voor elke graad die hij naar rechts draaide, leek er een mes in zijn rug te worden gestoken. Wat was er gebeurd?

Hij draaide naar voren en naar achteren, en telkens met een grotere ruk naar rechts.

'Ik hoor dat je achter me staat, ben jij dat, Sisle Park?'

Maar er kwam geen antwoord. Vervolgens wist hij zich eindelijk zo ver te draaien dat hij een lichaam zag dat voorover was gevallen op een stoel, die net als de zijne aan de vloer was bevestigd. Het zag er merkwaardig uit, maar op een of andere manier werd de stumper in zijn houding vastgehouden door een paar kettingen die haast uit zijn rug naar het plafond toe leken te kruipen.

'Maurits van Bierbek?' vroeg hij en hij was niet helemaal zeker van zijn zaak. Het was zeker een man, want zijn baardgroei kon je niet ontgaan. Ook de urineplekken voor in de loszittende onderbroek met gulp niet. Niets aan deze man met het harnas aan straalde voorspoed en kracht van enigerlei soort uit, zoals je van een Maurits van Bierbek kon verwachten. Hij leek een ontbeende concentratiekampgevangene, mager en uitgeput, met een bleke, uitgedroogde huid en plakkerig haar dat in vette plukken tegen zijn slapen viel. Zijn lippen waren gebarsten, zijn benen net als zijn armen verkleurd, zijn borstkas bijna onbeweeglijk. De secondewijzer van zijn zelfopwindende Rolex-horloge was stil komen te staan. Dan moest hij al heel lang zo stil hebben gezeten. Maar hij leefde nog.

Een paar uur later pieste Gordon in zijn broek. Lange tijd verkeerde hij op het niveau waarop je kon volstaan met het gillen van de drang om toe te geven, maar wat had dat voor zin als niemand hem kon horen?

Sinds de middelbare school had hij er een kunst van gemaakt het langer vol te houden dan alle anderen en als hij dan uiteindelijk het water liet lopen, kon hij daarentegen tot grote bewondering en groot plezier van zijn vrienden wel een paar minuten staan plassen voor hij helemaal leeg was gelopen.

Ik moet hier al een hele tijd hebben gezeten, als het zo gaat, dacht hij, terwijl hij de plas met urine op de vloer naar de achterwand zag bewegen.

Hij was vlak voor de nachtdienst van de drieëntwintigste neergeslagen. Onder normale omstandigheden kon hij het ten minste een etmaal volhouden, dus dat betekende dat hij meer dan vierentwintig uur bewusteloos was geweest en hier nu hulpeloos op kerstdag zat. Tenzij ze iets in hem hadden gespoten wat de autonome processen stopzette, moest dat wel zo zijn. Wat een afgrijselijke, ongelukkige kerstavond.

Hij draaide zich om naar Maurits van Bierbek, die zich de laatste uren niet had bewogen. Volgens de inschatting van afdeling Q had hij nog slechts twee dagen te leven en dat was verschrikkelijk, maar hoe zat het met hemzelf? Was het de bedoeling dat hij het lot van Maurits van Bierbek zou delen?

Toen Gordon zich realiseerde dat dit een denkbare afloop was, begon hij te huilen. Het voelde gênant en het kwam onverwacht en plots, maar hij wist waarom. Natuurlijk was hij bang om dood te gaan, maar het feit dat het nu zou gebeuren, terwijl hij met het onbarmhartige eindresultaat zat dat hij in dit leven waar het de liefde betrof alleen maar in de steek was gelaten, was onwaarschijnlijk hard en triest. Dat hij nooit tegen een vrouw had kunnen zeggen dat zij voor honderd procent de zijne was en dezelfde liefdesverklaring had teruggekregen. Dat ze elkaar voor het leven zouden kiezen, zonder bedreigingen of ontrouw.

Gordon was heel vaak verliefd geweest. Op afstand en zonder ernaar te handelen en nu, nu hij tweeëndertig was, lag de tijd waarin het eenvoudiger was om een vriendin te vinden al achter hem. Als hij naar zichzelf keek in de spiegel, begreep hij dat best. Hoe vaak had hij niet in solaria gelegen en achteraf geconstateerd dat hij helemaal niet bruin werd? Hoe vaak had hij niet voor dezelfde spiegel staan zweten met gewichten in zijn handen en moeten toegeven dat opgezwollen bicepsen en tricepsen zich gewoon niet ontwikkelden. Gordon Taylor zag er goed uit, zei iemand, maar niet aantrekkelijk op een manier die passie en verliefdheid tot over je oren bij iemand losmaakte.

En nu zou hij het misschien helemaal nooit meemaken.

'Maurits!' riep hij zo hard hij kon. Hij wilde op deze afgrijselijke plek niet alleen zijn. Maurits moest wakker worden en hem een beetje helpen. Maar Maurits bewoog zich amper.

Toen klonk er een laag gebrom van de lift bij de achtermuur, en als je geconcentreerd luisterde, hoorde je telkens de klik wanneer een relais van de scheiding tussen de etages worden werd geactiveerd.

Gordon telde en kwam tot vijf, toen hij eindelijk op hun etage stopte. Betekende dit dat er vijf verdiepingen onder de grond waren, of dat de lift van een van de bovenste etages was gekomen? Zou hij die dan niet hebben gehoord toen hij omhoogging?

Vijf verdiepingen onder de grond en nu ging de liftdeur open.

Hij herkende onmiddellijk de slanke vrouw, Sisle Park, en achter haar verscheen een reusachtige man. Hij was minstens twintig centimeter groter dan zij, en zij was niet klein. Zijn gezicht was scheef en zijn ogen zaten op verschillende hoogte. Duidelijk een geboortetrauma, dacht hij. Was hij degene die hem in het donker had neergeslagen? Hoe dichter hij in de buurt van Gordon kwam, hoe zekerder hij ervan was. Het wás hem.

'Goh, je bent wakker, Gordon Taylor, dat is een fijne verrassing,' zei Sisle Park, terwijl ze behendig om de plas urine heen stapte.

Ze ging vlak bij hem staan en glimlachte scheef, toen ze de donkere plek in zijn kruis zag.

'Ja, daar wen je wel aan,' was haar commentaar. 'Heb je je vriend hier al begroet? Was hij niet blij je te zien? Werd jij niet blij om eindelijk te weten waar hij was gebleven, nu jullie zo intensief naar hem hebben gezocht? Daarom hebben we je stoel aan de vloer bevestigd, zodat je hem kunt zien als je een beetje je best doet.'

Gordon kneep zijn ogen samen, terwijl hij overwoog haar te bespugen, maar hij bedacht zich toen hij de reus van opzij dichterbij zag komen.

'Jij gaat me toch niet weer slaan, hè?' vroeg hij. 'Je slaat *fucking not* geen weerloze persoon. Dat zou jíj toch ook nooit doen, hè, Sisle Park?'

Ze reageerde niet op zijn sarcasme. 'Sinds het moment dat we je hier gistermiddag naartoe hebben gebracht, hebben we gecheckt wie je was. Ik begrijp dat je bijna tien jaar bij afdeling Q in dienst bent en ik denk dat je Carl Mørck waar voor zijn geld hebt gegeven, gezien het feit dat je daar nog steeds werkt. Een rechtenstudie met mooie cijfers en toch heb je er daarna voor gekozen om rechercheur bij de politie te worden. Een enigszins ongebruikelijke promotie als je het mij vraagt, maar het vertelt me dat je je werk zeer toegewijd bent, iets waarvoor ik groot respect heb. Om dezelfde reden heb ik bedacht dat je het genoegen moet smaken de zaak van Maurits van Bierbek tot het allerlaatste moment te volgen.'

Wellicht verwachtte ze een reactie van Gordon, maar die heks zou niet zien hoe hij over haar en haar zieke ideeën dacht.

'Wij brengen hem overmorgen om twaalf uur 's middags om het leven en als hij dood is, nemen we hem mee en laten we jou hier zitten in de hoop dat je collega's van afdeling Q je weten te vinden. Ik denk niet dat dat heel waarschijnlijk is, maar we zullen zien. Die kans moet je wel krijgen.'

Toen knikte ze naar de grote man, die bij de achterwand een statief haalde en er een plastic zakje aan hing.

'Geef hem maar alles wat hij aankan, Adam,' zei ze hoogmoedig. De reus heette dus Adam. Waarschijnlijk dezelfde die ze mee had om haar te helpen Pia Laugesen te verdrinken. Geen twijfel dat Assad het bij het juiste eind had gehad, want deze man zou met gemak die sterke vrouw in het zwembad onder water kunnen hebben gehouden, net zo lang als nodig was.

Ze staken de naald in de pols van de man en na een poosje begon hij dieper adem te halen, waarop ze hem op zijn wang sloegen en hem verzochten wakker te worden.

Dat deed hij vervolgens, toen Adam doorging en hem steeds hardere klappen gaf.

56

De dag voor kerst, donderdag 24/12/2020 en kerstochtend, vrijdag 25/12/2020

CARL

De dag voor kerst was voor afdeling Q in het provisorische kantoor op het adres van Maurits van Bierbek geen dag vol blijdschap.

Ze waren al een tijdje elk contact met Gordon kwijtgeraakt, dus de horrorscenario's dienden zich aan. Rose was geschokt en maakte zichzelf voortdurend verwijten. Waarom had ze niet meteen alarm geslagen, toen Gordon niet klaarstond om gisternacht te worden afgelost? Waarschijnlijk hadden ze op basis daarvan een huiszoekingsbevel voor de woning van Sisle Park kunnen krijgen, en misschien hadden ze haar dan tegelijkertijd kunnen arresteren en neutraliseren. Misschien hadden ze dan zelfs uit haar weten te krijgen waar ze Maurits van Bierbek gevangenhield. Ze zouden van wie dan ook hulp hebben kunnen krijgen, omdat het ging om de ontvoering van een politieman tijdens de uitvoering van zijn werk.

Carl voelde hoe Rose naar hem keek met een blik dat hij een groot deel van de verantwoordelijkheid moest dragen. Maar als hij alarm had geslagen, zou dat onmiskenbaar een hele hoop consequenties hebben gehad voor hen allemaal, en dat zou Gordon niet hebben geholpen, integendeel. Carl zou zelf worden gearresteerd, en de anderen zouden waarschijnlijk ernstige reprimandes hebben ontvangen die hun zelfs hun baan hadden kunnen kosten.

Het was echt een vreselijk dilemma.

'Ik breek in in haar huis,' zei Assad. 'Nú doe ik het gewoon.'

'Ik geloof dat dat Gordon op dit moment niet zou helpen op het moment dat Sisle Park erachter komt. Als je daarbinnen niet het precieze adres vindt waar Van Bierbek is of wat er met Gordon is gebeurd, heeft het niet veel zin, denk je wel?'

Assad keek naar de grond. Hij had zijn kruit verschoten, dat was overduidelijk. Dat hadden ze allemaal.

'Hebben jullie al kerstgroeten naar jullie familie gestuurd?' vroeg Carl en hij kreeg twee voorzichtige glimlachen terug. Zelf had hij geen contact gehad met Mona sinds hij ondergronds was gegaan, want dat had ze hem ongeveer zelf verboden. Maar het gemis was er.

'Ik heb naar de ouders van Gordon gebeld,' kwam het van Rose. 'Gordon spreekt altijd veel met hen in de tijd voor kerst, dus het verbaasde hun dat hij niet van zich had laten horen. Ze zijn van die types die in staat zouden zijn om de politie te alarmeren en ik dacht dat we daarover zelf een beetje controle moesten hebben. Dus ik heb gezegd dat hij op dit moment verkikkerd is op een vrouw en dat ze niet ongerust hoefden te zijn dat hij nog niet had gebeld om hun een fijne kerst te wensen, zoals hij anders altijd doet.' Ze zuchtte diep. 'Zo'n nieuwtje had zijn moeder niet verwacht, dus ze werd er haast gelukkig van, dat was echt gênant. Ik schaam me ervoor, maar wat moet je doen?'

In de kamer beneden werd hard geschreeuwd. Geen twijfel dat de twee dochters van Maurits van Bierbek met hun frustraties worstelden. De jongste huilde, en oudere zus Laura schold haar moeder uit. Wat verwachtte je ook? Het was kerstavond zonder alles wat die speciaal maakte, zonder cadeaus, zonder familie en zonder hun vader, en iemand moest de schuld krijgen.

'Kom met nieuwe ideeën,' zei Carl. 'We moeten naar nieuwe mogelijkheden kijken. Jij hebt naar een Debora gezocht, Assad, wat is daaruit gekomen?'

'Daar komen we waarschijnlijk niet veel verder mee, Carl.'

'Mijn hersenen zijn helemaal leeg. Gordon is niet in staat om op wat voor manier dan ook van zich te laten horen, anders had hij dat toch allang gedaan, daar zit ik de hele tijd aan te denken,' zei Rose stilletjes. 'Denken jullie dat ze hem al kan hebben vermoord?'

Wanneer hadden ze Rose voor het laatst met vochtige ogen gezien? Carl kon het zich niet herinneren.

'Nee, dat denk ik niet. Dat zou helemaal niet iets voor Sisle Park zijn, Rose. Ze brengt geen toevallige mensen om het leven, zij heeft een plan.

Met de vele hele en halve diagnoses die je op haar kunt plakken, kunnen we er vrij zeker van zijn dat ze niet van dat plan afwijkt. We hebben immers ook geen zout in de buurt van Gordons auto gevonden, of wel?'

Ze probeerde er opgelucht uit te zien, maar dat was ze niet. 'Er lag ook geen zout bij de oprit van Van Bierbek, toen hij werd ontvoerd. En bij de twee voorgaande moorden werd het zout pas in de lichamen en de graven gevonden.' Ze hield haar hand voor haar mond en ademde zwaar in haar handpalm. Begon ze in paniek te raken?

Hij had dat zout niet moeten noemen, dat was irrelevant, Rose had gelijk. 'Maar luister eens, het zou me verbazen als Sisle Park niet op een of andere manier een tipje van de sluier oplicht over Gordons situatie. Ze is overmoedig en arrogant en als wij vermoeden dat zij degene is die hem gevangen heeft genomen, dan zal ze...'

'Het ís haar,' interrumpeerde Rose.

'Als we daarvan uitgaan, hoop ik dat ze ons een hint geeft over wat er is gebeurd.'

'Hoe kan ze dat doen als onze eigen mobieltjes uitstaan? Ze weet ook niet waar we zijn, Carl, dus je moet er niet op rekenen dat er een expresbrief wordt bezorgd, denk je wel?' Assad keek hem met grote kamelenogen aan. Hij had helaas gelijk.

Carl stak een arm naar achteren en zocht naar zijn jas, die hij over de rug van de bank had gegooid. 'Ik doe het snel,' zei hij en hij viste zijn mobieltje uit zijn jaszak.

'Zet je hem aan? Ben je gek geworden?' Rose schudde haar hoofd. 'Wij bevinden ons in een gebied met enorm veel zendmasten. Je hebt hoogstens een minuut of anderhalf, voor ze het adres hebben kunnen peilen, Carl. Want je kunt er zeker van zijn dat ze klaarzitten. De narcoticabrigade heeft een heleboel hulpmiddelen als het om ernstige zaken gaat. Als je iets wilt zien, gebruik dan een van de computers van Van Bierbek.'

'Ik wil alleen maar kijken of er sms'jes of mails van haar zijn. Dat duurt maar even.'

Hij zette zijn mobieltje aan en telde de seconden, terwijl Rose en Assad hem probeerden uit te leggen dat de mensen bij de politie ongetwijfeld zijn mails konden volgen en zagen waar ze terechtkwamen.

'Je moet er ook op rekenen dat ze jou mails met opsporingstools toesturen, dus, please, doe het niet,' zei Rose, maar het hielp niet. Carl moest gewoon weten wat er was.

Het kostte dertig kostbare seconden om het mobieltje aan te krijgen. Toen drukte hij ondanks de heftige protesten van Rose eerst op zijn mailprogramma, en er kwam een bijna oneindige stroom mailtjes binnen. Mails van Marcus Jacobsen, mails van de Snuffelhond en zijn team, mails van zijn ouders, die hem een fijne kerst wensten, en van minstens tien andere, net zo hartelijke familieleden. Een enkele mail van Hardy, een van Morten. Verder een heleboel mails van mensen die graag tien miljoen kroon wilden verdienen en die volgens hen zelf die unieke, enige tip hadden die zou kunnen vertellen waar Maurits van Bierbek gevangen werd gehouden.

Carl begon te zweten.

'Je moet nu stoppen, Carl. Nú!' riep Rose, maar Carl stopte niet.

'Ik moet even al mijn berichten openen, dat duurt maar een paar seconden.'

Maar dat klopte evenmin. Veel te veel mensen wilden iets van hem. Veel te veel aan kerst gerelateerde groeten. Gek genoeg leken meerdere heel bezorgd over hem. Hij raakte er bijna ontroerd van.

'Stop, Carl!' Assad stak een behaarde vuist naar hem uit en greep het mobieltje. Even de knop kort indrukken en toen stond hij uit.

'Het heeft bijna drie minuten geduurd, Carl, ben je niet goed snik? Mensen van jullie generatie zijn gewoon zo onnozel bij wat alles wat met internet te maken heeft. Waarom moest je al je mails downloaden, we hadden ze op die computer daar kunnen zien,' foeterde Rose. 'Waar moeten wij nu slapen vannacht? Want je kunt er donder op zeggen dat ze al hebben opgespoord waar jij en niet in de laatste plaats waar wij ons bevinden.'

Carl ging zonder een woord te zeggen staan en nam de trap naar de woonkamer, die een halve etage lager lag en waar Victoria voorbereidingen voor de kerst trof. Ondertussen rende de arme Roxan zich het vuur uit de sloffen om kerstversiering op te hangen, zonder dat dit in de gigantische woonkamer bijzonder veel uithaalde. Een nepkerstboom met elektrische lichtjes stond al op een enorm Perzisch tapijt te pronken. Als de situatie een andere was geweest, had je in de verleiding kunnen worden gebracht er met de anderen een dansje omheen te maken.

'Neem me niet kwalijk, Victoria. We hebben een probleem. Wij denken dat er over een paar minuten een hele hoop politieauto's zullen arriveren die naar ons op zoek zijn. Maar, Victoria, we hebben het nare vermoeden dat de politie bij de ontvoering van je man is betrokken, dus wat kunnen we doen zodat ze ons niet vinden?'

Ze leek op zijn zachtst gezegd geschokt en trok haar blouse meerdere keren recht, voor ze iets wist uit te brengen. 'De politie?!!' riep ze vervolgens uit, terwijl er kennelijk een heleboel fragmenten uit slechte Amerikaanse films in haar hoofd werden afgespeeld. Corrupte politie was echt het gevaarlijkste wat er bestond. Ze kon het bijna niet geloven.

Had hij het er te dik bovenop gelegd?

'Je hoeft niet bang te zijn, ze moeten jou niet hebben,' probeerde hij het te sussen.

'Ja, maar waarom zou de politie Maurits dit aandoen? Ik begrijp het niet.'

'Daar moet je nu niet over nadenken, ik leg het later wel uit. Heb jij een plek waar ze ons gegarandeerd niet vinden? We moeten ervan uitgaan dat ze honden bij zich hebben.'

Haar ogen werden groot. Hoe moest zij mensen met honden voor de gek houden?

Opnieuw schoot Laura hen te hulp. Het was duidelijk dat ze had geluisterd en Carls uitleg niet bijzonder aannemelijk vond, maar ze glimlachte sluw en dit was het gaafste wat er op zo'n door en door mislukte kerstavond kon gebeuren.

'Er staat een ATV Hunter achter onder het afdak. Mijn vader gebruikt die om mee door de weilanden te crossen. Die kunnen de honden in elk geval niet opsporen. We zeggen gewoon dat jullie hier maar even zijn geweest om een paar dingen te vragen.'

De commando's die Carl gaf waren glashelder. In vier minuten tijd had het team al hun spullen verzameld en waren ze op weg de deur uit. Toen ze in de achtertuin stonden, lieten de blauwe zwaailichten de boomtoppen aan de andere kant van het huis al in het licht dansen.

'Dit wordt geen kerstavond die ik me graag zal herinneren,' zei Carl, toen hij het monster van een motor op vier wielen startte, met Rose en Assad achterop, zo goed en zo kwaad als dat ging met alle spullen.

'Maar je zult hem ook nooit vergeten, Carl,' probeerde Assad hem te troosten.

Toen ze na een paar minuten rijden een ongestoorde plek in een houtwal een flink eind tussen de groene paden hadden gevonden, nam Carl de simkaart uit zijn Samsung en liet de anderen meekijken, toen hij door zijn sms'jes begon te scrollen.

'Ik denk dat je die sms'jes moet vergeten, Carl,' zei Rose. 'Het is waarschijnlijker dat ze een mail zou sturen, omdat het de eenvoudigste zaak van de wereld is om een mailadres te krijgen dat bijna niet op te sporen is.'

Carl zuchtte. De hoeveelheid ongeopende mails liep in de honderden. 'Kan ik ze überhaupt lezen als de simkaart eruit is?'

Rose knikte. Ze kende de instellingen van het mobieltje.

Carl keek naar de hoeveelheid mails en zuchtte. Want verreweg de meeste hadden geen onderwerp of nog erger, want dan stond er alleen de titel in het onderwerpveld die de allereerste keer was getypt, zodat je geen idee had waar het over ging. Rete-irritant. Heel veel mensen typten nooit iets in het onderwerpveld in en de mensen die Carl alleen maar wilden uitschelden al helemaal niet, en dat waren helaas de meeste.

'Lees die mails toch niet steeds, Carl. Daarin word je gegarandeerd bijna bij voorbaat veroordeeld,' zei Assad een halfuur later terwijl hij wees naar de vage blauwe zwaailichten die een eind verderop weer aan de zwarte hemel opstegen en vervolgens verdwenen.

Carl knikte. Als dit hier een trieste kerstavond in Nergenshuizen was, durfde hij er bijna niet aan te denken hoe oud en nieuw zou worden als hij zich had gemeld.

'Ho!' Rose pakte de pols van Carl beet en liet hem stoppen met scrollen. 'Die daar, open die eens, Carl,' zei ze wijzend.

Hij keek naar het onderwerp: *Antwoord op uw verzoek*, stond er.

Carl klikte erop en een pagina met twee foto's werd geopend.

Het voelde alsof de zwarte, koude winter op dat moment permanent zijn intrek in hen nam. De witte nevel uit de mond van Assad stopte. Rose' greep om Carls pols werd strakker, en Carl trok zelf het mobieltje heel dicht naar zich toe, zodat hij begreep waar datgene wat hij zag precies om ging.

De tekst was eenvoudig:

BLIJF WEG ALS JULLIE JE COLLEGA LEVEND EN WEL TERUG WILLEN ZIEN!

Hun blikken fixeerden zich op de twee foto's die de tekst begeleidden.

'O god, nee,' riep Rose uit.

De eerste foto was genomen achter de twee mannen, die ieder op hun eigen metalen stoel zaten. De kwaliteit was goed, dus het was heel duidelijk dat de een Gordon was en dat zijn handen met strips aan de stalen spijlen waren vastgebonden, en net zo duidelijk was het dat de andere persoon, die voorover op zijn stoel zat, een harnas aanhad dat met kettingen aan de zolder was bevestigd.

Op de andere foto zag je de twee personen van voren. Gordons ogen waren op de camera gericht, met een onbekende blik vol haat en trots. Zijn ogen waren moe en rooddooraderd, maar wat er achter ze schuilging was niet iets wat je graag op je losgelaten wilde zien worden.

'Hij heeft het godzijdank niet opgegeven,' klonk het opgelucht uit de mond van Rose.

Maar Carl zag het niet helemaal zo. Ongeacht hoe onverzettelijk Gordon was, hij was niet degene die bepaalde hoe dit hier zou aflopen. Als Carl en de anderen het verzoek van Sisle Park om uit de buurt te blijven opvolgden, zou Maurits van Bierbek over minder dan 48 uur zeker dood zijn. Als Gordon daarvan getuige zou zijn, waarom zou ze hem dan levend en wel loslaten?

Carl wist zeker dat Sisle Park niet van plan was zich door hen te laten tegenhouden en hij was er net zo zeker van dat Maurits van Bierbek niet de laatste zou zijn die ze vermoordde.

Carl keek geconcentreerd naar de afbeeldingen. Konden deze foto's hen op wat voor manier dan ook helpen? Hij betwijfelde het, omdat Sisle Park er niet zelf op stond. Daarmee waren de belastende bewijzen dat zij degene was die erachter zat ook hier niet aanwezig. Dus zelfs al wisten ze van haar plannen, en zelfs als ze Gordon van het aardoppervlak liet verdwijnen, kon slechts één ding haar tegenhouden met haar krankzinnige plan door te gaan en dat was haar dood. Zo zat zij in elkaar, daarvan was Carl overtuigd.

'Er zijn geen details te zien op dit kleine, oude, ellendige mobiele beeldscherm, Carl. We moeten terug naar het huis van Van Bierbek en ze zoveel uitvergroten als we kunnen.'

'Dus je denkt echt dat er iets op de foto's staat wat ons kan helpen te identificeren waar ze zijn, Rose? Maar zo dom is Sisle Park gewoon niet.'

Ze wachtten een flink deel van de nacht, voor ze weer op de terreinmotor klommen en in een kalm tempo en met een overeenkomstig geluidsniveau terugreden.

De lichtjes in de kerstboom waren nog steeds aan, zagen ze door het raam aan de tuinkant, en er lag een stapel cadeaus op de vloer, wat het enige was wat ervan getuigde dat er ondanks alles toch een beetje feeststemming was geweest.

'Ik hoorde jullie,' fluisterde Laura vanuit een van de ramen op de eerste verdieping. 'Jullie kunnen gerust binnenkomen, de politie is allang weg.'

Ze rende hun tegemoet en begon ongevraagd te vertellen wat er was gebeurd toen de politie er was.

'Mijn moeder huilde continu en zei dat jullie hier tegen haar wil waren geweest en dat jullie op mijn vaders ATV-motor waren verdwenen. Ze was goed trouwens, dus ik was vet onder de indruk. Ze loog en huilde en als ik niet beter wist, had ik haar geloofd.' Ze grijnsde. 'Nu geloof ik haar in elk geval als ze zegt dat ze actrice is.'

'Wat heeft de politie toen gedaan?'

'Ze hebben het hele huis ondersteboven gehaald en ook dingen gevonden, onder andere de haarverf in de badkamer. Dus ze weten misschien dat je je haar hebt geverfd, maar ik heb gezegd dat je het er alweer uit gewassen had.'

Carl knikte. Als dat had gekund, had hij dat ter plekke gedaan.

'De honden hadden jullie steeds in de neus, maar dat verdween vijftig meter van het afdak, waar de ATV had gestaan. Dat klopte zo goed met mijn moeders verklaring dat ze haar geloofden en ze zeiden tegen haar dat ze het onmiddellijk moest doorgeven als jullie nog een keer langskwamen.'

'Zou ze dat doen, denk je?'

'Niet nadat jij haar hebt verteld dat de politie iets met papa's ontvoering te maken had. Vlak voor ze naar bed ging, zei ze dat ze als ze hen hier weer zag, ze hen zou aftuigen.'

Laura lachte zo hard dat ze tranen in haar ogen kreeg. Dat tafereel zou ze vast koste wat het kost willen zien.

'Wat zeiden ze over mij?' vroeg Carl.

'Ze zeiden dat je gevaarlijk was, en een drugssmokkelaar en dat je medeschuldig was aan dat er mensen in Denemarken en in het buitenland waren vermoord. Dat je opgepakt moest worden, voor je nog veel meer kwaad kon aanrichten.'

Carl zuchtte zwaar. Op wat voor bewijzen baseerden ze al deze onzin?

De grote schermen toonden vele details die niet op Carls mobieltje te zien waren.

De ruimte waarin Van Bierbek en Gordon zaten, leek nieuw. De stalen rails aan het plafond glansden, de muren waren identiek wit. De betonnen vloer vertoonde geen krassen of kenmerken, net zomin als de achtermuur die had. De lift had glanzende, dubbele stalen deuren.

'Misschien is het nieuwbouw?' opperde Rose.

'Ja, of gewoon een gebouw dat niet in gebruik is. Wat denken jullie dat de bedoeling van die rails aan het plafond is geweest?'

'Dat is moeilijk te zeggen, maar ik denk niet dat de ruimte die oorspronkelijk had.' Rose wees naar de kettingen die van de rails naar beneden hingen. 'Dat is haar duivelse uitvinding, zie je dat niet? Haar slachtoffers kunnen zich bewegen, maar niet zo vrij als ze willen. Kijk eens naar die bout aan de rail, die belet haar gevangenen om meer dan een paar stappen te zetten. Misschien is het een rail die met een afstandsbediening pakjes en spullen in de ruimte heen en weer kan brengen,' stelde ze voor.

'Nee, dat denk ik niet, want dan zouden er veel meer van moeten zijn,' concludeerde Assad.

Lange tijd zochten ze elk stukje van beide foto's af, en alles was duidelijk. De hangende onderlip van Van Bierbek, de donkere aderen die vlak onder de huid van zijn handen lagen, zijn vermagerde lichaam en de schouders die onmacht en overgave uitdrukten. De stoel waarop hij zat, was van hetzelfde type als die waarop Gordon zat. Een industriële staalconstructie die wat dan ook kon hebben.

'Waar worden zulke stoelen gebruikt?' vroeg Carl. 'In een machinewerkplaats?'

'Kijk eens naar de stoelpoten, daar is een kleine plaat aan vast gelast, zodat hij aan de vloer bevestigd kan worden. Aan de roest te zien lijkt het alsof ze dat altijd al zijn geweest.'

'Waar heb je solide stoelen nodig die aan de vloer vastzitten?'

'In een machinewerkplaats zoals die van Oleg Dudek, denk ik zo,' zei Assad.

'Ik bel naar zijn voorman en vraag of hij ze herkent,' zei Assad.

Terwijl Carl en Rose doorgingen met het analyseren van de foto waarop je de gevangengenomen mannen van achteren zag, verdween Assad in de verste hoek van het kantoor om te bellen.

'Wat zien we nog meer, Rose?' vroeg Carl.

'Het is een goederenlift. Nu vergroot ik de foto in dat gebied.' Ze wees naar de dubbele stalen deuren en het logo, dat slecht te zien was.

Carl kneep zijn ogen samen. Hij had wat dan ook over om op dit moment een supersterke leesbril te hebben. 'Hij is niet heel nieuw, of wel?'

Rose ging naar de foto waarop je Gordon en Maurits van Bierbek van voren zag en vergrootte de foto zoveel mogelijk zonder de details te laten verdwijnen.

'Pak de muis en ga dan langs de vloer, over de achtermuur en daarna terug langs het plafond, Rose,' zei Carl.

Dat deed ze. Afgezien van de kringen rond de stoel van Van Bierbek die lieten zien dat hij een aantal keren had geplast, viel er niets te ontdekken.

'Je ziet dat zijn urine steeds geconcentreerder is geworden,' zei Carl. 'Je kunt er zeker van zijn dat hij onvoorstelbaar uitgedroogd is. Misschien zelfs zo erg dat hij bezig is eraan dood te gaan. Ik denk nu dat Sisle hem precies in leven houdt tot de dag waarop de executie moet plaatsvinden, maar het gaat absoluut niet goed met hem.'

Daarna gingen ze verder langs de achtermuur, die helemaal geen kenmerken liet zien. Geen stopcontacten, geen oude spijkers of schroeven die de leeftijd van de ruimte konden aangeven, geen meubels of versieringen.

'Dan is het plafond aan de beurt. Zie hoe de rails niet helemaal tot de achterwand lopen, dus misschien heb je gelijk wanneer je zegt dat ze zijn aangebracht met slechts dat ene doel: om de gevangenen vast te houden. Van goederentransport is waarschijnlijk nooit sprake geweest.'

'Als de twee voorgaande moorden uit 2016 en 2018, die op Franco Svendsen en Birger von Brandstrup, hier hebben plaatsgevonden in tegenstelling tot de eerdere, dan is dit misschien een plek die Sisle Park in 2016 in bezit heeft gekregen of niet zo heel lang daarvoor. Bobo Madsen, die in 2014 bij een paardrijdongeluk werd onthoofd, is ergens anders gestorven, net als alle anderen vóór hem,' zei Carl.

'Dus jij denkt dat Sisle Park ergens tussen de dood van Bobo Madsen en Birger von Brandstrup de beschikking over deze ruimte heeft gekregen?'

'Ja, ergens tussen 2014 en 2016.' Ze wachtte even en keek hem met grote ernst aan. 'Dat kan nog wel eens heel moeilijk te achterhalen zijn als we geen hulp krijgen van Marcus Jacobsen en company. Het is kerstochtend, Carl. We hebben op dit moment misschien nog maar vierentwintig uur over.'

Carl knikte. Het móest mogelijk zijn. 'Probeer nog eens terug te gaan langs de rail aan het plafond, Rose.'

Ze zaten zonder te knipperen, terwijl de glanzende stalen rails voorbijgleden. Ze waren met roestvrij beslag aan het plafond bevestigd, dat aan beide kanten uitstak en met zware houtdraadbouten aan het plafond was geschroefd.

'Er zitten kogellagers in de rails, volgens mij,' zei Carl. 'Dus de sleden waar de kettingen in vastzitten, kunnen heel licht glijden.'

'Denk je dat Van Bierbek dan in de ruimte heeft kunnen rondlopen, totdat hij er te zwak voor was geworden?'

'Ik weet het niet. Maar met die bout midden in die ene rail heeft het wel zijn beperkingen gehad.' Carl schudde zijn hoofd. De vrouw was niet alleen hartstikke gestoord, ze was ook een sadist pur sang, dat werd steeds duidelijker.

Rose gleed een paar centimeter bij de bout vandaan. Toen verstijfde ze. 'Ho, er zitten deuken in de ene rail, zie je dat? Wat denk je dat dat is?'

Carl wist het niet. 'Het is alsof er iets in de rail is gestoken. Misschien om te zorgen dat de slede eruit kon vallen.'

Ze keek opzij en knikte. 'Natuurlijk. Van Bierbek heeft geprobeerd de ene ketting uit de rail te krijgen.'

'Maar hoe dan? Is hij soms een slangenmens?'

'Carl, kijk eens!' Ze gleed voorover, zodat haar neus het beeldscherm bijna aanraakte. 'Hier, naast de butsen is het handelsmerk van de rails erin gestanst.'

'Helaas, ik kan het niet zien, Rose.'

'Het is ook heel onduidelijk. Maar ik denk dat er STEELWARE als tweede woord staat.'

Ze vergrootte nog meer en verkleinde de foto weer toen dat niet hielp.

'MEX zijn de eerste letters die in de rail gedrukt zijn. Staat er MEXITA? Dat klinkt als een slecht nummer uit de jaren tachtig.'

Carl googelde de naam. Het kostte slechts vijf seconden, voor de rillingen langs zijn rug liepen. Hij wees naar de website.

Rose zat muisstil. 'Denk je dat dit ons kan helpen, Carl?'

'Misschien,' zei hij onzeker.

'Hebben jullie iets gevonden?' vroeg Assad van achteren. 'Ik namelijk wel. Ik heb de voorman van Dudek wakker gemaakt, en hij had een behoorlijke houtkop, kan ik je zeggen.'

'Een houten kop, Assad,' verbeterde Rose.

Hij fronste zijn voorhoofd. 'Nou, dan dat! Hij was nogal in de war. Maar toen stuurde ik hem een close-up van de stoel waar Van Bierbek op zit, van achteren, en hij kon meteen zeggen dat die precies zo was als de stoelen die voor sommige machines bij Oleg Dudek met bouten aan de vloer waren bevestigd. Hij zei dat alle inventaris en gereedschap op een veiling waren verkocht, toen Dudek overleed en de fabriek failliet ging.'

Rose en Carl sperden hun ogen wagenwijd open.

Want hoewel Sisle Park niet persoonlijk op deze twee foto's voorkwam, werd het tafereel met deze informatie direct gekoppeld aan een ander misdrijf van deze seriemoordenaar.

Dat kon Marcus Jacobsen toch met geen mogelijkheid negeren.

57

Donderdag 24/12/2020 en vrijdag, eerste kerstdag 25/12/2020

GORDON

Sislc Park en haar hard slaande helper waren de avond ervoor gebleven tot Maurits van Bierbek weer wat normaler begon tc ademen. Ze wensten hun een fijne kerstavond en verzekerden hun dat ze de dag erna zouden terugkeren. Nu gingen ze naar het huis van Adam, zoals de reus heette, om kerstavond te vieren en daar zou Sisle blijven tot alles achter de rug was.

'Je collega's van afdeling Q zullen zich waarschijnlijk vervelen, maar ze kunnen het in elk geval volgen wanneer ik in de verschillende kamers van mijn huis de lichten aan en uit doe met deze afstandsbediening.' Ze hield haar mobieltje omhoog en drukte op een van de toetsen. 'Zo,' zei ze. 'Nu is het licht op de eerste verdieping aan. Zouden ze zich niet afvragen wie er in het huis rondloopt? En zouden ze zich niet ook afvragen waar jij bent gebleven? Zullen we ze niet een kleine hint geven?'

Gordon gaf geen antwoord, maar keek haar haatdragend aan, toen ze op een afstandje ging staan en een foto van hen nam, eerst van voren en daarna van achteren.

Ze speelt met vuur, dacht hij. Wellicht had ze geen idee hoe ongelooflijk je een foto kon vergroten die met zo'n nieuwe mobiele telefoon was genomen. Ze vinden vast wel iets wat hen vooruit kon helpen, dacht hij.

Zo optimistisch was hij evenwel niet, toen Sisle Park en de man de volgende ochtend terugkeerden. In de loop van de nacht had hij zijn darmen moeten legen, en de laatste paar uur was het vreselijk gaan branden. Van Bierbek had eerder die ochtend een paar keer gegromd, maar er was geen sprake geweest van enige communicatie.

De twee bewakers begroetten Gordon afstandelijk en glipten om hem en de stank heen om het infuus weer in zijn celgenoot te steken. Geen twijfel mogelijk dat er nu meer suiker en zout in het infuuszakje zat, want nog geen minuut later begon hij lichtjes te hoesten en probeerde hij rechtop te gaan zitten.

Gordon draaide zich om naar Van Bierbek en zag dat hij al wat meer kleur op de wangen had gekregen. Hij knipperde achter zijn oogleden en zijn ademhaling werd hijgerig. Een paar keer steunde hij klagend iets wat kon klinken als 'o nee, o nee', terwijl hij tegelijkertijd zijn evenwicht probeerde te hervinden.

Hij opende langzaam zijn ogen en knipperde tegen het licht van het plafond. 'O nee,' riep hij nu heel duidelijk, alsof zijn hopeloze situatie nog een keer tot hem doordrong.

Toen ving zijn blik Gordon, die voor hem heen en weer zat te schuiven in een poging hem recht in de ogen te kijken. In eerste instantie leek de man niet te reageren, misschien begreep hij niet wat hij zag, maar toen gleed zijn blik omlaag naar de handen van Gordon, die aan de stoelleuning waren vastgebonden. Er gleed een schaduw over zijn gezicht, een pijnscheut trok door de pezen in zijn hals. Er kwamen geen tranen in zijn ogen, maar des te pijnlijker was het om te zien. De situatie was voor de persoon die voor hem zat niet beter geworden, realiseerde Gordon zich. Integendeel, het leek alsof de vragen zich voor hem opstapelden.

Wat was er gebeurd? Wat zou er nu gebeuren? betekende zijn blik.

Hij staarde ongerust naar het infuuszakje dat aan het statief naast hem hing. Misschien verwachtte hij dat het gif elk moment zijn aderen zou binnendringen. Dat dit hier het ultieme moment was.

Of wist hij wel dat hij pas de volgende dag zou sterven?

Hij probeerde zijn verdriet en zijn gehap naar adem te controleren, dat was duidelijk. Blijkbaar was hij niet iemand die zijn angst en onmacht wilde tonen. Het volgende moment keek hij niet meer naar Gordon en concentreerde hij zich op de twee personen die langs de tafel bij de achterwand heen en weer liepen. Gordon volgde zijn blik en probeerde te analyseren waar ze mee bezig waren. Er werden een paar glazen flessen neergezet en gepositioneerd alsof het ging om een tentoonstelling die ze wilden presenteren. Toen knipten ze twee plastic zakjes open en haalden er een paar grote injectiespuiten uit.

Twee spuiten!

Nu begon Gordon te zweten. De executies van Sisle Parks twee voorgaande slachtoffers hadden plaatsgevonden door een injectie met kaliumchloride, dus was dat waar ze nu voorbereidingen voor troffen? Kon dit sadistische, volstrekt gevoelloze mens soms zo duivels en geraffineerd sadistisch zijn dat ze Gordon eerst zou doden, zodat Maurits van Bierbek kon zien wat er met hem zou gebeuren? Wat deden ze nu? Was dat een kartonnen doos waar ze gevulde plastic zakken uit haalden?

Toen pakte de man een schaar en begon ze open te knippen. Eén voor één leegde hij de inhoud in een grote plastic schaal en toen hij klaar was, deed hij er liters heldere vloeistof bij, misschien was het water, en begon de schaal te schudden, terwijl Sisle Park een grote trechter op het tafelblad legde.

O, mijn god, dacht hij. Ze zijn bezig een zoutoplossing te maken. Was het zo'n primitieve methode waarmee ze de lichamen van Franco Svendsen en Birger von Brandstrup hadden geprepareerd? De trechter in de mond en dan maar doorschenken tot het vermagerde lichaam niet meer aankon?

Nu voelde Gordon niet langer het helse branden van zijn endeldarm en achterste, maar wel dat hij weer in zijn broek pieste.

'Och jeetje,' zei de man, toen hij even later langs hem liep om het infuus van Van Bierbek te controleren.

Gordon schoof weer heen en weer op zijn stoel, maar de strips om zijn polsen sneden alleen maar dieper in het vlees, dus het had geen enkele zin.

Krijg ik dan dezelfde sporen op mijn polsen als bij Palle Rasmussen, terwijl hij aan zijn stuur vastgebonden zat en langzaam het bewustzijn verloor? dacht hij.

Er liepen koude rillingen langs zijn rug. Stel je voor dat hij in een situatie zou komen waarin hij zich met die klootzak kon identificeren.

'Je krijgt nog een shot meer, Maurits,' zei de man achter hem. 'We moeten je het liefst in zo goede vorm zien te krijgen, zodat je je laatste boodschap bij volle bewustzijn kunt ontvangen, of niet?'

'Dat zal niet gebeuren, Maurits,' hoorde Gordon zichzelf hardop zeggen.

Vanaf de andere kant hoorde hij dat Sisle Park begon te lachen.

'We zullen zien, Gordon Taylor, we zullen zien!' riep ze. 'Je moet bedenken dat Maurits van Bierbek een grote vangst is die je niet zomaar uit je handen laat glijden. Dit is een man die het heel erg verdient om van deze wereld te verdwijnen.'

'Het zou beter zijn als jij van deze wereld verdween!' flapte hij eruit.

Ze kwam dichterbij. 'O, vind jij dat? Maar ik weet dat je tegen beter weten in praat, of niet?! De man achter je is een immorele, zelfzuchtige, egoïstische, hebberige smeerlap die andere mensen met dezelfde lage standaarden aansteekt. Hij maakt mensen dom, maakt het kleine beetje hersenen dat ze nog hadden dood. Over Maurits van Bierbek valt niets positiefs te zeggen. Hij mishandelt de mensheid en dat zal stoppen, dus daar hoef je niet verdrietig over te zijn. Je weet ongetwijfeld wanneer het zal gebeuren, dus dat kun jij dat monster mooi vertellen als we zijn vertrokken.'

Even haalde Gordon opgelucht adem. Dus ze wilden geen voorbeeld stellen en hem nu vermoorden. Maar toen verdween zijn zorgeloosheid net zo snel als ze was ontstaan.

Maar wat dan morgen om twaalf uur?

'Dus, Maurits,' klonk het van achteren. 'Nu ben je klaar. Over een halfuur zul je je een stuk beter voelen. Ik heb je een flinke opkikker gegeven en dat zal er hopelijk voor zorgen dat je hart wat krachtiger en sneller pompt. Daarnaast heb je vocht en mineralen gekregen, zodat je bloedsomloop iets te doen krijgt, begrijp je dat?'

'Mag ik mijn kinderen spreken?' klonk het heel zwakjes.

Zei een monster zoiets? Gordon wist heel goed wat voor een vulgair, laag mens er achter hem zat. Maar was dat het enige waar hij voor stond? Of was het de huidige situatie die hem milder stemde?

'Wat bedoel je daarmee, Maurits?' antwoordde Sisle Park. 'Zullen we ze hierheen halen? Of wil je dat we een Skype-verbinding opzetten? Zit je denken om via WhatsApp of misschien Zoom contact met hen te maken? Ja, waar zit je precies aan te denken? Dat we ze gewoon opbellen?'

'Ja,' kreunde hij. 'Alleen dat, alsjeblieft.'

Ze lachte. 'Dat zal niet gebeuren, Maurits. Je zult dit leven verlaten zonder intimiteit en troost, en je zult verdwijnen naar een plek waar niet eens de collega's van je nieuwe roommate je zullen kunnen vinden, dat garandeer ik je.'

'Dat je in de hel mag verbranden,' klonk het hees.

'Dat denk ik niet. Ik heb mijn contact met God helemaal op orde. God is niet onfeilbaar, dus daarom creëert Hij af en toe misbaksels als jij, maar dan maakt Hij het weer goed en geeft Hij het zwaard der wrake aan iemand die weet hoe je personen als jij moet opsporen. Nee, de hel is gereserveerd voor jou en mensen net als jij.'

Gordon begon te lachen. 'Doe je oren dicht, Maurits! Ze is gestoord. Lijkt zij soms een door God uitgezondene? Kijk naar haar. Kijk naar haar ogen, die al van veraf krankzinnigheid uitstralen.'

Ze was in een mum van tijd bij hem. Sloeg hem in zijn gezicht en bespuugde hem. 'Jij weet niets over mij, Gordon Taylor,' schreeuwde ze. 'He-le-maal níets, begrepen?'

'Ik begrijp je beter dan je zou willen. Je bent de seriemoordenaar die om het jaar een moord pleegt op de geboortedag van de ergste misdadigers van de mensheid. Jij denkt dat je Gods wrekende engel bent, de bewaker van de moraal die net als in het verhaal van Sodom en Gomorra uit de Bijbel zijn dodelijke macht en rechtvaardige daden met zout markeert.'

Ze gebruikte haar nagels, toen ze nogmaals sloeg. Gordon schoot opzij en voelde het warme bloed stilletjes tevoorschijn sijpelen en over zijn wang vloeien.

Hij dempte zijn stem en ging weer rechtop zitten. 'Verder ben je de vrouw die schuldig is aan de dood van een klein kind, toen je je zieke kruistocht begon. De autowerkplaats van Ove Wilder, *remember*! En je hebt de dood veroorzaakt van de moeder van het jongetje, door het volstrekt ondraaglijke verdriet waarmee je haar de rest van haar ellendige leven hebt opgezadeld.'

'Hou je kop!' schreeuwde ze en ze sloeg hem opnieuw, dit keer met gebalde vuist.

Gordon moest even op adem komen en keek vervolgens naar haar volstrekt krankzinnige gelaatsuitdrukking en dacht intuïtief dat hij nu maar beter kon gehoorzamen, maar hij kon het niet. Hij moest het mes nog een extra keer in haar hart ronddraaien.

'Misschien was het Gods grootste fout dat jij niet ook bij die explosie omkwam, maar zo was het waarschijnlijk ook met de duivel, de gevallen engel. Die kon Hij ook niet elimineren. Zoals je hoort, Sisle, weet ik dingen over jou die belangrijk zijn. Mijn advies aan jou is dat je de consequenties van je zondeval aanvaardt en deze nachtmerrie nu laat ophouden. Geef je aan en neem die afgestompte, naieve lakei van je mee in je val. Pas dan wordt de wereld beter en ik ben er zeker van dat God dat ook zo zal voelen!'

Hij had het al eerder meegemaakt, deze volstrekt ongenadige klap in zijn nek door de man achter hem, maar deze keer raakte hij niet buiten bewustzijn. Hij deed slechts alsof.

58

Eerste kerstdag, vrijdag 25/12/2020

CARL

'Het maakt me helemaal geen bal uit dat het eerste kerstdag is, je spreekt met de politie en je rijdt gewoon als de wiedeweerga naar de fabriek, begrepen?'

Carl was helemaal over zijn toeren, want zo'n trage, naar een draai om zijn oren solliciterende mafkees had hij nog niet eerder gehoord. Een van die mannen van midden veertig die altijd op zijn rechten stond. Zo iemand die consequent weigerde voor de actuele omstandigheden te wijken.

'Ik ben in mijn vakantiehuisje,' antwoordde hij koel. 'Het is vijftig kilometer naar Aabenraa, waar de fabriek is, en ik ben er niet eens zeker van dat wij die rails hebben bevestigd. Het bedrijf is Duits, weet je, en...'

'Als je niet meteen van je stoel komt en naar Aabenraa racet om antwoord te vinden op mijn vraag, beloof ik je hierbij dat je zult worden aangeklaagd voor het belemmeren van een onderzoek, maar ook voor medeplichtigheid aan iemands dood. Ik kan een paar politieagenten naar je toe sturen om je erheen te escorteren, als het dat is wat je wilt, maar je kan er verdomme nog aan toe van uitgaan dat we je dan voor hun tijd zullen laten betalen, begrepen?'

'Jawel, maar...' Hij wilde opnieuw protesteren, maar Carl hield voet bij stuk.

'Als je die egotrip van je nu niet staakt, bel ik de eigenaren van

Mexita Steelware en stel ik hun voor dat ze razendsnel op zoek gaan naar een nieuwe algemeen directeur, als ze de komende paar dagen niet een bijzonder slechte pers willen krijgen.'

Dat was het moment waarop de man 'goed dan' zei en in het vertrek aankondigde dat hij naar zijn werk moest. Er klonken hevige protesten op de achtergrond. Dan was zijn echtgenote waarschijnlijk uit hetzelfde niet-solidaire hout gesneden als haar man.

'Heb je hem op pad kunnen sturen?' vroeg Rose vanuit de afdeling van Assad en haarzelf.

Hij knikte en liep naar hen toe.

'Hij had helaas geen idee of ze de opdracht voor de metalen rails voor de ruimte waarin Gordon en Van Bierbek zitten überhaupt konden terugvinden. Maar het zou wel een beetje helpen als we het qua tijdstip een beetje kunnen benaderen. Wat een onnozele knurft, zeg.'

Hij schudde het van zich af en wendde zich tot Assad.

'Wat heb jij nog? Heb je een beter overzicht gekregen van Sisle Parks gebouwen en verhuurobjecten?'

'Gebouwen, ja. Die lijst heb ik laatst immers al gemaakt, dus die heb ik hier.'

Hij gaf hem de lijst en Carl keek die vlug door. Het waren er nogal wat.

'Het probleem zijn de koopovereenkomsten onder voorbehoud, want daar zijn de deals niet altijd verwezenlijkt. Kijk bijvoorbeeld eens hier.'

Assad gaf hem een vel papier dat ging over de koopoptie van Park Optimizing voor een stuk grond dat nog niet in gereedheid was gebracht.

'"In gereedheid" staat er, wat wordt daarmee bedoeld?' vroeg Rose. 'Betekent het dat er al iets op het perceel staat dat eerst moet worden gesloopt, dat valt er niet uit op te maken.'

'Ja, daar moet je nog even mee verdergaan, Assad. Zoek naar oude bewakingsfoto's of zo, zodat je de plekken kunt zien. Of Street View, Google Earth, wat dan ook. Dit kun je toch slecht een overdrachtsdocument noemen, is het niet eerder een soort handdruk? Heb je enig idee hoeveel van deze dingen er zijn?'

'Zo'n vijfentwintig, we weten het niet precies. Dat wordt een flinke klus, zoals de mannetjeskameel zei, toen hij een kudde vrouwtjeskamelen vond.'

'Bedankt voor de vergelijking, ik zie het duidelijk voor me. Waar denk je dat ze al die percelen voor nodig had?'

Assad haalde zijn schouders op. 'Wie zal het zeggen? Misschien zijn het gewoon investeringen. De winst van Park Optimizing is elk jaar vele miljoenen, dus in plaats van negatieve rente te betalen aan de bank of risico te lopen met aandelen en obligaties, heeft ze dit wellicht beschouwd als betere investeringen. Grond is immers altijd goed om in te investeren.'

Carl zuchtte. 'Mijn hemel. Dus het kan ook zijn dat ze plekken heeft die ze alleen huurt?'

Ze knikten allebei.

Carl begreep het niet. 'Als dit allemaal waar is, waarom heeft ze dan in hemelsnaam de lichamen van haar laatste slachtoffers op een openbaar stuk grond begraven? Ze had toch een van haar eigen percelen kunnen gebruiken?'

'Het zou een ongewenste focus op haar persoon hebben opgeleverd als er op haar eigen terrein een lichaam zou worden gevonden, denk je niet?' antwoordde Rose.

'Maar dat kan toch ook met de plek waar ze Maurits van Bierbek en Gordon gevangenhoudt? Hoe kunnen we die dan in hemelsnaam achterhalen en ook nog in zo'n korte tijd?'

'Dat is waar, Carl, maar wij denken dat het om een groot gebouw gaat,' zei Rose. 'Met zo'n grote goederenlift wijst het er toch op dat het is bedoeld voor veel spullen en pallets, en dat er meerdere verdiepingen boven of onder moeten zijn.'

'Heeft ze dan gebouwen van deze omvang?'

'Behalve het hoofdkantoor niet, maar ze hebben weinig van dit soort goederentransport. Het is dan wel een kelderafdeling, maar we zien geen deuren of plekken om te laden of te lossen die groot genoeg zijn voor pallets of een vorkheftruck. Maar om het nog ingewikkelder te maken blijkt het uit de inschrijving bij de Kamer van Koophandel dat ze ook een ander bedrijf heeft, Iversen Optimizing, dat is genoemd naar de meisjesnaam van haar moeder.'

'Heeft dat bedrijf ook gebouwen in bezit?'

'Nee, het is een holdingmaatschappij met meerdere eigenaren,' antwoordde Assad. 'Daarom heb ik er laatst niet naar gekeken. Maar nu komt het interessante, want deze holding is een firma die ISAK heet, en de mede-eigenaren heten Adam en Kirsten D. Holme. Eerst dacht ik er niet zo bij na, maar toen checkte Rose het eigenaarschap wat aandachtiger en ontdekte dat de man vroeger een bedrijf had waar hij en zijn echtgenote nog steeds een klein aandeel in hebben. Het interessante was dat als je in www.proff.dk op de functies van de vrouw zocht, dat uit een ervan bleek dat de D van haar tussennaam van Debora was.'

Carl viel stil.

'Ja, zo hebben we eindelijk Sisle Park kunnen koppelen aan Tabitha, Ragnhild en al dat andere dat uit de geheime club van Debora voortkomt,' zei Assad. 'Verder hebben we een adres, en dat is niet ver bij de woning van Sisle Park vandaan.'

Carl balde zijn vuist. *Yes*, nu waren ze een stuk verder gekomen.

'Enig bezit van vastgoed in de firma ISAK hebben we niet gevonden,' ging Rose verder. 'Maar dit bedrijf heeft ook een paar dochterondernemingen.'

Carl slikte een paar keer. 'Zullen we eens naar die Debora toe gaan?' zei hij.

'Dat lijkt ons een goed idee, maar er zijn nog een paar andere dingen die we moeten ophelderen,' zei Assad met een ernstige blik. 'Wat gebeurt er als we ons blootgeven en op het adres van het echtpaar komen binnenvallen? Brengen we de levens van Gordon en Maurits dan niet veel te veel in gevaar?'

Rose begon heftig te knikken. 'Maurits wordt morgen omgebracht als we niet reageren, dat weten we, en dat kan ook best tien seconden na middernacht zijn. Maar zou Sisle Park op enigerlei wijze het risico willen lopen dat we het gebouw voor die tijd zullen bereiken? Ik denk het niet. Dus als we te veel blootgeven van onze kennis over haar medeschuldigen en hen zover krijgen te vertellen waar die twee arme zielen op hun stalen stoelen zitten te wachten, dan zal Sisle Park er geheid voor zorgen dat Gordon en Maurits daar weg worden gehaald en niet per se levend en wel. Dus ongeacht wat, als we dichterbij komen, moeten we ongelooflijk goed oppassen, Assad. We kunnen niet anders.'

59

Eerste kerstdag, vrijdag 25/12/2020

ADAM/SISLE

De laatste dagen voor de terechtstelling van Maurits zou de tijd van vreugde en verwachting moeten zijn, net als de vorige vele keren, vlak voordat een moord werd uitgevoerd. Telkens had Sisle zich gelukkig gevoeld en was ze extatisch geweest over de complexiteit en haar consequente uitvoeringen en over hoe soepel alles was verlopen, hoewel niet alle moorden even eenvoudig te bedenken en uit te voeren waren geweest.

Maar zo voelde Sisle Park het deze keer niet. Gordon Taylor had woede in haar weten te zaaien en die nam alle plek in, dat was duidelijk.

Gisteren hadden ze anders een heel normale kerstavond gehad. Ze hadden een eenvoudige maaltijd genoten, hun overleden zoon Isak met een stil gebed geëerd en elkaar de hand gegeven, omdat alles binnenkort voorbij zou zijn, en ten slotte dankten ze God innig dat Hij hen tot het eind toe had bijgestaan. Het was zo mooi geweest.

Maar de ontmoeting met Gordon Taylor en zijn verbale overval op haar eerder op de dag had zich in haar vastgebeten, dat voelde Adam. Haar bewegingen waren stijf en staccato geworden en haar antwoorden waren ongeconcentreerd. Zulke schaamteloze woorden had ze niet meer gehoord sinds het moment vlak voor de bliksem haar had getroffen, zei ze telkens weer.

'Je hebt hem toch gehoord, Adam,' ging ze verder, terwijl ze heen en weer liep voor de bank in de woonkamer waarop het echtpaar in het schijnsel van hun open haard zat te luisteren. 'Al zijn duivelse woorden en zijn smalende gezicht.'

'Het is een beproeving waar God je aan blootstelt,' zei Adam. 'Gordon Taylor probeert je bang te maken door je te laten geloven dat je wordt aangevallen, maar wat had hij behalve die provocatie? Niets, helemaal niets! Wat kan er nou helemaal gebeuren? Niemand weet immers waar Maurits en deze Gordon zijn. Hij probeerde tevergeefs jou aan het twijfelen te brengen. Het was het werk van de duivel.'

'Weet je nou wel helemaal zeker dat niemand het in de gaten heeft, Adam?' onderbrak Debora hem. 'Het team van Carl Mørck komt toch dichterbij en weet dat Sisle achter de moorden kan zitten. Bovendien heeft Gordon Taylor jou gezien en weet hij hoe je heet. Het kan gevaarlijk worden voor we er erg in hebben.'

Hij knikte.

'Denk eraan dat niet alleen Sisle nu in gevaar is, dat zijn wij ook, Adam. Hoe denk je dat wij ons zullen redden als wij beiden in de gevangenis belanden? Bij elkaar vandaan zonder dat we elkaar kunnen zien en dat jarenlang. Zeg dat toch tegen haar, Adam!'

Hij wist niet wat hij moest zeggen. Hij haatte het om tussen die twee ingeklemd te zitten.

Debora schudde haar hoofd over zijn zwijgzaamheid en richtte zich tot Sisle. 'Weet je diep vanbinnen niet dat het is afgelopen, Sisle? Want dan is het ook wel logisch dat je boos bent op jezelf dat we er niet op tijd mee zijn gestopt. Is dat niet waar het om gaat?'

Adams blik volgde Sisle Park, terwijl ze zich langzaam naar Debora omdraaide. De woede was als van haar gezicht gewist. De geprononceerde lijnen waren gladgestreken, haar glimlach was fris en vriendelijk. Ze schudde lichtjes met haar hoofd, terwijl ze poeslief glimlachte.

'Je hebt vast gelijk, Debora, dat heb je vaak. Ik vind het fijn dat je zo vasthoudend kunt zijn, het is voor ons af en toe goed geweest om de dingen helder te krijgen. Kijk eens waar jouw vasthoudendheid en eigenzinnigheid ons heeft gebracht.' Ze maakte een armgebaar en omarmde als het waren de woonkamer en de omliggende vertrekken. 'De ideale school voor mijn rekruten, gewoon hier. Wat zou ik toch hebben gedaan zonder hen en zonder jou?'

Ze deed een stap dichterbij en streelde Debora over haar wang. Het was duidelijk dat Debora de liefkozing vol onbehagen onderging, maar ze zei niets.

Daarna draaide Sisle zich om naar de open haard, rakelde het vuur wat op met de pook en knikte ondertussen.

Adam glimlachte. Dat was een mooie ontwapening die Debora had bewerkstelligd, dus was de stemming van gisteravond hersteld. Nu was de vraag alleen wat Sisle zou besluiten. Zou ze de consequentie aanvaarden om de moord of de moorden vanavond af te handelen, zoals ze haar al meerdere malen hadden voorgesteld, of wat was haar plan?

Verder wist hij niet na te denken, voor ze zich honderdtachtig graden draaide en de pook op volle snelheid recht op zijn slaap beukte.

***

Het was wonderlijk hen zo te zien. Stil, overrompeld en in Debora's geval ook getekend door een diepe shock.

Alleen uit Debora's hoofd sijpelde een beetje bloed, terwijl het dikke hoofd van Adam heel was gebleven. Maar de dood was geen van beiden gespaard gebleven, dat was wel duidelijk.

Sisle kwam dichterbij. Het gezicht van Adam zag er niet langer echt scheef uit, zoals het hoofd tegen de schouder gedraaid lag. Het was heel weemoedig dat hij nu weg was, deze loyale man. Als Debora er niet was geweest met haar continue eis dat ze zich te vroeg zouden terugtrekken, zou Adam misschien nog steeds in leven zijn.

'Dat was dom van je,' zei ze hardop en ze sloot de verstijfde blik van haar blauwe ogen. 'Dom, dom, dom, Debora. We hadden morgenavond kunnen proosten op onze laatste missie samen, maar dat wilde je niet, dat voelde ik immers.'

Sisle haalde de pook door een plooi van haar jurk en veegde het bloed af. Toen zuchtte ze en stopte hem terug in het statief voor de open haard.

Nu was Sisle vrij. De twee konden haar niet langer schade berokkenen en als puntje bij paaltje kwam, had ze er ook geen behoefte aan hen in haar nieuwe leven op sleeptouw te nemen. Wat er aan sporen in het huis aanwezig kon zijn van hun gemeenschappelijke project zou zo meteen geschiedenis zijn. Het vuur zou alles verteren. Er zou worden gezegd dat de kerstboom te dicht bij de gordijnen had gestaan, iemand zou denken dat ze onvoorzichtig waren geweest, terwijl anderen konden vinden dat het eigenlijk een merkwaardige gewoonte was geworden de kerstboom aan te steken als kerstavond al was geweest.

Ze vond wasbenzine, gedenatureerde alcohol en aceton in een keukenkastje en een heleboel aanmaakvloeistof naast de open haard, en ze verdeelde het royaal over de meubels, de vloerkleden en zette de emballage terug waar ze die had gepakt. In de schuur naast de carport stonden twee jerrycans gewone benzine en een paar flessen met tweetaktbenzine voor de tuingereedschappen. Ook het grootste deel van de inhoud hiervan werd om het huis verdeeld en de jerrycans werden teruggezet. Misschien zou dat de brandweer een beetje in de war brengen.

'De kerstboom heeft zijn lichtjes aan, hij wacht tot wij beginnen gaan,' begon ze te neuriën en ze trok de boom dichter naar de gordijnen. Ze had ongeveer de helft van de bijna opgebrande kaarsen aangestoken, toen ze door het raam zag dat er ergens ver weg een schijnsel van blauwe zwaailichten langs schoorstenen en daken te onderscheiden viel.

Politie, brandweer of ambulance, je wist het nooit, dus waarom je daar zorgen over maken?

Ze zette een paar ramen open om het haardvuur betere trek te geven en hoorde toen zwak het geluid van een sirene in de verte, waardoor ze een moment bleef staan.

Konden ze naar haar op zoek zijn?

Ze schudde het hoofd om die lachwekkende gedachte. Hoe zou dat moeten kunnen? Niemand wist dat zij in dit huis was en ze konden onmogelijk weten dat Adam en Debora iets met haar van doen hadden. Hoe zouden ze überhaupt het adres van het echtpaar kunnen kennen? Ze schudde haar hoofd en glimlachte om zichzelf en haar plotselinge onrust.

Toen ging ze door met aansteken, terwijl de zwaailichten en het geluid dichterbij kwamen.

Toch wonderlijk, dacht ze. Zou het niet gaan om iemand die ziek is en hulp nodig heeft ergens? Of een brand die zich nog niet zo ontwikkeld heeft dat ik hem kan zien?

Ze lachte even. Brand zouden ze in elk geval genoeg krijgen en hij zou zeker zichtbaar zijn. Als het vuur eenmaal vat had gekregen op zo'n oud huis, met al zijn zware meubels en vloerkleden, verdiepingen en houten lambriseringen, zouden ze een brand zien die zich niet liet negeren.

Maar nu kwamen de zwaailichten iets te snel dichterbij en namen Sisles verdedigingsinstincten het over.

Voor de zekerheid, dacht ze en ze gooide de kerstboom in de meterslange, uit cellulose bestaande gordijnen met dicht geweven stof, die een heleboel goede energie aan de vlammen kon geven.

Ze wierp een laatste blik op de twee doden, zei een stil vaarwel en verliet daarna het huis, stapte in haar auto en verdween.

60

Eerste kerstdag, vrijdag 25/12/2020

CARL

Ze hadden een tijdje in de slipstream gereden van een ambulance die blijkbaar haast had naar dezelfde buurt te komen en naar een huis waar een vrouw buiten stond en met haar armen boven haar hoofd zwaaide, terwijl ze wanhopig gilde dat haar man was omgevallen en niet meer ademde.

Pas toen zagen ze het onheilspellende, pulserende rode lichtschijnsel aan de hemel boven de nokken van de daken een eindje verder weg.

Toen ze de straat insloegen, wisten ze dat het hun bestemming was die in lichterlaaie stond. Carl was door de jaren heen getuige geweest van vele branden, maar nog nooit zo'n groot, prachtig huis met een heleboel details uit een andere tijd. Het was echt een trieste aanblik, en er was slechts één blik voor nodig om in te schatten dat de brandweer niet op tijd zou arriveren om er iets noemenswaardigs uit te redden.

Het schijnsel op Rose' gezicht accentueerde haar frustratie.

'We zijn te laat,' zei ze en ze vloekte, terwijl een paar ramen explodeerden en het glas regende op de keurige tuin en de met dennentakken bedekte plantenbedden.

'Stel je voor dat Gordon en Maurits van Bierbek binnen zijn,' riep Assad, terwijl hij met ontzetting op zijn gezicht naar de zijkanten van het huis rende en probeerde te beoordelen of het vuur overal vlam had gevat.

'Er staat een gele auto in de carport, net als die waarin Sisle Park reed toen ze het huis van Van Bierbek bezocht,' zei hij toen hij terugkwam.

De hitte vlak bij het huis was enorm en de bewoners uit de straat die naar buiten waren gekomen om naar het schouwspel te kijken, moesten zich langzaam maar zeker terugtrekken.

Carl haalde zijn verouderde ID-kaart tevoorschijn en wendde zich tot hen die het dichtstbij stonden. 'Is er iemand die weet of er een kelder onder het huis is?'

Kelder? Nee, die was er niet, zeiden meerdere mensen tegelijk.

'Godzijdank,' zuchtte Rose.

Maar waar waren Gordon en Maurits van Bierbek dan?

'Kennen jullie de bewoners?' vroeg hij aan de groep.

'Niet heel goed,' antwoordde een oudere vrouw die vertelde dat zij de brandweer had gebeld en dat zij hun overbuurvrouw was. 'Ze waren nogal op zichzelf.'

'Och, dat klopt niet helemaal, vind ik,' interrumpeerde de grijzende man naast haar. 'Ze hadden heel veel bezoek,' was zijn commentaar, terwijl hij naar de vlammen bleef staren.

'Heel veel bezoek, zeg je. Wat bedoel je?' vroeg Carl.

'Vooral jonge vrouwen, die een keer per week langskwamen, heel regelmatig en op hetzelfde tijdstip.'

'Oké. Heb je hen ooit gezien? Zou je ze herkennen als ik je een paar foto's liet zien?'

Hij knikte en dook automatisch ineen, toen er nog een raam sprong.

Carl knipte met zijn vingers naar Rose en vroeg haar om de man haar foto's van Ragnhild en Tabitha te laten zien.

Ze moest met haar mobieltje voor zijn gezicht zwaaien, voor hij zich erop kon concentreren. Hij haalde een bril uit zijn borstzak en bracht zijn neus vlak bij het scherm. 'Ja,' zei hij slechts en hij zette zijn bril weer af.

'Ja, wat? Herken je ze?'

Hij knikte en zei dat het een poosje geleden was dat hij de ene vrouw had gezien, nog steeds starend naar het verwoestende tafereel.

'Goed, dus de bewoners van het huis zijn vermoedelijk identiek aan de mensen die wij zoeken,' zei Carl tot Rose en Assad.

'Heb je het over Debora en Adam?' vroeg de man. 'Ik ben bang dat ze daar nog steeds binnen kunnen zijn, het is verschrikkelijk. Ik kan me moeilijk een vreselijker dood voorstellen. Waarom moet hun dit in hemelsnaam overkomen?' Hij hield een korte pauze en keek Carl toen voor de eerste keer recht aan. 'Maar zij die op kerstavond bij hen was. Haar zag ik in volle vaart bij het huis vandaan rijden, toen ik zojuist van een wandeling met de hond terugkwam. Is dat niet eigenaardig?' Hij knikte voordat hij antwoord kreeg. 'Ik denk dat jullie haar eens bij de kraag moeten vatten en vragen wat er is gebeurd.'

Hij bracht zijn voorstel zo droog dat het knarste.

Een oud-ambtenaar, dacht Carl.

'Zoek jij Sisle even?' zei hij met een zachte stem tegen Rose, en er verscheen nog een foto op haar mobieltje.

Sisle Park zag er goed uit op de foto, de verpersoonlijking van een succesvolle zakenvrouw, het archetype van de 'Dragons Den', zo iemand die een heerlijke, giftige cocktail van afgunst en bewondering teweegbrengt waar de meeste mensen met ambities naar hunkeren.

De man knikte, toen Rose het mobieltje weer voor zijn gezicht hield en hij zijn bril weer had opgezet.

'Zo zag ze er vandaag niet uit, maar een andere keer is me wel opgevallen hoe ze zich kan opdirken.'

'Zij was dus degene die hier nog niet zo lang geleden is weggereden?'

'Ik wil niet zelfverzekerd klinken, maar laat ik met 99,9 procent zekerheid zeggen dat zij het was.'

'Dit is het moment om Marcus te bellen,' zei Rose. 'We weten dat zij achter alles zit en zij moet hoe dan ook worden gepakt. Marcus moet een opsporingsbevel uitvaardigen, zijn we het daarover eens?'

Carl knikte. 'Maar dat gesprek doe jij, Rose. Onze vriend hier kan je vast een nauwkeuriger signalement van haar kleding geven.'

Nu kwamen de hulpverleningsvoertuigen aan en de brandweerlieden gingen onmiddellijk aan het werk.

'We kunnen maar beter vertrekken, Carl,' zei Assad toen hij zag dat er ook een politieauto was gearriveerd.

Carl schudde zijn hoofd. 'Eerst moeten we weten wie daarbinnen zijn.' Zijn blik volgde Rose, die zich terugtrok en belde, terwijl een paar brandweermannen in asbestkleding tot ontzetting van de toeschouwers twee verkoolde lichamen uit het inferno haalden en op het asfalt legden.

Carl liet de brandweermannen zijn ID zien en ging op zijn hurken bij de doden zitten. De stank was enorm, als van een speenvarken aan het spit dat was aangebrand. Een gruwelijke aanblik.

'Wat is er gebeurd?' vroeg hij met zijn blik gefixeerd op de twee hoofden die elkaar bijna raakten in de onbeholpen houding waarin ze lagen. Nog geen uur geleden had informatie die misschien de redding voor Maurits van Bierbek en Gordon kon betekenen uit deze twee hoofden kunnen worden gevist, en dat was de ironie van het lot. Veel te vaak had Carl van ganser harte gewenst dat hij in de vele hoofden en hersenen had kunnen duiken die in de loop van de tijd levenloos voor hem hadden gelegen. Alle antwoorden die door de dood werden gesmoord, alle verklaringen die niet konden worden gebruikt. Voor altijd weg!

Waar was Sisle Park nu? De enige plek waar ze niet hoefden te zoeken, was bij haar thuis. Als een doorgewinterde vos zou ze andere holen zoeken.

De politicagenten waren klaar met het aanbrengen van afzettingslint om de mensen op een afstandje te houden en Rose en Assad knikten commanderend naar Carl. Het was tijd geworden om te vertrekken.

Ze trokken zich uit de menigte terug en bleven op veilige afstand staan.

'Slechts een uurtje eerder, dan waren we op tijd geweest,' zei Rose.

Carl knikte. Nu was die verrekte directeur van Mexita Steelware, die hun tijd had verspild, misschien de enige die hen kon helpen.

Carl pakte zijn mobieltje en toetste het nummer in.

'Ben je in de fabriek?' vroeg hij.

'Nee, ik heb mijn bewindvoerder die in Aabenraa woont gevraagd erheen te gaan en in het archief te zoeken,' zei hij zonder enige aanduiding van schaamte in zijn donder.

'Dus jij bent daar niet?'

'Nee, ik ben thuis. Hij kan dat veel beter doen dan ik.'

Carl voelde zijn lichaamstemperatuur explosief stijgen. 'Ben je niet goed bij je hoofd, man? Als je dat de hele tijd al wist, waarom heb je hem dan in fucking godsnaam niet eerder genoemd? Nu zijn er twee mensen dood en ik kan je wel zeggen dat als iets dit had kunnen verhinderen, dan was het wel dat jij een beetje sneller had gereageerd.'

Assad trok hem aan zijn mouw. 'We hadden het toch niet gehaald, Carl,' fluisterde hij. 'Probeer hem wat over zijn muil te aaien, dat werkt zó goed.' Hij demonstreerde dat door in de lucht te strijken, een flink stuk hoger dan ooghoogte. Die man zag ook altijd kamelen voor zich.

'Maar goed, wat gebeurd is, is gebeurd,' temperde Carl zichzelf met een uiterste krachtsinspanning. 'Geef me de naam van de man en zijn telefoonnummer, dan neem ik het over.'

'Wat zei Marcus, Rose? Je leek niet heel tevreden,' zei hij tegen haar, terwijl ze terugreden naar hun basis in het huis van Van Bierbek.

'Hij zei dat hij meteen een opsporingsbevel zou laten uitgaan. Samen met een opsporingsbevel naar jou, trouwens.'

Carl fronste zijn voorhoofd. 'Samen met.' Wat bedoelde ze daar nou weer mee?

'Jullie zullen nog net in Nyhederne kunnen komen, over een halfuur, zei Marcus.'

Om het zachtjes uit te drukken was Carl geschokt. 'Heb je niet verteld dat ik mezelf zal melden als dit is afgehandeld?'

'Dat interesseerde hem geen bal. Ik heb het idee dat hij op dit moment onder enorme druk staat, Carl. Hij zei dat de Nederlanders hier waren en alles volgen.'

'De Nederlanders?'

'De politie uit Rotterdam voor de moorden in Schiedam, remember? Die konden immers rechtstreeks aan de moorden in Slagelse worden gelinkt, en aan wat er op Amager is gebeurd, toen jullie werden neergeschoten.'

'Ik heb toch verdorie niks met die stokoude zaak van doen, waarom gelooft Marcus mij niet? Het is complete onzin.' De teleurstelling werd fysiek, hij werd er misselijk van. Was Carl er niet voor Marcus geweest, steeds als hij in het nauw was gedreven? Toen de vrouw van Marcus ziek werd en overleed? Toen Marcus besloot te stoppen bij de politie, net als toen hij besloot om terug te keren? Was dat compleet vergeten?

'Hij zei ook dat jouw vingerafdrukken zijn gevonden op een aantal bankbiljetten die in de koffer bij jou op zolder zaten. Zijn sympathie ligt niet langer bij jou, Carl.'

Oké, die kwam aan.

Carl staarde naar het navigatiesysteem van de auto en liet dat de rest van de route bepalen. Op dit moment wist hij amper wat hij met zichzelf aan moest. Hadden de collega's in de andere teams hem er serieus van verdacht dat hij medeschuldig was aan moord en verkoop van harddrugs? Ze moesten compleet gestoord zijn geworden.

'Het politiebureau heeft gezorgd voor transport van Hardy, Mika en Morten vanuit Zwitserland, zodat Hardy kan worden verhoord.'

Carl stond versteld. 'Verdenken ze hém ook?'

'Nee, maar ze denken dat hij jou verdenkt, Carl, het spijt me.'

Carl staarde naar de weg, waar de stad langzaam op de achtergrond verscheen. Hij voelde zich helemaal leeg vanbinnen.

'Ben je verder gekomen met die beheerder over die rails, Carl?' klonk het voorzichtig uit Assads mond.

Carl zuchtte. Het was allemaal een beetje te veel tegelijk.

'Ja,' zei hij toch. 'De beheerder was een oude Zuid-Jutse kerel die ik bijna niet kon verstaan. Maar godzijdank was hij van een heel ander kaliber dan de directeur.' Carl raapte zijn gedachten bij elkaar. Of hij stopte alles hier en nu, of hij zette de tanden op elkaar.

Hij veegde het zweet van zijn voorhoofd en probeerde normaal te ademen. Er verstreek een halve minuut, toen was hij min of meer klaar.

Hij zei: 'Ja, de beheerder wist een heleboel dingen. Maar net dat van die plafondrails kon hij niet zo een-twee-drie terughalen. Deels omdat de montage meerdere jaren geleden is, maar vooral omdat wij het adres niet weten. Ten slotte wist hij zeker dat het werk door mensen van buiten moest zijn uitgevoerd, want hij kon zich niet herinneren dat hij hun eigen monteurs had gestuurd. En in een dergelijk geval was de opdracht niet in Jutland geweest, wat zijn domein was. Maar hij zoekt nog steeds verder.'

'*Christ*,' riep Rose uit.

Nee, dat was niet goed, om het zachtjes uit te drukken, want nu hing het lot van Gordon en van Van Bierbek af van een oude knakker en zijn vermogen om de stof van wat mappen af te blazen die behoorlijk oudere ordernummers hadden dan die hij op een normale werkdag onder ogen kreeg.

Al van buiten was het donker over het huis van Van Bierbek neergedaald, en Carl begreep dat wel. Waarom licht aandoen in kamers waar je niet kwam? Waarom muziek afspelen of tv-series streamen wanneer de mensen die in het huis woonden de uren konden tellen tot de belangrijkste steunpilaar van het gezin zou sterven?

Rose klopte voorzichtig op de deurpost van de woonkamer, waar de meisjes versteend elk aan een kant van hun moeder zaten. De kleine duidelijk behuild en de grote Laura met smalle lippen en ogen die blind voor zich uit staarden.

Ze keken alle drie op naar haar, maar razendsnel verdween de hoop in hun blikken, want Rose schudde haar hoofd. Toen begon Laura ook te huilen. Carl stapte in de deuropening en wilde vertellen hoe het zat en dat er nog hoop was, maar de ijskoude blik van Victoria hield hem tegen.

'We hebben net de tv uitgezet, Carl, en we hebben de opsporingsberichten gezien.' Ze keek weg naar de deur van het keukengedeelte. 'Dus we willen je hier niet langer hebben, dat moet je begrijpen.'

'Wacht even, Victoria. Ik weet niet wat ik moet begrijpen. Ik heb het niet gezien.'

'Je bent zelf een rottige moordenaar,' gilde Laura plotseling. 'Rot op, ik haat je!'

'Ja, je moet weggaan, Carl. Jullie kunnen blijven, maar hij niet,' voegde Victoria eraan toe.

'Jij bent geen haar beter dan Sisle Park, die papa gevangenhoudt,' riep Laura nog.

Nu stapte Assad naar voren en nam de drie treden naar de woonkamer.

'Nu zal ik jullie eens wat vertellen, jullie ondankbare...' en daarna zei hij iets in het Arabisch wat niemand zou opvrolijken als het zou worden vertaald. 'Dat opsporingsbericht over Carl is er alleen geweest omdat hij in plaats van zich aan te geven keihard heeft gewerkt om jullie vader te vinden. Hij heeft de oplossing van deze zaak boven alles gesteld, ook zichzelf.'

'Dat kan wel zijn,' klonk het vanuit de deuropening naar de keuken. Het was Claes Erfurt, Victoria's overijverige advocaat. 'Maar onze afspraak geldt niet meer, Carl Mørck. De politie heeft een beloning uitgeloofd voor jou, niet zoveel als voor Sisle Park, maar genoeg om te onderstrepen hoe ernstig de aanklachten zijn. Wij kunnen het niet verdedigen een gezochte moordenaar onderdak te verlenen, dat moet je kunnen begrijpen. Wij geven je een kwartier om je spullen te pakken en dan moet je weg zijn.'

Zei hij nou 'wij' kunnen het niet verdedigen? Had hij de plek aan het hoofd van de tafel in dit huis al ingenomen?

Carl wendde zich tot de meisjes en hun moeder. 'Jullie vader is nog niet dood en wij drieën zijn de enigen die...'

'Maak dat je uit dit huis verdwijnt.' Claes Erfurt stond nu met zijn mobieltje in de hand, klaar om te bellen.

Dat werd Assad toch een beetje te veel. Hij sprong naar hem toe en greep de man bij zijn strot, waardoor hij onmiddellijk zweeg.

'Geef me dat mobieltje,' zei hij, terwijl het pafferige gezicht zichtbaar bleker werd. Hij draaide zich om naar Carl en knikte. 'Vertel hun wat er op dit moment gebeurt.'

Carl ging op zijn hurken voor de meisjes zitten.

'Jullie vader is in leven, dat weten we heel zeker. En waar hij zit, wordt een van onze beste vrienden ook gevangengehouden, dat hebben we op een paar foto's gezien. Dus wij willen er met alle mogelijke middelen voor vechten dat we de twee op tijd vinden. Daar hebben wij hulp bij nodig, maar wie wil ons helpen? De man die het opsporingsbericht heeft uitgestuurd is mijn baas. Hij wil deze zaak ook graag oplossen en hij weet wat er op het spel staat met jullie vader, maar hij weet niet dat een van zijn medewerkers, onze vriend Gordon, ook in de val zit. Wij willen hem dat graag vertellen en wij zouden willen dat er meer rechercheteams worden ingezet om jullie vader te vinden, maar wij zien niet hoe ons dat kan helpen. We wachten nu op een telefoontje uit Zuid-Jutland dat misschien beslissend zal zijn. Dus please, geef ons nu een beetje lucht. En nee, Laura, ik heb niet gedaan wat die aanklachten tegen mij beweren, daar zal ik hen van overtuigen als dit allemaal achter de rug is.'

Rose interrumpeerde: 'Victoria, de man die Assad op dit moment bewusteloos maakt, heeft geen eerlijke bedoelingen met het terugkrijgen van je man. Zie je dan niet dat hij overduidelijk helemaal door jou is betoverd en verwacht dat hij de plek van Maurits kan overnemen wanneer wij de zekerheid krijgen dat je man dood is?'

'Nee!' riep Laura. 'Ik haat die sukkel, mama.'

'We moeten hem in slaap brengen en behoorlijk diep ook, Assad,' zei Rose. 'Ergens tot morgen laat op de dag.'

61

Eerste kerstdag, vrijdag 25/12/2020

GORDON

'Ben je wakker, Maurits?'

Gordons keel was helemaal uitgedroogd en zijn lippen plakten aan elkaar. Hij vroeg zich af of hij het eigenlijk wel hardop had gezegd.

'Ben je wakker, Maurits?' probeerde hij opnieuw. Langzamerhand voelde het eeuwige licht in de ruimte aan als pure foltering en Gordon had niet geslapen sinds hij hierheen was gebracht. Achter hem was Maurits blijkbaar zo van levenskracht beroofd dat hij het grootste deel van de tijd half bewusteloos was, en Gordon benijdde hem.

'Kon ik maar in het niets wegglijden zoals jij, Maurits,' fluisterde hij, want het was zo moeilijk om wakker te zijn. Het taaie speeksel in zijn mond voelde als lijm en als hij het een zeldzame keer kon doorslikken, voelde het alsof zijn keel zich helemaal afsloot. Hij zuchtte en voelde de onaangename stank van zijn eigen adem. Rook je zo, vlak voor je stierf? Probeerde de verrotting uit je binnenste te ontsnappen?

'Maurits, hoor je mij?' probeerde hij voor ten minste de tiende keer die dag. Of was het nacht? Hoe dicht bij tweede kerstdag waren ze nu? Waren ze al voorbij middernacht? Waren er nog slechts minuten over?

Gordon leed. Zijn hele bestaan was opgebouwd rondom het weten van dingen. Zijn ouders hadden gegniffeld en hem geprezen als hij als jongen aan tafel met informatie kwam die niet van school en ook niet van hen afkomstig was. Dat werkte stimulerend op hem, dus in zijn ouderlijk huis verzamelde hij alle kennis die lof en bewondering kon opleveren. Ook bij afdeling Q beoefende hij die kant van zichzelf, waar een vraag nooit onoverkomelijker mocht aanvoelen dan een kleine hobbel op weg naar een antwoord.

Maar nu kon hij de onbeduidendste vraag nog niet beantwoorden. Het was anders van het grootste belang voor hem om te weten hoe laat het was en welke dag. Op de pols achter zijn rug zou het antwoord in een seconde kunnen worden gegeven. Dus op dit moment voelde het eenvoudige horloge met datum en tijd als het belangrijkste gereedschap in het universum, want dat had het antwoord op hoeveel tijd er nog verstreek voordat ze zouden sterven. Zo dichtbij als het was en toch het verst weg gelegen gereedschap in hetzelfde universum.

'Maurits, word wakker. We moeten praten,' probeerde hij te roepen en het deed pijn aan de stembanden in zijn droge keel. Maar was er een reactie?

Hij hield zijn adem in en luisterde geconcentreerd.

'Mmmmm,' klonk het van achteren.

Gordon draaide zijn gezicht naar Maurits van Bierbek toe en keek recht in zijn rooddooraderde, wijd opengesperde ogen.

Ze knikten naar elkaar. Het gevoel om een moment niet alleen op de wereld te zijn bracht bijna tranen in Gordons droge ogen teweeg.

'Is het nu?' vroeg Maurits met zo'n zwakke stem dat de woorden klonken als fluistergeluiden.

'We zijn alleen,' antwoordde Gordon. 'Het is nu nog niet.'

'Ze zeiden dat ik op Mao moest wachten. Weet jij wat ze bedoelden?'

Hij zakte wat weg, maar zijn vraag galmde in Gordons hoofd. Wat moest hij antwoorden? Was het te harteloos om niet te antwoorden, of was het harteloos om hem de waarheid te zeggen?

'Jij weet het dus niet, Maurits?'

Het kostte hem veel tijd om te reageren met een eindeloos lang hoofdschudden.

'Wil je het graag weten?'

'Ja, dat wil ik graag.' Er volgde nog een voorzichtig 'alsjeblieft' achteraan, en dat gaf de doorslag.

'Mao werd op 26 december geboren, Maurits. Dat is de dag waarop ze het willen doen.'

Gordon schaamde zich. 'De dag waarop ze het willen doen,' had hij gezegd. Dacht hij soms dat hij daarmee een verduidelijkende vraag zou ontlopen?

'Dan vermoorden ze me?' klonk het zachtjes.

Gordon keek hem recht aan en knikte. Toen sloot Maurits zijn ogen en knikte mee.

'Mao's geboortedag, wanneer? Is het al snel tweede kerstdag?'

Nu drong het tot Gordon door dat Maurits niet langer angst voelde. Hij berustte, had het leven opgegeven, misschien zelfs gewenst dat het zo snel mogelijk werd afgehandeld.

Maar zo verging het Gordon niet. Toen hij Sisle Park verbaal aanviel, veranderde ze tegenover hem. Eerst dacht hij dat het uit respect was, maar die gedachte stierf een stille dood.

Ik had niet zo tegen haar moeten uithalen. Ik had mijn mond moeten houden. Nu zal ze me niet laten leven, dat weet ik.

'We zullen samen sterven, Maurits,' zei hij terwijl hij probeerde zijn stem onder controle te houden. Heesheid, falset, hoest, alles tegelijk.

'Op Mao's geboortedag?' Maurits glimlachte. 'Is het niet al tweede kerstdag geweest?'

Gordon schudde zijn hoofd. Dat was gegarandeerd niet het geval, want dan zouden ze al niet meer in leven zijn.

Gordon sloot zijn ogen en deed een snel inwendig gebedje. 'Beste God, zorg voor ons. Laat Carl, Rose en Assad op tijd komen. Ik ben veel te jong om te sterven, ik heb het U al eerder uitgelegd. Er zijn zo veel dingen die ik nog nooit heb kunnen doen. Dus help ons, almachtige God. Amen.'

Een kort moment voelde het goed, maar slechts een kort moment.

'Mao's geboortedag,' klonk het zwak van achteren. 'Ik begrijp het niet, weet jij daar iets van?'

Gordon knikte met zijn rug naar hem toe.

'Ja, dat is morgen, Maurits, of misschien is het al vandaag. Ik ben alle gevoel voor tijd kwijt. Misschien is het nu nacht, misschien is het ochtend, ik weet het niet.'

Er klonk een klik van het relais van de lift, hij schrok. Eerste, tweede, derde klik, hoorde hij, en telkens ging er een zenuwontlading door hem heen die zijn lichaam liet sidderen.

Toen ging de liftdeur open.

Gordon kneep zijn ogen half dicht, zodat hij de schok ongefilterd binnenkreeg. Het was Sisle Park.

Hij liet zijn hoofd precies zoveel zakken dat hij haar bewegingen door zijn wimpers heen kon volgen.

Ze zei geen woord. Staarde slechts naar hen, terwijl ze stilstond. Stilstaan, dat was wat ze moest doen. Ze moest niet in hun buurt zijn. Niet nu.

Toen spreidde ze haar armen. Gordon had de deken niet gezien die ze vasthield en nu op de vloer liet neerdalen.

Een moment later had ze haar jas uitgetrokken, was ze op de grond gaan liggen en had moeizaam maar efficiënt de jas over zich heen getrokken, en was ze met een zucht gaan slapen.

62

Tweede kerstdag, zaterdag 26/12/2020

CARL

De minuten werden steeds korter naarmate de tijd wegtikte en de vertwijfeling groter werd. Als iemand in het huis die nacht had geslapen, had Carl het in elk geval niet opgemerkt.

Rose had aan één stuk door om haar comfortabele slaapbank heen gewandeld en zichzelf geplaagd uur na uur te kijken naar de foto die Sisle Park hun had gestuurd.

'We hebben niets anders dan de rails en de goederenlift om ons aan vast te klampen, Carl, er ís gewoon niets anders. Waar is dit onderzoek stilgevallen, ik begrijp het niet. Zou het zonder corona anders zijn geweest?'

'Het zou anders zijn geweest als het niet tegelijkertijd ook kerst was geweest, en verder is er in de laatste plaats dat gedoe met mij.'

Carls blik hulde zich in de grijszwarte, vervagende nacht buiten. Weldra zou de zon verschijnen en met haar zwakke decemberlicht de dag aankondigen waarop het onnoemelijke kon gebeuren. Twee gegijzelden, van wie een een goede vriend was, zouden vast niet meer in leven zijn als de zon in de loop van de middag weer terrein verloor.

Carl keek voor de vijftigste keer op zijn horloge, dat zich gretig naar het onherroepelijke hakte. Het was nu kwart over acht en de man uit Aabenraa had nog steeds niet gebeld.

Toen toetste hij het privénummer van Marcus Jacobsen in op zijn eigen mobieltje.

De stem van de chef Moordzaken was slaperig, maar hij leek helder van geest op het moment dat hij hoorde wie hem had gebeld.

'Dat had ik niet van je verwacht, Marcus,' begon Carl.

'Insgelijks, Carl.'

Carl liet zijn hoofd op zijn borst vallen. 'Marcus! Jij weet toch best dat niemand schuldig is tot het tegendeel is bewezen? Hebben ze ons dat niet allemaal in het hoofd gestampt op de politieopleiding en daarna steeds opnieuw?'

'Jawel. Maar wij hebben jouw vingerafdrukken op meerdere bankbiljetten uit de koffer gevonden, Carl.'

'Ja, dat heb ik gehoord. Heb jij, onze beste rechercheur in vroeger tijden, ondertussen niet gedacht dat Anker ze daar met opzet in kan hebben gestopt?'

'Waarom zou hij dat in godsnaam hebben gedaan?'

'Goed, dat zou je moeten kunnen uitrekenen, of niet? Maar op hoeveel bankbiljetten heb je Ankers vingerafdrukken dan gevonden?'

'Op genoeg, zou ik denken.'

'Op genoeg? Bedankt voor dat precieze antwoord. Maar weet je wat, jij hebt met die valse aanklacht het onderzoek van afdeling Q tegengewerkt en daar krijg je spijt van als alles fout afloopt. Over een paar uur sterft Maurits van Bierbek en, te jouwer informatie, maar dat weet je waarschijnlijk al, Sisle Park heeft ook Gordon gegijzeld.'

'Ja, ik weet het. Toen we het opsporingsbericht voor haar afkondigden, stuurde ze ons een foto waarop we hen in de ruimte konden zien zitten. Dus op dit moment zoeken we overal naar die plek.'

'Gordon loopt een groot risico ook te worden vermoord, heb je daaraan gedacht?'

'Wij denken van niet. Dat zou niet kloppen met haar profiel. We hebben er een team psychologen op gezet.'

'Aha. Als jullie toch alles weten, kan het ook zo zijn dat we jullie een laatste handje kunnen toesteken, zou dat geen goed idee zijn? Misschien ook omwille van Maurits van Bierbek en zijn gezin.'

'Je probeert te onderhandelen, ik ken je, Carl. Het antwoord is nee. Je krijgt geen vrijgeleide. We arresteren je op het moment dat we je hebben gelokaliseerd, ongeacht waar je mee komt.'

Carl merkte het opeens. De traagheid van Marcus. Zijn poging om te anticiperen op wat Carl wilde zeggen en dat bij voorbaat al in twijfel te trekken, voordat Carl kon reageren. Hij wist dat Carl zou protesteren en met argumenten zou komen, terwijl de tijd verstreek. Hij wist het!

'Je bent helemaal niet thuis of wel, Marcus? Ben je op het werk? Zit er op dit moment iemand naast je die probeert te lokaliseren waar ik ben?'

'Natuurlijk ben ik th...'

Carl beëindigde het gesprek onmiddellijk en keek op de stopwatch. Het had allemaal nog geen twee minuten geduurd. Die positiebepaling konden ze beslist niet hebben afgerond.

'Je moet iets eten, Carl. Wij kunnen niet goed nadenken als jouw maag zo gromt.' Assad stond al met een bordje klaar. Het waren de restjes van de kerstmaaltijd van de vorige avond, die Laura voor hen had klaargezet. Maar zelfs al had Assad het eten opgewarmd, er was niets wat Carl minder graag op een lege maag at dan een halfdroge eend en gebraden varkensvlees waarvan de randen omhoog waren gekruld.

'Ik kan nu niets eten, Assad, dank je. Misschien later.'

Toen ging Laura's mobieltje in zijn zak, het was de beheerder.

'Ja!' riep hij, toen er verbinding was.

'Neem me niet kwalijk dat ik zo vroeg bel.' De man aan de lijn klonk oprecht berouwvol.

Vroeg, zei hij. Wanneer stonden mensen dan op in Aabenraa?

'Heb je iets kunnen vinden? Zeg me dat het zo is!'

'Ja. Het is nog wat onduidelijk waar de rails zijn gemonteerd, maar ik kan zeggen dat het werk is besteld door ene Adam Holme, en dat het op 15 en 16 oktober 2016 is uitgevoerd door een monteur van een bedrijf waarmee we niet langer samenwerken. Misschien kun je deze Adam Holme bellen, ik heb zijn nummer hier.'

Nee nee nee, bliksemde het door Carls hersenen. De tijd tikte maar door.

'Hoe heette die monteur, kun je dat zien?'

'Nee, maar je kunt het nummer krijgen van het bedrijf waar hij werkte. Maar waarom bel je niet gewoon met Adam Holme?'

'Omdat de man op dit moment verkoold op een stalen tafel in het Forensisch Instituut ligt, naast zijn vrouw. Daarom. Maar veel dank, we moeten haast maken.'

Hij kreeg het nummer van het montagebedrijf, gooide het mobieltje op tafel en vloekte.

'Rose!' riep hij. 'Geef me vlug wat gegevens van een montagebedrijf dat Lang & zonen heet. Ze zitten in Vanløse.' Hij wendde zich tot Assad. 'Nu wil ik wel wat eten.'

Hij keek naar de stijf geworden saus en dacht aan het psychiatrische ziekenhuis in Brønderslev dat een stukje verderop aan de weg van het huis van zijn ouders lag. Daar had zijn moeder een paar jaar een baantje in de keuken gehad en toen hadden ze thuis ook vaak dit soort saus moeten eten.

'Lang & zonen is in 2019 failliet verklaard,' kwam het van Rose. 'Het is vorig jaar opnieuw begonnen onder de naam Langs zonen. Je krijgt het nummer van Sigurd Lang, die tegenwoordig algemeen directeur is.'

Hij toetste meteen het nummer in. 'Rose, jij belt een van de andere mensen van het bedrijf. We móeten gewoon verder.'

Hij bleef maar eindeloos overgaan, tot het antwoordapparaat kwam.

'Wat gebeurt er bij jou, Rose?' riep hij.

'Antwoordapparaat. Gesloten met kerst. Op 4 januari weer open.'

'Mijn hemel!' riep hij uit en liet de stijf geworden saus voor wat het was. 'Zoek het privéadres van de directeur, dan rijden we erheen.'

'Dat staat niet vermeld!'

'Sigurd Lang, hoeveel mensen heten zo? Dat kan toch niet zo moeilijk zijn.'

'Ik bel iemand die Gerda Lang heet en in Hvidovre woont. Misschien kent zij het adres,' antwoordde ze.

In godsnaam, laat ze hem kennen, dacht Carl.

Er verstreek een minuut en toen kwam Rose' snater op gang. 'Ja, ja, ja!' zei ze aan één stuk door. 'Ja, ja, ja!'

Toen het gesprek was afgelopen, wendde ze zich tot Carl en Assad.

'Gerda is moeder van de drie zonen die het bedrijf hebben overgenomen en zij kon met honderd procent zekerheid zeggen dat zij in elk geval dit soort rails niet hebben gemonteerd, want hun bedrijf deed heel andere dingen en dat wist ze omdat zij het bedrijf de laatste paar jaar runde, toen haar man ziek was en overleed. Voor zulke opdrachten hadden ze twee Polen die rondreisden en voorhanden zijnd werk uitvoerden voor verschillende bedrijven die montageklussen hadden.'

Carl voelde zijn bloeddruk omhooggaan. Losse Poolse arbeiders?

Waren die niet allemaal katholiek en allang naar huis vertrokken om de feestdagen door te brengen met hun familie in Wrocław, Katowice of waar ze ook allemaal vandaan kwamen?

Hij greep naar zijn hoofd. 'Je hebt niet toevalligerwijs contactinformatie van die twee gekregen?'

'Jawel. Een van hen woont in Denemarken. Hij heet Jurek Jasinski en woont in...'

Er klonk een knal en ze draaiden zich om naar Assad, die met twee lege handen voor een verbrijzeld bord en bruine saus op beide schoenen stond.

'Zeg dat nog eens, Rose.' Nog nooit eerder waren zijn ogen zo groot geweest. Nog een paar millimeter erbij, en ze vielen eruit.

'Jurek Jasinski, hij woont in...'

'Kom, allebei,' drong hij aan terwijl hij een bruin spoor van saus naar de terrasdeur maakte.

Assad bladerde in zijn notitieboekje, terwijl Carl de Alfa Romeo van Victoria tot het uiterste dwong.

'Jurek Jasinski is dezelfde man die ik gisteren heb gebeld en heb gevraagd naar de metalen stoelen, het is ongelooflijk. Aanvankelijk bezocht ik hem op 7 december om meer te weten te komen over Oleg Dudek, die zijn handen verloor in de stansmachine. Hij vertelde mij destijds wel dat hij naar Kopenhagen moest verhuizen, toen hij werd ontslagen, maar ik ben niet te weten gekomen wat hij deed.'

Carl kon bijna niet meer denken.

'Niemand kon weten dat vijf dagen na jouw ontmoeting met hem een zekere Maurits van Bierbek zou worden ontvoerd, Assad. Dus je hoeft niet zo bleek weg te trekken.'

'Ik had hem kunnen vragen wat hij na zijn tijd bij Oleg Dudek had gedaan.'

'Wat zou dat hebben geholpen? Gerda Lang heeft ons immers verteld dat hij en een andere Pool een korte tijd montagewerk voor hen hebben gedaan. Hij heeft daarna vast op talloze plekken gewerkt.'

'Waarom neemt hij zijn telefoon niet op, verdomme,' bromde Carl. 'Als hij voor de kerst naar Polen is, ontplof ik.'

'Dat kan helaas best het geval zijn, Carl. Hij was nogal relaxed wat corona betreft. Geen van ons beiden had een mondkapje op, toen ik er was. Aan de andere kant was hij stomdronken, toen ik hem belde en naar die metalen stoelen vroeg.'

Ze zuchten alle drie diep, toen ze voor het kleine huis van gasbeton stonden. Geen enkel raam was verlicht. Voor de voordeur was de deurmat half in de border ernaast geschoven.

Geen auto op de oprit en uit de zwaar op de proef gestelde postbus staken reclamefolders, die ongetwijfeld al een paar dagen in het winderige, ijskoude weer hadden gehangen.

Ze belden aan, bonkten op de deur. Keken via de ramen naar binnen, maar er gebeurde niets.

Pas toen ze weer in de auto zaten en Carl de motor had gestart met zo'n grote brok in zijn keel dat hij onophoudelijk moest slikken, gebeurde er iets.

'Stop!' riep Rose en ze wees naar de voordeur, waar een slonzige figuur met vettig rood haar, een halfopen ochtendjas en geruite onderbroek slaperig naar hen stond te kijken.

63

Tweede kerstdag, zaterdag 26/12/2020

SISLE

Ze werd wakker na een droomloze slaap en rekte zich zelfvoldaan uit, terwijl ze zich herinnerde waar ze was en waarom ze op een betonnen vloer lag.

De twee personen een eindje bij haar vandaan hingen beiden voorover op hun stoel. De voorste met halfgesloten ogen, de achterste zo te zien bewusteloos.

Ze keek op haar horloge en verbaasde zich. Was het echt halftwaalf? Zo lang had ze in jaren niet geslapen.

'Ja, ja,' zei ze tegen zichzelf. De dag ervoor was ook bevredigend geweest. Ze had effectief een onhoudbaar hoofdstuk uit haar leven weten af te sluiten, en zo meteen zou ze op het internet zien wat ze over de brand hadden geschreven en hopelijk hadden ze ook de namen van de slachtoffers genoemd.

'Treurig voor hen, maar ik had hen gewaarschuwd,' zei ze en ze ging staan met de plaid waarop ze had geslapen in de hand.

Ze wendde zich tot de tafel en keek naar de verschillende spullen. De spuiten waren klaar, het druppelinfuus aan het statief en de zoutoplossing in de jerrycan eveneens, de rest was een formaliteit.

'Genadige God,' zei ze. 'Ik dank U voor de helderziendheid die U mij heeft gegeven. Dat ik Uw rechtvaardige gereedschap ben geweest in een tijd waarin de duivel op aarde regeert. Dank dat U mij de kracht heeft gegeven en mij over het bedrog van de mens heeft geleerd. Dank dat ik de leugen herken als ik hem tegenkom. Men moet egoïsme vergeven, want er bestaat geen kuur, zeggen sommigen. Maar U en ik weten beter. Er bestaat een kuur en die is de dood.'

Ze draaide zich om en strekte haar armen boven haar hoofd. 'Hier voor mij zitten een paar mensen waarin de duivel zijn intrek heeft genomen, en zij zijn overgelaten aan Uw genade met mij als Uw dienaar. Ik zal hen leiden, tot ze hun heiligschennis hebben begrepen, om zo de dood en zonder de twijfel de hel te kunnen ontmoeten en met het berouw dat U verdient.'

Ze deed een stap dichterbij en boog naar het uitgeputte lichaam van Gordon Taylor toe.

'Je bent wakker, Gordon, en dat is goed. Jij wordt mijn ooggetuige dat alles op een waardige manier plaatsvindt.'

Hij tilde zijn gezicht op. Dat vertoonde zo veel woede dat zijn lippen trilden.

'Zo meteen zal ik jullie een klein infuus geven dat ervoor zorgt dat jullie wakker worden. Slechts een snelle prik die het lichaam laat functioneren zolang ik dat nodig heb. Ik begin met Maurits, de hoofdpersoon van vandaag, hij lijkt het nodig te hebben.'

Daarna liep ze naar de tafel en pakte het statief met het infuus. Het leed geen twijfel dat de zoutoplossing Van Bierbek in luttele seconden zou laten ontwaken. Zelfs Franco Svendsen, die zo ongelooflijk dicht bij de dood was geweest, was snel ontwaakt. Zelfs zo effectief dat hij voor zijn leven was gaan bidden en begon te smeken om te worden gespaard. Dat was uiterst bevredigend geweest en ze hoopte dat het met Van Bierbek ook zo zou gaan.

Ze voelde dat de blik van Gordon Taylor haar bij elke stap die ze zette dood wenste en toen ze langs hem liep hoorde ze hem mompelen, maar ze hoorde niet wat hij zei.

De naald in de grootste ader van Van Bierbeks handrug gleed erin als was het boter. Hoe dunner zijn lichaam werd, hoe duidelijker zijn aderen zichtbaar waren en Sisle stelde dit zijdelingse effect bijzonder op prijs. Alles zou gladjes verlopen, ook deze voorbereidende stap.

Ze ging op haar hurken voor zijn gezicht zitten en wachtte. De zwakke bewegingen mochten in de loop van een minuut graag wat krachtiger worden, maar toen de minuut voorbij was en er niets gebeurde, voerde ze de druppelsnelheid enigszins op.

Misschien was er na een paar minuten iets van een zucht waarneembaar, maar het zinde Sisle niets. Zo veel tijd had het eerder niet gekost.

'Kom op, Maurits,' drong ze aan, terwijl ze hem op zijn wang sloeg.

'Smeerlap,' klonk een gefluister achter haar.

Ze draaide zich op haar tenen om en ving Gordons blik.

'Zeg jij dat tegen mij?' vroeg ze.

'Ja, smeerlap,' zei hij weer heel zwakjes.

Sisle ging staan.

'Jij verkeert misschien in de misvatting dat je zult ontkomen. Maar, Gordon Taylor, je hebt mij met je duivelse, spottende woorden belasterd en daarvoor zul je het lot van Maurits hier delen. Begrijp je wat ik zeg?'

Hij knikte, maar zijn gelaatsuitdrukking was verstijfd. Er was geen berouw te bespeuren, geen angst.

Nu begon Van Bierbek met kort, inefficiënt gesteun te hyperventileren. Misschien had ze hem al meer gegeven dan ze had moeten doen. Ze sprong erheen en drukte op de klem om het slangetje, zodat het infuus ophield met vloeien.

'Maurits, word wakker!' riep ze en ze rukte zo hard aan hem dat zijn hoofd op zijn nek begon te schommelen. Zijn reactie kwam allergisch over, ze wist alleen niet wat ze eraan moest doen.

Toen ging ze weer op haar hurken voor hem zitten, pakte zijn hand en begon die te strelen alsof hij een kind was dat niet kon ophouden met huilen.

'Sst, Maurits. Ik weet dat je me kunt horen. Je moet niet bang zijn. Sst, sst!'

Daar bleef ze lange tijd mee doorgaan, terwijl de man achter haar onafgebroken 'smeerlap' bleef fluisteren. Ze dacht aan Adam en hoe hij degene was die alles weer tot rust kon brengen.

'Maar hem heb ik niet meer nodig,' zei ze hardop en ze begon Maurits van Bierbek over zijn haar te aaien.

'Je moet horen wat ik te zeggen heb, Maurits, dat is noodzakelijk. Ik heb het heel zorgvuldig voorbereid, dus het moet.'

Vervolgens haalde ze haar papier tevoorschijn en begon hardop voor te lezen, terwijl ze de hand van Van Bierbek opnieuw pakte en die liefkoosde.

Omdat er geen verbetering in levenstekenen kwam, stopte ze met voorlezen.

'Het is de duivel die zijn gehoornde gelaat tussen ons in steekt,' zei ze en ze keek op naar het plafond.

'Zorg ervoor dat hij ophoudt, genadige God, en laat Maurits terugkeren naar de plek waar wij ons bevinden. Terug naar het gebruik van zijn zintuigen. Terug om het woord te ontvangen.'

Toen er bijna een halfuur was verstreken en het horloge de twaalf uur was gepasseerd, voelde Sisle voor de eerste keer in al deze jaren dat de duivel bezig was haar in de luren te leggen. Nog nooit had ze zijn giftige adem zo dichtbij gevoeld. Zij wendde zich tot Gordon en zijn halfgesloten ogen en wist dat de duivel zijn intrek in hem had genomen.

Toen trok ze de naald uit Maurits en in een halve minuut had ze die in de hand van Gordon achter zijn rug gestoken. Hij strekte zijn vingers en probeerde zich te verweren, maar zijn verdedigingsinstinct was nog niet zo sterk dat het veel zin had.

Dit keer verstreek er slechts een minuut, voordat Gordon zijn ogen wagenwijd opendeed. Hij hoestte en schraapte zijn keel. Haalde met horten en stoten diep adem en bij elke ademhaling keerden de kracht en de wil terug.

Ondanks de strips om zijn enkels bewogen zijn benen als drumstokken. Zijn knieën sprongen op en neer en hij ademde als iemand die te lang onder water was geweest en zich eindelijk naar boven had weten te worstelen.

'Goed zo, Gordon Taylor. Dan weet ik dat het werkt.' Ze tikte hem op zijn wang, trok de naald eruit en stak die weer in Maurits.

'Jouw beurt, Maurits,' zei ze en ze voelde aan zijn halsslagader, terwijl ze op haar horloge keek en telde.

Zijn hartslag was dan wel zwak, maar zijn hartritme was constant en nu leek het er ook op dat hij wat meer kleur kreeg. Misschien was het een kwestie van een halfuurtje, maar dat moest dan maar.

'Je moet ons met rust laten,' klonk de stem achter haar. Hij was helder en kil.

'Jij moet je kop houden. Als je door blijft gaan, kan ik je heel snel weer stil krijgen, Gordon Taylor.'

'Laat ons met rust en verdwijn. Zorg dat je wegkomt en verdwijn in een jungle aan de andere kant van de wereld, anders trek je aan het kortste eind.'

Ze glimlachte. Eigenlijk was het heel vermakelijk om mensenlevens in deze sfeer te beëindigen, dit had ze nog niet eerder meegemaakt.

'Je bent opgejaagd wild, Sisle Park, en als je wordt gevangen is er geen genade voor je, dat realiseer je je zeker wel? Vanaf hier kun je niet naar je normale leven terugkeren.'

Ze schudde coulant haar hoofd. 'Jij denkt wellicht dat afdeling Q mij schade heeft toegebracht, maar jullie hebben mij juist geholpen met het nemen van een aantal noodzakelijke beslissingen. Als jij hier koud en stijf samen met je kameraad zit, ben ik van plan je raad op te volgen, dus dank daarvoor.'

'Dat je in je jungle mag wegrotten, monster dat je d'r bent. Ze zullen je echt wel vinden, als je niet al voor die tijd tot ontbinding bent overgegaan.'

Ze lachte. 'Beste vriend, alles is al in gereedheid gebracht. Een gehuurd vliegtuig naar Polen en van daaruit in een huurauto naar Brussel, dat een vliegverbinding met Nigeria heeft. Een volstrekt zedeloos, corrupt land dat graag multimiljonairs met bruikbare paspoorten verwelkomt. Het land is groot en kent vele mogelijkheden. Je zult zien dat mij een interessant leven te wachten staat.'

Ze kon het aan hem zien. Nog steeds waren zijn hersenen niet helemaal klaar om de essentie te vatten van wat ze hem vertelde. Wilde ze aan de andere kant van de wereld met haar kruistocht doorgaan? Wilde ze nu op vreemde bodem aan het moorden slaan?

'Ik zie dat je zo hard nadenkt dat het kraakt, Gordon. Het antwoord is simpel. Ja, ik ga door.'

Hij zuchtte diep. Het magere gezicht straalde niets anders dan onmacht uit. Daar wilde ze hem ook naartoe hebben.

'Alles wat jij doet is blasfemie,' zei hij hees. 'Je bespot de God tot wie je bidt. Ken je de tien geboden niet, Sisle Park? Dat kun je toch niet maken, zoals jij je daartegen bezondigt?'

'Sst. Zwijg. Kun je het horen? Maurits haalt al dieper adem.'

'Gij zult geen andere goden hebben. Maar jouw God ben je zelf. Je mag de naam van God niet misbruiken, maar dat doe je continu. Je moet de rustdag in ere houden, maar zowel Palle Rasmussen als Franco Svendsen is op een zondag gedood. Gij zult niet doden! Moet ik het twee keer zeggen, Sisle? Gij zult niet doden!'

'Ach, jij kent je catechismus, hoor ik wel. Maar denk eens aan al die keren dat God Zijn dienaren heeft uitgekozen om te doden. Ik ben een van Zijn engelen op aarde die…'

Op dat moment hoestte Maurits van Bierbek zwakjes.

'Ben je er, Maurits?' vroeg ze en ze sloeg hem opnieuw met de vlakke hand op zijn wang.

'Mmmm,' klonk het antwoord.

Ze liep resoluut naar de tafel en vulde twee spuiten met de dodelijke vloeistof. Het zag er zo onschuldig uit, helder als water, zo verkwikkend.

Daarna sloot ze de dikke slang aan op de grote schaal met zout water. Als ze allebei dood waren, zou ze de slang zo diep in hun keel steken als ze kon, en er was ten minste drie tot vier liter geconcentreerd zout water voor ieder. Geen daadwerkelijke balseming, om het zachtjes uit te drukken, maar aan de symboliek mankeerde niets. Ten slotte wilde ze een bergje zout voor elke stoel strooien.

Zo dadelijk zou Maurits haar met helderder ogen aankijken. Dan zou ze hem nog een klein beetje meer uit het infuus toedienen en hem daarna zijn doodsvonnis voorlezen.

Weldra kon ze verdergaan.

En over een uur was ze weg.

64

Tweede kerstdag, zaterdag 26/12/2020

CARL

Jurek Jasinski had sinds 23 december stevig zitten zuipen, omdat dat kreng van een echtgenote hem dwarszat. Na anderhalve liter deelde zo'n Balkan 176-wodka met zijn 48 procent alcohol een keiharde klap uit en Jurek hield van dat effect.

Nadat ze meer dan een week ruzie hadden gemaakt, was het voor hem genoeg geworden en de tien elegante, slanke flessen waarvan hij eigenlijk had gedacht dat ze voor het hele komende jaar toereikend zouden zijn, kwamen in één keer uit de diepte tevoorschijn en daarmee kon zijn drinkgelag pas goed beginnen.

Al de volgende dag liet ze zwaar verontwaardigd Jurek aan zijn lot over en nam ze de trein naar Horsens, waar haar zus woonde met haar man.

Dat was in al zijn eenvoud wat Jurek gebruikte als verklaring waarom hij niet meteen op het heftige gebonk op zijn deur had gereageerd.

Hij slingerde, toen hij hen meenam naar een woonkamer die stonk naar zweet, sigaretten en sterkedrank.

'Een borreltje misschien?' zei hij glimlachend en hij wachtte niet op antwoord, maar sloeg het volgende glaasje achterover. Hij droeg zijn kater echt voortreffelijk.

'Je herinnert je mij toch, Jurek?' vroeg Assad.

Hij knikte en grinnikte zo hard dat het spuug in de rondte vloog.

‘Ons gesprekje over die metalen stoelen en Oleg Dudek, wat wil je nog meer over hem weten, die hufter?’

‘Kijk eens naar deze foto!’ Assad hield de foto van Sisle Park met de twee gevangengenomen mannen voor zijn neus. ‘Je hoeft niet naar hen te kijken, maar naar de rail aan het plafond.’ Toen toonde hij hem een volgende foto, met een vergroting van het deel waar de rails zaten.

‘Wat is dat in godsnaam?’ Hij wreef in zijn troebele ogen en zocht naar een bril die tussen sigarettenpeuken en gebruikt keukenpapier lag.

‘Je moet niet naar de mannen kijken, kijk naar de rails, Jurek. Klopt het dat jij die een paar jaar geleden samen met een collega hebt bevestigd?’

‘Een paar jaar geleden?’ Hij zag er nu uit als iemand die iets beters nodig had als opkikkertje dan Balkan 176.

‘Het was in elk geval vóór 2017. Wij denken in 2016 of eerder.’

‘Die rails?’ Hij wees er met een gele nicotinevinger direct naar. ‘Nu zal ik je vertellen waarom ik die mij herinner. Ze zaten verdorie veel te dicht op elkaar. Als je ze voor takelwerk wilde gebruiken, waarom moesten ze dan zo dicht bij elkaar zitten?’

Carl hield even zijn adem in. ‘Je herkent ze?’ vroeg hij, terwijl zijn hartslag omhoogschoot.

‘Hartstikke slecht gedacht om ze zo dicht bij elkaar te zetten,’ zei hij nasaal. Nu ging het erom zijn hersenwindingen op volle snelheid te laten draaien.

‘We moeten heel snel weten waar jij die hebt geplaatst, Jurek. Wij weten het adres niet en als we geen adres krijgen, zullen de twee mannen op de foto heel snel dood zijn.’ Assad aarzelde en zuchtte. ‘Als het al niet te laat is.’

‘Het zijn misschien een stelletje klootzakken?’ Hij hinnikte wat voor zich uit.

‘De een is een van onze mensen, dus nee, niet allebei. Maar kom op nou! Weet jij waar dit is?’ vroeg Carl, sterk in de verleiding gebracht om hem bij de kraag van zijn ochtendjas te grijpen en de drank uit hem te schudden, maar toen kwam Rose ertussendoor.

‘Jij bent een knappe vent, Jurek. Ik vind je vrouw echt een sukkel dat ze jou hier met kerst in je eentje laat zitten. Maar nu ze weg is, wil jij misschien wel duizend kroon verdienen om gewoon door te drinken tot ze op een dag terugkomt. Wat zeg je ervan?' Ze zwaaide het bankbiljet vlak voor zijn neus heen en weer.

'Wat moet ik doen, zeg je?' bromde hij.

'Ons vertellen waar jij die rails hebt geplaatst. Denk na zo hard je kan!'

Hij leunde een beetje voorover, met zijn handen tegen zijn borstkas gedrukt, zodat zijn drankadem op volle kracht naar buiten stroomde en Assad bijna omverblies.

'Waar was het, waar was het? *Kurwa, kurwa!*' Hij wreef over zijn slapen en schudde zijn hoofd, alsof zijn innerlijke tijdlijn op die manier op zijn plek zou vallen.

'Was het in Kopenhagen?' vroeg Rose en ze bleef zwaaien met het bankbiljet.

Hij knikte.

'Het kostte drie dagen om ze te bevestigen, want het mens dat de opdracht gaf, gooide ons er elke dag na een paar uur uit, en het beton in het plafond was je reinste *gówno*.'

'Gówno?'

'Shit, kun jij geen Pools? Dat was zo gówno hard dat we...'

'Waar, Jurek? Waar? Dat is het enige wat we willen weten!' drong Rose aan en ze liet het bankbiljet naar haar portemonnee toe gaan.

'Stop, stop! Het was een stukje buiten Kopenhagen langs de autosnelweg. Wij begrepen dat gebouw niet, want het was niet af. Er was een lift en een aantal etages onder de grond, maar boven de grond was maar één etage. Je kreeg bijna het idee dat het in Warschau was, toen de Russen daar zaten. Daar waren ook gebouwen die er maar stonden zonder te worden afgebouwd.'

Rose sloeg het briefje tegen zijn voorhoofd aan. 'Hoe ver weg langs de autosnelweg? In de richting van Helsingør of van Hillerød? Denk na, man!'

'Je mag hier niet zo hard rijden,' waarschuwde Assad. 'Dit is geen surveillancewagen, hoor.'

'Nee, maar dat is hij eigenlijk ook weer wel,' protesteerde Carl.

'Ja, dat zeg jij, maar dat weet de politie hier niet en als ze ons laten stoppen, omdat jij 180 kilometer per uur rijdt in een Alfa Romeo zonder blauw zwaailicht op het dak, dan pakken ze je op, Carl. Ga langzamer rijden.'

Rose sloeg hem op zijn schouder vanaf de achterbank. 'Geef maar gewoon gas, Carl. Assad heeft gelijk, maar...'

Carl zweette. Ze wisten ongeveer waar het gebouw lag en ook ongeveer hoe het er vijf jaar geleden had uitgezien. Maar wat als het wel was afgebouwd? Jurek Jasinski had een eenvoudig wit, betonnen gebouw beschreven dat tegenover het pand lag dat zij zochten en waar ze een paar keer het toilet hadden mogen gebruiken, maar dat gebouw was niet heel karakteristiek.

'Jullie kunnen het vanaf de autosnelweg zien, het kan jullie niet ontgaan.' En toen had hij zijn duizend kroon gekregen.

'Ik begrijp nog steeds niet wat een ongelooflijke mazzel het was dat Assad de man al kende. Hoe groot is die kans?' zei Rose.

'Als er Poolse werknemers bij betrokken zijn, kan er van alles gebeuren,' antwoordde Assad. 'Kennen jullie het verhaal niet van de kudde kamelen die een ezel wil adopteren, omdat ze dachten dat het hen interessanter maakte? O, niet, maar toen vonden ze...'

'Daar, Carl!' riep Rose. 'Daar. Zie dat gebouw, het lijkt haast op de resten van het World Trade Center. Kijk! Aan de ene kant komt hij tot de tweede verdieping, terwijl de muur aan de tegenovergestelde kant maar net tot boven de eerste verdieping uitkomt.'

'Beschreef hij het zo?' Carl was niet zeker. Hij herkende de beschrijving niet.

'Wat anders? Het is de eerste van dit soort op het hele traject. Sla af, Carl. Meteen, dat red je nog wel.'

'Dan krijgen jullie dat ezelverhaal een andere keer, Carl. Ik ben het met Rose eens. Het ziet eruit als dat wat Jurek zich herinnerde.'

Carl nam de volgende afslag met piepende banden en reed terug naar het industrieterrein.

'Zien jullie het? Ik niet!' klonk het ietwat wanhopig uit Carls mond. Voor hem stonden minstens twintig gebouwen die ongelijk waren, maar toch in alles op elkaar leken. Ertussen kronkelden wegen heen en weer en zo te zien zonder een doordacht plan. Zo'n industrieterrein zoals er sinds de jaren zestig van de vorige eeuw vele als paddenstoelen uit de grond waren verrezen en uiteindelijk in hun eigen lelijkheid gevangenzaten.

'Waarom is een gebouw in deze omgeving niet afgemaakt, kunnen jullie me dat vertellen?' vroeg Carl, terwijl hij de ene na de andere zijweg probeerde.

‘Slechte bouwmaterialen kunnen elk bouwwerk stoppen,’ antwoordde Assad.

‘Net als die pas gebouwde flat op Amager, waar het beton van het fundament naar verluidt de vele etages niet kan dragen,’ voegde Rose eraan toe.

‘Ja, of gewoon dat het geld opraakte,’ opperde Assad.

‘Wat zegt jouw lijst met panden, Assad? Heeft Sisle belangen in een gebouw dat hier ligt?’ vroeg Carl.

Hij schudde zijn hoofd. ‘Heb ik al gecheckt, Carl. Dat heeft ze niet. Maar ze kan het hebben gehuurd.’

Carl huiverde. ‘Wie behalve een psychopaat als Sisle Park verzint het om zo’n plek te huren, uitsluitend met het doel om er moorden in uit te voeren?’

Rose wees. ‘Daar aan de rechterkant, Carl.’

Nu zag hij het. Een betonnen gebouw, waarvan de benedenverdieping ogenschijnlijk intact was en dat deuren en ramen had, maar verder compleet verlaten leek. Eromheen lag een vrij groot parkeerterrein, en een bord gaf aan dat je hier op jaarbasis een plek kon huren. De prijs voor een standaardparkeerplaats was vijfduizend kroon per jaar. Tijdens de feestdagen stonden er natuurlijk geen auto’s, maar het industrieterrein was heel dichtbebouwd, dus er bestond geen twijfel over dat het op normale dagen drukbezet kon zijn. Carl schatte dat als het allemaal verhuurd werd, er een jaarlijkse winst van minstens driekwart miljoen zou zijn. Ook een soort handel.

‘O nee,’ riep Assad met wanhoop in zijn stem. ‘Nu weet ik wat het is. Het is wel Sisle die het in bezit heeft. Het is namelijk alleen aan haar verkocht als parkeerterrein. Het was niet bij me opgekomen dat er zo’n gebouw midden op een parkeerplaats kon staan. Had ik het nou toch maar gecheckt.’

Niet verwonderlijk dat hij er zo verdrietig uitzag.

Carl stopte voor de hoofdingang van het gebouw. Als de trap met tien treden er niet was geweest, had hij de auto er zo naar binnen gereden.

Rose was al bij de deur en rukte eraan, maar die was natuurlijk op slot.

‘Misschien is er een alarm,’ riep Carl. ‘Als we inbreken in het gebouw, wordt ze gewaarschuwd.’

‘Ja, áls ze in het gebouw is. Dat is namelijk niet zeker.’

‘Nee. Als we nou maar konden zien waar de lift zich op dit moment bevindt, dat zou helpen. Als hij helemaal beneden is, moet ze daar immers zijn,’ zei Carl.

Assad wees omhoog. ‘Kijk daarboven!’

Alle drie keken ze naar de zuidelijke muur, die boven het platte betonnen dak uitstak. De enige aanwijzing dat het gebouw oorspronkelijk meerdere etages zou krijgen. Van de zuidkant leek het gebouw een etage hoger, maar hiervandaan kon je zien dat het slechts een illusie was, net als de potemkindorpen of de façades in een Hollywoodstudio.

‘Wat zie je, Assad?’

‘Je kunt vanaf beneden niet zien waarom die muur is neergezet, maar denken jullie niet dat de lifttoren eraan vast is gebouwd?’

Het waren drie zielen, één gedachte, toen ze het op een lopen zetten en rond het gebouw renden.

‘Hoe kom je daarboven?’ riep Rose. De zuidwand bood in elk geval geen oplossing op deze vraag, dus renden ze verder rond het gebouw naar iets wat een heuse vuilnisbelt leek.

Het hele terrein tussen het gebouw en het hek dat het gebied tien meter verderop afbakende, was bezaaid met betonblokken, stinkend isolatiemateriaal, vergane europallets, verroeste T-balken en prikkeldraad en was een paar meter hoog. Een waarachtig bewijs van de slordigheid van de ondernemer die voor de bouw van dit pand verantwoordelijk was geweest.

‘Hier kun je niet doorheen komen, Assad,’ riep Carl. Maar als een bloedhond had de man allerlei mogelijkheden bespeurd en toen verdween hij.

Carl stond even stil en keek om zich heen.

‘Waar is hij gebleven? Zie jij hem ergens, Rose?’ vroeg hij.

Ze schudde haar hoofd en keek met bange ogen op haar horloge. ‘Kunnen we nu geen versterking oproepen, Carl? We móeten echt naar binnen.’

Carl knikte en haalde zijn mobieltje tevoorschijn. Dan stopte het voor hem dus hier. Mijn laatste ogenblik in vrijheid, dacht hij en hij wilde het nummer intoetsen, toen ze Assad vanboven hoorden roepen dat hij op het dak stond.

‘Jullie moeten die twee pallets opzij trekken die tegen elkaar aan staan. Je staat er maar vier, vijf meter vandaan, Carl.’

Hij keek omhoog en ontdekte de krullenbol, die over de rand tuurde.

'Ja, die kant op,' zei hij wijzend. 'De lift op de begane grond is geblokkeerd, maar dan nemen jullie de trap naar het dak. De deur naar de verdieping is open en de lift lijkt vanaf hierboven te zien in gebruik. Hij zit alleen vergrendeld.'

Ze stonden alle drie op het dak en keken naar het slotmechanisme van de lift. Het was een normaal slot, dat vermoedelijk alleen maar hoefde te worden gedraaid om de lift naar boven te laten gaan, en dan zou de deur automatisch opengaan. Maar wie had de sleutel? Zij niet.

Uiterst geconcentreerd keken ze in het rond op het betondek. Hier lagen minstens twintig pallets met hard geworden zakken beton en een heleboel betonijzer. De bouwplaats moest van de ene dag op de andere zijn verlaten. Een typische consequentie voor een ondernemer die zich had vergaloppeerd en toen failliet was gegaan.

'Er moet hierboven iets zijn wat we in dat slot kunnen rammen,' zei Assad. Maar Rose aarzelde.

'Als het tegen de verwachting in zou lukken, Assad, dan beweegt de lift naar boven en dan is Sisle gewaarschuwd.'

Carl was het met haar eens, maar wat moesten ze anders?

'Als Maurits en Gordon nog steeds in leven zijn, moeten we die poging wagen. Misschien doet ze zoiets drastisch niet als ze weet dat ze wordt ontmaskerd.'

'Misschien,' snoof Rose. 'Ik zou alleen graag willen dat ten minste één van ons bewapend was. Wat hebben wij dat haar kan tegenhouden als het lukt om beneden te komen en ze ons opwacht?'

'Deze hier,' klonk het van achteren. Assad stond een paar meter bij hen vandaan met een bundel afgeknipte stukken betonijzer in de hand.

'Heb jij iets waarmee we het slot kapot kunnen wrikken, Assad? Anders komen we niet ver met die speren.'

'Ja, hier,' zei hij en hij hield triomfantelijk een gereedschapsgordel omhoog.

Hij gooide de gordel naar Carl, die zijn hand in de verschillende zakken stak en niets anders vond dan een leeg snoepdoosje en een pakje Prince-sigaretten met een sigaret erin.

'Daar zit toch niets in, Assad.'

Assad gaf de speren aan Carl en nam de gordel. 'Jij ziet door de boomtoppen het bos niet meer, Carl. Kijk!'

Hij tilde de gesp voor Carls gezicht en wees naar de doorn, die je door het gat van de leren gordel stak.

'Roestvrijstaal, echt goede kwaliteit,' zei hij en hij wees naar het merk. Daarop pakte hij een klompje beton van de grond en hamerde de platte punt van de doorn goed in het slot. 'Soms werkt het uit zichzelf en soms niet,' zei hij nerveus. Hij wachtte even, terwijl hij opkeek naar het motorgedeelte van de lift, dat niet reageerde. Toen haalde hij diep adem, pakte de gesp goed beet en begon te wrikken. Een paar seconden later werd het duidelijk dat ook dat tevergeefs was en Carl pakte opnieuw zijn mobieltje om versterking op te roepen.

'Wacht! Ik ben nog niet klaar,' hield Assad hem tegen.

Misschien had Carl gehoopt dat hij het slot had laten bezwijken door een geluid van stukken metaal die uit elkaar knapten, en dat de motor boven hen met een brommend geluid startte, maar dat gebeurde niet.

'Nu is hij klaar, denk ik,' zei Assad wat verrassend en hij stak zijn hand in zijn zak. De sleutelbos die hij omhoogtrok was niets bijzonders, zou je denken als je er geen oog voor had, maar Assad pakte een sleutel uit de bos en toonde die aan Rose en Carl.

'Dit is geen loper, maar het komt in de buurt. Jullie kennen het principe. Een sleutel met regelmatige, kleine inkepingen die je in het slot steekt en waarop je daarna voorzichtig slaat, om hem dan snel rechtsom te draaien, zodat de stiften opzij glijden.'

Ze knikten voorzichtig.

'Maar omdat ik niet zo eentje bij me heb, gebruik ik deze. Kijk, de tanden zijn niet heel hoog. Hij was van een postbus op een van de plekken waar ik heb gewoond voordat mijn gezin terugkeerde.'

Hij stak hem voorzichtig in het slot.

'Zojuist wilde ik er alleen even zeker van zijn dat de stiften los waren, en dat zijn ze nu.'

Carl hield zijn adem in, toen Assad er voorzichtig een paar keer op sloeg en meteen na de klap hem probeerde te draaien.

Toen hij het een aantal keren zonder succes had geprobeerd en wat begon te zweten, zette Carl zijn mobieltje aan en belde naar Marcus Jacobsen.

'Ja, wat is er, Carl?' klonk het onmiddellijk. 'Ben je klaar om jezelf aan te geven?'

'Ja, dat zal ik wel moeten,' antwoordde hij.

'Yeeees!' riep Rose, toen Assad op hetzelfde moment de sleutel opzij wist te draaien en de motor boven hen begon te brommen.

'Maar dat wordt nu nog even niet, dus het beste, Marcus.' Terwijl de verschillende relais vanuit de diepte klikten en de lift zich naar boven werkte, zette hij zijn mobieltje uit en smeet hem over de rand op de schroothopen op de grond.

65

Tweede kerstdag, zaterdag 26/12/2020

SISLE/CARL

Sisle schrok, toen ze het relais hoorde klikken en de lift vervolgens de verdieping verliet.

Evenveel verwarring als twijfel maakte dat ze een ogenblik stil bleef staan. Was er een fout opgetreden in de installatie en, in dat geval, was er een manier om dat te stoppen? Ze sprong bij de tafel vandaan en drukte op de liftknop. Het móest een fout zijn, maar als hij bewoog tot hij uit zichzelf stopte, zou ze hem dan weer naar beneden kunnen halen?

Ze drukte meerdere keren, zonder enig effect.

Ze deed een stap naar achteren. Als dit geen fout in de aansturing van de lift was, stond er dus boven iemand te wachten tot de lift omhoogkwam. Maar wie?

Ik heb het huis in brand gestoken en ik heb Debora's ogen gesloten, maar heb ik ook gecontroleerd of Adam nog steeds een pols had? probeerde ze zich te herinneren, en ze begon te twijfelen.

Hoe zou Adam die klap hebben kunnen overleven, was dat echt mogelijk? En hoe kon hij zo snel bijkomen, voordat de vlammen alle zuurstof uit het vertrek hadden getrokken?

Sisle legde haar oor tegen de liftdeur. Adam was de enige ter wereld die deze plek kende en die wist dat zij op dit moment hier was. Ze hadden de plek samen gevonden en niemand, zelfs Debora niet, kreeg informatie over waar het was. Als Sisle erheen reed, zette ze haar auto nóóit op haar eigen parkeerterrein. Liever vijfhonderd meter lopen en goed om zich heen kijken, voor ze om het gebouw rende en zich via de schroothoop naar de begane grond begaf.

Maar desondanks, konden het mensen uit een van de naburige panden zijn? Nee, onmogelijk. Bovendien vereiste de activering van de lift een sleutel en wie had die behalve zij zelf? Alleen Adam.

Hij vermoordt me als hij de gelegenheid krijgt! dacht ze. Hij had zoveel te wreken en was heel kundig in mensen doden, ze wist het nu absoluut zeker.

Sisle wendde zich tot de twee mannen. Vooraan zat Gordon Taylor heel onverbloemd te glimlachen. Dan had hij in elk geval begrepen wat er stond te gebeuren.

'Nu komen ze,' zei Gordon en hij draaide zich half om naar zijn lotgenoot. 'Maurits, luister! Nu komen ze ons redden. Ik wist het.' Hij begon hysterisch te lachen en Sisle walgde ervan. Ze verafschuwde in het algemeen wanneer mensen die aan het eind van hun leven waren gekomen zich zo aanstelden. Waarom konden ze hun lot niet met waardigheid ondergaan?

'Jij moet nu je mond houden, Gordon Taylor, anders zorg ík ervoor dat je het doet.'

Misschien begreep de man dat een slag pas is gewonnen als je tegenstander het heeft opgegeven, en zijn glimlach verdween dan ook volledig toen zij met moeite de zware tafel voor de liftdeur wist te schuiven.

'Nu doe ik eerst jullie tweeën en dan kan Adam daarna een shot van een van de gebruikte spuiten krijgen, er is godzijdank genoeg voor jullie alle drie. Ik ram de naald in hem op het moment dat hij de tafel aan de kant weet te krijgen, dat zweer ik jullie. Dus, beste vrienden, al met al worden jullie een heel team bij elkaar op jullie weg naar de hel.'

De spuiten waren klaar voor gebruik, die hadden Adam en zij de dag ervoor gevuld, dus ze checkte ze alleen maar voordat ze naar de stoelen stapte en een spuit voor elke stoel neerlegde. Nu moest ze alleen nog het doodsvonnis voorlezen en het ritueel uitvoeren, en vanwege de omstandigheden moest dat natuurlijk kort zijn. Maar was dit misschien ook geen force majeure, zoals het klikken van de opeenvolgende relais haar eraan herinnerde dat het nog minder dan een minuut zou duren voor Adam beneden was?

Ze stapte naar Maurits van Bierbek toe en keek hem in zijn ogen. Geen twijfel mogelijk dat hij wist wat er zou gebeuren, maar hij had het al opgegeven.

'Maurits van Bierbek, jij hebt een zondig leven geleid. Jij hebt op alle mogelijke manieren de regels en de orde overtreden die God in Zijn Koninkrijk heeft geschapen en die wij mensen moeten naleven. Keer op keer heb je de zondeval nieuw leven ingeblazen die ons mensen sinds de Hof van Eden heeft verpest en nu moet jij sterven, Maurits van Bierbek.

'Wij zitten hier, help!' riep Gordon Taylor achter haar uit alle macht. Ook zij had het metaalachtige geluid van de lift gehoord, toen deze het onderste gedeelte van de liftschacht bereikte en de lift automatisch met een paar bonken tegen de tafel probeerde open te gaan.

Probeer het maar, Adam, ik kom wel naar je toe als je hem open hebt weten te krijgen, dacht ze.

'Gordon,' riep een vrouwenstem onverwacht, iets wat de man liet gillen van opwinding en hij riep terug dat ze moesten opschieten.

Sisle was geschokt. Niet over de verrassing zelf, niet over het feit dat ze op heterdaad werd betrapt. Ze was geschokt dat ze niet wist wat ze nu moest doen. Wat was haar noodplan?

Toen wendde ze zich weer tot Maurits van Bierbek, die zijn hoofd schuin hield met een gelaatsuitdrukking die verdriet toonde en niets anders.

'Maurits van Bierbek, berouw je je leven en je daden?' vroeg ze en ze bracht de naald naar zijn hartstreek.

'Stop daarmee, Sisle,' riep Gordon van achteren. 'In godsnaam, stop.'

'In Gods naam zal ik mijn roeping volgen,' zei ze en daarna boog ze voorover en duwde de injectienaald met haar hele gewicht in de borstkas van Van Bierbek.

'Neeeee!' riep Gordon.

Van Bierbek spartelde en deed zijn ogen wagenwijd open. De pijn van de dikke injectienaald die rechtstreeks in zijn hart werd gestoken maakte haar slachtoffers een kort moment stom. Sisle herkende dat van de twee vorige keren.

'Maurits van Bierbek. Dank je Schepper voor de jaren die Hij je gaf om op aarde te leven,' zei ze en ze duwde de zuiger helemaal in.

De volgende seconden waren chaotisch. Van Bierbek, die verkrampte en opzij viel op de stoel met de kettingen die boven hem ratelden. Gordons uitzinnige gegil, het geschreeuw van meerdere mensen en het gebonk tegen de liftdeur dat langzaam de tafel een klein stukje naar voren schoof.

Terwijl het leven uit Maurits van Bierbek wegebde, met schuim om zijn mond en oncontroleerbare reflexen die zijn benen heftig lieten trillen, wendde ze zich tot Gordon Taylor en bukte om de spuit te pakken die aan zijn voeten lag.

'Waarom?' schreeuwde hij.

Ze draaide zich met een ruk om naar de liftdeur en de tafel, die plotseling naar voren helde en met een klap omviel, waardoor de schaal met zout water tegen de vloer smakte en de vloeistof over de vloer wegstroomde.

De drie duivels van afdeling Q worstelden zich met zijn drieën tegelijk naar buiten en in hun hand hadden ze allemaal een stuk betonijzer, waarmee ze duidelijk van plan waren haar aan te vallen. De buitenlander was het dichtstbij en stond met de speer boven zijn hoofd en zou beslist niet aarzelen die te gebruiken.

Ze haalde diep adem en richtte de injectienaald op het hart van Gordon Taylor. Een eigenaardige rust maakte zich van haar meester. Was zij in wezen niet degene die aan het langste eind trok?

'Als jullie die speren naar mij gooien, steek ik deze hier in het hart van jullie vriend. Kijk eens wat het met hem zal doen,' zei ze met een verwijzing naar de laatste happen lucht die Maurits van Bierbek probeerde te nemen.

'Leg de speren weg, ga bij de achterste muur staan en blijf rustig. Dan snijd ik Gordon los en neem ik hem mee in de lift. Als jullie ook maar een millimeter bewegen, steek ik hem. Als hij weerstand biedt, steek ik hem ook. Jullie weten dat ik het meen.'

Ze keek hen kil aan, maar ze kwamen niet van hun plek. Toen duwde ze de injectienaald een stukje onder het borstbeen naar binnen en Gordon gilde, waardoor twee van hen hun speren lieten vallen. Maar de buitenlander deed dat niet.

De vrouw van de groep probeerde hem te laten gehoorzamen, maar hij bleef vasthouden.

'Laat vallen, Assad,' steunde Gordon.

'Nee, zij vermoordt je in de lift, Gordon, geloof me,' antwoordde hij.

Sisle lachte. 'Jij hebt niet veel vertrouwen in me, of wel, kleine man?' zei ze.

Toen deed Carl Mørck een stap naar voren.

'Je vermoordt hem niet. Dat doe je niet, omdat hij onschuldig is, nietwaar, Sisle?'

Daar reageerde ze niet op.

'Maar jij bent toch een engel van rechtvaardigheid, of niet?'

'Ik ben een engel van rechtvaardigheid én een engel van wraak. Door God uitverkoren.'

'Bewijs dat dan maar, want ik geloof je niet,' zei hij. 'Je hebt een jongetje om het leven gebracht en hij heette Max. Vandaag de dag zou hij dezelfde leeftijd hebben gehad als Gordon nu, en hij was net als Gordon volstrekt onschuldig. Je hebt indirect zijn moeder om het leven gebracht, zij heette Maja en was ook niet schuldig. Ten slotte heb je Pauline Rasmussen vermoord en zij was net als de twee anderen onschuldig. Dus bewijs me dat je God aan je zijde hebt, dan zal ik naar je eisen luisteren.'

'Ik hoef geen rekenschap af te leggen aan jullie, alleen aan God, en Hij heeft voor alle eeuwigheid Zijn teken op mij achtergelaten,' zei ze en ze duwde de injectienaald een stukje dieper.

De gil van Gordon maakte dat de vrouw van afdeling Q reageerde. 'Mogen wij je merkteken zien, Sisle? Dan laten we je met rust.'

Ze glimlachte. Vanaf het moment dat ze was ontslagen van de brandwondenafdeling, had alleen die schoft van een Palle Rasmussen het teken gezien. Ze hadden elkaar ontmoet en zij had hem naar de mond gepraat om zijn vertrouwen te winnen, en toen had hij zonder waarschuwing en zonder aarzeling haar blouse opengetrokken.

Hij had naar adem gesnakt, toen hij de littekens zag en Sisle had hem hard geslagen. Tot haar verbazing had hij genoten van de littekens en de klappen.

'Mijn merkteken, dat God mij heeft gegeven, zit hier,' zei ze en ze knoopte haar blouse open. Ze staarden alle drie blind naar haar lichaam en Sisle genoot ervan hoe de blikken langs haar lichaam op en neer gingen. Zo verging het haar ook als ze zichzelf naakt voor de spiegel zag.

De bobbelige witte en rode littekens die het grootste deel van haar bovenlijf bedekten waren het lijden en in het midden van het litteken, dat geheel onbeschadigd een kruis vormde, was Gods genade, zagen ze dat dan niet? Het brandmerk van de bliksem, zeker, maar gestuurd vanuit Gods uitgestoken, rechtvaardige vinger. Een heilig symbool van haar onkwetsbaarheid en haar missie.

Ze zag de speer niet, toen de donkere man die gooide, maar ze voelde hem toen hij zich door haar lendenstreek boorde en haar achteroverduwde. Ze probeerde meteen overeind te komen, maar voelde dat het onmogelijk was.

Sisle keek langs haar lichaam en zag de speer die aan de ene kant uit haar stak en die zich tijdens haar achterwaartse val in het dode lichaam van Maurits van Bierbek had geboord. Kort gezegd was ze aan haar eigen slachtoffer vastgenageld.

Ze keek naar de donkere man die op haar toestapte en wijdbeens over haar heen ging staan, terwijl de vrouw haar uitgeputte collega lossneed.

'De rest van je leven zul je voelen welke straf God aan Zijn valse profeten toekent,' zei Carl Mørck. 'Jij moet ergens worden opgesloten waar je anderen niet met je zieke ideeën kunt beïnvloeden. Jij moet van de buitenwereld worden geïsoleerd, totdat jij je die uiteindelijk niet meer kunt herinneren. Elke dag zul je God voor je waanzin om genade moeten vragen, maar die zal Hij je niet schenken, Sisle Park. Dat garandeer ik je.'

Sisle glimlachte. Wat zaten ze fout, deze onwetende, domme mensen. Wat waren ze beklagenswaardig en onbeduidend. Zonder missie of doel. Zonder godvrezendheid en de verlossing die haar ten deel viel. De tijd was gekomen dat ze moest oogsten en dat ze eindelijk met rust in haar ziel uit deze ondraaglijke, goddeloze wereld kon worden verlost. Toen stak ze haar arm met een stevige greep om de spuit omhoog. De punt was afgebroken en zat waarschijnlijk nog steeds vlak onder het borstbeen van Gordon Taylor, maar was nog steeds lang genoeg om te kunnen doen waar hij voor bedoeld was.

'Laat los,' zei de donkere man, gewiekst genoeg om een stap achteruit te doen, zodat zij hem het ding niet in zijn been kon steken.

'Niets van jouw profetie komt uit, Carl Mørck. God wacht op mij en Hij zal voor me zorgen zolang de eeuwigheid duurt.'

Daarna sloot ze haar ogen, bracht haar arm zo hoog mogelijk omhoog en ramde de spuit vervolgens rechtstreeks in het ontblote vlees boven haar hart, waar zich het witte kruis vormde.

Toen ze de zuiger helemaal in duwde, opende alles zich in haar.

Epiloog

Tweede kerstdag, zaterdag 26/12/2020

CARL

'Maak dat je wegkomt, Carl,' zei Rose. 'Assad en ik bellen een taxi en dan rijden we naar het ziekenhuis om Gordon te laten checken.'

Carl keek naar hun bleke collega die met zijn hoofd tussen zijn benen zat en probeerde zijn shock en alle kwellingen te boven te komen. Het zou waarschijnlijk tijd kosten voor hij weer helemaal zichzelf was. Als dat ooit lukte.

Carl legde voorzichtig een hand op Gordons rug. 'Je hebt het goed gedaan, Gordon, en nu is het voorbij. Na dit alles kun je rustig een paar weken verlof nemen.'

Behalve dat hij uitgeput was, toonde zijn blik geen enkel spoor van zwakte toen hij zijn hoofd omhoog deed en Carl aankeek.

'Hell not,' zei hij. 'Met monsters als Sisle Park op de wereld zijn jullie mij nog lang niet kwijt.'

'Ja, meteen maar weer op de kameel, zoals ze zeggen,' voegde Assad eraan toe.

Rose probeerde te glimlachen, maar dat was lastig, want wat stond hun, die bij afdeling Q werkten, straks te wachten?

'Nu krijg jij een paar uur rust samen met Mona, Carl,' zei ze. 'Pas als wij de plaats delict samen met Marcus en zijn team hebben onderzocht, vertellen we waar je bent en dat moet niet thuis zijn, want daar is ongetwijfeld nog steeds surveillance aanwezig.'

Hij reed de autosnelweg op en verder bij de stad vandaan, met allerlei onderhuidse gevoelens.

Het was zwaar geweest en dat was het nog steeds. Het gemis van zijn gezin, corona, de kwellingen van Gordon, al die trieste mensenlevens, en nu lag de man die ze hadden geprobeerd te redden dood op een betonnen vloer.

Een aantal jaren geleden had hij een angstaanval gehad die werd veroorzaakt door de oude zaak rond de spijkerpistoolmoorden, en nu was die zaak opnieuw een deel van zijn werkelijkheid geworden, dus hij was opgejaagd wild. Kon die hem dan nooit met rust laten?

Hij snoof om zichzelf. Een deel van zijn werkelijkheid, wat een understatement. Wat was zijn werkelijkheid eigenlijk? Dat hij de gevangenis in moest? Dat hij op dit moment onderweg was naar het huis van het gezin van Maurits van Bierbek in Gammel Holte om hun het ergste bericht over te brengen dat iemand kon krijgen?

Hij had het eerder meegemaakt. Iemands hart verbrijzelen met de mededeling dat een persoon is overleden. Verkeersongeluk, ongevallen, zelfmoord en deze keer dus moord.

De stappen naar het huis toe voelden zwaar en verdrietig en niet in de laatste plaats omdat Laura en haar zusje opendeden.

Hij hoefde niet eens iets te zeggen.

Ze wisten het meteen.

Later op de avond kwam Mona en zij hielp Victoria en de kinderen om een beetje tot rust te komen.

'Je moet zo hard vechten als je kunt, Carl,' zei Mona toen ze eindelijk alleen waren. 'Ik neem contact op met Hardy en dan weten we wat hij te zeggen heeft. Ik zal je wel informeren.'

'Hoe moet het dan met Lucia, Mona? Wanneer kan ik haar zien?'

Ze glimlachte en keek naar zijn rode haar. 'Nu ben je dus met mij getrouwd en ik ben het gewend om strafinrichtingen te bezoeken, dus zou ik daar niet uitkomen? Maar je moet wel een muts opdoen, als je Lucia niet bang wilt maken.'

'Oké, en áls ik de gevangenis in moet.'

'Ja, áls.'

'Assad en Rose zijn op de plaats delict geweest, dus we kunnen ze elk moment verwachten.'

Ze knikte en hield hem vast.

Na een paar minuten trilden de muren om hen heen van de blauwe knipperende lichten en vanuit meerdere witte auto's stormde een zee aan collega's in burger naar de voordeur.

Ze deden zelf open en Marcus Jacobsen stapte op hem toe, met de Snuffelhond en heel veel gezichten die hij niet kende achter zich.

Marcus knikte naar Mona en daarna kort en afstandelijk naar Carl.

'Jullie hebben de zaak opgelost en afgerond.'

Carl knikte. 'Ja. We hebben het leven van Van Bierbek niet kunnen redden, maar we hebben het geprobeerd.'

'Rose en Assad hebben me alles uitgelegd, daar komen we op terug. In de tussentijd kunnen we de formaliteiten maar beter afhandelen.'

Carl knikte en twee mannen pakten hem beet en klapten de handboeien om zijn polsen achter zijn rug.

'Carl is onschuldig, Marcus, dat zou jij moeten weten,' zei Mona.

Marcus Jacobsen glimlachte scheef en op dat moment had Carl hem wel in zijn gezicht kunnen spugen, maar hij deed het niet.

'Er is van alles mogelijk, maar dat lijkt me onwaarschijnlijk,' zei hij kil en hij keek Carl recht in zijn ogen.

'Carl Mørck. Het is 21.17 uur en je bent aangehouden.'

Woord van dank

Dank aan mijn echtgenote en soulmate Hanne voor haar liefdevolle steun en onontbeerlijke commentaren bij de allereerste lezing. Dank aan Henning Kure voor grote klappen op mijn schouder. Dank aan Elisabeth Ahlefeldt-Laurvig voor dagelijkse steun, inktvisarmen en tegenwoordigheid van geest. Ook dank aan Elsebeth Wæhrens, Eddie Kiran, Hanne Petersen, Micha Schmalstieg, Kes Adler-Olsen, Jesper Helbo, Sigrid Engeler en Karlo Andersen voor intelligente voorcorrecties en voorstellen. Dank aan mijn buitengewoon grondige en alzijdige redacteur Lene Wissing bij Politikens Forlag voor totale professionaliteit en het verschaffen van diverse hulpmiddelen. Dank aan Lene Juul en Charlotte Weiss van Politikens Forlag voor allerlei soorten steun en opbeuring. Dank aan Charlotte Fournais voor coördinatie van allerhande dingen. Dank aan Thomas Henriksen voor een gevoelige vinger aan de productiepols en bemoediging en aan Mogens Larsen bij Nørhaven voor het openen van deuren. Dank aan Helle Skov Wacher voor het pr-werk rond de roman. Dank aan Louise Kønig voor controle over dat wat niet mag verdwijnen. Dank aan marketingdirecteur Pernille Weil en hoofd verkoop Pernille Hjorth om de roman de wereld in te krijgen. Dank aan correctoren Jette Thillemann Wulff, Ane Horslund en Louise Urth Olsen voor hun scherpe blikken. Grote dank aan de rest van het team van Politikens Forlag voor hun onschatbare werk en het met geraffineerde smering op gang houden van de processen. Dank aan inspecteur Leif Christensen voor correcties betreffende politiezaken.

Dank aan Rudi Urban Rasmussen en Sigrid Stavnem voor belangrijke observaties en om in de hele wereld de vlam in de pijp te houden. Dank aan Bobo Madsen, die via Danmarks Indsamlingen een van de personages in de roman een naam heeft gegeven. Dank aan Olaf Slott-Pedersen voor het nogmaals creëren van nieuwe en nog betere schrijfomstandigheden in Barcelona. Dank aan Thomas Szøke voor zijn prachtige omslagontwerp. Dank aan de perschef van de Deense Rigspoliti, Thomas Kristensen, voor de verdere coördinatie. Dank aan hoofdinspecteur van Københavns Politi, Dannie Rise, voor het openen van de deuren van bureau Teglholmen en voor het actualiseren van mijn kennis over politiezaken. Dank aan Jesper Deis, Nicklas Josephsen en Steffen Falch Larsen voor het op tijd klaar hebben van onze schrijfplek. Dank aan Stine Bolther voor een fantastische cursus in het najaar van 2020. Dank aan Tine Harden voor het andermaal creëren van een heel bijzondere en sfeervolle fotografische start van de campagne, en dank aan Rie Kamp voor een vrijgeleide in hun geweldige autowerkplaats.

En ten slotte dank aan Ellie, die mij de energie gaf om te schrijven en aan wie het boek daarom is opgedragen.